KB176567

식(蝕) 3부작

蝕(Erode)
by
茅盾(Mao Dun)

Copyright ⓒ 1997 Mao Dun
All rights reserved.

Korean Translation Copyright ⓒ 2011 by Eulyoo Publishing Co., Ltd.
Korean language edition arranged with Wei Tao through Eric Yang Agency and
Copyright Agency of China.

이 책의 한국어판 저작권은 에릭양에이전시와 중국 Copyright Agency of China를 통해 Wei Tao와 독점
계약을 한 (주)을유문화사에 있습니다. 저작권법에 의하여 한국 내에서 보호를 받는 저작물이므로 무단
전재와 무단 복제를 금합니다.

식(蝕) 3부작

蝕

마오둔 지음 · 심혜영 옮김

❖ 을유문화사

옮긴이 **심혜영**

서울대학교 중어중문학과에서 「모순 초기 소설의 상징성 연구」로 문학 박사 학위를 받았다. 중국 사회과학원 문학연구소 방문학자로도 활동했으며, 인제대, 한양대, 서울대 등에서 강의했다. 현재 성결대학교 중어중문학과 부교수를 역임하고 있다. 저서로 『인간, 삶, 진리 ― 중국 현당대 문학의 깊이』가 있고, 역서로는 『붉은 수수밭』, 『빙신 소설선』 등이 있다.

을유세계문학전집 44
식(蝕) 3부작

발행일 · 2011년 6월 30일 초판 제1쇄
지은이 · 마오둔 | 옮긴이 · 심혜영
펴낸이 · 정무영 | 펴낸곳 · (주)을유문화사
창립일 · 1945년 12월 1일 | 주소 · 서울특별시 종로구 수송동 46-1
전화 · 734-3515, 733-8152~3 | FAX · 732-9154 | E-Mail · eulyoo1945@gmail.com
ISBN 978-89-324-0374-8 04820 978-89-324-0330-4(세트)

• 값은 뒤표지에 표시되어 있습니다.
• 옮긴이와의 협의하에 인지를 붙이지 않습니다.

차례

환멸(幻滅)

나는 희화(羲和)에게 속력을 늦추어
해가 지는 엄자(崦嵫)산으로 다가가지 말라 하네.
길은 까마득하고 먼데
오르락내리락 하며 길을 찾아다니네.

굴원, 「이소」[*]

1

"난 상하이(上海)가 정말 싫어, 저 외국인들도 싫고, 대형 상점의 말만 번지르르한 점원도 싫고, 인력거꾼도, 전차 매표원도, 전대인 (轉貸人)도 싫고, 큰길가의 시멘트 위에 서서 여자들이나 쳐다보고 있는 저 부랑배들도 다 싫다고……. 정말, 왠지 모르겠어. 온 상하이가 다 나의 적이 되어 버리다니, 생각만 하면 화가 치밀어!"

후이(慧)가 목청을 반쯤 돋우고 미간을 잔뜩 찌푸린 채 말했다. 오른손으로 무심히 왼쪽 옷자락을 말아 올려서 그 밑으로 연분홍 셔츠가 드러나 보였다. 후이와 나란히 침대 가에 앉아 있는 건 옛 동창인 징(靜)이다. 나이는 스물한두 살가량 되어 보였고, 아름다운 몸매에 퍽 우아한 옷차림을 하고 있지만 안색은 무척 초췌해 보인다. 징은 후이가 이렇게 분을 내는 게 무척이나 불안한 듯이 후이의 오른손을 꼭 잡고 얼굴을 쳐다보며 간절한 목소리로 말한다.

"나라고 상하이를 좋아한 적이 있나? 나도 정말 상하이가 너무 싫다고 늘 생각해. 하지만 난 시골도 똑같이 싫은걸. 상하이에 있으면 이 소란스러움이랑 돈만 아는 배금주의가 정말 싫지만 시골에 가면 그 고루함과 우매함, 죽음 같은 정적이 너무 싫어. 상하이에선 머리가 빙빙 돌고 지끈거리지만 시골에선 또 우울하고 맥이 쭉 빠져서 마치 죽어 있는 거나 다름없잖아. 그래도 둘을 비교하면 어쨌든 뭘 좀 배우기에는 상하이가 더 낫지……. 난 지금은 그냥 조용히 공부나 좀 하고 싶을 뿐이야."

 '공부'라는 말을 할 때 창백하던 징의 얼굴에 잠시 한 조각 홍조가 스쳤다. 징은 이 말이 너무 진지하거나 너무 과장된 것 같다는 느낌이 들었지만, 정말로 '공부'라는 두 글자가 요즘은 그녀의 유일한 자극제였다. 작년에 성(省)의 여학교에서 학생 소요가 있은 뒤 징은 무척이나 소극적이 되었다. 시위에 참가했던 학생들이 점점 시위 본래의 목적을 저버리고 '사회에서' 박수를 보내는 멋쟁이들과 연애하는 일에 정신이 팔려 사람들에게 비웃음을 사기에 딱 맞는 짓을 하고 다니는 일이 많았다. 이런 걸 보면서 징은 너무 화가 났고, 이런 '활동'에 극단적인 혐오를 느껴서 학우들이 "의지가 박약하다"고 비웃는 것도 아랑곳하지 않고 중간에 몸을 뺐다. 환상은 파괴되었고 징은 모든 것에 대해 실망했다. 오직 '조용히 공부나 좀 한다'는 말만이 그래도 아직까지 흡인력이 있는 셈이었다. 상하이에 온 지 일 년이 채 안 되는 기간 동안 이상적인 공부 장소를 찾기 위해 징은 벌써 두 번이나 학교를 바꾸었다. 하지만 대체 무슨 목적으로 공부를 하겠다는 건지는 징 자신에게도 명료하지 않았다. 학문을 하려는 건지 아니면 생계를 위한 기술을 배우려는 건지에 대해서도 사실은 전혀 깊이 생각해 본 적이 없었다. 그럼에도 사람들이 뭐라고 불평을 늘어놓을 때면 징은 으레 자기도 모르게 "지금은 그저 조용히 공부나 좀 하고 싶어"라고 말했고, 그러고 나면 마음이 좀 위안받는 것 같았다.

후이가 갑자기 벌떡 일어나더니 두 손으로 징의 어깨를 지그시 누르며 자신의 작은 입이 징의 어여쁜 눈썹에 닿을 정도로 고개를 숙이고는 빠르게 말했다.

"조용히 공부나 좀 할 생각이라고? 조용히 공부나 하도록 내버려 두는 데가 어디 있는데? 너네 학교를 봐! 네 친구들을 보라고! 걔네들은 여기서 공부를 하는 게 아니라 일하는 연습을 하는 거야. 이리저리 뛰어다니면서 사람들 만나서 협상하고 회의 열어서 연설하고 안건 내서 결의하구 그런 것들만 연습하고 다니는 거라고!"

후이가 징의 얼굴을 받쳐 들고 웃으며 말했다.

"아이구, 동생아! 우리 책벌레께서 분명히 또 대실망을 하시겠구면."

징은 좀 부끄러워하며 멈칫거리다가 그렇지 않다는 뜻으로 후이의 손을 치우고 일어서며 말했다.

"넌 작년에 내가 겪은 일을 겪어 보지 않아서 갑자기 왜 내 생각이 달라졌는지 당연히 이해 못 할 거야. 그리고 또 네 말도 좀 지나친 데가 있고, 다른 친구들이 다 회의하느라 정신이 팔려 뛰어다녀도 난 내 공부만 할 거거든!"

징은 후이의 팔을 붙잡고 창가의 작은 탁자 옆으로 가서 앉더니 차를 두 잔 따르고는 턱을 받쳐 들고 물끄러미 창밖을 바라보았다.

징이 사는 곳은 곁채의 뒤 칸 방이다. 서쪽으로 난 창을 열면 옥상의 빨래 건조대가 보이고 방문은 창문 오른쪽으로 나 있다. 북쪽으로도 한 쌍의 창문이 있는데 창문 맞은편에 책상이 놓여 있고 침대는 책상 맞은편 판자 벽 쪽에 바짝 붙어 있다. 판자 벽 건너편은 곁채의 앞 칸으로 전대인의 늙은 어머니와 어린 두 손녀가 살고 있다. 책상 옆 동쪽 모서리에는 낡은 등나무 간이침대가 놓여 있고 책상 앞에는 작은 의자가 하나 있다. 후이는 지금 이 의자에 앉아 있고 징은 책상 오른쪽, 서쪽 벽 구석 깊숙이 파묻혀 있는 작은 걸상에 앉아 있었다.

방에는 아무런 장식품도 없었다. 책상 위에는 책과 문구들이 잔뜩 쌓여 있었지만 한쪽 구석에는 그래도 다기가 놓여 있었다. 서쪽으로 난 창은 흰 양단으로 반쯤 가려져 있었다. 옥상에서 방 안을 들여다보지 못하게 하려고 친 것 같지만 징이 등나무 침대에 앉아 있으면 옥상에서는 그래도 분명히 방 안이 보일 것이다.

"이 방은 너무 좁고 조용하지도 않은데 여기서 어떻게 열심히 공부를 한다는 거지?"

후이가 차를 한 모금 마시고 서쪽으로 난 창을 바라보면서 천천히 말했다.

징이 갑자기 고개를 돌리더니 한참을 멍하니 있다가 작은 소리로 대답했다.

"난 원래 그런 거 신경 안 써. 우리가 여중 시절에 같이 지내던

방은 이것보다 더 작았던 거 기억하지? 그리고 조용한 건, 난 바깥이 조용하지 않은 건 괜찮아, 마음이 조용하지 않은 게 문제지."

징의 마지막 말에는 그동안 마음에 쌓여 있던 한과 격정이 실려 있었다. 과단성 있고 자신만만하던 후이도 이때는 뭔가 마음에 와닿는 게 있었는지 무척 다정다감한 태도로 징의 오른손을 꼭 잡으며 말했다.

"징, 그동안 우린 서로 너무 소식이 없었지. 난 최근 몇 년 동안 너한테 어떤 속상한 일이 있었는지도 모르고, 몇 년 동안 밖에서 지내면서 정말 세상살이의 온갖 맛을 두루 다 겪어 봤거든! 그래서 지금은 세상에 착한 사람은 없다고 확신하지. 인간은 다 이기적이어서 다른 사람을 속이고 이용하려고만 한다고. 징, 남자들은 다 나쁜 인간들이야! 그자들이 우리한테 접근해 오는 건 절대로 선의로 그러는 게 아니라고. 남자를 진심으로 대하는 건 진주를 똥통 속에 빠뜨리는 거나 마찬가지라니까. 어때, 징, 나도 생각이 많이 달라졌지, 전보다 더 노련해진 것 같지 않아?"

후이는 가볍게 한숨을 내쉬고는 눈을 감았다. 마치 떠오르는 옛일과 옛 얼굴들이 더 이상 보고 싶지 않은 것 같았다.

"어……, 응……."

징은 어떻게 대답해야 좋을지 몰랐다.

"하지만 난 그것 때문에 세상 사는 법을 터득했지. 그자들이 내게 한 그대로 그자들에게 갚아 주는 거야!"

후이의 볼에 엷은 홍조가 감돌았다. 아마 좀 흥분을 한 탓인 것 같았지만, 어쩌면 옛일이 떠올라 감정이 북받쳐 올랐기 때문인지도 모른다.

몇 분간 침묵이 흘렀다.

징은 멍하니 후이를 바라보았다. 입으론 아무 말도 하지 않았지만 마음속은 무척이나 혼란스러웠다. 후이의 말속에는 자신이 평소 가장 꺼리던 많은 일이 숨겨져 있었다. 징은 올해 겨우 스물한 살이다. 아버지는 일찍 돌아가셨고 어머니가 징 하나만을 애지중지 키워서 어렸을 때부터 징은 거의 사람 구경을 못한 채 줄곧 조용하고 아름다운 환경 속에서만 살아왔다. 어쩌면 너무 응석받이로만 자랐는지도 모른다. 세상의 혼탁함과 험난함에 대해서는 꿈에도 생각해 본 적이 없었다. 징은 환상에 빠진 소녀였다. 이성 관계에 대해서 징은 시종 장엄하고 성결하고 온유한 은막(銀幕) 뒤에 숨어서 한 번도 이 은막의 한 모퉁이를 들춰 그 안에 어떤 것이 들어 있는지 감히 들여다보려고 한 적이 없었다. 들춰 보고 싶지도 않았고 감히 그렇게 하지도 못했다. 그런데 지금 후이의 말은 이미 그녀에게 그 은막의 한쪽을 들춰 보인 것이다. 징은 의아한 눈으로 후이의 얼굴을 쳐다보고 또 후이의 둥근 눈썹을 쳐다보았다. 투명한 두 눈동자와 사랑스러운 양 볼의 보조개, 모든 게 다 너무나 부드럽고 청아한 모습이었다. 징은 이런 사랑스러운 외모 밑에 그런 추하고 두려운 일이 숨어 있으리라고는 정말 생각도 못했다.

징은 후이의 말속에 감추어진 비밀을 캐묻고 싶은 충동을 느꼈지만 부끄러워 멈칫거리다가 말을 꺼내지 못하고 그저 멍하니 그 말을 되새겨 보고만 있었다. 자리를 뜰 때 후이는 자기는 지금 일

자리를 좀 알아보고 있는 중이며 만약 일자리를 찾게 되면 아마 상하이에 남아 지식계의 분위기를 좀 더 깊이 맛볼 수 있게 될 거라고 했다.

2

밤새도록 불던 바람이 날이 밝을 때가 되어서야 잦아들기 시작하더니 지금은 다시 가랑비가 내리기 시작했다. 풍경은 몹시 음산했다. 모기장을 걷어 올리고 서쪽 창을 바라보니 전대인 댁 마님이 전날 밤 널어놓은 옷가지들이 옥상 건조대 위에서 밤새 한잠도 자지 못한 것처럼 풀이 죽은 채 가랑비에 나부끼고 있었다. 하늘은 온통 회색이다. 거리를 지나는 짐수레 나무 바퀴의 덜커덕거리는 둔중한 소리가 축축한 공기 속에서 유난히 둔탁하게 들려왔다.

징은 자기도 모르게 한숨을 내쉬고는 몸을 반쯤 일으킨 채 멍하니 옥상 쪽을 바라보았다. 옥상에 널려 있는 옷가지들 중에는 담홍색 저고리가 하나 있었다. 벌써 좀 낡긴 했지만 바느질 솜씨로 보아 기껏해야 일 년쯤 전에 지은 새 옷이라는 걸 알 수 있었다. 옷은 주인의 신분에 대해서도 넌지시 알려 주는 바가 있다.

갑자기 징의 생각이 이 저고리로 쏠렸다. 징은 저고리 주인이 바로 사람들이 새댁이라고 부르는 전대인 댁 젊은 아낙이라는 걸 알고 있었다. 만약 이 낡은 담홍색 저고리가 말을 할 수 있다면 분명히 자신의 비밀을 모두 말해 줄 텐데. 자기 여주인의 삶에서 가장 신성한 아니 어쩌면 가장 추악할 수도 있는 비밀의 한 장에 대해서. 이 젊은 아낙이 시집온 첫해 동안 겪은 기쁨과 실망과 비애, 그 모든 것을 이 낡은 담홍색 저고리는 똑똑히 보았겠지? 처녀 시절의 달콤한 꿈이 다 끝나 버리고 난 뒤 피할 수 없는 평범한 일상이 너를 덮어 싸고 머리부터 내리눌러 가루로 만들어 버리면 너는 어쩔 수 없이 모든 이상을 포기하고, 일체의 꿈꾸기를 중단하고 자신의 존재마저 부인해야 하는 지경으로까지 물러설 수밖에 없게 되겠지. 너는 누구의 도움도 받지 못하는 채로 남성의 본능적인 억압 아래 노출되어 그 장엄과 순결을 모두 잃어버릴 수밖에 없겠지. 처녀 시절의 이상과 새댁의 현실은 언제나 모순적일 테니까. 징은 전대인 집 새댁과 한 번도 이야기를 나눈 적이 없지만, 그녀 역시 온유하고 연약하며 수심이 깊은 사람이 아닐까 하는 생각을 했다.

징은 갑자기 눈물을 떨어뜨렸다. 그것이 얼굴도 모르는 새댁에 대한 동정 때문인지 아니면 여성 본래의 다정다감함 때문인지 자신도 분명하게 알 수 없었지만 이런 혐오스러운 생각이 막무가내로 침입해 와 그녀를 휘감아 버린 건 사실이다. 징은 추악한 생각의 공연한 침입이 혐오스러웠다. 자못 의아한 생각이 들었다. 왜 자신이 평상심을 잃고 이런 생각을 하게 된 걸까? 징은 처음에는 밤새 잠을 이루지 못하고 번민에 빠져 있었던 탓이라고 생각했지만 나중에는 다시 아마 그저께 후이가 와서 했던 여러 가지 해괴망측한 말들 때문일 거라고 생각하며 자신을 위로했다. 아닌 게 아니라 정말 후이가 왔던 그날부터 징의 마음속에는 줄곧 해결할 수 없는 뭔가가 생긴 것 같았다. 몇 번이나 책을 보려고 집어 들었지만 멍한 상태로 몇 쪽 보고는 이내 던져 버렸다. 본래 말수가 적었지만 요즘은 더 말이 없어졌다. 주변 사람들의 거동도 징의 눈에는 이상하게만 비쳤다. 어제 징이 강의실에서 바오쑤(抱素)에게 "날씨가 진짜 심란하네요"라고 한마디를 던지자 갑자기 뒤에서 한바탕 웃음이 터져 나왔고 바오쑤도 이상한 표정으로 징을 쳐다보며 미소를 지었는데 징은 이런 게 다 선의로 그러는 게 아니라 모욕적인 것처럼 느껴졌다.

"남자들은 다 나쁜 인간이야! 그자들이 우리한테 접근해 오는 건 절대로 선의로 그러는 게 아니라고!"

후이가 했던 말이 다시 귓전에서 울렸다. 징은 한숨을 내쉬며 털썩 주저앉았다. 그때 마침 누군가가 옥상 건조대 쪽에서 머리를 내밀고 방 안을 훔쳐보는 것 같았다. 징은 마치 귀신이라도 본 것처럼 덮고 있던 홑이불을 급히 머리 위까지 뒤집어쓰고는 무의식적으로 "서쪽 창에도 당장 흰 천을 걸어야겠어" 하고 말했다.

그러나 갑작스러운 이 헛놀람이 징을 회색빛의 암울한 생각 속에서 끄집어내어 주었고 한동안의 흥분이 가져다준 피로로 징은 다시 깊은 잠에 빠져들었다.

이날 징은 학교에 가지 않았고 오후에 후이로부터 한 통의 편지를 받았다.

징, 지난번에 너한테 말했던 계획은 다 실패했어. 세 군데 다 이미 거절당했거든! 아, 난 일자리를 구하는 게 이렇게 어려울 줄 몰랐어. 큰오빠는 "외국에서 공부하고 온 학사, 석사, 박사들도 귀국해서 일자리를 못 잡고 있는 형편인데 너처럼 고작 외국 밥이나 한 이 년 먹고 와서 외국말 몇 마디 할 줄 아는 사람은 기껏해야 외국인 가게에서 종업원 노릇이나 할 수 있을 텐데 외국인 가게에서도 여 종업원은 쓰질 않으니!"라고 한탄을 하더군.

오빠 말이 말도 안 된다고 뭐라고 하는 건 아니지만 내가 일자리를 못 구하는 게 왜 마치 자기가 바라던 대로 되기라도 한 것처럼 좋아하는지 그게 원망스러울 뿐이야. 새언니 말은 더 견디기 힘들어. 새언니는 오빠한테 "후이 아가씨야 처음부터 뭐 꼭 그렇게 일자리를 구하려고 했겠어요. 오빠가 여기 있는데 아무럼 죽한 그릇 못 얻어먹을까 봐서요?"라고 빈정거리는 거야. 그 말을 들을 때 난 비수로 찔리는 것보다 더 가슴이 아팠어!

징, 내가 성질이 제멋대로라서 그런 게 아니고 정말이지 오빠 집에서는 더 이상 지내지 못하겠어. 엄만 날더러 고향으로 오라고 하시지만 그건 서둘러서 내게 '짝을 골라 주려고' 하시는 거야. "좋은 남편한테 시집가면 먹을 것도 생기고 쓸 것도 생기니 그게 제대로 된 길"이라고 늘 그러시거든. 그래서 난 지금은 고향으로도 가고 싶지 않아. 그냥 너랑 같이 지내면서 계속 일자리를 찾아보고 싶은데 자세한 사항은 내일 오후에 만나서 다 이야기할게. 네가 이 부탁을 꼭 들어줬으면 좋겠어.

후이, 5월 21일 저녁.

징은 편지를 손에 쥔 채 한숨을 푹 내쉬었다. 후이의 성격은 징하고는 정반대였지만 후이의 시원시원하고 강단 있고 책임감이 강한 부분은 징이 항상 탄복하는 점이었다. 두 사람의 성격에는 한 가지 공통점이 있었는데 그건 응석둥이로 자란 사람의 오만함이었다. 이것 때문에 중학 시절에 징과 후이는 가장 친하다고 하면서도 자질구레한 일로 또 가장 많이 다투기도 했다. 편지를 읽으면서 징은 3년 전 기숙사에서 후이와 함께 살던 때의 모습을 떠올렸다. 작은 입을 삐죽이며 눈썹을 찌푸리고 화를 내는 '응석둥이 아가씨'가 후이의 중학교 때 별명이었다. 그 모습이 눈앞에 선하게 떠올랐다.

기억이 옛정을 따뜻하고 향기롭게 데워 주어서인지 징의 마음속에는 후이에 대한 연민이 일었다. 후이에 비하면 자신은 훨씬 더 행복한 처지라는 생각이 들었다. 생활하는 데도 큰 어려움이 없고 신경질 부리는 오빠도 없고 곁에서 잔소리를 늘어놓는 엄마도 없다. 자신도 마찬가지로 오만한 '응석둥이 아가씨'로 지금 후이가 겪고 있는 오빠의 질책이나 언니의 냉소 등을 생각해 보면 그런 생활은 정말 단 하루도 견디기 힘들 것 같았다.

징은 당분간 후이와 함께 지내야겠다고 생각했다. 우정 때문에, 그리고 '피압박자에 대한 동정' 때문에. 게다가 오늘 새벽 옥상에서 누군가가 불쑥 머리를 내밀어 자신을 놀라게 했던 일의 여파가 아직 남아서인지 후이 한 사람이 와서 같이 지내면 담도 더 커질 거고 뭐 나쁠 게 있겠나 하는 생각이 들었다.

아래층 전대인 집 객실의 괘종시계가 세 번을 쳤고 그러자 늘하던 대로 골패 돌리는 소리가 들렸다. 징은 미간을 찌푸리고 어제 쓰던 일기를 마저 쓰려고 책상 앞으로 갔다. 빨라졌다 느려졌다 하며 들려오는 골패 소리와 그 사이에 간간이 터져 나오는 웃음소리가 징의 세계로 또렷하게 전해져 왔다. 평소 같으면 이런 떠들썩한 소리는 징에게 전혀 영향을 주지 못했다. 징은 그냥 평상시처럼 책도 보고 일도 하고 했을 것이다. 그러나 오늘 징은 고작 일기 한 쪽 반을 마저 쓰는 데도 세 번이나 펜을 멈추었다. 징 자신도 왜 이렇게 마음이 심란한지 알 수가 없었다. '후이가 오는 걸 기다리고 있어서 그렇겠지. 편지에는 오늘 오후에 오겠다더니 어째서 아직도 안 오는 걸까?' 하는 생각을 하며 결국 징은 자신을 위로했다.

이른 아침부터 내리기 시작한 부슬비가 멎지도 더 굵어지지도 않은 채 계속해서 내리고 그 사이로 무기력하고 축축한 바람이 일었다 멎었다 했다. 징의 작은 방 안으로 어둠이 이미 벽 모서리부터 기어 올라오고 있었다. 전대인은 아직 전기 스위치를 올리지 않았다. 징은 등나무 침대 위에 누운 채 생각에 잠겨 있었다. 후이는 아직도 오지 않았다.

그때 갑자기 문 쪽에서 손가락으로 문 두드리는 소리가 조그맣게 들려왔다. 이 경미한 소리가 일으킨 작은 파장이 아래층에서 들려오는 몇 배나 더 큰 골패 소리와 웃음소리를 압도하며 징의 귀에 꽂혀 들어왔다. 징은 벌떡 일어나 문가로 달려갔다.

"반나절이나 기다렸어!" 징은 미소를 띤 채 문을 열며 말했다.

"미스 장(章), 어디가 아픈가요?" 안으로 들어온 건 뜻밖에 같은 반 학우 바오쑤였다.

"아, 누가 오기로 되어 있었나 보군요." 바오쑤는 이를 드러내고 히죽이 웃으며 한마디를 보탰다.

징은 조금 궁색한 느낌이 들었지만 바오쑤의 웃음에 뭔가 미심쩍어하는 기색이 있는 것 같아 서둘러 대답을 했다.

"아–니에요. 그냥 여자 친구예요." 징은 어제 강의실에서 자기가 "날씨가 진짜 심란하네요"라고 했을 때 바오쑤가 지었던 그 괴상한 웃음을 다시 떠올렸다. 이런 웃음이 다 자기에게 불리한 여론을 조성하는 데 영향을 미치고 있다는 생각이 들자 자못 화가 났다.

바오쑤는 책상 앞에 놓인 의자에 앉아 두 눈을 껌뻑이며 사방을 둘러보고 있었다. 징은 원래 앉아 있던 등나무 침대로 돌아가서 앉았다.

"오늘 학생회에서 다시 공고를 냈어요. 내일부터 '불평등조약 폐지 선전 주간'이라 오후 수업은 휴강하고 밖으로 강연하러 나간다고요." 바오쑤가 천천히 말했다. "학교 당국은 이미 승인을 했어요. 승인을 하지 않으려고 해도 달리 방법이 없고요. 저우(周) 선생님과 쑨(孫) 선생님도 이미 휴가를 내신 터라 내일하고 모레는 오전에도 수업이 없어요. 오늘 학교에 안 나왔기에 어디 아픈가 싶어서 일부러 알려 주러 온 거예요. 이 기회에 며칠 좀 조용히 쉴 수 있겠네요."

징은 고개를 끄덕여 고맙다는 뜻을 표하고는 아무런 대답도 않았다.

"수업을 하지 않는 때가 너무 많네요. 한 학기가 다 끝나가는 데 정말 공부한 게 하나도 없으니!" 바오쑤가 개탄하며 자기 나름의 결론을 내렸다. 징의 비위를 맞추려는 의도가 뚜렷했다.

"공부하는 데 꼭 수업을 해야 하는 건 아니죠!" 징이 냉랭하게 말했다. "게다가 만약 제대로 공부를 한다면 아마 우리 학교 학생들은 대부분이 다 낙제일걸요."

"아주 통쾌하게 나무라네요!" 바오쑤가 웃었다. "반 학생들이 듣지 못한 게 아쉽군요. 그런데 미스 장, 그들이 뭐라고 당신을 비난하는지 알아요?"

"아가씨, 박사 마누라 후보, 허영주머니, 사상 낙오자, 음 그리고 또 소자산계급? 뭐 다 그런 것들이겠죠. 난 이미 그런 말엔 신물이 났어요! 난 물론 아가씨고, 명실상부한 소자산계급이죠! 허영주머니는? 홍! 글쎄요, 만날 밖으로 뛰어다니시는 분들이 바로 허영심이 넘치시는 분들이죠! 주의(主義)의 맹신자인 자기들이 바로 사상 낙오자이고요!"

"아니, 전혀 그런 게 아니에요!"

"의지가 박약하다! 아, 분명히 사람들은 내가 의지가 박약하다고 말하겠죠!" 징은 자신도 인정한다는 듯이 말했다.

"그것도 아니에요!" 바오쑤가 자못 비밀이라도 과시하듯이 말했다.

"그렇다면, 저도 알고 싶지 않아요." 징이 냉랭하게 대답했다.

"그들은 모두 당신이 연애 때문에 고민 중이래요!"

이 말을 듣고 우리의 징 '아가씨'는 잠시 경악했다가 다시 웃으며 말했다. "그거야말로 정말 자기들이 바라는 걸 그대로 남에게 뒤집어씌우는 격이군요. 연애요? 연애는 꿈도 꿔본 적이 없는데, 세상에서 진정한 연애는 본 적도 없고요!"

바오쑤는 차를 한 모금 따라 마시며 멋쩍은 듯이 한마디를 보냈다. "그들이 당신과 나에 대한 소문을 만들어 냈더군요. 정말 너무 한심하지 않아요?"

"네?" 징의 목소리에 불쾌한 감정이 실려 있었다. 징은 이제야 반 학우들의 온갖 이상야릇하던 표정, 특히 그녀와 바오쑤가 대화할 때 보였던 그 괴상한 표정이 전혀 이유가 없는 게 아니었다는 걸 분명히 알게 되었다.

의자 등에 기댄 채 징의 얼굴을 주시하면서 바오쑤는 작은 소리로 말을 이었다. "본래 당신이 같은 반 안에서는 저와 이야기하는 때가 좀 많은 편이잖아요. 우린 또 생각이 종종 일치하기도 했고요. 그러니 그렇게 이상하고 경박한 소문이 떠도는 것도 뭐라고 할 순 없지만, 미스 장은 분명히 알잖아요. 당신에 대한 제 감정은 단지 떳떳한 우정일 뿐이라는 거, 흠, 학우 간의 우정이죠. 당신은 혼자 있기를 좋아하고, 그자들처럼 그렇게 시끌벅적한 걸 싫어하죠, 저도 그들과는 하나하나가 다 안 맞고요, 그런 것이 다 소문을 만드는 근거가 된 거겠죠. 그자들이 보기에 우린 좀 다른 종류의 사람들이니까요. 자기네를 한 무리로 보고 우릴 또 한 무리로 보니까 그렇게 한심한 추측이 나오는 거고요. 전 원래 크로포트킨을 숭배하지만 연애의 자유에는 반대예요, 5분이면 끓는 그런 속성 연애는 더더욱 반대죠!"

징은 두 눈을 내리깔고 아무 대답도 하지 않았다. 한참이 지난 뒤 눈을 뜨고 바오쑤를 보았지만 바오쑤의 부리부리한 눈이 아직도 자기를 쳐다보고 있는 걸 보고는 자기도 모르게 얼굴이 빨개져서 재빨리 말했다. "소문은 소문이고, 사실은 사실이죠. 난 그런 거엔 신경 쓰지 않아요. 나랑은 아무 상관도 없는 일이고요!" 징은 몸을 일으켜 창 쪽을 바라보며 반쯤은 독백을 하듯이 말했다.

"날이 벌써 어두워졌는데, 왜 아직도 안 오는 걸까?"

"당신이 분명하게 알았으니 이제 됐어요. 난 당신이 들으면 화낼까 봐, 그냥 솔직하게 말해 주려고 일부러 온 거니까요." 바오쑤는 흘러내린 긴 머리카락을 손으로 가볍게 쓸어 올리며 조금은 군색하게 변명을 했다.

징은 미소만 지은 채 아무 대답도 하지 않았다.

화제의 방향이 바뀌었지만 징은 여전히 다른 데 정신이 팔려 건성으로만 대답했다. 바오쑤는 징이 정말로 외국에서 갓 돌아온 여자 친구를 기다리고 있다는 걸 확인하고는 흡족한 듯이 돌아갔다.

갑자기 번쩍하며 전등이 켜졌다. 근처의 왼편 공장에서 붕붕거리는 기적 소리가 들려오기 시작했다. 가랑비는 벌써 그친 것 같았고 바람 소리는 날카롭게 바뀌어 있었다. 하늘은 온통 어두컴컴했고 후이는 끝내 오지 않았다.

바오쑤는 집으로 돌아가는 길에 성이 리(李)인 반 학우를 만났다. 체구가 작은 리는 "바오, 미스 장네서 오는 거지?" 하며 말을 걸었다.

"그런 걸 물을 필요가 있나!" 바오쑤는 우쭐거리며 대답했다.

"하하! 머지않아 성공하겠구먼, 축하하네!"

바오쑤는 대답도 하지 않고 큰 걸음으로 곧장 걸어갔다. 득의양양한 기세가 마르고 긴 그의 체구를 통통하게 부풀려 놓았다.

3

S대 학생들은 모두 '5·30' 일주년 기념 대회에 참가하러 갔다. 학생들은 대부분 다 갔지만 바오쑤와 징처럼 교묘한 구실을 대고 가지 않은 사람들도 있었다. 최근 한 주 동안 학교에서는 둘의 관계에 대한 갖가지 억측과 소문이 나돌았다. 이건 물론 최근에 둘 사이의 왕래가 잦은 탓도 있지만 그보다는 바오쑤가 학우들에게 비밀을 떠벌리고 다닌 탓이 더 컸다. 체구가 작고 야무진 리커(李克)는 바오쑤가 마치 무슨 신기한 이야기를 한 편 펼쳐 놓듯이 우쭐대며 연애의 모험담을 한 대목 털어놓고 나면 으레 눈을 지그시 감고 고개를 가로저으면서 비꼬는 것 같기도 하고 전혀 대수롭게 여기지 않은 것 같기도 한 말투로 "또 소설 한 편 들었군" 하고 말했다. 이 '이성적인 인간'은, 이건 친구들이 리커에게 붙여 준 별명이었는데, 본래 늘 세상만사가 다 소설 같은 거라고 했지만 바오쑤가 털어놓는 이야기를 듣고 소설이라고 할 때는 그 속에 자못 의심스럽다는 의미가 담겨 있었다. 그러나 다른 친구들은 바오쑤와 징의 관계가 이미 평범한 우정 관계를 넘어섰다고 생각했기 때문에 리커의 그런 태도를 질투 때문인 것으로 해석했다. 특히 바오쑤와 징이 그림자극을 함께 보고 있는 걸 누군가가 보고 난 뒤

에 그런 해석은 더욱 더 사실적인 근거를 확보하게 되었다. 정밀한 조사에 따르면 징은 지금까지 결코 다른 남 학우와 그림자극을 보러 간 적이 없기 때문이다.

이번 '5·30' 기념일에 바오쮜와 징은 P극장에 또 함께 모습을 드러냈다. 둥글고 어여쁜 눈썹에 맑고 투명한 작은 눈을 가지고 게다가 볼에 보조개까지 있는 한 젊은 여성이 그들과 함께 있었다. 이 여성은 바로 우리가 잘 아는 후이다. 후이가 징의 집에서 지낸 지 벌써 일주일이 다 되었지만 일자리를 구하는 문제와 관련해서는 아직 아무것도 확실한 게 없었다. 징이 사는 곳으로 이사를 온 다음 날 후이는 또 '소식을 알려 주러 온' 바오쮜를 우연히 만나게 되었다. 그날 바오쮜는 낡은 양복에 핏빛 붉은 넥타이를 매고 있었다. 바오쮜는 붉은 넥타이를 즐겨 맸는데 사람들에 의하면 그건 바오쮜가 붉은 넥타이가 자신의 창백한 얼굴과 봉두난발한 긴 머리, 칼처럼 날카로운 두 눈썹을 잘 받쳐 주어 제법 준수한 기상을 느끼게 해 준다고 생각하기 때문이다. 바오쮜의 이런 복장이 적어도 후이에게는 이미 그가 그런대로 괜찮은 남자인 것 같다는 인상을 확실히 심어 준 것 같았다. 물론 바오쮜 쪽에서도 후이가 사람들의 주목을 끌 만한 여성이라는 생각을 가지고 있었다. 징이 두 사람을 소개시켜 주고 난 뒤 바오쮜는 곧 무척이나 격정적인 어조로 최근 이틀 동안 많은 학우들이 거리에서 불평등조약 폐지를 주장하는 강연을 하다 체포되었다는 소식을 서둘러 두 여성에게 전했고 마지막에는 비판의 말까지 덧붙였다. "이런 운동에 우린 반대합니다. 빈 입으로 헛소리만 하는 게 무슨 의미가 있습니까. 공연히 상하이 감옥에 죄인 수나 늘릴 뿐인 거죠! 게다가 들리는 바에 의하면 체포된 '지사(志士)'들이 자백을 할 때는 자신들이 강연하러 나온 거라는 걸 감히 인정도 못했다고 하니, 정말 다들 너무나 겁쟁이라서 오히려 외국인들이 우리를 더 얕잡아 보도록 하고 있다고요!"

마지막 말을 할 때, 바오쑤는 책상을 한 차례 치며 분을 이기지 못하겠다는 듯한 기색을 드러냈다. 징은 늘 그렇듯이 자기 생각을 말하지 않았지만 후이는 깊은 공감을 표시했고 막 인사를 나눈 둘은 금방 마치 오랜 친구처럼 열정적으로 대화를 나누기 시작했다.

이때 이후로 징의 셋집 전대인은 이 눈에 띄는 붉은 넥타이를 자주 보게 되었고 최근 4, 5일 동안에는 거의 하루에 두 번씩이나 보았다. 게다가 오늘 징은 전례 없이 그와 함께 그림자극을 보러 나섰다. 후이가 함께 가길 간절히 원했고 바오쑤도 꼭 징을 데려가려고 했기 때문이다.

그날 그들 셋이 특별히 P극장에 간 것은 오로지 그 유명한 도스토옙스키의 「죄와 벌」을 관람하기 위해서였다. '5·30' 기념일에 외국인이 경영하는 극장에 간다는 건 징이 생각하기에 '대외적으로 부끄러운' 일이었지만 후이의 열성과 바오쑤의 부추김을 끝내 꺾을 수가 없었다. 영화의 반이 상영되고 10분간의 휴식 시간이 되어 장내의 전등이 일제히 켜졌을 때 세 사람이 의자에 나란히 한 줄로 앉아 있는 게 보였다. 징이 가운데 있었고 5월 말이라 벌써 날씨가 따뜻해져서인지 후이는 홑겹의 자주색 비단 치파오를 입고 있었다. 후이의 몸을 감싸고 있는 부드러운 비단 치파오는 꽉 맞아 몸의 곡선미를 유감없이 드러내 주고 있었다. 후이의 동그란 눈썹 밑에 있는 맑고 투명한 두 눈은 가무스름한 얼굴과 대조를 이루면서 더욱 반짝거렸고, 작은 입술이 작고 가지런한 하얀 치아의 바깥을 감싸고 있는 모습은 마치 활짝 핀 한 송이 꽃을 보는 것만 같았다. 후이는 확실히 매혹적이었다! 그러나 징 또한 아름답다고 하지 않을 수 없다. 후이의 아름다움이 꼬집어 말할 수 있는 어떤 것이라면 징의 아름다움은 그것과는 달랐다. 징의 얼굴이나 신체의 어떤 부분이 그리스 미의 황금률과 어떻게 합치되는지, 그녀의 몸이 어떤 육감적인 특징을 가지고 있는지를 꼬집어 말할 수는 없다. 징의 눈, 코, 입은 일견 너무나 평범한 것처럼 보인다. 그러나 이 평범한 것이 모여 '징'이 되면 그건 당장 아주 신비로운 어떤 것으로 바뀐다. 마치 볼 수도 없고 생각할 수도 없는 불가사의한 뭔가가 그녀의 뼈와 근육에로 연결되고 그녀의 모든 혈(穴)에 덮어씌워져 결국은 분해할 수 없는 완정한 아름다움을 만들어 내는 것 같았다.

후이에게는 사람을 끌어당기고 흥분시키는 마력이 있어서 자기도 모르게 곁으로 다가가게 되지만 그 흥분을 바짝 뒤따라오는 것은 피로와 감각의 마비다. 그러면 그때는 후이라는 여성이 주는 자극에서 벗어나기를 갈망하게 되는데 그럴 때 만약 누군가가 당신에게 수천 명의 미인이 여기 있으니 마음대로 골라 보라고 한다면 당신은 분명 징 같은 여인에게로 달려갈 것이다. 그러면 징의 우아한 아름다움이 당신의 긴장된 신경을 편안하게 해 준다. 징의 몸에서는 마치 어떤 그윽한 향기와 신비한 전파가 방출되어 나오는 것 같아서 당신은 그 힘에 도취될 것이며, 그건 점점 더 강력해져서 결국 당신은 그것에 포위당한 채 '모든 무기를 내려놓고 조용히 처분을 기다리는 수' 밖에 없게 된다.

하지만 지금 후이와 나란히 앉아 있는 징의 모습은 오히려 평범하고 초췌해 보였다. 적어도 지금 바오쑤의 눈에는 그랬다. 학우들은 바오쑤가 최근에 분주해진 게 징 때문이라고 했지만 바오쑤 자신은 그게 후이 때문이라는 걸 일찌감치 알고 있었다. 한 사람의 평범한 남성인 '바오쑤'로서는 후이의 흡인력에 저항할 수가 없었다! 바오쑤는 후이 곁에 있는 게 너무나 즐거웠다. 때로는 위협받는 느낌이나 숨 막힘, 과도한 자극 같은 게 느껴져서 징과 함께 있을 때의 그런 감미로움이나 편안함보다 못하다는 생각도 했지만 그러면서도 그의 마음은 무의식적으로 후이에게로만 향했다.

어디서 시작된 건지 알 수 없는 시끌벅적한 소리가 극장 안을 가득 채우고 있었다. 사람들은 저마다 이 십 분간의 시간을 이용해 한 시간 동안 억눌려 있던 긴장을 풀려고 했다. 후이는 앞줄에 오른쪽으로 비스듬히 앉아 부지런히 이야기를 나누고 있는 한 쌍의 남녀를 쳐다보고 있었다. 남자의 얼굴이 무척 낯이 익었지만 여자 쪽으로 고개를 숙이고 있어서 똑똑히 알아볼 수가 없었다.

"모든 범죄는 다 상황이 그렇게 몰아가는 거죠." 후이가 한숨을 내쉬며 바오쑤 쪽으로 고개를 돌리면서 말했다.

"그래서 전 범죄자들을 동정합니다." 바오쑤가 징의 목 뒤로 얼굴을 내밀고 마치 미리 준비라도 해 놓은 듯이 대답했다.

"온 세상이 다 죽어 마땅한 나쁜 놈이라고 비난을 해도 진짜 극악무도한 사람은 아닐 수 있는 거죠! 그렇기 때문에 누군가가 잘못된 짓을 하거나 타락한 행동을 해도 그건 결국 불쌍해할 일이지 미워할 일이 아닌 거고요." 바오쑤도 이렇게 말하며 탄식처럼 한숨을 내뱉었다.

"그렇다면 '벌'의 의미는 어디 있는 거죠?" 징이 몸을 조금 앞으로 구부리며 고개를 비스듬히 돌린 채 한마디 끼어들었다. 목 뒤에서 바오쑤가 후후하며 뿜어 대는 열기가 꽤나 견디기 어려운 것 같았다.

징의 말에 바오쑤와 후이는 순간 할 말을 잃은 것 같았다.

"만약 도스토옙스키도 그런 생각이었다면, 왜 청년 라스콜리니코프는 심각하게 고민을 하면서 사람을 죽여서 사람을 살리는 건 합리적이라는 결론을 내리고 난 뒤에야 비로소 노파를 죽이는 일에 착수하는 거냐고요? 그리고 왜 또 그 청년은 노파를 죽인 후에 다시 양심의 가책을 느끼는 거고요?" 징은 자신의 의견을 말했다.

"아…… 하지만, 하지만 그게 바로 도스토옙스키 사상의 철저하지 못한 부분인 거죠, 그렇기 때문에 그는 단지 문학가일 뿐 혁명가는 아닌 거고요!"

한참을 머뭇거리던 바오쑤가 갑자기 무슨 묘안이라도 떠오른 듯이 이 말을 찾아냈다.

"하지만 그것도 구차한 변명이라고밖에는 할 수 없겠는데요." 징이 가볍게 웃었다.

"징, 또 책벌레 티를 내네. 우리가 왜 꼭 작가의 원래 의도에만 신경을 써야 하지, 우리 자신도 머리가 있고 주장이 있는 건데 우리 스스로 보기에 그러면 그런 거지. 난 라스콜리니코프가 가난한 이모를 도와주기 위해서 노파를 죽이고 노파의 돈을 가져간 건 잘한 거라고 생각해. 내가 이해가 안 가는 건 오히려 이왕 노파를 죽인 거면 왜 그렇게 돈을 조금만 가져갔냐는 거야." 격앙된 어조로 이야기를 하며 후이는 다시 앞줄에 앉은 한 쌍의 남녀 쪽을 쳐다보았다. 둘은 여전히 부지런히 이야기를 나누고 있었다.

징은 다시 바오쑤 쪽을 보며 의견을 기다렸지만 바오쑤는 아무 말도 하지 않았다. 극의 내용에 대해서 자신은 아직도 뭐가 뭔지 잘 모르겠다는 것 같았다.

"후이의 말은 그 자체로는 맞지만, 이 청년 라스콜리니코프가 어떤 사람인지는 연구해 볼 만한 가치가 있다고 생각해. 아나키스트인지 개인주의자인지 아니면 유물사관주의자인지 말이야." 징이 다시 말했다.

후이는 앞줄에 앉은 남녀를 계속 쳐다보고 있었고 바오쑤도 이제는 그걸 조금 눈치챈 것 같았다. 후이는 갑자기 그 남자의 뒷모습이 누군가를 닮았다는 생각이 들었지만 그가 도대체 누구인지는 똑똑히 기억이 나지 않았다. 지나간 일과 사람들이 그녀의 기억 속에서 얼마나 어지럽게 서로 얽혀 있는지!

징이 새로 제기한 문제가 다시 각자에게 발언할 기회를 주었고 그래서 '죄'와 '벌'이 작은 토론회의 중심 주제가 되었다. 하지만 모두가 동의하는 결론이 내려지기 전에 다시 「죄와 벌」의 상영이 이어졌다.

영화가 계속되는 동안 바오쑤는 수시로 징의 목 뒤쪽으로 고개를 내밀어 자신의 생각을 이야기했고 후이가 고개를 끄덕이고 나면 다시 또 꼭 고개를 징 쪽으로 돌려 징의 생각을 물었다. 하지만 징의 마음은 온통 은막 위에 쏠려 있는 듯 어떤 때는 대꾸도 하지 않았고 어떤 때는 그저 막연하게 고개만 한 번 끄덕일 뿐이었다.

영화가 끝나고 "明日請早(내일 일찍 오세요)"라는 묽은 먹으로 쓴 네 글자가 은막 위에 떠올랐다. 후이는 벌써부터 일어나 있다가 전등이 켜지자마자 다시 앞줄에 앉아 있던 남녀를 찾았다. 하지만 자리는 이미 텅 비어 있었다. 그들은 벌써 자리를 떴고 지금은 주변에 있던 사람들이 모두 일어나 꾸물거리며 떠들썩하게 자리를 옮기고 있었다. 후이 일행 셋은 사람들 틈에 끼어 P극장을 나왔다. 거리는 뜻밖에 조용했다. 둘씩 짝을 지은 두 쌍의 인도 순찰이 천천히 극장 쪽에서 걸어왔다. 극장 옥상에 걸린 삼색기(三色旗)는 게으른 잠을 자고 있었고, 붉은 지붕 위에 꽂힌 깃대는 긴 그림자를 비스듬히 드리우고 있었다. 구멍가게의 점원이 조그마한 종이 한 장을 주워 들고 계산대에 기댄 채 쳐다보고 있었다. 첫 줄의 큰 글자는 아마도 "5·30 일주년 기념일에 상하이 시민에게 삼가 고함"인 것 같았다.

4

바오쑤는 학교 안에 적수가 한 명 있었다. 아니 적수라기보다는 기피 인물이라고 해야 할 것이다. 그건 바로 세상만사를 다 소설처럼 여기는, 작은 체구에 똘똘하고 야무진 리커였다. 리커의 체구가 작다는 건 누구나 다 아는 사실이었지만 그가 똘똘하고 야무지다는 건, 리커가 마치 자신이 떠벌이는 것을 미리 다 알고 있는 것처럼 보여서 바오쑤 혼자 내심으로만 그렇게 생각하고 있는 것이었다. 바오쑤가 기세등등하게 어떤 이야기를 하면 이 체구가 작은 인간은 매번 냉랭한 소리로 "또 소설 낭송 한 편 들었네"라고 말했는데 그럴 때마다 바오쑤는 등골이 오싹해지는 느낌이 들었다. 마치 자신의 적수가 정말로 귀신처럼 밤낮으로 자기를 따라다니며 정탐을 해서 자신의 비밀과 속임수를 다 알고 있는 것만 같았다. 바오쑤가 제일 싫어하는 게 바로 남이 자기 비밀을 아는 것이다. "사람은 다 저마다 비밀을 가지고 있어야 해, 안 그러면 삶의 의미가 사라져 버리지." 바오쑤는 늘 이렇게 말했다. 그런데 리커는 마치 전문적으로 바오쑤의 비밀을 정탐하고 폭로하는 것 같았다. 이건 정말 엄청난 불행이었다.

하지만 그 점을 제외하면 바오쑤도 원래는 리커가 평범하고 붙임성 있는 사람이라고 생각했다. 다른 친구들이 종종 바오쑤를 '타락한 아나키스트'라고 놀릴 때도 리커는 한 번도 그런 적이 없었고 다른 친구들이 바오쑤를 '간판만 번지르르한 박사'가 되려고 한다고 비웃을 때도 리커는 그렇게 말한 적이 없었다. 리커는 학우들 중에서도 공부를 잘하는 편에 속했고 상식이 무척 풍부했으며 거동도 지극히 진중했고 생각도 퍽 치밀했다. 그는 소란을 피우거나 호기를 부리는 지사(志士)처럼 구는 걸 좋아하지 않았고 여학생들을 꼬여 연애를 하는 일도 즐기지 않았다. 이런 모든 것이 다 바오쑤의 취향에 맞았고 마지막 사항은 특히 그랬다. 왜냐하면 징이 친구들 중 리커와 가장 말이 잘 통했기 때문이다. 요컨대, 솔직히 말하면 바오쑤는 리커에 대해 탄복하는 부분이 더 많았고 약간의 미움이나 거리낌 같은 건 모두 "또 소설 낭송 한 편 들었네" 하는 그 냉소적인 말 때문이라고 할 수 있었다.

그런데 최근엔 이런 약간의 미운 감정조차도 사라져 버렸다. 그건 결코 바오쑤가 도량이 커졌다거나 '개인에게는 마땅히 비밀이 있어야 한다'는 인생관을 포기해서가 아니라 리커가 더 이상은 그의 비밀을 알지 못하게 되었기 때문이다. 더 정확하게 말하면 바오쑤 자신이 더 이상은 남 학우들 앞에서 자신과 징의 연애 이야기를 만들어 내지 않았기 때문에 "또 소설 낭송 한 편 들었네" 하는 식의 비꼬는 말도 리커 입에서 더 이상 나오지 않게 되었기 때문이다. 바오쑤는 지금 새로운 비밀이 생겼고 이 비밀은 전혀 남 학우들 앞에서 떠들고 다닐 필요가 없는 일이었다.

이 새로운 비밀이 언제 싹튼 것인지는 바오쑤도 정확하게 기억하지 못하지만 그것이 언제부터 자라나게 된 것인지는 정확하게 기억했다. 그건 바로 P극장에서 「죄와 벌」을 보고 난 날 저녁이었다. 그날 오후 바오쑤는 두 명의 여성과 함께 극장을 나왔는데 징은 머리가 아프다며 혼자서 먼저 돌아갔고 바오쑤와 후이는 샤페이로(霞飛路)의 인도 위를 걸었다. 날씨가 사람을 너무나 노곤하게 만든 탓인지 후이는 두 눈을 거의 감고 바오쑤에게 반쯤 기댄 채 흐느적거리듯이 걷고 있었다. 멀리 나뭇가지에는 핏빛 석양이 걸려 있었고, 길가의 전등에는 이미 불이 켜져 있었다. 가끔씩 전차가 덜컹거리는 소리를 내며 달려왔다가는 다시 달려갔다. 길에는 고작 두세 쌍의 사람들만이 팔짱을 낀 채 천천히 오가고 있었다. 삼삼오오 짝을 지어 퇴근하는 여공들이 총총히 한길을 가로질러 가며 무슨 말인지 알아들을 수 없는 말을 재잘거리고 있었다. 누군가가 그의 앞으로 지나갈 때마다 바오쑤는 자신이 주목의 대상이 되었다고 생각하며 가슴을 더 곧게 펴고 동시에 후이 쪽으로 몸을 더 가까이 했다. 걷는 동안 둘은 내내 말이 없었다. 후이는 무슨 걱정거리라도 있는 것처럼 고개를 숙이고 있었다. 바오쑤는 비록 고개를 꼿꼿이 들고 있었지만 사실은 어떤 일에 대해 생각하느라 적어도 15분가량은 안절부절 못하고 있었다.

석양의 반쪽 얼굴이 이미 지평선 속으로 들어갔고 하늘에는 드문드문 몇 개의 별들이 반짝이고 있었다. 시원한 바람이 한 차례씩 전해져 왔다. 그들은 뤼반로(呂班路)의 길모퉁이까지 걸어왔다.

"미스 저우, 우리 가까운 데 가서 저녁이나 먹을까요?" 한참을 머뭇거린 후에 바오쑤가 말문을 열었다.

후이는 고개를 끄덕였지만 곧 다시 머뭇거리며 "여기에 무슨 깨끗하고 조용한 식당이 있을까요?" 하고 말했다.

"많죠. 하지만 프랑스 공원 안에 있는 식당으로 가는 게 제일 나을 거예요." 바오쑤는 무척 흥분해 있었다.

"좋아요. 나도 중국의 프랑스 요리는 어떤지 한번 먹어 봐야겠네요."

저녁을 먹고 나서 다시 반 시간 동안 크리켓 경기를 보고 난 뒤 둘은 공원의 구석구석을 한 바퀴 돌았고 마지막으로 공원 동쪽의 작은 연못가에 있는 나무 의자 하나를 골라서 앉아 쉬었다. 머리 위로 드리워진 버드나무의 거대한 팔뚝이 달빛과 별빛을 모두 가려 버렸고 조금 떨어진 곳에서는 어둑어둑한 밤공기를 뚫고 반짝이는 불빛이 새어 나오고 있었다. 공원의 가로등 불빛이 빽빽하게 드리워진 나뭇잎에 가려져 있었다. 만개한 만향옥(晩香玉)이 저쪽에서 희뿌옇게 보였고 그림자가 연못의 물에 비쳐 연한 푸른빛을 발하고 있었다. 그것 말고는 모든 것이 회색의 한 덩어리로 섞여 있었다. 후이와 바오쑤는 둘 다 조용히 앉아 있었다. 이 고즈넉한 풍경이 그들로 하여금 잠시 말을 잃게 했다.

갑자기 풀숲에서 가늘고 길게 떨리는 벌레 울음소리가 들려왔고 이어 연못 맞은편에서도 벌레 소리에 화답하듯 한두 가락의 노랫소리가 들려왔다. 나중에는 개구리의 개굴개굴하는 소리도 들려왔는데 아마 더 먼 도랑에서 우는 것 같았다. 초여름 밤이라 바람은 힘이 없었다. 그래도 나뭇가지는 사각거리는 소리를 냈다.

후이는 오늘 밤 술을 좀 많이 마셔서인지 심장이 계속 쿵쿵 뛰었다. 눈앞의 풍경이 지나간 일들을 다시 밀물처럼 그녀의 가슴속으로 밀어 왔다. 그녀는 천천히 머리를 의자 뒤로 기대고는 탄식처럼 깊은 한숨을 내뱉었다. 바오쑤가 모험을 하듯이 손을 뻗어 후이의 손을 살짝 잡았지만 후이는 꼼짝도 하지 않았다.

"후이! 여기 요리 파리에 비하면 어때요?" 바오쑤가 이야깃거리를 찾아 질문을 던졌다.

후이는 피식 웃었다.

"그렇게 많이 다르진 않죠?" 바오쑤는 웃음의 의미를 제대로 파악하지 못한 채 다시 물으며 후이의 손을 더 꼭 잡았다.

"요리 얘기를 하니까 밥 먹을 때 당신의 그 어색하고 힘들어하던 모습이 생각나네요." 후이가 웃으며 "중국 사람이 서양 요리를 먹으면 십중팔구는 다 그렇죠" 하고 위로하듯이 한마디를 덧붙였다.

"어쨌든 먹는 방법이 낯설어서요. 당신을 선생님으로 모시죠!" 바오쑤가 놀림을 면하려고 대충 싱겁게 변명을 했다.

술이 후이의 이야기 흥을 돋우어서인지 그들은 파리에 대해서도 이야기하고 상하이의 풍속과 중국 영화에 대해서도 이야기하고 마지막에는 다시 「죄와 벌」에 대해서도 이야기했다.

"오늘 장 양이 좀 화가 난 것 같죠?" 바오쑤가 갑자기 물었다.

"징은…… 늘 그런 식이지." 후이가 혼잣말을 하듯이 작은 소리로 말했다. "하지만 어쩌면 당신에게 화가 났는지도 모르죠?" 후이가 갑자기 장난인지 아닌지 모르겠는 말투로 바꾸어 말했다.

주위는 무척 캄캄했지만 바오쑤는 활활 타오르는 후이의 두 눈이 자신을 주시하고 있다는 걸 느낄 수 있었다.

"절대로 그럴 리 없어요! 징과 난 단지 친구에 불과하고 늘 서로 예의를 갖추는 사인데 그녀가 왜 내게 화가 나겠어요." 바오쑤는 아주 작은 소리로 이렇게 말하며 거의 얼굴이 닿을 만큼 후이에게 더 가까이 다가갔다. 후이는 움직이지 않았다.

"날 속이는 거 아니에요?" 후이가 천천히 물었다.

한 줄기 달콤한 향 ─ 여성 특유의 향내와 술기운이 하나 되어 곧바로 콧속으로 전해 오자 바오쭈의 태양혈 혈관이 마구 뛰기 시작했다. 가슴속에서 무수한 개미들이 기어 올라오고 있는 것 같았다.

"절대 아니에요! 속일 생각도 없고요."

'생각도 없다'는 말을 할 때 바오쭈는 몇 배로 힘을 주어 말했다. 후이는 바오쭈에게 붙잡힌 손에 힘이 더해지는 걸 느꼈다. 얇은 한 층의 비단으로 싸여 있는 대퇴골 사이로 남성의 뜨거운 육체의 열기가 전해져 왔고, 이 열기는 즉각 온몸으로 퍼져 그녀는 요동치는 마음을 억누를 수가 없었다.

"후이! 당신도 알다시피 학교 안에선 늘 연애 소동이 벌어지잖 아요. 얼마 전에도 또 우스운 일이 일어났죠. 하지만 난 그런 여 학우들이랑 아무런 관계가 없어요. 난 함부로 감정을 남발하지 않 거든요……." 바오쭈는 잠시 멈추었다가 다시 말을 이었다. "지 금까지 난 누구와도 연애를 해 본 적이 없어요."

아무런 대답이 없었다. 희미한 회색 불빛 속에서 후이의 반쯤 감긴 두 눈과 가슴의 미동이 보이는 듯했다. 귓가에서 누군가가 "그녀의 마음이 이미 움직였어!"라고 속삭이는 소리가 들리는 것 같았다. 대체 상황이 어떻게 돌아가는 건지 자신도 알지 못한 채 바오쭈는 갑자기 한 손으로 후이의 목을 감싸 안으며 중얼거리듯 이 말했다. "난 당신만을 사랑해요! 말로 다 표현할 수 없을 만큼 당신을 사랑해요!"

후이는 아무 소리도 내지 않았다. 하지만 그녀의 빈손은 자연스럽게 바오쑤의 어깨를 끌어안았고 바오쑤는 그녀의 핏빛 입술에 입을 맞추었다.

한동안 침묵이 흘렀다. 풀벌레들도 일찌감치 연주를 끝낸 것 같았다. 연못 근처에서 개구리 한 마리가 갑자기 개굴개굴하며 힘차게 몇 번을 울어 댔고 그 뒤로는 모든 게 고요해졌다. 차츰 시원해진 바람이 끊겼다 이어졌다 하면서 먼 곳으로부터 무슨 곡인지 알 수 없는 피아노 소리를 실어다 주었다.

후이가 숙소로 돌아왔을 때는 이미 11시가 다 되었다. 후이는 술이 아직 반쯤만 깬 상태였다. 징은 벌써 깊이 잠들어 있었다. 후이의 잠자리는 서쪽 창 아래쪽, 바로 책상 맞은편에 놓여 있는 행군용 침상이었다. 공간이 좁아서 특별히 산 것인데 모기장도 달려 있었다. 공원에서의 한 장면이 아직도 눈앞에서 어른거려 협소한 행군용 침상에 누워서도 후이는 내내 몸을 뒤척이며 끝내 한잠도 잘 수가 없었다. 지나간 일들이 모두 부풀어 오른 머릿속으로 돌진해 들어왔다. 파리의 번화함, 자신의 방탕함, 몇몇 친구들의 호기 부리던 모습과 오빠의 완고함, 올케의 비웃음과 어머니의 끔찍한 사랑, 이 모든 것이 아무런 연관도 없이 어지럽게 섞인 채 한 편 한 편씩 지나갔다. 다시 자신은 아직 아무런 보장된 직업도 없고 평생 기거할 곳도 없다는 사실에 대해 생각했다. 지분거리는 사람은 그렇게 많지만 그 가운데 누구 하나 진심으로 사랑해 주는 사람이 있던가? 기대 수준이 너무 높지 않았다면 나도 아마 벌써 애인도 생기고 결혼도 했겠지? 하지만 다른 사람의 말은 듣지도 않는 꽉 막힌 남자나 가부장적인 권한으로 그녀를 구속하려는 남자라면 차라리 없는 게 낫지! 벌써 스물네 살이고 청춘도 이제 얼마 남지 않았는데 벌써 마음을 정했어야 하는 게 아닐까? 하지만 그게 그리 쉬운 일인가? 후이는 자신의 앞날이 온통 회색으로만 느껴져 자기도 모르게 눈물을 흘렸다. 만약 집에 있었다면 분명히 엄마의 품속으로 뛰어 들어가 한바탕 소리 내어 울었을 것이다. "스물네 살이라니!" 그녀는 속으로 되풀이해서 말했다. "벌써 스물네 살이 되었단 말인가? 내가 벌써 생명의 길을 반이나 걸어왔다고? 스물하나, 스물둘, 스물셋, 마치 나는 것처럼 지나가 버린 그 시절이 내게 행복한 시간이었던가 아니면 가슴 아픈 시간이었던가?" 후이는 지나간 그런 순간을 붙잡아 두고 싶었지만 행복했던 순간은 떠오르자마자 사라지고 마음은 곧 다시 상심의 어두운 그림자로 뒤덮여 버렸다. 그녀는 미친 듯이 이불자락을 물어뜯으면서 인생을 저주하고 자신이 겪은 모든 것을 저주하고 그녀 자신을 저주했다. 만약 그녀가 다시 열일곱, 열여덟이나 아니 스무 살로 만이라도 되돌아갈 수 있다면 얼마나 좋을까, 그러면 그녀는 이 아름다운 청춘을 정말 신중하게 잘 보낼 것이며 이 아름다운 청춘을 어떻게 보낼지에 대해서도 치밀한 계획을 세울 텐데. 절대로 다시는 이 시절이 그냥 마치 꿈꾸듯이 멍한 채로 대충 지나가 버리게 하지는 않을 텐데. 하지만 지금은 모든 게 다 끝난 것이다. 마치 꿈에서 황금을 주웠는데 꿈에서 깨어나기도 전에 벌써 그걸 아무렇게나 다 써 버리고 꿈에서 깨어난 후에는 부질없는 슬픔만 남게 된 것 같았다. "벌써 스물넷이라니!" 후이의 흥분된 머리는 까닭 없이, 고집스럽게 이 생각만 계속하고 있었다. 정말로 '스물넷'이 마치 날카로운 바늘처럼 그녀의 두개골을 찔러 대어 두개골이 빠개질 것만 같았다. '스물넷'은 또 빠르게 도는 바퀴처럼 그녀의 가슴속에서 정신이 혼미해질 때까지 뱅글뱅글 돌았다. 식은땀이 이마 위로 솟아났다가 저절로 말랐다가 다시 솟아올랐다. 마치 누군가가 가슴을 짓누르고 있는 것처럼 가슴이 답답하게 부풀어 올랐다. 그녀는 누구의 도움도 받을 수 없는 상태로 누운 채 입을 벌리고 다급하게 숨을 내쉬었다. 더 이상은 생각을 할 수가 없었다.

언제부터인지 모르지만 가슴과 머리가 한결 가벼워졌고 몸은 마치 가볍게 나부끼듯이 공중에 매달려 있었다. 이곳은 분명 행군용 침상도 아니고 극장도 아닌 프랑스 공원 안이었다. 그녀는 부드러운 이불 같은 풀밭 위에 앉아 있고, 바오쑤의 머리는 그녀의 다리를 베고 있다. 분홍색 구름 한 점이 그들 머리 위로 빠르게 지나갔고 흰 고니 한 마리가 날개를 퍼덕이며 그들 앞으로 걸어왔다. 그때 나무 쪽에서 한 아이가 달려왔다. 네 살쯤 되어 보이는, 둥근 눈썹에 양 볼에 보조개가 있는 아이가 옆으로 다가왔을 때 그녀는 그 아이가 바로 자기 아이라는 걸 알아보았다. 막 손을 들어 아이의 머리를 어루만지려고 하는데 갑자기 한 남자가 아이의 뒤쪽에서 나타났다. 남자는 "극장에서부터 줄곧 너를 찾았는데 알고 보니 여기 있었구나!" 하고 큰소리로 고함을 지르며 지팡이를 들어 그녀를 내리쳤다. "죽여 버릴 테다, 이 염치없는 것! 타국에서 내가 언제 너를 섭섭하게 대한 적이 있더냐, 날 속이고 달아나다니! 이놈은 또 누구야, 때려죽여야지, 때려죽여야 돼!" 그녀는 급히 두 손으로 바오쑤의 머리를 감쌌다. '딱' 하고 한 차례, 지팡이가 자신의 머리 위로 떨어졌다. 그녀는 자신의 두개골이 이미 부서져서 붉은 피와 회백색 골이 흥건하게 흘러내리고 그것이 바오쑤의 얼굴을 온통 적셔 놓는 것을 분명하게 느낄 수 있었다. 분노와 두려움 속에서 그녀는 다시 그 남자가 미친 듯이 웃어 대는 소리를 들었다. 순간 그녀는 극심한 분노를 느꼈고 문득 발 옆에 있는 커다란 돌멩이 하나를 발견하고는 벌떡 몸을 일으키며 두 손으로 그것을 들어 올렸다. 하지만 남자는 다시 한 대를 내리쳤다……. 그녀가 온몸을 부르르 떨며 눈을 부릅뜨고 다시 쳐다보았을 때 그녀는 평소처럼 행군용 침상 위에 반듯이 누워 있었고 햇빛은 방 안 가득 비치고 있었다. 그녀는 정신을 차리고 다시 꿈속에서 일어났던 일을 생각해 보았다. 심장이 갑자기 쿵쿵 뛰기 시작했다. 머리는 아프지 않았지만 입이 너무 말랐다. 낮은 목소리로 '징'을 불렀지만 대답이 없었다. 간신히 몸을 반쯤 일으켜서 모기장을 걷고 징의 침대 쪽을 보았다. 침대는 비어 있었다. 징은 이미 나간 것 같았다.

후이는 도로 풀썩 누운 채 방금 전의 악몽을 다시 떠올렸다. 꿈속에서의 일은 이미 대부분 잊었고 아주 극적인 장면만 기억에 남았다. 후이는 혼자 실소를 금치 못했다. 머리가 무거워서 더 이상은 생각할 수가 없었다. '바오쑤, 이 인간에게 나의 전부를 내어 줄 가치가 있을까?' 하는 생각만이 머릿속에서 어지럽게 맴돌았다. 아니, 절대 아니지, 그는 기껏해야 전에 만났던 남자들과 같을 뿐이야. 강함과 오만함이 다시 후이에게로 돌아왔다. 맨 처음 남자에게 속고 버림을 당한 후 일찍부터 후이는 남자들에게 복수하겠다는 생각을 품고 있었다. 남자들은 그저 가지고 노는 대상일 뿐 사랑의 대상으로는 생각해 본 적이 없다. 남들이 뭐라고 하거나 비웃어도 개의치 않는다. 도덕, 그건 정말 시골 처녀들이나 속여 먹는 올가미일 뿐이다. 그녀는 벌써 이 올가미에서 빠져나왔다. 그녀가 정말 그녀 자신일 때 과거를 생각하는 일은 슬프거나 후회스러운 일이 아니라 오직 분노, 아직까지 후련하게 복수하지 못한 것에 대한 분노일 뿐이다. 만약 그녀에게도 슬플 때가 있다면 그건 아마도 청춘이 다시는 돌아올 수 없으며 자신의 계획을 실행할 시간이 이제 고작 몇 년밖에 남지 않았다는 사실 때문일 것이다. 어쩌면 이런 깊은 한탄이 밤새도록 악몽을 꾸게 한 원인이었는지도 모른다.

후이는 몇 번씩이나 자신을 분석해 보고 난 뒤 '과거의 방책에는 잘못이 없다'는 결론을 내리고 편안한 마음으로 몸을 일으켰다. 세수를 마쳤을 때 그녀는 이미 결정을 내렸다. 바오쑤가 다시 오면 전처럼 교제는 하겠지만 공원에서의 일은 없었던 것으로 하겠노라고.

하지만 바오쑤는 그 일을 잊고 싶어 하지 않았다. 그는 '5·30'의 밤을 자기 삶의 한 이정표로 삼으려 했고 황금 글자로 이 새로운 비밀을 마음속에 새겨 넣고 싶어 했다. 그는 또 한 걸음 더 나아간 행위와 한 걸음 더 나아간 요구를 제시할 기회만을 기다리고 있었다.

오후 두 시쯤 되어서 집으로 돌아왔을 때 징은 후이가 여전히 집에 있는 걸 보았다. 후이는 어제 저녁의 일에 대해 징에게 이야기를 했지만 "아무 일도 없었던 것으로 하겠다"는 말은 하지 않았다. 징은 늘 그렇듯이 아무 대답도 하지 않았다. 바오쑤는 지금까지처럼 날마다 후이를 찾아왔다. 하지만 올 때마다 그의 답답함은 배가 되었고 끝내 자신이 계획한 걸 실행할 기회를 얻지 못했다. 그러나 그러면서도 바오쑤는 "부끄러움이 많고 먼저 표현하는 걸 꺼리는 건 본래 여자의 특성이지. 게다가 공원에서의 1막은 어쨌든 너무 좀 경솔했지. 모두 다 술기운에 저지른 일이니까!" 하고 때로는 자신에게 좋게 해석을 하기도 했다.

5

다시 아주 평범하게 며칠이 더 지나갔고 바오쑤는 이제 답답해서 더 이상은 견딜 수 없는 지경이 되었다.

어느 날 오후 학교 앞 공터를 거닐다가 바오쑤는 지금은 더 이상 미워하지 않게 된 리커가 그리로 지나가는 걸 보게 되었다. 바오쑤는 문득 리커가 후이와 동향이라는 사실을 떠올리며 어쩌면 이 '괴짜'가 후이의 집안 내력이나 과거사에 대해 알고 있을지도 모른다는 생각을 했다. 비록 바오쑤와 후이는 매일같이 만나는 사이였고 둘 사이가 그냥 얕은 우정이라고 할 수는 없는 관계였지만 그래도 바오쑤는 후이의 집안 내력 같은 것에 대해서는 하나도 아는 게 없었다. 아는 것이라곤 후이가 파리에서 2년간 '유학생'으로 지냈고 전에 징과 같은 학교에 다녔다는 것뿐이었다. 후이는 자신의 과거사에 대해 한마디도 꺼낸 적이 없었고 마찬가지로 바오쑤의 집안 사정에 대해서도 물은 적이 없었다. 바오쑤가 몇 번 알아보려고 한 적이 있지만 결과는 항상 실패였다. 그가 막 입을 열려고 하면 후이는 당장 화제를 다른 데로 돌렸다. 그도 후이를 조금은 두려워하는 마음이 있었기 때문에 끝내 더 이상 묻지 못하고 그렇게 모호한 채로 지금까지 온 것이다. 하지만 요 며칠 동안은 후이의 태도가 그를 너무나 답답하게 만들었기 때문에 바오쑤는 더욱 더 절박한 심정으로 어떻게든 후이의 과거사에 대해 알아내려 했다. 그래서 지금 리커를 만나자 바오쑤는 비밀을 누설하는 위험을 감수하면서라도 어떻게든 좀 알아내야겠다는 결심을 한 것이다.

"미스터 리, 어디 가나?" 바오쑤가 멋쩍은 듯이 부르자 키 작은 리커는 멈춰 서서 사방을 둘러보더니 바오쑤를 보며 대수롭지 않다는 듯이 대답했다. "그냥 발 닿는 대로."

"일이 없으시다니 할 말이 좀 있는데 괜찮으신지?" 바오쑤가 다소 경박한 어투로 말했다. "괜찮아!" 리커는 여전히 개의치 않는 듯이 응수하며 몇 걸음 다가왔다.

"자네 고향이 위환(玉環)이지? 얼마 동안이나 집에 안 갔나?" 바오쑤는 한참 동안이나 궁리를 하고 난 뒤에 비로소 결정을 내리고 이렇게 말문을 열었다.

"응. 3개월 전에 한번 다녀왔지." 이 '이성적인 인간'은 이렇게 대답을 하며 속으로 뭔가 좀 이상하다고 생각했다. 스스로 총명하다고 생각하는 것 같지만 사실은 아주 졸렬한 바오쑤의 이 인사말이 분명 무언가를 알아내기 위한 미끼라는 걸 그는 이미 알아차리고 있었다.

"아, 그럼 아마 자네와 동향인 저우딩후이(周定慧) 양을 알겠구만?" 바오쑤가 당장 단도직입적으로 이야기의 방향을 자신의 목표 쪽으로 돌리자 리커는 웃음을 터뜨렸다. 바오쑤는 마음이 찔끔했다. 그는 이 웃음이 호의적인 것인지 악의적인 것인지 분별할 수가 없었다. "자네가 후이 양을 아나?" 이 '이성적인 인간'이 뜻밖의 반문을 던지자 바오쑤는 그에게로 한 걸음 다가가 귓속말로 "내 친구가 그녀를 알아. 누가 소개를 했거든" 하고 말하고는 곧 리커의 어깨를 치며 "좋은 친구, 이제 알겠지?" 하고 말했다.

리커는 다시 웃었다. 바오쑤는 그 웃음에 자못 난처해하는 기색이 들어 있다고 단정했다.

"아, 그 아가씨, 사람들이 그 아가씨 얘기 아주 많이 하던데. 난 어쨌든 딱 한 번밖에 본 적이 없지만 사람이 아주 똑똑하고 대단해 보이더군." 리커는 항상 그렇듯이 표정 없는 얼굴로 천천히 말했다. "이제 됐다면 난 또 다른 일로 친구를 좀 만나러 가야 해서." 리커가 한마디를 덧붙였다.

"사람들이 뭐라고 하던데?", "한두 가지만 더 말해 주면 좀 어떻겠나?" 바오쑤가 급히 물었지만 리커는 이미 방향을 오른쪽으로 틀어 발걸음을 옮기고 있었다. "시골 사람들이 아무것도 아닌

거 가지고 괜히 이러쿵저러쿵하는 거니 자네 친구는 전혀 신경 쓸 필요 없네."

바오쑤가 다시 물어보려 했지만 리커는 내친 김에 "잘 가라"는 인사까지 하고는 결국 가 버렸다. 리커의 뒤로 꼬리처럼 길게 늘어진 그림자만이 남아 여전히 바오쑤 앞에서 어른거리다가 몇 초 지나지 않아서는 그마저도 점점 흐릿해져 더 이상 보이지 않게 되었다. 바오쑤는 멍하니 하늘을 바라보다가 자기도 발 닿는 대로 공터를 한 바퀴 돌았다. 두꺼비 한 마리가 갑자기 발밑에서 튀어 올라오더니 세 발짝을 뛰고는 다시 몸을 돌려 마치 야유하듯이 두 눈을 툭 내민 채 바오쑤를 바라보았다. 몇몇 학우들이 멀찍이서 그를 보며 뭐라고 하는 것 같았지만 그는 그것도 눈치채지 못했다. 리커가 남긴 너무나 간단한 몇 마디 말의 의미에 대해 계속해서 생각하다가 바오쑤는 리커가 사실은 후이의 신변에 대해 전혀 아는 게 없으면서 일부러 이리저리 둘러대서 사람을 가지고 논 게 틀림없다는 결론을 내렸다. 하지만 이 결론은 곧바로 뒤집어졌다. 아니지, 이 '이성적인 인간'이 본래 말을 아주 아끼긴 해도 그렇다고 모르는 걸 안다고 우기는 그런 인간은 아니니까 그가 한 말은 분명 잘 생각해 볼 가치가 있어. 바오쑤는 학교에서 울리는 종소리에 다시 의식을 되찾을 때까지 엎치락뒤치락하며 이런저런 생각을 했다.

S대 학생들은 종소리를 듣고 수업을 시작하고 또 종소리를 듣고 수업을 마치고 잠자리에 든다. S대에서 종이 울리는 건 일상사로 본래 주목을 끌 만한 일이 아니다. 수업 종이나 취침 종이 사방으

로 뎅뎅 울려 퍼지다가 잔디밭에 이르러 멈추면, 기숙사 쪽에서는 그때까지도 왁자지껄하게 떠들어 대는 웃음소리가 전해져 왔다. 그러나 이번 종소리는 예외였다. 온수를 배달하는 심부름꾼[茶房]이 임시로 친 거라서 그 소리를 들은 학교 안의 학생들은 모두 모여들었다. 바오쑤가 제3교실로 들어갔을 때 — 예정에 없던 종소리가 울리면 이 교실에 모인다는 건 모두 아는 사실이다 — 교실은 온통 사람들로 시커멓게 메워져 있었다. 한 친구가 바오쑤를 붙잡고 "또 무슨 일로 회의를 여는 거지?" 하고 물었다. 바오쑤가 눈을 동그랗게 뜬 채 고개를 가로젓고 있을 때 등 뒤에서 날카로운 소리 하나가 들려왔다. "정말 빌어먹을 놈들이라니까! 저녁도 못 먹게 하다니!" 바오쑤는 그 소리가 성이 팡(方)인 여학생의 목소리라는 걸 알았다. 수업 때 늘 징과 같이 앉는데 별명이 '끄나풀'이었다. 이런 별명을 얻게 된 이유는 팡이 다른 사람의 비밀을 캐내는 걸 가장 좋아했기 때문이다. 만약 당신이 어떤 일을 팡에게 알린다면 그건 신문에 광고를 내는 거나 다름없다. 이런 별명을 얻게 된 또 다른 이유는 그녀가 '정탐꾼'이라는 말을 한 번도 사용한 적이 없기 때문이다. 다른 사람들이 '정탐꾼'이라고 해도 그녀는 늘 '끄나풀'이라고 고쳐 말했다. 그녀가 만약 '5·30사건'의 경위에 대해 이야기를 시작하면 열 문장 가운데 적어도 한 다스는 '끄나풀'이라는 말이 들어간다. 바오쑤는 끄나풀 팡 주변 옆자리로 가 앉았다. 바오쑤가 입을 열어 물어보기도 전에 우리의 팡 양은 벌써 서둘러 회의가 열리는 이유를 말해 주었다. 그녀는 입을 삐죽이며 자신이 내린 결론을 이야기했다.

"정말 못 봐주겠네. 아니 남이 안 좋다고 하면 그냥 신경 꺼 버리면 그만이지, 죽네 사네 난리를 치면서 다른 사람들까지 기겁을 하게 만들 건 뭐야……." 그녀의 토박이 상하이 방언은 '꼬나풀'과 마찬가지로 유명했다.

바오쑤가 실망스러운 듯이 말했다.

"당신은 연애라는 게 얼마나 절실한 건지 모르니까 그런 말을 하는 거지, 연애를 하면 다른 건 아무것도 생각할 수가 없다고. 게다가 실연까지 당하면 그게 얼마나 괴로운 건데!"

의장이 서너 번이나 경고 벨을 누르고 나서야 터져 나갈 듯 떠들썩하던 제3교실의 소란이 다소 진정되었다. 바오쑤는 자리가 너무 뒤쪽이라 의장의 입술이 움직이는 것만 보일 뿐 소리는 전혀 들리지 않았다. 열심히 들으려고 해도 끊어졌다 이어졌다 하며 전해 오는 몇 마디 말만 간신히 알아들을 수 있을 뿐이었다. "연애하는 건 반대하지 않지만…… 그게 일에 방해가 되어서는 안 됩니다……. 왕 양은 너무 방탕했어요……. 삼각연애는……."

"의장이 미스터 룽과 왕 양의 연애를 금지해야 한다고 하네. 룽 녀석이 왕 양이 이미 애인이 있다는 것 때문에 화가 치밀어서 죽으려고 했기 때문이지." 꼬나풀이 예민한 귀로 들은 내용을 바오쑤에게 전달해 주었다.

갑자기 맨 앞줄에 있던 사람이 박수를 치기 시작했고 바오쑤는 다시 전달을 부탁한다는 뜻으로 꽝을 쳐다봤지만 꼬나풀은 이마를 찌푸린 채 "똑똑하게 들리지 않는다"고 중얼거렸다. 몇 사람이 "찬성이요! 강제집행합시다!" 하고 소리치자 장내에 있던 사람

대부분이 줄줄이 팔을 올리기 시작했다. 의장이 다시 잘 들리지 않는 소리로 몇 마디 말을 하자 장내에서는 갑자기 떠들썩한 웃음이 일었고 그 와중에 한 사람이 벌떡 일어나 큰소리로 말했다. "연애라는 게 누구보고 대신 가서 하라고 할 수 있는 게 아닌데 왕이 둥팡(東方)은 차마 포기 못하겠다고 하면서도 룽과도 연애를 한다는 건 말이 안 됩니다. 그런데도 왕은 둥팡과의 연애를 그만두지 않고 또 룽과의 연애도 포기하지 않으려고 하면서 도리어 다른 여학생을 룽한테 소개해서 자기 대리인으로 삼으려 했다니 이거야말로 봉건사상 아닙니까! 이건 프티부르주아 의식이니 회의에서 마땅히 엄중하게 처벌해야 합니다!"

바오쭈는 발언을 한 사람이 유명한 '대포(大炮)' 스쥔(史俊)이라는 걸 알았다. 몇 사람이 찬성의 박수를 쳤고 몇 사람은 일어나 서로 앞다퉈 이야기하려 했다. 자리가 멀리 떨어져 있는 사람들은 "큰소리로 말해요, 안 들려요" 하고 고함을 질렀다. 회의장의 질서가 다시 무척이나 흔들리기 시작했다. 바오쭈는 머리카락이 부풀어 오르는 것 같은 느낌이 들었다. 토론은 어지러운 가운데 진행되었고 한쪽에서는 떠들썩한 틈을 타 슬그머니 자리를 뜨는 사람들도 있었다. 마지막으로 의장이 큰소리로 말했다. "왕과 룽의 연애를 금지하고 그 밖의 일은 불문에 붙인다. 찬성하는 사람은 손드세요!" 모두 손을 들었다. 바오쭈도 손 하나를 보태고는 서둘러 즉시 회의장을 빠져나왔다. 나오는 길에 고개를 돌려 보니 팡이 몸을 앞으로 내밀고 의자 맞은편에 앉아 있는 어떤 여학생과 이야기를 나누고 있는 게 보였다. 바로 대포 스쥔의 애인 자오츠주(趙赤珠)였다.

'과연 끄나풀이군.' 걸어가면서 속으로 이렇게 생각하다가 바오쑤는 갑자기 한 가지 생각이 들었다. "왜 끄나풀에게 내 일에 대해 물어보지 않았을까? 동향은 아니지만 뭔가 알고 있을지도 모르는데."

6

이른 아침부터 징은 또 화가 났다.

징은 요즘 자주 화가 난다. 하지만 누구한테 화가 난 거라고 하자니 사실은 누구도 잘못한 사람이 없고, 그렇다고 전혀 아무한테도 화가 난게 아니라고 하자니 사람만 보면 기분이 나빠지고 사람 소리만 들리면 혐오감이 드는 것이다. 본래 말수가 적은 데다 최근에는 더 말이 없어져 요즘은 아예 혀가 있다는 것조차 잊어버리고 사는 것 같았다. 이 때문에 그녀와 함께 앉은 끄나풀 팡은 그녀에게 '돌 미인'이라는 별명까지 붙여 주었다. 하지만 정작 징 자신은 자기가 화가 나 있다는 걸 인정하지 않는다. 요즘은 그저 하루하루가 앉아도 편치 않고 서도 편치 않을 뿐이다. 책을 봐도 편치가 않고 책을 보지 않아도 편치가 않다. 대체 자신이 뭘 원하는 건지도 알 수가 없다. 자신의 일거수일투족이 다 다른 사람들의 이야깃거리가 되고 심지어는 기침 한 번만 해도 마치 등 뒤에서 누군가가 이상한 표정을 짓고 자신을 비웃는 것 같았다. 밖에 나가면 또 거리를 오가는 사람들의 눈빛이 모두 자신을 응시하는 것 같고 냉소와 비난과 끼리끼리 지껄여 대는 소리가 다 암암리에 자신을 가리키는 것만 같아 두려워서 감히 문밖을 나설 수가 없었다. 어떤 때는 '이런 게 다 신경과민'이라고 스스로 해명해 보기도 하지만 이런 이상한 감정이 일단 마음을 점령해 버리고 나면 그녀에게는 일말의 자유도 남지 않았다.

오늘은 전혀 밖에 나간 적이 없는데도 이렇게 아침부터 화가 나는 건 아마 어제 후이가 고향으로 가겠다고 하며 갑자기 떠나 버렸기 때문일 것이다. 어젯밤 한 시간가량이나 생각을 해 봤지만 징은 후이가 갑자기 떠나간 이유를 도무지 짐작할 수가 없었다. 결국 자연스럽게 내린 결론은 "후이가 생각하는 바가 있어서"라는 것이었지만 그 '생각'이라는 게 대체 어떤 건지는 여전히 알 수가 없었다. 징의 집에 머문 지 반달 남짓한 기간 동안 후이가 징과 상의하지 않은 일은 하나도 없었다. 후이가 바오쑤와 가깝게 지내는 것에 대해서도 징은 한 번도 불만을 표시한 적이 없었다. 그런데 대체 그 '생각'이란 게 어디서 온 것일까? 징의 최종적인 추측은 후이의 갑작스러운 귀향이 분명 바오쑤와 관련이 있을 거라는 것이었지만 자세한 속사정은 당사자가 아닌 이상 알 수가 없었다.

후이의 귀향 문제에 대해서 억지로라도 해명을 했음에도 '일없이 화가 나는' 건 여전했다. 저 혼자 화를 내는 게 이미 징의 일상적인 일이 되어 버렸다. 지금 징은 등나무 의자에 기대어 두서없이 이런저런 생각을 하고 있었다.

앞 건물의 전대인 집 할머니가 큰 손녀에게 주절주절 이야기를 늘어놓고 있었다. 창 아래 담 밑에서는 한 쌍의 남녀가 한나절이 넘도록 무슨 이야기를 주고받더니 지금은 또 무엇 때문인지 서로 욕설을 퍼부어 대고 있었다. 여자의 날카로운 목소리가 한 마디 한 마디, 마치 창밖에서 들려오는 것처럼 너무나 또렷하게 전해져 왔다. 파리 한 마리가 서쪽 유리창에 부딪히더니 향광성(向光性)의 본능이 시키는 대로 고집스럽게 그 통하지 않는 길을 뚫으려 애를 쓰면서 촉급하게 앵앵거리는 소리를 냈다. 책상 위에 어지럽게 쌓인 종이 더미 위에는 입구가 터진 편지 봉투 하나가 마치 주인의 포악함을 원망이라도 하듯이 보기 흉하게 찢어진 입을 벌린 채 누워 있었다.

징은 이 모든 소리와 풍경이 혐오스러웠다. 어지러운 상념이 아무 이유 없이 마치 분풀이하듯이 사방으로 퍼져 나갔다. 그녀는 팡이 그녀에게 장난으로 했던 이야기를 떠올렸다. 어떤 남학생이 남의 이름을 도용해서 연애편지를 썼다는 이야기였다. 그녀는 또 사흘 전에 제5교실 앞을 지나가다 한 쌍의 남녀가 담 모퉁이에서 부둥켜안고 있던 모습을 힐끗 보았던 일과 또 얼마 전 신문에 실렸던 무시무시한 살인 음모 사건을 기억해 냈다. 이유는 아마도 역시 여자와 돈 때문이었던 것 같다. 그녀는 세상의 무수히 많은 추악한 일을 떠올렸다. 갑자기 이 모든 추악한 일이 모여 커다란 검은 기둥을 이루더니 그녀 앞에서 빙글빙글 도는 것 같았다. 징은 차라리 지구의 멸망을 원하고 자살을 원할지언정 더 이상 이런 끝도 없는 추악함과 어둠을 견딜 수 없을 것만 같았다. 그녀는 두 손으로 얼굴을 가리고 힘없이 등나무 의자에 기댄 채 몇 번씩이나 기계적으로 "파멸"을 외쳐 댔다. 그녀의 손가락 사이로 눈물이 흘러내렸다.

눈물은 슬픔을 없애 주는 약이다. 눈물을 잘 흘리는 사람은 분명히 이 말의 의미를 알 것이다. 징의 신경이 지금은 좀 평온해진 것 같았다. 잠시 동안 아무 생각 없이 징은 눈물의 신비로운 치유력 속에 침잠해 있었다.

그러고 난 뒤 징은 다시 후이에 대해 생각했다. 후이는 지금쯤 이미 집에 도착했겠지? 후이의 어머니는 후이를 보고 아마도 다시 서둘러 정혼을 시키려 할 것이고. 징은 또 자신의 어머니를 생각했다. 상하이로 오기 전날 저녁의 일이 마치 어제 일처럼 선명하게 떠올랐다. 어머니는 그녀가 쓰던 물건과 그녀가 아끼던 물건을 하나씩 바구니 속에, 옷 서랍 속에 정리해 넣었다. 처음에는 징이 집을 떠나지 않기를 바랐지만 나중에는 결국 허락을 하시면서 "난 네 심성을 아니까 네가 밖에 나가 살아도 마음 놓지 못할 게 아무것도 없지만, 너도 한 해 한 해 나이가 들어가니 일찌감치 혼사를 정해 놓아야 나도 걱정이 끝나는 게지"라고 하셨던 말씀이 떠올랐다. 그때 엄마의 말을 들으며 징은 왠지 모르게 눈물을 흘렸었다. 엄마가 자기를 위로하며 해 주었던 말도 생각이 났다. "절대로 내가 나서서 억지로 네 혼사를 대신 결정하진 않을 테니 다시는 시집 안 간다고 고집 부리지 말거라." 징은 그때 마음이 울컥해져서 결국 큰소리로 울음을 터뜨렸었다. 징은 또 엄마가 늘 자기에게 해 주던 말을 떠올렸다. "큰이모는 항상 내가 너를 너무 제

54

멋대로 키운다고 그러지만 난 늘 '징은 매사에 다 속으로 생각하는 게 있으니 내가 마음을 놓는 거지요' 하고 말한단다. 넌 이 어미를 위해서 어떻게든 절대로 남들한테 뒤지지 않게 열심히 살아야 되고 절대 다른 사람들 구설수에 오르내리는 일을 해서는 안 된다." 징은 다시 자신에 대해 생각해 보았다. 지난 일 년 동안 한 일은 엄마에게 떳떳한가? 징은 마치 엄마의 온화한 얼굴을 바라보며 엄마의 품에 안겨 있는 것처럼 말했다. "엄마! 징은 엄마의 가르침을 명심하고 한 번도 엄마 마음 상하게 함부로 행동한 적 없어요."

징은 갑자기 상자 속에 있는 금반지를 생각해 냈다. 엄마가 준 거지만 자신은 장식품을 별로 좋아하지 않아서 한 번도 낀 적이 없었다. 징은 급히 상자를 열어 반지를 찾아내고는 마치 가장 사랑하는 사람을 만난 것처럼 반지를 가슴에 대고는 아이를 어르듯이 가볍게 윗몸을 흔들었다.

유리창의 파리도 지금은 더 이상 맹목적으로 부딪히거나 촉급하게 앵앵거리는 소리를 내지 않고 조용히 유리창 모서리로 기어가서 뒷발을 부비고 있었다. 어머니의 사랑에 대한 기억이 징을 번민의 포위에서 풀어 주었다. 반 시간 동안이나 긴장해 있던 신경이 이제야 이완되기 시작했다. 금반지를 가슴에 품고 징은 도취된 듯이 어머니의 자애로운 사랑의 달콤한 맛을 음미했다. 반 시간 전에 징은 사회는 너무나 어둡고 세상은 너무나 냉혹하고 삶은 너무나 무의미하다고 생각했다. 하지만 지금 징은 온기와 빛이 사방에서 비치고, 삶은 어쨌든 미련을 가질 만한 것이라고 생각하게 되었다. 누구나 다 엄마가 있지 않은가? 모든 엄마들이 다 그녀의 엄마처럼 그렇게 깊은 사랑을 가지고 있지 않은가? 엄마의 사랑이 바로 사회를 따뜻하게 하고 삶을 밝게 만드는 힘이다!

지금 징은 자신이 줄곧 너무나 주관적으로 세상을 너무 나쁜 쪽으로만 생각하면서 회색 안경을 쓰고 삶을 보아 왔던 것에 대해 스스로 나무랐다. 문득 평소에 그녀가 너무 초라하게 생각했던 사람들도 알고 보면 그렇게 보잘 것 없는 사람들은 아닐지도 모른다는 생각이 들었다. 징은 지난날 자신이 너무나 냉정하고 오만하게 모든 사람들을 적으로 규정했던 것에 대해 반성했다. 갑자기 바오쑤가 자신에게 권고했던 말이 구구절절이 그녀의 마음을 알고 그녀의 장점과 단점을 알면서 자신을 깊이 이해하고 아끼는 마음에서 했던 것이라는 생각이 들었다.

그러자 한 가닥의 따뜻한 실이 그녀의 마음을 스치고 지나면서 이상하게 온몸의 맥이 풀어졌고 마치 무엇엔가 취한 것 같은 기분이 들었다. 사방의 물건들이 너무나 부드러운 태도로 그녀를 마주하고 있는 것 같아서 행여 그것들이 상할까 봐 징은 손발 하나 까딱할 엄두를 낼 수가 없었다. 심지어는 숨을 깊이 내쉬면 그 내쉰 숨에 어떤 게 상할까 싶어 심호흡조차 할 수가 없었다.

비스듬히 쏟아지는 태양빛이 서쪽 창을 뚫고 들어와 방 안의 온도가 좀 높아진 것 같았다. 징은 자신이 아직도 벨벳 치파오를 입고 있는 게 너무 우중충한 것 같다고 생각하며 무의식중에 비단 치파오로 갈아입었다. 갈아입을 때 징은 자신의 풍만한 몸을 보며 자기도 모르게 낮은 한숨을 내뱉었고 다시 앉아서 자신의 환상을 음미했다.

　그때 가볍게 문 두드리는 소리가 났다. 징이 그 소리에 귀를 기울이자 문 두드리는 소리가 두 번째로 들려왔다. 귀에 익은 소리였다. 징은 아주 부드러운 동작으로 일어나 문가로 갔다. 문을 열었을 때 가장 먼저 눈에 띈 건 핏빛 붉은 넥타이였다. 찾아온 사람은 생각했던 대로 바오쑤였다. 붉은 넥타이에 비쳐서인지 아니면 다른 이유 때문인지 징의 얼굴에 갑자기 한조각 홍조가 어렸다.

　바오쑤는 눈언저리에 검은 자국이 있었고 조금은 풀이 죽어 보였다. 그는 지금 책상 앞에 놓인 의자에 앉아 그저께까지 후이의 침낭이 놓여 있던 곳을 바라보고 있었다. 두 사람은 잠시 말이 없었다. 징은 눈빛으로 바오쑤의 시선을 좇으며 그의 생각을 헤아리고 있었다.

　"후이는 어제 집으로 돌아갔어요." 평소와는 다르게 징이 먼저 말을 꺼냈다.

　바오쑤는 고개를 끄덕이며 말이 없었다. 분명 바오쑤를 고민에 빠지게 한 무언가가 있을 텐데 징은 그게 아마도 후이 때문일 거라고 생각했다. 후이가 혼자 갑자기 집으로 돌아간 이유가 이제 조금은 분명해지는 것 같았다.

　"후이는 아주 강하고 결단력이 있어요. 남성적인 여자죠. 그렇죠?" 징이 다시 장난치듯이 말했다.

　"후이 집에 다른 식구들이 더 있죠?" 바오쑤는 그냥 묻기만 했다.

　"후이는 원래 자기 집안 얘기 안 해요. 나도 그런 거 묻는 거 좋아하지 않고요." 징이 덤덤하게 대답했다. "당신도 후이의 집안 사정에 대해서는 모르죠?"

"말을 안 하니 내가 어떻게 알겠어요. 게다가 나와의 우정은 당신과의 우정 다음인데요." 바오쑤는 징의 말속에 뼈가 있다고 생각하며 서둘러 변명을 하듯이 말했다.

징은 웃었다. 마음속 깊은 곳에서 솟아 나오는 즐거운 웃음이었다. 방금 전에 느꼈던 부드러운 환상의 여운이 아직까지 남아 있어서 지금 그녀에게는 모든 것이 사랑스러운 분홍빛으로 보였다.

"당신은 후이가 외국에서 무슨 일을 했는지 아나요?" 바오쑤가 마침내 참지 못하고 물었다.

징은 고개를 가로저으며 말했다. "공부를 했다고 하는데 내가 보기에 정식으로 학교를 다닌 것 같진 않아요."

바오쑤는 징이 일부러 말을 하지 않는 게 아니라 정말로 모르는 거라는 걸 확인하고는 잠시 머뭇거리다 단호한 태도로 말했다. "미스 장, 당신은 후이가 갑자기 귀향한 이유를 알아요?"

징은 잠시 멍하게 있다가 가볍게 고개를 가로저었다.

"당신은 아마 내가 한바탕 늘어놓은 말 때문에 후이가 떠난 거라고는 생각하지 못했겠죠?" 징의 안색이 변하는 게 보였지만 바오쑤는 개의치 않고 계속해서 말했다. "제가 털어놓는 이야기 좀 들어주세요. 어젯밤 침대에 누웠을 때 난 정말 고함이라도 지르며 울고 싶은 심정이었어요. 친한 사람이나 마음을 알아줄 친구 앞에서 다 털어놓고 한바탕 통곡이라도 하지 않으면 정말 답답해서 죽을 것만 같아서요." 그는 힘껏 숨을 들이마셨다.

여전히 무슨 이야긴지 종잡을 수 없었지만 징도 참담한 마음이 들었다.

　천천히 하지만 무척 단호하게 바오쭈는 후이와의 교제에 대해 털어놓았다. 먼저 그들이 어떻게 프랑스 공원에 갔고 거기에서 후이가 어떠한 태도를 취했으며 그 다음 날 후이의 태도가 다시 어떻게 변했는지에 대해 이야기했고, 또 자신이 얼마나 답답했는지, 리커의 말이 얼마나 의심스러웠는지 하는 등의 이야기를 했다. 마지막으로 그는 역시 '끄나풀' 팡 쪽에서 후이가 몇 번이나 결혼을 한 적이 있을 뿐만 아니라 단기간 동안 사귄 애인들의 수만 해도 만만치 않다는 사실을 알게 되었고 그것 때문에 그저께 후이랑 탁 터놓고 한차례 이야기를 나누었다는 말까지 했다.

　"어쨌든 당신은 저를 믿을 수 있겠죠." 바오쭈는 한숨을 내쉬며 말을 맺었다. "만약 그녀가 먼저 내게 친근한 감정을 표현하지 않았다면 난 절대로 그렇게까지 과감한 행동을 하진 못했을 거예요. 그날 저녁 프랑스 공원에서는 내 얼굴을 받쳐 들고 키스를 하며 그토록 달콤한 말을 늘어놓더니, 다음 날은 마치 다 잊어버린 것처럼 굴고 그저께 내가 다그쳐 묻자 도리어 태연하게 '그거야 술기운에 그냥 한번 놀아 본 거지. 너무 진지하네요' 라고 하다니, 제 고통은 당신도 이해할 수 있겠죠. 프랑스 공원으로 놀러 갔던 날 이후 전 날마다 가슴이 답답했어요. 처음에는 그날 밤에 그녀가 정말 술이 취해서 정신을 잃었던 건가 하고 의문을 가지기도 했고 내가 술을 마시지 말았어야 하는 건데 하고 후회하며 열정에 지배당해 자제하지 못했던 자신을 나무라기도 했죠. 그런데 나중에 사람들이 그녀의 과거사에 대해 이야기하는 걸 들어 보니 그게 정말 너무나 감당할 수 없는 것이라서, 전 그래도 반신반의했지만 사람들이 그렇게까지 세세한 내용을 그토록 확신에 차서 이야기하니 저도 한 번은 그녀와 얼굴을 맞대고 이야기하지 않을 수 없었던 거죠. 하지만 그녀가 부인은커녕 오히려 너무나 당당한 기세로 '한번 놀아 본 거'고 내가 '너무 진지하다'고 할 줄이야 누가 알았겠어요. 아⋯⋯!" 이 가련한 사람은 지금 거의 눈물이라도 펑펑 쏟을 것 같았다. "아, 마치 가슴 가득 순결한 사랑을 품고 있던 처녀가 가장 신의 없는 남자를 만나서 그 남자에게 속아 온 영혼을 바쳤는데 그 후 그 남자는 정작 안면을 바꾸고 아는 체도 하지 않아서 완전히 버림받은 기분이에요." 그는 고개를 숙이고 얼굴을 두 손 안에 파묻었다.

침묵이 한참 흐른 뒤 바오쑤는 고개를 들고 다시 한마디를 덧붙였다. "내가 그녀 앞에서 그녀의 검은 장막을 들추자 그녀는 갑자기 다른 곳으로 가 버린 거죠."

징은 고개를 숙인 채 말이 없었다. 기억이 그녀를 점령해 버렸다. 후이가 정말 그런 사람이었나? 그러나 잘못은 후이에게 있는 것도 아니다. 반달 전 처음 왔을 때 이미 털어놓지 않았던가? "난 그자들이 나한테 한 그대로 되돌려 줄 거야!" 이 말이 아직도 징의 귓가에 쟁쟁했다. 징은 이 말을 통해 후이의 과거 상황과 현재의 심경을 짐작할 수 있었다. 마치 상처 입은 들짐승처럼 후이는 지금 광포하게, 은혜를 원수로 갚으면서 이유도 없이 마구잡이로 복수를 자행하고 있는 것이다. 맨 처음 그녀에게 상처를 입힌 사람은 냉정한 미소를 띤 채 일찌감치 어디론가 사라져 버렸고, 나중에 나타난 많은 무고한 사람들은 오히려 피[血] 제사의 제물이 되고 있다. 인생이란 본래 모든 게 다 모순이고 뒤죽박죽이고 엉망인 것인가! 징은 뭐가 뭔지 알 수 없는 곤혹스러운 마음으로 이런 생각을 했다. 징은 자기가 후이를 미워하는 건지 좋아하는 건지도 분간할 수 없었다. 후이가 가련하다는 생각이 들었지만 그 안에는 연민과 미움이 한데 섞여 있었고, 바오쑤가 가련하다는 생각이 들었지만 어쩌면 후이가 더 가련할지도 모른다는 생각이 들기도 했다. 맨 처음 후이를 유린해서 후이를 지금의 후이로 만든 그 남자는 물론 미움을 받아야겠지만, 그러나 이 승리자 역시 그전에 누군가에게 상처를 입고 그 때문에 바로 후이가 바오쑤에게 한 것처럼 상대를 가리지 않고 복수를 한 건 아닌지 어떻게 알겠는가? 이런 식으로 생각하다 보면 미워해야 할 사람들은 다 불쌍한 사람들이다. 그들 모두 운명의 희생자인 것이다! 인간의 행동에 대해 이렇게 분석을 하고 보니 징은 마음이 편안하고 후련해졌다. 징은 연민이 가장 고귀한 감정이며 사랑이란 바로 연민이 바뀐 것이라고 확신했다.

"당신은 아마 후이가 밉겠죠?" 징이 깊은 정적을 깨고 미소를 지으며 바오쑤를 쳐다보면서 말했다.

"밉지 않아요. 왜 밉겠어요?" 바오쑤가 긴 머리를 흔들며 말했다. "하지만 사랑도 없어졌어요. 그녀가 두려워요. 아니, 자세히 생각해 보면 두려워할 이유도 없어요. 그냥 안타까울 뿐이죠."

"후이가 결국 자기 몸을 망치는 게 안타까운 거죠." 징은 여전히 미소를 짓고 있었고 눈에서는 따스한 빛이 퍼져 나왔다.

"그러게 말이에요. 난 그녀같이 강하고 결단력 있고 총명한 사람이 자포자기해서 인생을 망쳐 버리는 게 안타까워요." 바오쑤가 가벼운 한숨을 내뱉었다.

"당신은 그게 자포자기라고 생각하나요?"

바오쑤는 한참을 멍한 채 있었다. 징의 의도를 알 수가 없었고, 징이 너무나 태연한 게 이상했다. 그는 이런 상황까지는 생각하지 못했다.

"당신은 아마 그녀가 부득이해서 그런 거라고 생각하겠죠. 아니면……." 바오쑤가 재빠르게 반문했다.

"후이는 자기 얘기를 저에게 직접 한 적이 없어요." 징이 말을 가로막으며 말했다.

"하지만 후이가 무의식중에 토로한 남자에 대한 증오를 생각해 보면 그녀의 지금 행동이 다 반감에서 나오는 거라는 건 알 수 있죠. 변태적인 심리라고 할 수도 있고요."

바오쑤는 고개를 숙인 채 아무 말이 없었다. 한참 후 그는 고개를 들고 징의 얼굴을 바라보며 말했다. "내가 정말 생각이 없었어요. 그저께 그렇게 노기등등하게 굴었던 게 너무 후회가 돼요. 분명히 그녀의 마음에 다시 상처를 입혔겠죠." 그의 목소리가 떨렸고 마지막 말을 할 때는 상심으로 거의 목이 메었다.

징은 마음이 뭉클하고 시큰해져 눈자위가 붉어졌다. 아마도 후이에 대한 동정 때문이겠지만 바오쑤의 이 몇 마디가 자못 영향을 주었다는 것도 부인할 수 없었다. 자신의 '연민의 철학'이 벌써 바오쑤의 마음속에 반향을 불러일으켰으니 징이 얼마나 큰 위로

와 감동을 받았겠는가! 순간 이전에 바오쑤의 친구들이 그들 둘에 대해 이러쿵저러쿵했던 일이 기억 속에서 불쑥 얼굴을 내밀어 징은 자기도 모르게 심장이 뛰고 얼굴이 달아오르는 걸 느꼈다. 눈이 마주칠까 봐 징은 감히 바오쑤를 쳐다보지 못했다. 마음속 깊은 곳에서는 "앞으로 걸어가서 '당신이야말로 정말 내 마음을 아는 친구'라고 말해"라고 부추기는 소리가 들리는 것 같았지만 징은 부끄러워 꼼짝도 못하고 앉아 있었다.

그러나 바오쑤는 이미 징의 마음을 알아차리기라도 한 듯이 일어나서 징의 곁으로 다가왔다. 징의 심장이 더 격렬하게 뛰었다. 몽롱해진 상태에서 징은 바오쑤의 이 행동이 자신을 포옹하려는 것 같다고 생각했다. 징은 놀랍고 두려웠지만 '달아날' 생각은 전혀 나지 않았다. 마치 침착하게 정의를 향해 나아가는 지사처럼 눈을 감고 최후의 한순간을 기다렸다.

하지만 바오쑤는 아무런 행동도 하지 않은 채 조용하고 부드러운 목소리로 이야기만 했다. "나는 당신도 항상 걱정이 돼요." 징이 무슨 뜻인지 몰라 멍하게 바라보자 바오쑤는 다시 말을 이었다. "당신은 아무 일도 없는데 항상 화를 내고 비관하면서 건강을 해치잖아요. 당신은 똑똑하고 형편도 괜찮고 앞날도 환한데 왜 늘 비관만 하면서 신경과민처럼 구는 거죠?"

바오쑤가 이런 말을 한 건 한두 번이 아니었지만 오늘은 각별히 간절하고 열정적인 느낌으로 징의 귀를 통과해서 징의 마음속에 뭐라 말할 수 없는 기이한 울림을 자아내었다. 자신도 어찌된 영문인지 모르는 채 징은 벌떡 일어나 바오쑤의 손을 꼭 잡았다. "많은 사람들 중에서 오직 당신만이 내 마음을 아는군요!" 뜻밖에도 징의 눈에서 눈물이 떨어졌다.

그 순간 징의 손에서 한 줄기 전류가 흘러나와 한순간에 바오쑤의 온몸으로 퍼져 나갔다. 바오쑤는 갑자기 징의 허리를 감싸고 그녀를 끌어안았다. 징은 눈을 감았다. 온몸이 흐물흐물해진 것처럼 어떤 저항도 아무런 행동도 할 수가 없었다. 마치 온몸의 뼈마디가 다 이완되고 해체되어 감각을 상실해 버린 것 같았다.

감각을 회복했을 때 징은 자신이 침대에 누워 있고 바오쑤의 얼굴이 그녀의 얼굴에 바싹 닿아 있는 걸 보았다.

"당신이 기절했어요." 그가 조그만 소리로 말했다.

대답 없이 징은 몸을 돌리고 얼굴을 베개 속에 파묻었다.

7

다음 날 징은 10시가 넘어서야 겨우 일어났다. 어젯밤의 일이 마치 한바탕 꿈처럼, 여운이 다 가시진 않았지만 어렴풋하게만 남아 좀처럼 똑똑히 기억해 낼 수가 없었다. 징은 자신이 마치 술에 취한 것처럼 혼미한 상태로 하룻밤을 보냈고 평소에는 생각조차 꺼리던 일을 어젯밤에는 자기도 모르게 감행했던 일이 생각났다. 완전히 수동적인 것이었나? 징은 양심에 따라 "아니"라고 말했다. 곰곰이 생각해 보면 바오쑤의 요구를 차마 완강하게 거절할 수 없었던 것도 물론 이유였겠지만 본능과 호기심의 충동이 더 컸던 것 같았다. 어젯밤 일이 결코 수동적인 게 아니었다고 생각하자 이 자존심 강한 아가씨는 다른 사람들이 이 일을 알게 되는 건 원하지 않았지만 스스로는 그래도 마음이 편했다.

하지만 지금 이렇게 홀로 남겨지자 공허의 비애가 다시 그녀를 엄습해 왔다. 이건 분명 적막이 아니라 공허의 비애였다. 마치 어린아이가 원하던 물건을 얻고 난 뒤에 "아, 겨우 이런 거였나" 하는 걸 깨달으며 다시 곧 무료함을 느끼는 것과 같았다. 인간이란 이렇게 이상한 동물이다. '희망'은 시시각각 인간을 자극해서 앞으로 나아가도록 부추기지만 그 '희망'이 '현실'로 바뀌고 현실이 다시 과거가 되면 그것 역시 너무나 평범하고 진부하게만 느껴지는 것이다. 특히 행복한 기대는 끝까지 사람을 만족시키지 못하며 결국은 고작 예상했던 대로라는 걸 인정하지 않을 수 없게 한다.

지금 징은 책상 앞에 앉아 왼손으로 턱을 고인 채 멍하니 생각에 잠겨 있었다. 생리적인 피로가 무료한 느낌을 가중시켰다. 태양이 자기 쪽으로 비춰 오자 성가신 생각이 들어 담 모퉁이 등나무 의자 쪽으로 옮겨 앉았지만 그늘의 음산함도 싫었다. 앉아 있으려니 허리가 아프고 침대에 누우려니 다시 머리가 부풀어 오르는 것 같았다. 징은 계속 방 안을 종종걸음으로 왔다 갔다 했다. 나가서 좀 걸을까? 혼자서 또 무슨 재미로? 차들이 좌충우돌하며 달리고, 마치 원수라도 찾아다니듯이 서로 밀고 밀치며 다니는 행인들이 모여 있는 거리는 징이 본래 가장 싫어하는 곳이었다.

"집에서는 이런 날씨가 가장 놀기 좋았는데." 징의 입에서 자기도 모르게 이런 말이 나왔다. 피곤한 징의 눈앞에 당장 고향의 풍경이 떠올랐다. 푸른 요처럼 펼쳐진 논과 한 조각 한 조각 파도처럼 오르내리며 널려 있는 산간의 땅과 산허리에 무성하게 핀, 불처럼 붉은 영산홍은 바로 고향의 노래 속에 나오는 "푸른 비단 요에 붉은 비단 이불"이 딱 어울리는 풍경이었다. 한 차례씩 돌아가는 수차의 콸콸거리는 소리와 간간이 들리는 모내기 노래도 바람과 어우러져 전해져 왔다. 해질 무렵이면 마을 앞의 시냇가에는 늘 한두 마리 황소가 순하게 서서 물을 마시고 있었고 소 치는 시골 청년은 시냇가의 커다란 느릅나무 아래서 카드놀이를 하다가 집에서 큰소리로 서너 차례 부르는 소리가 들리면 그제야 비로소 느릿느릿 소를 몰고 집으로 돌아갔다. 또 이맘때면 벌써 매실이 크게 자라서 어머니는 항상 청매실을 소금물에 담가 두었다가 다시 햇볕에 말린 후 설탕에 재어 두느라 하루 이틀은 부산했다. 그렇게 말린 청매실은 징이 가장 좋아하는 먹을거리였다. 아! 사랑스러운 고향! 비록 고향의 이웃과 친척들이 징과 징의 엄마만 보면 언제나 혀를 쯧쯧거리며 "징이 저렇게 더 예뻐졌는데 어째서 아직도 사돈댁을 정하지 않누? 산 너머 왕(王)가네 둘째 나리가 올해 갓 스물이라는데 생김새도 훤칠하고……." 징은 고향 사람들이 그런 말을 하는 게 너무 싫었고 또 고향의 그 고루함과 꽉 막힌 답답함, 죽음 같은 정체가 너무나 싫었지만 그래도 어쨌든 고향은 사랑스러운 곳이었고 그곳에 사는 사람들은 소박하고 따뜻한 마음을 가지고 있었다.

한 편의 환영이 펼쳐지자 징은 이미 고향에 와 있었다. 징은 문 앞의 큰 느릅나무 밑둥 곁에 있는 반지르르한 바위 위에 앉아서 ― 바로 칠팔 년 전과 똑같은 풍경 속에서 ― 신간 잡지를 보고 있었다. 그때 문 안에서 갑자기 엄마가 나왔고 바오쑤가 그 뒤를 쫓아 나왔다. 늙은 누렁이 아진(阿金)의 아들 샤오화(小花)는 마치 자기가 시종이나 된 양 여주인의 주위를 빙빙 돌면서 작은 꼬리를 흔들며 내내 여주인의 얼굴을 쳐다보고 있었다. "전 벌써 철이 다 들었다고요!"라고 말하는 것 같았다. 엄마의 입가에는 평소처럼 자애로운 미소가 어려 있었다.

환상에 빠진 징의 얼굴 위로 잠시 감미로운 미소가 떠올랐다. 그러나 '현실'은 곧 환상의 비단 장막을 걷어 젖히고 다시 자신의 희생자를 움켜쥐었다. 징은 한숨을 쉬며 막 사라져 간 환상과 작별을 나누었다. 다시 조금 전처럼 너무나 무료한 느낌이 들었다. 환상은 모든 흥분제와 마찬가지로 일시적으로는 도취감을 제공하지만 지나가고 나면 오히려 배가된 슬픔을 맛보게 한다.

징은 탁자 앞으로 가서 펜을 들고 이런저런 생각을 적어 보려 했지만 막 열댓 자 적다가는 곧 아니다 싶어 지워 버리고, 다시 책들을 뒤적거리며 평소에 좋아하던 글귀를 찾아 읽어 보려 했지만 두세 줄 보다가는 또 다시 팽개쳐 버렸다. 그러다가 책상 위가 너무 난장판이라는 생각이 들어 무의식적으로 책이랑 카드랑 문구 등을 들고 정리를 하다가 징은 문득 처음 보는 작은 가죽 수첩을 발견했다. 표지 위에는 조그만 장방형의 쪽지가 하나 붙어 있었고 그 위에는 크로포트킨의 말이 쓰여 있었다.

어떤 시대든 개혁가와 혁명가 사이에는 반드시 아나키스트들이 있다.(『근대 과학과 아나키즘』)

징은 이 작은 수첩이 바오쑤의 것이라는 걸 알았다. 언제였는지는 모르지만 책상 위에 놓고는 잊어버리고 간 것 같았다. 징이 무심코 수첩을 뒤적였는데 그 안에서 후드득하며 몇 장의 종이가 떨어졌다. 여자 사진 한 장이 먼저 징의 눈에 들어왔다. 사진 위에는 "사랑하는 바오쑤에게 드림. 1926년 6월 9일 진링(金陵)"이라고 쓰여 있었다. 징의 안색이 조금 변했다. 사진을 대충 훑어보고는 다시 종이 한 장을 주워 들고 보니 편지였다. 편지를 단숨에 읽고 난 징의 입술이 갑자기 창백해졌고 징의 눈은 작고 붉게 변했다. 징은 다시 사진을 자세히 들여다보았다. 여자는 물론 전혀 모르는 사람이었다. 게다가 사진은 길이가 두 마디가량 되는 휴대용 카메라로 찍은 것이어서 그다지 또렷하지가 않았다. 하지만 전체적인 분위기로는, 자연스럽게 풀어 헤친 귀밑머리와 짧은 상의에 긴 치마로 허리선의 유연함을 드러낸 자태가 아름답고 현숙한 여인처럼 보였다. 순간 징의 가슴은 마치 커다란 돌덩어리에 짓눌린 것 같았다. 관자놀이의 혈관이 고집스럽게 점점 더 빠르게 뛰었다. 이 낯선 사진을 들고 정신이 나간 채 서서 징은 속으로 편지에 쓰여 있는 구절을 되뇌였다.

"당신의 진지하고 순결한 사랑에 저는 모든 것을 포기하고 모든 것을 감수하지 않을 수 없었어요!"

눈을 감은 채 징은 핏기 없는 입술 위에 작은 반점이 생길 때까지 입술을 깨물었다. 고통 때문인지 분노 때문인지 징의 온몸이 부들부들 떨렸다. 사진은 징의 손에서 책상 위로 떨어졌다. 징은 두 손을 펴고 의자 등에 기댄 채 멍하니 하늘을 바라보았다. 아무것도 생각할 수가 없었고 아무런 생각도 나지 않았다.

마치 죽을힘을 다해 발버둥을 쳐서 간신히 다시 승리를 얻은 것처럼 징의 의식이 겨우 돌아왔다. 뻣뻣하게 굳어 떨리는 손가락으로 징은 다시 그 사진을 주워서 보았다. "사랑하는 바오쑤에게 드림. 1926년 6월 9일 진링." 기계적으로 이 구절을 되뇌다가 징은 갑자기 한 가지 사실을 생각해 냈다. 6월 9일은 바로 바오쑤가 후이에게 최후의 답변을 요구했다던 그날이 아닌가! 바로 그때 이 가련한 사진 속의 여인은 이 편지를 썼고 자신의 온 영혼의 상징으로 이것을 바친 것이다! 그때 이 가련한 여인은 분명 아름답고 달콤한 꿈을 꾸느라 정신이 없었겠지! 징은 마치 자신은 국외자인 양 한편으로는 그 기만당한 여인을 불쌍해하면서 다른 한편으로는 그래도 후이를 위해서는 다행이지 하는 생각을 했다. 징은 잠시 자신의 슬픔과 고통을 잊고 기계적으로 얼굴도 모르는 이 여인이 지금 이 사실을 알고 있을까, 만약 이미 알고 있다면 어떤 심정일까, 그냥 참고 견딜까 아니면 투쟁을 할까 하는 생각을 계속했다. 징은 호기심이 발동한 듯 그 작은 수첩을 다시 뒤적이다가 또 한 장의 편지를 발견했다. 거기에는 이렇게 쓰여 있었다.

편지를 통해 잘 알았다. 이번에 다시 백 원을 부친다. 사령관 보좌가 그대의 보고가 대부분 내용이 없다고 심히 불만을 표한다.

앞으로 성실한 정탐을 기대하며, 그 기관의 위치와 주요 인물의 이름은 반드시 알아내야 한다. 그렇지 않으면 본인은 돕고 싶어도 더 이상 도울 수가 없다. 그대의 수당 지급에 문제가 생기게 될 것이다. 스스로 잘 알아서 하라. 더 이상의 이야기는 하지 않겠다.

연애편지가 아니라서 일찌감치 밀쳐놓았던 것인데, 갑자기 그 쪽지 안의 몇 글자가 튀어나오듯이 징의 생각을 자극했다. "사령관 보좌…… 보고…… 수당" 쪽지를 다시 보고 난 뒤 징은 모든 상황을 명백하게 알게 되었다. 밀정, 밀정! 알고 보니 그녀에게 동감을 표하며 공부만 하러 왔다고 했던 그 청년은 바로 무슨 '사령'의 수당을 받는 밀정이었던 것이다. 징은 독극물이라도 품고 있던 것처럼 이 불명예스러운 종잇조각과 수첩을 힘껏 바닥으로 던져 버렸다. 뭐라고 말로 할 수 없는 느낌이 그녀의 가슴속에서부터 코끝까지 밀려왔다. 징은 침대로 달려가 몸을 침대 위로 던지고 얼굴을 이불 속에 파묻었다. 더 이상은 울음을 참을 수가 없었다. 고작 스무 시간 전에는 그렇게도 사랑스럽던 사람이 이렇게도 금방 흉악하고 야비한 추태를 드러내다니. 그는 경박한 여자 사냥꾼인데다 파렴치하게 자기를 파는 밀정이다! 그는 사기꾼이고 소인배고 악마다! 그런데 자신은 그런 인간에게 처녀의 순결을 더럽히다니! 징은 벌떡 일어나 문가로 달려가서는 마치 바오쑤가 문 밖에 서서 완강하게 안으로 들어오려 하기라도 하듯이 문을 걸어 잠갔다.

지금 징의 유일한 생각은 어떻게 이 악마 같은 '연인'에게서 달아날까 하는 것뿐이었다. 붕~붕대는 기적 소리가 왼편의 가까운 공장에서 전해져 왔다. 시간은 정각 12시였다. 징은 급한 가운데 한 가지 생각을 해내고는 한두 벌의 옷과 약간의 일용품을 챙기고 두 통의 편지와 한 장의 사진과 메모장을 몸 안에 간직하고는 문을 잠그고 방을 나섰다. 거실에서 보니 전대인 집 젊은 아낙이 창앞에서 무슨 바느질을 하고 있었다. 이 상냥하고 아름다운 젊은 새댁이 지금 징의 눈에는 평소보다 더 사랑스럽게 보였다. 마치 난리가 지나간 뒤 친척이라도 만난 것처럼 징은 갑자기 감동이 되어 그녀를 끌어안고 자기 마음속의 비애를 처음부터 다 털어놓고 싶은 충동을 느꼈다. 하지만 결국 "갑자기 몸이 아파서 지금 병원에 입원하러 가요. 나으면 바로 돌아올게요" 하는 한마디 말만을 했다.

젊은 아낙은 동정 어린 표정으로 고개를 끄덕이고는 대문을 나서는 징을 눈으로 전송했다. 발랄하고 자유로운 여대생 아가씨의 삶이 너무나도 부러운 듯이, 한참을 그렇게 멍하니 있다가 젊은 아낙은 다시 고개를 숙이고 기계적으로 하던 바느질을 계속했다.

8

병원에 입원한 지 이틀째 되던 날 징은 정말 병이 났다. 의사는 유행성 감기라고 했지만 열이 높고 기침도 무척 심했다. 병이 난 다음 날 오후에야 비로소 성홍열이라는 확진이 내려졌고 징은 격리 병동으로 옮겨졌다.

열흘 후 성훙열은 위험한 고비를 넘겼고 징은 관례대로 두 달간 격리 요양만 하면 되었다. 이런 상황은 징의 기대에 딱 부합하는 것이었다. 이 핑계로 계속 지분거리는 바오쑤와 완전히 관계를 끊을 수 있었기 때문이다. 설령 그가 뜻밖에 이곳을 발견한다고 해도 병원 안인데다가 성훙열 환자이기까지 하니 감히 어떻게 하겠는가? 징은 안심하고 머무를 수 있었다. 게다가 이 병이 마치 현재와 과거 사이에 경계선이라도 그어 놓은 듯, 과거의 모든 것은 이제 잠시 평안을 얻은 그녀의 영혼 안으로 더 이상 침입해 들어오지 못했다.

한 달이 눈 깜짝할 사이에 지나갔다. 징은 매일 잠을 자거나 아니면 신문을 보면서 지냈다. 신문도 보지 않으면 그녀는 더더욱 할 일이 없었다. 최근 한 달 동안은 가족들과 편지를 세 차례 주고받은 것 말고는 펜도 든 적이 없었다. 징은 다른 사람이 그녀의 행방을 아는 걸 원하지 않았다. 게다가 그녀의 성격도 많이 달라졌다. 본래는 감수성이 풍부하고 수심이 많아 종종 깊은 생각이나 공상에 빠져들었지만 지금은 거의 아무 생각이 없었다. 지나간 일은 생각하고 싶지 않았고 앞으로의 일은 또 감히 생각할 수가 없었다. 사람은 모두 운명의 장난감인데 누가 운명의 장난을 피할 수 있겠는가? 오늘 자신의 바람대로 세워 놓은 계획이 내일이면 운명의 악랄한 손의 가벼운 터치로 와르르 다 무너져 버리게 되지 않을 거라고 누가 감히 장담할 수 있겠는가? 과거의 타격이 너무 커서 감히 징은 더 이상 자신감을 가질 수도 어떤 희망을 가질 수도 없었다. 지금 그녀는 그저 아무 생각 없이 기계적으로 살고 있을 뿐이다. 그녀는 이미 결정을 내렸다. 병원에서 나가면 바로 집으로 돌아갈 것이고, 앞으로의 일은 모두 운명의 지배에 맡기겠노라고.

병원에 인턴으로 있는 황싱화(黃興華)는 징이 자신과 동향이라는 걸 알고는 자주 와서 한담을 나누었다. 의사 황은 착실한 사람이었고 검소하고 근면하며 정직했다. 그래서 의사로서의 실력은 그다지 높지 않았음에도 병원에서는 자질이 훌륭하고 믿음직한 사람으로 인정을 받고 있었다. 황은 의사였지만 시사적인 일에 무척 관심이 많았고 시사적인 일에 관해 이야기하는 걸 가장 좋아했다. 그의 방에 들어가면 그가 의학 서적을 읽고 있는 모습은 볼 수 없어도 신문이나 무슨 정치 잡지를 읽고 있는 모습은 늘 볼 수 있었다. 그는 의학에서의 새로운 발견보다 정치에서의 새로운 발전에 훨씬 더 밝았다.

어느 날, 의사 황이 희색이 만면한 채 달려오더니 첫마디에 "미스 장, 우페이푸(吳佩孚)가 전쟁에서 졌어요!" 하고 말했다.

"졌다고요?" 징은 관심이 있는 듯이 물었다. "신문에는 그런 소식이 없던데?"

"내일 분명히 날 거예요. 우리 병원에서 방금 한커우(漢口) 병원에서 온 전보를 받은 거니까 틀림없어요. 우페이푸도 부상을 입었고 그 군대도 다 해산되었으니 이제 혁명군이 한커우를 점령하게 될 거라고요." 의사 황은 흥분한 기색이 역력했다. "이번에는 중국의 상황이 크게 달라질 겁니다." 그는 만족스러워하며 두 손을 잡았다.

"분명히 나아질 거라고 생각하세요?" 징이 회의적인 어투로 물었다.

"물론이죠. 최근 몇 년 동안 중국은 혼란도 겪을 만큼 겪었고 국가의 주권도 다 잃어버렸어요. 설마 오천 년 역사를 가진 우리 한족(漢族)의 운명이 여기에서 끝나겠어요? 그렇게 생각한다면 그건 중국인이 아니죠. 반드시 중국이 다시 고개를 드는 날이 올 겁니다. 명실상부한 공화정부가 들어서서 실업(實業)을 진흥시키고 교육을 보급하고 육해군을 강력하게 훈련시켜서 외국 놈들을 물리치게 되면 그때는 바로 세계 제일의 강국이 되는 거죠."

의사 황은 평소의 웅변적인 말투를 마음껏 떨치며 다시 자신의 애국론을 늘어놓았다.

일 년 전이었다면 이런 천박한 애국주의는 아마도 징의 비웃음을 사기에 딱 맞았을 것이다. 그때 징은 자신을 스스로 높게 평가하면서 자신의 '정치적인 이상'이 진보적이라고 생각했기 때문이다. 그러나 지금 징은 이미 자신감을 잃었고 과거의 주장에 대해서도 근본적인 회의를 품고 있었기 때문에 의사 황의 이야기가 귓전에서 울려도 그다지 거슬리지가 않았다. 게다가 징은 일찍부터 황의 품행을 신임해서 이야기가 귀에 더 잘 들어왔고, 황의 이야기를 처음 들을 때는 약간 고무되기까지 했다. 하지만 비관의 어두운 그림자가 여전히 그녀 앞을 가로막고 있었다. 징은 한참을 말없이 있다가 결국 천천히 말문을 열었다.

"우린 국민당이 구국의 이상과 정책을 가지고 있다는 걸 알아요. 학우들도 대부분 다 국민당이죠. 하지만 하늘의 뜻이 정말 인간의 역사를 광명의 길로 인도할까요? 좋은 사람들은 대부분 참혹하게 실패하고 악한 사람들은 오히려 자기들 뜻대로 되는 일이 많은데 그래도 당신은 인생의 종국은 광명이라고 말할 수 있어요? 혁명군이 지금은 물론 승리를 거두었지만 어두운 세력이 여전히 그렇게 강력한데도요!"

"당신은 어째서 운명 같은 걸 믿는 거죠?" 의사 황이 이상하다는 듯이 웃었다. "우리같이 과학의 세례를 받은 사람들이 더 이상 미신을 믿어선 안 되죠." 황은 잠시 멈추었다가 이어 말했다. "게다가 하늘의 뜻을 논한다면 하늘의 뜻도 남쪽을 향해 있어요. 우페이푸는 병사도 많고 양식도 풍족하고 총포도 우수했지만 결국 완전히 패배했잖아요."

그는 손가락을 펼치면서 우페이푸의 병력을 계산했다. 매일같이 신문을 읽은 노력이 이때 효력을 발휘하는 것 같았다. 그는 양군의 형세에 대해 막힘없이 이야기를 하면서 양군의 고위 군관 이름을 줄줄이 외워 댔고 징은 집중하여 그의 말을 듣고 있었다. 나중에 밖에서 "황 의사" 하고 부르는 소리가 나서야 황은 서둘러 결론을 내렸다. "신문에서 혁명군이 승리를 거둔 건 국민들이 도와서라고 했는데, 난 그게 좀 이해가 안 가요. 민심의 향배라는 건 전쟁이 끝나고 나서야 분명해지는 건데 전쟁 중에 국민들이 도왔다는 게 대체 무슨 말인지 모르겠네요."

황 의사의 열성은 적어도 징이 시사 문제에 대해 관심 갖게 하기에는 충분했다. 전에 징이 매일 신문을 읽은 건 그저 할 일이 없어서 소일삼아 한 거였지만 지금은 징도 신문에 깊은 관심을 가지게 되어, 전보든 통신이든 남북전쟁*에 관한 것이라면 어떤 기사라도 앞다퉈 지면에서 튀어나와 징의 시선을 끌어당겼다. 게다가 징은 행간에서도 여러 가지 소식들을 읽어 낼 수 있게 되었다. 시사에 관해 논하는 일이 그녀와 황 의사의 일과가 되었고 그건 병원에서 으레 매일 하는 체온 측정보다 훨씬 더 활기 넘치는 일이었다! 그렇게 한 주일을 보내고 나자 징은 이미 비관주의의 껍질을 벗고 황 의사 류(類)의 애국주의자가 되어 있었다.

그러나 한편으로 그녀는 여전히 방관자이기도 했다. 그녀는 자유를 위한 장엄한 투쟁에서 그녀 같은 사람이 할 일은 없다고 생각했다. 그녀는 그저 그들에게 가슴 가득한 공감만을 바칠 수 있을 따름이었다.

혁명군의 전진은 동남부 전체를 흔들어 놓았다. 징은 집으로부터 연달아 두 통의 편지를 받았고 자신의 고향이 곧 전쟁의 회오리 속에 휩쓸리게 될 거라는 걸 알았다. 첫 번째 편지에서 어머니는 돈 있는 사람들은 벌써 다 이사를 떠났고 큰이모부도 어머니에게 상하이로 피난을 가라고 한다는 소식을 전했다. 징은 당장 빠른우편으로 회신을 해서 어머니에게 상하이로 오는 쪽으로 결정하도록 권했다. 하지만 두 번째로 온 9월 10일자 편지에서 어머니는 이미 성 안의 큰이모부 댁으로 피난하기로 결정했다는 소식을 전했다. 성 안은 해군이 지키고 있어서 겁날 게 없는 데다 큰이모부가 해군에도 아는 사람이 있어서 별일 없을 거라는 전갈이었다. 편지 말미에는 "넌 큰 병을 치르고 이제 겨우 일어난 거니 무리해서는 안 된다. 병원에서 몸조리 잘하고 고향으로 올 필요는 없다. 가을 지나서 시국이 어떻게 되는지 보고 다시 올지 말지 결정하자"는 내용의 추신이 붙어 있었다. 사정이 이렇게 되자 성홍열 격리 기간이 벌써 끝났음에도 징은 계속 병원에 남아 있게 되었다. 징은 고향 걱정, 어머니 걱정으로 세상 돌아가는 일에 더욱 더 열렬한 관심을 기울이게 되었다.

전쟁에 관한 정확한 소식이 신문지상에서 더 이상 보도되지 않은 건 이미 한참 전부터였다. 황 의사는 매일 개인적인 경로로 소식을 얻어 왔지만 거기에는 그다지 중요한 게 없었다. 최근에 가장 흥미로운 소식을 전해 주는 건 오히려 징의 옛날 친구 리커였다. 쌍십절(雙十節) 날* 징은 병원의 잔디 위를 걷고 있다가 우연히 친구 문병을 온 리커와 마주쳤다. 이 조그마한 친구는 어디서 들은 건지 알 수 없는 소식을 잔뜩 가지고 있었고, 징은 그 자리에서 리커에게 종종 와서 이야기를 좀 해 달라고 부탁했다. 징은 지난달에 셋집에 사람을 보내 짐을 가져오도록 했고 그때 바오쑤가 남긴 편지를 통해 그가 이미 톈진(天津)으로 돌아갔다는 사실을 알았기 때문에 지금은 자신의 행방을 비밀로 할 필요가 없었다.

리커를 통해 징은 또 이 병원에 새로 온 두 명의 여학생을 알게 되었다. 한 사람은 별명이 대포인 스쥔의 애인 자오츠주였고, 다른 한 사람은 삼각연애 소동을 벌였던 왕스타오(王詩陶)였다. 징은 원래 이 친구들이랑 그다지 많은 얘기를 주고받는 사이가 아니었지만 지금은 오히려 마치 '타향에서 옛 친구를 만난 것'처럼 갑자기 친해져서 종종 그 방으로 놀러 갔다. 매일 오후 2시쯤 되면

자오와 왕의 병실은 마치 작은 회의가 열리는 것 같은 분위기였다. 리커는 물론 왔고 스췬과 다른 사람도 있었다. 징은 항상 거기에서 반 시간가량을 소일하면서 리커가 가져온 소식을 들었고 어떤 때는 황 의사도 참석했다.

혁명군이 주장(九江)을 점령한 다음 날 자오와 왕의 병실은 특별히 떠들썩했다. 대여섯 사람이 둘러앉아서 리커가 가져온 소식을 들었다. 왕은 본래 무슨 병이 있었던 것도 아니지만 이날은 특별히 더 발랄하고 혈색이 좋아 보였다. 그녀의 반짝이는 두 눈동자는 쉬지 않고 이 사람 저 사람의 얼굴 위로 미끄러지듯이 옮겨 다녔고 작은 입은 사라지지 않는 미소를 담은 채 작고 예쁜 하얀 치아를 드러내 놓고 있었다. 그녀는 지금 한 손으로 애인인 둥팡밍(東方明)의 어깨를 감싸고 상반신을 그에게 비스듬하게 기댄 채, 리커의 보고에 박자를 맞추듯이 가끔씩 발끝으로 바닥을 탁탁 두드리고 있었다. 룽페이(龍飛)는 그녀의 맞은편에 앉아 너무나 깊은 감정을 담은 두 눈으로 그녀를 바라보고 있었다. 모두 지금 리커가 전하는 마후이링(馬回嶺)에서의 격전 소식을 귀 기울여 듣고 있었는데, 갑자기 룽페이가 왕의 다리를 누르며 "움직이지 마!" 하고 소리쳤다. 왕이 웃으며 아무 생각 없이 룽페이의 어깨를 한 차례 때리자 자리에 있던 사람들은 모두 웃음을 터뜨렸고, 스췬은 한 손을 펴서 둥팡밍을 밀쳐 내며 "항의해! 네 권리를 보장받아야지!" 하고 말했다.

"그날 회의에서 스 대포의 제안이 기각됐잖아. 봐, 스는 그걸 항상 기억하고 있다가 기회만 생기면 그걸 이용해 왕스타오와 맞장을 뜨려고 한다니까!"

리커가 하던 보고를 중단하고 웃으며 말했다.

"츠주! 난 너한테 장난 걸 남자 친구가 없다고는 생각하지 않는데." 왕이 자오를 흘겨보며 스 대포를 겨냥해서 말했다.

"다들 농담 그만 해, 중요한 이야기를 해야지." 둥팡밍이 분쟁을 해결하려고 입가까지 올라온 자오의 말을 가로막았다.

"뉴스 보고도 다 끝났어." 리커가 기지개를 켜면서 말했다. "결론은 지금은 우한(武漢)의 위상이 무척 공고해졌다는 거야."

"우한으로 가자, 내일 곧 가자구!" 스 대포가 흥분해서 말했다. "거기선 일할 사람이 필요해!"

"남들이 싸움 다하고 나니까 이제야 간다고 하는 것 좀 봐!" 왕이 보복하듯이 말꼬리를 달았다.

"그런데 정말 우리가 가서 뭘 하는데?" 자오가 덜렁거리며 물었다.

룽페이가 왕에게 살짝 이상한 표정을 지어 보였고, 리커는 미소를 지었다. "그쪽에서 할 일이야 얼마든지 있지!" 둥팡밍이 말을 이었다. "특히 여성들이 필요해." "여성들이 가서 마나님이 되어주셔야지!" 룽페이가 웃음을 참으며 정색을 하더니 그 틈에 한마디 끼어들었다.

"농담하지 말고!" 리커가 말을 막았다. "정말, 거긴 여성 운동이 낙후되어 있다고 하니 두 분 여성이 다 가도 좋을 걸." 리커가 이렇게 말하고는 다시 징 쪽으로 고개를 돌리더니 "미스 장, 당신도 갈 수 있으면 좋겠는데" 하고 말했다.

징은 이때 이미 일어나서 막 자리를 뜨려다가 리커의 말을 듣고 다시 멈추었다. "가서 떠들썩한 구경이나 하라고?" 징이 미소를 지으며 말했다. "난 여성 운동 같은 거 해 본 적 없어, 게다가 나같이 쓸모없는 사람은 아무것도 할 줄 모르고."

자오가 징을 끌어 앉히며 말했다 "우리 같이 가자."

"미스 장, 총 들고 전쟁하러 가는 것도 아닌데 못할 게 뭐가 있어." 스쥔도 한몫 거들었다. "당신들이 다 같이 간다면 더 바랄게 없죠."

"장 양……."

룽페이가 막 말을 꺼내려 하자 자오가 곧 말을 끊었다. "당신은 안 돼. 또 쓸데없는 소리 늘어놓으려고 그러지!"

"쓸데없는 소리 안 해!" 룽페이가 숨을 한번 내쉬더니 단호하게 이야기를 계속했다.

"장 양이 무척 활동적이라는 건 제가 잘 알아요. 장 양이 중학교 때 학우들을 이끌고 완고한 교장에 대해 반대 운동을 주도했던 건 아주 유명한 사건이죠!"

"누가 그래요?" 징이 얼굴을 붉히며 부인했다.

"끄나풀이 말했어요." 룽페이가 즉시 대답을 하고는 한마디를 보탰다. "끄나풀도 한커우로 가려고 하는 거, 다들 알고 있지?"

"가서 뭘 하려구" 왕이 경멸하듯이 말했다.

"끄나풀 노릇해야지." 모두 다시 웃었다.

"미스 장, 당신은 할 수 없는 게 아니라 하고 싶지 않은 거야." 리커가 말했다. "당신이 학교 다닐 때 무척 소극적이 된 건, 물론 어떤 친구들이 너무 소동을 피우는 걸 보면서 화가 났기 때문이지. 최근 당신이 이야기하는 걸 들어 보면 당신은 정치에 대해서도 전혀 관심이 없는 게 아닌데, 당신도 알다시피 나라를 구하는 건 우리도 다 일말의 책임이 있잖아. 당신은 우리가 뭔가 할 수 있기나 한 것처럼 젠 체하는 게 마음에 안 들지 모르지만 혁명이라는 게 총 끝에만 의지해서 이루어질 수 있는 건가? 사회운동의 역량이란 삼 년이나 오 년 정도가 지나고 나서야 비로소 나타나는 거고, 혁명도 일 년이나 반년 만에 전쟁에서 한두 번 이긴다고 그걸로 다 되는 것도 아닌데. 그래서 난 우리가 뭔가 하려고 하는 게 쓸데없는 일은 아니라고 생각해. 개인의 능력에 관한 문제라면 우리 모두 무슨 하늘을 찌를 만한 기상을 가진 대단한 영웅들은 아니지만, 사회를 개조하는 일이 한두 사람의 영웅만으로 되는 일은 아니잖아. 영웅의 시대는 이미 지나갔고 지금은 상식을 가진 사람들이 힘을 합쳐서 역사를 창조해 가는 시대라고. 우린 자신을 비하해선 안 돼. 이게 바로 우리가 우한으로 가려고 하는 이유고 또 우리가 당신에게 가자고 하는 이유지."

"리커 말이 정말 맞아!" 스 대포가 벌떡 일어나며 말했다. "내일, 더 망설일 것도 없이 난 츠주랑 함께 갈 거야."

"그렇다고 그렇게 빨리 갈 수는 없어." 둥팡밍이 몸을 일으키며 말했다. "내일이나 모레 혹은 일주일 내에 가는 거라면 아무도 못 갈 거야. 천천히 다시 이야기해야지."

'회의'가 끝나자 세 명의 남자는 모두 가 버렸고 세 명의 여자만 남았다. 징은 말없이 깊은 생각에 잠겨 있었다. 왕은 거울 앞에서 머리를 빗느라 바빴고, 자오는 아무 생각 없이 하늘을 바라보고 있었다.

　징은 근심을 잔뜩 안고 방으로 돌아왔다. 새로운 번민이 다시 이유 없이 그녀를 사로잡았다. 하지만 이번의 번민은 이전 학창 시절의 그것과는 사뭇 달랐다. 이전의 번민은 단지 강렬한 본능적인 충동에서 비롯된 것이고 스스로도 뭐가 뭔지 잘 알지 못했고 또 뭐라고 설명할 수도 없는 것이었다. 하지만 이번에는 두 가지 종류의 상반된 힘이 보이지 않는 가운데서 과거의 상처를 끌어당기고 있다는 걸 분명하게 감지할 수 있었다. 그중 하나는 아주 엄숙하게 말했다. "희망의 결과는 언제나 실망일 뿐이며, 모든 아름다운 추구는 그 자체가 추악이다. 가련한 이여, 네가 노력하고 분투하면 할수록 그만큼 더 고통스러운 실패의 기록만 늘어날 뿐이다." 하지만 다른 편에 있는 새로운 이상 또한 완곡하지만 단호하게 반박한다. "희망이 없다면 삶이 무슨 의미가 있겠는가? 인간이 짐승과 다른 건 바로 희망을 알기 때문이다. 희망이 있다면 실망도 피할 수 없다. 그러나 실망을 고통이라고 할 수는 없다. 아무런 목적도 희망도 없이 살아가는 것이야말로 고통이다!" 그러면 과거의 상처는 다시 완고하게 명령하듯이 "운명의 거대한 그물이 너를 덮어 싸고 있어서 어떤 발버둥도 다 소용이 없다"고 말한다. 그러면 새로운 이상은 다시 그녀를 격려하며 "운명이란 실패자의 무료한 자위요, 비겁자의 자조에 불과하다. 인간의 앞날은 자신의 의지와 노력에 의해 결정되는 것일 뿐이다"라고 말한다. 이 두 힘이 번갈아가며 일어나 징을 끌어당기며 한동안 승부가 나지 않았다. 징은 두 힘 사이에 대롱대롱 매달린 채 견딜 수 없는 슬픔을 느꼈다. 그녀는 차라리 과거의 상처가 남겨 놓은 교훈을 받아들이고 싶었다. 하지만 새로운 이상의 유혹 또한 너무나 강렬해서 어떤 결정도 내릴 수가 없었다. 그녀는 몇 번씩이나 모든 걸 다 잊고 갓 병원에 왔을 때처럼 아무 생각이 없는 상태로 되돌아가려고 애를 써 보았지만 새로운 유혹과 동경이 새로운 충동과 결합해서 커다란 빛으로 바뀐 채 고집스럽게 그녀의 눈앞에서 어른거리고 있었다. 그녀는 새로운 충동의 근원을 추적하고 그 성분을 분석해서 그 속에서 '비열한' 것을 찾아내려고도 했다. 그러면 명분 있게 그것을 내쳐 버릴 수 있을 것이기 때문이다. 하지만 결과는 반대로 오히려 새로운 충동을 위한 강력한 이유를 더 많이 찾아냈을 따름이다. 그녀가 이건 허영심의 사주일 뿐이라고 하면, 그녀의 영혼 안에서는 당장 어떤 목소리가 일어나 "그건 허영심이 아니라 책임감의 각성이다. 지금은 상식을 가진 사람들이 함께 역사를 창조해 가는 시대기 때문에 네가 너의 책임을 포기해서는 안 된다. 너는 지나친 자기비하에 빠져서는 안 된다"고 항의했다. 그녀가 또 이건 너무 정적인 생활을 해 온 데 대한 반동일 뿐이라고 주장하면, 보이지 않는 항의자는 다시 당장 "이건 우리의 정신적인 삶이 절박하게 요구하는 것이다. 이런 정신적인 활동이 없다면 현대의 문명도 없고 이 세상도 존재하지 않을 것"이라고 반박했다. 그녀가 이건 자신의 의지가 박약하기 때문이라고 단정하려고 하면, 또 곧 "한 번의 실패를 겪었다고 당장 비관적이고 소극적이 된다면 이런 행위야말로 바로 의지가 박약한 것!"이라고 항의하는 소리가 들렸다.

투쟁은 몇 시간이나 이어졌고 징의 반항은 결국 실패했다. 과거의 상처가 두렵긴 했지만 그래도 새로운 이상의 유혹을 이겨 내진 못했다. 징은 중·고등학교 시절의 그녀로 돌아왔다. 용기, 자신감, 열정, 이상, 삼 개월 전 그녀에게서 달아나 버렸던 이 모든 것들이 이제 다시 되돌아온 것이다. 징은 자오 일행과 함께 떠나기로 결심했다. 그녀는 이미 새로운 삶 — 열정과 광명과 활동이 있는 새로운 삶이 환영의 팔을 벌리고 그녀를 기다리고 있는 것을 보았다. 연애의 장에서 실패한 사람이 이제는 시선을 돌려 온전히 '사회에서 봉사하며' 거기에서 마땅히 얻어야 할 위안을 얻고, 마땅히 누려야 할 삶의 기쁨을 누리고 싶다는 생각으로 가득 차게 된 것이다.

자오가 상하이에 한 달간 더 머무를 예정이어서 징은 먼저 어머니를 만나러 고향으로 갔다. 고향은 이미 청천백일(靑天白日)의 세계*가 되어 있었지만, 표면적인 모습이 달라진 것 말고는 여전히 예전의 고향이었고 이것은 징의 결심을 더욱 더 확고하게 해 주었다. 눈비가 부슬부슬 내리던 날 이른 아침 징은 다시 상하이로 돌아왔고 다음 날 자오와 함께 창장 강(長江)을 운행하는 배를 타고 운명의 지시에 따라 새로운 생활을 찾아 나섰다. 비록 이때 징의 머릿속에 '운명'이라는 두 글자는 전혀 떠오르지 않았지만.

9

징이 깨어났을 땐 벌써 10시 10분이나 되었지만 날이 흐려 방 안이 어두웠기 때문에 시간이 많이 된 것 같지는 않았다. 등광밍이 군대를 따라 출발하게 되어 징이 왕 양과 곁채에서 함께 지내게 되었기 때문에 지금 둘은 절친한 친구 사이가 되어 있었다. 어젯밤 그들은 한 시가 넘도록 이야기를 나누고서야 잠자리에 들었고, 징은 그 후에도 흥분이 가라앉지 않아 베개맡에서 두어 시간 가량을 더 뒤척거리고 난 뒤에야 겨우 잠이 들었다. 지금 징은 입 안에서 신물이 나고 머리는 부풀어 멍한 느낌이었다. 한커우로 와서 두 달 남짓한 기간 동안 징은 거의 매일 12시가 넘어서야 잠자리에 들었고, 제 시간에 잠을 자지 못하는 게 이미 습관이 되어 있었다. 하지만 그래도 오늘처럼 이렇게 피곤한 날은 많지 않았다. 징은 맥없이 누워서 그 원인을 어제의 대화가 너무 자극적이었던 탓으로 돌렸다.

거리에서 사람들이 떠들어 대는 소리가 무척이나 시끌벅적하게 전해져 왔고, 부대들의 군악 소리가 여기저기서 들려왔다. 웅성대는 건 구호를 외치는 소리였다. 갑자기 징이 화들짝 놀라는 것 같더니 어디에서 그런 힘이 솟구쳤는지 후다닥 일어나 옷을 걸쳐 입고는 창 앞으로 달려갔다. 서쪽의 십자로 어귀에서 한 부대의 병사가 걸어오는 게 보였다. 목에는 모두 빨강, 파랑, 하양의 삼색 '희생 띠(犧牲帶)'를 매고, 총구에는 색색의 작은 종이 깃발들을 꽂았다. 가죽 대님을 맨 청년은 전진 중인 대열의 옆에 서서 손을 높이 들고 대열을 이끌며 구호를 외치고 있었다. 징은 이 부대가 곧 전방으로 출발하게 된다는 걸 알고 있었다. 병사들의 전진 행렬이 십자로의 동—서간 교통을 끊어 놓았고, 이쪽에는 이미 한 무더기의 깃발 — 각양각색의 인민단체 깃발들, 구호가 적힌 종이쪽지와 청천백일만지홍기(靑天白日滿地紅期)*가 잔뜩 쌓여 있었다. 먹물로 쓴 큰 글씨들이 적힌 흰색 리넨의 대형 현수막이 급하게 깃발의 대열 속으로 끼어들었지만 무슨 글자인지는 똑똑히 보이지 않았다. 깃발들 아래로 수천수만의 머리들이 꿈틀거렸고, 간혹 구호가 한 차례씩 공중으로 솟아오르기도 했다. 이 광경을 이삼 분가량 쳐다보고 있다가 징은 몸을 돌려 서둘러 세수를 했다. 불면으로 인한 피로는 구호 소리에 쫓겨 일찌감치 달아나 버렸다. 징은 문득 책상 위에 쪽지 한 장이 놓여 있는 걸 발견했다. 왕이 남긴 메모였다.

단잠 깨우지 않으려고 먼저 가. 강가에 있는 각계 대표들의 연락선만 타면 한관(漢關) 제1부두에 도착해. 11시에 시작이야.

— 스타오 9시 20분.

십 분 후 징은 이미 차를 타고 제1부두 쪽으로 가고 있었다. 징은 연락선을 타야 했다. 어젯밤 징은 남호(南湖)로 가서 제2기 북벌 출정식에 참석하기로 왕스타오와 이야기를 다 해 놓은 터였다.

제1부두에 도착했을 때 강 언덕은 온통 깃발을 든 무리로 채워져 있었다. 모두 연락선을 기다리는 각 단체의 민중이었다. 한관

의 대형 시계가 마침 10시 45분을 알리자 구호를 외치는 소리가 물살처럼 밀려왔다. 해관의 부두 쪽 길에는 이미 보초들이 배치되어 있었고 해관 바로 맞은편에 커다란 채색 간판을 내건 누각에는 두 길[丈]이 넘는 붉은 천으로 된 가로 액자에 커다란 흰 글씨가 쓰여 있었다. 얼굴에 흙을 묻힌 꼬마 몇이 사람들 무리 속으로 끼어 들어가 땅바닥에 떨어진 전단들을 주웠다. 부둣가에는 서로 어깨가 닿을 정도로 빽빽하게 늘어선 일고여덟 척의 크고 작은 나룻배들이 정박해 있었는데, 제일 뒤에 놓인 한 척은 거의 강 한가운데까지 나가 있었다. 부둣가에 딱 붙어 있는 작은 군함 한 척이 마치 빽빽한 틈에 끼어 고생하고 있는 뚱보처럼 쉬지 않고 삐걱거리며 숨을 몰아쉬고 있었다. 몇 명의 누런 제복을 입은 '보초'들은 모제르총을 들고 배 위에서 오락가락하고 있었다.

한 차례 한 차례의 구령 소리와 깃발의 나부낌, 전단들의 흩날림, 이 모든 것이 전해 주는 인상이 너무나 고무적이어서 징은 감격의 눈물을 흘렸다. 서둘러 부두를 지나고 다시 어깨를 맞대고 있는 두세 척의 작은 배들을 지나서 징은 비로소 연락선의 깃발 옆에 늘어져 있는 장방형의 흰 천을 발견했다. 그 위에는 '각 단체'를 표시하는 글자가 쓰여 있었다.

배의 갑판 위에는 이미 사람들이 꽉 차게 들어서 있었다. 징이 막 뱃머리 쪽으로 걸어가려는데 무리 속에서 한 여성이 밀치고 나와 인사를 했다. 후이였다. 후이는 이곳에 온 지 한 달이 다 되어 가며 결국 여기서 일자리를 구해 지금은 정부 기관에서 일을 하고 있었다.

왕은 끝내 만나지 못했지만 연락선은 '기적 소리'를 길게 울리며 상류로 떠나갔다. 배가 문창문포국(文昌門布局) 부두에 도착한 뒤 다시 차를 빌려 남호로 갔을 때는 이미 오후 2시가 되었다. 남호의 광장은 총검과 깃발로 가득 차 있었고 창검의 바다 위에 열병대의 뾰족 지붕이 외롭게 우뚝 서 있었다.

하늘은 온통 검은 구름으로 뒤덮여 있었고 날은 몹시 음산했다. 군사정치학교의 학생 대열에서 비장한 노랫소리가 터져 나오자 사면을 포위하고 있던 어둠침침한 기운도 움찔하는 것 같았다. 어디선가 바람이 불어왔고 수천수만의 깃발들이 모두 스스대는 소리를 냈다. 갑자기 우레와 같은 박수 소리가 일었고 군악대의 연주가 시작되었다. 곧이어 소리 높여 외쳐 대는 무수한 구호 속에서 출정 위원들이 도착했다. 징과 후이는 무리에 끼어 한 발짝도 움직일 수가 없었다.

군악 소리와 박수 소리, 구호 소리, 전령 소리, 발자국 소리가 어지럽게 한 차례씩 지나갔고, 출정식도 순서대로 천천히 지나갔다. 언제부터인지 모르게 내리기 시작한 비가 지금은 갑자기 장대비로 변했다. 무수히 많던 작은 깃발들이 모두 비에 젖어 망가지고, 번들거리는 깃대만 여전히 사람들의 손에 높이 들려진 채 꼼짝도 않고 있었다.

"난 더 이상 못 버티겠어!" 후이가 옷을 털며 말했다. 그녀의 비단 겹옷은 이미 흠뻑 젖어 몸에 달라붙어 있었다.

"어떻게 하지? 비를 피할 곳도 없고." 징이 사방을 둘러보며 말했다.

"너처럼 그렇게 두껍게 입었으면 괜찮았을 텐데." 후이가 후회하듯이 말했다.

"가자." 후이가 망설이다가 말했다. 그들 뒤에 남은 사람들의 수도 뚜렷하게 줄었다.

징도 이미 안팎이 다 젖은 채 추워서 덜덜 떨고 있었기 때문에 후이의 제안에 동의했다. 바로 그때 온 장안의 번들거리는 깃대들이 일제히 흔들리더니 구호 소리가 연발탄처럼 일어났다. 출정식도 곧 끝나려는 것 같았다.

10

출정식에 다녀온 뒤 징은 병이 났다. 비를 맞아서 감기에 걸린 게 주된 원인이었다. 하지만 출정식이 육체적으로는 병이 나게 했지만 정신적으로는 오히려 징에게 새로운 희망과 새로운 위로와 새로운 목표를 가져다주었다.

지난 두 달여간의 짧은 시간 동안 징은 이미 세 차례나 일을 바꾸었고 그때마다 환멸의 비애도 늘어 갔다. 하지만 이번 출정식이 남긴 비장한 인상은 다시 그녀에게 새로운 희망의 불을 지펴주었다.

징은 본래 왕, 자오와 함께 1월 2일에 한커우에 도착했다. 그때 징은 자신이 용기와 희망으로 가득 차 있다고 생각했다. 징은 어리광쟁이 아가씨의 습관을 말끔히 씻어 버리고 가장 혁명적인 일에 투신할 준비가 되어 있었다. 당시에 둥팡밍과 룽페이는 이미 정치 공작원이 되어 그녀에게 정치 공작의 중요성에 대해 떠벌렸고, 때마침 정치 공작원 훈련 위원회가 결성되어 '뛰어난 재주와 능력으로 중대한 책임을 감당할' 인사를 모집하고 있었기 때문에 징은 두근거리는 가슴으로 신청을 했다. 필기 시험을 보던 날 징은 너무나 흥분된 마음으로 지정된 시험 장소로 갔다. 그러나 시험장에 들어서자마자 등골이 서늘해졌다. 징은 응시자들이 다 우수한 청년들일 거라고 생각했는데 뜻밖에도 상황은 전혀 달랐다. 부패하고 노후한 행색을 한 사람들이 펜을 쥐고 웅얼거리고 있었고, 머리에 번지르르하게 기름을 바르고 얼굴에 광을 낸 몇몇 청년들은 소위 '교회파(敎會派)'* 사람들처럼 보였다. 응시자 중에서는 징만이 유일하게 여성이어서 뭇 '수험생'의 시선을 모으기도 했다. 몇 명은 굶주린 매 같은 눈을 데굴데굴 굴리며 징을 샅샅이 훑어보았고, 몇 명은 또 놀란 눈을 크게 뜨고 마치 시골 아이가 '양놈(洋鬼子)' 쳐다보듯이 쳐다보기도 했다. 시험 문제는 전혀 어렵지 않았지만 응시자들은 서로 머리와 귀를 맞대고 의논했고, 그러다가 회색 군복에 가죽 혁대를 비스듬히 찬 시험 감독관이 천천히 그들 뒤로 가서 헛기침을 한번 하면 그제야 각자 자기 자리로 돌아갔다. 이런 모습을 보면서 징은 너무 기가 막히기도 하고 화가 나기도 했다. 징은 이미 실망했지만 그래도 끝까지 참고 답안을 작성하기로 결심했다.

"참고서를 보는 건 허용되지만 '삼민주의(三民主義)' 원문을 다 베껴 써도 그런 건 소용없습니다. 시간이 많이 지났으니 어쨌든 열심히 생각해서 빨리 써내세요." 갑자기 감독관이 이렇게 말하는 소리가 들렸다.

시험장 안에서 웃음소리가 일었다. 징 맞은편에서 몰래 어떤 책을 정신없이 뒤적거리고 있던 사람이 그제야 마치 잠에서 막 깨어난 것처럼 책을 숨기고 펜을 들더니 뭐라고 중얼거리며 어깨를 흔들어 대기 시작했다. 징은 속으로 '둥팡밍 같은 사람을 뛰어난 인재로 보는 게 다 이유가 있군. 모두 이런 물건들이니!' 하고 생각했다.

그날 징은 숙소로 돌아와서 그녀가 목격한 이상한 상황을 왕에게 이야기하면서 한숨을 내쉬었다. "보아하니 이 위원회라는 것도 혁명이라는 말만 잔뜩 갖다 붙인 고리타분한 것에 불과하지 아무것도 아니야."

"다 그런 건 아냐." 왕이 고개를 저으며 말했다. "둥팡밍이 그러는데 위원회 주최 측이랑 이야기를 해 보니까 그 사람들은 확실히 일도 제대로 하고 사람도 엄격하게 선발한대. 응시자들이 대부분 다 그렇게 멍청하고 비루한 지식인이나 관가에 빌붙어 사는 좀벌레 같은 부류인 데다 그렇다고 그들의 응시 자격을 박탈할 수도 없고 하니까 그냥 시험을 치도록 해서 그렇지. 그런 인간들은 대부분 다 헛수고하는 거라고. 분명히 다 떨어질 테니까."

이틀 후 시험 결과가 발표되었는데 정말 다섯 명만 합격을 했다. 세 명은 정식 합격이고 두명은 예비 합격이었는데 징은 생각지도 않게 정시 합격자 명단에 속해 있었다. 이것으로 위원회에 대한 징의 의구심은 좀 풀린 셈이어서 징은 다시 구술시험을 보러 갈 준비를 했다.

뜻밖에도 구술시험 위원은 체격이 작고 목소리가 낮은, 군복을 입지 않고 양장을 한 청년이었다. 그는 응시자 한 사람 한 사람에게 열 개 남짓한 문제를 냈는데 그 무뚝뚝한 작은 얼굴은 응시자가 어떤 대답을 하든 아무런 표정이 없어서 속을 알 수가 없었다.

"무솔리니*가 어떤 사람인지 아나요?" 그 작은 '위원'이 한 응시자에게 당국(黨國)*에 관한 큰 문제를 몇 가지 내고 난 뒤 갑자기 상식 쪽의 질문을 던졌다. 그는 종이 위에 무솔리니의 역명(譯名)을 쓰고 또 서양어 표기법으로도 썼다.

"무-솔-리-니…… 그는 노혁명가입니다!" 응시자가 머뭇거리며 대답했다.

"어느 나라 사람이죠? 죽었나요?"

"러시아 사람이고, 죽은 지 얼마 안 됐을 겁니다."

"지노비예프*는 어떤 사람이죠?" 구술시험 위원은 거기에 대해 전혀 그렇다 아니다라는 언급 없이 화제를 바꾸었다.

"그는 반혁명가, 백색당입니다." 응시자가 서둘러 대답했다. 아주 자신이 있다고 생각하는 것 같았다.

구술시험 위원이 "季諾維夫(지노비예프)"란 네 글자를 썼다.

"아, 아까는 세로노프라고 잘못 들었네요. 이…… 이 지노비예프는 아마도 영국 사람이겠죠." 응시자가 상의하는 투로 말했다.

"알렌"* 구술시험 위원이 다시 썼다.

"이 매국노! 첩자! 그는 베이징 해관(海關) 감독이죠!" 응시자가 시원스럽게 대답했다.

"아마도 펑톈(奉天) 사람이겠죠?" 구술시험 위원은 얼굴 근육 하나 움직이지 않으면서 한마디를 더 따져 물었다.

"네." 응시자가 대답을 하면서 머뭇거리며 위원의 얼굴을 살폈다.

징은 속으로 웃음을 참지 못했다. 다섯 사람의 구술시험에 한 시간이 소요되었다. 마지막에 작은 체구의 구술시험 위원이 일어 나서 "여러분 다 끝났습니다. 결과는 마찬가지로 신문에 발표될 겁니다"라고 고지를 하고는 걸음을 돌려 떠나려 했다. 하지만 네 사람이 그를 붙잡았다.

"언제 발표가 나죠?"

"무슨 일을 하는 겁니까?"

"성 밖으로 파견을 나가는 건 아니겠죠?"

"특무원은 상위(上尉) 급이고 시험도 안 치르니 우리는 적어도 소령은 되는 거겠죠?"

연달아 질문이 던져졌고 구술시험 위원은 웃는 둥 마는 둥한 얼 굴로 대답했다. "내일이면 발표가 납니다. 내일 신문을 보세요! 어 떤 일이 할당될지는 주임이 지시할 거고, 우리 관할이 아닙니다."

어떤 이가 또 질문을 제기하려 할 때 근무병이 한 다발의 면회 신청서를 가져왔다. 그 구술시험 위원은 "여기 있는 양 서기와 의논하세요" 하고 말하고는 고개를 끄덕이며 달아나듯이 자리를 떴다.

다음 날 구술시험 결과가 발표되었고 네 명만이 합격을 했다. 정식 합격생 중 한 명은 떨어지고 오히려 두 명의 예비 합격생이 모두 붙었다. 징은 이 위원회가 그런대로 일처리를 신중하게 하는 것 같아 거기에 들어가 일을 하기로 결심했다.

매일 사오십 명가량이 필기 시험을 보고 칠팔 명가량이 구술시험을 보고 네댓 명가량이 합격을 했다. 그렇게 해서 징의 '동료'는 하루하루 늘어 갔다. 위원회는 그들을 훈련반으로 편성해서 교과 과정과 연구 범위, 토론 주제를 정해 주었다. 훈련반 수업이 시작되던 날 징은 지정된 숙소로 이사를 했다. 왕과 이별의 악수를 나눌 때 징은 이렇게 말했다.

"난 이제 새로운 생활을 시작하는 거야. 난 나약한 사람이지, 너와 츠주는 내가 의지가 약하다고 비판했고, 리커는 내가 너무 감상적이라고 비판했어. 너희들의 비판이 다 맞을 수도 있고 틀릴 수도 있겠지. 나 자신도 내가 어떤 사람인지 잘 모르니까. 하지만 난 내가 결점이 많은 사람이라는 건 인정해도 안일과 향락만을 탐하는 '아가씨'는 절대 아니라고 자신해. 이제 난 훈련도 받고 고생도 하고 노력도 해 보기로 결심했으니까 너도 날 좀 격려해 주면 좋겠어."

잠시 말을 멈추었다가 징은 무척이나 다정하게 왕의 팔을 끌어당기며 말을 이었다. "전에 사람들이 네가 방탕하다고 하는 말을 들은 적이 있지만 요즘 자세히 보니 넌 호탕하고 대범하면서도 주관이 뚜렷한 사람이라는 걸 알게 되었어. 하지만 인간은 어쨌든 감정적인 동물이라서 어떤 때는 열정의 충동에 주관을 잃는 때도 있는 거지. 일시적인 열정의 충동이 평생 감추어진 아픔을 만들어 내기도 하는 거고, 그건 나의……." 징은 왕을 끌어안고 몰래 눈물을 흘렸고 왕은 감동으로 말을 꺼내지 못했다.

하지만 이때 이렇게 결연한 의지를 드러냈던 징은 고작 2주일 가량의 '새로운 생활' 뒤에 다시 너무나 큰 불만을 품게 되었다. 고생을 견디지 못해서가 아니라 그 일이 무료하게 느껴져서다. 징은 같은 반 동료들이 가지고 있는 재능이라는 게 고작 표어나 구호를 능숙하게 읽어 내는 재주에 불과하다는 걸 곧 간파했다. 의례적으로 쓰는 글, 의례적으로 행하는 거리의 강연은 다 미리 만들어진 표어와 구호를 대충 짜 맞추는 것에 불과했다. 징은 바깥 사람들이 정치 공작원들을 '약장수'라고 비웃던 생각이 났다. 열여덟 구(句)로 된 주문인 강호결(江湖訣)*을 외울 줄 알면 떠돌이 의사가 되어 한약을 팔 수 있고, 미리 만들어 놓은 표어와 구호를 적당히 뒤섞어서 사용할 줄 알면 정치 공작원이 될 수 있다. 이보다 더 무료한 일이 있을까? 이런 생각이 징의 머릿속에서 하루하루 확대되고 점점 더 강력해져서 징은 결국 더 이상 거리에 나갈 수 없는 지경이 되었다. 길 가는 사람들의 시선이 모두 그녀를 '약장수'라고 비웃는 것만 같아서 간신히 3주를 때우고 난 뒤 징은 결국 그 일을 그만두었다. 나중에 징은 다시 왕에게 이끌려 부녀회에 가서 몇 주 동안 일을 해 보았지만 결과는 마찬가지로 무료함을 견딜 수 없어 그만두는 것이었다. 왜 그게 무료한지, 어떤 게 무료한지 똑똑하게 이야기할 수는 없었지만 징은 그것 역시 적당히 대충 때우며 지내는 겉치레의 삶일 뿐이며 자신이 이상 속에서 생각했던 열렬한 신(新)생활이 아니라는 것만은 분명하게 감지할 수 있었다.

징이 성(省)의 노동조합에서 일을 시작한 지도 벌써 두 주일이 되었다. 이 일은 리커의 권고에 따라 시작한 것이었지만 징 자신도 이 세 번째 일에 대해서는 두 가지 마음에 드는 점이 있었다. 하나는 여기에서는 직원의 생활비가 다 같다는 점이고, 또 하나는 여기에서는 뚜렷하게 하는 일이 있고 그건 그저 장식 같은 게 아니라는 점이었다.

일을 맡은 첫날 스췐과 자오는 — 그들은 벌써부터 이곳의 직원으로 일하고 있었다 — 징을 각 부서로 두루 데리고 다니면서 사람들에게 인사를 시켰는데, 그들 모두 땀을 뻘뻘 흘리며 바쁘게 일하고 있었다. 징은 문서과 일을 맡게 되었는데 첫날부터 처리해야 할 문건이 산더미처럼 쌓여 있었다. 징은 그 문건들이 모두 수만 명의 생활과 실질적인 관계가 있다는 걸 알고는 처음으로 하는 일에 흥미를 느꼈다. 마침내 밝고 열렬한 신생활 안으로 들어온 것이다. 하지만 아쉬운 점이 전혀 없는 건 아니었다. 예를 들면 동료들의 행동이 너무 거칠고 유치한 점이나 섬세한 것들을 너무 함부로 대하고 독신 여성만 보면 미친 듯이 연애를 하려고 달려드는 점 같은 것은 모두 징을 불쾌하게 만들었다.

더욱 유감스러운 건, 이건 징이 각별히 유감으로 생각하는 점이었는데, 여기에서 일하는 동료들이 자신들이 혁명적인 행위나 혁명적인 인생관이라고 생각하는 것이면 반드시 다른 사람들한테도 그것을 보급하려고 하고, 그 때문에 징도 그 파장을 피할 수 없다는 점이다. 징이 일을 시작한 지 사흘째 되던 날 한 남자 동료가 징에게 우산을 빌렸는데, 다음 날 그는 돌려줄 생각은커녕 도리어 다시 다른 사람에게 빌려 주었다고 해서 결국 징은 우산을 다시 하나 살 수밖에 없었다. 한번은 또 어떤 여자 동료가 징의 망토를 보고 "와! 너무 예쁜 망토네, 나한테 좀 잘 안 어울려서 그렇지만" 하더니 결국은 그 망토를 몸에 걸치고 아무렇지도 않은 듯이 가버리더니 그 후 사오 일이 지나서 징이 돌려받았을 때는 이미 어깨선이 다 터져 있었다. 이자들은 자기 물건도 종종 다른 사람들이 가져가서 행방을 알 수 없게 되면 다시 다른 사람의 물건을 가져다 쓰는 게 습관이 되어 있었다. 하지만 너무나 고상하고 세심한 징은 도무지 이런 것에 익숙해지지 않았다. 연애 소동은 특히 그들이 공무 외에 반드시 해야만 하는 유일한 일이었다. 남자 동료와 여 직원이 서로 치근대거나 서로 희롱하며 입을 맞추려고 하는 모습이 곳곳에서 종종 눈에 띄었다. 독신의 여자가 만약 누구와도 연애를 하지 않는다면 그건 거의 반혁명에 해당하거나 적어도 봉건 잔당으로 매도되었다. 이들은 자오를 통해 징이 아직까지 애인이 없다는 사실을 알게 되자 징을 향해 일제히 달려들었고 그중 하나는 징에게 심하게 치근덕거리기도 했는데 이런 일은 징을 너무나 불쾌하게 만들었고 그로 인해 징은 지금 하는 일에 대해서도 차츰 혐오감을 느끼게 되었다.

지금 다시 병이 들어 아무 하는 일 없이 며칠을 지내다 보니 징의 마음속에는 온갖 생각이 다 들었다. 지난 반년 동안 보고 들었던 것을 돌이켜 보니 모두가 다 인생의 모순을 드러내 주는 것들뿐이었다. 한쪽에서는 혁명의 긴장된 분위기가 있지만 다른 한쪽에는 오히려 피로와 번민이 만연해 있다. 모든 일이 다 너무나 기계적으로만 이루어지고, 다들 그냥 지금까지 하던 대로 대충대충만 하는 것 같다는 의혹도 생긴다. 사람들이 가끔씩 기를 쓰고 고함을 질러 대는 것도 그게 바로 그들이 피로에 지쳐 있다는 증거일지도 모른다. '연애를 하고 싶어 하는' 게 유행병이 되고, 사람들은 미친 듯이 육체의 향락과 성욕의 자극을 추구한다. 그날 밤 왕이 말하지 않았던가? 모(某) 처장, 모 부장, 모 청장이 모두 요즘 연애의 희극을 연출하느라 정신이 없다고. 그들 모두 자식이 적은 것도 아니고, 직장에도 해야 할 일이 산더미처럼 쌓여 있지만 그런데도 그렇게 한가하게 낭만을 즐기고 있으니 청년들이야 더더욱 뭐라고 할 수가 없었다. 하지만 이게 바로 번민의 반영이기도 하다. 무겁게 가라앉은 분위기 속에서라면 번민은 퇴폐적이고 부정적인 형태로 나타나겠지만, 긴장된 분위기 속에서라면 번민은 감각적인 자극을 추구하는 방식으로 나타난다. 그리고 이른바 '연애'라는 게 결국 이 모든 것에 대한 신성한 변명이 된다. 그래도 이런 것은 분명하게 드러난 커다란 모순이고, 만약 소소한 것까지 다 하나하나 캐어 말한다면 그건 대체 얼마나 될지 알 수 없었다. 봉건사상의 잔재를 척결하자는 함성이 하늘을 찌를 듯하지만 친척이나 옛 친구들은 여전히 서로 끌어 주고 당겨 주면서 등용을 하고 있지 않은가? 그녀의 동료들만 봐도 벌써 몇 사람이나 처갓집 덕에 밥 먹고 사는 것이다!

모순이다, 보편화된 모순. 이런 모순 속에서 혁명은 전진하는 것인가? 징은 그동안 이론적으로는 이 문제를 해결할 수 없었다. 하지만 최근 현실에서의 경험을 통해서 이 문제에 대한 확신을 얻을 수 있었다. 어제 출정식의 그 열렬함과 비장함을 보면서 징은 평소에 보아 왔던 피로와 번민이라는 게 단지 소소한 결함일 뿐 염려할 만한 게 아니라는 걸 깨닫게 되었다. 그렇게 피로와 번민에 빠져 있는 사람들도 필요할 때는 분명히, 사심 없이 위대한 희생을 할 수 있을 것이기 때문이다. 이 '새로운 발견'이 징의 용기를 진작시켜 주어 지금 징은 육체적으로는 작은 병이 들었지만 정신적으로는 오히려 전에 없이 건강한 상태가 되었다.

징이 작은 병치레로 사오 일간 휴식을 취하는 동안 '타향에서 새로 만난' 후이는 두 차례나 다녀갔다. 후이가 두 번째 왔을 때 징은 이미 완전히 건강을 회복해서 후이의 식사 요청에도 응할 수가 있었다.

후이가 청한 손님들은 대부분 그녀의 동료였고 외국 생활 시절의 친구들도 몇 있었다. 징은 모두 모르는 사람들이라 몇 마디 응대의 말만 하고는 조용히 곁에서 바라보고 있었다. 사람들이 비서라고 부르는 체구가 작고 피부가 좀 검은 사람이 가장 말이 많았다. 그는 말을 할 때마다 마지막에 하하대며 큰소리로 웃었는데, 그 모습이 마치 '백대(百代)' 음반*에 나오는 '양인(洋人)'이 크게 웃는 모습' 같았다. 징은 그가 입을 쩍쩍 벌리는 걸 볼 때마다 역겨운 느낌이 들었다.

"당신네 부서에 여 직원이 새로 왔다죠? 그런대로 예쁘게 생겼나요? 하, 하, 하." 작고 검은 사람이 양복을 입은 모 과장에게 말했다.

"어쨌든 저우 양만은 못하죠!" 양복 입은 과장이 대답했다. "하지만 마작은 고수예요."

"저우 양만한 주량은 더더욱 찾아보기 힘들죠. 하, 하, 하."

가늘고 긴 목을 한, 머리가 작고 중산복을 입은 모 사무처 주임이 아무 생각 없이 후이에게 큰소리로 말했다.

"자! 자! 브랜디 한 병 마시기 내기합시다!"

징은 머리가 작고, 가늘고 긴 목을 한 사무처 주임의 생김새가 바로 브랜디 병 같다는 생각을 했다.

후이는 그때 왼쪽에 있는 개버딘 군복을 입은 청년과 이야기하느라 정신없이 있다가 '브랜디 병'이 떠들어 대는 소릴 듣고는 돌아보더니 미소로만 응수를 하고는 "비서가 또 나에 대해 헛소문을 꾸며 대네요" 하고 말했다.

"브랜디 한 병." 작고 검은 남자가 벌떡 일어나 큰소리로 외쳤다. "어제 당신 술 마시는 거 봤는데, 오늘은 자신을 위해 술값을 아끼는구먼! 하, 하, 하."

"그렇다면 안 마실 수 없지!" 한 사람이 끼어들었다.

"모 부인이 중앙표(中央票)*로 모시를 사들였다는데 얼마나 계산을 잘한 거요!" 징의 오른편에 앉은 사람이 짧은 수염을 한 사람에게 말했다.

"그 물건들도 그저 사 두고 보자는 거겠죠." 대머리가 대답했다. 푸른색의 작은 벌레 하나가 그의 대머리 위로 기어가고 있는 게 보였다.

작고 검은 남자와 '브랜디 병'이 후이에게 치근거리며 술을 권하더니, 벌써 승리를 거두었는지 후이가 결국은 큰 잔의 브랜디를 마시고 있었다.

점점 이야기의 방향이 여주인에게 공세를 퍼붓는 쪽으로 바뀌었다. '브랜디 병'은 후이가 어떤 향수를 쓰는지 반드시 물어봐야겠다고 했고, 군장을 한 청년은 후이를 붙잡고 춤을 추자고 졸랐다. 나중에 작고 검은 남자는 후이의 최근 연애사를 공개해야 한다고 주장했고 후이는 그것에 대해 태연하게 대답했다.

"있으면, 당신이 이야기해. 꾸며 내는 건 금지고!"

연애 이야기가 나오자 반쯤 취한 무리는 마치 전방에서 온 급보라도 들은 것처럼 일제히 흥분하기 시작했다. 그들은 후이 주위로 모여들어 입뿐 아니라 손까지 움직여 가며 이야기를 들었다. 그래도 아직 '봉건사상의 잔재'가 좀 남아 있어서 그런지 징에게까지는 그 파장이 미치지 않았다. 후이는 아주 교묘하게 응수하면서 태연하게 이 한바탕의 소동을 넘기고 난 뒤 '파장'을 선언했다.

"저 사람들 늘 저렇게 지분거려?" 후이가 숙소까지 바래다주는 길에 징이 물었다. 징은 후이가 이전에 품고 있던 생각을 떠올리면서 바오쑤와 후이의 교제에 대해서도 생각했다.

"그럼." 후이는 솔직담백하게 대답했다.

"기분 좋을 땐 저자들이랑 이상한 짓 하면서 시간 보내고, 기분 안 좋을 땐 전혀 상대 안 해. 징, 내가 너무 방탕해졌다고 생각하지? 난 지금은 아주 냉정한 사람이 되어서 저자들이 아무리 뜨겁게 달아올라도 내 마음이 따뜻해지진 않아!"

징은 후이의 새하얀 둥근 가슴 아래로 상처 입어 차갑게 굳어진 마음이 오연히 떨고 있는 모습이 눈앞에 보이는 것 같았다. 징은 후이를 끌어안고 낮은 소리로 대답했다.

"난 네 마음 알아!"

11

다시 반달이 지나갔다. 징이랑 후이, 왕은 지금 가장 친한 친구가 되어 있었다. 세 사람의 성격은 전혀 달랐지만 각각은 나름대로의 장점이 있고, 또 서로 장점을 잘 알았다. 둘은 모두 징을 동생처럼 생각했다. 징이 겁이 많고 온유하며 걱정이 많은 데다 특별한 자기주장이 없었기 때문이다. 이 두 '언니'가 징에게는 실제로 가장 큰 위안이었다. 이것이 징이 우한에서의 생활에 이미 신물이 났음에도 집으로 돌아가고 싶어 하지 않는 원인이기도 했다. 한커우로 온 후 징은 어머니로부터 집으로 돌아오라는 편지를 두 차례나 받았다. 엄마는 고향에도 이제는 그녀가 좋아할 만한 '일'이 있다고 했다.

징은 늘 후이에게서는 노련하고 야무진 면을, 왕에게서는 외유내강해서 누구하고도 잘 어울리면서 자기 생각이 뚜렷한 점을 배우고 싶어 했다. 하지만 천성적인 한계로 포기할 수밖에 없었다. 대신 고민하고 방황할 때면 징은 꼭 '후이'를 찾아갔다. 강한 의지와 결단력, 거기다 세상 물정에까지 통달한 듯한 후이의 말이 징이 문제를 분명하게 이해하고 다시 용기를 낼 수 있게 해 주었기 때문이다. 또 적막하거나 울적해질 때면 징은 왕과 함께 있기를 간절히 원했다. 왕의 풍만하고 부드러운 몸에 기대어 다정하고 부드럽게 속삭여 주는 소리를 가만히 듣고 있노라면 마치 봄바람에 취한 듯했고, 그럴 때 왕은 정말로 징의 연인이 되어 주었다. 그들 둘이 이렇게 친한 데다 같이 살기까지 했기 때문에 자오는 종종 그들을 동성애자라고 놀렸다.

하지만 지금 왕은 한커우를 떠나려 하고 있다. 둥팡밍이 이미 주장에 주거지를 정해 놓고 왕을 오라고 하고 있었기 때문이다. 이별을 코앞에 두고 셋은 모두 우울하고 슬픈 마음이 되었고 징은 더더욱 그랬다. '연인'을 잃어버리게 된 것 말고도 지금 징에게는 여러 가지 자신에 관한 번민들이 있었다.

왕이 떠나기 전날 밤, 셋은 함께 서우이(首義) 공원으로 놀러 갔다가 나중에 다시 황허루(黃鶴樓) 앞 쿵밍돈(孔明墩)*가에 앉아서 더위를 식히며 속 이야기를 털어놓았다.

그날은 달빛이 좋았다. 하늘에 흰 구름송이들이 마치 흰 면화가 푸른 자기 쟁반 위에 놓인 것처럼 떠 있었다. 드문드문 몇 점의 별들이 구름송이 사이에 박힌 채 반짝이며 빛을 발했다. 한양(漢陽) 군수공장의 대형 기중기가 달빛 아래 어두컴컴하게 서 있는 모습이 마치 시커먼 괴물이 입을 떡 벌리고 서서 먹이를 낚아채려고 기다리고 있는 것 같았다. 우창성(武昌城)은 이미 잠들어 있었고 마포견사공장(麻布絲紗四局)의 대형 환기창만이 하늘 한가운데로 조용히 치솟아 있었다. 그 모양이 마치 강 건너에 있는 시커먼 괴물을 감시하느라 밤새 지키고 있는 보초병처럼 보였다. 서북쪽으로 온통 등불로 덮여 하늘의 반을 붉게 물들이고 있는 곳이 바로 삼십만 명의 노동자가 있는 한커우였다. 강의 급류가 스스 소리를 내며 흘러가고 있었고 우한으로 가는 연락선이 이따금씩 긴 기적 소리를 처량하게 울리고 있었다. 그것 말고는 아무런 소리도 들리지 않았다.

쿵밍돈대 아래 앉은 셋은 여름밤의 시원한 공기 속에서 담소를 나누고 있었다. 지금 이야기의 중심은 이미 징의 일 문제로 옮겨가 있었다.

"노동조합 일도 이젠 신물이 나." 징이 말했다. "그쪽엔 나 같은 사람 많을 테니 난 더 이상 그 일 안 할래. 스타오가 주장으로 가면 난 더 무료해질 거구. 게다가 숙소도 문제야. 혼자 사는 건 너무 겁나서." 징이 무척 울적한 듯이 왕의 손을 끌어당겼다.

"노동조합 일은 뭐 안 해도 괜찮지만." 후이가 먼저 자기 생각을 이야기하면서 뚜벅뚜벅 걷던 걸음을 멈췄다. "숙소는 아무래도 내가 있는 데로 옮기는 게 낫겠다. 우리 상하이에서 함께 지낸 적 있잖아. 아주 재미있었지."

"후이는 하루 종일 밤까지도 밖에 있는데, 나 혼자 있으면서 할 일까지 없으면 정말 답답해 죽을걸." 징이 원하지 않는다는 듯이 대답했다.

"나랑 주장으로 가자, 어때?" 왕이 간절하게 말하며 얼굴을 징의 목에 기댔다.

징은 여전히 대답이 없었다. 후이가 나서서 말했다. "난 반대야."

"후이, 너 내가 징을 독점할까 봐 그러는 거지?" 왕이 웃으며 말했다.

"남은 고민스러워 죽겠다는데 농담을 하다니, 맞아야 돼!"

후이가 왕의 어깨를 한 번 꼬집으며 "난 반대야, 왜냐하면 근본적인 문제는 우선 징이 여전히 일을 하고 싶어 하냐 아니냐거든. 만약 일을 하고 싶어 한다면 당연히 우한에 있어야지."

"난 전에는 무척 일을 하고 싶었지만 지금은 나 같은 사람은 어디에도 안 맞는다는 걸 알게 됐어." 징이 한숨을 내쉬었다. "아마 내 마음이 너무 좁아서 어떤 모욕도 참지 못하는 것 같아. 겁이 많고 나약한 데다 또 오만하기까지 하니. 스타오가 항상 난 뭘 하면 너무 잘하려고 하는 게 문제라고 하더니, 정말 그런 거 같지? 내가 돌아다녀 본 기관이나 단체는 지금 다시 생각해 봐도 마음에 드는 데가 단 한 군데도 없으니 말이야. 내가 너무 사소한 일에도 꼬투리를 잡는 건지 모르지만. 예를 들면 말이야, 노동조합에서는 어떤 사람이 나한테 공연히 지분거려서 당장 조합 일이 싫어졌거든. 그자들은 정말 연애를 무슨 밥 먹듯이 한다니까."

왕과 후이가 함께 웃다가 후이가 갑자기 발을 구르며 말했다.

"좋다, 신식 색마든 신신식 색마든 상관없고! 우리 셋이 함께 주장으로 가서 루산 산(盧山)으로 놀러 가는 거다!"

"나도 주장에서는 특별히 할 일이 있는 것도 아니니까 같이 루산 산으로 놀러 가면 너무 좋겠네."

왕도 찬성했다. "징, 그럼 그렇게 하는 거다."

징이 고개를 가로저으며 말했다. "난 반대야. 나 때문에 너희들까지 덩달아서 일을 안 하는 건 말도 안 돼! 나도 본성은 게으른 사람이 아니고. 게다가 지금 시대는 우리의 양심이 우리 몫의 공헌을 하라고 재촉하고 있잖아. 금방 내가 말했지? 두 주 전에는 노동조합에서 일하고 싶지 않았지만 그 후에 출정식에서 감동을 받아서 다시 참아야 된다고 생각하게 됐고 그래서 또 다시 버텨 온 거라고. 지금 비록 노조 일을 그만두려고 결심하긴 했지만 그래도 난 여전히 사람들에게도 조금이나마 보탬이 되고 나 자신도 마음이 편한 그런 일을 하고 싶어."

왕과 후이가 모두 고개를 끄덕였다.

"하지만, 아무리 생각해 봐도 그런 일이 없어서." 징이 다시 말을 이었다. "스타오도 가려고 하니, 이제 정신적으로도 위안을 얻을 데가 없고!" 징은 고개를 숙이고 눈물을 떨어뜨리다가 갑자기 고개를 들더니 후이를 바라보며 말했다.

"후이! 난 항상 너의 그 노련함과 달관적인 자세를 좀 배울 수 있으면 얼마나 좋을까 하지만 그게 안 돼서 참 안타까워!"

"나 내일 안 갈래!" 왕도 눈자위가 붉어진 채 징을 끌어안고 부드럽게 징을 위로하며 말했다. "징, 속상해하지 마. 난 네가 너한테 가장 잘 맞는 일을 발견하게 되면 그때 갈 테니까!"

"징! 너 때문에 정말 마음이 아프다! 내가 고통 받는 것보다도 더 견디기가 힘드네!" 후이가 한숨을 내쉬고는 조급하게 왔다 갔다 했다.

강의 급류는 여전히 스스 소리를 내며 흘러가고 있었다. 구름 한 점이 천천히 옮겨 가 밝은 달의 반을 가리더니 도리어 밝은 별빛 하나가 쏟아져 내렸다.

후이가 갑자기 걸음을 멈추더니 빙그레 미소를 지으며 말했다.

"생각났다!"

"무슨 일인데?" 왕과 후이가 함께 물었다.

"징이 할 일이 생각났어! 간호사 일을 하는 거야. 그거야말로 사람들에게도 도움을 주고 자기도 마음 편한 일이잖아?"

"어째서 그 생각을 못했지?" 왕이 급히 말을 이었다. "부상 병원에 지금 간호사가 모자라서 부상병 구호 위원회에서는 아직도 시립학교의 여 교원들을 징발해서 그 일을 맡기고 있잖아!"

세 사람의 얼굴에 다시 희색이 감돌았다. 의논을 마친 후 왕은 어쨌든 내일 떠나지 않고, 특별히 징을 위해서 병원을 정하고 징을 병원에 넣어 줄 사람을 찾기 위해 하루 더 머물기로 했다.

왕이 꼬박 하루를 이리저리 뛰어다니고 난 뒤 일은 해결되었다. 왕은 징에게 제6병원을 골라 주었다. 이곳은 가벼운 부상을 입은 군관들만 치료하는 작은 병원이었고, 후이의 숙소에서도 그다지 멀지 않았다. 처음에는 사병 병원에도 의무 간호사들이 있었는데 나중에는 그 일을 대부분 아가씨나 작은 마님, 여교사들이 맡았다가 이 사람들이 너무 청결을 따지면서 부상병들 앞에서도 늘 손수건으로 코를 가리고 다니는 바람에 부상병들의 반감을 사게 되어 사병 병원의 의무 간호사 근무제는 금방 폐지되어 버린 터였다.

12

승리의 소식이 계속해서 전방으로부터 전해져 왔고, 부상병들도 꼬리를 물고 이어졌다. 어느 날, 제6병원에 포탄 파편으로 가슴에 부상을 입은 청년 군관이 들어왔고 이 일로 징의 간호 부담도 늘어나게 되었다.

부상자는 중대장이었는데 나이는 기껏해야 스무 살 정도로 보였다. 가늘고 긴 눈에 곧은 코, 크지도 작지도 않은 입, 검고 가는 머리카락. 동그란 얼굴이 자못 고상하고 우아한 느낌을 주었지만 두 줄기 눈썹만은 늠름한 기상을 드러내 주고 있었다. 눈썹은 짙고 검지만 전혀 거칠어 보이지 않았다. 청년 군관은 낡은 회색 군용 담요에 둘러싸여 있었는데 처음엔 그런대로 상태가 괜찮고 얼굴색만 조금 창백한 것 같았지만 담요를 젖히고 보니 왼쪽 가슴에는 이미 살갗이 온전히 남아 있는 데가 없었다. 포탄의 파편이 그의 왼쪽 가슴을 밀어 버린 것이다. 게다가 튼실한 왼쪽 가슴 아래로 서너 군데나 깊이 파인 곳이 있었는데 군의관에 의하면 그 포탄 파편이 1센티만 더 아래로 스치고 지나갔어도 우리의 이 중대장은 벌써 '순직' 했을 거라는 거였다. 하지만 지금 그는 아무 쓸모없는 왼쪽 유두만 잃어버린 셈이었다.

이 청년 군관의 성은 창(强), 이름은 멍(猛)이고, 별명은 웨이리(惟力)였다. 전혀 이상하게 보이지 않는 사람이 이름은 오히려 이상했다.

징이 간호를 맡은 사람 중에서 이 새로 온 군관은 다섯 번째 환자였다. 징은 확실히 넉넉하게 남아도는 시간과 정신으로 이 새로 온 부상자를 돌보았다. 이 새로운 부상자를 직무상 성의껏 돌보는 것 말고도 징은 '그'에 대해 여러 가지 복잡한 느낌을 가지고 있었다. 부상당한 부위도 너무 특이하고 나이도 너무 어리고 체격도 너무나 단아한 게 모두 징에게 각별한 느낌을 불러일으켰다. 하얗고 부드러운 청년 군관의 손을 보면서 징은 그가 그런대로 잘 사는 집안의 아들일 거라고 상상했다. 어머니와 형제자매가 있을 거고 평소에는 무척이나 귀여움을 받으며 살아온 도련님이었을 것이다. 어쩌면 그의 집안에서는 그가 이미 군에 입대해서 전쟁을 치르고 게다가 한쪽 유두까지 잃어버렸다는 사실을 전혀 모르고 있을지도 모른다. 징은 그가 자유를 위해 싸우다 피 흘린 것, 고귀한 청춘의 피를 흘린 것에 대해 존경뿐 아니라 가슴 가득 연민까지 느꼈다.

이 부상자는 처음 사오 일 동안은 상처에 염증이 생겨 체온이 심하게 올라가고 의식도 혼미한 상태였지만 차츰 회복되어 지금은 매일 반 시간가량은 앉아서 신문을 볼 수 있게 되었다. 병상에 있으면서도 그는 전선의 소식에 대해 여전히 지대한 관심을 가지고 있었다. 어느 날 오후 징이 우유를 가지고 들어갔을 때 그는 마침 눈썹을 찌푸린 채 무언가에 대해 골똘히 생각하고 있다가 징이 우유 잔을 건네주자 잔을 받으며 고개를 끄덕여 감사를 표하면서 물었다.

"미스 장, 오늘 신문 아직 안 왔나요?"

"올 때 됐어요. 지금 2시 15분이니까요." 징이 손목시계를 보며 대답했다.

"여기 신문은 정말 말이 안 돼요. 매일 오후가 되어야 나오다니!"

"창 중대장님. 군의관님이 너무 많이 신경 쓰면 안 된다고 했어요." 징이 조금 망설이다가 부드럽게 말했다. "일어나 앉아서 신문을 보는 것도 무척 힘들어 보이는데요!"

창은 우유를 다 마시고 난 뒤 말했다. "전방의 소식을 알고 싶어서 안달이 나 죽겠어요. 어제 신문에는 승전보가 없던데 전방의 전세가 불리한 건 아닌지 정말 걱정이네요."

"그렇지 않을 거예요." 징이 작은 소리로 대답하며 얼굴을 돌렸다. 징은 이 부상당한 청년이 여전히 이렇게 군대 일에 관심이 많은 걸 보면서 자기도 모르게 마음이 찡했다.

병동을 나선 뒤 징은 바로 신문을 찾으러 갔다. 하지만 신문을 펼쳐 보는 순간 징은 아연할 수밖에 없었다. 오늘 신문에는 바로 어시(鄂西)의 사정이 긴급하다는 소식이 실려 있었다. 징은 곧 이 나쁜 소식을 절대로 자기 환자에게 알려서는 안 된다고 생각했다. 이건 분명히 그의 걱정을 가중시키게 될 것이다. 하지만 그렇다고 신문을 보여 주지 않으면 그것도 의심을 사게 될 테니 마찬가지로 그의 몸에 지장이 될 것이다. 두 가지 문제를 한꺼번에 해결할 좋은 방법이 떠오르지 않아 징은 신문을 손에 쥔 채 복도에 멍하니 서 있었다. 그때 갑자기 누군가가 징의 어깨를 툭 치며 말을 건넸다.

"징, 무슨 일로 그렇게 고민을 해?"

급히 고개를 돌려 보니 후이가 등 뒤에 서 있었다. 후이는 매일 한 번씩 병원에 들렀다.

"창 중대장이 신문을 너무나 보고 싶어 하는데 오늘 신문 내용은 그가 보면 안 되는 거라서." 징은 이렇게 대답하며 기사를 후이에게 보여 주었다.

후이는 신문을 들고 몇 줄 읽더니 웃으며 말했다.

"좋은 방법이 있지. 네가 좋은 소식만 골라서 읽어 주면 되잖아!"

그렇게 말하고 나서 몇 마디를 더 하고 난 뒤 후이는 곧 가 버렸다. 징은 창 중대장의 병실로 돌아와서, 군의관이 신문 보는 게 너무 힘들 거라고 해서 일부러 신문을 읽어 주러 왔다고 구실을 댔다. 창은 전혀 의심하지 않고 아주 만족스러운 듯이 징이 읽어 주는 좋은 소식을 들었다. 이때 이후 창에게 신문을 읽어 주는 일은 징의 새로운 업무가 되었다.

창 중대장의 부상은 신문의 소식과 더불어 하루하루 나아져 이제는 징이 더 이상 신문을 읽어 줄 필요도 없게 되었다. 하지만 징이 간호를 맡은 부상병의 수도 하루하루 적어져서 창과 한가하게 이야기 나눌 시간이 많아졌기 때문에 본래 징이 신문을 읽어 주던 시간은 둘이 군대 이야기를 나누는 시간으로 바뀌어 그대로 이어졌다. 어느 날 창은 자신이 부상을 당하게 된 경위를 징에게 들려주었다. 알고 보니 창은 린잉(臨潁) 전투에서 부상을 당했다. 그 전투는 두 시간 동안 한 부대의 병사 절반이 넘게 전사한 지독한 전투였는데도 창은 신이 난 듯이 이야기를 했다.

"적군이 린잉에 우수한 포병 부대를 배치하고 세 갈래로 나누어 우리 군에 반격을 가했어요. 우리 70연대와 접전을 벌인 병력은 1여단 근처에 있었죠, 사령부에서는 본래 70연대에 왼쪽 날개의 경계를 맡도록 지시해 두었는데 적의 반격이 그렇게 빠를 거라곤 생각 못했던 거죠. 그날 황혼 녘에 우리랑 적군이 맞붙었는데 적군은 처음부터 대포를 쏘아 댔고 박격포 포탄이 비 오듯이 쏟아졌어요⋯⋯."

"당신이 바로 박격포에 맞은 거죠?" 징이 덜덜 떨면서 물었다.

"아니요. 난 야전포 탄의 파편에 부상당한 거예요. 우리 연대장이 맞은 게 박격포 탄이었어요. 아, 연대장님은 애석하게도!" 그는 잠시 멈추었다가 다시 이야기를 계속했다. "그때, 70연대도 세 갈래로 나누어 적을 맞았어요. 적군은 빗발치듯 쏟아지는 포탄의 엄호 하에서 우리 군 쪽으로 돌격해 왔죠. 적은 이삼 분마다 한 번씩 한 줄로 늘어선 박격포를 쏘아 댔고, 야전포는 거의 오 분마다 포성이 울렸어요. 난 바로 그때 부상을 당한 거예요."

창은 잠시 쉬었다가 미소를 지으며 자기 가슴의 상처를 어루만 졌다.

"당신도 돌진했나요?" 징이 작은 소리로 물었다.

"우린 그때 수비를 맡아서 목숨을 걸고 포탄을 받아 내고 있었죠. 나중에 정신을 차려 보니 난 이미 후방으로 실려 와 있더라고요. 그때 연대장은 부상을 입은 채 직접 일개 연대를 이끌고 적진으로 돌격해 들어갔고요. 그제야 그때까지 바짝 쳐들어오던 적군이 십여 리 밖으로 물러났고 때마침 우리군의 증원부대도 도착해서 적군을 격파한 거죠."

"적군은 패주했나요?"

"적군은 진지를 지키지 못하고 모두 퇴각했어요! 하지만 우리 연대도 거의 끝장이 났죠! 연대장은 가슴에 박격포를 맞았고 실려 갈 때 이미 죽어 있었어요!"

징은 이 청년을 뚫어지게 쳐다보았다. 그의 가늘고 긴 눈 속에 기쁨의 빛이 반짝였다. 징이 문득 물었다.

"전쟁에 나갈 때의 기분은 어떤 거죠?"

청년은 웃으며 손으로 그의 아름다운 머리카락을 쓸어 넘기면서 대답했다.

"뭐라고 형용할 수가 없어요. 굳이 비유를 하자면, 그때의 그 긴장된 심정은 수전노가 호미를 메고 확실하게 손에 넣을 수 있는 돈 항아리를 파러 갈 때랑도 좀 비슷하고, 그때의 그 한껏 고무된 심정은 아마도 재주가 뛰어난 선비가 과거를 보러 가는 것에 비유할 수도 있을 것 같고, 그때의 그 호기심과 놀라움과 기쁨이 한데 섞인 심정은 어쩌면 바로…… 새 신부의 첫날밤 같다고나 할까요!"

징은 얼굴이 화끈 달아오르는 걸 느꼈다. 청년의 세 번째 비유가 순간 아직까지 남아 있던 징의 아픈 경험을 건드렸지만 그녀는 당장 이야기의 방향을 바꾸어 다시 물었다.

"부상당하고 난 뒤엔 어떤 생각이 들었죠?"

"아무 생각 없었고 마음도 무척 안정되었어요. 당연히 해야 할 내 몫의 책임을 다하고 나 자신도 어떻게 할 수 없는 처지에 놓이게 된 거니까요. 마음 편하지 않은들 또 뭘 어쩌겠어요? 하지만 그래도 조금 초조한 마음이 드는 건 어쩔 수 없었죠. 마치 사람이 나이가 들어 한평생 수고해서 이룬 사업을 자손에게 넘겨주고 나면, 그때 자기는 물론 이제 쉬면서 그 일에 관여할 수는 없게 되지만 그래도 후손들이 일을 망치면 어쩌나 하는 걱정에 마음을 놓지 못하는 거나 마찬가지겠죠."

청년은 마치 예술가가 자신의 만족스러운 옛 작품을 감상하듯이 가슴의 상처를 가볍게 어루만졌다.

"당신은 아마 다시는 전쟁에 나가지 않겠죠?" 징이 낮은 소리로 물었다. 징은 자신의 이 물음에 관심과 연민이 듬뿍 담겨 있다는 걸 느꼈다.

청년도 아마 그걸 느낀 듯 말없이 한참을 있다가 부드러운 소리로 대답했다.

"난 그래도 전쟁터로 갈 거예요. 나에게는 전쟁터의 유혹이 그어떤 것보다도 강렬하거든요. 전쟁터에서는 인생을 압축적으로 경험할 수 있어요. 희망, 격정, 분노, 파괴, 희생, 이 모든 것을 경험하려면 반평생은 살아야 하지만 전쟁터에서는 단 몇 시간 안에 이 모든 걸 맛볼 수 있죠. 전쟁터에서 삶은 가장 활기차고 변화무쌍해요. 전쟁터에서의 삶은 또 가장 예술적이기도 하구요. 날카롭고 길게 울리는 '핑' 소리는 보병 총탄이 공중에서 날아가는 소리고 '쿠쿠쿠' 하며 마치 귀신이 울부짖는 것 같은 건 수력 엔진 소리죠. 아무리 용감한 사람이라도 이 수력 엔진 소리를 듣고 얼굴이 새파랗게 질리지 않는 사람은 없어요. 그건 정말 귀에 거슬리는 소리거든요! 대포의 포효가 악대의 큰북처럼 박자를 맞춰 주고, 죽음의 냄새는 잘 익은 술보다 더 사람을 취하게 하죠. 아! 자극, 강렬한 자극! 전쟁터에서의 삶과 비교하면 후방에서의 삶은 정말 아무런 느낌이 없어요, 마치 죽어 있는 거나 마찬가지죠!"

"그렇게 말하니, 전쟁터가 마치 무슨 사교 클럽이라도 되는 것같네요. 창 중대장님, 당신은 스스로 즐기기 위해 전쟁터에 나간 거로군요?" 징이 무척이나 애교스러운 웃음을 터뜨리며 물었다.

"그래요. 학창 시절에 내 친구들은 대부분 문학을 하는 친구들이었고 난 예술을 좋아했어요. 그때 난 미래주의를 숭배했죠. 강렬한 자극을 추구하고 폭탄이나 대포, 혁명 같은 격렬하고 파괴적인 힘을 표현하는 모든 걸 찬미했어요. 주변의 평범함이 너무 권태롭게 느껴져 혁명당이 됐고 군에 들어갔죠. 미래주의에 따르면 전쟁터는 미래주의자에게 가장 적합한 곳이거든요. 그곳엔 강렬한 자극, 파괴, 변화, 광적인 죽음, 위력의 숭배가 다 있으니까요!" 청년 군관은 갑자가 말을 멈추더니 곧 목소리를 낮추고 말을 이었다. "미스 장, 다른 사람들은 왜 나갔느니, 왜 나갔느니 하며 번지르르하게 전쟁에 나간 이유를 대지만 전 솔직히 전쟁을 좋아해서 나간 거예요. 다른 이유 때문이 아니라 단지 나 자신이 강렬한 자극을 원해서 나간 거라고요! 전쟁에서 이기고 지는 건 사실 나에게는 아무런 상관이 없어요!"

징은 물끄러미 청년 군관을 바라보며 한참 동안 아무 말도 하지 않았다.

이번의 좀 특이한 논의는 징에게 각별한 느낌을 불러일으켰다. 징은 속으로 이런저런 생각을 해 보았다. 이 청년도 어쩌면 마음에 상처를 입은 사람인지 모른다. 모든 것에 대해 불만을 느끼고 모든 것에 대해 실망하고 그러면서 또 적막을 견디지 못해 전쟁터로 가서 강렬한 자극을 찾아 그것으로 기쁨을 삼는다. 그가 말하는 미래주의라는 게, 어찌 소극적인 비관이 극에 달한 뒤 그 반동으로 나타나는 것이 아니겠는가. 만약 그래도 여전히 세상에 미련을 가질 만한 어떤 것이 있다고 생각했다면 그도 이렇게 이상하리만치 냉혹해지지는 않았을 것이다. 징은 다시 후이를 떠올렸다. 후이의 생각도 마찬가지로 특이했지만 후이는 개인주의적인 퇴폐와 향락의 길로 들어갔다는 게 이 청년 군관과 달랐다.

"미스 장, 무슨 생각해요?"

청년의 말이 징을 깊은 생각에서 놀라 깨어나게 했다. 마음을 꿰뚫어 보는 것 같은 그의 시선이 징의 얼굴을 주시하면서 마치 "난 이미 당신의 마음을 다 알아요"라고 말하는 것 같았다.

"당신 말이 무척 재미있다는 생각이오." 이렇게 대답을 하면서 징은 갑자기 좀 부끄러운 생각이 들었다. "아무리 듣기 좋은 구호라도 실은 다 그렇고 그런 것에 불과하죠." 징은 공연히 불만의 말을 늘어놓으면서 몸을 일으키며 말했다. "창 중대장님, 이제 좀 쉬어야죠."

청년은 고개를 끄덕이며 방을 나서는 징을 눈으로 전송했다. 징은 문가에 이르렀을 때 갑자기 멈춰 서서 고개를 돌려 창을 바라보며 작은 소리로 물었다. "창 중대장님, 정말 전쟁보다 더 당신의 마음을 자극할 수 있는 건 없나요?"

청년은 그 말속에서 약간의 떨림을 감지해 내었고 자신의 마음에도 순간 미동이 이는 걸 느꼈다.

"오늘 이전까지는 분명히 없었어요." 대답은 이것이었다.

이날 밤 병원으로 징을 보러 왔을 때 후이는 멍하니 정신이 나간 채 마치 무슨 걱정거리라도 있는 듯한 징의 모습을 보았다. 원인을 물었다가 징이 청년 군관이 했던 말을 전해 주자 이야기를 다 듣고 난 뒤 후이는 대수롭지 않다는 듯이 말했다.

"세상에 널린 게 이상한 사람들인데! 네가 왜 또 그것 때문에 걱정을 하는 거지?"

"그런 사람들을 생각하니까 마음이 슬퍼져서 그러지. 그는 아마 직접 마음에 상처를 겪어 본 사람일 거야!" 징은 이렇게 대답하며 자기도 모르게 한숨을 내쉬었다.

"그 군관 어디 사람인데? 집에는 또 누구누구 있는데?" 잠시 깊은 생각에 빠져 있던 후이가 갑자기 이렇게 물었다.

"광둥(廣東) 사람이고 아버지는 싱가포르의 부상(富商)이야. 아마도 집에 무슨 문제가 있는지 어머니랑 누이동생은 따로 산터우(汕頭)에 산대."

후이는 고개를 숙이더니 무슨 생각이 났는지 갑자기 웃음을 터뜨리며 징의 허리를 끌어안고 말했다.

"징, 너 그 군관이랑 애인해도 되겠는데. 그러면 그 사람도 다시 전쟁터에 가서 음악 소리 들을 필요 없고 너도 다시 매일같이 그렇게 슬퍼하고 우울해할 필요 없잖아!"

징은 얼굴이 발개진 채 후이를 한번 흘겨보고는 아무 말도 하지 않았다.

13

후이의 예언이 점차 사실로 바뀌었다. 세상에는 정말 전쟁터에 대한 창 중대장의 열정을 대신할 수 있는 것이 딱 하나 있었는데 그건 바로 여인의 깊은 정이었다.

둘의 결합은 징 쪽에서는 의식적이고 주도적인 것이었고 미래주의자 쪽에서는 징에게 이끌려 감동을 받아 이루어진 거라 할 수 있다. 하지만 어쩌면 그게 바로 미래주의자의 다른 면일 수도 있으니 대체 사정이 어떻게 된 것인지는 하늘만 알리라! 그러나 두 마음이 하나로 합해졌던 첫 일주일에 그들이 나눈 사랑은 분명히 자연주의적인 것이지, 미래주의적인 것은 아니었다.

제2기 북벌은 정저우(鄭州)와 볜저우(汴州)*를 공략한 뒤 잠시 일단락을 고했고 이로 인해 막 연애 속으로 빠져 들어간 우리의 창 중대장은 군적을 떠난 것이 아님에도 불구하고 잠시 밀월의 시간을 보낼 기회를 얻었다. 창이 퇴원한 다음 날 창과 징은 공동으로 '연애결혼'을 선언했고, 루산 산으로 놀러 가기로 미리 결정을 해 놓았다. 징은 주장에 있는 왕에게도 전보를 쳐서 그들의 행로를 미리 알렸다.

한커우에서 주장까지는 고작 하룻밤의 여정이었다. 새벽 5시경에 징은 갑판 위로 올라가 반쯤 열린 하늘에서 네댓 개의 연푸른 산봉우리가 정면으로 다가오는 걸 보았다. 봉우리 아래에는 한 무리의 시가(市街)가 있고 더 아래쪽으로는 넘실거리며 흘러가는 큰 강이 있었다. 시가는 푸른 산과 누런 물 사이에 끼어 있어 멀리서 보면 완전히 공중에 떠 있는 신기루 같았다.

여관을 정한 뒤 징은 먼저 왕을 찾아 나섰고 전에 주장에 와 본 적이 있는 창은 당연히 이 길의 동반자가 되었다. 그들은 찜통처럼 무덥고 비좁은 거리로 나와서 반나절을 사람들 틈에 치이며 돌아다닌 후에야 겨우 왕의 숙소를 찾아냈다. 하지만 왕은 이미 이사를 가 버리고 난 뒤여서 그들은 다시 둥팡밍이 소속되어 있는 부대로 찾아갔다. 거기서 창이 우연히 아는 사람을 만나 그를 통해 비로소 둥팡밍이 사흘 전에 난창(南昌)으로 이동해 갔고 그때 왕도 함께 갔다는 사실을 알게 되었다.

다음 날 징과 창은 루산 산으로 돌아와 구링(牯嶺)의 한 고급 여관에 머물렀다. 여관의 베란다에서는 멀리 주장이 바라다보였다. 구링에서 주장까지는 불과 세 시간 정도밖에 걸리지 않았고 전보나 장거리 전화도 다 가능했지만 구링에 머무는 사람들은 자신들이 이미 세상 밖에 와 있는 것처럼 느꼈다. 구링은 너무 지대가 높아서 여러 곳에서 전해 오는 소식들이 이곳까지는 잘 오지 않았다. 누군가가 주장에서 소식을 좀 가져와도 그건 마치 가벼운 연기처럼 여행객들에게 아무런 인상을 남기지 못했다. 이곳에서는 움직이는 걸 좋아하는 사람이라면 바쁘게 산으로 돌아다녔고 움직이는 걸 싫어하는 사람들은 종일 잠을 잤다. 징과 창 중대장은 전자를 택했지만 멀리 가진 않았고 하루 종일 놀러 다니고 나서는 다시 구링의 여관으로 돌아와 밤을 보냈다.

지금 징은 처음으로 꿈같은 밀월의 시간을 보내고 있었다. 지난 1년은 짧은 기간이었지만 너무나 많은 일이 빠르게 진행되었기 때문에 징은 자신의 유약한 영혼이 이제 더 이상의 부담을 감당해 낼 수 없다는 걸 느끼고 있었다. 마치 못쓰게 된 용수철이 늘어져서 다시는 탄력을 되찾지 못하고 있는 것 같았다. 그런데 그런 징에게 오래전부터 그녀가 절실하게 필요로 해 오던 고요하고 달콤한 삶, 그 꿈같은 삶이 마침내 찾아온 것이다. 그녀는 오랫동안 기다려 온 이 행복한 시간을 신중하고도 마음껏 누려야 했다. 이 소중한 순간을 그냥 대충 보내 버리고 나중에 비탄만 남게 해서는 절대로 안 되었다.

징은 자신이 가지고 있던 많은 계획과 이상을 모두 창에게 말했고, 그들은 그것이 하나하나 실현되기만을 기다렸다.

구링에 온 지 이틀째 되던 날 징과 창은 일찌감치 일어나 여관을 나섰다. 구름 한 점 없이 맑은 데다 미풍만 조금 부는 날씨여서 산속이긴 했지만 무척 더웠다. 징은 목이 훤히 드러나는 분홍색의 서양식 크레이프 셔츠를 입었다. 그 안에는 바지까지 이어진 조끼를 받쳐 입었고 긴 청색 양말과 흰 범포(帆布) 운동화를 신었다. 본래 뚱뚱하지도 마르지도 않은 체격인데다 이런 차림을 하니 더욱 더 여성적인 아름다움과 활기가 느껴졌다. 창은 가죽 띠와 가죽 행전(行纏)만 차지 않은 채 여전히 군복 차림이었다.

둘은 꽃과 나무가 있고 시냇물이 흐르는 곳이기만 하면 어디든지 발 닿는 대로 걸어 다녔다. 앞에 아주 널찍하고 조금 경사가 진 '서양 거리'라고 부르는 돌길이 나타났다. 한쪽에는 꽃과 나무가 어우러진 별장이 있고 다른 쪽에는 물이 졸졸 흐르는 맑은 계곡이 있었다. 계곡은 분명 인공으로 만들어진 것이다. 커다란 둥근 돌이 계곡 바닥에 깔려 있었는데 폭은 두 길이 족히 되고 깊이는 세 척 정도 되었다. 바닥에는 기이한 돌들이 솟아 있었고 옥빛 같은 계곡물이 그 위로 부딪쳐 수만 방울의 옥구슬들이 쏴쏴 소리를 내며 부서져 내렸다. 그들은 계곡을 따라 죽 걸어갔고 태양은 그들 왼쪽에 있었다. 대략 사오 리쯤 갔나 싶었을 때 갑자기 그들 앞에 깎아지른 듯한 벼랑이 나타나 길을 가로막았다. 계곡물은 벼랑 아래를 감돌아 지나면서 한 척이 넘도록 높이 솟구쳐 올랐고, 그 앞으로는 반 길이나 넓게 퍼진 은색 파도가 펼쳐졌다. 벼랑은 그다지 높지 않았고 꼭대기에는 한 무리의 작은 나무들과 붉은 뾰족 지붕이 있었다. 벽에는 청동색의 수성암이 마치 깎아 놓은 듯 가지런히 한 줄로 놓여 있었고 그 위에는 몇 가닥의 여라 덩굴이 걸려 있었다. 작은 노랑꽃들이 들풀에 섞여 자라고 있었고, 벼랑 틈에서 뻗어 나온 작은 소나무 하나가 수면 위를 가로질러 자라나 있는 모습도 보였다.

"웨이리, 소나무 아래 큰 바위가 하나 있네요. 계곡에서 떨어지는 물방울보다 더 높은 데 있으니 우리 그리로 가서 좀 앉아요."

징이 창의 팔을 잡은 채 사방을 둘러보면서 잠시 쉴 곳을 찾으러 걸어갔다.

"잠시 앉는 거 좋죠. 누워서 한숨 붙이면 더 좋고, 만일 골짜기 물이 갑자기 불어나서 우리한테 덮치기라도 한다면 그건 제일 좋은 거고!"

창이 웃으며 대답했다. 그는 미리 물 위로 머리를 내밀고 있는 큰 바위 하나를 점찍어 놓았다가 징 쪽으로 건너와서 징의 손을 잡고는 다시 미리 봐 놓은 바위 쪽으로 옮겨 왔다. 창이 군복을 벗어 바위 위에 깔았고 둘은 그 위에 앉았다. 물방울이 그들의 다리 아래서 튀어 오르며 콸콸 소리를 냈고 급류는 스스 하는 번다한 소리를 내며 흘렀다. 징은 머리를 창의 가슴에 기댄 채 하늘을 바라보았다. 사오 리나 되는 하산 길이 그들을 좀 지치게 해서인지 둘의 이마에는 땀방울이 솟아났고 가슴은 가볍게 뛰었다. 창은 고개를 숙이고 입을 징의 가슴 사이에 묻고는 한참 동안 일어나지 않았다. 징은 창의 아름다운 머리카락을 어루만지며 부드럽게 물었다.

"웨이리, 당신 다른 여자랑 연애해 본 적 있어요?"

창이 고개를 가로저었다.

"그날 당신이 내게 보여 준 그 여자 사진 옛날 애인 아니에요?"

창이 고개를 들더니 작은 두 눈으로 징의 눈을 뚫어지게 쳐다보았다. 아마 그렇게 30초는 지난 것 같았다. 징은 그 작은 눈에서 발산되어 나오는 반짝이는 빛을 보았다. 기뻐하는 것 같기고 하고 화가 난 것 같기도 한 게 도무지 종잡을 수가 없는 눈빛이었다. 갑자기 창이 오른팔을 구부려 징을 가슴에 꼭 끌어안더니 왼손으로 징의 머리를 받치고는 입술에 키스를 하며 웃으면서 대답했다.

"난 정말 몰랐어요. 내가 이렇게 당신의 포로가 될 줄은! 전에 몇몇 여자들이 내게 애정을 표시한 적이 있었지만 난 별로 달갑게 여기지 않았거든요."

"사진 속의 여성이 바로 그중 한 사람인가요? 아주 미인이던데." 징은 다시 물으며 후후하고 웃었다.

"네, 그중 한 사람이에요. 나와 동향이었죠. 한때는 그 여인이 무척 사랑스럽다고 느꼈던 적도 있었어요. 그땐 내가 아직 군에 입대하기 전이었죠. 하지만 그냥 사랑스럽다고 느꼈을 뿐 내 마음을 사로잡진 못했어요."

"하지만 어쨌든 당신은 그 사람 사진을 아직까지도 간직하고 있 잖아요!" 징이 웃으면서 손가락으로 창의 얼굴을 문질러 무안하 게 했다.

"아직도 사진을 간직하고 있는 건 그녀가 이미 죽었기 때문이에 요." 창은 징이 다시 이야기에 끼어들려는 걸 보더니 징의 입을 막 으며 말을 계속했다. "상관없어요. 급성 질병으로 죽은 거니까요. 내가 군에 입대한 후에도 날 사랑한 여자들이 있었죠. 난 그들이 아마 내 가죽 혁대와 가죽 행전을 사랑했을 거라는 걸 알아요. 게 다가 그때 나의 유일한 연인은 전쟁터였어요. 징! 난 처음으로 여 인에게 사로잡힌 거예요, 당신의 포로가 되었다고요!"

"미래주의에 따르면 포로가 되는 것도 일종의 자극이죠?" 징은 이렇게 물으며 가슴속 깊은 곳으로부터 우러나오는 환희의 웃음 을 터뜨렸다.

창의 대답은 긴 입맞춤이었다.

열정의 충동이 온몸으로 퍼져 나갔다. 처음에는 단지 심장의 미 동이었던 것이 점점 호흡이 가빠지고 온몸이 떨리기 시작했다. 징 은 창을 꼭 끌어안고 자신의 얼굴을 그의 얼굴에 마주 대었다. 징 은 자신의 얼굴이 너무나 화끈거리는 걸 느꼈다. 주위의 모든 존 재들이 다 잊히고 세상에는 오직 창만 존재하는 것 같았다. 징은 몸이 둥둥 위로 떠오르는 것 같다고 느끼며 창이 자신을 꼭 잡아 주기를 간절히 바랐다.

쿠릉! 장대하게 쏟아져 내리는 물살이 이 연인들이 앉아 있는 바위 밑동을 치며 우산처럼 큰 반원으로 물방울을 내뿜자 징의 셔츠 아래쪽이 물에 흠뻑 젖었다.

"물 사태가 나면 정말 볼 만하겠는데요!" 창이 놀란 듯이 함성을 지르며 그의 건장한 팔로 징을 들쳐 안고는 두어 걸음에 훌쩍 언덕 쪽으로 건너갔다.

쿠릉! 큰 바위 쪽에서 아까보다 더 높은 물보라가 일었다. 만약 그들이 아직도 거기에 앉아 있었다면 틀림없이 온몸이 흠뻑 젖었을 것이다. 창은 다시 가서 그의 푹 젖은 군복을 건져 왔다.

"옷이 다 젖었네." 그는 젖은 옷을 든 채 미소를 지었다.

징은 고개를 숙여 자기 몸을 바라보았다. 셔츠의 아랫단에서 아직도 작은 물방울이 떨어지고 있었다. 태양은 언제부터인지 완전히 자취를 감추었고 하얗게 펼쳐진 구름이 막 서쪽 산봉우리를 넘어 그들을 포위해 오고 있었다. 주변의 경치는 너무나 아름다웠지만 산속에서 비를 만난다는 건 어쨌든 두려운 일이었다. 징은 창의 어깨에 기댄 채 노곤한 듯이 서 있었다.

"돌아갑시다." 창이 징의 머리카락을 어루만지며 조금 망설이듯이 말했다.

"전 기운이 빠져서 꼼짝 못하겠어요." 징이 작은 소리로 말했다. 징의 촉촉한 눈빛이 창의 얼굴을 스치며 매혹적인 미소를 짓고 있었다.

구름이 맞은편 절벽을 완전히 다 가려 버린 뒤 다시 그들 둘을 에워싸고는 그들의 머리카락 사이로, 그들의 옷 속으로 침투해 들어왔다. 징은 차가운 기운이 뼛속까지 스며드는 걸 느꼈지만, 너무나 편안했다.

"어디 비를 피할 데를 찾아서 조금만 있다 가요. 당신 몸이 이 찬 비를 못 견딜 것 같아요."

징은 동의의 뜻으로 고개를 끄덕였다.

창은 야전 경험이 많은 노련하고 날카로운 군인의 눈으로 당장 열댓 걸음 밖에 있는 튀어나온 바위가 그들 둘을 족히 가려 줄 만하다는 걸 알아냈다. 둘이 바위 밑으로 들어갔을 때는 이미 콩알만한 빗방울이 어지럽게 떨어져 내리고 있었다. 황토가 섞여 누렇게 된 계곡의 물줄기가 산꼭대기에서 거세게 쏟아져 내리는 소리는 가히 두려움을 자아낼 만했다. 빗소리와 물소리 외에는 아무 소리도 들리지 않았다.

바위가 가려 준 자리에서 창은 바닥에 앉고 징은 그의 가슴에 기대앉았다. 징은 이미 반쯤 젖은 셔츠를 벗고 엄습해 오는 한기를 견디기가 힘들어 창의 가슴에 꼭 달라붙은 채 꼼짝도 하지 않았다.

둘은 말이 없었다. 빗소리가 모든 것을 덮어 버렸고 징은 작은 소리로 계속해서 웨이리를 불렀다.

"웨이리, 아, 웨이리!"

14

한 주가 빠르게 지나갔다. 광환(狂歡)의 한 주였다.

매일 아침 9시만 넘으면 징과 창은 과일과 간식을 싸 들고 산으로 놀러 갔다. 그들은 따로 명승지라고 알려진 곳을 찾아가지 않고 그저 발걸음이 닿는 대로만 돌아다녔다. 달밤이면 '서양 거리'를 산책하면서 텅 빈 별장의 정원에 앉아 차가운 이슬에 옷이 흠뻑 젖을 때까지 있다가 돌아오곤 했다. 사랑의 희롱과 애무가 그들의 여정을 가득 채웠다. 창은 징의 몸 곳곳에 명승지 이름을 붙이고는 가슴 윗부분의 볼록한 곳을 '희생의 절벽'이라고 불렀다. 창이 종종 거기에 머리를 파묻고는 좀처럼 고개를 들지 않으려 했기 때문이다. 새롭고 신기한 장난들이 그들이 매일 하는 유일한 일과였다. 당시 징은 왕에게 이런 편지를 보냈다.

지금의 생활은 내겐 난생처음 있는 일이고 또 처음으로 느껴보는 행복이야. 스타오, 내가 여기서 매일 어떻게 지내고 있는지 물어볼 필요 없겠지, 사랑의 희롱이 어떤 것인지는 너도 잘 알고 있을 테니 말이야. 우린 여기서 아는 사람을 만나는 일도 없고 산 아래서 일어나는 일도 전혀 몰라, 알고 싶어 하지도 않고. 이곳은 연애하며 즐기며 살 수 있는 곳이지. 난 이 정도의 향락은 내게도 필요하다고 생각해. 난 앞으로 내 성격을 좀 바꾸고 싶어. 더 이상 소극적이지 않고 다시는 수심에 빠지지 않는 성격으로 말이야. 하지만 이곳에서는 아무리 그래도 한 달 이상 있는 건 좋지 않을 것 같아, 그래서 그때 우린 함께 우리 집으로 가려고. 웨이리도 그렇게 하길 원해. 네가 와서 우리랑 같이 며칠 산으로 놀러 다닐 수 있으면 좋을 텐데.

그때 징은 미래에 대해 자신이 있었다. 집으로 돌아간 이후의 생활에 대해서도 모든 걸 다 생각해 놓았고, 그 모든 것에 대해 너무나 자신이 있었다. 그러나 아름다운 기대는 늘 원만하게 실현되기 어려운 법이다. 둘째 주 목요일, 징과 창이 매일 하던 대로 막산으로 놀러 가려고 나설 때 여관의 사환이 군복 입은 청년 한 명을 데리고 들어왔다. 그는 창과 열렬하게 악수를 나눈 뒤 징에게는 인사도 하지 않은 채 곧 창을 데리고 나가 버렸다. 반 시간쯤 뒤에 혼자 돌아온 창의 안색은 평소와는 달라져 있었다.

"무슨 일 있어요?" 징이 몹시 걱정스러운 듯이 물었다.

"그냥 군대 일이니 신경 쓸 거 없어요. 우리 산으로 놀러나 갑시다."

창은 무척 차분했지만 징은 그의 마음속에 걱정거리가 있다는 걸 알아차릴 수 있었다. 그들은 나가서 늘 하던 대로 징이 좋아하는 '서양 거리'를 걸었다. 하지만 걷는 동안 내내 둘은 평소와는 다르게 말이 없었다. 확실히 무언가가 창의 마음을 둘둘 감고 있는 것 같았다. 징은 그의 걱정거리가 무엇인지에 대해 골똘히 생각했다.

'내지(內地) 선교회'의 정원에 도달했을 때, 징은 좀 쉬자고 하며 창의 손을 잡고 잔디밭에 앉았다. 징은 애교스럽게 그의 몸에 기대고 장난을 치며 말을 걸었다. 서양 사람들은 아무도 산에 올라오지 않았기 때문에, 이 '내지 선교회'의 커다란 건물은 텅 비어 있었고 정원에는 그들 둘 말고는 나뭇잎들이 사각거리는 소리밖에 없었다. 창에게 무슨 걱정거리가 있는 건지 분명하게 알아야겠다는 의도로 징은 이야기의 방향을 점점 그쪽으로 옮겨 갔다.

"웨이리, 오늘 온 그 사람 당신이랑 친한 친구죠?" 징이 웃으며 창의 손을 잡고 물었다.

창이 고개를 끄덕이며 대답했다. "같은 부대에 있던 중대장이에요."

"그 사람도 중대장이군요." 징은 웃으며 다시 말했다. "웨이리, 그가 당신에게 무슨 말을 했는지 나한테 말해 줄 수 있어요?"

창은 조금 난처해했다. 징은 간절한 눈빛으로 창을 쳐다보며 대답을 기다렸다. 창은 징의 손을 자기 가슴에 갖다 댔다. 징은 그의 심장이 빠르게 뛰는 걸 느낄 수 있었다.

"징, 결국은 이 일을 당신에게 말해야겠지요." 그는 의연하게 말했다. "요 며칠 동안 난창 쪽 사정에 변동이 좀 생긴 것 같아요. 아침에 왔던 그 친구는 그래서 날더러 전장으로 다시 나오라는 말을 전해 주러 온 거구요."

"그래서 당신 가기로 했나요? 웨이리!" 징이 절박한 목소리로 물었다.

"아직 군복을 벗은 것도 아닌데 내가 어떻게 감히 안 가겠다고 할 수 있겠어요?" 창은 징의 볼에 사죄의 입맞춤을 했다.

"웨이리, 빨리 병가를 내는 게 좋겠어요."

"그 친구가 이미 내가 아무 아픈 데 없이 잘 지내고 있는 걸 다 보고 갔는데도요."

"대체 누구랑 전쟁을 하는 거죠?"

"그 작자들이 남쪽으로 가서 우리 고향을 치려고 한대요."

징은 자신의 연인이 이미 다시 군대를 인솔하러 가겠다고 말해 버렸다는 걸 알았다. 모든 게 다 끝나 버린 것이다. 그녀가 세운 계획은 모두 공중누각이 되어 무너져 버렸다. 징은 흐르는 눈물을 억제할 수가 없었다.

"징, 슬퍼하지 말아요. 전쟁을 한다고 꼭 죽는 건 아니잖아요." 창은 징을 가슴에 안고 위로했다. "내가 지금 가장 걱정하는 건 당신을 안전하게 있게 할 좋은 방법이 없다는 거예요."

"저도 당신을 따라갈래요!" 징이 갑자기 용감하게 말했다. "당신이 다시 부상을 당하면 전처럼 간호를 하고 당신이 죽으면 저도 함께 죽을 거예요." 눈물이 아직도 계속 흘러내리고 있었다.

"이번 행군은 분명히 무척이나 고생스러울 거요." 창이 고개를 가로저으며 말했다. "게다가 대부분이 산길이라 당신 몸이 먼저 견디지 못할 거구요."

징은 한숨을 내쉬고 절망에 빠진 채 창의 가슴에 쓰러져 무척이나 슬프게 울었다. 여관으로 돌아왔을 때 징의 얼굴은 너무나 보기 흉한 모습이 되어 있었다. 그녀의 얼굴에서 생기와 웃음이 모두 사라져 버렸다. 징은 멍한 상태로 창에게 이끌려 방으로 돌아와 침대에 누웠다. 어떤 위로나 변명도 소용이 없었다.

환경의 역전이 다시 징에게 모든 것에 대한 회의를 불러일으켰다. 듣기 좋았던 말, 보기 좋았던 구절, 심지어는 그토록 좋게 보였던 일조차 과연 정말로 다 믿을 만한 것이었나 하는 회의가 들었다. 징은 일찌감치 이 모든 것을 경험한 적이 있지만 결과는 실망뿐이었다. 징은 창의 사랑을 의심한 적이 없었다. 하지만 지금 그는 그녀를 잊어버렸다. 강렬한 자극을 생명으로 여기는 이 미래주의자에게는 연애도 어쩌면 자신을 만족시켜 주는 자극에 불과한 것이었는지 모른다. 그리고 이제 이 모든 자극이 너무 많아져서 그것에 점점 무감각해질 때가 되자 다시 돌아서서 새로운 자극을 추구하려고 하는 것인지도 모른다.

우울하고 답답한 고민 속에서 그날 밤 징은 밤새도록 몸을 뒤척이며 눈을 붙이지 못했다. 하지만 곁에 누운 창은 오히려 편안하게 깊은 잠에 빠져 있는 것 같았다. 지독한 비통을 징의 영혼 속에 부어 넣고도 자신은 오히려 아무 일 없는 것처럼 잠들어 있다니, 남자란 바로 이런 해괴한 동물이구나! 징의 마음이 분노와 미움으로 바뀌었다. 창을 증오하고 모든 남자를 증오했다. 징의 마음은 초여름 갓 병원에 왔을 때의 상태로 되돌아가 이제 더 이상 창이 전쟁터로 가는 걸 말리지도 않고, 자신도 더 이상 밖에서 '광명한 생활'을 찾지도 않겠노라고 결심했다. 운명을 순순히 받아들이려는 이런 달관의 자세가 잠시 징을 고민의 가시로부터 벗어날 수 있게 해 주어 막 날이 밝아 올 때쯤에는 징도 깊은 잠에 빠졌다.

그러나 뜻밖에도 다음 날 창은 떠나지 않았고, 징이 놀러 나가고 싶지 않다고 하자 방에서 그녀와 함께 지내면서 여전히 너무나 다정하게 징을 대해 주었다. 창은 다시 전쟁 이야기를 꺼내지 않았고 징도 더 이상 그 이야기를 꺼내지 않았다. 그들 둘은 늘 지내던 대로 그날 하루를 보냈다. 징은 조금은 소극적인 태도로 창의 애무를 받았다. 징은 그를 너무나 사랑했고 또 마음속으로 그가 어쨌든 그녀에게 평생 잊지 못할 행복한 시간을 선사해 준 것에 대해 감사했다. 비록 지금은 이미 둘 사이가 끝이 난 것 같지만 그래도 징은 여전히 이 마지막 행복을 소중하게 생각하였다. 자신의 아름다운 환상을 차마 완전히 파괴해 버릴 수는 없었고, 창의 영혼에 슬픔을 남길 수도 없었다.

그러나 셋째 날에도 창은 여전히 떠난다는 말을 하지 않았고 전쟁 일은 벌써 완전히 잊어버린 것 같았다.

"웨이리, 당신 언제 떠나죠?"

징이 더 이상 참지 못하고 먼저 이 두려운 화제를 꺼냈다.

"나 안 가요." 창이 부드럽게 웃으며 대답했다. "이전엔 내 몸이 나만의 것이었으니 내 맘대로 하면 됐지만 지금은 당신이랑 함께이니 당신이라는 반쪽이 허락하지 않으면 못 가는 거죠."

창의 이 말은 징의 귀를 뚫고 들어와 징의 가슴을 너무나 아프게 때렸다. 징은 전날 밤 자신이 슬픔 속에서 사랑하는 사람을 공연히 원망했던 일을 생각했다. 창은 여전히 그녀의 가장 충실한 연인이고 그녀를 가장 아끼는 사람이었다! 징은 감동으로 다시 눈물을 흘렸다. 징은 아무 말도 하지 못한 채 창을 끌어안았다.

여인의 부드러운 마음이 다시 연인에 대한 연민으로 바뀌었다. 비록 그것이 사랑하는 사람을 위한 희생이라 하더라도 자신의 생각을 포기한다는 게 얼마나 고통스러운 것인지 징은 잘 알고 있었다. 처음에 징은 창이 다시 종군하려는 게 이미 자신에 대한 사랑이 식어서라고 생각했기 때문에 고통 속에서 분노가 함께 일었던 것이지만 지금은 창의 마음을 분명하게 알게 되었고, 창의 굳건한 사랑을 확인했기 때문에 스스로 위로가 되었을 뿐만 아니라 자신감도 생겨났다. 그러자 징의 타고난 이타주의 정신이 되살아나기 시작했다.

"웨이리, 그래도 당신 가야 해요." 징이 창의 얼굴을 어루만지며 부드럽지만 단호하게 말했다. "저도 이미 이것저것 다 생각해 봤어요. 당신은 가야 해요. 천행으로 당신이 죽지 않는다면 우린 아직 젊으니 다시 행복한 생활을 할 수 있을 거고 우리 인생의 후반부 계획을 실행할 수 있을 거예요! 불행히 당신이 전쟁에서 죽는다면 그건 영광스러운 죽음이 될 테니 저도 기뻐할 거고, 전 당신과 함께 보냈던 이 짧은 시간의 소중한 행복을 평생 잊지 않고 살아갈 거예요!"

"난 일개 중대장에 불과하니 내가 가고 안 가는 게 그리 중요한 건 아니에요." 창이 고개를 저으며 말했다. "하지만 난 확실히 알아요. 나는 전쟁에 나가도 꼭 죽는 게 아니지만, 징 당신은 나를 따라 나서지 못하면 답답해서 죽을지도 모른다는 거. 당신은 신경이 예민해서 어쩌면 적막과 번민으로 자살을 하게 될지도 모르죠. 난 절대로 당신 혼자 여기에 남겨 둘 순 없어요!"

"평범한 생활은 어쩌면 당신을 답답해서 죽게 만들걸요. 웨이리, 당신은 미래주의자잖아요."

"난 이미 미래주의를 버렸어요. 징, 당신이 말했잖아요. 미래주의는 강한 힘만을 숭배하지 강한 힘이 정당하게 사용되는지는 묻지 않는다고. 난 당신의 말에 감동했어요." 그는 징의 얼굴에 존경과 사랑이 담긴 입맞춤을 했다. "전쟁에 나가는 거라면, 이 시대에 다시 기회가 없을까 봐 걱정이겠어요? 난 안 갈 거예요. 다른 사람들이 애인이 생기더니 죽는 걸 두려워하게 되었다고 날 놀려도 상관없어요."

"안 돼요, 웨이리, 난 당신이 다른 사람에게 수치를 당하게 할 순 없어요!"

창은 고개를 가로저으며 웃기만 할 뿐 다른 말을 하지 않았다. 징의 이성과 창의 감정이 보이지 않는 가운데서 밀고 당기기를 계속하느라 조그맣게 문 두드리는 소리가 들리는 것도 둘 다 알아차리지 못하였다. 잠시 후 문에 작은 틈이 생기더니 한 여자가 웃으며 나타났다. 징이 먼저 알아보고는 함성을 지르며 창을 제치고 문가로 달려갔다. 여인도 웃으며 들어왔다.

"스타오! 어떻게 온 거야?" 징은 왕을 끌어안았다. 기쁨으로 징의 목소리가 떨렸다. 창과 인사를 나눈 뒤 왕은 발랄한 목소리로 최근 일들에 대해 이야기를 하고 간단하게 마무리를 지었다. "그래서 둥팡밍은 군대를 따라 떠났고, 이제 난 상하이로 돌아가려고. 가는 길에 당신들 보러 들렀지."

"웨이리, 이제 당신 정말 안심하고 떠나도 돼요." 징이 무척이나 기쁜 듯이 말했다. "스타오랑 함께 있는 건 당신이랑 있는 것보다도 더 안전하니까요." 징은 진심에서 우러나오는 기쁜 웃음을 웃었다.

세 사람이 서로 의견을 나눈 뒤 창은 원래대로 자신의 종군 약속을 실행하고 징은 집으로 가, 왕이 징의 집에서 함께 살기로 결정을 내렸다.

시간이 촉박했기 때문에 창은 당장 산을 내려가야 했다. 그는 징의 손을 잡고 말했다.

"징, 이번에 가는 건 길어야 석 달이니, 죽지 않으면 곧장 당신 집으로 달려갈게요!" 커다란 눈물방울이 그의 가늘고 긴 두 눈에서 넘쳐흘러 징의 손등 위로 떨어졌다.

"웨이리, 당신은 절대 죽지 않을 거예요." 징이 아주 용감하게 말하며 창의 손을 들어 자신의 가슴 위에 놓았다. "난 삼 개월 후에 함께 행복하게 지낼 방법을 알아 놓고 있을게요." 징은 너무나 사랑스럽게 웃으며 창을 끌어안았다.

창은 왕에게 군대식 인사를 한 뒤 자리를 뜨려다가 방문 쪽에 다다랐을 때 갑자기 다시 돌아보며 말했다.

"왕 양, 징을 부탁해요!"

"창 중대장님, 난 둥팡밍을 부탁해요!" 왕이 웃으며 대답했다.

징은 창이 보이지 않을 때까지 바라보고 있다가 몸을 돌려 침대 위로 쓰러지며 슬픔으로 목이 메인 채 말했다.

"스타오! 우리가 헤어진 뒤에 난 정말 한바탕 긴 꿈을 꾸었어! 너무나 행복했던 한바탕의 꿈이지! 이제 꿈에서 깨어나 보니 다시 둘이 같이 있네. 후이는 요즘 어떻게 지내고 있는지!"

"후이 같은 사람이야 절대 손해 안 보고 살지." 왕의 대답이었다.

동요(動搖)

풍자와 연민은 모두 좋은 고문(顧問)이라네
전자의 미소는 생명을 향기롭게 하고,
후자의 뜨거운 눈물은 생명을 성결케 하나니.

– 아나톨 프랑스, 『에피퀴르의 정원』[*]

1

후귀광(胡國光)은 앞날에 대한 생각으로 가득 차서 희희낙락하며 집으로 돌아왔다. 세찬 북풍에 코끝이 뻘겋게 얼고 맑은 코가 줄줄 흘러내리는 것도 의식하지 못한 채 지금 후는 오로지 앞날에 대한 계산에만 몰두해 있었다. 막 대문을 들어서는데 쨍그랑하는 소리가 들렸다. 후는 직감적으로 또 무슨 자기(瓷器) 하나가 박살이 났구나 하는 걸 정확하게 알아맞힐 수 있었고, 진평(金風)이랑 마누라가 또 한바탕 난리를 피웠다는 것도 확실하게 알 수 있었다. 부랴부랴 안으로 들어서서 대문을 지나 두 칸짜리 빈 채 앞을 지나는데 정 삼 칸 쪽에서 갑자기 왁자지껄하며 떠들어 대는 소리가 들렸다.

"안 준다고? 그래! 당신들은 토호열신(土豪劣紳)이야. 늙은 영감은 내일이면 감옥에 들어갈지도 모른다고. 그렇게 되면 아니,

이 집 재산은 제각각 다 나눠 먹게 되는 건데! 다 나눠 먹는데, 내 몫이 없다고?"

'토호열신'이라는 넉 자가 후궈광의 귓속으로 꽂혀 들어와 각별한 울림을 만들어 내었다. 후는 몸서리를 쳤고 동시에 다리의 힘이 쭉 빠져나가는 걸 느꼈다. 오랫동안 머릿속에서 맴돌던 "과연 몰수하러 왔구나" 하는 한마디가 입 밖으로 튀어나올 뻔했다. 마음이 너무 혼란스러워서 지금 저렇게 떠들어 대고 있는 게 누군지도 분별할 수가 없었다. 반 시간 전에 점쟁이 장(張) 씨가 잔뜩 불어넣어 줬던 희망이 순식간에 흔적도 없이 사라져 버린 것 같았다. 본능적으로 몸을 움츠리며 후가 다시 막 바깥쪽으로 몸을 돌리려고 할 때 날카로운 소리 하나가 다시 뒤통수 쪽에서 들려왔다.

"나리, 나리!"

이번에 후는 그게 틀림없이 진펑의 목소리라는 걸 알았지만 그래도 혹시나 싶어 고개를 돌려 보니 진펑은 벌써 눈앞에 와 있었다. 평상시처럼 얼굴에는 뿌옇게 분을 바르고 입술은 시뻘겋게 칠하고 늘 그렇듯이 게슴츠레한 눈을 한 채 허리를 비비 꼬고 있는 모양새가 무척이나 천박해 보였지만 당황하는 기색은 전혀 없었다.

"무슨 일이냐?" 후궈광이 정신을 가다듬고 물었다. 저쪽에서 계집종 인얼(銀兒)이 한쪽으로 비켜서서 따라오는 게 보였다.

"도련님이 또 마님과 한바탕 난리를 피우셨다니까요! 도련님이 찻주전자를 박살을 내고는 발을 동동 구르며 한나절이나 소동을 피우셨다고요."

"저도 때리시고요!" 인얼이 붉게 언 두 손을 입가에 대고는 연방 호호 불어 대며 끼어들었다.

후귀광은 한숨 돌리더니 완전히 마음의 안정을 되찾았는지, 당장 굳은 표정을 짓고는 인얼에게 "누가 네 년더러 그따위 입 놀리랬어, 냉큼 꺼지지 못해!" 하고 사납게 고함을 지르더니 다시 목청을 돋우어 헛기침을 하고는 성큼성큼 단층 앞의 작은 정원을 가로질러 정 삼 칸 응접실로 들어가 버렸다.

후귀광은 본래 이 현(縣)*의 신사(紳士)였다. 두 달 전, 현 사무소의 깃발이 청천백일기(靑天白日旗)로 바뀌었을 때도 후는 현 앞 거리의 찻집 청풍각(淸風閣)에서 우(吳) 장군은 어떻고 류(劉) 장군은 어떻고 하며 태연하게 군벌들의 이야기를 늘어놓았다. 하지만 신해년에 성 안에서 신군기의(新軍起義)*가 일어나 초망대(楚望臺)의 군비창이 점령당하고 청의 대신 루이청(瑞澂)*이 놀라 달아났다는 소식을 전해 듣자 후는 아주 오래 묵은 여우답게 이 현에서 누구보다도 먼저 변발을 잘랐다. 당시 후의 나이는 겨우 서른넷밖에 안 되었고 후의 아버지도 살아 있어 현의 고아원 이사직을 맡고 있었다. 그때는 아직 진평도 사오기 전이었고 후의 아들 녀석도 고작 세 살밖에 되지 않았을 때였다. 하지만 후는 그때 이미 번지르르하게 도금(鍍金)을 한, 무슨 당(黨)인지도 모르겠는 당의 흉장(胸章)을 하나 얻어 차고는 지금까지도 여전히 현의 신사 노릇을 해 왔다. 지금까지 성(省)* 당국의 관직은 대략 2년에 한 번씩 바뀌었고, 현 당국은 1년 반 만에 한 번씩 바뀌었지만 신사의 지위만큼은 흔들린 적이 없었다. 현관 노릇을 하려면 어쨌든 이

신사들 없이는 안 되었기 때문이다. 후는 그 사실을 훤히 꿰뚫어 알고 있었다. 신사가 없으면 현관이라는 직책 자체가 있을 수 없으니 그의 '철밥통'은 절대로 부서질 리가 없었다. 그래서 현 사무소의 깃발이 청천백일기로 바뀌고 "토호열신 타도"의 쪽지들이 성황묘 담벼락 여기저기에 나붙었을 때도 그는 태연자약하게 청풍각의 우아한 자리에 앉아서 우 장군이 어떻고, 류 장군이 어떻고 하는 이야기를 해 왔던 것이다.

하지만 최근 반달 동안 후궈광은 마음이 좀 어지러웠다. 새로 부임한 현관이 그를 거들떠보지도 않는 데다 오랫동안 신사를 지내 온 이들 중 몇몇은 이미 슬그머니 마을을 떠나 버리기까지 했다. 게다가 "토호열신 타도"가 이제 담벼락에만 나붙은 게 아니라 도처에서 쏟아져 나오는 구호가 되었다. 성 안의 친구들도 다들 "성 안의 형세가 크게 달라졌네, 걷잡을 수 없이 쏟아져 내리는 물은 수습할 수 없는 것이니, 우선 다른 데로 옮겨서 명철보신하는 게 안전하네"라고 일러 주는 터였다. 성 안이 대체 어떤 지경으로 변한 건지는 똑똑히 알 수 없었지만 이번만은 확실히 전과 다르며, 거기다 들려오는 소리도 점점 더 위기감을 고조시키고 있다는 것만은 후도 감지할 수 있었다.

후는 대체 어떻게 이 외풍을 피해 갈 것인지에 대해 마누라와 의논을 하다가 우선 점쟁이 장 씨에게 가서 점을 치고 나서 대책을 세우는 게 좋겠다는 마누라의 말을 따라 오늘 아침 일찍 길을 나섰던 것이다. 결과는 너무나 좋았다. 점쟁이 장 씨는 "도망갈 필요 없을" 뿐만 아니라 괘상(卦象)에 의하면 큰 부자가 되고 또 "위원(委員)"이 될 분복(分福)까지 있다고 했다. 후는 점쟁이 장 씨의 말을 듣고 신이 나서 집으로 돌아오는 길이었는데 마침 생각지도 않게 아들놈이 또 온 집안을 시끄럽게 하면서 공연히 노인네를 놀라게 했던 것이다.

지금 후귀광의 마누라는 처마 밑으로 난 긴 창문 옆에 서 있다가 후귀광이 막 정 삼 칸 안으로 들어오는 걸 보더니 당장 쫓아와서 후를 붙잡고는 아들 녀석의 불효에 대해 하소연을 늘어놓았다. 거실 정중앙에 있던 팔선탁(八仙卓)은 삐딱하게 밀려나 있었고, 자기 찻주전자의 파편은 온 바닥에 흩뿌려져 있었다. 깨진 파편의 하얗게 질린 얼굴이 너무나 억울해하는 것 같기도 하고 혼비백산해 있는 것 같기도 했다. 남아 있는 찻주전자 뚜껑은 여전히 찻상 모퉁이에 똑바로 앉아 있었다. 후의 아들은 시퍼런 얼굴을 한 채 오른쪽 긴 의자에 앉아 있다가 아버지가 들어오는 걸 보고는 잠시 놀라는 듯했지만 여전히 눈을 가로 뜬 채 모르는 척하고 있었다.

"바로 어제 2천 문(文)*을 가져가 놓고 아니 글쎄 오늘 또 돈을 달라고 조르는 거예요." 후의 마누라가 씩씩거리며 말했다. "꼭 5천 문을 줘야 한다고 윽박지르면서 안 주니까 고함을 지르고 욕을 해 대고, 인얼을 때린 거까진 그렇다고 쳐도 아니 물건까지 때려 부수니 내가 복장이 터져서 몇 마디 듣기 싫은 소리를 했죠. 그랬더니 또 당장 펄펄 뛰며 저렇게 더러운 말을 무더기로 쏟아 놓는 거예요. 당신이 직접 물어보시구려!"

후의 마누라는 양가죽 저고리의 옷자락을 걷어 올려 눈언저리를 문질렀다. 눈물이 나올 줄 알았지만 실은 전혀 나오지 않았다.

후귀광은 "흥" 소리만 내고는 뒷짐을 진 채 방 안을 뚜벅뚜벅 걸으면서 툭 튀어나온 새카만 작은 눈알을 번들거리며 온 방 안을 둘러보았다. 생김새가 본래 구질구질하고 교활한 데가 있지만 지금은 더더욱 보기 흉한 모습이었다.

응접실 안에서는 후귀광의 발소리만 들렸다. 아들 후빙(胡炳)은 볼이 잔뜩 부은 채 꼿꼿하게 앉아서 눈알을 부라리며 마룻바닥을 노려보고 있었고, 후 부인은 호기심에 찬 눈빛으로 후귀광의 발끝만 좇을 뿐 아무 소리도 내지 않고 있었다. 후 부인 모자가 난리를 피우며 물건을 부수자 마치 자기가 큰 죄라도 지은 것처럼 살그머니 긴 창문턱으로 물러나서는 두 귀를 바짝 오므려 머리에 붙이고. 팔선탁 위에서 자기는 개의치 않겠다는 듯이 엎드려 있던 얼룩 고양이가 지금은 다시 대담해져서 천천히 걸어 나와 큰 마님의 다리 곁에 바짝 붙어서는 아주 조심스럽게 고개를 쳐들었다.

후귀광은 세 바퀴를 돌고 난 뒤 갑자기 멈춰 서며 말했다.

"흥! 네 놈도 토호열신이라고 욕을 해? 이 몸은 곧 위원이 되실 게다."

"당신이 뭘 하든 그건 내 알 바 아니라고." 후빙이 표독스럽게 대답했다. "난 쓸 돈을 달라는 것뿐이야. 까짓 것 안 줘도 괜찮아. 나한테도 다 방법이 있으니까. 당신 돈이, 그래도 당신 거라고 할 수 있을 줄 알아?"

후귀광은 아들놈이 원체 모자라는 녀석이라는 걸 알고 있었기 때문에 평소 같으면 전혀 겁을 내지 않았겠지만 그래도 지금은 각별히 조심하는 게 낫다는 생각이 들었다. 게다가 앞으로 어쩌면 이런 인간들을 써먹어야 할지도 모르는데 그렇다면 더더욱 여기에다 투자를 좀 해 놓지 않을 수 없는 것이다. 후는 후 부인의 입가까지 올라온 말을 눈빛으로 저지하면서 당장 1원(元)을 꺼내 팔선탁 위에 던지며 "이 돈 가져가고, 다시는 여러 말 하면 안 돼!" 하고 말한 뒤 곧 "인얼"을 연달아 불러 댔다.

긴 창문 쪽에서 달려 들어오던 인얼이 후빙과 정면으로 부딪히자 후빙은 있는 힘껏 인얼을 발로 걷어차고는 오만방자한 태도로 당장 밖으로 나가 버렸다.

후 부인은 그제야 한숨을 내쉬더니 여전히 무슨 걱정거리라도 잔뜩 있는 것처럼 방 안을 뚜벅뚜벅 걷고 있는 후귀광을 쳐다보았다.

"점쟁이 장 씨가 뭐라고 하던감요?" 후 부인이 벌벌 떨며 물었다.

"아주 좋다네. 쓸데없는 걱정을 할 필요가 없대. 내가 위원이 될 분복이 있다는구먼!"

"분복이라니 무슨 분복이요!"

"위원이라니까! 옛날엔 고관 나리가 잘나가는 거였다면, 지금 시대에 잘나가는 건 위원이지! 자네 아직도 그걸 모르겠나?"

"그게 무슨 벼슬자리 같은 거 아닌감요? 그럼 또 은 주고 사야 되겠네." 후 부인은 갑자기 뭔가 깨달았다는 듯이 다시 "사흘도 못하고 청나라 군대가 오면 당장 또 그만두어야 할 텐데, 쓸데없는 고생 다신 마시구려" 하고 말했다.

후귀광이 미소를 지으며 고개를 내저었다. 자신은 지금 시대의 새로운 풍조를 잘 알고 있지만 마누라는 전혀 이해를 못할 것이다. 후는 그저 미소를 띤 채 고개만 내저었지만 마음속은 계산을 하느라 몹시 분주했다.

인얼은 벌써 홀에 부서져 있던 자기 조각들을 말끔히 치워 놓았고 후 부인은 팔선탁을 똑바로 옮겨 놓았다. 해가 이미 긴 창문 쪽으로 옮아 간 걸 보니 아마도 오시(午時)가 다 된 것 같았다. 후 부인은 인얼을 부르며 안으로 들어가고 후귀광만 혼자 남아 팔선탁 주위를 왔다 갔다 했다.

앞쪽 단층 채에서 갑자기 키득거리는 웃음소리가 들리더니 다시 두 사람이 서로 쫓아다니는 발걸음 소리가 들리는 것 같다가 잠시 후 웃음소리에 섞여 "니가 감히?" 하는 두 마디가 터져 나왔다. 날카롭고 요염한 게 진평의 말투가 분명했다.

후귀광은 더 이상 생각을 계속할 수가 없었다. 잔뜩 의심을 품고 발이 가는 대로 홀에서 나와 막 정원에 다다랐을 때 맞은편에서 누군가가 들어오며 후에게 인사를 했다.

"전칭(貞卿) 형님, 집에 계셨구먼요."

그는 후귀광의 이종사촌 동생인 왕룽창(王榮昌)으로 왕타이지 경화점(王泰記京貨店) 주인이었다.

후귀광이 인사를 나누고 막 거실로 들어가서 앉으라고 권하는데 진평이 들어왔다. 윤기가 흐르는 머리카락은 분명히 좀 흐트러져 있었고, 하얗게 분칠한 얼굴은 부어올라 돼지 간 색깔로 변해 있었다. 가짜 양단 솜 조끼의 옷깃에도 크게 주름 잡힌 흔적이 있고 고개를 숙이고 들어오는데 여전히 숨을 헐떡이는 듯했다.

"방금 소리를 낸 게 자넨가? 누구랑 시시덕거린 게야?" 후귀광이 맞받아치듯이 큰소리로 물었다.

"시시덕거리다니? 누가요? 왕 어르신께 물어보시죠!"

진평은 입을 삐죽이며 아주 불경스럽게 말하고는 후귀광은 쳐다보지도 않고 곧장 들어가 버렸다.

후귀광이 의심스럽다는 듯이 왕룽창을 쳐다보자 왕룽창이 거실로 들어가며 말했다.

"전칭 형님, 아빙(阿炳)이 너무 소란을 피우고 다니는 것 같습니다. 제가 막 형님 댁 문 앞에 당도해서 보니 글쎄 아빙이 진평을 붙잡고는 담장 모퉁이로 몰고 가서 서로 밀고 당기고 하며 난리가 났더군요. 진평은 형님이 진즉에 첩으로 삼지 않으셨어요?"

왕룽창은 자리에 앉으면서도 여전히 머리를 가로저으며 말했다. "체통이 안 서는 일입죠, 체통이 안 서는 일이고 말고요!"

"정식 첩으로 삼은 건 절대 아니네." 후귀광은 왕룽창을 따라 앉으며 도리어 덤덤하게 말했다. "지금은 세상이 달라졌어. 그게 바로 요즘 유행하는 자유연애라는 거라고."

"아무리 그래도 부친의 첩을 가지고 놀아선 안 되는 거죠."

"룽 동생, 오늘 자네 어렵게 시간을 내어 왔네 그려." 후귀광이 억지웃음을 지으며 화제를 돌렸다.

왕룽창은 성실한 소상인으로 평소에는 쉽게 가게 문을 나서는 일이 없었다. 오늘 특별히 사촌 형을 찾아온 건 긴히 상의할 중대한 일이 생겼기 때문이다. 그저께부터 현 당부에서 상민협회(商民協會)를 조직하겠다는 통고와 함께 한 장의 서식이 왕룽창의 가게로 날아 왔는데 그 서식에는 가게 주인은 누구고 경영자는 누구며 언제 설립되었고 자본금은 얼마인지 등을 세세하게 적는 항목이 있었다. 그 중 '자본금이 얼마인지' 하는 항목이 바로 왕룽창이 기겁을 하도록 만들었다.

"생각해 보세요. 전칭 형님, 자본금을 조사하는 건 바로 그걸 공산화하려는 거라구요." 사건의 자초지종을 똑똑히 이야기하고 난 뒤 왕룽창은 무척이나 근심스러운 듯이 말했다.

후귀광은 골똘히 생각하며 머리를 돌려 공중에 반원을 그렸다.

"공산화가 아니라 우리는 그저 상민협회에 들어가 투표만 하면 되는 거라고 하는 사람도 있어요. 월말에 무슨 위원 선거인가를 한다나요. 전칭 형님, 형님도 알다시피 전 장사밖엔 모르잖아요. 무슨 협회에 들어가서 선거니 뭐니 하는 건 전혀 문외한이고요, 전 협회나 정계 같은 데 들어가는 게 제일 겁난다고요."

왕룽창은 지금 거의 울상이 되어 있었다. 한 가지 생각이 문득 후귀광의 마음을 스쳤다.

"자네가 협회에 들어가지 않는 건 안 될 말이지. 사람들은 자네가 규정을 어겼다고 난리를 칠걸!" 후귀광이 진지하게 말했다.

왕룽창은 울상이 된 채 고개만 가로젓고 있었다.

"공산화야 소문일 테지만, 상민협회에 들어가지 않는 건 안 되지. 혹 자네가 직접 얼굴을 내밀지 않는 건 가능할지도 모르겠네만."

"대신 보낼 사람을 찾아도 될까요?" 왕룽창이 작은 소리로 급히 물었다.

"아, 대표를 파견하는 거야 예나 지금이나 다 통하는 방식인데 자네라고 왜 안 되겠나, 당연히 되지."

"잘됐구먼요. 전칭 형님, 형님이 적당한 방법을 좀 생각해 주세요. 우린 서로 가까운 친척 사이니 이런저런 격식 차리지 마시고요."

왕룽창은 아주 다정한 목소리로 말했다. 이 가련한 사람은 이제야 조금 생기를 되찾은 것 같았다. 후귀광은 눈을 감은 채 웃었다. 점쟁이 장 씨가 듣기 좋은 말을 해 주던 때의 얼굴이 다시 눈앞에 떠올랐다. 그러다가 후는 갑자기 무슨 생각이 났는지 눈을 부릅뜨며 서둘러 말했다.

"하마터면 자네한테 당부하는 걸 깜빡 잊을 뻔했구먼. 룽 아우, 자네 앞으로 다시는 나를 전칭이라고 부르지 말게. 난 벌써부터 그 호 없애 버렸다니까. '후귀푸(胡國輔)'라는 이름도 이젠 안 쓰고, 지금은 이름을 '귀광(國光)'으로 바꾸었으니까, 앞으론 날 귀광이라고만 부르라고."

"어? 언제 바꾸셨는데요?"

"바로 오늘."

왕룽창은 눈을 둥그렇게 뜨고 의아한 표정을 지었다.

"오늘 점쟁이 장 씨한테 점괘를 보러 갔지. '두모각(斗姥閣)'아래 사는 그 점쟁이 장 씨 말이야. 점쟁이 장 씨가 열심히 내 점괘를 보더니 내가 다시 출세를 하게 될 거라고 하는 거야, 위원이 될 희망이 있다고 장담을 하더군. 자네도 생각해 보게. 위원이 된다면 이 '귀푸'란 이름은 아무래도 봉건사상 냄새가 나서 절대로 안 되는 거지. 그래서 이름을 '귀광'이라고 바꾼 걸세. 점쟁이 장 씨가 '광(光)'의 문자점이 아주 좋다고 하더군. 난 이제 귀광이 되었으니 자네도 잊지 말게."

"아, 예." 왕룽창이 알듯 모를 듯한 표정을 지은 채 고개를 끄덕였다.

"관상책에 위원도 나오나요?" 왕룽창이 다시 이상하다는 듯이 물었다.

"아마 안 나오겠지. 하지만 관리는 어쨌든 관리인 거고, 정계(政界)에는 또 위원이란 게 있으니까, 점쟁이 장 씨 입에서도 자연스레 그런 말이 나온 걸 테지."

왕룽창은 그제야 환히 깨달았다는 듯이 다시 고개를 끄덕였다.

"자네 일이야 내가 또 돕지 않을 수 있겠나? 하지만 우선 한 가지, 내가 먼저 그 서식을 좀 봐야겠네. 그럼 어쨌든 방법이 있겠지." 후궈광은 미소를 지은 채 자못 자신이 있는 듯이 말을 계속했다.

"서식을 보시는 거야 쉽죠. 다만 그 상민협회 일만큼은 제가 뭐라고 말씀드릴 수가 없어서 그렇지요. 루무유(陸慕游)를 찾아가는 게 제일 좋을 듯합니다. 그는 장부 한 권을 통째로 뱃속에 꿰차고 있는 사람이니까요."

"루무유라?" 후궈광은 고개를 삐딱하게 기울이고 잠시 생각을 하더니, "루 씨 댁 셋째 아저씨(陸三爹) 아들 말이지? 그자가 뜻밖에도 도련님 노릇을 하지 않고 지방 일을 맡고 있구먼" 하고 말했다.

"서식은 상점에 있습니다." 왕룽창은 기회를 놓치지 않고 말했다. "전칭— 아, 귀광 형님, 지금 다른 일 없으시면 저희 가게로 가서 식사나 하시면서 그 김에 서식을 좀 보시지요."

후귀광으로서는 당연히 그렇게 하지 않을 이유가 없었다. 이 일에 대해 후는 이미 속으로 계산을 다해 놓고 있었다.

2

등불을 들고 다녀야 할 시간이 되어서도 후귀광은 아직 집으로 돌아오지 않았다. 이런 일은 바깥바람이 심상치 않아진 최근 한 달 동안에는 없던 일이라 후 부인은 자못 걱정이 되었다.

진평도 마음이 불안했다. 후귀광이 왕룽창과 함께 나간 걸 뻔히 아는데 왕룽창은 또 후빙과 자기가 한데 엉겨 붙어 있는 모습을 똑똑히 보았으니, 이 고지식한 왕 나리가 분명히 모든 걸 다 고자질했을 것이다. 진평은 당시의 정황을 떠올려 보았다. 자신도 좀 집적거리긴 했지만 후빙은 정말 담이 컸다. 후빙이 그녀의 목을 낚아채고 입을 맞출 때 자기도 흘긴 눈으로 미소 짓고 있던 걸 왕룽창이 똑똑히 보았는데, 왕은 분명히 하나부터 열까지 다 늙은이에게 일러바쳤을 것이고 그렇다면 이제 큰일이 난 것이다!

진평의 얼굴이 화끈거렸다. 그녀는 후빙의 말을 떠올렸다. "넌 결국 내 거야. 지금 바깥에서는 벼슬아치의 첩을 다 그 아들한테 줘서 마누라를 삼게 한다고." 진평도 관부에서는 첩을 금하기 때문에 첩을 다른 사람에게 시집보내거나 아니면 그 아들에게 준다는 말을 어디선가 들은 것 같았다. 그래서 오늘 후빙은 그처럼 대담하게 진펑을 희롱한 것이고 진펑 또한 못 이기는 체하며 거기에 따랐던 것이다. 후빙이 진펑을 보며 침을 흘린 건 어제 오늘의 일이 아니다. 이전에도 틈만 나면 후빙은 몇 번씩이나 진펑에게 엉겨 붙으려 했다. 하지만 그때는 진펑이 어르신을 무서워해서 후빙에게 몸 닿는 일이 없게 처신을 했고 후빙 역시 부친이 무서워 그렇게까지 과감하게 굴지는 못했다. 하지만 요즘 후빙은 늘 "지금 아버진 아들한테 신경 쓰실 틈이 없지"하며 돌아다녔다. 게다가 오늘 일은 아버지가 오히려 아들을 두려워한다는 걸 입증해 준 사건이기도 했다. 이것 또한 진펑이 후빙이 감히 자신을 가로막고 입을 맞추는 걸 허락한 연고였다.

하지만 진펑은 배운 게 없는 사람이라 새로운 시대의 흐름에 대해 일체 아는 바가 없는 데다 후빙보다 바깥에서 주워듣는 것도 적었기 때문에 — 후빙 역시 아무것도 모르는 멍청이긴 했지만 — 지금 돌이켜 생각해 보니 그래도 약간은 두려운 마음이 들었다.

후귀광은 저녁 9시경이 되어서야 집으로 돌아왔다. 얼굴이 불그레한 게 술기운이 약간 감돌았다.

후 마님의 일성은 "바깥소문이 좀 나아졌수?"하는 것이었다.

"괜찮아. 난 벌써 상민협회 회원이 되어 선거권도 있고 피선거권도 있으니 이제 운동만 좀 하면 위원은 따 놓은 당상이라고." 후귀광이 아주 만족스러운 듯이 말했다.

왕룽창이 자기 이름을 내걸고 상민협회 회원이 되는 걸 꺼려서 후귀광에게 그걸 대신해 달라고 부탁을 한 것이다. 그들이 작성해서 올린 서식에는 "가게 주인 후귀광; 경영자 왕룽창; 자본금 2천원"이라고 쓰여 있었다.

후 마님은 후궈광의 일에 대해서는 그다지 잘 알지 못했지만 그의 낯빛이 태평한 걸 보고는 안심을 했다.

"아빙은 아직도 안 돌아왔어요!" 후 마님의 두 번째 걱정거리가 나왔다.

"맘대로 하게 내버려 둬. 그 녀석도 혹시 소 뒷걸음치다 쥐라도 한 마리 잡아 올지 모르지!"

진평은 차마 이야기를 꺼내지 못한 채 후궈광이 잠들 때까지 시중을 들었다. 후는 뜻밖에도 낮의 일에 대해 캐묻지 않았지만 뭔가 다른 속셈이 있는 듯 평소와는 달리 진평이 집적거리는 것에도 아랑곳하지 않고 한 차례 몸을 뒤집고는 아무런 기척이 없었다. 진평은 이 누렇게 마른 얼굴을 한 사람 옆에 가만히 웅크리고 누웠다. 얼굴에 한 차례 한 차례씩 열이 피어올랐다. 두려운 마음과 본능의 충동이 그녀의 온몸에서 끓어오르며 소란을 피웠다. 어쩐 일인지 낮의 일이 계속 그녀의 눈앞에서 아른거리며 사라지지 않았다. 어렴풋한 가운데 후빙이 입을 크게 벌리고 곧바로 와서 그녀를 끌어안으며 큰소리로 외치는 게 보이는 것 같았다. "현관(縣官)이 이미 고시(告示)를 했으니 이제 넌 내 거야……!"

다음 날 후궈광은 자신의 계획을 실행에 옮기는 일에 착수했다. 어제 그는 벌써 루무유를 찾아갔고 둘은 의기투합하여 이미 서로 돕기로 이야기가 다 된 상태였다. 루무유는 그저 부잣집 도련님일 뿐 무슨 수완이나 자격이 있는 것도 아니고 또 무슨 명망이 있는 것도 아니라는 건 처음부터 후도 잘 알고 있었기에 그가 잘 부탁한다고 한 건 그저 말뿐이었지만, 후는 자기만 잘 아는 게 아니라 남도 잘 아는 꾀가 있는 사람이었다. 후는 자기는 아직 공공연하게 어떤 활동을 하기는 좀 불편한 처지라서 아직 들어갈 수 없는 곳도 많고 만날 수 없는 사람도 있지만 루무유는 어디든지 갈 수 있기 때문에 여러 가지 소식을 정탐하는 데 아주 쓸모가 있다는 사실을 잘 알고 있었다. 후는 또한 루무유의 친구들이 대부분 방탕한 귀족 자제들이긴 하지만 그래도 그중에는 간혹 쓸 만한 자도 있는 데다 그들이 다 루무유 부친의 문하생들로 지금 현 안에서 제법 세력을 가지고 있어 이들과 사귀려면 루무유라는 끈이 없어서는 안 된다는 것도 잘 알고 있었다. 그리고 한 가지 이유가 더 있었다. 그건 이야기하기에는 좀 떳떳치 못한 것 같아서 후귀광도 그저 생각만 하고 있는 것이지만, 바로 루무유에게 아직 혼처가 정해지지 않은 과년한 누이동생 루무윈(陸慕雲)이 있는데 그녀가 원근에 소문이 파다한 재녀(才女)라는 것이었다.

그러나 후귀광은 후빙 같은 멍청이가 아니었다. 후는 노련하고 똑똑했다. "밥은 한 그릇 한 그릇씩 먹어야 한다"는 옛말을 가슴에 담고 지금은 '재녀' 문제는 확실하게 한쪽으로 제쳐 놓고 오로지 루무유와 교제해야 하는 첫째, 둘째 이유와 관련된 것만 추진하고 있었다. 게다가 상민협회 선거가 이미 금싸라기 같은 열흘의 시간 만을 남겨 놓고 있는 급박한 상황인데 거기에 갑절의 노력을 기울이지 않을 수 있겠는가?

며칠을 분주하게 돌아다닌 결과 후귀광은 벌써 열세 표나 자신 있게 확보해 놓았고 선거 전날 오전에 다시 두 표를 더 끌어모았다. 하지만 이날 오후 후가 듣게 된 소식은 후를 거의 지하 얼음 창고 속으로 거꾸러뜨리는 것 같은 날벼락이었다.

이번 소식도 모든 소문의 총본산인 청풍각 찻집에서 얻어들은 것이었다. 그날 후귀광은 투표를 도와줄 소상인들과 청풍각에서 만나 이야기를 나누기로 약속이 되어 있던 터라 일찌감치 혼자 그 곳으로 가서 차를 마시며 기다리고 있었다. 오후 1시가 조금 안 되었을 때로, 아침 장은 이미 지나갔고 저녁 장은 아직 열리지 않은 시각이라 청풍각 안에는 서너 명의 손님만 드문드문 앉아 있었다. 손님 중 후와는 안면이 없는 두 청년이 마침 상민협회 선거 이야기를 하고 있었는데 후귀광은 그중 하나가 이렇게 말하는 걸 똑똑히 들었다.

"상민협회 집행위원을 뽑는 것도 누군가 몰래 선거운동을 한다니 놀랍지 않은가?"

"집행위원이야 현 당부에서 일찌감치 다 내정을 해 놓지 않았나." 다른 한 사람이 말했다.

"당연히 내정을 해 놔야지. 그래서 몰래 선거 운동이나 하는 그런 작자들 정신 좀 번쩍 나게 해야지!"

후귀광은 깜짝 놀랐다. 이들이 자기 욕을 해서가 아니라 집행위원이 이미 내정되어 있다면 자기는 아무런 가능성이 없는 것이기 때문이다. 후는 망연자실해서 마치 잡힐까 봐 두려워하며 뒤를 돌아보는 이리처럼 좌우를 둘러보았지만 아무도 같이 이야기할 사람이 없다는 걸 깨닫고는 곧 심부름하는 이를 불러 자기 찻주전자를 보관해 놓도록 시키고는 서둘러 청풍각을 나섰다.

후는 계산을 잘할 뿐만 아니라 결단력도 있는 사람이었다. 그는 당장 '내정' 설이 확실한지 알아보고 만약 그게 사실이라면 선거 전에 모든 '표 몰이꾼'과의 계약을 파기해야겠다고 결정을 내렸다. 그가 끌어들인 표의 절반은 안면에 의존한 것이었지만 그래도 어쨌든 다 얼마간의 돈을 주고 얻은 것이기 때문이다.

가장 먼저 할 일은 당연히 우선 루무유를 찾아서 자초지종을 물어보는 일이었다. 하지만 대낮에 루무유를 찾기는 확실히 어려웠다. 이 풍류객은 날이 어둡기 전에는 집에 들어오지 않았다. 하지만 선거는 정확하게 내일 오후 2시에 치러질 것이니 오늘 일을 제대로 처리해 놓지 않으면 내일은 아무것도 소용이 없게 된다. 후귀광은 루무유가 아직 집에 있지 않을 것이라고 생각하고 먼저 기생집 쪽으로 가서 찾아보기로 했다. 막 쥐펑주점(聚豊酒幕)의 문 앞에 다다랐을 때, 중산복을 입은 젊은이와 한 여인이 걸어 나오는 게 눈에 띄었다. 후귀광의 눈에 비친 여인의 모습은 은 무더기보다 더 눈부셨다. 하지만 불행하게도 이때 후귀광은 걱정이 태산인지라 여인을 더 자세히 볼 여유도 없이 곧바로 젊은이를 향해 소리를 질러야만 했다.

"어이, 주 동지, 오랜만이네, 바쁘시지?"

후귀광이 이 청년과 알게 된 건 최근 사오 일 내의 일이었는데 역시 루무유의 소개를 통해서였다. 청년의 이름은 주민성(朱民生), 나이는 스물두셋밖에 안 되어 보였고 수려한 생김새의 현 당부 후보위원이었다. 루무유는 후귀광 앞에서 주민성이 마음 좋고 열정적이며 책임감이 강한 청년이라고 극력 칭찬한 적이 있지만 후궈광이 보기에는 그저 '그렇고 그런' 청년에 불과했다.

"오늘은 안 바빠요. 어디 가세요?" 주민성은 여자의 오른팔을 당겨 걸음을 늦추며 말했다.

후궈광은 기회다 싶어 한걸음 앞으로 나서며 말했다.

"루무유를 만나 상의할 일이 좀 있는데 어디 가서 찾아야 할지 모르겠어서. 주 동지가 혹시 행방을 아시는지?"

청년은 눈을 돌려 곁에 선 여인을 한번 쳐다보더니 미소를 지었다. 불그레하고 살진 양 볼에 보조개까지 생기니 그 미모가 정말 가히 성 전체에서 제일가는 미남이라는 호칭을 얻을 만큼 감동적이었다.

"루무유요? 찾으실 필요 없어요. 오늘 다른 일이 있거든요." 주민성은 여전히 미소를 띤 채 말했다. "어쩌면 제가 만나게 될지도 모르는데 무슨 일이죠? 중요한 건가요? 제가 대신 전달해 드리죠."

"뭐 그다지 중요한 일이라곤 할 수 없지만 내가 미리 알게 된 일이라 알리지 않을 수가 없어서."

"아, 그러면 조금 있다 혹시 만나게 되면 찾아뵈라고 할게요."

여자는 벌써 몸을 반이나 왼쪽으로 돌리고 못 참겠다는 표시를 하고 있었다. 여자의 비스듬한 등 한쪽이 후궈광을 마주하고 있었다. 여자의 의사를 알아채고 주민성도 발걸음을 떼어 자리를 뜨려 했다.

후궈광은 정황으로 보아 주민성 무리와 루무유가 분명히 약속이 있는 것 같고 어쩌면 주가 지금 바로 그리로 가고 있는 건지도 모르니 주민성에게 한마디만 해 놓으면 그게 도리어 아주 믿을 만할 것이라는 생각을 했다. 하지만 순간적으로 다시 생각이 바뀌어 후는 급히 반걸음을 내딛으며 작은 소리로 말했다.

"내일 상민협회 선거는 당부에서 이미 다섯 명을 다 내정해 놓고 사람들한테는 그저 통과만 시키는 거라고들 하던데, 혹 루무유가 그걸 모르고 있나 해서 좀 알려 주려고."

"셋은 내정되어 있고 둘은 선거로 뽑아요." 주민성은 '아무렇지도 않다는 듯이' 말했다.

"고작 그 일이에요? 그럼 제가 말만 하면 되겠네요."

후귀광의 눈앞이 갑자기 훤해졌다. "두 사람을 뽑는다!" 그러면 그래도 희망이 있다. 하지만 겨우 두 명뿐이니 걱정이 없는 건 아니다! 후귀광은 주민성과 여자 친구가 열 걸음가량 멀어져 간 뒤에야 비로소 기쁨 반 걱정 반의 감정에서 벗어나 한 줄기 달콤한 향을 맡을 수 있었다. 결국 주민성의 여자 친구랑은 인사도 못 나누고 소개도 못 받고 심지어는 생김새와 옷차림도 똑똑히 보지 못했다는 게 무척이나 후회스러운 마음이 들었다.

후는 자기도 모르게 미소를 지었다. 그 미소가 자기가 너무 당황해서 어쩔 줄 몰라 했던 걸 스스로 우스워하는 건지, 아니면 '아직 희망이 있다는 것' 때문인지는 분명하지 않았지만 어쨌든 입가에는 분명히 미소를 띤 채 다시 청풍각 안으로 들어갔다.

한 시간 후 후귀광은 바늘처럼 찌르는 서북풍을 맞으며 집으로 돌아왔다. 안색은 무척 신이 나 보였다. 다시 찻집에 들어앉아 있던 결과로 한 표가 더 보태져서 이제 모두 열여덟 표가 되었다! 열여덟 표! 많다고 하기긴 좀 그렇지만 적다고 하기엔 또 적지 않은 수였다. 아쉽게도 정원이 두 명밖에 안 되기 때문이다. 그렇지만 않다면 자기가 위원이 되는 건 너무나 확실한 것이었지만 그래도 후는 실망하지 않았다. 후는 꾹 참고 끈질기게 해 나가는 법을 알고 있었다. 유쾌한 마음으로 후는 생각했다. 만약 열여덟 표로도 당선이 안 된다면 이번엔 물론 실패지만, 당선은 안 되도 열여덟 표를 얻으면 자격은 생기니 그걸로 일단 머리는 내밀고 앞으로 다시 한번 분투해 볼 기회를 노릴 수도 있다. 자기가 하려고 하고 또 이런저런 귀찮은 일들 마다하지 않고 참고 해 나가기만 하면 이 세상에 어찌 또 기회가 없을쏘냐?

후귀광은 기분이 좋아져서 집에 돌아와 진평에게 설빔으로 새 양피 옷 한 벌을 지어 입도록 허락해 주었다. 후는 또 그저께 진평이 마누라의 신발 감을 멋대로 가져다 자기 신발을 만드는 통에 또 한바탕 싸움이 일어났을 때 자기가 마누라 면전에서 진평에게 똑같은 모양으로 신발 한 벌을 지어 마님께 변상하라고 나무랐던 생각이 나서 보조금으로 몰래 2원을 더 얹어 주었다.

루무유는 다음 날 아침 일찍 찾아왔다. 그는 이미 스물한 표를 확보해 놓았고 후귀광과는 서로에게 한 표씩 던지기로 약속을 해 놓은 터였다.

"제가 이미 다 똑똑히 알아봤는데 서로에게 투표하는 건 위법이 아니에요." 루무유가 아주 만족스러운 듯이 말했다.

오후에 현 상민협회 제1기 집행위원 선거 모임이 현 의회의 옛

터인 현 당부에서 열렸다. 현 당부에서 제시한 세 명을 관례대로 통과시키고 난 뒤 회원들은 곧 투표를 했다. 결과는 루무유 21표, 후궈광 20표로 당선이었다. 루무유가 21표밖에 안 된 건 아마도 한 표가 도망간 것 같았고 후궈광이 한 표 더 많아진 건 후가 그 자리에서 당장 얻어 낸 표 덕분이었다.

현 당부 대표 린쯔충(林子沖)이 막 강대상으로 올라가서 치사를 하려고 하는데 갑자기 회원 중 하나가 일어나 크게 소리를 질렀다.

"후궈광은 바로 후궈푸로서 본 현의 토호열신입니다! 토호열신이요! 그의 위원직 당선은 취소되어야 합니다."

후궈광의 안색이 완전히 변했고 루무유도 놀라는 표정이었다. 온 장안의 눈빛이 장내를 한 바퀴 빙그르 돌고 난 뒤 결국은 후궈광에게로 모아졌다. 장내에 모인 일흔 명이 넘는 사람들이 떠들어 대는 소리가 한데 모이자 순간 고막을 울리는 떠들썩한 소리가 되었다. 의장이 "좀 조용히 해 달라"고 크게 소리를 쳤지만 소용이 없는 것 같았다. 사람들이 놀라서 저마다 귓속말로 수군대다가 제 풀에 지쳐 점차 수그러질 때가 되어서야 린쯔충이 마지막으로 "좀 조용히 하세요"라고 한 말이 비로소 회의장의 질서를 안정시켰지만 이미 오륙 분의 시간이 지나 버린 뒤였다. 린 위원은 미간을 찌푸린 채 강대상 아래서 문제를 제기했던 사람을 찾았지만 그는 이미 보이지 않았다. 린은 잔뜩 미간을 찌푸린 채 큰소리로 외쳤다.

"방금 어느 분이 이의 제기를 하신 건지 좀 일어나 주세요!"

아무 대답도 없고 아무도 일어나지 않았다. 린쯔충이 목소리를 더 높여서 다시 한번 불렀지만 여전히 반응이 없자 이상하다는 듯이 눈을 크게 떴다. 후궈광의 얼굴에 생기가 돌았다. 그는 지금이 바로 자기가 발언을 할 기회라고 생각했다. 하지만 린 위원은 다시 한번 말투를 바꾸어 큰소리로 외쳤다.

"방금 어떤 분이 후궈광을 토호열신이라고 하셨는지 빨리 일어나 주시기 바랍니다!"

이번 말은 제대로 전달이 되었는지 한 사람이 일어났다. 후궈광은 그가 바로 별명이 '미꾸라지'인 남화점(南貨店) 주인 니푸팅(倪甫庭)이라는 걸 알았다.

"당신은 후궈광을 토호열신이라고 했는데 대중 앞에서 그의 죄상을 공개해 보세요."

"후궈푸가 토호열신이라는 건 온 현 사람들이 다 아는 사실입니다. 토호열신!" 미꾸라지는 이렇게만 말했다.

린쯔충이 웃기 시작했다. 후궈광은 이게 기회다 싶어 분연히 일어나서 자기변호를 했다.

"의장님, 그리고 여러 동지들. 제가 바로 후궈광으로 본명은 후궈푸입니다. 저를 공격한 니푸팅은 작년에 일본 물품을 몰래 사들였을 때 제가 그걸 조사해서 설탕 세 포대를 압류한 적이 있었기 때문에 제게 감정이 있습니다. 오늘 그는 공적인 걸 가장해서 사적인 원한을 갚으려고 소란을 피우고 있는 겁니다. 저 궈광은 이 지방에서 십여 년간을 봉사해 오면서 오직 전심으로 혁명하는 것밖에는 모르고 지내 왔는데 무슨 토호열신의 행적이 있겠습니까? 저에 대해서는 현 당부에서 이미 모든 걸 다 파악하고 계실 텐데 만약 제가 토호열신이라면 오늘 니푸팅이 고발할 때까지 기다릴 필요도 없었을 겁니다."

니푸팅은 후궈광에게 자신의 약점이 폭로되자 얼굴이 빨개진 채 더 이상 말을 잇지 못했다.

"작년 적국 상품 배척 운동을 할 때 당신이 공적인 걸 가장해서 사리사욕을 채웠다는 걸 지금 모모 인들이 다 증언을 하는데 그래도 당신이 토호열신이 아니라는 거야?"

이 말을 한 사람은 목소리는 제법 컸지만 일어나지는 않았다.

후궈광은 가슴이 두근거렸다. 일본 상품 배척 운동 때 후가 많은 간계를 부렸다는 건 분명한 사실이었다. 다행히 루무유가 아주 교묘하게 그를 도와주었다. 루는 냉정하게 말했다.

"의장님께선 주의하여 주시기 바랍니다. 방금 일어나지 않고 발언한 사람은 칠판 위에 후궈광 다음으로 열여덟 표를 얻은 쑨쑹루(孫松如)입니다."

린쯔충은 칠판을 한번 보더니 미소를 지었다. 그러자 쑨쑹루가 다시 후궈광을 대신하여 회중의 주목을 받게 되었다.

회의장은 뜻밖에 갑자기 조용해졌다.

"당 부대표께서 견해를 발표해 주십시오." 상민협회의 내정위원인 자오보퉁(趙伯通)이 벙어리가 되어 있는 회의장 분위기를 일시에 회복시켰다.

박수 소리가 일기 시작했고 후궈광도 그 안에 있었다.

"저는 막 이곳에 와서 이곳의 사정을 잘 모릅니다." 린쯔충이 천천히 말을 시작했다.

"후귀광의 자격 문제에 관해서 방금 몇 분께서 의견을 말씀하시면서 모두 과거 일까지 거론을 하셔서 저로서는 더더욱 이 일의 실마리를 파악할 수가 없습니다. 하지만 지금 제 의견을 물으시니 저는 간단하게 두 마디로 말씀드리겠습니다. 이 사안은 현 당부에 해결을 의뢰하도록 하고 오늘 회의는 하던 대로 계속하자는 것입니다."

많은 사람들이 손을 들어 찬성을 표했고 맨 마지막에 손을 든 건 후귀광이었다. 회의는 계속되었지만 방금 전의 긴장이 이미 대중을 피로하게 만든 탓인지 장내의 분위기는 무척 느슨해졌고 다들 지겨워하는 기색이 역력했다. 린쯔충이 훈화를 했고 회원 연설은 없었으며 새로 선출된 집행위원들은 답사를 하는 것조차 잊어버렸다.

후귀광은 아주 낙심해 있었다. 지금 당장 문제가 해결되는 거라면 설령 위원이 못 된다 해도 일은 여기서 끝나게 되지만 사건이 현 당부로 넘겨져 처리된다면, 만약 정말로 옛날 일들을 조사하다가 자신의 문제점이 낱낱이 드러나서 다른 사람의 손으로 넘어가게 되면, 그때는 애당초 저지른 그 많은 잘못까지 다 한꺼번에 드러나게 될 테니 그렇게 되면 정말 너무나 위험해질 것이다. 이런 생각을 하니 몸서리가 쳐졌다.

"걱정하실 거 없습니다. 저희 집에 가서 방법을 생각해 보시죠."

루무유는 자신의 상황은 만족스러웠지만 그래도 친구의 근심을 헤아리는 걸 잊지 않았다.

3

후귀광은 루무유를 따라 현 당부의 문을 나섰다. 거리에는 대여섯 명의 사람들이 벽에 붙어 있는 흰 리넨 천에 그려진 선전화를 쳐다보고 있다가 그들이 나오자 일제히 고개를 돌려 그들을 쳐다보았다. 후귀광은 흰색 리넨 천 위에 울긋불긋하게 그려진 그림을 힐끗 보았다. 농민들의 재산을 착취하다 걸린 토호열신이 농민들한테 맞아 죽는 내용을 담은 무시무시한 선전화였다. 45도 각도로 기운 태양 광선이 색채가 선명한 부분으로 모여들어 붉은색이 핏빛을 발하며 반짝이고 있었다. 그림 속에 있는 전형적인 토호열신의 모습은 공교롭게도 후처럼 누렇게 마른 얼굴에 몇 가닥의 짧은 수염을 기르고 입에는 긴 마른 담뱃대를 물고 있는 모습이었다. 그 옆에는 "토호열신! 때려죽이자!"라는 글씨가 크게 쓰여 있었다.

후귀광은 가슴이 두근거려 무의식적으로 손을 머리 위로 올려 얼굴을 가렸다. 오가는 사람들의 눈빛이 모두 자기 얼굴 위로 쏟아지고 거기에는 증오와 조소가 가득 담겨 있는 것 같았다. 맞은편에서 상인들 몇이 걸어왔다. 서로 안면이 있는 사이라 그들은 후에게 고개를 끄덕였지만 후는 그것 역시 '남이 망하게 된 걸 고소해하는' 심보로 보였다. 후는 본능적으로 루무유를 따라 걸으면서 어떻게든 정신을 좀 차려서 상황을 파악해 보려고 가진 애를 썼지만 복잡한 생각으로 마음이 흩어져 좀처럼 생각이 한곳으로 모이질 않았다. 후는 걸어가면서 거리를 오가는 사람, 서 있는 사람, 아는 사람, 모르는 사람의 얼굴을 하나하나 유심히 살펴보았다.

빠른 걸음으로 와서인지 그들은 어느새 현성(縣城) 안에서는 유일하게 시끌벅적한 곳인 현 앞거리 서쪽 편에 당도했다. 루무유의 집은 바로 저쪽으로 가로놓인 거리 안의 루가네 골목에 있었다. 후귀광은 멀찍이서 왕룽창이 작은 잡화점 앞에 서서 어떤 사람과 은밀히 귓속말을 나누고 있는 모습을 보았다. 귓속말을 하던 사람은 곧 서둘러 자리를 떴고 왕룽창은 고개를 숙인 채 이쪽으로 다가왔다.

"룽창 형, 어딜 가세요?"

루무유가 큰소리로 인사를 건네는 통에 왕룽창이 순간 멈춰 서긴 했지만 왕이 벌써 코앞까지 다가와서 하마터면 둘은 거의 정면으로 부딪칠 뻔했다.

"어, 형님이 어쩐 일로 오셨어요!" 왕룽창은 너무 당황해서 아무 생각 없이 이렇게 말을 내뱉고는 사방을 두리번거렸다. 뭔가 하고 싶은 말이 있긴 한데 감히 꺼내지 못하는 것 같았다.

"우린 무유 댁으로 가는 건데, 자네 무슨 일 있나? 아니면 같이 가서 이야기나 좀 하세."

"마침 일이 있어서 저도 형님을 찾고 있던 중이에요." 왕룽창은 여전히 머뭇거리며 우물쭈물했다. "그런데 저희 가게로 가시는 게 어떨까요? 저희 가게도 가는 길에 있으니까요."

후귀광이 아직 대답을 하지 않고 있는 사이에 루무유가 벌써 왕룽창을 붙잡고 자기 집 쪽으로 걸음을 옮겼다.

"아주 긴한 논의를 해야 되는데, 형님 가게는 너무 시끄러워요."

왕룽창은 몇 걸음을 따라 걷다가 가로놓인 길에 이르자 주위에 사람이 없는지 살펴보고는 더 이상 못 참겠는지 작은 소리로 물었다.

"미꾸라지가 형님 일을 망쳤다는 게 정말인가요? 현 앞거리에 이미 소문이 자자하게 나서 다들 알고 있더구먼요."

"상관없어, 난 그 자식 겁 안 나니." 후궈광이 억지웃음을 지으며 말했다.

"다른 이야긴 없었던 거죠? 우리……, 우리가 썼던 그 서류는?"

후궈광은 그제야 비로소 왕룽창이 그토록 당황한 이유를 알았다. 왕은 사태가 왕타이지 경화점 주인의 진위 문제로까지 번질까 봐 겁을 내고 있는 것이다. 후궈광이 왕타이지 상점의 주인이 된 사실을 아는 사람은 당연히 아무도 없지만 후는 그 문제에 대해서는 전혀 신경을 쓰지 않고 있었다. 거기에 대해서는 흠잡을 만한 게 전혀 없다는 걸 알고 있었기 때문이다.

"그 문제라면 절대로 안심하게. 아니 자네가 승인을 했는데 누가 무슨 할 말이 있어?"

후궈광의 말투는 아주 단호했다. 루무유도 말을 이었다.

"서류상으로는 아무 문제없고, 궈광 형 문제도 돌이킬 방법이 없는 건 아니에요. 지금 우리가 바로 그 일을 논의하려는 거니, 룽창 형, 후 형이 왕타이지랑 연결되어 있어서 이제 이 일은 룽창 형과도 관련이 있는 셈이니 같이 방법을 좀 생각해 보시죠."

왕룽창은 그제야 비로소 서류에 적힌 대로라면 왕타이지는 후궈광의 소유가 되어 자기와는 오히려 관련이 없다는 사실을 문득 깨달았다. 그러나 그렇다면 지금 후귀광이 토호열신으로 비난의 대상이 되면 부득이 가게까지 연루가 될 것이다. 새로운 걱정거리가 생기자 고지식한 왕룽창은 다시 아무 생각 없이 이렇게 물었다.

"토호열신은 무슨 죄로 처벌하나요?"

하지만 왕이 이렇게 물었을 때 그들은 이미 루가네 골목에 도착했기 때문에 두 사람 모두 대답하지 않고 서둘러 시커멓게 칠해진 구문(舊門)으로 들어갔다. 문에는 본래 푸른 바탕에 붉은 글씨로 새겨진 대련(對聯)이 있었는데, 지금은 칠이 다 벗겨져 글자의 형태만 남아 있었다. 문 위의 가로 목에 걸린 방형의 액자도 낡긴 했지만 '한림제(翰林第)'라고 쓰인 세 글자는 흐릿하게나마 아직 알아볼 수 있었다.

한림제라 불리는 루가네 저택은 세 채로 이루어져 있고 안에는 크지도 작지도 않은 정원이 하나 달려 있었다. 사람이 얼마 없어서 루가네 식구들은 전부 정원 안채와 앞쪽 본채에서 지내고, 다른 채에는 본가의 가난한 먼 친척 몇 명만이 살고 있을 뿐 나머지는 다 텅 비어 있었다.

루 씨 집안은 대대로 고관을 지낸 구 귀족 가문이다. 루무유의 증조부는 한림원 출신으로 번대(藩台)*를 지냈고 할아버지도 지부(知府)와 지현(知縣)*을 지냈다. 루무유의 부친은 항렬로 세 번째인데 큰 형님과 둘째 형님은 애석하게도 일찍 세상을 뜨셨고 이 셋째만 남아 '칠순을 바라보는 나이'까지 살면서 지금까지 세상에서 일어나는 엄청난 변화를 목도해 오고 있었다. 식구가 적은 것도 루 씨 집안의 내력이다. 이 큰 집을 지은 이래 두 명 이상의 성인 남자가 동시에 이곳에서 주인 노릇을 한 적이 없었다. 루무유는 올해 스물여덟인데 그 역시 넷째이고 앞의 셋은 모두 유명을 달리했다. 이 때문에 어떤 이는 그게 이 집의 풍수가 좋지 않아서라고 하면서 루무유의 부친에게 집을 팔라고 권한 적도 있지만 성인의 제자인 부친은 풍수를 믿지 않았고 또 조상들이 물려준 재산을 가벼이 처분할 수도 없는 터라 세 채짜리 본채는 지금까지 텅 빈 채 박쥐들의 집이 되어 있었다.

루무유는 후궈광과 왕룽창을 이끌고 박쥐 똥이 온 데 흩뿌려져 있는 빈 집을 지났다. 이 낡은 집의 영락한 모습이 수대 동안 고관을 지낸 대가의 권세가 지금은 무척이나 쇠락해졌음을 생생하게 보여 주고 있었다. 본채 대청 앞 큰 뜰의 계수나무 두 그루는 늙은 줄기만 남았고, 달랑 몇 줄기만 남은 새양나무[蠟梅] 가지에 아직까지 피어 있는 적막한 황화(黃花)는 잔동(殘冬)의 석양 아래서 불어오는 바람에 맞서 싸우고 있었다. 계단 앞에 비스듬히 기운 채 어지러이 피어 있는 맥문동도 아직 생기는 있지만 고운 자태는 전혀 보이지 않았다.

세 번째 본채의 뜰에서 아치문을 통과하니 정원이었다.

루무유의 부친, 루싼데(陸三爹)는 마침 오랜 친구인 첸쉐주(錢學究)와 응접실에서 한담을 나누고 있었다. 루싼데는 비록 해를 넘기면 '육십 팔'이 되는 고령이었지만 눈, 귀, 이 모두 아직 쓸 만했고 말솜씨의 건장함은 젊은 사내를 족히 능가할 만했다. 그는 정말 복을 누릴 줄 아는 사람이었다. 젊은 시절에는 봉록을 얻겠다고 분주하게 뛰어다닌 적이 없고 나이 들어서는 또한 자식 때문에 속을 썩은 적도 없었다. 부인이 무윈(慕雲) 아씨를 낳은 후 폐병으로 죽은 뒤 그는 재혼도 하지 않고 첩도 얻지 않았다. 그는 늘 자기가 20년을 '독수공방' 했고 또 영리(榮利)를 추구하지 않고 기쁜 마음으로 시사(詩詞)를 즐기며 살아왔기 때문에 노년에 이런 건강을 누리는 것이라고 말했다. 루는 실제로 시사에 능하기로 소문이 났고 문하생도 많았지만 현 밖을 벗어난 적이 없었다. 최근 10여 년간은 정말 정원 문조차 거의 나간 적이 없었다. 그러니 그가 어찌 영리만 추구하지 않은 것이겠는가, 정말 세상일도 잊고 집안일도 모두 잊고 살았던 것이다.

하지만 오늘 첸쉐주와 이야기를 하면서 루싼데는 지금까지 거의 표출해 본 적이 없는 울분이 갑자기 치밀어 오르는 것을 느꼈다. 첸쉐주는 루싼데의 둘째 형님과 같은 연배인데 평생 운이 없어서 한 번도 벼슬을 해 보지 못했다. 그는 종종 와서 루싼데와 근래에 일어난 일이나 지난 시절의 일을 이야기했다. 오늘 그들은 장원낭(張文囊)의 정치적인 업적을 거론하면서 '옛사람만한 사람은 다시 얻기 어렵다' 는 이야기를 하고 있었다. 첸쉐주는 무척이나 슬픈 듯이 탄식하며 말했다.

"당초 큰아버님께서 쉰양(潯陽)에 부임하셨을 때 거기서도 교육사업을 일으켜 인재를 양성하는 대사를 착실하게 수행하시질 않았나. 엊그제 내 친척 하나가 그쪽에서 와서 근황을 이야기하는데 그곳도 여기와 마찬가지로 엉망이 되었다고 하더군, 참으로 개탄스러운 일이네!"

루싼데는 희끗희끗한 수염을 어루만지며 말없이 고개를 끄덕였다. 그의 부친 이야기를 꺼내니 자기도 모르게 당시 한창 잘나가던 시절을 떠올리며 부친이 돌아가신 후 지금까지의 국사(國事)와 가운(家運)에 대해 생각하게 되었다. 자신은 비록 건재하다고 하나 노년의 처지가 너무나 처량했다. 아들은 제대로 된 재목이 되지 못해 일찌감치 희망이 없고 가계는 점점 더 옹색해져만 가고 노년을 달래 줄 착한 딸아이가 하나 있긴 하나 며느리는 불행히도 작년에 세상을 떠났다. 며느리는 원래 명문세가의 규수로 나무랄 데 없는 처자였다. 그는 탄식하며 말했다.

"선친이 돌아가시고 난 뒤 곧이어 무술정변(戊戌政變)*이 일어났지요. 세상 살아가는 모양이 지금까지 대체 몇 번이나 바뀐 건지 알 수가 없습니다, 그래. 정말 세상사는 떠도는 구름 같다는 말이 맞지요. 우리 같은 한문(寒門)의 처지를, 리옹(理翁)께선 똑똑히 아시지 않습니까, 이래도 이 집이 아직 제대로 모양을 갖추고 있다고 할 수 있겠습니까? 제가 본시 호방한 성격이 아니라면 저도 아마 일찌감치 화병으로 죽었을 겝니다."

"아이고, 자손의 일이야 절반은 하늘이 정하는 것이지요." 첸쉐주는 무심코 노인네의 울분을 부추기게 된 것 같아 적잖이 마음이 불편했다.

"자제 분도 사람이야 괜찮지요. 다만 아직 젊어서 돌아다니는 걸 좋아하다 보니 교분이 좀 많은 것뿐이지."

루쌴데는 머리를 오른쪽에서 왼쪽으로 천천히 틀어서 머리가 왼쪽 어깨와 30도 각도를 이룰 때까지 돌렸다가 일 이 초간 멈춘 뒤 다시 천천히 오른쪽으로 돌렸다.

"어찌 단지 젊어서 돌아다니길 좋아하는 것뿐이겠습니까, 정말 말도 안 되는 건달이지요! 자질을 논한다면 윈얼(雲兒)에게 한참 못 미칩니다."

"윈 아가씨 말씀을 하시니 말인데, 작년에 리(李) 씨 댁과의 혼사가 결국 성사가 안 되었습니까?"

"그쪽이 본래 권문세가고 부친의 나이는 돌아가신 형님과 동갑이신데 듣자 하니 그 자제는 그저 그렇다고 해서요. 애들 혼사는 이제 아주 겁이 납니다. 처음엔 저도 좋은 며느리 얻어서 가문을 지키려고 수년 동안이나 그 일을 마음에 품고 있다가 우가(吳家)를 사돈으로 정하지 않았습니까. 허나 자식 녀석이 모자라서 오히려 좋은 규수 하나를 해치게 되었으니 그걸 어쩝니까. 리웅께서도 아시지 않습니까, 우리 며느리가 병이 들어서 그렇게 다시는 일어나지도 못하게 된 게 다 마음에 울분이 쌓여서 그런 거라는 거. 제가 그간 오랫동안 친척이나 친구들과 소원하게 지내 왔습니다만, 이 일 때문에 작년에는 특별히 친필로 장문의 편지를 써서 우가에 사죄를 했습니다. 그리고 그 때문에 윈얼의 대사는 더 이상 함부로 나서질 못하겠어요."

루싼데는 천천히 그 긴 수염을 당기며 잠시 말을 멈추었다가 다시 이었다.

"신파(新派)에서 말하는 그런 이야기, 바로 그 혼인 자유 말입니다. 남녀가 스스로 배우자를 선택한다는 게 그래도 좀 이치에 닿는 말입니다. 젊은 처자가 스스로 남편을 고르도록 하는 건 고인(古人)들이 우리보다 앞서 행하신 거고, 그게 바로 본래부터 예술계의 미담이요, 명사들의 풍류가 아니었습니까!"

"하지만 다 한 가지로 말할 순 없는 것이지요." 첸쉐주가 머뭇거리며 말했다. "만약 부엌데기나 종놈들도 자유를 떠들어 대기 시작한다면 그야말로 풍속이 음란해질 테니까요."

두 노인네가 이런 이야기를 나누고 있을 때 루무유가 후궈광과 왕룽창을 데리고 들어왔다. 루무유는 부친과 첸쉐주가 여기 있는 걸 보고는 조금 안절부절 못하는 것 같았지만 이미 발을 들여놓은 터에 바로 다시 몸을 돌려 나가는 것도 그렇고 해서 억지로 앞으로 나와 후와 왕 두 사람을 불러 인사를 드리도록 했다.

루싼데는 후궈광의 간사하고 교활한 얼굴과 왕룽창의 속기(俗氣) 가득한 용모를 보고는 마음이 무척 불쾌했지만 한쪽 편에 서 있는 루무유가 그래도 한결 고상하고 품위 있어 보이는 것 같아 스스로 위안을 삼았다. 루싼데가 갑자기 무슨 생각이 났는지 아들을 보며 말했다.

"아침에 저우스다(周時達)가 사람을 보내 쪽지를 전해 왔는데 네게 온 거더구나. 원얼이 가져와서 보여 주었는데, 그 안에 무슨 회(會)라든가, 무슨 위원이라든가 하는 게 적혀 있던데, 대체 너 요즘 밖에서 무슨 일을 하고 다니는 게냐?"

루무유는 생각지도 않게 부친이 갑자기 자신의 일을 캐묻자 당황하여 대충 얼버무리며 답변을 했다.

"아, 그게 다 우리 지역의 공익에 관한 일이니 아버님께선 안심하셔도 됩니다." 루무유는 후와 왕 두 사람을 가리키며, "지금 이 두 분 친구께서 오신 것도 다 그 일 때문이고요. 이미 스다가 쪽지를 가져왔다니 제가 한번 보겠습니다."

루싼데는 고개를 끄덕였고 그 사이에 루무유는 후와 왕 두 사람에게 나가자는 신호를 보내고는 곧장 자기 방으로 들어갔다. 루싼데와 첸쉐주는 남아서 계속 회고의 감회를 나누었다.

세 사람이 정원 안의 가산(假山)을 지날 때 루무유가 말했다.

"저우스다는 부친의 문하생인데 지금 현 당부의 상무위원을 맡고 있으니 어느 정도 지위가 있는 셈이죠. 귀광 형의 일을 어쩌면 그에게 한번 부탁해 볼 수도 있을 겁니다."

세 사람이 이 문제에 관해 신중하게 논의를 해 본 결과, 먼저 현 당부 상민부장(商民部長)인 팡뤄란(方羅蘭)을 찾아가서 상황을 알아본 뒤 일을 처리하는 게 순서일 것 같았다. 저우스다 쪽은 조금 늦어도 상관이 없고, 또 그는 본래 담이 작고 남의 구설수에 오르는 걸 두려워하기 때문에 꼭 그 일을 맡으려 하지 않을 수도 있었다. 게다가 상무위원이라는 건 별 힘도 없는 데다 현 당부는 분명 후궈광의 안건을 상민부로 넘겨서 처리할 텐데 그러면 그건 바로 팡뤄란의 직권에 속한 일이기도 했다.

"팡뤄란도 우리 집안과는 대대로 교분이 있어요. 팡의 부친께서 일본에 계실 때 저희 부친과 아주 가깝게 지내셨고, 부인 루메이리(陸梅麗) 여사는 종종 우리 집에 와서 제 누이와 이야기를 나눕니다. 팡도 제게는 아주 깍듯하게 대하구요."

루무유의 이 몇 마디 말이 팡뤄란을 먼저 찾아가는 게 낫다는 견해에 무게를 실어 주어 일은 곧 그렇게 결정이 되고 당장 추진

되었다. 루무유는 내일 아침 현 당부에서 다시 상무회의가 열리고 거기에서 반드시 후의 안건이 논의될 거라는 걸 알고 있었다. 그들 셋은 다시 거리로 나섰다. 왕룽창은 '토호열신 문제가 어떻게 처리될지'에 대해 시종 요령부득이어서 만면에 수심이 가득한 채 가게로 돌아갔다. 하지만 후궈광은 도리어 이제 마음이 편해져서 돌아오는 길 내내 오직 팡뤄란과 어떻게 담판을 지어야 할지에 대해서만 골똘히 생각을 했고 지금은 아주 자신이 있어 보였다.

루 씨 댁과 오랜 교분이 있는 것으로 보아 팡 씨 댁도 권문세가인 게 틀림없지만 팡의 저택은 루가처럼 그렇게 크지도 않고 그렇게 수심을 자아내는 고색창연함으로 가득 차 있지도 않았다. 후궈광이 막 문 안으로 들어서자 근무병처럼 보이는 사내가 곧 길을 막았다.

"부장님을 뵈려 하네." 루무유가 당당하게 말했다.

"집에 안 계십니다." 간단한 대답이었다. 사내는 눈을 반짝거리며 후궈광을 살피는 데만 정신을 쏟고 있었다.

"그렇다면, 마님께선 집에 계실 테니 가서 말씀드리게, 마님을 뵈려 한다고."

갑자기 쥐펑주점 앞에서 보았던 주민성 여자 친구의 그 요염한 모습이 희미하게 후궈광의 눈앞에 떠올랐다. 후궈광은 팡 씨 마님이 어쩌면 그렇게 눈부신 여인일지도 모른다는 생각을 했다.

사내는 다시 한번 후궈광을 쳐다보고 나서야 안으로 들어갔다. 루무유도 후궈광을 불러 따라 들어갔다. 벽돌로 된 아치문을 돌아가자 작은 응접실이 눈앞에 나타났다. 응접실 앞에는 아주 정갈하게 꾸며진 작은 정원이 있었고 남쪽으로는 화단이 펼쳐져 있었다. 새양나무(蠟梅)와 남천죽(南天竹)의 선명한 빛이 온 정원을 풍성하고도 부드러운 향기로 물들여 놓고 있었다.

어린아이의 웃음소리가 응접실 왼쪽 방에서 한차례 퍼져 나왔고 이어 다시 여인의 부드럽고 쾌활한 말소리가 들려왔다. 세 살쯤 된 아이가 빠르게 구르는 하얀 눈공처럼 응접실의 긴 창가 쪽으로 달려오다가 막 응접실로 들어오던 근무병같이 생긴 사내의 몸에 부딪혔다. 이어 훤칠한 키의 아름다운 여인이 모습을 드러내자 루무유는 서둘러 앞으로 한걸음 나서며 인사를 했다.

"팡 마님, 뤄란 형님께선 나가셨다면서요?"

후궈광이 팡 부인을 보니 짙은 남색의 둥근 소매 적삼과 검은색의 긴 치마를 입고 자그마한 계란형 얼굴에 곱고 하얀 피부가 대략 스물대여섯 살쯤 되어 보였지만 짧게 자른 머리가 이마를 덮고 있는 모습은 아직도 소녀 같은 행색이었다. 뜻밖이었던 건 팡 부인이 아주 부드럽고 친근한 인상이라는 점이다. 그녀에게선 사람을 위압하는 신여성의 기세당당함 같은 게 전혀 느껴지지 않았다.

"루 선생님이시네요, 좀 앉으세요."

팡 부인은 아이의 손을 잡아 방금 곁채에서 나온 여종에게 건네면서 데리고 나가도록 한 뒤 웃음 띤 얼굴로 말했다.

"이 분은 후궈광 동지십니다, 일부러 뤄란 형님을 뵈러 오셨어요."

루무유가 아주 격식을 갖추어 후를 소개하고는 오른편에 있는 의자 하나를 골라 앉았다. 팡 부인은 미소를 지으며 후궈광에게 고개를 끄덕인 뒤 후귀광을 상석에 앉도록 권했지만 후는 아주 겸손한 태도로 사양하며 루무유의 옆자리에 앉았다. 후는 팡 부인이 웃을 때 아주 가늘고 새하얀 두 줄의 이가 드러나는 걸 보았다. 권문세가를 쫓아다니는 데는 이골이 난 그였지만 그래도 신식 부인과 인사를 나누는 건 처음인지라 자못 몸 둘 바를 몰랐다. 게다가 후는 자기가 온 이유를 이 사랑스러운 부인에게 말해야 할지 말지 판단할 수가 없었다.

하지만 루무유는 아주 자연스럽게 팡 부인과 대화를 나누며 팡 뤄란의 안부를 묻고 난 뒤 자신이 여기에 온 이유를 설명했고, 후 귀광도 그 틈을 타서 서둘러 말을 꺼냈다.

"루무유로부터 팡 부장님의 명성은 오랫동안 들어왔습니다요. 현 당부의 기둥이시라고. 그래서 오늘 이렇게 특별히 찾아뵙고 이 기회에 밖에서 저에 대해 떠들어 대는 비난에 대해 좀 해명을 드릴까 해서 찾아왔는데 이렇게 팡 부인을 뵙는 은혜를 누리게 되니 정말 영광입니다요."

아주 희고 깨끗하게 생긴 여종이 차를 내왔다.

"정말 공교롭게 되었네요. 뤄란은 현장(縣長)께서 부르셔서 식사를 하자마자 나갔어요. 아마 곧 돌아올 겁니다."

팡 부인은 아주 겸손하게 웃으며 대답했지만 곧 이야기의 방향을 루무유에게로 돌려 물었다.

"무원 동생은 요즘 잘 지내나요? 내가 집안일이 너무 바빠서 오 랫동안 보러 가질 못했네요. 틈이 나면 좀 놀러 오라고 전해 주세요. 팡화(芳華)가 종종 무원을 찾아요."

이제 자질구레한 집안일에 대한 문답이 오고가기 시작했다. 팡 부인은 루쌴녜의 요즘 주량은 좀 어떠신지, 루무원은 요새 무슨 시를 짓는지 등을 물었다. 단정히 앉아 공손한 태도로 이야기를 들으면서 후귀광은 속으로 이상하다는 생각을 했다. 이 팡 부인은 그가 상상했던 팡 부인과는 완전히 달랐다. 그녀는 온화했고 정치적인 색깔이 전혀 없었다. 후귀광은 이야기를 들으면서 응접실의 장식을 살펴보았다. 정중앙에 총리의 생전 초상과 유촉(遺囑)이 밖을 향해 놓여 있었고, 그 옆에는 "혁명은 아직 성공하지 않았다. 동지들은 여전히 노력해야 한다(革命尙未成功, 同志仍須努力)"는 대련이 그것과 짝을 이루어 나란히 놓여 있었다.

왼쪽 벽에는 넉 줄로 쓰인 장즈둥(張之洞)*의 글이 걸려 있었고 오른쪽 채로 통하는 작은 문의 끝에는 80센티가량 되는 남자의 반신상이 세워져 있었다. 남자는 모난 얼굴에 짙은 눈썹을 하고 곧은 코와 크지도 작지도 않은 눈을 가진, 한마디로 말하면 '범상치 않은 용모'라고 할 수 있었다. 후귀광은 이게 바로 팡뤄란의 동상이라고 생각했다. 왼쪽 벽 쪽으로는 세 개의 나무 의자와 두 줄의 다기가 기대어 놓여 있었고 그것은 맞은편의 오른쪽 벽에 기대어 있는 것들과 완전히 쌍을 이루고 있었다. 두 개의 커다란 등나무 의자는 밖을 향해 쪼그리고 앉아 있었는데 둘 사이의 거리는 약 세 척(尺)가량 되었다. 중앙에는 다기 대신 백동(白銅)의 화로가 놓여 있었는데 때마침 푸른 불꽃이 화롯가에서 춤을 추고 있는 게 보였다. 홀의 정 가운데는 작은 네모 탁자가 놓여 있고 그 위에는 흰 탁자보가 씌워져 있었다. 연푸른빛 자기 화병이 흰 탁자의 중앙에 놓여 있고 그 안에는 새양나무 가지들이 비스듬히 꽂혀 있었다. 오른쪽 처마 가까이 있는 작은 장방형 탁자는 수선화와 시계를 떠받치고 있었고 그 위에는 그것 말고도 한두 가지 여성용품들이 더 놓여 있었다. 천장에는 네모난 유리 궁등(宮燈)이 드리워져 있었는데 유리 조각 위에 종이로 오려 붙여 놓은 "천하위공(天下爲公)"이라는 네 글자가 응접실 장식을 완성시켜 주고 있었다. 후 귀광은 이 응접실의 배치 또한 팡 부인을 닮아 아리땁고 우아하고 단정하다는 생각을 했다.

"작년 여름에 성(省)에 있는 한 여학교에서, 누이동생한테 와서 학생들을 좀 가르쳐 달라는 부탁이 들어왔는데 누이는 안 가려고 하더라고요. 사실 나가서 좀 다녀 보는 것도 괜찮은데 말이죠. 지금은 시대가 달라졌는데 꼭 집에만 숨어 있을 필요가 어디 있습니까, 팡 부인, 안 그렇습니까?"

루의 이 몇 마디 말이 마치 갑자기 어디서 툭 튀어나온 것처럼, 넉 줄로 된 장즈둥의 행서를 물끄러미 바라보고 있던 후귀광의 고막을 때렸다. 후는 급히 눈을 행서에서 떼어 팡 부인의 얼굴 쪽으로 옮겼다. 팡 부인이 다시 가볍게 웃고 있는 게 보였다.

"팡 부인께선 분명 당부(黨部)에서 무슨 중요한 일을 맡고 계시겠죠?" 후귀광이 참지 못하고 다시 물었다.

"아무 일도 맡고 있지 않아요. 전 일을 할 줄 모르거든요."

"팡 부인은 안타깝게도 가사를 돌보느라 너무 바쁘세요." 루무유가 끼어들며 말했다.

"요즘은 정말 집안일도 제대로 돌보질 못해요." 팡 부인이 상심한 듯이 말했다.

"세상이 정말 너무 빨리 변해서, 말씀드리기 부끄럽지만 전 정말로 따라갈 수가 없을 것 같아요."

루무유는 아는 듯 모르는 듯한 표정으로 고개를 끄덕였다. 후궈광이 대답할 적당한 말을 생각해 내느라 머리를 짜고 있을 때 갑자기 밖에서 작은 소리가 들려왔다.

"루 도련님과 친구 분이 오신 지 일각(一刻)가량 됩니다."

후궈광과 루무유는 본능적으로 일어섰다. 팡 부인은 웃으며 창 앞으로 걸어갔다.

들어온 건 중산복 차림의 남자였다. 그는 팡 부인의 손을 꼭 잡은 채 큰 걸음으로 응접실로 들어오며 말했다.

"메이리, 당신이 대신 손님들을 접대하고 있었구려."

후궈광이 바라본 팡뤄란은 중간 정도의 체격에 몸가짐이 진중했고 동상에 비해서는 조금 나이가 들어 보였다.

"그래서 니푸팅이 원한을 품고 있다가 보복을 한 거죠."

루무유가 선거장에서 일어났던 일의 경위를 설명하자 후궈광이 말을 이었다.

"사실이 다 드러났으니 팡 부장님께서도 이제 사정을 분명하게 아셨을 겝니다. 스스로 생각건대 이 몸은 재주가 부족해서 상민협회 위원 일 같은 건 여러 분이 추천을 하시긴 하셨지만 그래도 감히 함부로 맡을 수가 없습죠. 하지만 명예는 제2의 생명인데 '열신(劣紳)'이라는 두 글자만큼은 절대로 인정할 수가 없는 것입니다. 그래서 이렇게 무례를 무릅쓰고 특별히 찾아와 자초지종을 말씀드리고 또 팡 부장님께 가르침을 청하고자 한 것이굽쇼."

팡뤄란은 고개만 끄덕일 뿐 깊은 생각에 잠긴 채 말이 없었다.

지금 팡뤄란은 루무유의 보고나 후궈광이 하는 이야기에 대해 생각하고 있지 않았다. 그 이야기는 사실 기껏해야 70퍼센트 정도만 듣고 있을 뿐이었다. 아리따운 영상 하나가 지금 그의 가련한 영혼 앞에서 마치 맹목적으로 달려드는 파리처럼 금방 내쫓고 나면 다시 당장 고집스럽게 제자리로 되돌아오면서 끈질긴 역습을 감행하고 있었다. 팡뤄란은 올해 겨우 서른두 살이다. 학교를 떠난 지는 6년이 되었고 대학을 졸업하던 해에 지금의 부인과 결혼을 했다. 부친이 남겨 준 가산이 처음부터 먹고 살기에 족했고 게다가 아름답고 현숙한 부인까지 얻어 행복한 가정을 꾸리게 되었기 때문에 한때는 그도 가슴 깊이 큰 뜻을 품어 본 적이 있었다. 그러나 낭만적인 연애의 공상 같은 건 지금까지 한 번도 해 본 적이 없었다. 그렇기 때문에 최근에 간혹 팡의 마음에 어떤 여인의 아리따운 영상이 스치고 지나가도 팡은 여전히 자기는 부인의 충실한 동반자라고 자신하고 있었다.

"오늘 회의장에서 또 그런 일이 있었군요." 팡뤄란이 흔들리는 마음을 애써 누르며 드디어 말문을 열었다.

"방금 전에 막 회의장으로 가려고 준비를 하고 있는데 갑자기 현장께서 사람을 보내 찾으셔서 지금까지 거기 있다 오는 길입니다. 전 그 니푸팅이란 사람은 전혀 모르고 궈광 형은 초면이긴 하지만 존함은 많이 들었습니다."

팡뭐란의 짙은 눈썹이 위로 치켜 올라가자 마치 "존함"이라는 두 글자 옆에 주목하라는 의미의 세로 획 하나가 더 그어진 것 같아 후궈광은 자못 불안해졌다.

"지금 상민협회 일은 저 혼자 좌지우지할 수 있는 게 아닙니다. 마침 회의에서 이미 방법을 결의했다고 하니 궈광 형께서는 조용히 결과를 기다리시면 될 겁니다."

"현 당부에서는 아마도 상민부로 조사를 넘길 텐데 어쨌든 뭐란 형님께서 힘을 좀 써 주셔야겠습니다." 루무유는 에둘러서 형식적으로 말하는 것이 답답한지 직설적으로 말했다.

"방금 팡 부장님께도 말씀드린 것처럼 위원이 되고 안 되고 하는 거야 별 문제가 아닙니다요. 하지만 명예의 문제는 큰 것이니 니푸팅이 대담하게 사람들을 속인 것만큼은 철저하게 조사를 해 주시지 않으면 안 되는 것입죠." 후궈광이 기회를 엿보다 작은 소리로 부추기듯이 말했다.

"물론 철저하게 조사를 해야죠! 하지만 듣자 하니 지난달에도 궈광 형께선 여전히 청풍각에서 우 모가 어떻고, 류 모가 어떻고 하는 말씀을 하셨다던데 그건 사실이겠죠?"

"아, 아, 그…… 그건 그냥 길에서 주워들은 몇 가지 소문을 그저 몇몇 친구들에게 우연히 이야기해 본 것에 불과한 것입죠, 그런 일이 분명히 있기는 합니다만."

후궈광은 뜻밖에 팡뭐란이 지나간 일을 끄집어내자 말을 더듬었다.

"하지만 분명히 사람들이 가지를 더 보탠 게 팡 부장님 귀에까지 들어갔을 겁니다요."

"제가 들은 바로는 분명히 그냥 길에서 주워들은 소문을 우연히 만나서 이야기 좀 나눈 그런 건 아닌 것 같던데요."

후귀광은 팡뤄란의 눈빛이 잠시 자신의 얼굴 위를 맴돌다가 루무유에게로 옮겨 가는 걸 느꼈다. 팡뤄란은 다시 가볍게 미소를 지었다.

"그런 건 팡 부장님께서 밝히 조사를 해 주시고 그런 소문은 믿지 않으시는 게 좋습니다요. 광복 전에 이 몸은 동맹회(同盟會)*에 들었던 적이 있는데 최근에는 스스로 당에 공헌하는 바가 없는 걸 무척이나 부끄럽게 생각하고 있습죠. 바깥에서 하는 말은 팡 부장님께서도 자세히 조사해 보시면 다 근거 없는 것이라는 걸 아시게 되겠지만 이 몸이 천성이 너무 곧다 보니 원망을 산 것도 분명 적지 않을 겁니다요."

"아……, 귀광 형은 어째서 주변이 온통 적들이신가, 적들이 너무 많습니다. 하, 하!"

팡뤄란은 야릇한 웃음을 던지며 고개를 돌려 왼쪽 채의 문 쪽을 바라보았다. 팡 부인이 온몸에 하얀 벨벳 옷을 입은 아이를 붙잡고 방문 쪽에서 함박웃음을 머금은 채 걸어오고 있었다.

"팡 부인, 언제 팡화 데리고 저희 집에 좀 놀러 오세요. 저희 집 정원에 동백이 올해 아주 곱게 피었답니다."

루무유는 이야기가 좀 의기투합이 잘 안 되고 팡뤄란이 후귀광에 대해 편견을 가지고 있는 것 같다는 생각이 들어 화제를 다른 데로 돌렸다. 응접실 안도 점점 어두워지기 시작했다. 태양은 벌

180

써 그 마지막 빛을 거두어 가 버렸다.

후귀광은 무거운 마음으로 팡 부장네 대문을 나와서 루무유와 헤어진 뒤 답답한 마음으로 집으로 돌아왔다. 집으로 오는 길에 두모각을 지날 때 보니 점쟁이 장 씨의 점판은 벌써 다 거두어졌고 낡은 광고 깃발만 남아 여전히 담장에 높이 걸린 채 차가운 바람 속에서 후귀광을 향해 나부끼고 있었다. 깃발은 마치 그의 실의(失意)를 비웃고 있는 것 같았다. 후귀광은 갑자기 이 강호의 술사(術士)를 원망하기 시작했다. 후는 속으로 '이게 다 점쟁이 장 씨 놈이 사람을 속여 먹은 탓이라고. 호랑이를 그리려다 개가 된 형국이로구만' 하고 생각했다. 후는 분을 참을 수가 없어서 앞으로 몇 걸음 더 나가서 그 낡은 깃발을 찢어 버릴까 하는 생각을 하다가 다시 생각을 바꾸어 급히 집으로 발길을 돌렸다.

다음 날 후귀광은 답답한 심경으로 집에서 지냈다. 계집종 인얼이 후귀광의 기분 측정기가 된 건 이미 오래전부터였고 이 날도 물론 예외가 아니었지만 이날 인얼은 특별히 몽둥이 몇 대를 더 맞았다. 왜냐하면 팡 부인이라는 주옥(珠玉)이 앞에서 아른거려 후는 자신의 마누라와 첩을 보면 볼수록 더 화가 났기 때문이다. 후는 하루 종일 입을 다물고 말도 잘 안 하면서 인얼에게만 위세를 부렸다.

하지만 저녁이 되자 후는 조금 평정을 되찾은 것 같았다. 저녁 식사를 할 때 후가 갑자기 물었다.

"아빙은? 이 녀석은 날이 어두워져도 집에 돌아올 줄 몰라?"

"요즘 구지두(九只頭)인가 뭔가 하느라 집에 들어오지 않고 밖에서 밤을 새는 일이 허다해요." 후 마님이 말했다.

"오늘 점심 먹을 때 본 것 같은데. 진펑 네년이 아빙이랑 한나절을 조잘거리는 것 같던데, 그렇지?"

후궈광은 갑자기 전날 왕룽창이 고개를 가로저으면서 계속 "체통이 서지 않는다"고 하던 때의 표정을 떠올리며 의심스러운 눈으로 진펑을 쳐다보았다. 진펑은 얼굴이 화끈 달아오르는 걸 느끼며 급히 고개를 숙이고 말했다.

"도련님이 절더러 붉은 수건을 하나 만들어 달라고 하셔서요. 구지두를 하시려면 꼭 붉은 수건이 있어야 한다고."

"구지두는 무슨 얼어 죽을 구지두?"

"저희도 몰라요. 무슨 회의에서 하는 거라고, 총도 가지고 가야 한다고 하시던데."

진펑은 고개를 돌리며 말했다. 진펑은 자기 속임수가 먹혀드는 걸 보고는 더욱 대담해졌다.

"에이, 네년이 뭘 알아! 아마 노동조합의 규찰대겠지. 이 녀석이 그래도 그럭저럭 자기 앞가림은 하고 있는가 보구먼."

진펑은 연지로 뒤덮인 입술을 깨물며 웃음을 참았지만 후궈광은 어떤 일에 대해 골똘히 생각하느라 그것도 눈치채지 못했다. 노동조합이라면 그 세력이 아마 당부보다 더 클 거고, 상민협회는 당연히 그보다 더 못할 것이다. 게다가 노동자들과 교분을 트는 게 어쩌면 더 용이할지도 모른다. 자기 정도의 수완이면 설마 그깟 상놈들 몇을 상대하지 못하겠는가? 후는 또 어제 팡뤄란의 말투가 썩 좋은 건 아니었지만 태도는 어쨌든 예의를 갖춘 셈이니 완전히 기분 잡칠 일은 아니라고 생각했다. 그렇다면 오늘 이렇게 집 안에 처박혀서 화풀이만 할 게 아니라 나가서 활동을 해야 하는 건데 하는 후회가 들었다. 아들 녀석은 이미 당당하게 규찰대가 되어서 활동 범위를 넓혀가고 있는데 자기만 아무것도 못하고 있는 게 아닌가 하는 걱정이었다.

"내일 아빙 돌아오면 아빙한테 내가 규찰대의 정황을 좀 묻더라고 전해라."

후귀광은 진평에게 이렇게 분부를 해 두었다.

4

그날 루무유와 후귀광을 전송하고 난 후 팡뤄란은 두 손을 주머니 속에 꽂고 응접실의 긴 창 앞에 서서 정원의 남천죽을 바라보고 있었다. 저녁의 어둑한 기운 속에서 모든 것이 색을 잃고 오직이 불꽃 같은 여린 가지만이 여전히 붉은 빛을 반짝이고 있었다.

팡뤄란은 멍하니 서서 움직이지 않았다. 밤이 몰고 온 이상한 압박감이 그에게 아련한 슬픔을 불러일으켰다. 하나의 환상이 그의 침침한 눈앞에서 천천히 응결되더니 마침내 어떤 형상을 만들어 내었다. 어느 순간 그의 맞은편에 있는 건 이미 남천죽이 아니라 여인의 진녹색 장의(長衣)였다. 옷 전체에서 꼭 남천죽만한 크기의 자잘한 붉은 별들이 사방으로 흩뿌려지더니 다시 움직였다. 지금은 진녹색 장의 위의 붉은 별들 전체가 움직이면서 사방으로 흩어져 달아나고 있었다! 마치 폭죽에서 터져 나온 불꽃들처럼 앞다퉈 위로 달아나다가 결국은 여인의 진녹색 옷깃 위로 모여 제법 커다란 진홍빛 점을 만들어 내었다. 그러나 이 진홍빛 점은 곧 다시 파열되어 작고 흰 쌀알 같은 사랑스러운 두 줄을 드러내 주었다. 아! 그것은 미소, 여인의 매혹적인 미소였다! 거기에다 가지런한 둥근 눈썹 아래, 새카만 속눈썹이 지키고 있는 두 눈동자에서는 황록색 빛이 발산되고 있었다.

팡뤄란은 더 이상 바라보고 있을 수가 없어서 급히 눈을 감았다. 하지만 그 웃는 입과 짙은 속눈썹 아래로 무한한 그윽함을 드러내고 있는 눈은 여전히 닫힌 눈꺼풀 속에 갇혀 있었다. 그는 도망치듯이 응접실로 달려갔고 석유등의 빛이 번쩍이자 환상은 물러갔다. 팡뤄란은 석유등의 작은 불꽃이 톡톡거리며 튀는 게 바로 자신의 심장이 튀는 것 같아 무의식적으로 오른손을 주머니에서 빼내어 가슴을 눌렀다. 마치 활활 타오르는 그 살진 작은 손과 방금 악수라도 나눈 것처럼 손바닥이 화끈거렸다.

"우양(舞陽), 너는 희망의 빛, 나는 나도 모르게 너를 따라 달리고 있다."

팡뤄란은 자신의 목소리가 아주 똑똑하게 귓전에서 울리는 걸 들으며 깜짝 놀랐다. 아니, 알고 보니 그건 자기가 말한 게 아니었다. 하지만 응접실에는 자기 말고는 아무도 없었다. 팡은 정신을 차리고 바깥쪽으로 향해 있는 큰 등나무 의자에 앉았다. 왼쪽 채에서 들려오는 팡 부인의 목소리와 아이의 떠들썩한 소리가 저녁 식사가 준비되었다는 걸 알려 주었다. 팡뤄란은 멍한 채로 일어나 곧장 왼쪽 채로 걸어갔다. 그는 팡 부인에게 미안한 마음을 느끼면서도, 막상 사랑스럽기도 하고 가증스럽기도 한 그 인상을 가슴속에서 몰아내려고 하면 또 자신에게는 그런 힘이 없는 것 같았다. 팡은 하는 수 없이 사람이 많은 곳으로 달아나 잠시 그 환영으로부터 도피하는 수밖에 없었다.

그날 밤 잠자리에 들 때까지 팡뤄란은 팡 부인의 미모를 다시한번 평가해 보려는 것처럼 부인의 일거수일투족과 찡그리고 웃는 모습까지 하나하나 유심히 살펴보았다. 부인의 뛰어난 미모를 많이 찾아내서 그것으로 자기 마음의 동요를 진정시켜 보려는 것이었다. 그는 무엇엔가 취한 것 같은 느낌 속에서 팡 부인의 가는 허리와 통통한 엉덩이와 부드러운 하얀 손이 특별히 아름답다는 생각을 했다. 약간 침침한 것 같은 눈이 아름다운 계란형 얼굴의 미모를 적지 않게 퇴색시키고 있었지만 온화한 웃음과 목소리가 그 결점을 보완해 주고 있었다.

"메이리, 당신 6년 전 난징(南京)의 위화타이(雨花臺)에서 함께 놀았던 기억 나오? 그때 우린 갓 결혼을 했고 그해 여름에 우린 또 둘 다 졸업을 했지. 딱 한 번 같이 놀러 갔던 건데도 난 지금까지 그때의 정경을 또렷하게 기억하고 있소. 위화타이의 작은 개울에서 서로 다투어 우화석을 줍다가 당신의 비단 셔츠랑 흰 치마를 몽땅 적셨잖소. 그래서 나중에 벗어서 말리고 나서야 돌아왔지. 당신 이젠 기억 못하오?"

9시가량 되었고 방 안에는 그들 둘만 있었다. 팡뤄란은 신나게 이야기를 했고 팡 부인은 미소를 지은 채 대답이 없었다.

"그때 당신은 지금보다 생기발랄했지. 청춘의 불꽃이 당신의 혈관 속에서 활활 타오르고 있었으니까!"

"젊었을 때 당신은 정말 장난기가 심했어요." 팡 부인의 얼굴이 붉어졌다. "그때 당신은 날 속여서 옷을 벗게 해 놓고는 도리어 날 놀렸죠."

"그때 만약 당신이 나였더라면 당신도 마음이 움직이지 않을 수 없었을 거요. 당신의 떨리는 유방, 당신의 부끄러워하는 눈빛은 어떤 남자가 보았더라도 마음이 움직였을 거요."

팡 부인은 얼굴을 두 손으로 감싸고 깔깔거리며 웃었다.

팡뤄란이 부인 곁으로 와서 부인의 손을 열정적으로 붙잡고 작지만 흥분된 목소리로 말을 이었다.

"하지만, 메이리, 요즘 당신한테선 그런 생기발랄함을 찾아볼 수가 없구려. 예전 같은 천진함이나 애교는 다 어디로 숨어 버리고 매일같이 무슨 걱정거리라도 잔뜩 있는 것처럼 늘 심각하게 어떤 일을 하느라 바쁘고. 큰소리로 웃는 것조차 자주 볼 수가 없소. 당신은 여전히 너무나 아름답고 또 아직 젊은데 어찌된 일인지 기운이 많이 쇠락해진 것 같구려. 메이리, 설마 청춘의 열정이 다 소진되어 버린 건 아니겠지요?"

팡 부인은 남편의 이 말이 너무 감상적이라는 생각이 들었는지 놀란 듯이 고개를 들고 팡을 쳐다보다가, 팡뤄란의 짙은 눈썹과 잔주름, 확고한 눈빛을 보고는 남편의 어깨에 머리를 기대며 말했다.

"내가 정말 변했죠? 뤄란, 당신 말이 정말 맞아요. 전 변했어요,

전처럼 그렇게 활발하지도 늘 펄펄 신이 나 있지도 않아요. 아마 나이도 상관이 없진 않겠지만 집안일이 너무 많은 것도 원인일 거예요. 아니, 잘 생각해 보면 또 둘 다 아닌 것 같아요. 스물일곱이 늦은 나이라고 할 순 없고, 집안일도 사실은 아주 단순하거든요. 하지만 전 변했어요. 의기소침하고 쇠약해졌고 여기저기서 수시로 어떻게 해야 좋을지 모르겠는 것 같은 느낌을 받아요. 전 어쩌면 전처럼 그렇게 용감하지도 못하고 자신감에 차 있지도 않은 것 같아요. 지금은 감히 어떤 행동을 하지도, 어떤 결정을 내리지도 못하겠고요. 대체 어떻게 해야 옳은 건지 모르겠어요. 뭬란, 비웃지 마세요. 정말 세상이 너무 빨리 변하고, 너무 복잡하고, 너무 모순적이어서 전 정말 그 속에서 길을 잃어버렸다고요!"

"너무 빠르고 너무 복잡하고 너무 모순적이라는 말 조금도 틀리지 않아요." 팡뭬란은 깊이 생각하며 말했다. "하지만 우린 어쨌든 그것에 대처해 나아가야만 하는 것이오. 메이리, 이 복잡한 모순 속에서 길을 찾으려면 먼저 마음을 안정시키고 방향을 분명하게 인식해야만 한다고, 그래야만 우리가 소극적인 자세를 떨쳐 버리고 다시 힘을 낼 수 있다고 생각하오? 그렇다면 그건 할 수 없는 일이오. 세상은 너무나 빠르게 변하면서 당신을 기다려 주지 않으니까. 당신이 아직 길도 못 찾고, 방향도 분명하게 인식하지 못하는 동안에도 세상은 벌써 또 저만큼 앞으로 나아가 있다오."

"언제 안 그런 적이 있나요! 뭬란, 아마도 전 따라가지 못하겠죠. 하지만 그래도…… 절대로 아직 절망하진 않아요."

팡뭬란은 팡 부인의 손을 가만히 내려놓고 허리를 감싸 안은 채

의문에 찬 눈으로 아내를 쳐다보았다.

"절대로 아직 절망하진 않아요." 팡 부인이 다시 한번 말했다. "왜냐하면 세상과 함께 달리는 사람은 어쩌면 오히려 방관자만큼 세상을 똑똑히 보지 못할지도 모르니까요. 어쩌면 제가 헛고생을 덜할지도 모르죠."

팡뤄란은 고개를 끄덕이며 미소를 지었다. 그는 부인이 현재 겪고 있는 혼란과 동요, 어떻게 해야 할지 모르겠는 마음을 똑똑히 이해할 수 있었고 부인의 생각이 당분간은 변하지 않을 거라는 것도 잘 알았다. 팡은 본래 "만약 모두가 방관자가 된다면 누가 당신이 보도록 달리겠소?"라고 되묻고 싶었지만 이 온유한 부인의 아름다운 상상을 차마 깰 수가 없어서 결국은 말하지 않기로 했다. 그는 부인을 포옹한 채 달콤한 입맞춤을 하고 아내의 말과 관련이 있는 한마디 말만을 더 했다.

"메이리, 당신은 정말 똑똑해요! 내가 당신이 볼 수 있도록 달리겠소. 하지만 당신이 길 옆에 서서 방향을 똑바로 보게 되면 그땐 날 부르는 거 잊으면 안 되오."

두 마음이 하나로 합쳐진 가운데서 피어난 즐거운 웃음 속에서 팡뤄란은 아내의 부드러운 품 안으로 들어갔고 그때 마음속에서 줄곧 장난을 치던 요염한 영상도 완전히 물러갔다.

게다가 팡뤄란은 '세상과 함께 달리는' 그런 사람이어서 국가의 일이 그의 정신적인 여유를 100퍼센트 다 가져가 버렸을 뿐만 아니라 그는 이미 '연애' 감정에 완전히 빠져 아무것도 못하는 그런 나이도 아니었다. 그의 앞에 쌓여 있는 너무나 많은 업무는 곧 진녹색 옷의 여성을 잊게 하기에 족했다. 당장 목전에서 처리를 기다리는 일만 해도 수두룩했다. 후궈광 사건은 그 가운데서 가장 작은 일에 속했고, 그보다 당장 불거진 급한 난제가 있었는데 그 건 바로 점원들의 임금 인상 문제였다.

점원 문제가 너무나 다급하게 밀려와 후궈광 사건은 철저하게 조사도 하지 못한 채 그럭저럭 마무리할 수밖에 없었다. 팡뤄란은 "후 모는 사람들의 신망을 얻지 못하고 있으므로 그의 위원직 당선은 취소되어야 한다"고 현 당부에 보고했고 현 당부에서는 이에 의거해서 당장 상민협회에 명령을 전하는 것으로 일을 매듭지었다.

루무유가 이 소식을 후궈광에게 가지고 갔을 때, 마침 후의 집에서는 한 편의 활극이 벌어지고 있었다. 후궈광에게 표를 주었던 사람들이 이틀 전부터 찾아와서 대가를 요구하기 시작한 것이다. 오늘 와서 소동을 피운 건 후궈광이 선거 당일 즉석에서 표를 얻어냈던 자인데 요구가 지나치고 태도도 너무 뻣뻣해서 후궈광이 적당히 돌려보내려고 갖은 방법을 다 썼지만 결국은 진평의 머리에서 금 귀이개 하나를 빼내 주고서야 간신히 돌려보낼 수 있었다.

진평은 본래 양가죽 적삼을 하나 새로 얻어 입을 걸로 기대하고 있다가 새해가 코앞에 닥친 시점에 양털은 반 근도 구경 못한 채 도리어 생각지도 않았던 금 귀이개만 잃어버린 셈이 되었으니 그녀의 슬픔도 가히 짐작할 만했다. 진평은 후궈광 앞에서 감히 소란을 피울 만한 담력은 없지만 방문을 닫고 들어가 대성통곡을 할 만한 담력은 있었다. 루무유가 도착했을 때는 이 한바탕의 소동이 이미 반쯤 진행된 시점이었다. 후귀광은 아주 보기 흉한 낯빛으로 응접실 안을 뚜벅뚜벅 걷고 있었다.

"귀광 형, 이미 알고 계시죠?" 루무유가 정면으로 이렇게 물었다.

후귀광은 가느다란 실눈만 툭 내민 채 대답할 바를 모르고 있었다.

"상민협회 회원 일은 이미 비준이 났습니다. 형님이 뜻밖에도 희생이 되셨더군요."

후귀광은 눈을 한번 부라리더니 두 손을 벌린 채 아무런 생각이 없는 듯 가장 가까운 데 있는 의자로 가서 털썩 주저앉았다. 순간 재산 몰수, 수감…… 가장 불길하지만, 처음부터 생각하고 있었던 1막, 1막의 장면이 동시에 서로 밀고 밀리며 번개처럼 그의 뇌리를 스쳤다.

"팡뤄란 이 자식을!" 후가 갑자기 펄쩍 뛰면서 큰소리를 질렀다.

"귀광 형, 그래도 팡뤄란이 도와준 셈이에요. 그가 작성한 조사 보고서를 저도 봤는데, '사람들의 신망을 얻지 못하고 있다' 고만 쓰여 있지 다른 사항에 대해서는 일체 언급이 없더군요."

"그럼 조사를 나오진 않겠나?" 후귀광이 믿기지 않는다는 듯이 다급하게 물었다.

"팡이 '사람들의 신망을 얻고 있지 못하다' 고만 말했으니 '열신' 이란 말은 말끔하게 씻어 준 거죠."

후귀광은 한숨을 돌렸다.

"형님의 상민협회 위원 자격은 취소되었지만 현 당부에서는 여전히 형님이 그저 '신망을 얻고 있지 못한' 것으로만 생각할 테니 그렇다면 절대로 토호열신이 아닌 건 말하지 않아도 다 아는 사실인 거고, 그러면 이제 형님은 오히려 마음대로 나가서 활동을 할 수 있게 된 거니 이게 바로 불행 중 다행이 아닙니까."

후궈광은 뒷짐을 지고 뚜벅 뚜벅 몇 걸음을 걷다가 탄식을 내뱉으며 말했다.

"그래도 결국 헛고생 한바탕 한 셈이지. 루형, 팡뤄란을 다시 한 번 찾아가야 할 것 같은데 가서 그의 지원에 감사도 표하고 이 기회에 또 그와 관계도 좀 맺어 두는 게 좋을 듯한데 어떻게 생각하시는가?"

"좋죠, 하지만 서두를 건 없습니다. 제가 마침 몇 가지 일로 곧 그와 상의할 일이 있으니 그때 도움을 청하죠."

불현듯 한 가지 일이 후궈광의 기억 속에서 꿈틀거리며 떠올랐다. 칠팔 일 전 루무유와 함께 시즈가(西直街)의 외지고 조용한 길을 걷고 있을 때, 제법 잘 사는 것처럼 보이는 어느 집 앞에서 루무유가 입을 삐쭉이며 낮은 소리로 "이 안에 젊은 과부가 사는데 무척 예쁘게 생겼다!"라고 했던 생각이 났다. 당시에는 후도 웃으면서 "만약 생각이 있으시면 내가 그 여자를 손에 넣을 수 있도록 손을 좀 쓰지"라고 말했는데, 아마 지금 바로 이 문제를 상의할 모양인 것 같았다.

"그날 이야기했던 그 과부 일이 아닌가?" 후궈광이 웃으며 물었다.

"아, 아니에요. 그 일을 아직 기억하세요? 그 일은 아니고, 오늘은 정식으로 당국의 대사에 대해 이야기하는 거예요. 전 어쨌든 상민협회 위원이 되었으니 그러면 취임 선언을 해야 하잖아요!"

후귀광은 적극 찬성하며 연방 고개를 끄덕거렸다.

"후 형과는 격의 없는 사이니 솔직하게 말씀드리면 전 선언문 같은 걸 잘 쓸 줄 몰라서요. 어려서부터 부친이 억지로 시사(詩詞)를 짓도록 하셔서 칠언(七言)이나 팔언(八言) 시 같은 걸 한 수를 지으라면 그거야 그래도 어떻게 해 볼 도리가 있지만, 의론을 개진하는 장문의 선언문 같은 건 제대로 쓸 줄 몰라요. 후 형은 소송장을 쓰는 데 뛰어나시니 도움을 좀 구하지 않을 수 없어서 그러는 겁니다."

"노형의 일이라면 물론 도와야겠지만 노형이 무슨 주장을 하시려는지 잘 몰라서?"

"주장이요? 주장이야 있죠, 있어요. 오늘 소식을 들었는데 점원들이 임금 인상을 요구한답니다. 그런데 인상을 요구하는 항목이 많아서 가게 주인들은 대부분 다 반대를 하고 현 당부에서는 아직 방침을 정하지 못했다는데, 전 점원들의 요구에 찬성이에요. 우리가 먼저 찬성을 한다는 게 의미가 있을 겁니다. 선언문 안에 점원들에 대한 입장은 대충 이렇게 넣어 주시고 그 밖에 또 어떤 이야기를 집어넣어야 할지는 수고스러우시겠지만 대신 생각 좀 해 주세요."

그저께 밤 아들놈이 노동조합 규찰대가 되었다는 소식을 들었을 때 떠올랐던 생각이 지금 다시 마음속에 떠올라 후는 자기도 모르게 짧은 수염을 어루만지며 엷은 미소를 지었다.

5

점원 운동이 매일같이 소란스럽게 벌어지는 통에 음력설은 아무런 신나는 일도 없이 그냥 지나가 버렸다. 음력 섣달 스무 닷새부터 점원들은 세 가지 요구를 제기했지만 점주(店主) 대부분은 그걸 인정하지 않았다. 세 가지 요구란 (1) 임금 인상, 최대 50프로, 최소 20프로, (2) 점원 해고 불허, (3) 구실을 단 점주의 휴업 금지였다. 점주들은 첫째와 둘째 요구는 그래도 어느 정도 수용할 수 있지만 셋째는 절대로 안 된다는 입장이었다. 이유는 상인들에게는 영업 자유권이 있어야 한다는 것이다. 하지만 점원노조에서는 세 번째 조항을 고수하면서, 휴업을 하려는 점주들 대부분이 토호열신과 결탁해서 점원들을 실직시키고 또 휴업으로 상업상의 공황을 조성해서 치안을 어지럽히려는 것이라고 주장했다. 현 당부에서도 이 문제에 대해서는 의견이 갈려 해결 방법이 없었다.

마을에서 갑자기 소요가 심각해지기 시작한 건, 음력설 무렵 관례대로 재물신을 영접하고* 난 뒤 각 상점에서 예전처럼 다시 영업을 시작해야 할 때쯤이었다. 점원노조의 규찰대가 두세 명씩 짝을 지어 거리를 순찰하기 시작했고, 노동소년단*은 평상복을 입긴 했지만 목에 똑같은 붉은 수건을 두르고 자기들 키보다 더 큰 나무 방망이를 어깨에 메고 북적대는 현 앞에서 보초를 서고 있었다.

초엿새 날 저녁, 등을 들고 거리를 돌며 개량된 '용등(龍燈) 놀이'를 하면서 시위를 하던 노조원들이 막 청풍각 찻집 근처에 이르렀을 때 갑자기 청풍각 안에서 스무 명가량의 괴한들이 튀어나와 시위대의 행진을 가로막는 일이 벌어졌다. 튀어나온 무리는 모두 곤봉과 쇠막대기를 들고 있었고 '용등 놀이'를 하던 사람들도 대부분 진압용 장대 자루를 들고 있어서 상황은 당장 양쪽이 서로 치고받는 싸움으로 번졌다. 무수히 많은 홍색, 녹색의 종이들이 서로 부딪쳐 망가지거나 불에 탔고, 남겨진 장대 자루는 또 서로 치고받고 싸우는 무기가 되었다. 대략 십 분가량 그렇게 혼전을 벌이다가 규찰대와 경찰이 대규모로 쫓아오자 먼저 난리를 피웠던 사람들은 다 달아나 버리고 부상자 한 명만이 달랑 남겨졌다. 시위를 하던 노조 측 사람들 중에도 부상당한 자가 대여섯은 되었다.

다음 날부터 규찰대는 곧 총을 들고 순찰에 나섰고, 노동소년단은 각 상점을 감시하며 점주들이 물품을 밖으로 옮기지 못하게 막았다. 점주들의 집 주변을 어슬렁거리며 염탐하는 소년 단원들도 제법 있었다. 오후에는 근교의 농민협회에서 다시 이백 명의 농민 자위군을 파견했는데 그들은 모두 여덟 장(丈)이나 되는 장창을 들고 있었고 창대 끝에는 한 척(尺)이나 되는 번쩍이는 쇳조각이 달려 있었다. 농민군은 현 노조 부근에 주둔해 있었다.

바로 이날 오후 현 당부의 몇몇 위원들은 팡뤄란의 집에서 비공식 회의를 열고 점원 소요에 대한 의견을 나누었다. 회의는 미리 예정되어 있던 것도 아니고 팡뤄란이 발의한 건 더더욱 아닌, 그저 우연히 열린 것이었다. 하지만 팡뤄란은 오늘 정신이 멍해진 채 평상심을 잃고 있었다. 그건 물론 점원 소요에 대한 우려 때문이기도 했지만 방금 부인과의 사이에서 빚어진 작은 오해가 아직 완전히 해결되지 않은 것도 한 원인이었다. 그 오해라는 게 사실 팡뤄란 입장에서 보면 자신은 전혀 부끄러울 게 없고 아내에게 너무나 당당하다고 자신하는 일인데도 아내의 마음이 너무 좁아서, 더 정확하게 말하면 아내가 너무 해방이 덜 되어서 생겨난 일이었다. 어디서 무슨 말을 들었는지 아내가 까닭 없이 팡뤄란의 정절을 의심하다가 결국 손수건 한 장이 도화선이 되어 마음 상해하며 눈물까지 흘리는 일이 벌어진 것이다. 팡뤄란은 물론 둘 사이에 균열이 생기는 걸 원하지 않았기 때문에 몇 번씩이나 아내에게 "비록 여성이라고 해도 누가 손수건 한 장을 선물로 주는데 그걸 끝까지 안 받겠다고 우기면 너무 답답하고 고루한 사람 같아 보이지 않겠냐"고 해명을 했다. 남녀 간의 교제가 공공연하게 이루어지는 지금 같은 시대에 손수건 하나 주고받는 일 같은 건 아무것도 아니었지만 그래도 팡 부인은 그걸 이해하려고 하지 않았다.

팡뤄란은 지금 할 수 없이 함께 앉아서 공식적인 일에 대해 이야기를 나누며 한쪽 귀로는 저우스다와 천중(陳中)이 말하는 점원 소요에 관한 이야기를 듣고 있었지만, 다른 한쪽 귀에서는 팡 부인이 몹시도 억울해하며 오열하던 소리가 아직도 쟁쟁 울리고 있었다. 지금은 장(張) 양과 류(劉) 양의 위로 덕분에 부인도 벌써 눈물을 거두었다는 걸 잘 알고 있었지만 그런데도 한쪽 귀에서 여전히 웅웅대는 소리가 났다. 팡은 자기도 모르게 한숨을 내쉬었다.

"농민 자위대가 이미 이백 명이 넘게 몰려와 있고 거리에는 보이지 않는 계엄령이 내려져 있네. 소문이 무성해서 내일이면 공산(共産)제를 시행한다고 하질 않나, 오늘 저녁에 토호열신들이 폭동을 일으킬 거라고 하질 않나 야단들이야. 어쩌면 오늘 밤에 큰 난리가 일어날지도 모르겠네. 방금 스다 형이 점원노조가 일을 너무 급하게 처리한다고 했는데 나도 같은 생각일세."

천중이 숨을 헐떡이며 이렇게 말하고는 팡뤄란의 한숨에 호응이라도 하듯이 한숨을 내쉬었다. 천중 역시 현 당부 상무위원의 한 사람이고 팡뤄란과는 중학교 동창이었다.

"뤄란, 무슨 생각이 있나? 우리가 올 때 거리의 상황이 심상치 않던데, 아무래도 이 일은 자네가 나서서 힘써 중재를 해야만, 그래서 당장 해결을 해야만 큰 화를 면할 수 있을 것 같네."

저우스다는 이렇게 말하면서 힘을 주어 어깨를 흔들었다. 마치 한마디 한마디가 그렇게 힘껏 어깨를 흔들어야만 나오는 것 같았다.

"나도 할 수 있는 게 없네."

팡뤄란은 억지로 정신을 수습하면서 한쪽 귀에서 여전히 웅웅대는 소리를 몰아내려고 안간힘을 쓰면서 천천히 말했다.

"가장 어려운 건 현 당부 내에서나 상민협회 내에서도 의견이 일치하지 않는다는 걸세. 그래서 일찌감치 해결을 못하고 이 지경까지 오게 된 거지."

"상민협회 말이 나왔으니 말인데, 자네 상민협회 위원인 루무유가 발표한 선언 봤나?"

천중은 팡뤄란에게 이렇게 말하며 고개를 들고 권련의 흰 연기를 한 입 내뿜었다.

"그저께 봤네. 그는 점원들의 요구에 찬성이더군."

"그건 첫 번째 선언이고. 오늘 오전에 다시 두 번째 선언이 나왔는데 아마 분명히 못 봤을 거야. 오늘 선언에는 자네를 공격하는 문구도 들어 있더라고."

"이상하군, 나를 공격해?" 팡뤄란은 무척 놀라는 모습이었다.

"무유가 자넬 공격할 리야 없지." 저우스다가 급히 말을 이었다.

"내가 그 선언을 봤는데, 현 당부에서 점원들의 요구에 대해 논의한 내용을 적어 놓은 게 다고, 글 안에 그냥 자네 이름이 달려 나왔을 뿐이야. 어투는 분명 좀 날카로운 데가 있지만 문장은 그다지 좋지가 않더군. 난 무유가 이런 방면에는 본래 재주가 없다는 걸 아는데 아마도 누군가에게 부탁을 해서 쓴 게, 그 작자에게 좀 놀아난 것처럼 보이는데. 그렇지?"

천중이 미소를 띤 채 고개를 끄덕이더니 두 번째 담배를 꺼내며 말을 이었다.

"그 어투가 마치 점원 소요 문제가 일찌감치 해결되지 못한 게 다 뤄란이 점원들의 요구에 반대해서 그렇다는 암시를 담고 있는 것 같던데, 그거야 애당초 무슨 공개할 수 없는 비밀도 아니니 당부의 회의록을 앞으로는 공개하도록 해야겠어. 하지만 지금은 소요가 한창 심각해진 상황이니 갑자기 이런 이야기를 끌어들이면 뤄란에게는 더 불리할 수밖에 없어서."

"난 전혀 사심이 없으니 시비를 공론에 부치세." 팡뤄란이 자못 개탄스러운 듯이 말했다.

"다만 지금 이 문제를 해결할 어떤 방법이 없겠나?"

"쟁점은 점주들의 휴업 문제일세." 천중이 말했다. "난 처음부터 점원노조의 요구가 너무 지나치다고 생각했네. 자네들도 같은 생각이었고. 하지만 지금은 사정이 더 복잡하게 얽힌 것 같아. 점원들은 양보하지 않고 농민협회는 또 기어이 머리를 내밀려 하고 점주들은 비밀리에 뭔가 조치를 취하고 있는 것 같거든. 폭동설도 어느 정도는 신빙성이 있고. 이렇게 각각 극단으로 치닫다 보면 일 처리하는 사람이 손대기가 무척 어려워지지."

잠시 침묵이 흘렀다. 이 세 사람 가운데서는 물론 팡뤄란의 능력이 가장 뛰어났지만 안타깝게도 오늘 그는 귀에서 계속 웅웅대는 소리가 나는 바람에 속수무책인 상태였다. 게다가 팡은 시종 양쪽이 다 손해 보지 않을 방법을 생각해 내려고 했는데 그건 더더욱 쉽지가 않았다.

"점원들의 생활이 물론 어렵긴 하지만 지금의 요구는 너무 지나치다고 하지 않을 수 없네. 점주들의 사활을 너무 고려하지 않고 있어!"

팡뤄란이 여전히 개탄스러운 듯이 말했다. 하지만 개탄은 개탄일 뿐 해결 방법은 아니었다.

어지러운 발소리가 왼쪽 채의 문 안에서 들려오자 세 남자는 마치 구령이라도 들은 것처럼 일제히 고개를 돌렸다. 장 양과 팡 부인이 손을 잡고 걸어오고 그 뒤에 류 양이 따라 들어오는 게 보였다.

"아직도 논의가 안 끝났어요?"

장 양이 물었다. 장은 곧 이 세 남자의 고민스러워하는 표정, 특히 팡뤄란이 팡 부인을 볼 때의 안절부절 못하는 모습을 알아차렸다. 장 양은 보통 체격으로 키는 팡 부인보다 약간 작았고 나이는 스물네댓 살 정도였다. 윤기가 흐르는 뽀얀 살결은 팡 부인 스스로도 따르지 못하는 점이라고 인정했고, 검게 빛나는 긴 머리카락은 좌우 두 쪽으로 나란히 나뉘어 제법 크고 둥근 쪽을 이루고 있었다. 이건 물론 최신 유행의 머리 스타일은 아니었지만 머리가 너무 길고 숱이 많아서 이렇게 나누어 매는 방법을 취하지 않을 수 없었는데 나름대로 분위기가 있었다. 풍만한 가슴과 가는 허리, 작고 붉은 입술은 모두 팡 부인과 비슷했다. 그들 둘은 원래 동창이고 또 가장 친한 친구이기도 했다. 작년에 장 양이 현립(縣立) 여중의 교장이 되었을 때 팡뤄란은 그곳에서 전례 없이 네 시간이나 수업을 담당하기도 했다.

"결론이 없어서요."

팡뤄란은 이렇게 대답을 하고 다시 저우와 천 두 사람의 얼굴을 돌아보며 말을 이었다.

"게다가 우리 셋한테 설령 방법이 있어도 그걸로 결정할 수 있는 것도 아니니 말입니다. 그렇다고 우리가 입에 발린 말들만 늘어놓고 있는 건 아니고요."

거의 불평을 늘어놓는 적이 없는 팡뤄란이 이렇게 투덜거리는 걸 보면서 장 양도 더는 이야기를 계속할 수가 없었다. 손목시계를 보더니 장 양은 고개를 돌려 류 양에게 말했다.

"벌써 3시나 됐네. 우리 가야지."

하지만 팡 부인은 이 두 아가씨를 보내 주려 하지 않았고 팡뤄란도 열심히 둘을 만류했다. 팡뤄란은 아직 장 양 앞에서 부인에게 해명해야만 할 몇 가지 일이 있었다. 방금 두 아가씨가 왔을 때 부인의 상심은 정점에 달해 있었고 팡뤄란도 억울한 마음으로 가득 차 있었기 때문에 부인의 친한 친구인 두 아가씨 앞에서 한번 다 털어놓고 그들에게 그의 결백 무고함을 증명해 달라고 하고 싶었는데 생각지도 않게 마침 또 천중과 저우스다가 왔던 것이다. 그래서 하는 수 없이 얼굴에 눈물이 가득한 아내를 두 아가씨에게 넘겨주고 말 한마디 못한 채 자리를 뜬 것인데, 지금 부인의 표정이 여전히 그다지 편해 보이지가 않고 또 미간에 자못 원망의 기색이 남아 있는 걸 보니 팡은 부인의 친구들이 뒤에서 그에 대해 어떤 말을 했는지 전혀 짐작할 수가 없는 상황이라 그 사정을 똑똑히 알고 싶어 안달이 나 있었다. 천중과 저우스다는 여전히 무척이나 열을 올리고 있었지만 팡은 더 이상 점원 소요에 대해 논의할 기분이 아니었다.

다시 십여 분쯤 더 이야기를 한 뒤 마침내 두 남자 손님이 먼저 자리를 뜨자 팡뤄란은 허리를 펴고 부인 앞으로 걸어와 아주 부드럽게 말했다.

"메이리, 이제 모든 게 분명해졌죠. 나와 쑨우양(孫舞陽)은 그저 동지 관계에 불과하다는 거, 친구라고도 할 수 없는데 연애는 무슨 연애예요? 그건 장 양과 류 양이 나 대신 증명해 줄 수 있을 거요. 물론 쑨 양이 종종 이야기를 하러 오긴 하지만 그건 다 업무상의 대화일 뿐이고. 어쨌든 못 본 척할 순 없잖소. 메이리, 그날 당부(黨部)에서 신년 친목 모임을 할 때 안타깝게도 당신은 아파서 못 왔었지. 안 그랬으면 당신도 보고, 그녀가 단지 천진난만하고 발랄한 아이 같고 성격이 쾌활해서 모든 남자들한테 다 친근하게 군다는 걸 알 수 있었을 텐데. 그건 그 사람 성격이 그런 거지 꼭 누굴 좋아해서 그러는 게 아니오. 그날 갑자기 내게 손수건을 준 것도, 그것도 무슨 자기가 쓰던 손수건도 아닌 데다 여러 사람 있는 데서 꺼내서 그냥 내 주머니 속에 넣어 준 거지, 몰래 주고받은 것도 아닌데 무슨 의미가 있겠소. 그냥 장난치는 걸 좋아해서 그런 거지. 장 양과 류 양도 다 직접 보시지 않았어요? 이런 이야기는 방금 전에도 내가 몇 번씩이나 했는데 끝까지 안 믿더니 지금은 장 양에게 다 물어보지 않았소? 장 양은 절대로 내가 미리 손을 써서 거짓말을 할 그런 사람이 아니잖소."

너무 흥분을 했는지 팡뤄란의 이마 위에 엷은 땀방울이 한 겹 솟아났다. 그는 손 가는 대로 주머니 속에서 손수건 하나를 꺼냈다. 흰 비단 바탕에 담황색 테를 두른 지극히 평범한 손수건이었지만 바로 쑨우양이 준 것이었다.

"가게에서 산 손수건이고 아무런 표시도 없어요. 당신도 본 적 있잖소. 이제 당신한테 주리다." 팡뤄란은 손수건으로 이마를 닦은 뒤 손수건을 털고 다시 웃으며 손수건을 팡 부인의 손에 끼워 주었다.

팡 부인은 손수건을 탁자 위에 거칠게 내려놓으며 아무 말도 하지 않았다.

팡 부인은 장 양의 해명과 류 양의 위로로 이미 의심이 거의 다 사라져 뤄란에게 별 다른 일은 없는 거라고 믿고 있었다. 하지만 지금 팡뤄란이 쑨우양을 천진난만하고 발랄하다고 칭찬하면서 그녀를 정말 마음속에 아무 사심이 없는 천사처럼 이야기하자 팡 부인의 마음에 다시 의심이 일기 시작했다. 장 양은 쑨우양이 방탕하고 요염해서 여러 사람들과 연애 행각을 벌이고 또 많은 남자들이 미친 듯이 자신을 따라다니게 만든다고 했는데 팡뤄란의 입에서는 뜻밖에도 그녀가 지고무상한 천사가 되어 있으니. 이건 자연히 팡 부인을 두 가지 결론으로 이끌었다. 팡뤄란이 쑨우양을 위해 일부러 사실을 감추고 말하지 않거나 아니면 팡은 쑨우양이 정말로 좋은 사람이라고 생각한다는 것이다. 만약 팡이 정말 쑨우양을 위해 감추고 말하지 않은 것이라면 자신과 팡뤄란 사이는 이미 끝난 것이나 다름없다. 한 남자가 자기 부인 앞에서 문제가 될 수 있는 여자를 위해 뭔가를 감춘다면 그 의도를 더 물어서 무엇 하겠는가? 만약 그렇지 않고 쑨우양이 정말 좋은 사람이라고 생각하는 거라면 그것 또한 팡뤄란이 이미 확실히 그녀에게 빠져 있음을 증명하는 것이다. 여기까지 생각하니 팡 부인은 온몸이 오싹해졌다.

이런 생각이 순식간에 몰려들어 마치 독사처럼 팡 부인을 칭칭 감았지만 그녀는 낙심한 듯 말없이 고개만 숙이고 있었다. 팡뤄란은 자신의 말이 완전히 상반된 결과를 낳았다는 걸 전혀 눈치채지 못했다. 팡은 오히려 아내의 침묵을 무언의 양해로 오해하고는 다시 웃으며 말했다.

"장 양은 다 알고 계시죠. 메이리가 본래 아주 온유한 성격이라는 거, 저도 메이리가 화내는 건 오늘 처음 봤어요. 그래서 방금 제가 너무나 조바심하고 있었는데 다행히 두 분께서 오신 거죠.

결국은 메이리도 사정을 똑똑히 알게 되었으니 하루 종일 덮여 있던 먹구름이 다 날아가 버린 거네요. 그래요, 이것도 결국은 우리 일상에서 일어나는 소소한 파란인 셈이죠. 다만 오늘 이유 없이 메이리를 화나게 만든 건 따져 보면 결국 어느 누구의 책임도 아니에요. 그렇죠, 우스갯소리를 하자면, 그건 바로 귀신이 우리의 행복을 질투해서 까닭 없이 우리를 한차례 가지고 논 것이고 가련하게도 우린 그 술책에 걸려들었던 거죠."

"귀신은 쑨우양의 몸에 붙어 있어요." 장 양이 팡 부인을 한번 보고는 웃으며 말했다.

"그녀는 주민성과 문란하게 놀면서도 그에게는 오히려 손수건을 선물하지 않거든요."

"쑨우양은 사람이 정말 좀 이상해요. 누굴 보기만 하면 당장 너무나 친한 것처럼 굴지만 그 사람이 자기랑 친해지려고 하면 다시 냉정하게 모르는 척하거든요. 모두 쑨이 주민성과 친하다고 하지만 난 여성협회에서 주민성이 찾아와서 말을 걸 때 정작 그녀는 본체만체하면서 고개를 삐딱하게 숙이고 있다가 다른 자리로 픽 가 버리고는 다른 사람이랑 이야기하는 걸 몇 번이나 봤어요. 하지만 그것도 주민성과 뭐 다퉈서 그런 것도 아니고 그냥 갑자기 모르는 척하는 거라고 하더라고요."

류 양은 본래 말이 없는 편이었지만 지금은 그녀도 자신이 본 이야기를 했다. 류 양은 쑨우양과 여성협회에서 함께 일을 했기 때문에 거의 매일 만나는 사이였다. 한 달 전에 쑨우양이 성에서 여성협회로 파견되어 왔을 때 류는 바로 맨 먼저 그녀와 함께 일을 한 사람이었고 그들 둘은 말이 잘 통했다.

"그러게 말이에요! 쑨우양은 그렇게 아이 티를 내요. 오늘은 갑자기 나한테 손수건을 보냈지만 내일 만약 내가 그녀를 찾아가서 이야기라도 하려고 하면 그녀는 분명 머리를 갸우뚱하면서 모르는 체하겠죠. 메이리, 언제 우리 가서 한번 시험 삼아 해 봅시다, 당신이 보게, 어때요?"

장 양과 류 양이 모두 웃기 시작했고 팡 부인도 결국은 웃음을 참지 못했다.

팡뤄란은 이 기회에 아내의 손을 꼭 잡고 말했다.

"메이리, 당신도 좀 자주 밖에 나가서 다녀야 돼요. 혼자 집에 앉아서 이런저런 생각만 하다 보면 해서는 안 될 의심만 자꾸 생겨나게 되는 거요. 오늘 일만 해도 당신이 만약 쑨우양을 몇 번 보기만 했다면 손수건 한 장 때문에 공연히 화를 내고 나의 정절을 의심하는 일까진 없었을 거요."

팡 부인은 팡에게 손을 잡힌 채 여전히 아무 말도 없었다. 그의 말이 그녀의 마음속에 던져져 여러 가지 반향을 일으켰지만 그 반향은 모두 모호하고 자기모순적이며 순간적으로 일어났다가는 곧 다시 사라지는 감상이었다. 그녀는 생각을 분명하게 정리할 수 없었지만 흥분된 정서는 차츰 안정되어 갔다. 지금 뤄란에게 잡힌 손으로 한 줄기 따뜻한 위로가 전해져 왔고 그것은 거의 기쁨에 가까운 것이었다. 조금 전에 그녀 스스로 팡뤄란에 대해 만들었던 벽이 지금은 완전히 무너져 버렸다.

"메이리, 왜 말을 안 하는 거요?" 팡뤄란이 다그쳐 물으며 아내의 손을 더욱 꼭 잡았다.

"장, 류, 뭐란 말이 맞는 것 같아?"

팡 부인은 직접적인 답은 회피했지만 이미 아주 자연스럽게 부드러운 웃음을 지었고 두 아가씨 모두 고개를 끄덕였다.

"그럼, 우리 지금 좀 나가요." 팡 부인은 갑자기 기분이 좋아졌다. "뭐란, 당신 오늘 다른 일 없죠? 류 옷이 곁채에 있는데 좀 가져다주고 우리랑 같이 나가요."

거리의 공기는 몹시 살벌했다.

팡뭐란은 세 여인과 열댓 걸음 떨어져서 걷다가 한 무리의 소년단이 어떤 사람을 붙잡아 거리로 끌고 가는 걸 보았다. 그 사람의 옷깃에는 작은 흰 종이 깃발이 꽂혀 있었는데 거기에는 "경제를 파괴하는 악덕 상인"이라는 큰 글씨가 쓰여 있었다. 소년단은 행진 내내 큰소리로 구호를 외쳤고 인가의 창문들마다 사람들이 머리를 내밀고 떠들썩한 풍경을 구경하고 있었다. 몇몇 아이들은 대열의 뒤를 쫓아 달려가면서 큰소리로 "악덕 상인 타도"를 따라 외쳤다.

저쪽에서 다시 장총을 둘러메고 어깨에 도롱이를 걸친 네댓 명의 농민 자위군이 검붉은 얼굴에 땀 기운을 확확 풍기며 걸어왔다. 그들은 둘씩 짝을 지어 열을 이루고 확고한 자세로 발걸음을 내딛고 있었다. 두 마리 누렁이가 앞을 가로막고 자못 대단한 기세로 으르렁거렸지만 결국은 대열을 그냥 지나 보내고 뒤를 쫓아가며 여전히 짖어 대었다. 그들은 지나갔다. 석양을 바라보며 너무나 엄숙하고 용감한 모습으로 지나갔고 적막한 거리에는 흰칠

한 그림자만이 여전히 남아 흔들거리고 있었다. 장창의 길게 늘어진 검은 그림자가 마치 굵직한 기둥처럼 이 작은 거리에 가로놓여 있었다.

현 앞거리에는 거의 다섯 걸음에 하나씩 보초가 서 있었다. 푸른 옷을 입은 건 규찰대고 누런 옷을 입은 건 소년단, 커다란 도롱이를 어깨에 걸친 건 농민군이었다. 온 거리의 공기가 들썩거렸다. 상점은 평상시처럼 다 열려 있었지만 잡화점과 식료품점만 유난히 북적댔다.

두 노인네가 뭐라고 열심히 수군거리며 팡 부인 옆으로 지나갔는데 그 중 한마디가 팡 부인의 귀에 꽂혀 들어왔다.

"내일 시장이 문을 닫는대, 절인 반찬을 좀 많이 사 둬야겠어."

팡 부인이 장 양의 푸른 사과 빛 비단 옷자락을 잡아당기며 "들었어?" 하고 묻는 눈치로 장 양을 쳐다보았지만 장 양은 그저 웃으며 고개만 가로저었다.

"소문이야! 하지만 방금 전 우리가 집에 있을 때까지만 해도 이런 소문은 없었는데!"

왼쪽에서 걷고 있던 류 양이 끼어들며 말했다. 그녀는 손을 올려 짧게 자른 머리카락을 매만지면서, 반들거리는 새카만 두 눈으로는 쉬지 않고 그 '보초'들을 둘러보았다.

앞쪽에서 검은색의 허름한 모직 중산복을 입은 젊은이 한 명이 다가오더니 팡뤄란과 인사를 나누고는 어깨를 스치며 지나갔다. 팡뤄란이 갑자기 부인의 손을 꼭 잡더니 고개를 돌려 그를 불렀다.

"린(林) 동지, 할 말 있네."

젊은이가 몸을 돌려 그 자리에 섰다. 창백한 작은 얼굴이 장 양과 류 양을 향해 웃고 있었다. 팡 부인은 그와 안면이 없었다. 그들 일행이 좁은 길가에 멈춰 서자 당장 거리를 오가던 사람들이 천천히 몰려와 반원을 이루며 그들을 에워쌌다.

"여기는 내 내자 루메이리요, 이쪽은 린쯔충 동지."

팡뤄란은 이렇게 소개를 하고 이어 물었다. "파시(罷市)의 소문이 있소? 상황이 무척 안 좋은데. 점원노조 대표 회의는 이미 끝난 거요?"

"끝났소, 막 끝났소."

"무슨 중요한 결의 사항이 있소?"

"왜 없겠소! 반동파를 엄중히 진압해야 한다는 거요. 우린 토호열신들이 대규모 폭동을 준비하고 있다는 걸 알고 있소. 지난밤 청풍각에 나타났던 이삼십 명의 경호원들도 바로 그자들이 사들인 놈들이고, 내일 파시의 소문도 그자들이 뿌린 거요. 그러니 진압하지 않고 되겠소?"

린쯔충의 작은 얼굴이 굳어지기 시작했고 창백한 두 볼에는 붉은 기운이 감돌았다. 그는 점점 가까이 다가오는 네댓 명을 바라보며 눈살을 찌푸렸다.

"하지만 점원들이 요구한 세 번째 사항은? 논의가 좀 된 거요?"

"세 번째 사항은 그대로 고수하는 걸로 했소. 다수의 점주들이 영업상의 손해를 핑계로 휴업을 해서 시장을 파괴하려 한다는 거요, 그것도 그들의 음모 가운데 하나고. 내일 점원노조에서 대표를 현 당부로 보내 청원을 할 거요."

세 여성은 모두 깊은 관심을 가지고 눈을 둥그렇게 뜬 채 린쯔충의 말을 듣고 있었다. 류 양은 왼쪽 팔로 장 양의 허리를 감싼 채 바짝 기대고 서 있다가 자못 놀란 기색이었지만 장 양은 오히려 담담한 모습이었다.

뒤쪽에서 나타난 검은 손이 류 양의 오른쪽 겨드랑이 아래서 천천히 위로 움직였지만 아무도 주목하지 않았다.

"다른 일은 없소?" 팡뤄란이 다시 물었다.

린쯔충이 긴히 할 말이 있는 듯 팡에게 가까이 다가왔을 때, 갑자기 류 양이 놀라 고함을 질렀고 모두 놀라서 류 양 쪽을 바라보았다. 장 양이 한 손으로 자기 몸을 더듬더니 동시에 다급하게 말했다. "도둑이야! 류가 물건을 잃어버렸어요!"

장 양 뒤에서 어떤 그림자 하나가 번개처럼 스치고 지나가더니 곧 옆으로 빠져나가는 걸 린쯔충의 눈이 재빠르게 포착했다. 규찰대와 소년단이 모두 달려왔고 누군지 마구 경적을 불어 대자 조금 먼 곳에서 그에 화답하는 소리가 들려왔다. 갑자기 사면에서 마구 경적이 울리고 떠들어 대는 소리와 발자국 소리가 동시에 어지럽게 터져 나왔다. 팡 부인은 주변에 이미 시커멓게 몰려든 여러 겹의 사람들을 보며 자못 불안해서 류 양의 손을 꼭 잡은 채 계속 물었다.

"뭘 잃어버린 건데?"

"손수건 한 장을 잃어버렸을 뿐 별건 없어!"

장 양은 큰소리로 포위해 들어오는 규찰대를 향해 소리를 질렀다. "도둑은 이미 달아났어요! 이제 아무 일도 없습니다! 질서 유지에 신경을 씁시다!"

린쯔충도 장 양을 도와 소리를 지르며 거리로 어지럽게 뛰어 들어오는 사람들을 향해 손을 내저었다. 하지만 조금 멀리서 들려오는 경적 소리는 여전히 멈추지 않았다. 거리 아래쪽이 무척이나 소란스러운 것 같았다. 많은 사람의 그림자가 황혼의 어둠 속에서 흔들리고 있었다. 한 줄로 선 규찰대와 몇몇 경찰이 무리 속에서 빠져나와 서둘러 지나갔고 누군가가 크게 고함을 지르는 소리가 들려왔다.

"어떤 새끼가 함부로 경적을 불어 대는 거야! 잡아!"

린쯔충도 달려가 보았다. 팡뤄란은 짙은 눈썹을 찌푸린 채 고개를 들고 뚫어져라 바라보고 있었다. 규찰대와 소년단은 이미 그들 곁에서 흩어져 버렸고 거리를 오가던 사람들의 수도 줄어들었다. 소동의 중심은 이미 거리의 아래쪽으로 옮겨 가 있었다.

"뤄란, 괜찮은 거예요?" 팡 부인이 물었다.

"아마 그저 작은 오해가 있었던 걸 거요. 하지만 민심이 동요하고 있는 걸 볼 수 있었소." 팡뤄란이 낮은 소리로 말했다.

린쯔충이 다시 달려왔다. 함부로 경적을 불어 대던 소란분자는 붙잡혔고 지금 거리의 아래쪽은 임시 계엄 상태라 지나갈 수가 없다고 했다. 날은 이미 완전히 어두워졌고 그들은 각자 집으로 돌아갔다.

팡뤄란과 부인이 집에 도착했을 때 당부에서 통지가 하나 와 있었다. 내일 오전 9시에 상민협회, 점원노조, 여성협회 등 각 인민단체들과 연석회의를 열어서 점원들의 세 가지 요구 사항에 관해

결의하겠다는 내용이었다.

팡뭐란은 천천히 메모지를 구겨서 휴지통에 던져 버렸다.

그는 깊은 생각 속으로 빠져들었다. 방금 거리에서 일어났던 소요를 떠올리며 팡은 토호열신의 도당들이 분명 시 곳곳에 포진해 있으면서 수시로 공포 분위기를 퍼뜨릴 기회를 찾고 있다는 걸 알았다. 함부로 불어 대던 경적은 필시 그들이 소란을 피우는 장난감이었을 것이다. 팡은 자기도 모르게 주먹을 불끈 쥐며 혼잣말을 했다. "진압하지 않고 되겠나!"

하지만 갈피를 잡을 수 없는 혼란 속에서 다시 한 줄 한 줄 늘어선 점포들과 점포 문 앞마다 무장한 규찰대가 노기등등하게 서 있는 모습, 점주들이 하얗게 질린 얼굴로 벽 모퉁이에 숨어 있는 모습이 눈앞에 떠올랐다······. 무수한 손들이 모두 자기를 가리키고 있고, 갖가지 모양의 입들이 모두 자기를 향해 같은 욕설을 퍼부어 대고 있는 것 같았다.

"너도 공산(共産)에 찬성하는 거지? 흥!"

팡뭐란은 모골이 송연해져서 어쩔 줄 몰라 하며 일어나 좌우를 어지럽게 살폈다.

"뭐란, 당신 좀 이상해진 거 아니에요?" 팡 부인이 웃으며 그를 불렀다.

팡뭐란은 그제야 부인이 맞은편 의자에 앉아서 반나절 전에 탁자 위에 내동댕이쳤던 아이보리 빛 테두리의 손수건을 가지고 놀고 있는 걸 보았다. 이 손수건이 당장 팡뭐란의 생각의 방향을 바꾸어 놓았다. 그는 부끄러운 기색으로 아내 곁으로 가서 그녀의 목을 끌어당기며 얼굴을 맞대고 낮은 소리로 말했다.

"메이리, 당신이 이 손수건 쓰구려!"

팡 부인의 대답은 책망 반, 기쁨 반의 웃음이었다. 팡뤄란은 아내에게 열렬하게 입을 맞추었다. 그 순간 반동파나 규찰대, 상점, 두려운 점주들, 날카롭게 겨누어진 손가락들, 욕설을 퍼붓는 입들은 모두 자취도 없이 달아나 버렸다.

6

격렬한 쟁론 끝에 표결에 붙여진 안은 모두 세 가지였다.

첫째는, 루무유와 점원노조 위원장 린부핑(林不平)이 동의(動議)한 것으로 점원노조의 세 가지 요구를 원안대로 통과시키고 특별위원회를 조직해서 상세한 집행 방법을 정하도록 하자는 안이었다. 이 안의 재청자는 상민협회의 자오보퉁이었다.

둘째는, 린쯔충이 동의한 것으로 세 가지 요구에 대해서는 잠시 보류하고 성(省)에 전보를 쳐서 전문가를 파견해 문제 해결을 지도해 줄 것을 요청하고 다른 한편으로는 토호열신과 반동적인 점주들의 음모와 도발을 엄중하게 진압하자는 것이었다. 재청자는 여성협회의 쑨우양이었다.

셋째는 팡뤄란이 동의한 것으로 a. 점원들의 월급을 인상하되 연봉 5백 문 이하는 1백 퍼센트 인상하고 나머지는 조금씩 적게 인상하는 것을 원칙으로 하며, b. 점주들이 점원을 해고할 때는 반드시 점원노조의 동의를 얻도록 하고, c. 점주의 휴업 문제는 각 관계 단체에서 파견한 대표들로 구성된 연합 특별위원회가 세부 조사를 맡고 현 당부의 심의를 거쳐 처리하며, d. 규찰대와 소년단의 보초는 당장 철수하여 시장의 공포 분위기를 해소하도록 하고, e. 임의로 점주를 체포해서는 안 된다는 내용이었다. 이 안의 재청자는 천중과 저우스다였다.

연석회의의 임시 의장인 평강(彭剛)은 이 세 안을 소리 높여 읽은 뒤 항상 졸린 것 같은 눈으로 배석한 사람들의 얼굴을 죽 둘러보고 나서는 관례대로 이의나 보충 의견이 없는지를 묻고 아무도 의견을 내는 사람이 없자 다시 천천히 말을 이었다.

"첫 번째와 세 번째 안은 당장 문제를 해결하자는 것이고 두 번째 안은 현상을 유지하면서 상급 기관에서 사람을 파견해 처리해주기를 기다리자는 겁니다. 지금 표결에 부칠 테니 위원님들께서는 의견을 발표해 주십시오. 어떤 안을 먼저 표결에 붙일까요?"

"지금은 시장의 상황이 심히 공포스러우니, 마땅히 문제를 조속히 해결해야 합니다. 만약 현 상태로 시간이 지연된다면 분규는 더 많아지고 위험은 더 커질 겁니다."

천중이 두 번째 안은 잠시 폐기하고 우선 당장 해결 방안을 모색해야 한다는 걸 암시하는 발언을 했다.

"그럼 우선 첫 번째 안을 표결에 붙이는 게 어떻겠습니까?" 의장이 다시 물었다.

반대가 없어서 거수로 결정하기로 했다. 배석한 스물한 명 중 아홉 명만이 손을 들었다. 소수!

세 번째 안을 다시 표결에 부쳤지만 역시 열 표밖에는 얻지 못했다. 한 표가 더 많긴 했지만 역시 법으로 정한 과반수를 넘지 못했다. 시종 손을 들지 않은 건 린쯔충과 쑨우양이었다.

회의장의 분위기는 뚜렷하게 두 번째 안에 유리하게 돌아갔다. 본래 첫 번째 안과 세 번째 안에 찬성했던 사람들도 결국은 대부분 '부득이하게' 이쪽으로 가게 되는 게 아닐까? 저우스다와 나란히 앉아 있던 천중이 저우스다의 귀에 대고 뭐라고 작은 소리로 한마디를 했고 그러자 저우스다가 의장이 다시 발언을 하기 전에 일어나서 늘 하듯이 어깨를 심하게 흔들며 발언을 했다.

"성에 사람을 파견해 달라고 해서 문제를 해결하는 게 가장 타당한 방법이긴 하지만 그건 아무리 빨라도 사오 일은 걸려야 됩니다. 지금 온통 이런저런 소문이 무성한데 반동파는 우리가 아무런 결정을 내리지 못한 걸 이용해서 다시 소문을 퍼뜨려 상인들을 공포에 떨게 하고 있습니다. 지금도 인심이 이렇게 흉흉한데 다시 사오 일이 더 지나면 대란이 일어날지도 모릅니다. 그래서 제 소견으로는 성에 사람을 파견해서 문제를 근본적으로 해결해 주기를 기다리되 우선은 규찰대와 소년단의 보초를 철수시켜야 합니다. 휴업을 하려는 가게도 당분간 휴업을 불허하면 소년단이 감시할 필요도 없습니다. 농민 자위군도 돌아가도록 합시다. 저의 이 의견이 옳은지 그른지 여러분들께서 긴 안목으로 판단해 주시기 바랍니다."

"성 안의 공포 분위기가 시시각각 심각해져 가는 건 물론 반동파가 그 안에서 소문을 날조해서 그렇기도 하지만 규찰대나 소년단, 농민군들이 마치 무슨 대단한 적이라도 만난 양 사납게 점포와 점주들을 감시하고 있어서 그런 면도 있습니다. 물건이 가게 밖으로 나가지 못하게 막는 행동 역시 민심을 공포로 몰아가고 있고요. 저도 근본적인 문제의 해결은 성 안에서 사람이 오기를 기다려서 해결해도 무방하지만 목전의 공황 상태는 반드시 먼저 서둘러 불을 끄는 게 타당하다고 생각합니다." 팡뤄란도 발언을 했다.

"안 돼요, 안 됩니다." 린부펑이 큰소리로 반대했다. "반동파들이 하수인들을 사들인 게 다 해서 이백이 넘어요. 그들은 폭동을 준비하고 있습니다. 우리가 이렇게 빈틈없이 방비를 하고 있는데도 그들은 수시로 소동을 일으키고 있다고요. 단언하건대, 아침에 규찰대의 보초들을 철수하면 저녁이면 이 현성(縣城)은 당장 반동파의 수중에 떨어지게 될 겁니다."

"현(縣) 경비대가 백 명이 넘고 경찰도 사오십 명이나 있는데 그거로도 치안을 유지할 수 없다는 겁니까?"

팡뤄란이 반박했다.

린부펑은 단지 "흥" 하는 소리만 냈다.

이 흥 소리에는 무시와 분(憤)이 함께 들어 있었고 중대한 암시가 담겨 있어서 장내 사람들은 모두 아연한 표정으로 서로 쳐다보았다.

"시국이 너무 심각해서 무작정 시간을 끌 수는 없습니다. 상황은 이미 명백하게 드러났고 반동파의 음모는 하루 이틀에 생겨난 문제가 아니니 이제는 단호하게 진압하지 않으면 안 됩니다. 의장께서는 토론 종결을 선포하시고 두 번째 안을 표결에 부쳐 주십시오. 그러고 나서 다시 구체적인 방법을 논의합시다."

긴장된 분위기 속에서도 쑨우양의 아리따운 목소리는 각별한 울림을 자아 내었다. 이 매혹적인 여인은 음악 같은 목소리로 자기 의견을 토로하면서 하얗고 부드러운 손가락 사이에 연필을 끼워서 가지고 놀면서 아주 침착한 태도를 보여 주고 있었다. 그녀의 크고 검은 눈동자는 늘 그렇듯이 매혹적이면서도 원망이 서린 것 같기도 하고 또 좀 모진 것 같기도 한, 여러 가지 서로 다른 흡인력을 듬뿍 풍기면서 짙고 긴 눈썹 아래서 활발하게 움직이고 있었다. 그녀의 둥글고 가는 눈썹은 조금 찌푸려지면 거기에 깊은 원망이 담긴 듯해서 사람들의 연민을 불러일으켰지만 지금처럼 눈썹 끝이 조금 올라가 있으면 오히려 준수한 영웅의 기개가 느껴졌다. 지금은 말을 너무 빠르게 하느라 둥글고 부드러운 유방이 붉은 비단 치파오 아래서 오르락내리락 하는 게 보였다.

의장이 막 이의가 있는지 물어보려 할 때 한 사람이 얼굴이 땀범벅이 된 채 회의장 안으로 뛰어 들어오더니 린부펑의 귀에 대고 뭐라고 속삭였고 그러자 린부펑의 얼굴 근육이 모두 긴장하기 시작했다. 옆에 앉아 있던 루무유도 안색이 변했다.

"이 동지가 보고하길 현 앞거리에서 이미 폭동이 발생했다고 합니다." 린부펑이 갑자기 일어나 거의 고함을 지르듯이 큰소리로 말했다. "소년단이 부상을 당했어요! 반동파가 벌써 행동을 개시한 겁니다!"

몇 군데서 동시에 "아!" 하는 소리가 났다. 그때 회의실과 벽을 사이에 두고 있는 현 당부 위원회실의 전화가 다시 따르릉 하고 울렸다.

"당신들은 아직도 규찰대와 농민군을 철수해야 한다고 주장하는데 그건 정말 손발 다 묶고 남한테 머리 잘라 가라고 하는 격입니다!" 린부핑이 계속해서 포효하듯이 말했다. "당신들은 고담준론(高談峻論)을 좋아하시니 다들 마음대로 하세요. 하지만 전 동의할 수 없습니다!"

의장이 아주 난처한 웃음을 지었다. 모두 적당한 말을 생각해 내지 못하고 있어서 상황은 무척 경색되었다. 다행히 린쯔충이 벌써 전화를 받고 돌아와서 보고를 하는 바람에 협박을 하며 퇴장하겠다고 하던 린부핑 문제는 슬그머니 한쪽으로 제쳐 두게 되었다.

"공안국장한테서 온 전화입니다." 린쯔충이 그런대로 침착하게 말했다.

"현 앞거리의 왕타이지 경화점 점주가 몰래 상점 안의 물건들을 옮기는 걸 소년단이 막았는데, 어찌된 일인지 전혀 안면이 없는 몇몇 사람이 달려 나와 간섭을 하다가 곧 소년단이랑 싸움이 붙었답니다. 아마 몇 명이 부상을 당한 것 같고 규찰대까지 도착해서 한바탕 혼전이 벌어지니까 상점 대부분이 바로 문을 닫고 철시를 한 것 같아요. 지금은 상황이 너무나 혼란스럽습니다. 공안국에서도 우리에게 사람을 좀 파견해서 사태를 진압해 달라고 요청했어요."

듣고 보니 상황이 그렇게 심각한 건 아니어서 다들 한시름 놓았다. 하지만 다른 사람들은 '왕타이지'란 이름을 그저 덤덤하게 들었지만 루무유만은 그 말을 듣고 퍽 다급해졌다. 린쯔충은 다른 설명을 하지 않았지만 이 '점주'라는 게 필시 왕룽창이거나 아니면 후궈광일 것이다.

하지만 회의를 다시 계속할 수는 없었고 게다가 또 다들 결론이 빨리 내려졌으면 하는 마음이었기 때문에 쑨우양의 두 번째 촉구대로 의장이 셋을 지명해서 사고 현장으로 파견하는 한편 두 번째 안을 성에 전보로 보내어 지침을 구하기로 하고 연석회의는 그것으로 종결을 선언했다.

지금 팡뤄란, 린부핑, 루무유 세 사람은 사태 조정과 진압 책임을 맡고 현장으로 파견되었다. 거리 저쪽에서 삼삼오오 한가롭게 거닐며 손짓 발짓을 하면서 이야기를 나누는 사람들이 제법 있었지만 규찰대와 소년단의 보초들은 변동이 없는 것 같았다. 그들이 한 5분가량 서둘러 걸어가자 앞에 한 무리의 사람들이 벌써부터 거리를 꽉 메우고 길을 가로막고 있는 게 보였다. 그 사람 중에는 푸른 옷을 입은 규찰대도 있었고 가장 눈에 띄는 건 붉은 수건을 두르고 있는 작은 머리의 소년단이었다. 그들이 들고 있는 장창 끝에 달린 반짝이는 쇳조각이 그들의 머리보다 더 높이 솟아 있었다.

무리 속에서 갑자기 한차례 박수 소리가 터져 나왔다. 많은 사람들이 서로 앞다퉈 팔을 쳐들었고, "후궈광을 지지한다!"는 고함 소리도 그 사이에서 격에 맞지 않게 간간이 끼어 들렸다. 높이 치켜든 팔들이 어지럽게 흔들리는 모습이 마치 팔 주인들이 거기에서 어지럽게 춤을 추고 있는 것 같았다. 2분 후에 세 사람의 특파원에게 즉시 사건의 진상이 보고되었다.

알고 보니 고지식한 왕룽창이 공산(共産)이란 소문에 혼비백산해서 물건들을 몰래 자기가 생각해 놓은 장소로 옮겨 놓으려고 가게 문을 나섰다가 사건이 터진 것이었다. 왕룽창은 생각지도 않게 중간에 검문을 당해 물건을 압수당한 데다가, 물건이 다시 가게로 운반될 때 사람들이 그 시끌벅적한 풍경을 구경하러 따라오자 비밀이 발각된 줄 알고 일찍부터 놀라서 아무 말도 못하고 있었고, 그때 갑자기 무리 안에서 두세 명이 밀치고 나와서 "이 물건들을 공물(公物)로 충당하자"고 외치며 사정도 묻지 않고 물건들을 가져가 버리려고 하자 그걸 막으려고 앞으로 나선 소년단과 그들 사이에 충돌이 생겨 싸움이 벌어진 것이었다. 규찰대와 농민군이 소리를 듣고 달려왔을 때는 이미 기회를 틈타 물건들을 훔쳐 간 부랑자들은 다 달아나 버렸고 왕룽창만이 남아서 부랑자들과 결탁했다는 혐의를 뒤집어쓰고 있었다. 게다가 소년단에는 앞니가 부러진 사람도 있어서 왕룽창은 그 때문에도 강제로 억류되어 있는 상황이었다. 이 가련하고 우직한 왕은 변명해도 소용이 없다는 걸 알고는 한 가지 묘안을 생각해 냈는데 그건 바로 사람을 보내서 장부상 왕타이지의 점주로 되어 있는 후궈광을 찾아내 이 곤경에서 자신을 구해 주도록 하는 것이었다.

지금 후궈광은 왕타이지의 점주 자격으로 계산대 위에 높이 서서 연설을 했다. 후는 점주들이 점원들의 생계는 생각도 하지 않고 시국이 어떻게 돌아가는지도 전혀 모르면서 휴업을 하려고 했다고 호되게 비난을 하면서 자신은 비록 자기 자본이 다 바닥이 나는 손해를 입더라도 절대로 휴업은 하지 않겠다고 공언했다. 후는 또 왕은 어리석고 우직한 사람으로 주인에게 충성하는 것만 알지 시국에 대해서는 잘 모른다고 말해서 왕룽창이 슬그머니 책임을 면할 수 있게 해 주었다. 이어 남의 집에 불난 틈을 이용해서 물건을 훔쳐 간 두 명의 부랑자들은 분명히 반동파의 사주를 받은 자들이고, 점원노조에서 제시한 세 가지 사항을 왕타이지 상점에서는 당장 그대로 받아들일 것이며, 그뿐만 아니라 점주와 점원 연합으로 구성된 왕타이지 위원회에서 이 가게를 공동 관리하도록 할 계획이라고 공표했다. 후는 마지막으로 혁명의 이익을 위해서라면 어떤 것이라도 희생할 각오가 되어 있다는 말을 덧붙였다.

방금 그 열렬한 박수 소리와 구호는 바로 후궈광이 왕타이지의 아낌없는 희생을 외친 데 대한 찬사였다. 루무유는 자신의 친구가 이처럼 멋진 말을 할 수 있다고는 생각해 보지 못했던 터라 지금 너무 기뻐서 말을 할 수가 없었다. 하지만 세 명의 특파원은 그냥 조용히 돌아갈 수가 없어서 팡뭐란이 당부의 대표로 먼저 대중 앞에서 연석회의 결과를 공표했고 린부펑은 일찌감치 높은 계산대 위로 뛰어 올라가 재빨리 보충 발언을 했다.

"우리는 성에 사람을 파견해서 지도해 줄 것을 부탁해 놓았으며 또한 반동파, 토호열신과 반동적인 점주의 진압을 위해서도 여전히 노력할 것입니다. 규찰대와 소년단의 순찰을 강화하여 소요를 일으킨 사람들을 체포하고 몰래 물건을 옮기는 사람들도 체포할 것입니다! 토호열신의 하수들은 체포하는 즉시 총살에 처해질 것입니다! 지금 어떤 사람들은 점원노조가 너무 심하게 하고 규찰대도 너무 함부로 한다고 말하는데 그들은 반동 점주들이 그토록 극악무도한 건 생각하지 않고 그들이 휴업을 하고 물건들을 감추어 우리를 굶어 죽게 하고, 우리 온 성 안 사람들을 다 굶어 죽게 하려고 하는 건 생각하지 않는 것입니다! 모두 후궈광 동지처럼 이렇게 기꺼이 희생하고 혁명에 열심을 내야 합니다!"

린부핑은 열렬하게 후궈광의 손을 잡았고 군중 속에서 다시 한 차례 박수 소리가 일었다. 누군가의 목소리가 "혁명적인 점주를 지지하자! 후궈광을 지지하자!"라고 외치자 많은 소리들이 따라서 고함을 질렀다.

"혁명 점주를 지지하자!"

"반동 점주를 타도하자!"

"모든 것을 희생하는 후궈광을 지지하자!"

지금 후궈광은 새로 발견된 혁명가요, '혁명 점주'가 되어, 그가 계산대에서 내려올 때는 많은 사람들이 그의 두 다리를 겨드랑이에 끼고 헹가래를 치며 환호하고 박수를 쳤다. 계산대 모퉁이에 숨어 울상을 하고 있던 왕룽창도 마침내 참지 못하고 큰 웃음을 터뜨렸다.

후궈광은 다시 점원노조와 노동조합 총연맹에까지 초청되어 그쪽에 있는 여러 혁명가들을 만났다. 거기서 후는 내일 군중대회를 열어 토호열신에 대한 시위를 전개할 것을 제안했고 그 제안은 당장 채택되었다.

이 군중대회에서 후궈광은 다시 연설을 요청받았고 토호열신에 대한 과격한 대응을 주장해서 박수갈채를 얻어 냈다. 팡뤄란도 연설을 했다. 그도 소년단과 규찰대와 농민군의 치안 유지 공로에 대해 치하했다. 이 치하는 팡뭐란에게도 아마 본심에 위배되는 말은 아니었을 것이다. 왜냐하면 그가 막 무대에 올라가 연설을 하려고 했을 때 회의장으로 섞여 들어온 토호열신의 주구들이 갑자기 난동을 부리기 시작했는데 다행히 규찰대가 그들 중 두세 명을 붙잡아 그것으로 열렬하고 유쾌하던 원래의 상황이 다시 회복되었기 때문이다.

현 전체의 분위기는 다시 역전되었다. 상점들은 다시 문을 열었고 점주들도 다시는 물건을 옮기지 않았다. 옮겨도 소용이 없었다. 어쨌든 물건들이 가게 문을 나올 수는 없었기 때문이다. 점원들은 해고되지 않았고 해고돼도 점원들은 떠나지 않았다. 급여 인상은 명문화되지 않았지만 점원들은 이미 다 가불을 받았기 때문에 이미 점원 문제는 문제가 아니게 되었다고 할 수도 있었다. 하지만 성에서는 답신이 왔고 거기에서는 이미 현으로 사람을 파견해서 문제를 지도하고 해결하도록 했으니 특파원이 도착하기 전에 각 민중 단체들은 경거망동해서 쓸데없는 문제를 일으키지 않도록 하라고 지시했다. 용어들이 무척 엄중했다.

이 전보는 현 당부, 현 노조와 농민협회로 보내졌고 반 시간도 지나지 않아서 온 시내 안으로 퍼졌다. 마을마다 거리마다 "상황이 다시 뒤집힐 것"이라는 목소리가 높아졌고 소년단을 바라보는 시선도 뻐딱해졌다. 일부 점주들은 당장 비밀 회의를 열었고 다음 날은 다섯 명의 점주 대표들이 현 당부와 공안국을 찾아가 '상점 유지의 어려움'을 호소했다. 현 노조 문 앞에서는 "영업 자유"와 "폭도들의 독재 반대"라고 쓰인 작은 쪽지들이 발견되었다. 린부핑은 협박의 내용을 담은 익명의 편지를 몇 통이나 받았고, 청풍각에는 다시 신원이 의심스러운 손님들이 나타났다. 24시간 만에 온 성의 인심은 다시 새로운 긴장과 소요 속으로 휘말려 들어가게 되었다.

팡뤄란은 청원을 하러 온 점주 대표들을 접견할 때 무척이나 궁색한 처지에 놓여 있었다. 처음에는 "상민들이 고통을 겪는다는 건 본부에서도 이미 잘 알고 있지만 점원들의 생계도 어느 정도는 향상시켜야 한다. 성에서 이미 민중 단체들의 경거망동을 금한다는 전령이 있었으니 본부에서도 당연히 전력을 다해 상황을 단속할 것이고 다시는 궤도에서 이탈하는 행동은 일어나지 않을 것이다. 모든 것은 특파원이 온 후에 근본적으로 해결할 것이다"라고 관례대로 뭉뚱그려 이야기하면 대충 넘어갈 수 있을 거라고 생각했다. 하지만 대표들은 뜻밖에도 지금까지 하던 대로 그냥 '만족해서 돌아가지' 않고 오히려 산더미 같은 문제를 팡뤄란의 코앞으로 들이밀었다.

"이왕 성에서 전령(電令)이 와서 민중 단체들의 경거망동을 금한다는 엄명을 내렸는데도 왜 거리의 소년단과 규찰대의 보초는 아직도 철수하지 않는 겁니까?"

"각 점포 안의 소년단을 당장 철수해서 화물이 자유롭게 출입할 수 있도록 할 수 있습니까, 없습니까!"

"점주를 체포하는 경거망동은 청원에 따라 당장 금지해야 합니다!"

"점원노조가 결국 당부의 지휘를 받게 되는 겁니까? 상민부는 상인을 위해 일을 하는 곳인데 대체 지금의 사태에 대해 어떤 입장을 가지고 있는 겁니까?"

"농민군은 민심을 공포로 몰아넣고 있으니 당장 이동시켜 주셔야 합니다!"

"……."

팡뤄란은 군중이 이처럼 '격분' 해 있는 걸 보면서 무척이나 난감한 마음이 들었다. 그저 우물쭈물하며 대충 넘어갈 수 있을 뿐 어떤 확실한 답변도 줄 수가 없었다. 이런 실제적인 문제에 대해 그가 무슨 권리로 확실하게 답변을 할 수 있단 말인가? 그에게도 분명히 개인적인 생각이 있고 또 그런 개인적인 생각을 공개해도 무방하겠지만 불행하게도 지금 그는 자신의 의견조차 확실하게 결정할 권리가 없는 것처럼 느껴졌다. 마치 수천 개의 눈이 자신을 주시하고 수천 개의 입이 그의 귓가에서 서로 충돌하는 말들을 떠들어 대고 수천 개의 손이 왼쪽 오른쪽에서 그를 잡아당기고 있는 것처럼 느껴졌다. 그러니 이런 상황에서 어떻게 자신의 의견을 확실하게 정할 수 있겠는가? 그가 지금 우물쭈물하며 점주 대표들 앞에서 주로 그들의 상황에 공감하는 말을 하는 건 눈 뜨고 거짓말을 하는 게 아니라, 정말로 이전에 군중대회에서 그가 격앙된 어조로 점원들에게 찬동하는 말을 했던 것처럼 마음속에서 우러나온 것이었다.

팡뤄란만이 아니라 천중이나 저우스다, 펑강 등 그의 동료들도 마찬가지였다. 고민과 방황, 바로 팡 부인이 했던 말에 딱 부합하는 심정이었다.

"······난 어떻게 하는 게 옳은 건지 모르겠어요······. 이 세상은 너무 빨리 변하고 너무 복잡하고 너무 이상하고 너무 모순적이어서 전 정말 그 속에서 길을 잃어버렸다고요!"

하지만 이런 분위기는 겨우 40여 시간 동안만 지속되었을 뿐이고 성 안에서는 벌써 새로운 현상이 나타나고 있었다. 소문은 더욱 더 괴이해졌고 익명의 쪽지들이 몰래 벽에 붙었을 뿐만 아니라 시장 전체에 뿌려지기도 했다. 소년단과 부랑배들이 서로 싸우는 일이 하루가 멀다 하게 일어났고 파시의 풍문도 다시 돌았다. 아낙네들은 다시 잡화점을 들락거리느라 바빠졌다. 시내의 분위기가 다시 새로운 공황으로 접어든 것이다!

다행히 이때 성에서 파견한 특파원 스쥔(史俊)이 도착했다. 그건 바로 후궈광이 '혁명' 속으로 미끄러져 들어가게 된 지 나흘째 되던 날 오후였다. 스쥔은 결코 비범한 인물이 아니었다. 조금 큰 키에 봉두난발을 한 평범한 얼굴로 눈을 부릅뜨고 똑바로 바라볼 때만 그나마 좀 위풍이 있어 보였다. 그의 복장이나 용모, 행동거지들을 하나하나 따져 보면 스쥔은 스물대여섯 살 된 학생에 불과했지만 이곳에 온 시기가 워낙 절묘해서 그는 당장 대중의 주목을 받는 중요한 인물이 되었다.

스쥔이 도착한 게 이미 오후 6시가 다 되어서였기 때문에 당일에는 성에서 이미 만난 적이 있는 린쯔충과 쑨우양만이 특파원을 접견했다. 하지만 다음 날 아침이 되자 일찍부터 수많은 사람들이 스쥔을 찾아왔다. 당부와 민중 단체의 주요 인물들이 거의 다 온 것 같았다. 모두 할 말을 잔뜩 준비해 왔지만 생각지도 않게 '예기

치 않은 모임'이 되어 버리자 여러 말을 하기가 좀 불편한 상황이
되었다.

"지금까지의 사정은 어제 린 동지께서 상세하게 말씀해 주셨습
니다." 스췬은 이야기를 바로 본론으로 끌어갔다.

"저는 성 노조에서 파견되었고 성 당부에서도 위임을 받고 왔습
니다. 이번에 특별히 본 사건을 처리하기 위해 온 것이며 아울러
각 민중 단체의 상황도 시찰하게 될 것입니다. 이곳에 머무는 기
간이 길지 않은데 다행히 오늘 이렇게 모두 와 주셨으니 우선 의
견들을 좀 교환하고 내일 바로 연석회의를 열어 문제를 해결하도
록 하겠습니다."

하지만 참석한 사람들은 의견은 내지 않고 소식만 전했다. 그들
은 최근의 여러 가지 소식, 여러 부류의 사람들의 태도와 소문로
스췬의 귀를 채웠고 의견을 내라고 하자 모두 당연히 특파원이 성
안에서 "시의적절한 대책을 직접 받아 왔을 것"이라고만 말했다.

이 스췬은 별명이 '대포'로, 성격이 시원시원하고 에둘러 갈 줄
모르며 예의를 차릴 줄도 모르는 사람이었다. 스는 사람들이 다
자기 의견은 없이 그의 의견만을 떠받들고 있다는 걸 알고는 당장
직설적으로 말했다.

"그렇다면 일은 더욱 쉬워집니다. 성에서는 지금 점원 문제에
대해 첫째, 급여를 인상한다, 둘째, 점원의 해고를 불허한다, 셋
째, 점주들이 휴업을 수단으로 삼아 시장을 파괴하는 것을 금지한
다는 입장입니다. 한커우(漢口)에서도 이렇게 했고, 앞으로 다른
현에서도 물론 이 원칙을 견지해 나갈 것이며 단지 급여 인상의

정도와 같은 세세한 항목에 대해서만 조금씩 차이가 있게 될 것입니다."

참가한 사람들 중에는 놀라는 이도 있고 기쁜 기색을 드러내는 이도 있고 아무런 표정이 없는 이도 있었다. 린부핑과 루무유는 거의 박수를 칠 지경이었고 천중은 팡뤄란의 얼굴을 보며 무슨 말을 하려다가 그만두는 것 같았다.

"우양, 깜박 잊고 말을 안 했네요. 츠주(赤珠)가 당신에게 전하는 선물이 있어요."

스쥔은 갑자기 고개를 돌려 왼쪽에 앉아 하얀 명주 스카프를 만지작거리고 있는 쑨우양에게 말했다. 쑨우양은 츠주가 스쥔의 애인이니 분명히 함께 놀러 올 거라고 생각했지만 의외로 츠주는 오지 않았다.

쑨우양은 스쥔에게 아리따운 눈을 찡긋하며 미소를 띤 채 고개를 끄덕였다.

"하지만, 스 동지." 천중이 참지 못하고 말을 꺼냈다. "듣자 하니, 점주들이 벌써 몇 번 모임을 가지면서 적극적인 대항을 준비하고 있다고 합니다. 점원노조의 세 가지 요구 사항에 대해서는 받아들이지 않기로 결의했고요. 어젯밤에 이미 전단을 뿌려서 오늘 아침에 저도 그걸 봤습니다. 게다가 토호열신들이 그 속에서 활동하면서 점주들과 연락을 하고 있습니다. 우리 현의 토호들은 본래 아주 세력이 커서 수천 명도 동원할 수 있습니다. 그들은 최근에 수하에 있는 수백 명의 사람들을 대대적으로 불러 모아 당부 요인들과 민중 단체들을 곤경에 빠뜨리는 일을 전문적으로 맡아 하고 있어요. 방금 스 동지께서 말씀하신 대로 성에서 제시한 방법을 물론 그대로 따르긴 해야겠지만 성 안에는 사태를 진압할 대규모의 군대가 있어서 일을 처리하기가 용이한 반면, 저희 현은 좀 형편이 다른 것 같습니다. 만약 일을 지나치게 서두르다가 커다란 사태라도 벌어지면 그땐 오히려 수습하기가 쉽지 않을 겁니다."

여러 사람이 이 말에 깊이 공감하며 고개를 끄덕였고 팡뤄란도 말을 받아 이야기했다. "점주들이 반대하는 분위기가 어제 저녁부터 무척이나 강경해졌어요. 아마 미리부터 예정을 하고 오랫동안 암중모색을 해 오다가 최근에는 완전히 분위기가 무르익은 것 같습니다. 이건 절대로 가볍게 여겨선 안 됩니다. 게다가 휴업을 일괄적으로 금지한다는 건 어쨌든 너무 엄격한 것 같다는 생각입니다. 점주들 중에는 실제로 이미 원금을 손해 보고 있어서 더 이상 영업을 계속할 능력이 없는 사람들도 적지 않습니다."

다시 몇 사람이 고개를 끄덕이며 동의를 표시했다.

"그런 것은 다 협박이니 신경 쓰지 마세요." 스쥔은 전혀 개의치 않는다는 듯이 말했다. "그자들은 여러분이 이 문제에 대해 지지부진하게 결단을 내리지 못하고 너무 여러 가지 생각을 한다는 걸 알고서 소문을 이용해서 협박을 통해 승리를 사취하려고 하는 것입니다. 일단 방법이 결정되면 여러분들에게는 아무 일도 없을 거라는 걸 보장합니다. 성 안의 점주들도 이런 장난을 친 적이 있어요."

"걱정 마세요. 이백 명의 농민군을 더 이동해 올 겁니다!" 린부핑이 분연히 말했다.

"그것도 필요 없어요. 내일 회의를 열어 성에서 정한 원칙을 공표하고 즉석에서 구체적인 방법을 결정하면 끝납니다. 점주들 중에 저항하는 사람이나 토호열신 중에 소동을 피우는 사람들은 즉각 처리하면 됩니다."

스쥔은 마치 일이 이미 다 해결되기나 한 것처럼 홀가분하게 말했고 다른 사람들도 더 이상 말이 없었다.

그렇게 해서 다음 날 회의가 열렸다. 과연 스쥔이 예상했던 대로 구체적인 방법이 공표되고 난 뒤에는 아무런 의외의 사건도 일어나지 않았다. 하지만 그래도 휴업을 요구하는 점포들 중 정말로 사정이 딱하게 된 경우는 사람을 파견해서 조사를 한 뒤 처리해야 하는 문제가 있었고, 또 달아난 점주들이 남겨 놓은 점포를 어떻게 관리해야 할지, 급여 인상 비율은 어떻게 정해야 할지 하는 등 몇 가지 뒷수습이 필요한 문제가 남아 있었기 때문에 팡뤄란, 자오보통, 린부핑 세 사람이 다시 이런 뒤처리를 전담할 인원으로 추대되었다.

지금 스 특파원에게 남은 일은 민중 단체를 시찰하는 것뿐이었다. 음력 정월대보름 다음 날, 사람들의 소개로 스는 새롭게 발견된 '혁명가' 후귀광을 만났다. 요즘 그가 얼마나 애를 쓰고 있는지는 말할 필요도 없었다.

후귀광이 스쥔의 숙소에 도착했을 때 처음 본 건, 스쥔이 한 쌍의 남녀와 저쪽에서 한담을 나누고 있는 모습이었다. 남자는 린쯔충으로 본래 안면이 있었지만 여자는 마치 하얀 은 무더기에 싸여 있는 것처럼 반짝거려 후귀광의 눈을 어질하게 했다. 후는 아직 그 유명한 쑨우양을 모르고 있었다.

이날은 무척 따뜻해서 쑨우양은 전체가 연녹색인 긴 홑옷을 입고 있었다. 옷이 좀 끼어서인지 윗몸의 볼록한 부분이 아주 잘 드러났다. 짧게 자른 검은 머리에는 미색의 부드러운 벨벳 띠를 둘렀는데, 이 검은색 가운데 있는 한 줄의 연한 색이 바로 그 아래의 분(粉) 빛 가운데 있는 새빨간 입술과 뚜렷한 대조를 이루고 있었다. 그녀는 허리까지 내려오는 셔츠를 입었고 치마는 무릎 아래로 두 마디 남짓 내려와 있었다. 마치 뼈도 없는 것처럼 부드러워 보이는 갸름한 종아리랑 가늘고 날렵해 보이는 복사뼈, 한 마디 반 정도 높이의 누런 가죽구두 위에 놓여 있는 평평한 발등을 가진 크지도 작지도 않은 발 — 그녀의 풍만한 둔부와 가는 허리까지는 보지 않는다고 해도 당신은 그녀가 얼마나 균형 잡힌 몸매를 하고 있는지 상상할 수 있을 것이다. 요컨대 이런 여성의 모습을 후궈광은 지금까지 본 적이 없었다.

스췬은 이미 린부핑을 통해 후궈광이 얼마나 혁명적이고 유능한지에 대해 들은 적이 있었지만 예상과는 다르게 누렇게 마른 얼굴에 가늘게 찢어진 눈을 하고 듬성듬성 짧게 자란 누런 수염을 달고 있는 후의 모습을 보고 처음에는 좀 불쾌한 마음이 들었다. 하지만 자신의 '직속상관'인 성의 노조위원장 역시 비슷한 얼굴을 하고 있다는 생각을 하자 이내 그런 마음이 사라졌다. 스는 퍽 예의를 갖추어 후궈광과 한담을 나누었고 십 분도 못 되어 '혁명' 속으로 미끄러져 들어오게 된 이 사람의 가치를 다 파악할 수 있었다.

"후 동지께서는 어디서 일을 하십니까? 제 생각에 이곳 단체들에는 계획성 있고 과단성 있는 분이 없는 것 같습니다. 그래서 일을 처리하는 게 항상 진흙을 끌고 물속으로 들어가는 것처럼 시원스럽지가 못합니다." 스쥔이 아주 열정적으로 말했다.

"후 동지는 지금 일을 하지 않고 있습니다." 린쯔충이 대신 대답했다.

"그거 정말 안타까운 일이군요!" 쑨우양이 비웃듯이 끼어들며 말했다.

"스스로 돌아보건대 저 귀광은 별 대단한 재주는 없습니다만, 그래도 맡은 일은 기꺼이 책임지고 철저히 해낸다고 자신합니다요. 신해(辛亥)년에는 이 몸도 혁명에 가담을 했지만 나중에는 갈수록 시국이 나빠져서 몸을 감추고 때를 기다리는 수밖에 없게 되었습죠. 만약 지금 다시 기회가 생겨 제 몫을 할 수 있게 되면 물불 가리지 않고 달려 나가길 간절히 바라고 있습니다요."

스쥔은 아주 만족해했다. 그는 친한 친구 리커가 한 말을 기억했다. "진짜 혁명인은 천신만고 속에서 단련되어 나온다." 그는 후귀광이 바로 그런 사람이라고 생각했다. 그래서 스쥔은 이내 시내의 상황과 현재의 혁명 책략, 노동 운동의 의의 등에 관해 이야기하기 시작했다. 이 '대포'는 자기 혼자서 번지르르하게 속사포를 쏘아 대는 데 정신이 팔려서, 후귀광은 그 사이에 한마디도 끼어들 기회가 없었고 쑨우양은 지루해서 못 견디겠다는 듯한 기색을 역력히 드러내고 있는 것도 전혀 눈치채지 못했다.

"스쥔! 벌써 3시가 됐어요!" 쑨우양이 더 이상 참지 못하고 말했다.

"어, 3시라고? 우리 가야 되잖아!"

쑨의 말에 스쥔은 선전을 대충 마무리하고 곧 몸을 털며 일어났다. 그는 우선 후궈광에게 점원노조에서 일을 하도록 했고, 앞으로 그를 당부에도 소개해서 일을 할 수 있게 하겠다고 말했다. 만족해서 돌아가는 후궈광을 전송하고 난 뒤 스는 몸을 돌려 쑨우양의 손목을 잡더니 목청을 가다듬으며 큰소리로 말했다.

"내가 말이 빗나가서 시간도 잊어버리고 있었네. 왜 일찍 말하지 않았어?"

"아직 3시 안 됐어. 속인 거야." 쑨우양이 손을 빼면서 키득거리며 웃었다. "지금은 아직 2시하고 30분밖에 더 안 됐어. 저 누렇게 마른 얼굴을 한 인간이 보기 싫어서 내가 빨리 쫓아 버린 거라고."

"주민성처럼 작고 하얀 얼굴이여야 당신이 좋아하지, 안 그래?" 린쯔충이 대신 불만을 터뜨리며 말했다.

쑨우양이 대답은 하지 않고, "일어나라! 추위와 굶주림에 고통받는 노예들이여"를 부르며 방 안을 빙빙 돌았다. 그녀의 짧은 연두색 치마가 나풀거려 새하얀 허벅지와 짧은 분홍색 속바지 단이 드러났다. 린쯔충이 그녀가 미처 방비하지 못한 틈을 타서 뒤에서 허리를 부둥켜안다가 쑨우양이 힘껏 뿌리치는 바람에 두 사람 다 바닥에서 뒹굴었다. 스쥔이 박장대소를 했다.

"린쯔충 이 못된 인간!" 쑨우양이 약간 화를 내며 말했다.

"당신, 바깥사람들이 뭐라고 하는 줄 알아?" 린쯔충이 여전히 웃으며 말했다.

"사람들이 쑨우양은 공처(公妻)의 표본이라고 하던데!"

"에잇! 봉건사상. 스췬, 이곳은 여성에 대한 생각이 너무나 낙후되어 있어. 이따 여성협회 다과회에 가 보면 당장 알게 될 거야. 봐, 이런 곳에 내가 있다는 건 정말 상상할 수 없는 일이라고."

"그들에게 그런 상상할 수도 없는 일을 좀 해서 보여 주지 않으면 그 완고한 보루를 깨부술 수가 없을 거야." 스췬이 힘주어 말했다.

"하지만 주민성은 그저 무료한 바보 멍청이에 불과한걸!" 린쯔충이 냉랭하게 말했다. 쑨우양은 여전히 뱅글뱅글 돌면서 폴짝폴짝 뛰다가 이 말을 듣더니 당장 발을 멈추고 몸을 돌려 물었다.

"주민성이 어떻다고? 나도 그가 바보 멍청이라는 건 알아. 하지만 난 어떤 땐 그가 여자 같은 게 좋아. 질투하는 거지? 난 어쨌든 주민성하고 친하게 지낼 거고, 그건 당신이 상관할 바가 아냐!"

쑨은 다시 폴짝폴짝 뛰면서 계속해서 "내일이 오면……"을 불렀다.

"상관 안 해! 하지만 아가씨, 왜 또 폴짝폴짝 뛰는 거지? 여성협회에 가야 할 시간이 됐다고."

린쯔충의 이 말이 스췬의 조급한 성질을 건드려 쑨우양이 몇 번씩이나 "아직 시간이 이르다"고 했지만 스췬은 쑨우양에게 빨리 가자고 다그쳤다.

여성협회에서는 다과회를 열어 스 특파원을 초대하고 현 당부의 위원들이 배석하도록 했다. 이건 예외적인 일이라 스췬이 한차례 연설을 하고는 곧 해산했다. 쑨우양은 팡뤄란과 스쥔에게 자기 방에 가서 좀 앉았다 가기를 청했고 팡뤄란은 조금 망설이다가 흔쾌히 제안을 따랐다.

그들은 좁고 긴 작은 방으로 들어갔다. 창은 뒤쪽에 있었고 창밖에는 사방이 막힌 작은 정원이 있었는데 뜻밖에 거기에서도 이런저런 풀과 꽃이 자라고 있었다. 매화나무에는 몇 송이 꽃만이 드문드문 피어 있었고 담 위의 목향(木香)은 줄기만 남아 있었다. 방경죽(方梗竹)은 낙심한 듯이 쓰러져 담벼락에 기대어 있었는데 위쪽은 온통 가는 거미줄로 덮여 있었다. 이곳은 본래 누군가의 집이었는데 '반역자의 재산'으로 몰수되어 지금은 여성협회에서 회의 장소로 쓰고 있었다. 방 안의 가구도 아마 '반역자의 재산'이라서 그런지 아주 세련되어 보였다. 쑨우양의 옷과 용구들이 방 안에 어지럽게 흩어져 있었다. 팡뤄란은 창가 쪽에 잡다한 물건들이 놓여 있는 작은 탁자 곁으로 가서 앉았다가 이상한 향이 나자 숨을 들이쉬며 사방을 돌아보았다.

"뭘 찾아요?" 쑨우양이 물었다.

"아주 이상한 향이 나네요."

"어? 이상하네요. 전 원래 향수 안 쓰는데, 제 옷 냄새 맡아 보시면 알 거예요."

팡뤄란은 옷 냄새는 맡지는 않고 웃으면서 스쥔과 여성협회에 관한 이야기를 시작했다. 그들은 이구동성으로 여성 운동이 너무 낙후되어 있는 것을 안타까워했다. 현성 안에는 여학생들이 많지 않은 데다 대부분이 미성년이었고, 여성 노동자도 없는 데다 부녀자들의 경우는 교육을 받은 마님들조차 좀처럼 밖으로 나오려고 하지 않으니 다른 부녀자들은 말할 것도 없다는 것이었다.

팡뤄란은 바깥으로 잘 나오려고 하지 않는 아내를 떠올리며 갑자기 자기가 마치 무슨 죄라도 지은 것처럼 마음이 불안해졌다. 다행히 이야기의 방향이 다시 현 당부 쪽으로 옮겨 갔다. 스쥔은 현 당부가 건전하지 않다고 생각했다. 여성이 여성부장을 맡지 않고 있는 것만 봐도 큰 결함이 있다는 것이다. 팡뤄란도 맞장구를 쳤다.

"다음 달 초에 현 당부 재선거가 있으니 그때 보충할 수 있을 겁니다."

"마땅한 인재가 있습니까?" 스쥔이 물었다.

"한 사람 생각났어요." 쑨우양이 말했다. "바로 장 양이요."

스쥔이 아직 입을 열기 전에 팡뤄란이 쑨우양을 보며 말했다.

"장 양이 당의 일을 처리할 수 있다고 보세요? 그녀는 아주 섬세하고 두뇌도 명석하지만 당의 일은 해 본 적이 없는데. 내 생각에 가장 적당한 인선은 아무래도 당신인 것 같은데요."

쑨우양이 웃으며 고개를 가로저었다.

"어떤 장 양이요? 오늘 회의에 왔었나요?" 스쥔이 조급하게 물었다.

쑨우양이 막 장 양의 태도와 용모를 묘사하려고 하는데 갑자기 바깥 쪽에서 연달아 "스 선생" 하고 부르는 소리가 들렸다. 스쥔은 두 손으로 머리카락을 뒤로 제치더니 벌떡 일어나서 나갔다. 남겨진 팡뤄란이 쑨우양을 바라보며 다시 물었다.

"우양, 당신은 왜 여성부에서 일을 안 하는 거죠?"

"여성부에서 일하면 당신이랑 같은 부서에서 일하게 되는걸요."

팡뤄란은 이 부드러우면서도 깊은 뜻이 담긴 대답을 그저 눈만 크게 뜬 채 멍하니 듣고 있었다.

"아무 의미 없는 손수건 하나 때문에 당신의 가정에 풍파가 일었던 걸 알거든요. 당신은 아마도 무척 고통스러우셨겠죠? 전 다른 사람 눈 속의 가시가 되고 싶진 않아요. 특히 저를 미워하는 사람이 여성이 되는 건 원하지 않죠."

쑨우양은 계속해서 부드러운 목소리로 말했다. 그녀의 검은 눈썹 아래로 황록색 빛이 반짝였다.

"어떻게 그걸 알았죠?"

팡뤄란이 다급하게 물으며, 마치 자신의 치부를 남에게 들키기나 한 것처럼 안절부절 못했다.

"류 양이 말해 줬어요. 물론 그녀는 호의에서 그런 거구요."

팡뤄란은 고개를 숙인 채 아무 말도 하지 않았다. 그는 본래 쑨우양이 천진난만하고 활발하다고만 생각했는데 지금 비로소 그녀가 섬세하고 온화하기도 하다는 걸 알게 되었다. 그녀는 자신이 당한 모욕을 예민하게 느끼고 있었다.

팡이 고개를 들고 다시 쑨우양을 바라보았을 때 갑자기 그녀의 눈빛 속에 수치와 원망의 떨림이 연이어 나타났다. 팡의 마음에 당장 미안하면서도 고마운 마음이 일었다. 그는 쑨우양이 어쩌면 심한 말을 많이 들었을지도 모른다고 생각했다. 그건 물론 팡 부인이 그날 벌인 소동에서 퍼져 나온 것이겠지만 직접적인 책임은 자신에게 있었고 그 점이 그가 미안하게 여기는 이유였다. 그런데도 쑨우양의 말속에는 팡뤄란에 대한 불만이 전혀 담겨 있지 않았다. "당신 아마 무척 고통스러우셨겠죠?"라니 얼마나 깊은 감정의 표현인가! 그가 감사하지 않을 수 있겠는가? 엄밀히 말하면 이때 팡에게는 이미 분명 연애에 가까운 감정이 생겨나 있었다. 왜냐하면 그가 쑨우양에 대해 미안함과 감사를 느낄 때 그건 바로아내의 속 좁음에 대한 적지 않은 불만으로 연결되는 것이기 때문이다.

"이 일은 오로지 메이리의 사상이 너무 진부해서 생긴 겁니다!" 팡뤄란은 정신이 번쩍 든 것처럼 말했다. "지금은 남녀가 함께 혁명 사업을 하니 그런 의심이 무성하게 일어나는 건 피할 수 없는 거고 그건 사상이 해방된 사람들은 당연히 다 아는 건데, 우양, 당신이 이 일을 마음에 둘 필요가 어디 있습니까?"

쑨우양이 웃으며 막 대답을 하려고 할 때 스쿼이 다시 급히 뛰어 들어왔다. 스쿼은 나사모(羅絲帽)*를 집어 들어 머리에 덮어쓰고 걸어가면서 말했다. "찾는 사람이 있어서, 내일 봅시다." 팡뤄란은 스쿼을 전송하려는 생각으로 일어났다가 쑨우양이 문가로 쫓아가 스쿼을 불러 세우고는 낮은 소리로 몇 마디 이야기를 나누는 모습을 보았다. 팡뤄란은 몸을 돌려 창밖의 작은 정원을 한번 둘러보고 기지개를 켜다가 우연히 작은 탁자 위에 놓여 있는 자그마한 누런 종이 상자를 발견했다. 예뻐서 눈길을 끌 만한 것이었다. 무의식적으로 집어 들었는데 갑자기 이상한 향이 났다. 바로 처음 방에 들어왔을 때 났던 향이 종이 상자에서 나왔다.

"향수를 쓰지 않는다고 하더니 이게 향수 아닌가요?"

팡뤄란이 고개를 돌려 막 그의 곁으로 걸어온 쑨우양에게 말했다.

쑨우양은 그를 보더니 대답 없이 그저 이상하게 웃기만 했다.

팡뤄란은 종이 상자를 들어 다시 보았다. 상자에는 한 줄의 글자 Neolides-H.B°라고 쓰여 있는데 무슨 뜻인지 알 수가 없었다. 상자 뚜껑을 열어 보니 안에 있는 세 개의 유리관이 모두 흰색의 작은 가루로 채워져 있었다.

"아, 향가루군요." 팡뤄란이 이제야 똑똑히 알겠다는 듯이 말했다. 쑨우양은 참지 못하고 피식하고 웃더니 팡뤄란의 손에서 종이 상자를 빼앗으며 말했다.

"향 가루 아니에요. 당신은 몰라도 돼요. 설마 팡 부인께서 한 번도 써 보신 적이 없는 건 아니겠죠?"

그녀는 다시 웃었다. 눈가에 엷은 홍조가 떠올랐다.

팡뤄란은 쑨우양의 손가락이 닿는 감촉을 느꼈다. 따뜻하고 부드럽고 매끄럽고 또한 흡인력이 있었다. 이상한 유혹이 아무 까닭도 없이 그를 공략해 왔다……

날이 막 어두워지려 할 때 팡뤄란은 여성협회에서 집으로 돌아왔다. 팡은 자신이 쑨우양을 한층 더 깊이 이해하게 되었다고 생각했다. 사람들 사이에서는 의견이 분분했지만 쑨은 세상 물정에 대한 이해가 깊고 생각이 철저하며 자신감이 있는 여성이었다. 경박하고 경솔하며 방탕한 건 그녀의 표면일 뿐이고 그녀는 섬세하고 온유한 마음과 순결하고 고상한 영혼을 가지고 있었다. 솔직히 말하면 이때 팡뤄란은 쑨우양과 종종 이야기를 나누는 일이 세상에서 가장 즐겁고 유익한 일일 거라고도 생각했다.

하지만 쑨우양은 스쥔을 따라 곳곳을 시찰하러 다니느라 바빴다. 이 특파원은 도처에서 대포를 쏘아 대며 '혁명의 열정을 불러일으키러' 다녔고 현 당부의 재선까지 지도하고 나서야 성으로 돌아갔다. 이번 재선에서 특기할 만한 점은 후궈광이 집행위원 겸 상무위원으로 피선되고 장 양이 집행위원 겸 여성부장으로 피선된 일이다. 둘 다 스쥔이 특파원 자격으로 추천하여 통과된 것이다.

떠날 때 스쥔은 특별히 쑨우양에게 작별을 고하기 위해 여성협회로 갔다. 실은 매일같이 쑨우양을 만났고 오늘 오전 짐을 꾸릴 때도 쑨우양이 같은 방에 있었기 때문에 별도의 작별 인사는 필요하지 않았지만 석별의 정은 굳센 대포 같은 스쥔에게도 예외가 아니어서 마지막 5분간은 그도 쑨우양을 한번 보고 싶었던 것이다.

하지만 쑨우양은 여성협회에 없었고 그녀가 어디로 갔는지 아는 사람도 없었다. 스쥔은 한참을 멍하니 있다가 갑자기 뭔가 깨달은 듯이 혼잣말을 했다. "어쩌면 먼저 정거장으로 갔을지도 몰라."

스쥔은 서둘러 돌아갔다. 봄기운을 실은 남풍이 그의 머리카락을 어지럽게 흩뜨리고 봄을 알리는 제비가 오락가락하며 쉴 새 없이 재잘거리는 소리로 허공을 채웠다. 새로 난 풀은 배시시 웃으며 땅 위에 힘없이 엎드려 마치 고개 숙인 민들레의 작은 노란 꽃들과 은밀하게 정담을 나누는 것 같았다. 버드나무의 부드러운 가지가 무척이나 고민스러운 듯이 하늘거리는 모습은 마치 곁에 있는 복숭아나무에 아직도 작고 여린 싹밖에 나지 않아 너무 적막하다고 속삭이는 것 같았다.

이런 봄의 시적인 정취 속을 스쥔은 급히 큰 걸음으로 걸어갔다. 그는 아주 실제적인 사람이어서 본래 이런 자연의 시적 정취와는 거의 교감이 없었지만 지금 이 순간은 그의 심정도 거의 감상에 가까운 것이 되어 있었다. 그는 시인이 아니었기 때문에 애절한 '송별시'는 쓰지 못했지만 그 느낌만은 절절하게 느끼고 있었다. 쑨우양과 이별해서 그녀의 따뜻하고 부드러운 손을 다시는 만질 수 없게 될 거라는 생각을 하자 곧 가슴이 답답하게 막혀 오는 듯한 느낌이 들었다.

화단 하나가 스쥔의 눈앞에 나타났다. 구(舊) 현립(縣立) 농업학교의 화단이었다. 곧 도시를 빠져나가게 되면 정거장에는 아마도 많은 사람들이 와서 그를 기다리고 있을 것이고 쑨우양도 그 안에 있을 것이다. 그는 더 빨리 걸었다. 막 화단의 울타리를 돌 때 마치 여인의 연푸른 옷자락 같은 게 흩날리는 모습이 얼핏 눈가에 스쳤지만 아랑곳하지 않고 계속해서 빠르게 걸어갔다. 하지만 열댓 걸음을 더 지나갔을 때 어떤 인상 하나가 불현듯 그의 기억 속에서 되살아났다.

오늘 오전에 쑨우양이 연푸른 치마를 입고 있었던 생각이 난 것이다. 그는 갑자기 어쩌면 우양이 여기서 꽃구경을 하고 있을지도 모른다는 생각이 들어 당장 다시 돌아가 대나무 울타리가 쳐진 짧은 길을 다시 한번 끝까지 걸어가 보았다. 하지만 연푸른 옷자락은 보이지 않았고 작고 낮은 화단에 어지럽게 쌓여 있는 벽돌 옆에 갓 눌린 듯한 한 무더기의 데이지꽃 말고는 누가 왔던 다른 흔적은 전혀 없었다. 화단 뒤의 작은 단층 건물 안에도 누군가가 있는 것 같아 참지 못하고 가 보니 벌써 또 총총히 사라져 버린 후였다.

정거장에는 정말 많은 사람들이 기다리고 있었다. 모두 스쥔과 인사를 나누며 이런저런 것을 물었다. 후궈광도 거기 있었다. 그도 이제는 스쥔을 전송할 자격이 생긴 것이다. 팡뤄란은 린쯔충과 이야기를 나누고 있었다. 모두 있었지만 연푸른 치마를 입은 쑨우양은 보이지 않았다.

스쥔은 팡뤄란에게 다가갔다가 린쯔충이 마침 최근 성 안에서 일어난 일에 대해 하는 이야기를 들었다.

"이미 결렬되었다고요?" 스쥔이 다그쳐 물었다.

"명문화된 건 아니지만 결렬은 이미 정해졌습니다. 앞으로의 선전 방침을 지시하는 전보를 방금 받아 보고 결렬이 이미 결정된 걸 알았습니다." 린쯔충이 의기양양하게 말했다. "우린 앞으로 농민 운동에 갑절의 노력을 경주해야 합니다."

"농민 운동 말인데, 어려움이 정말 많습니다." 팡뤄란이 말했다. "여러분들 최근에 토호열신들이 농민 운동을 파괴하는 방법 아십니까? 그들이 처음에는 '공산(共産)'이라는 두 글자를 집중적으로 공격하면서 나쁜 소문을 퍼뜨리더니 지금은 그걸 '공처(共妻)'로 바꾸었어요. 농민들이 가난하긴 해도 마누라는 다들 하나씩 있는데 토호열신들이, 농협에 드는 사람은 모두 마누라를 데려와서 다른 사람과 '공유'해야 한다고 떠들어 대서, 듣자 하니 어떤 농민들은 거기에 우롱당해 이것 때문에 농협에 반대한다고 합니다."

세 사람 모두 크게 웃었다.

"방법이 하나 있습죠. 우리가 농민들에게 '공처'는 토호열신의 마누라만 '공유'하는 거라고 역선전을 하면 그게 바로 토호열신들의 간계에 허를 찌르는 게 아니겠습니까?" 후궈광이 득의양양하게 끼어들며 말했다.

스쥔은 대대적으로 찬성했고 팡뤄란은 머뭇거리며 후를 한번 쳐다보고는 아무 말도 하지 않았다. 후궈광이 또 의견을 내놓으려 했지만 벌써 멀리서 기적 소리가 들려왔고 열차는 3분이 못 되어 플랫폼으로 들어왔다. 열차의 꼭대기까지 사람들이 꽉 차게 들어서 있었고 심지어는 기관차의 수조 사방에도 각양각색의 사람들이 매달려 있었다.

스쥔은 차에 오르고 난 뒤에야 비로소 쑨우양이 느릿느릿 이쪽으로 걸어오는 모습을 보았다. 그 뒤를 주민성이 따라오고 있었다. 아마도 급하게 달려왔는지 쑨우양은 얼굴이 발갛게 달아오른 채 숨을 헐떡였고 그녀의 연푸른 치마는 무척 구겨져 있었다.

쑨이 손수건을 꺼내어 천천히 움직이기 시작하는 열차 안의 스쥔을 향해 흔들 때 손수건 위에서 몇 개의 데이지 꽃잎이 그녀의 머리카락 위로 떨어졌다.

7

전송하러 온 사람들 속에 루무유는 없었지만 사람들은 아무도 그걸 의식하지 못했다. 이 일은 후궈광의 의식 속에서만 살짝 스쳤다가 곧 사라졌다. 후궈광은 지금 당국의 요인이 된 터라 마음속에 두고 있는 큰일들이 많아서 이런 자질구레한 일은 종종 그냥 넘어갔다. 물론 루무유는 특파원을 환송하는 일을 잊어버릴 정도로 제멋대로인 사람은 결코 아니었지만 그보다 더 중요한 일이 있어서 어딘가에 붙잡혀 있었다.

알고 보니 스쥔이 쑨우양을 찾지 못해 슬픔을 이기지 못하고 있었던 그때 루무유는 바로 오히려 걱정거리 하나를 아주 만족스럽게 해결했다. 오랫동안 탐내 오던 과부를 손에 넣은 것이다.

이 일에 관한 한 루무유는 상민협회 위원인 자오보퉁에게 감사하지 않을 수 없었다. 스쥔이 점원 문제를 해결한 뒤 자오보퉁이 수습위원으로 추천되었는데 그가 맡은 일은 휴업 허가 신청을 낸 상점들의 실사를 나가는 것이었다. 자오보퉁은 그 일에 루무유를 끌어들여 돕게 했다. 본래 공무(公務)에 열심인 루무유는 당연히 충성을 다해 일을 했지만 그 속에 자신의 '행복'과 관련된 것도 들어 있을 거라는 생각은 미처 하지 못했다.

루무유가 차갑고 후미진 작은 거리의 마포 조각이 걸려 있는 대문 안에서 아름다운 젊은 아낙이 소복을 걸친 채 보일락 말락 하게 문가에 서서 행인들을 훔쳐보는 모습을 처음으로 본 건 이미 두 달 전의 일이었다. 하지만 당시 루는 다른 중요한 일이 있어서 그냥 한번 보고는 지나쳐 버렸다. 그 뒤로도 상민협회 선거와 점원 소요가 잇달아 있고 다른 몇 가지 큰일도 있어서 한번 힐끗 보기만 했던 이 젊은 아낙의 일은 거의 잊어버리고 있었다. 그날도 루는 오직 국가를 위해 전심으로 일을 하기 위해 그 작은 거리에 다시 들어갔던 것인데 뜻밖에도 바로 마포 조각이 걸린 대문 아래서 다시 멈추게 되었고 그제야 비로소 루는 지금 실사를 나온 작은 포목상 주인이 바로 이 문 안에 살고 있는 사람이라는 걸 깨닫게 된 것이다. 게다가 문에서 나는 말소리를 듣고 걸어 나온 건 바로 소복을 입은 젊은 아낙이었다.

루무유는 곧 이 여인이 처한 상황을 똑똑히 알게 되었다. 일찌감치 죽은 남편 외에는 집안에 다른 남자가 없고 노년의 시어머니 외에는 다른 친척도 없었다. 이처럼 좋은 상황인데도 설마 일이 성사되지 않을 수 있겠는가? 염두에 둔 건 단지 혹 상대방이 동의하지 않으면 어쩌나 하는 것이었지만 이에 관해 루무유는 절대로 부서지지 않는 연애 철학을 하나 알고 있었다. 그건 바로 여성들은 종종 만나는 유일한 남자를 사랑하게 된다는 것이었다. 그런데 루는 어차피 조사를 하러 종종 나와야 하니 둘이 만나는 건 전혀 어려운 일이 아니었다.

그렇게 해서 스쿼이 성으로 돌아간 그날 루무유는 결국 큰일 하나를 성사시켰다. 일이 이렇게 쉬울 수 있었던 절반은 그가 견지해 온 연애 철학 때문이고, 다른 절반은 그가 휴업을 허가하는 대권을 손에 쥐고 있었기 때문이다. 지금 휴업을 신청해 놓고 있는 상황에서 이 무기는 작은 포목점 여주인에게는 유인이 될 수도 있고 협박이 될 수도 있었다.

일을 치르고 난 뒤 루무유는 젊은 아낙의 친정 쪽 성이 첸(錢)이고 결혼 전 이름은 쑤전(素貞)이며 결혼한 지는 일 년이 채 안 되었다는 사실을 알게 되었다. 쑤전은 겨우 스물네 살밖에 안 됐지만 속에는 제법 꿍꿍이가 있는 여성이었다.

루무유가 세 번째로 쑤전을 몰래 만나게 되었을 때 쑤전은 루에게 사람들의 구설수에 오르내리는 이 자리에서 그녀를 하루 속히 빼내어 줄 것을 요청했고 그 때문에 루무유는 지금 그 방법을 상의하러 다시 후궈광을 찾아왔다. 그들은 현 당부의 응접실에서 만났다. 후궈광은 입에 담배를 물고 눈을 지그시 감은 채 루무유의 자백을 다 듣고는 웃음을 머금고 말했다.

"어쩐지 그날 정거장에서 자네가 보이지 않는다 했더니. 알고 보니 큰일을 한 건 치렀구먼. 어려운 일은 이미 앞에서 자네가 다 처리해 놓았고, 이제 사람들한테 승인받는 일만 남은 건데 그게 뭐가 어렵겠나? 지금 세상에 사람 하나 더 들이는 거야 이상한 일이라고 할 수도 없는 거고. 자네가 청첩 한 장씩 돌리고 사람들 청해서 식사나 한 끼 대접하면 그만 아닌가?"

"그렇지가 않아요."

루무유가 고개를 가로저으며 말했다.

"쑤전이 그러는데 시댁 쪽으로 먼 친척들이 좀 있는데 작년에 신랑이 죽은 이후로 줄곧 유산 다툼을 해 왔답니다. 쑤전이 그자들이랑 심하게 몇 번 다투고 나서 결국 겨우 아이만 그쪽에서 받아들이는 걸로 하고 재산은 쑤전에게 돌리는 걸로 한 건데 지금 만약에 쑤전이 세상이 다 알게 드러내 놓고 재혼을 한다면 재산을 도로 내놓지 않을 수 없는 거죠. 쑤전은 아까워서 그렇게는 못하겠다고 하구요."

"그러면 그렇게 형식 갖춰서 할 필요도 없지. 자넨 마누라도 없는데 뭐 꺼릴 게 있나. 설령 내놓고 드나든다고 해도 누가 자네한테 뭐라고 하겠어!"

"그것도 안 됩니다. 쑤전 말이 시댁 사람들이 아주 고약해서 종종 그녀의 행동을 염탐하면서 기회를 잡아 재산을 빼앗아 가려고 한답니다. 제가 드나든 지 이미 꽤 되었으니 쑤전의 본가에서도 이미 훤히 다 알고 있을 거예요."

"그렇다면, 일은 확실히 좀 곤란하구먼."

후궈광은 짧은 수염을 만지작거리며 깊은 생각에 잠긴 채 말했다. 후는 한 15분가량 그렇게 생각을 하더니 갑자기 큰소리로 말했다.

"방법이 있네. 자네가 먼저 쑤전의 시댁에 가서 한차례 으름장을 놓고 와서 상황이 어떻게 돌아가는지 보는 걸세. 우선 그렇게 하고 나서 다시 방법을 생각해 봄세." 후궈광은 이렇게 말하면서 다시 그다지 호의적이지 않은 웃음을 지었다.

"다음에 시간 나면 자네 새 부인과도 인사를 좀 해야지. 히, 히."

웃음소리 속에서 루무유와 후궈광은 헤어져 각자 자신의 일을 하러 갔다. 후궈광은 상무위원회 사무실로 들어가면서 속으로 '루무유가 뜻밖에 이런 재주도 있네, 하긴 최고 미남이라고 소문난 주민성보다 조금 못해서 그렇지 생긴 게 워낙 잘났으니 그럴 만도 하지' 하는 생각을 했다. 그런 생각을 하면서 큰 거울에 비친 자기 모습을 보니 당장 흥이 가셨다. 하지만 다시 생각해 보니 자기는 지금 행운의 길로 들어서서 대권을 손에 거머쥐고 있는데 여자 한둘 꼬이지 못할까 보냐 하는 마음이 들었다. 후는 미소 띤 얼굴로 사무실 책상으로 돌아와 고개를 숙이고 일을 시작했다.

8

루무유가 하고 있는 짓은 물론 황당한 것이었지만 '봄'은 이미 확실히 왔다. 엄동의 상징이던 점원 소요가 끝난 뒤 사람들은 긴장과 혹한과 번민의 포위 속에서 풀려나와 한숨을 내쉬면서 기쁘고 훈훈한 봄의 계시를 받아들이고 있었다.

태양빛이 점점 따갑게 내리쪼이는 거리마다 태평한 풍경 속에 담긴 봄의 취기가 벌써 사방에서 일렁이고 있었다. 목에 붉은 천을 두른 소년단은 더 이상 당번을 서지 않고 거리 모퉁이에 쪼그리고 앉아 얼굴에 진흙 칠을 한 아이들과 동전을 던지며 내기를 하고 있었다. 목에 맨 붉은 천도 이미 퇴색해서 확실히 전처럼 그렇게 공포스러운 붉은 빛이 아니었다. 남색 옷을 입은 규찰대는 할 일이 없어서 돌아가며 휴가를 신청하고는 자기 아이를 안고 거리를 왔다 갔다 하고 있었다. 괴상하게 생긴 장총을 꼿꼿이 세우고 거리를 활보하던 사람들도 일찌감치 보이지 않았다. 이런 상황 속에서 거리를 떠돌던 개들도 한가로워져서 지금은 늘어지게 누워 햇볕을 쬐고 있었다.

봄의 숨결이 각 집의 대문마다, 규방마다, 어두운 구석마다, 사람들의 마음마다 불어와 그 문들을 열어 젖혀 놓았다. 달콤한 사랑을 나누는 부부는 갈수록 몽롱한 취기 속에서 사랑의 진수를 보여 주었고, 감정이 맞지 않는 부부는 갈수록 더 참지 못하고 이혼을 요구하며 각자 제2의 기회를 찾아 나섰다. 지금 이 태평한 현의 사람들은 거의 모두가 부드러운 봄의 선동을 받아 사랑과 미움과 질투의 자질구레한 이야기로 분주했다.

그러나 시골에서는 또 다른 봄의 풍경이 펼쳐지고 있었다. 작년에 자란 들풀이 언제인지 모르게 다시 자라 대지를 점령했고, 후끈후끈한 땅의 숨결이 새로 피어난 들꽃 향기와 한데 섞여 공중을 가득 채우고는 당신으로 하여금 자기도 모르게 오랜 쉼 이후 다시 움직임을 도모하는 기지개를 켜게 했다. 이미 나무들은 저마다 부드러운 초록의 새순을 내밀어 바야흐로 이 대우주 안에서 새로운 것들이 자라나고, 다시 새로운 것들은 곧 대지의 색깔을 바꾸려 하고 있었다. 도시에서의 '봄'이 사람들의 마음속에 아지랑이 같은 일렁임을 불러일으켰다면 시골에서는 오히려 화산 같은 폭발을 일으키고 있다고 해도 과언이 아니었다.

작년 섣달그믐에 근교 남촌(南村)의 농민들은 이미 농민협회를 만들었다. 농민 조직이 생기면서 소문도 따라 생겨났는데 최초의 소문은 재산을 모두 공유로 바꾼다는 것이었다. 이런 소문이 난 건 그때 바로 농협에서 농민들의 토지를 조사했기 때문이다. 그러나 소문은 곧 다시 "남자는 뽑아서 군인으로 삼고 여자는 데려다 같이 쓴다"는 것으로 바뀌었고 그 사이에 농협을 때려 부수는 사건도 발생하는 바람에 현 농협의 특파원 왕줘판(王卓凡)이 마을로 내려가 조사를 하게 되었다.

상황은 분명했다. 소문을 퍼뜨린 건 토호열신이고 오해를 한 건 농민이었다. 농민들은 공처(公妻) 같은 건 없다고 아무리 말해도 믿으려 하지 않았다. 분명히 공산당이 있고 그러면 재산을 공유하는 건 의심의 여지가 없는 것인데, 마누라도 재산임에도 마누라는 공유하지 않는다는 게 순박한 농민들이 생각하기에는 이치에 맞지 않는 기만적인 이야기였던 것이다. 특파원 왕줘판은 유능한 사람이어서 이 점을 분명하게 알고 있었다. 그래서 그는 도착한 지 일주일 만에 남촌 농민들에게 익숙한 "농사짓는 사람이 땅을 가진다(耕者有其田)"는 말 뒤에다 "처가 많은 사람이 처를 나눈다(多者分其妻)"라는 한 구절을 더 보탰다. 남촌에는 남아돌거나 임자가 없는 여자들이 확실히 많았다. 한 사람이 두 명의 처를 가지고 있으면 물론 하나가 남는 것이고 과부가 아직 재혼을 하지 않았거나 비구니가 아직 남편이 없으면 그건 당연히 임자가 없는 것이다. 지금 남촌의 농민들은 바로 이러한 결함을 메우기 위해 남거나 임자가 없는데 가져다 쓰지 않는 여자들을 나누어 쓰려고 하는 것이다.

어느 청명한 오후, 아마도 루무유가 자유롭게 쑤젠과 '연애'를 하기 시작한 지 열흘 남짓 되었을 무렵, 남촌의 농민들은 토지묘 앞에서 대회를 열었다. 왕줘판이 임시 회장을 맡았고 그 앞에는 세 명의 놀란 여인들이 서 있었다. 그중 비교적 깨끗하게 차려 입은 한 여인은 토호 호랑이 황(黃) 씨의 첩이었다. 오늘 새벽 5시쯤 농민들이 호랑이 황 씨의 집으로 쳐들어갔을 때, 황 씨의 첩은 침대 모퉁이에 숨어서 부들부들 떨고 있었다.

지금 열여덟 살인 이 젊은 여인은 눈을 둥그렇게 크게 뜨고 사면의 남자들을 멍하니 쳐다보고 있었다. 그녀는 이게 바로 '나누어 가지는' 것인가 보다 하면서도 자기의 단순한 머리로는 아무리 생각해도 대체 어떻게 '나누는지' 짐작이 가지 않았다. 그녀는 자기 남편이 시골 아낙을 꼬여 강간하는 장면을 본 적이 있었다. 하지만 지금은 '나누어 가진다'고 하니 이 '나누어 가지는' 게 강간과 또 어떻게 다른 건지 도무지 알 수가 없었다. 초조한 마음으로 이런저런 생각을 하면서 그녀는 점점 더 두려움 속으로 빠져들었다.

다른 두 여성 중 하나는 서른 살쯤 된 과부였는데, 그녀는 여기서 어떤 일이 일어나게 될지 다 안다는 듯이 태연한 기색이었다. 또 한 여성은 전직 면장댁 하인으로 열일고여덟쯤 되어 보였는데 그녀도 토호의 첩과 마찬가지로 두려워하는 것 같았지만 약간의 호기심도 있어 보였다.

농민들은 그저 쳐다보고 웃고 떠들면서 뭔가 일어나기를 기다리는 것 같았다.

나중에 한차례의 폭소와 시끄럽게 떠들어 대는 소리 속에서 다시 두 명의 비구니가 끌려왔다. 그들은 온몸을 떨며 쉴 새 없이 입으로 '아미타불'을 외워 댔다.

떠들썩하던 소리가 점점 잦아들자 왕쥐판이 목청을 높여 이야기를 시작했다.

"겨우 다섯 명의 여자로는 나누기가 부족한데 어떻게 할까요?"

그러자 다시 논쟁이 일었고 거의 욕설을 퍼붓는 것 같은 논쟁이 몇 시간 동안이나 계속되다가 결국은 제비뽑기를 하는 것으로 결론이 내려졌다. 무릇 마누라가 없는 농민들이 모두 마누라 하나를 얻을 기회가 생긴 것이다. 다섯 명의 여인들 중 비교적 예쁘게 생긴 토호의 첩이 기계총 머리를 한 서른 남짓한 농민에게 돌아가게 되었다. 그러자 토호의 첩은 펄펄 뛰고 울며 고함을 지르기 시작했다.

"싫어! 이 더럽고 못생긴 남자는 싫다고!"

"안 돼! 안 돼! 제비뽑기를 해서 얻은 거니 저 여자 마음대로 할 순 없어!"

사리를 따지는 사람 대부분이 크게 소리를 질러 대며 기계총 머리의 권리를 옹호했다.

"안 돼! 안 돼! 기계총 머리는 안 어울려! 공평하지가 않다고!"

둘러싼 사람들의 가장 바깥쪽에서 갑자기 반대의 고함이 터져 나왔다. 그러자 당장 뭐라고 하는 건지 알아들을 수 없는 욕설을 서로 퍼부었고, 이어 곧 무력이 동원되었다. 많은 사람들이 무리 지어 마구 폭행을 휘둘렀고, 고함 소리는 마치 토지묘를 뒤흔들어 놓을 듯했다. 왕쥐판은 영문을 모르는 채 장창 부대를 지휘하는 호각을 마구 불어 댔다.

장창 부대가 마침내 진압의 위대한 공을 세우고 서너 사람을 체포하여 왕쥐판 앞으로 데려왔다.

장창을 메고 왼쪽 어깨에 작은 네모 모양의 붉은 헝겊 표식을 단 체격이 큰 남자가 왕쥐판에게 말했다.

"심문하실 필요 없습니다요. 우린 이 망할 놈이 마을 앞 송가촌

[宋庄] 사람이란 걸 다 알고 있으니까요. 우리 쪽은 일고여덟 명이 다쳤고요."

"바로 네 놈이로구나. 우리 부권회(夫權會)에서 너희 이 잡종 같은 개놈들을 싹 쓸어버릴 테다."

아주 억세게 생긴 포로 하나가 눈을 부라리며 목청을 곧추세우고는 이렇게 욕설을 퍼부었다. 모두 송가촌의 부권회가 이곳의 농협분회와 대립하고 있다는 걸 알고 있었다. "알고 보니 또 네놈들 장난이었구나!" 여기저기서 퍼부어 대는 욕설이 마치 폭풍우처럼 사방에서 덮어씌워져 무척이나 공포스러운 분위기가 조성되었고 이어 방망이, 흙덩어리, 돌멩이들이 마구 포로들에게 퍼부어졌다. 그중에는 아마 잘못해서 자기편을 맞춘 것도 적지 않을 것이다. 왕쥐판은 상황이 잘못 돌아가고 있는 걸 보면서 한편으로는 장창 부대에게 포로를 데려가도록 지시하고 다른 한편으로는 "송가촌으로 가서 부권회를 타도하자"고 고함을 질러 무리의 관심을 다른 곳으로 돌렸다. 이 책략은 당장 효력을 발휘해서 토지묘 앞에 있던 한 무리의 사람들은 당장 회오리바람처럼 마을 앞으로 몰려갔다.

송가촌에 도착했을 때 사람들은 이미 천 명이 넘는 대군을 이루었다. 미리 경고를 듣고 장창 부대 전체가 다 몰려왔고 오는 길에 합류한 농민들도 적지 않았다. 아무런 경계 태세도 갖추고 있지 않았던 송가촌 사람들은 아무 저항도 하지 못한 채 기습을 당했다. 이쪽 사람들은 부권회의 우두머리는 누구고 회원들은 누구누구인지를 다 파악하고 분담하여 포위 공격을 행했기 때문에 부권회 쪽 사람들을 거의 다 잡아들일 수 있었다.

송가촌을 기습한 뒤 한바탕 경축하는 잔칫상을 차려 먹고 나서,* 사람들은 당장 포로들에게 고깔모자를 씌워 자기 마을로 끌고 가서는 마을 한 바퀴를 돌며 "부권회 타도"를 외쳤다. 나중에는 여성들도 적지 않게 시위대에 합류하여 구호는 "시골 남자 지지! 봉건 영감 타도!"가 되었다.

화산 폭발 같았던 이 사건은 사흘째 되던 날 다섯 가지 이상의 서로 다른 소문으로 바뀌어 현 전체로 퍼져 나갔다. 현 당부에서 왕줘판의 상세한 정식 보고를 받은 건 바로 후궈광이 영광스럽게 상무위원직을 맡게 된 지 보름째 되던 날이었고 루무유가 거기에서 과부 첸쑤전의 어려운 처지를 하나하나 해결해 주고 있을 때이기도 했다.

후궈광은 그 보고를 듣고 노발대발하며 속으로 생각했다. "이건 정말 반란이구만!" 후는 자신의 진펑을 생각했다. 하지만 진펑을 생각하다 보니 다시 아들 녀석 아빙이 최근 더욱 더 방자해진 게 떠올랐다.

"흥, 이놈의 자식, 바깥에서 사람 하나 들여올 능력이 없는 게 도리어 이 몸의 입속에 든 음식을 빼먹으려 하다니!" 후궈광은 속으로 호되게 욕을 퍼부었다. 하지만 달리 생각해 보니 남촌의 농민대회에서도 '전혀 취할 것이 없는 것은 아니라는' 생각이 들었다. 거기에다 약간의 변화만 좀 더하면 자신은 흐린 물속에서 살진 물고기 잡는 격으로 이 혼란의 와중에 한몫을 볼 수도 있었다.

게다가 팡뤄란 쪽에서는 이런 교묘한 방법까지 다 계산에 넣진 못할 테니 자기 혼자서 마음대로 할 수 있을 것이다.

현실도 바로 후가 생각한 대로였다. 당부 안의 다른 위원들은 이 보고를 듣고 기껏해야 이야깃거리로만 삼았을 뿐 결코 후궈광처럼 그렇게 '큰 수작'을 만들어 내지 못했다. 팡뤄란도 고작 여성부장 장 양에게 이런 말을 한마디 했을 뿐이다.

"여성부는 이 일에 대해서 어떤 의견을 가지고 계시나요? 바로잡아야 할까요, 아니면 장려해야 할까요?"

"이건 농민들의 군중 행동인 데다 분배된 여자들도 전혀 고발이 없으니 그냥 일이 진행되는 대로 내버려 두어야죠."

'3·8' 여성절 기념 대회를 준비하느라 바쁜 장 양도 그저 덤덤하게만 대답했다. 이 일은 이렇게 사람들이 바빠서 소홀하게 여기는 가운데 대충 방치되다가 하루 이틀이 더 지난 뒤에는 당부 안에서 그 일을 꺼내는 사람조차 없어졌다. 오직 후궈광 한 사람만이 암중모색을 하고 있었다.

하지만 평온하던 현성의 거리마다에서 이 일은 곧 서서히 새로운 파동의 중심이 되어 가고 있었다. 거리를 오가는 많은 사람들은 이미 찻집이나 주점에 모여서 성 안에서 어떻게 "처자들을 나누어 가졌는지"에 대해 소리 높여 이야기를 했고, 성 안에 첩들은 얼마나 있는지 과부는 얼마나 있고 비구니는 얼마나 있는지 하녀들은 또 얼마나 있는지를 계산했다. 심지어는 약혼을 기다리는 아가씨들까지도 다 제비를 뽑아야 한다는 소문이 돌았다. 이러한 가담항의(街談巷議)는 당장 사성문(四城門) 전체로 퍼져 나가서 결국은 정원 안에 깊이 파묻혀 사는 루싼데까지도 이 소문을 듣게 되었다. 그건 첸쉐주가 일부러 알려 준 것인데 루싼데는 말할 것도 없이 루무원 때문에 마음이 다급해졌다.

"남촌에서 일이 일어난 건 확실하고 성 안의 소문도 우려할 만한 것 같으니 귀댁에서도 조심하시는 게 나을 듯하네."

첸쉐주는 마지막으로 이렇게 말하고 서둘러 자리를 떴다. 그는 더 오래 앉아서 루싼데 부녀가 여장을 꾸릴 시간을 지체시키게 되는 게 부담스러운 것 같았다. 루싼데는 자유분방하고 활달했지만 지금은 그도 조금 걱정이 되어 곧 실내로 들어가 딸아이에게 첸쉐주의 얘기를 들은 대로 쭉 이야기하고는 한숨을 내쉬며 말했다.

"첸 백부의 뜻은 자고로 위험한 곳에는 머물지 않는다고 했으니 우리더러 멀리 떠나라는 것인데 그 위험이라는 게 온 천하에 넘실거리니 어디로 가면 좋단 말이냐! 게다가 조상께로부터 물려받은 유업이 여기 있어서 당장 여기를 벗어날 수도 없는 노릇이고."

루 아가씨는 시선을 발끝에 고정시킨 채 고개를 숙이고 생각에 잠겨 있었다. 그녀는 신식학교 출신의 신여성은 아니었지만 완전한 천족(天足)*이었기 때문에 문밖에 나간다 해도 전혀 문제 될 게 없었다. 하지만 어쨌든 그런 소문은 그다지 미덥지가 않아서 루 아가씨는 부친이 지나치게 걱정을 하는 것이라고만 생각하고 있었다.

"아버님은 그런 소문이 진짜일 거라고 생각하세요?" 루 아가씨가 천천히 말을 꺼냈다.

"물론 지금의 시세 변화를 예측할 순 없지만 그래도 어쨌든 크게 정리(情理)에서 벗어나진 않는 것 같아요. 남촌에서 일어났던, 자기 남편을 타도하고 시골 남자들을 지지한 운동은 정말 너무나 우습고 이상하긴 하지만 자세히 생각해 보면 그래도 정리에는 맞는 거죠. 이전에 우리 집에 있던 류 아줌마가 시골 여인들의 고통을 이야기하는데 정말 사는 게 소나 말보다도 더 못하더라고요. 제대로 되먹지 못한 남자들이 먹는 것만 탐하면서 일은 안 하고 거기다 도박과 음주까지 일삼으면서 그런데도 마누라에게는 돈을 벌어서 자신을 부양하라고 하고 그러다 또 먹을 것 쓸 것 다 떨어지고 마누라도 더 이상 자기 쓸 돈을 못 대주게 되면 그땐 당장 마누라까지 팔아 버린다고 하니, 그런 남편이라면 타도한다는 것도 지나친 게 아니잖아요? 아버님도 예전에 이렇게 가난하고 오갈 데 없는 시골 여자들을 도와주신 적이 있으시잖아요."

루싼데는 가볍게 고개를 끄덕이며 듣다가 곧 딸아이의 이야기를 막으며 말했다.

"시골 일은 일단 내버려 두고 첸 백부의 말만 듣는다면 성 안에서도 처첩이나 과부, 하녀들을 거두어서 나누어 준다고 하고 심지어는 아직 혼약하지 않은 미혼의 아녀자들까지도 제비뽑기를 해서 나눈다고 하니 이거야말로 정말로 짐승의 행동이 아니냐! 그래서 첸 백부가 일부러 와서 우리한테 조심하라고 하고, 위험한 데는 머물지 말라고 하신 거고."

"첸 백부께서는 사려가 깊으셔서 깊이 생각을 하신 거죠. 방금 제가 말씀드린 건 남촌에서 일어난 일도 사리에 크게 벗어나지 않는 걸 보면 성 안에서도 그렇게 사리에 맞지 않는 이상한 일이 일어나지는 않을 거라는 거예요. 첩이나 하녀나 과부들을 나누어 가진다는 게 이미 깜짝 놀랄 소문이 되었지만 꼭 사실은 아닐 거라는 거죠. 게다가 과년한 처녀들을 다 제비뽑기해서 나눈다는 건 더더욱 황당무계한 소문이고요. 팡 마님의 친구 장 양이나 류 양도 모두 혼약을 하지 않은 아가씨들이잖아요. 그들이 다 여성협회에서 일을 하는데 설마 그들도 제비뽑기를 하자고 할까요?"

루 아가씨는 이렇게 말하며 아리따운 웃음을 참지 못했다. 부친은 수염을 어루만지며 한참을 말없이 있다가 말문을 열었다.

"네 생각이 맞는다면야 물론 가장 좋겠지. 하지만 지금은 욕정이 마구 횡행하는 시대라 장차 어떤 상황이 될지는 성현께서도 예측할 수 없을 게다. 고인께서 말씀하신 '천도(天道)'나 '성리(性理)'라는 게 지금은 정말 다 공담에 불과하게 되었으니 말이다."

이렇게 해서 "위험한 곳에는 머물지 않는다"는 것에 대한 논의는 잠시 내려놓게 되었다. 루쌘데는 시국에 대한 걱정과 지난 시절에 대한 감상으로 잠시 머릿속이 텅 빈 것 같았다가 다시 길을 잃은 것처럼 마음이 혼란스러워졌다. 고래로 간직해 온 사상에 대한 믿음이 모두 흔들리고 그 근거를 잃어버린 것 같았다. 하지만 그는 문인이었고 세상과 인연을 끊은 지 오래되었기 때문에 스스로 번민에 빠져드는 걸 원하지 않았다. 그래서 잠시 멍한 상태에 빠져 있다가는 이내 다시 밝아졌다. 그는 남촌에서 일어난 변고를 장시(長詩) 한 수를 써서 적어 보려는 마음으로 뒷짐을 지고 딸아이의 방을 성큼 나서서 시구를 다듬으러 갔다.

루 아가씨는 늙은 아버지의 외로운 뒷모습을 망연히 바라보다 자기도 모르게 눈물을 몇 방울 떨어뜨렸다. 그녀는 늙은 아버지가 느끼는 감상과는 다른 적막의 비애를 깊이 느끼고 있었다. 루는 본래 쾌활하고 발랄한 성격이 아니었지만 그렇다고 오랫동안 깊은 원망을 품고 있거나 눈살만 짙게 찌푸린 채 말이 없는 전형적인 옛날 미인도 결코 아니었다. 하지만 부친이 세상에 대한 울분을 털어놓을 때면 그건 항상 그녀 자신 안에 있는 적막의 비애를 불러일으켰다. 어려서부터 명사(名士)에 속하는 아버지 품에서 자란 그녀는 아버지의 대범하고 호방한 성품을 느끼며 자라서인지 규방 문을 벗어나 보지 못한 아가씨인데도 보통의 규방 아가씨들에게서나 보이는 그런 기질은 찾아볼 수 없었다. 그녀는 포부가 크고 책임감도 무척 강했다. 그녀가 적막을 감수하며 한평생을 지낼 필요는 없었다. 하지만 현성 안의 고루함과 비속함, 늙으신 아버지를 돌봐 드릴 사람이 있어야 하는 현실, 그리고 또 간단한 집안 살림 등이 그녀로 하여금 어쩔 수 없이 이 적막한 환경 속에 머물게 했다. 그래서 그녀는 아버지가 전하는 소문을 듣고 난 뒤 비록 이성적으로는 절대 그럴 리가 없으며 이곳을 떠나는 건 공연히 일만 만드는 것이라고 생각하면서도 감정적으로는 그녀 자신도 언제 이 낡은 정원을 벗어나 새로운 환경 속으로 나아가 보기를 갈망하지 않은 적이 있었던가 하는 생각을 했다.

하지만 루무원이 그 똑똑한 머리로 절대로 일어나지 않을 거라고 생각했던 일이 거리에서는 실제로 하루가 다르게 점점 더 시끄러운 현실이 되어 가고 있었다. 게다가 '3·8' 여성절 대회에서 여성협회를 대표해 연설을 한 쑨우양은 다시 남촌에서 일어났던 일을 거론하면서 아주 진지하게 그 사건을 '여성들의 각성을 알리는 봄 우레'나 '비첩(婢妾) 해방의 선구'라고 명명했다. 쑨은 또한 성 안의 여성 운동은 아무것도 내세울 게 없으며 오히려 시골보다도 더 낙후된 현상이 존재한다고 안타까워했다. 쑨은 "진보된 시골과 낙후된 도시, 이것이 우리의 치욕!"이라고 했다.

쑨우양뿐만 아니라 노련하고 신중하기로 유명한 현 당부의 여성부장 장 양도 연설에서 한편으로는 비첩 제도가 비인도적이며 당의 방침으로도 불허하는 것이라고 통렬하게 비난을 하면서도, 다른 한편으로는 또 비구니가 된 여성들도 다 스스로 원해서 그렇게 된 것은 아니고 간음이나 유괴에 의한 것이 많기 때문에 비구니 세계의 암흑상도 기원(妓院)과 별로 다름이 없다는 말을 했다.

이 두 사람의 말은 마치 떠도는 소문에 근거가 있다는 걸 입증해 주기라도 하는 것처럼 받아들여져 거리의 소문은 더 무성해졌다. 특별한 공을 세울 포부로 마음이 꽉 차 있던 후궈광은 다른 사람이 먼저 그 공을 가로챌까 봐 조바심을 내다가 더 이상은 기다릴 수가 없어서 최근 현 당부 회의에서 자신이 오랫동안 구상해 왔던 안을 제기했다. 이 안은 후궈광에게는 꿩 먹고 알 먹는 식으로, 한편으로 진펑의 난처한 처지를 해결해 주면서 동시에 루무유와 첸쑤전의 노골적인 내왕 문제도 마무리 지을 수 있는, 혼탁한 물속에서 물고기를 잡는다는 자신의 전략을 충족시켜 주는 것이었다.

위원들 사이에서는 늘 그렇듯이 의견이 일치하지 않았다. 후궈광은 아직 미혼 여성도 제비를 뽑아야 한다는 거리의 여론을 자기 견해로 채택하지는 않았고, 또 그가 낸 안에는 제비뽑기에 관한 언급이 없었지만 대신 모든 비첩이나 과부, 비구니들을 다 거두어 공유하고 공적으로 분배해야 한다는 주장을 제기했다. 천중이 먼저 이에 대해 반대 의견을 냈다. 이대로 처리한다면 거의 '공처(公妻)'와 같아지는 것이기 때문에 토호열신들의 모함을 실증해 주는 게 된다는 것이었다. 팡뤄란도 '공적인 분배'란 결혼 자유의 원칙에 위배되는 것이라고 주장하며 반대했다. 가장 이상한 건 장양도 반대를 한 것인데 이건 후궈광의 화를 돋우는 일이 아닐 수 없었다.

"장 동지도 반대를 하다니 놀랍군요." 그는 말했다. "그날 '3·8절 연설에서 장 동지는 분명히 비첩 제도의 비인도적인 측면과 비구니들이 풍속을 해치는 점에 대해 공격했는데 어째서 전후가 모순되는 언행을 보이시는 건가요?"

"내 연설의 의도는 사람들을 각성시키려는 데 있었어요. 난 앞으로 더 이상 비첩이나 비구니들이 늘어나지 않았으면 하는 바람을 표명한 것일 뿐 그걸로 일을 더 복잡하게 만들자고 한 건 아니에요. 게다가 다 모아들여서 공유를 한다는 건 분명 논란을 야기하게 될 거고, 공적으로 분배한다는 건 개인의 자유에도 위배되는 거예요. 비첩과 비구니를 어떻게 해방시킬 것인가 하는 건 본래 아주 어려운 문제이기 때문에 신중하게 처리하지 않으면 안 됩니다."

장 양은 아주 기세당당하게 말했지만 후궈광은 그녀의 말을 '반보(半步) 정책'이라고 비난했다.

"반보만 가고 가지 않을 거라면 우리가 구태여 혁명을 할 필요가 있습니까? 방법에 관해서는 물론 장기적인 토론이 필요하겠지만 원칙적으로 전 제 주장을 고수하지 않을 수 없습니다."

"혁명을 할 필요가 있습니까?"라는 말이 무척이나 자극적인 힘을 가진 것 같았고 게다가 '반보 정책'이라는 말도 감정적으로 받아들이기 어려운 것이라서 린쯔충과 펑강은 모두 후궈광 편에 섰다. 팡뤄란도 처음부터 근본적으로 반대를 했던 건 아니고 "방법에 관해서는 토론할 수 있다"는 이야기도 있었기 때문에 더 이상 결연히 반대하지 않았다. 이렇게 해서 토론의 방향은 '제안이 성립될 수 있을지 여부'를 논하던 것에서 떠나 '집행의 방법'으로 옮겨 갔고 사실상 후궈광은 이미 승리를 거둔 셈이 되었다.

"공공 기관에서 분배하는 건 여성들의 인격을 너무나 무시하는 처삽니다. 정말로 여자들을 여전히 상품으로 대하는 것이니 절대로 안 될 일이에요. 전 그들의 족쇄를 풀어 주고 그들에게 자유를 되돌려 주는 것으로 끝나야 된다고 생각합니다." 린쯔충이 말했다.

팡뤄란은 가볍게 고개를 가로저으며 여전히 아무 말도 하지 않았고 장 양은 이미 반대 발언을 했다. 그녀는 비첩 등이 아직 자유를 누릴 능력이 없기 때문에 그들을 해방시키고 돌보지 않는다면 다시 전처럼 사람들의 꼬임에 빠져 다시 노예의 처지가 될 것이라고 말하면서 한 가지 주장을 제시했다.

"이미 해방된 비첩이나 비구니들은 반드시 공공 기관에서 그에 상당하는 교육과 생계를 위한 기능을 배우게 한 뒤에 그들이 원하는 방식으로 살아가도록 해야 합니다."

모두 그런대로 타당한 방법이라고 생각해서 이의가 없었다. 하지만 과부를 해방시켜야 하는지 여부와 모든 비첩들을 무조건 해방시켜야 하는지 여부가 다시 논쟁의 초점이 되었다. 후귀광은 과부도 해방되어야 한다는 것을 극력 주장했는데 그 이유는 그것을 통해 봉건사상을 타파해야 하기 때문이라 했다. 논쟁이 너무 오래 지속되어 모두 지쳤기 때문에 안건은 아래와 같이 결정되었다.

하녀들은 일률적으로 해방한다. 첩은 나이가 사십이 넘은 사람은 원래 주인의 집에 남으려고 할 경우 그 뜻을 존중해 주고 비구니는 일률적으로 해방하지만 나이가 든 비구니는 마찬가지로 원하는 대로 해 준다. 과부는 나이 서른이 안 되고 자녀가 없는 경우는 일률적으로 해방하고 그 나머지는 본인의 뜻에 따른다.

또한 "본안은 여성부에 맡겨 여성협회와 함께 우선 조사를 실시하도록 하되 일주일 내에 마치는 것으로 한다. 해방시켜야 하는 여성들은 당장 해방여성보관소를 설치해서 수용하도록 한다."

참신한 사업 한 건이 잘 해결된 셈이었다. 처음에는 '해방여성보관소'란 명칭이 좀 타당하지 않다고 싫어하는 사람도 있었지만 반나절이나 논쟁을 한 터라 머리가 다들 조금씩은 부풀어 오른 상태였다. 위원들은 정말 더 이상 고심할 여력이 없어서 이런 시시콜콜한 일로 고심하지 말고 그냥 '해방 여성'들에게 맡겨 '보관'하는 것으로 결정을 내렸다.

지금 가장 득의양양한 건 당연히 후귀광이었다. 회의가 끝나고 난 뒤 그는 당장 루무유를 찾으러 과부 첸쑤전의 집으로 갔다. 이곳은 이제 루무유가 낮마다 찾아와 머무는 제2의 집이 되었을 뿐만 아니라 후귀광도 매일 한 번씩은 들르는 곳이었다. 때는 오후 3시가량 되었다. 세 칸짜리 단층에서 응접실로 사용하고 있는 가운데 칸에는 사방이 고요한 가운데 고양이 한 마리만 고개를 기울이고 귀를 쫑긋 세운 채 탁자 위에 쪼그리고 앉아 있었다. 바깥으로 놓인 나무 탁자 위에는 복숭아꽃 가지가 꽂혀 있는 자기 병 하나가 놓여 있었고 화병 옆에는 루무유의 모자가 뒤집혀진 채 놓여 있었다.

후귀광은 정원을 돌아 오른쪽 방의 유리창 쪽을 엿보았다. 창문이 하얀 양단으로 가려져 있어서 방 안 사정은 보이지 않았지만 사람의 그림자가 움직이는 것 같고 가벼운 웃음소리도 들리는 것 같았다. 후귀광은 마음속으로 이미 상황을 훤히 파악하고는 응접실 뒤쪽으로 돌아가서 오른쪽 문으로 뛰어 들어가 그들을 놀래 줄 생각을 하고 막 응접실 뒤쪽으로 난 문으로 돌아 들어가려고 하는데, 그때 오른쪽 방에서 벌써 그 소리를 들었는지 "응접실에 누구예요?" 하는 여자의 당황한 목소리가 들려왔다.

"날세, 후귀광."

오른쪽 방 옆문도 잠겨 있는 걸 보고 후는 솔직하게 대답을 했다. 잠시 후 루무유가 뚜벅뚜벅 걸어 나왔다. 후귀광은 시시덕거리며 큰소리로 말했다.

"무유, 자네 아주 재미가 좋구먼! 대낮에도……."

루무유가 한바탕 폭소를 터뜨리는 바람에 말이 끊겼다. 첸쑤전도 나왔다. 얼굴이 발그레하게 달아오른 게 응접실의 복숭아꽃에도 뒤지지 않았다. 하나로 굵게 땋아 늘인 검고 긴 머리카락은 여전히 윤기가 흘렀고 아랫도리는 통이 큰 바지를 꽃무늬 천으로 묶고 늘 그렇듯이 치마는 입지 않은 채였다. 그녀는 아주 능숙한 주부처럼 후귀광에게 차를 내놓고 담배를 권했다. 하지만 두 사람이 '과부를 해방시키는 일'에 대해 이야기를 시작하자 웃으며 오른쪽 방으로 뛰어 들어갔다.

"그렇다면 우리 일은 다 해결이 된 셈이네요. 그저께 쑤전의 본가에서 또 와서 저와 티격태격하다가 제가 한마디 했더니 놀라 달아났는데 이젠 더 겁낼 필요도 없게 되었군요. 귀광 형님, 정말 감사합니다. 우리 집에는 하녀도 없고 작은 마누라도 없으니 이제 다 되었고 한데 귀광 형님 댁에는 진펑이 있어서 어떻게 하셔야 될지요?"

루무유가 깊은 관심을 표하며 물었다. 그는 진펑이 후 씨네서 어떤 위치를 차지하는지 전혀 알지 못하면서 짐작으로만 대략 하녀와 첩 사이가 아닐까 하고 생각하고 있었다.

"진펑 말인가?" 후귀광이 태연하게 대답했다. "진펑은 본래 가문이 있는 집안 딸이네, 그해 시골에 기근이 들어서 우리 집에서 데려다 기른 거지. 집안의 자질구레한 일을 좀 거들긴 해도 하녀는 아닐세. 지금 우리 아들 녀석과 자유연애를 하고 있으니 난 사실대로 보고만 하면 되는 거고. 또 인얼이 있지만 그 아인 처음부터 고용을 해서 썼고 또 다른 집 민며느리기도 하니까."

이렇게 진펑과 인얼의 자리를 매기는 것이 후귀광의 예정된 계획이었다.

"그럼 됐네요. 시간이 많이 됐으니 우리 쥐펑관(聚豊館)에 가서 저녁이나 드시죠. 제가 한턱 내겠습니다."

루무유가 후귀광에게 밥을 사는 일은 벌써 아주 일상적인 일이 되었지만 이번에는 특별히 보답의 의미가 있는 것 같았다.

"서두를 필요 없네. 한 가지 일이 더 있어. 그 해방여성보관소에서 당연히 여 직원을 써야 하는데 쑤전을 집어넣는 게 가장 좋을 것 같네만 내가 이야기를 꺼내긴 좀 뭐하니까 자네가 주민성한테 가서 쑨우양에게 그 안을 좀 내 달라고 부탁한다고 하시게. 여성협회에서 보증을 해서 추천을 하면 모양새가 아주 당당하게 되니 반드시 통과할 수 있을 거야. 이 일은 당장 처리해야 하니 자네는 당장 주민성에게 다녀오고 난 여기서 소식을 기다림세."

"함께 주민성한테 갔다가 쥐펑관으로 가는 게 낫지 않을까요?"

"아니, 난 쑨우양을 만나고 싶지 않네. 그 안하무인격인 태도가 아주 꼴 보기 싫어서."

"주민성은 요즘 쑨우양과 거의 같이 다니지 않으니 꼭 마주치게 되진 않을 텐데, 그래도 같이 가시죠!" 루무유는 여전히 열심히 청했다.

"아니, 안 되네." 후귀광이 아주 단호하게 말했다.

"내가 옆에 있으면 자네가 주민성이랑 이야기하는 것도 불편해져."

"좋아요, 그럼 여기서 기다리고 계세요."

"서두르지 말게." 후귀광이 갑자기 모자를 들고 막 나가려는 루무유를 다시 불러 세웠다. "자네 주민성이 요즘 쑨우양이랑 별로 같이 다니지 않는다고 했는데 설마 그들 사이가 틀어진 건 아니겠지?"

"사이가 틀어진 건 아니고요. 듣자 하니 쑨우양이 요즘 팡뭐란과 아주 가깝게 지내서 주민성이 좀 질투를 한다는군요."

후귀광은 "흥" 하고 콧방귀를 뀌고는 아무 말도 하지 않았다. 후는 자신도 당연히 탐을 좀 내고 있는 데다 처음 팡뭐란을 방문했을 때 퇴짜를 맞은 터라 지금까지도 원한을 품고 늘 잊지 않고 복수할 기회를 노리고 있었다.

루무유가 자리를 뜨자 후귀광은 안쪽 응접실 뒷문으로 들어가다가 곁문 입구에서 첸쑤전과 마주쳤다. 이 아름다운 젊은 새댁은 게으르게 문가에 기댄 채 반나절이나 이미 이야기를 훔쳐 듣고 있었던 것 같았다. 후귀광이 한 손으로 그녀의 손을 꽉 잡고 그녀의 침실로 들어가면서 뻔뻔스럽게 말했다.

"다 엿들었지? 내가 널 위해 해 준 일이 어떠냐?"

"고맙다고 하면 되는 거죠." 여인은 손을 빼내고 애교스럽게 웃으며 대답했다.

"그럼, 너 그저께 나한테 약속한 건 언제……."

여인은 두 번째로 후귀광의 손에서 빠져나오며 곁눈질을 하면서 말했다.

"아유, 저 게걸스러운 얼굴 좀 보라니까!"

9

다시 열흘이 지나갔다. 이 열흘 동안 현 당부에서 있었던 유일하게 큰 사건은 바로 스무 명 남짓한 비첩과 과부, 비구니들을 해방시킨 일이었다. 이들은 다 서른 살이 안 된 여성들이었다. 해방여성보관소도 설립되어 육아원이 있던 자리에 터를 잡았다. 소장은 여성협회의 충실한 일꾼인 류 양으로 정해졌고 첸쑤전은 보관소의 직접적인 책임자라고 할 수 있는 간사가 되었다.

지금 현성 안은 다시 쥐 죽은 듯 고요해졌고 현 당부 위원들은 무사태평이었다.

하지만 팡뤄란은 어떤 일로 고민에 빠져 있었다. 그건 팡 부인이 요즘 평소와는 달리 속에 무슨 근심이라도 있는 것처럼 종종 침울해져서는 아무 말도 하지 않고 지내기 때문이었다. 팡뤄란 앞에서는 여전히 아주 부드러운 미소를 지었지만 팡뤄란은 그 웃는 모습을 대할 때마다 이상하게 마음이 가라앉는 걸 느꼈다. 팡은 이 웃음 뒤에 깊은 허위와 억지가 숨어 있다고 생각했다. 처음에는 그녀가 어떤 일로 마음이 우울한 건지 몇 번씩 캐묻기도 했지만 그럴수록 팡 부인은 더 억지웃음을 지어 보였고, 팡뤄란은 그 웃음 속의 냉기를 견딜 수가 없어서 결국은 더 이상 묻지 않기로 했다. 그들 사이에는 이미 한 층의 막이 생긴 것 같았다. 팡 부인은 이 막의 정체를 너무나 분명하게 깨닫고 있는 것 같았다. 하지만 팡 부인은 팡뤄란도 마찬가지로 그걸 깨닫고 있을 텐데 일부러 이해하지 못하는 척하면서 고의로 캐묻는 것이라고 생각했기 때문에 질문을 받으면 받을수록 더 입을 열지 않으려 했고 그로 인해 둘 사이의 간극은 점점 더 커져만 갔다.

팡뤄란의 처지에서 보면 자신은 최근에도 늘 해 오던 대로 부인을 대했고 조금도 그녀를 불쾌하게 만든 일이 없으며 스스로 문건대 전과 같기만 한 게 아니라 오히려 한층 더 열렬하고 다정하게 대했다고 자신할 수 있었다. 하지만 그에게 돌아온 대답은 싸늘한 냉담뿐이었다. 그녀의 얼굴에서는 정말로 기쁜 기색이 사라졌다. 그녀의 얼굴은 살갗 아래로 힘차게 달리는 뜨거운 피가 전혀 없는 목각 얼굴 같았고, 그녀의 찡그리고 웃는 표정은 극정(劇情)을 깊이 담아내지 못하는 졸렬한 배우의 판에 박힌 것 같은 표정이었다. 그녀는 마치 아주 잘 길들어졌지만 사람의 희롱을 음울하게 참아 내고 있는 고양이 같았고, 두 손을 펼치고 눈을 감고 마치 초등학생이 영문을 알 수 없는 체벌을 받는 것처럼 팡뤄란의 애무를 받았다. 아, 그녀는 변했다. 무엇 때문인가? 팡뤄란은 도무지 그 이유를 알 수가 없었고 그것을 똑똑히 알 방법도 없었다.

그는 간혹 어쩌면 이게 바로 사랑이 식어 버린 표지일지도 모른다는 생각을 해 보았지만 이내 아주 단호하게 그런 생각을 부인했다. 그는 팡 부인에게는 다른 애인이 없을 뿐만 아니라 애인이라고 의심할 만한 사람조차 없다는 걸 잘 알고 있었다. 그녀에게는 남자 친구 하나 없다. 그렇다면 자신은…… 설마 자기도 자신을 믿지 못한단 말인가? 자신도 분명 연애의 희극을 연출했던 적이 없고, 부인 외에는 정말 어떤 여성의 육체와도 접촉해 본 적이 없었다.

그의 경우를 더 많이 생각해 본 건 어쩌면 세상에 쑨우양이 있기 때문일지도 모른다는 거였다. 하지만 이건 생각하면 생각할수록 말이 안 되고 이유가 없는 일이었다. 그는 진심으로 고백할 수 있었다. 그가 쑨우양을 사랑스럽게 생각하고 그녀에게 가서 이야기 나누길 좋아하는 건 사실이지만 그렇다고 그가 쑨우양으로 루메이리를 대신할 생각은 꿈에도 해 본 적이 없다는 것을. 쑨우양에 대한 자신의 태도가 이처럼 스스로 돌아보건대 전혀 부끄러울 게 없다면 부인의 냉담함은 정말 이해할 수가 없는 것이었다. 만약 지난번 손수건 사건 때문이라면 그때 부인은 이미 단도직입적으로 캐묻고 또 울기까지 했는데, 그래도 아직 의심나는 점이 있다면 왜 다시 이야기를 하지 못하는 것인가? 왜 그가 몇 번씩이나 그렇게 부드러운 말로 물어도 시종 아무 반응도 보이지 않는 것인가? 게다가 지난번 사건에 대한 해명 이후 부인은 이미 그 일을 완전히 이해했고, 이 자그마한 파동으로 인해 결혼한 지 오래되어 점점 덤덤해져 가던 그들의 부부 생활은 오히려 한순간 다시 새롭게 열렬해지지 않았던가? 그런데다 또 나중에 쑨우양이 그의 집에 와서 팡 부인을 만났을 때도 서로 너무나 화기애애하게 이야기를 나누었고 팡 부인도 팡뤄란 앞에서 쑨우양이 좋은 사람이라고까지 하지 않았나? 그때 팡 부인은 남편을 조금도 의심하지 않았고 표정도 지금처럼 이렇게 싸늘하지 않았다. 팡뤄란은 이 싸늘한 냉담이 시작된 게 고작 요즘 사오 일밖에 안 된다는 걸 다시 상기했다. 하지만 사오일 내에 아니 열흘 내에도 팡뤄란은 부인 앞에서 '쑨우양'이라는 석 자를 전혀 꺼낸 적이 없었다.

부인의 갑작스러운 태도 변화만 해도 이미 팡뤄란을 번민에 빠뜨리기에 충분했는데 더 나쁜 건 팡의 귀에 들려온, 쑨우양에 관한 이런저런 소문이었다. 그 내용은 대략 쑨우양은 누구든지 보기만 하면 사랑에 빠지는데 그 사람 수가 많으면 많을수록 더 좋아한다는 거였고 그보다 더 심한 상세한 묘사도 있었다. 팡뤄란은 이런 소문에 대해 의연히 부정하는 태도를 취했다. 그의 눈에 비친 쑨우양은 절대로 그런 사람이 아니었다. 하지만 그런 비열한 소문 역시 그를 몹시 화나게 만들었다.

이렇게 보면 팡뤄란이 요즘 자못 삶의 흥취를 잃게 된 건 당연한 일이었다. '5·1'절 여드레 전 오후에 팡뤄란은 답답한 마음으로 현 당부에서 나와 발이 닿는 대로 여성협회로 갔다. 그는 최근에 종종 여성협회에 들렀지만 오늘은 확실하게 일이 있어서 간 것이었다. 방금 현 당부의 상무회의에서 '5·1'절 기념 방안에 관한 토론을 마쳤기 때문에 팡은 결정된 방안을 쑨우양에게 알려 주려고 한 것이다.

마침 쑨우양은 뭔가를 쓰고 있던 중이었는데 팡뤄란이 들어오는 걸 보고는 아리따운 환영의 미소를 던지며 쓰던 종이를 정리하려다가 팡뤄란의 얼굴 근육에 미동이 일고 팡의 눈빛 속에 뭔가 의문이 담긴 걸 보더니 곧 종이를 걷어 팡에게 건네주었다. 한 수의 시였다.

연애하지 않는 건 어렵고(不戀愛爲難),
연애하는 건 더 어렵네(戀愛亦復難).

연애 중 가장 어려운 건(戀愛中最難),

능히 실연당할 수 있는 거라네(是爲能失戀)!

"이 시 좋아하세요? 알아맞혀 보세요. 누가 지은 건지?"

쑨우양이 말했다. 지금 쑨은 팡뤄란의 어깨 뒤에 서 있어서 그 숨결이 팡뤄란의 목 사이로 뿜어져 나왔다. 숨결은 아주 미미했지만 팡뤄란에게는 강풍보다 더 격렬하게 느껴졌다. 그의 가슴이 떨렸다.

"당신이 지은 거로군요. 좋은 시네요!" 팡뤄란은 이렇게 말하면서 감히 고개를 돌리지 못했다.

"아, 전 이런 좋은 시 못 써요. 보세요, 이런 시구는 사람들 마음속에는 다 있지만 누구나 다 그걸 말하고 쓸 수 있는 건 아니죠. 전 그냥 이 시가 좋아서 재미삼아 쓰고 있는 거예요."

"좋은 시예요! 하지만 당신이 지었다면 더 좋았겠죠!"

팡뤄란은 이렇게 말하며 늘 하듯이 창 앞 의자로 걸어가 앉았다. 방 안에 창은 이 작은 창뿐이었다. 창밖으로 보이는, 사면이 가로막힌 뜰은 사방의 넓이가 한 장(丈)밖에 안 되는 데다가 창에서 대여섯 척 떨어진 곳에 바로 목향화(木香花)로 뒤덮인 담장이 있어서 이 좁고 긴 방 안에는 겨우 삼분의 일 정도만 빛이 들어왔다. 지금 팡뤄란은 바로 그 밝은 곳을 등지고 앉아서 조금 어두운 곳에 서 있는 쑨우양을 바라보고 있었다. 연한 색 원피스를 입고 무언가를 응시하며 서 있는 모습이 너무나 신비롭게 느껴져 마치 꿈속의 여신을 보는 듯했다. 하얗게 반쯤 드러난 목 가슴과 살짝 떨리는 유두가 좀 유혹적이었지만 그것 말고는 그녀의 모습은 마치 봄바람 위에 살짝 앉아 있는 것 같은 부드러움과 경외감을 일으켰고 속된 생각은 완전히 사라지게 해 주었다. 팡뤄란은 망연히 외부에서 나도는 소문을 떠올리다 그런 소문은 반 푼의 진실성도 없다는 생각을 더욱 확고하게 했다.

그는 요즘 확실히 하루하루 더 쑨우양을 숭배하게 되었고 그것과 상반되는 여론이나 의견은 무조건적으로 부정했다. 이 여성에게서는 알면 알수록 좋은 점이 더 많이 보였다. 그녀의 천진하고 발랄한 면은 그가 일찍부터 사랑스럽게 생각하던 점이지만, 마치 깊은 수심에 빠진 것 같은, 아주 짧은 순간이지만 항상 존재하는 그 고요한 침묵은 더더욱 사람의 마음을 도취시켰다. 쑨우양과 마주하고 이야기를 나눌 때면 그는 늘 내면의 동요를 겪을 수밖에 없었다. 하지만 그때마다 남편으로서의 강한 책임감으로 그것을 진정시킬 수 있었고, 이런 자의식이 그로 하여금 절대로 쑨우양에게 한 걸음 더 나아갈 수 없게 했기 때문에 그는 부인의 냉담이 결코 쑨우양에 대한 것일 수는 없다고 굳게 믿고 있었다. 사실 최근 팡에게는 부인 쪽에서 느끼는 냉담함과 그로 인한 번민을 당장 쑨우양에게 가서 보상받으려는 무의식적인 경향이 형성되었고 쑨은 이미 팡뤄란에게 사실상의 위안자가 되어 있었다. 하지만 이런 생각은 그의 의식 위로 떠오른 적이 없었기 때문에 그는 이 점을 전혀 자각하지 못한 채 계속 그렇게만 생각하고 있었던 것이다.

팡뤄란은 지금 쑨우양의 방에 한 시간이 넘도록 앉아 있었지만 그저 편하게 이야기만 나누었을 뿐 어떤 예상 밖의 사건도 벌어지지 않았다. 하지만 쑨의 방에 있는 시간이 너무 길었기 때문에 방을 나올 때 팡뤄란은 확실히 몇몇 사람들로부터 힐끔거리는 의심의 눈총을 받아야만 했다. 그들은 대부분 여성협회의 말단 직원이나 하녀들이었지만 그중 한 사람은 우리가 주목해야 할, 우직하기로 유명한 류 양이었다.

그날 팡뤄란은 답답한 마음으로 돌아와 답답한 마음으로 하룻밤을 지냈다. 하지만 다음 날 오후 현 당부에 갔을 때는 이런 일을 거의 다 잊고 있었다. 그런데 장 양이 갑자기 할 말이 있다며 그를 접견실로 불렀다. 팡은 당부의 일이거나 아니면 다른 공무 때문에 은밀히 이야기를 나누려는 것인가 보다 하고 생각했지만 응접실 문을 닫고 난 뒤 장 양이 던진 첫마디는 그를 깜짝 놀라게 했다.

"팡 선생님, 선생님에 대한 소문 못 들으셨죠?"

장 양은 팡뤄란의 안색이 조금 변하긴 했지만 그래도 여전히 침착하게 고개를 가로젓고 있는 걸 보았다.

"물론 소문이란 건 아무 가치 없는 것이죠." 장이 말을 이었다.

"주로 선생님이랑 쑨우양에 관한 건데…… 그런 소문이야 예전부터 있었던 거니까 뭐 그렇지만. 오늘 다시 새로 떠도는 소문은 정말 듣기가 거북해서요. 선생님이 쑨우양이랑 어제 오후 여성협회에 있는 쑨의 방에서 있었던 일을 두고 하는 말 같은데……"

장 양은 얼굴까지 붉어진 채 말을 잇지 못하고 눈으로만 팡뤄란을 쳐다보았다.

"어제 오후에 제가 여성협회에서 쑨우양과 이야기를 나눈 건 다 일 때문이었고 다른 사람들에게 말 못할 일이라곤 전혀 없었는데요."

팡퉈란은 단호하고 고백적인 말투로 대답했다.

"저도 팡 선생님이 그저 이야기만 나누셨을 거라는 거 알아요. 하지만 소문은 어쨌든 소문이니까, 선생님도 당연히 사람들이 어떤 식으로 이야기할 거라는 건 짐작할 수 있으시겠죠. 저도 그런 말은 안 믿어요. 팡 선생님의 품행이야 다들 눈으로 보고 아는 거니까 선생님에 대한 소문이 나쁘게 난다면 그걸 믿을 사람은 없겠죠. 하지만 쑨우양은 평판이 너무 나빠서 소문이 힘을 얻게 된 거예요. 보통 바깥에서 아무리 큰소리로 떠들어 대도 정작 본인들은 아무것도 모르기 십상이라서 선생님도 바깥 분위기 좀 아시라고 제가 그냥 알려 드리는 거구요."

팡퉈란은 마음으로 장 양의 호의에 대해서는 고마워하면서도 그녀가 쑨우양을 멸시하는 것에 대해서는 절대 그렇지가 않다고 생각했다. "하지만 쑨우양은 평판이 너무 나빠서"라고 말한 것으로 보아 그녀도 쑨우양을 파렴치한 여자라고 생각한다는 걸 알 수 있었다. 팡퉈란은 너무 화가 나서 참지 못하고 쑨우양에 대해 변호를 했다.

"쑨우양 개인에 관한 소문은 나도 들은 적이 있지만 난 절대 안 믿어요. 감히 단언하건대 쑨우양을 모함하는 사람들은 분명히 나쁜 마음을 품고 그러는 걸 거예요. 분명히 자기가 하려고 하는 일이 잘 안 되니까 속으로 미움을 품고 그런 소문을 만들어 내서 남의 명예를 훼손하려는 걸 거라고요."

팡퉈란이 이런 말을 그처럼 분을 내며 하는 걸 보고 장 양은 깜짝 놀랐지만 당장 잘 알겠다는 듯이 웃으며 아무 말도 하지 않았다. 팡뤄란은 자신의 말이 다른 사람의 마음속에서는 이미 다르게 해석되고 있다는 걸 전혀 눈치채지 못한 채 여전히 분을 내며 말했다.

"난 이런 소문이 대체 어디서 나왔는지 반드시 조사할 겁니다! 쑨우양을 위해서 그리고 나 자신을 위해서요."

"메이리를 위해서도요." 장 양이 참지 못하고 이렇게 말했다. "메이리가 요즘 계속 우울한 것도 이것 때문이니까요."

아, 예상했던 대로 이쪽에서 분 바람이었구나! 팡뤄란은 문득 너무나 기뻤다. 아내가 우울했던 수수께끼를 푼 것이다. 하지만 곧 아내가 뜻밖에도 이것 때문에 자신에게 냉담했고 게다가 몇 번씩이나 캐물어도 자신에게는 이야기도 안 하더니 장 양에게는 이미 많은 이야기를 한 것 같다는 생각이 들자, 아내가 이런 식으로 남편을 이상한 사람으로 여기고 남편을 믿지 않으면서 너무나 우습게 보는 그런 식의 태도는 정말 아니라는 생각이 들었다. 팡뤄란은 화도 나고 조바심도 나서 당장 아내와 얼굴을 맞대고 모든 것을 분명하게 하고 싶은 마음이 간절해졌다.

장 양과 응접실에서 나온 후 팡뤄란은 내키지 않는 마음으로 공문 몇 건을 대충 살펴본 뒤 아내에게 해명을 하기 위해 서둘러 집으로 돌아왔다. 아니, '해명'은 좀 너무 가벼운 것 같고 아내가 상황을 분명하게 알도록 하기 위해서, 아니, 그것도 딱히 맞는 말은 아닌 것 같았다. 그는 정말 아내가 남편을 우습게 알고 남편을 믿지 않으며 남편을 너무 깔보는 잘못을 범했다는 걸 깨닫게 해야만 한다고 생각했다. 엄밀히 말하면 이때 팡뤄란은 아내에게 사죄를 하러 간 게 아니라 아내의 잘못을 '따지러' 간 거였다.

이게 바로 팡뤄란이 서둘러 아내를 만나러 집으로 갔을 때의 심경이었다. 팡 부인은 마침 아이와 놀고 있다가 남편이 뜻밖에 일찍 귀가한 데다 또 낯빛이 침울한 걸 보고는 당부에서 또 무슨 곤란한 문제가 생겼나 보다 하고 생각했다. 하지만 막 사정을 물어보려고 할 때 팡뤄란은 거친 소리로 하녀를 불러 아이를 데려가도록 하고는 아내의 손을 잡고 침실로 들어가며 말했다.

"메이리, 좀 와 봐요, 당신과 긴히 할 말이 있으니."

팡 부인은 불안한 마음으로 따라 들어갔다. 침실로 들어가 흔들의자 쪽에 앉더니 팡은 부인의 무릎을 끌어안고 그녀의 목을 감싼 채 물었다.

"메이리, 오늘은 꼭 당신이 요즘 왜 달라졌는지, 왜 나한테 이렇게 냉랭하게 대하는 건지 말해 줘야 해요."

"그런 거 없어요. 전 평소랑 같아요." 팡 부인은 이렇게 말하며 팡뤄란의 품을 벗어나려 했다.

"아니. 당신은 냉랭해졌소. 왜 그런 거요? 당신을 불쾌하게 만든 일이 있소? 메이리, 날 속이면 안 돼요."

"좋아요. 냉랭해졌다고 해요. 하지만 전 잘 모르겠고, 제 생각엔 오히려 당신이 변한 거 같은데요."

"허, 더 이상 감출 필요 없다니까요." 팡뤄란이 웃었다. "난 당신이 또 쑨우양 때문에 그런다는 거 알고 있소. 아니오?"

팡 부인이 그녀의 가슴을 어루만지고 있던 팡뤄란의 손을 뿌리쳤다. 남편의 웃음이 가슴속을 찌르는 것 같았지만 그저 담담하게 만 대답했다.

"알고 있으면서 왜 또 제게 묻는 거죠?"

"장 양에게는 이야기를 했잖소, 메이리, 당신은 내 뒤에서만 나에 대한 이야기를 하는구려."

팡 부인은 팡에게 감싸여 있던 목을 애써 빼내고는 아무 대답도 하지 않았다.

"당신이 날 믿지 않고 오히려 장 양을 믿는 그런 건 아니라고 생각해요. 바깥에서는 날 모욕하는 소문이 나돌아도 당신은 날 멸시하면 안 되는 거고. 쑨우양이 어떤 사람인지는 당신도 보지 않았소. 내 평소의 행동이 어떤지 당신 아직도 잘 모르겠소? 내가 쑨우양을 어떻게 생각하는지는 지난번에 그렇게도 분명하고 단호하게 이야기했는데 여전히 내 말을 믿지 않고, 믿지 않는 건 그렇다 쳐도, 그럼 왜 그렇게 물어봐도 대답을 안 하는 거요? 메이리, 당신이 남편을 이렇게 대해서는 안 되는 거예요! 당신은 아무 이유도 근거도 없이 날 무시하고 날 믿지 않고 있소. 그런데도 당신은 자기 잘못을 인정하지 않는 거요?"

팡 부인의 아름다운 눈이 한 번 움직였다. 그 일별 속에서 불만의 빛을 알아차릴 수 있었지만 그녀는 다시 고개를 숙이고 여전히 대답이 없었다.

"당신의 질투는 전혀 이유가 없어요. 당신 좋을 대로 하려면 난 하루 종일 집에만 누워서 어떤 여자도 만나지 않고 당신 눈에서 전혀 벗어나지 않게 해야 하는데, 그게 말이 된다고 생각하오? 메이리, 당신이 만약 좀 더 안목을 넓히고 생각을 좀 더 개방적으로 가지지 않는다면 당신의 이 이상하고 의심 많은 성격이 당신에게 엄청난 고통을 가져다주게 될 거요! 난 오늘에야 비로소 당신에게 이런 성격이 있다는 걸 알았소. 하지만, 메이리, 오늘부턴 그 성격을 고치도록 해요. 내 말을 듣고 나를 믿고 더 이상 속 좁게 굴지 말라고요. 아무 일도 없는데 괜히 걱정하는 그런 일은 제발 하지 말구려."

팡 부인이 갑자기 몸부림을 치면서 뤄란의 품에서 벗어나더니 벌떡 일어섰다. 팡뤄란의 한마디 한마디가 팡 부인의 마음속에 던져질 때는 모두 정반대의 의미로 바뀌었다. 그녀는 팡뤄란이 근본적인 것에서부터 먹칠을 하는 식으로 있는 대로 그녀를 나무라면서 자기에게도 절반의 잘못이 있다는 건 전혀 인정하지 않는다고 생각했다. 그녀는 팡뤄란이 자신을 이해하지 못할 뿐만 아니라 자신을 속이고 있다고 단정했다. 게다가 그의 말속에서 쑨우양을 비판하는 말은 한마디도 찾을 수 없었다. 왜 쑨우양에 대해서는 이야기하지 않는 것인가? 팡뤄란이 쑨우양의 이야기를 꺼내지 않을수록 팡 부인의 의심은 더해졌다. 마음속에 뭔가 거리끼는 게 있는 사람만 그 일을 꺼내는 걸 겁내는 것이다. 팡뤄란은 아내에게 상황을 명료하게 이해시키려고 노력했고, 혹시라도 아내의 의심을 살 만한 말을 피하려고 했지만 결과는 오히려 더 나빠졌다. 만약 팡뤄란이 대담하게 자신과 쑨우양이 서로 만났을 때의 상황이나 대화에 대해 상세하게 털어놓았더라면 팡 부인은 좀 더 이해를 했을 수도 있을 것이다. 하지만 팡뤄란은 마치 아예 그런 사람은 존재하지 않는 것처럼 쑨우양의 이름조차 꺼내려 하지 않았다. 그러니 팡 부인이, 남편이 말하지 않은 건 그 배후에 정말 말하기 곤란한 뭔가가 있기 때문이라고 의심하는 것도 그럴 만했다. 이게 바로 지난 열흘 동안 팡 부인이 생각하면 할수록 더 의심이 들고 의심을 하면 할수록 더 그럴 만한 이유가 있다고 생각하게 된 배경이었다. 방금 전 팡뤄란이 정식으로 담판을 벌이려고 했을 때 팡 부인은 그것이 참회나 아니면 자신이 정말로 쑨우양을 사랑했다는 걸 솔직하게 시인하는 것일 거라고 생각했다. 참회라면 물론 팡 부인이 가장 기뻐했을 것이다. 참회하는 가운데 설령 그가 이미 쑨우양과 육체적인 관계가 있었다는 고백을 해도 팡 부인은 아마 그렇게까지 화가 나지는 않았을지 모른다. 쑨우양을 인정하는 게 그녀를 속이기만 하는 것보다는 훨씬 더 진실한 것이기 때문이다. 그러나 결과는 그 어느 것도 아니었다. 팡은 여전히 그녀에게 공허와 기만만 안겨 주었다. 그러니 그녀가 어떻게 화를 내지 않을 수 있겠는가? 팡 부인은 온유한 사람이었지만 자존심이 무척 강한 사람이기도 했기 때문에 자신이 속고 모욕을 당했다고 생각했다. 그녀는 더 이상 침묵할 수가 없었다.

"모든 게 다 제 잘못이라면 당신은 아주 만족스럽고 편안하게 지낼 수 있을 텐데 뭐 하러 이렇게 시간을 낭비하면서 많은 말을 하는 거죠? 전 안목이 좁고 생각이 고루하고 아둔한 사람이니 저와 이야기하는 건 무의미한 일일 텐데요. 좋아요, 팡 위원님, 팡 부장님, 당신은 빨리 사무실로 가시는 게 좋겠네요. 제가 어떻게 하든 내버려 두고 신경 쓰지 마세요! 설령 제가 정말 답답해한다고 해도 그건 저 자신에 대해 답답해하는 거지, 결코 당신에 대해 성질을 부리는 게 아니니까요. 그리고 전 여전히 당신 집에서 엄마 노릇, 아내 노릇 다하고 있으니까요!"

마지막 말을 할 때 팡 부인은 너무나 마음이 시려 눈물을 흘릴 뻔했다. 하지만 오기가 그녀를 지배해서, 눈물은 동정을 구하는 태도라는 생각이 들었기 때문에 애써 참고는 물러나와 가장 가까운 곳에 있는 의자에 앉았다.

"메이리, 또 화가 났구려. 내가 언제 당신을 안목이 좁고 생각이 고루하다고 뭐라고 한 적 있었소! 난 그저 당신이 그렇게 하는 게 자신을 번민에 빠지게 한다고 말한 것뿐이에요."

팡뤄란은 여전히 어색하게 변명만 할 뿐 아픈 곳을 제대로 위로해 주지 못했다. 그는 아내 곁으로 와서 다시 아내의 손을 꼭 잡았다. 팡 부인은 움직이지 않았고 아무 말도 없었다. 그녀는 속으로 생각했다 — 물론 아직은 내가 싫어서 날 버리기까지 하진 않겠죠. 단지 날 속이고 날 어린애처럼 가지고 놀 뿐이지.

팡뤄란은 만약 아내를 달래지 못한다면 아마도 이 곤경에서 벗어날 수 없을 거라는 생각이 들었다. 그는 아내를 의자에서 안아 올려 입을 맞추었다. 하지만 그의 입술이 싸늘하게 굳어 버린 아내의 두 입술에 닿았을 때 그는 너무나 견디기 어려웠다. 그것은 이 입술의 질타를 받는 것보다도 더 견디기 어려운 일이었다. 그는 낙심하여 손을 놓고 흔들의자로 돌아갔다.

잠시 침묵이 흘렀다.

팡뤄란은 완전히 실패했다고 생각했다. 실패했을 뿐만 아니라 모욕을 당한 것이다. 그의 깊은 번민이 속에서 울분으로 바뀌었다. 그러나 그때 팡 부인이 갑자기 물었다.

"당신 대체 쑨우양을 사랑해요, 안 해요?"

"한두 번 말한 게 아니잖소, 그녀와 난 아무 관계가 없다고."

"당신은 그녀를 사랑하고 싶죠?"

"제발 다시는 그 사람 이야기 꺼내지 말아요, 영원히 그 사람 생각은 하지 말라고요. 그렇게 안 되겠소?"

"난 기어이 그 여자 이야기를 해야겠어요. 쑨우양, 쑨우양, 쑨우양……"

팡뤄란은 이건 분명히 악의적인 조롱이라고 생각했다. 자신은 오로지 진심으로 아내에게 해명해서 아내를 고통에서 꺼내 주려고 한 것인데 결과는 냉담과 조롱뿐이었다. 팡뤄란은 마음속에서 솟아오르는 화를 억누르지 못해 벌떡 일어나서 나가려 했다. 하지만 팡 부인은 방문을 가로막고 뜻밖에도 웃으며 말했다.

"가지 마세요. 당신은 저한테 그 이름도 꺼내지 말라고 했지만 전 기어이 말해야겠어요. 쑨우양, 쑨우양!"

팡뤄란의 눈에서 불이 일었다. 팡은 큰소리로 고함을 질렀다.

"메이리, 이게 뭐 하는 짓이오? 당신은 이미 나를 충분히 조롱했어요!"

팡 부인은 지금까지 이렇게 심한 질타를 받아 본 적이 없었다. 게다가 한 여자 때문에 남편에게 이렇게 심한 질타를 당하다니, 그녀는 이미 오랫동안 억눌러 왔던 눈물을 더 이상 참을 수가 없었다. 온몸의 힘이 쭉 빠져나간 채 침대 난간에 기대어 울기 시작했다. 하지만 그건 분노의 눈물이지 슬픔의 눈물이 아니었기 때문에 당장 분노의 불이 눈물을 다 태워 버리자 그녀는 다시 몸을 꼿꼿이 세우고 자못 경악해 있는 팡뤄란에게 말했다.

"좋아요, 당신에게 솔직하게 말하겠어요. 쑨우양이 죽거나 시집을 가지 않으면 나의 이 의심은 사라지지 않을 거예요. 당신은 왜 그녀에게 시집을 가라고 하지 않는 거죠?"

팡뤄란은 부인이 정말 아무 이유 없이 난리를 피우는 것이라고 생각했다. 그는 부인의 이런 거친 모습을 본 적이 없었다. 그녀는 너무나 변했다. 다른 무슨 할 말이 있겠는가? 만약 이것이 일시적인 분노에서 나온 말이 아니라면 그들 둘 사이는 이미 끝난 게 아닌가? 팡뤄란은 아무 말없이 흔들의자로 갔다. 그의 안색은 완전히 변해 있었다.

팡 부인은 팡뤄란 앞으로 걸어와 그의 얼굴을 뚫어져라 쳐다보았다. 팡뤄란은 고개를 숙이고 눈빛은 아래를 향해 있었다. 팡 부인은 팡뤄란의 얼굴을 손으로 받쳐 들더니 고개를 들어 자신을 보게 하고는 말했다.

"방금 당신은 내게 그토록 다정하더니 지금은 어째서 나를 쳐다보지도 않는 거죠? 난 기어이 당신이 날 쳐다보도록 해야겠어요."

팡뤄란은 힘껏 아내의 손을 뿌리치고 벌떡 일어나 그녀를 밀치고는 연기처럼 사라져 버렸다. 팡 부인은 흔들의자 위로 쓰러졌다. 반 시간 동안의 슬픔과 분노가 일제히 뜨거운 눈물이 되어 쏟아져 내렸다. 그녀는 더 이상 생각할 수도 없었고 감히 생각하지도 못했다. 그녀는 반쯤 기절한 상태로 누워 있었다. 눈물이 줄줄 흘러내렸다.

팡뤄란은 밤 10시경이 되어서야 돌아와 화가 난 채로 혼자 서재에서 잤다.

다음 날 팡뤄란은 9시나 되어서야 일어났고 팡 부인이 보이지 않아도 물어보지도 않은 채 곧장 나갔다가 날이 어두워져서야 돌아왔다. 팡뤄란이 돌아왔을 때 팡 부인은 마치 그를 기다리고 있었다는 듯이 혼자 응접실에 앉아 있었다.

"뤄란, 오늘은 제가 당신이랑 이야기를 좀 해야겠어요."

팡 부인은 아주 차분한 태도로 말했다. 조금 둔해 보이는 그녀의 눈동자 속에서 단호한 빛이 드러났다.

팡뤄란은 담담하게 고개를 끄덕였다.

"지나간 일은 이야기할 필요 없겠죠. 누가 옳고 누가 그른지도 말할 필요 없고요. 당신이 쑨우양을 사랑하는지 아닌지는 당신 자신이 똑똑히 알 테니 전 상관하지 않겠어요. 다만 당신과 나의 관계는 더 이상 유지할 방법이 없는 것 같아요. 전 물론 생각이 고루한 사람이라 어떤 주의 같은 것도 믿지 않아요. 제가 전에 받은 교육은 신식 교육은 아니지만 제게 분명하게 가르쳐 준 게 하나 있는데, 그건 바로 다른 사람의 길을 막아서는 안 된다는 거예요. '다른 사람에게는 손해를 입히면서 자신에게도 이롭지 않은' 그런 일은 하지 말아야 한다는 거죠. 전 지금 나 자신의 위치가 바로 '다른 사람에게는 손해를 입히면서 자신에게도 이롭지 않은' 거라는 걸 분명하게 깨달았어요. 그렇다면 속 시원하게 해결해 버리는 게 낫지 이렇게 지낼 필요가 어디 있어요!"

이건 명백히 이혼을 요구하는 것이었다. 하지만 그게 오히려 광뤄란을 난처하게 만들었다. 그도 일찍부터 두 사람 사이의 갈라진 틈이 아무 흔적도 없이 메워질 수는 없을 거라고 생각했지만 지금까지 이혼은 생각해 본 적이 없었고 지금도 전혀 그럴 생각이 없었다. 이건 그가 아직까지 쑨우양에게 사랑을 표현한 적도 없고 쑨우양도 그에게 어떤 표시도 한 적이 없기 때문이 아니라 그의 성격이 항상 현상 유지 쪽으로 기울어 있는 편이고 어떤 결단도 단호하게 내리지 못하는 편이기 때문이다.

"메이리, 당신은 날 이해하지 못하는군요."

광뤄란은 이렇게 모호하게 반대의 입장을 표시하는 수밖에 없었다.

"제가 당신을 잘 이해하지 못하는지도 모르죠. 하지만 전 자신은 잘 이해하고 있어요. 그건 바로 지금 저의 자리가 '다른 사람에게는 손해를 입히면서 자신에게도 이롭지 않은' 곳이고 전 그걸 원하지 않는다는 거예요. 전 매일 속으면서 매일 연극을 하듯이 아내와 엄마로서 제가 할 일을 해 왔어요. 뤄란 그건 당신도 잘 알 거예요, 그렇지 않나요?"

"아, 내가 언제 당신을 속였소! 메이리! 다 당신의 신경이 과민한 탓이에요. 심리적인 거라고요."

"보세요. 또 그러잖아요. 지금도 나를 속이고 있잖아요. 당신이 매일 거기 가서 무슨 일을 하는지 전 다 알아요. 하지만 당신은 이야기하지 않으려고 하죠. 물어봐도 말하지 않고요. 뤄란, 당신도 다른 사람에게는 손해를 입히면서 자신에게도 이롭지 못한 일을 하고 있는 거라고요, 그럴 필요가 뭐 있죠?"

"내가 쑨우양을 찾아가는 건 모두 공무 때문이오. 가서 이야기를 나눌 뿐 남한테 말 못할 일은 한 적이 없소!"

자신을 너무 경멸한다는 느낌이 다시 팡뤄란의 마음속에서 일어나 그는 변명을 하지 않을 수 없었다.

"좋아요, 우리 그 얘기 더 이상 하지 말아요. 이미 말한 것처럼 그건 당신 일이고 당신이 잘 아는 일이니 전 상관할 필요 없어요. 지금 제가 당신에게 말하려는 건 한 가지뿐이에요. 우리 관계는 끝났으니 사실대로 이혼하는 게 낫겠어요."

팡 부인은 단호한 태도로 이렇게 말했지만 사실은 마음속에서 솟구쳐 오는 쓰린 아픔을 가까스로 억누르고 있었다. 더 이상은 속지 않겠다는 자존심이 그녀를 내리눌러 이렇게 큰 용기를 내게 한 것이다.

"당신의 몰이해와 오해 때문이라 난 당신과 이혼할 수 없소!"

팡뤄란도 아주 단호하게 말했다. 애석하게도 그는 자신의 이 말이 단지 '몰이해'를 더 두텁게 하고 '오해'만 보탤 뿐이라는 걸 깨닫지 못하고 있었다. 너무나 대쪽 같고 자존심이 강한 건 팡 부인의 장점이었지만 그건 고스란히 그녀의 단점이기도 했다. 그래서 팡뤄란이 이렇게 말을 하면 할수록 그녀는 더 이해할 수가 없었고, 팡이 자신에게도 어느 정도의 잘못이 있다는 걸 인정하지 않는 한 팡 부인은 더 양보할 마음이 없었다.

팡 부인은 그저 냉랭하게 한 번 웃었을 뿐 아무 대답도 하지 않았다.

"메이리, 우린 수년 동안 부부로 지내 왔소, 이제 곧 중년이 다 되어 가고 아이도 벌써 네 살이나 되었는데 생각도 안 해 본 이혼이라는 말까지 듣게 되다니 정말 가슴이 아프오! 메이리, 당신이 만약 우리의 즐거웠던 지난 시절을 생각한다면, 그리고 바로 얼마 전까지도 우리가 여전히 행복한 나날을 보내 왔던 걸 생각한다면 차마 나와 이혼하겠다는 말을 할 수 있는 거요?"

팡뤄란은 진심을 통해 아내의 마음을 움직여 보려고 했다. 이건 분명히 수단이 아니라 진정이었다. 그는 정말 아직까지 쑨우양으로 아내를 대신하려는 생각이 없었다.

팡 부인의 마음이 조금 움직이는 것 같았다. 하지만 그녀는 충동적인 사람이 아니었다. 그녀가 이혼을 하겠다는 말을 한 건 이미 충분히 깊이 생각한 결론이었기 때문에 옛 정(情)도 지금의 그 대쪽 같은 의지를 돌이킬 수는 없었다.

"지나간 일이 요즘 매일같이 제 마음속에서 맴돌고 있어요!" 팡 부인이 말했다. "우리가 보냈던 즐거웠던 날을 생각해 보면 마치 어제 일처럼 눈에 선하죠. 하지만 과거는 결국 과거인 거고 그건 제가 벌써 스물여덟 살이 되어 이제 다시는 그 아름다운 기억 속의 열여덟 시절로는 되돌아갈 수 없는 것과 마찬가지인 거예요. 전 요즘 세상이 너무 빨리 변하고 너무 생각지도 못한 일이 많이 일어나서 어떻게 대처해야 할지도 모르겠고 전혀 이해할 수도 없다는 생각을 종종 해요. 하지만 저도 한 가지는 알아요. 세상이 비록 너무 빨리 변하고 너무 복잡해도, 과거의 낡은 장난은 종종 형태를 바꾸어 다시 나타나고 낡은 역사는 다시 무대 위에서 재연된다는 거요. 하지만 재연되는 건 늘 과거의 나쁜 것뿐이지 좋은 것은 아닌 것 같아요. 지나간 시절이 다시 올 수 있다고 해도 그건 늘 좋지 않은 것, 가슴 아픈 것만 다시 오는 거고, 즐거웠던 일은 오히려 영원히 가 버리고 다시는 돌아올 수 없는 거죠. 우리의 즐거웠던 지난 시절도 절대로 다시 돌아오지 않을 거고 과거의 가슴 아픈 일만 오히려 한 차례 한 차례씩 다시 오겠죠. 우리 사이는 지금 이미 끝났어요. 억지로 다시 합친다고 해도 그건 미래에 한 번의 아픔을 더하게 될 뿐이죠. 과거의 일은 지나갔으니까요!"

팡뤄란은 멍해져서 잠시 말이 없었다. 그는 아내의 말이 너무나 차분하고 그 안에는 자못 비관적이고 철학적인 의미까지 담겨 있다는 걸 느끼면서 이것은 그녀가 일시적으로 격분해서 하는 말이 아니라 오랫동안 생각해 왔던 거라는 걸 알 수 있었다. 이 일은 만회할 방법이 없는 것 같았다. 그렇다면 결국 이렇게 이혼하게 되는 것인가? 그것도 결단을 내릴 수가 없었다. 그는 어떤 이유도 생각해 낼 수 없었고, 감정적으로 이 문제를 그냥 내려놓을 수도 없었다. 그는 멍한 상태로 일어나 방 안을 몇 걸음 서성이다가 결국 아내 앞으로 가서 조금 창백하지만 침착한 아내의 얼굴을 바라보며 말했다.

"메이리, 당신은 나를 사랑하지 않게 되었군요, 그렇죠?"

"당신이 내가 더 이상 당신을 사랑하게 할 수 없게 했죠."

"아, 내가 그렇게까지 나쁜 사람이란 말이오?" 팡뤄란은 너무나 상심했다. "앞으로 당신은 당신이 완전히 오해했다는 걸 알고 너무나 가슴 아픈 회한을 느끼게 될 거요. 메이리, 난 차마 그렇게는 못하겠소, 그렇게 하고 싶지도 않고요. 당신은 아마 고통스러울 거요."

"전 절대로 후회하지 않을 거고 고통스러워하지도 않을 테니, 걱정 마세요."

"메이리, 이혼 후에는 어쩔 셈이오?"

"글을 가르치면서 혼자 살 수도 있고 집으로 돌아가서 어머니를 모시고 살 수도 있죠."

"당신은 광화를 포기할 수 있다는 거요?" 팡뤄란의 목소리가 조금 떨렸다.

"당신이 혁명을 하느라 가정을 돌볼 수 없다면 제가 데려갈 수도 있고요, 당신이 그걸 원하지 않는다면 저도 고집하진 않겠어요."

팡뤄란은 완전히 절망했다. 그는 아내의 집요함이 이치로 설득될 수 있는 게 아니며 이 집요함의 배후에는 또 어떠한 몰이해와 불신과 업신여김이 있다는 걸 알았다. 그는 분명히 남편이었지만 마치 의심받는 부정한 아내처럼 입장이 전도되어 아무리 사정을 해도 단호하게 거절당하는 처지가 된 것이다. 팡은 자신이 이미 더 이상 굴복할 수 없는 지경까지 왔다고 생각했다. 자신은 전혀 잘못이 없으며 이미 자기가 할 수 있는 '성의는 다 했으니' 이건 아내가 너무하는 거라고 확신했다. 이게 아내의 귀족 아가씨다운 특성이라는 생각이 들었다.

"메이리, 난 여전히 당신을 사랑하오. 당신의 의사를 존중하고. 하지만 한 가지 요청이 있소. 당신이 친구로서, 아니 같은 집안 누이의 자격으로 잠시 더 이곳에 머물러 주었으면 하오. 난 앞으로의 행동이 나의 결백을 증명해 주리라고 믿어요. 우리 사이에 비록 거리가 생겼다 해도 난 당신에 대해 전혀 나쁜 감정이 없으니 메이리, 당신도 나를 원수로 여기지는 말아 주시오."

팡뤄란은 말을 마치고 난 뒤 아주 편안하게 두 손을 가슴 앞에 낀 채 아내의 대답을 기다렸다. 팡 부인은 잠시 깊이 생각을 하는 것 같더니 고개를 끄덕이며 그렇게 하겠노라고 대답했다.

그날 저녁부터 팡뤄란은 서재의 배치를 완전히 침실로 바꾸었다. 그는 잠시 루메이리를 아내로 생각하지 않기로 했고, 이미 쌍방이 동의한 이혼을 외부에 알리는 일도 당분간은 하지 않기로 했다.

남자란 그 마음을 어떤 한 여성에게 의지하지 않을 수 없는 존재라는 걸 인정한다면 이때부터 아주 짧은 기간 동안 팡뤄란이 쑨우양이 있는 곳에 더 자주 가게 된 건 필연적인 이치일 것이다. 하지만 팡이 그렇게 한 건 발걸음이 닿는 대로 한 것에 불과하기 때문에 어쩌면 또 단지 물리학에서 말하는 이른바 움직이는 물건에 점차 가속도가 붙는 것과 같은 이치일지도 모른다. 팡은 아직도 쑨우양으로 메이리를 대신하겠다는 결심이나 생각을 해 본 적이 없었다. 딱 한 번 그가 본심에 위배되는 이런 생각을 잠시 했던 적이 있었는데 그건 '5·7' 기념회* 다음 날이었다.

5월은 중국 역사상 가장 기념일이 많은 달이다. '5·1'에서 시작해서 '5·4', '5·5', '5·7', '5·9' 등 일련의 기념일이 비첩 '해방' 이후 다시 죽은 듯이 고요했던 현성을 무척이나 떠들썩하게 수놓았다. 온갖 격렬한 논조의 이야기가 기념 대회 속에서 쏟아져 나왔고 물론 그중에서도 후궈광의 논조가 가장 격렬하고 과격했다. 후는 한 달 전에는 갓 발견된 혁명가였지만 지금은 혁명 노장이 되어 누구도 반혁명이나 비(非)혁명 혹은 토호열신 같은 글자를 후궈광이라는 세 글자와 함께 연상하는 사람이 없었다. 게다가 일 많은 5월의 허다한 기념일이 다시 후궈광의 위상을 한층 높여 주어 그는 이제 엄연히 급진파의 핵심 요원이자 전 현의 핵심 요인이 되어 있었다. 팡뤄란 역시 초기에는 좀 유약하고 주의가 불분명하다는 비판을 받기도 했지만 지금은 단호하고 철저한 인물이 되어 있었다. 이러한 사실은 팡이 '5 · 7' 기념회에서 한 연설만 보아도 알 수 있다.

그날 열렬한 박수 속에서 강단을 내려오면서 팡뤄란은 너무나 기뻤다. 땀을 닦으면서 사람들의 무리를 헤집고 막 바깥으로 나오다가 팡은 초등학생들의 대열 속에 우뚝 서 있는 쑨우양을 보았다. 그녀는 오른손에 구호가 쓰인 작은 깃발을 들어 햇빛을 가리고 선 채 강단에 시선을 집중하고 있었다. 비단 홑적삼의 넓고 짧은 소매가 어깨까지 밀려나 겨드랑이털이 보일 듯 말 듯했다.

팡뤄란이 그 앞까지 다가갔을 때도 쑨은 여전히 그를 알아차리지 못했다.

"우양, 당신은 올라가서 연설 안 해요?"

팡뤄란이 이렇게 물으며 쑨의 곁에 서서 손에 든 밀짚모자를 부채 삼아 흔들었다. 정말 너무 더운 날씨였다. 쑨우양의 이마에도 땀방울이 맺혀 있었다. 쑨의 발그레한 두 볼이 너무나 사랑스럽게 느껴졌다. 쑨은 갑자기 고개를 돌려 팡뤄란인 걸 보고는 웃으며 말했다.

"당신이 무대에서 내려오는 걸 봤는데 인파 속에서 얼핏 보이다 안 보인다 했더니 여기 있었네요. 오늘은 류 양이 연설하기로 되어 있어서 전 안 올라가요. 정말 햇볕이 너무 심하네요. 날이 너무 뜨거워서 여기 서 있다 보니 온몸이 다 땀범벅이 됐어요."

팡뤄란은 손수건을 꺼내 얼굴의 땀을 닦으며 숨을 한 번 내쉬고는 말했다.

"여긴 사람이 너무 많고 너무 뜨겁네요. 가까운 데 장공 사당(張公祠)이 있는데 아주 한적하고 조용하니 우리 그리로 가서 땀이나 좀 식히죠."

쑨우양은 사방을 돌아보더니 고개를 끄덕여 팡뤄란의 제안에 동의를 표했다.

한 10분가량을 빠르게 걸었기 때문에 그들이 장공 사당에 도착해 작은 연못가에 앉았을 때 쑨우양의 머리는 완전히 땀범벅이 되어 있었다. 그녀는 땀을 닦으면서 이곳을 칭찬했다. 큰 동백나무가 태양을 가려 주었고 불어오는 바람도 제법 시원했다. 라일락과 장미의 색향(色香), 삼삼오오 떼를 지어 지저귀는 새소리가 모두 이 적막한 폐사당(廢祠堂)에 활기를 불어넣어 주고 있었다. 연못은 이미 물이 많이 줄어 있었지만 푸른 부평초와 가는 수초들이 여전히 수면을 가득 덮고 있었다. 쑨우양은 동백나무를 등지고 앉아서 서늘한 바람의 어루만짐을 느끼며 팡뤄란과 이런저런 이야기를 나누었다.

"해방여성보관소의 간사 첸쑤전이 어떤 사람인지 아세요?"

현의 여성 운동에 대해 이야기를 하다가 쑨우양이 갑자기 이렇게 물었다.

"몰라요. 아무튼 당신들이 추천한 걸로 아는데요."

"그래요. 당시에는 주민성이 추천을 했고 우리도 마땅한 사람이 없어서 그렇게 한 거였는데 최근에야 첸이 루무유의 애인이라는 걸 알게 됐죠. 류 양이 그러는데 첸쑤전은 글을 한 자도 모른데요."

"주민성은 왜 그 여자를 소개한 거죠!"

"아마도 루무유의 청탁을 받은 것 같아요. 주민성은 본래 멍청이잖아요! 이상한 건 루무유에게 그런 애인이 있을 수 있냐는 거예요."

"연애란 본래 이해하기 어려운 거니까요."

쑨우양이 웃었다. 그녀는 두 손을 깍지 끼어 머리를 감싸고는 몸을 약간 뒤로 젖히더니 깔깔 웃으며 말했다.

"말은 그렇지만 두 사람 차이가 너무 크면 애정이 생기진 않을걸. 그건 단지 성욕의 충동일 뿐이지."

팡뤄란은 가만히 쳐다보기만 할 뿐 아무 대답도 하지 않았다. 쑨우양의 천진한 자태와 다정한 말이 그의 눈과 마음을 사로잡아 심장의 고동이 더 빨라진 것 같았다.

"사람들이 내가 주민성이랑 연애한다고 말들 하는 거 알아요. 최근엔 그 소문이 좀 적어졌지만요. 그들은 어떤 여자랑 남자랑 친하게 지내는 것만 보면 당장 누구누구 애인 생겼다고 난리죠. 얼마나 한심한 일이에요?"

쑨우양이 갑자기 자기 이야기를 하면서 마치 "'당신이 연애란 본래 이해하기 어려운 거'라고 했는데 이걸 말하는 게 맞냐?"고 물어보기라도 하듯이 팡뤄란의 얼굴을 쳐다보았다.

팡뤄란은 고백 같기도 하고 암시 같기도 한 그녀의 말에 심취되었다. 하지만 쑨우양이 이런 말을 빌려 자신의 입장을 이야기하고 있는지도 모른다고 생각하니 다시 좀 처량한 마음이 들었다. 하지만 팡은 고개를 가로저으며 말했다.

"그런 소문은 전 처음부터 믿지 않았어요!"

쑨우양은 깊이 이해한다는 듯이 웃으며 더 이상 아무 말도 하지 않았다.

이제 나뭇잎이 가볍게 사각대던 소리도 멈추고 새도 지저귀지 않았다. 둘 사이에는 두 척 정도의 거리가 있었지만 팡뤄란은 쑨우양의 심장 뛰는 소리까지도 다 들리는 것 같았다. 그녀의 얼굴에 점점 발그레한 홍조가 떠오르는 게 보였다. 자신의 얼굴에도 조금 열이 올랐다. 두 사람 모두 하고 싶은 말이 많았지만 상대방이 먼저 입을 열기만을 기다리고 있는 것 같았다. 쑨우양이 갑자기 다시 웃으면서 일어나 치마를 쳐들고 팡뤄란 앞으로 다가왔다. 둘 사이의 거리가 불과 몇 촌(寸)밖에 되지 않아서 쑨의 생동하면서도 우울한 눈빛이 바로 팡뤄란의 눈과 마음속으로 비쳐 들어왔다. 그녀는 아주 부드럽게 말했다.

"뤄란, 요즘 당신 부인하고 사이에 또 문제가 생겼죠……?"

팡뤄란은 순간 멍해져서 쓴웃음을 지으며 고개를 가로저었다.

"부인할 필요 없어요. 당신이 부인과 다시 싸우고 심지어는 이

혼까지 하려고 한다는 거 다 알고 있어요."

팡뤄란의 안색이 변했지만 쑨우양은 오히려 웃으며 손을 팡뤄란의 어깨 위에 놓고는 낮은 소리로 말했다. "알아맞혀 보세요, 제가 이 소식을 알고서 기뻤을지, 아니면 화가 났을지요?"

이렇게 다정하면서도 풍부한 암시를 담고 있는 말을 들으면서 팡뤄란의 안색이 다시 변했다. 하지만 이 말과 함께 전해져 오는 한 차례 한 차례의 연지향은 팡뤄란의 마음을 또 다시 흔들어 놓았다.

쑨우양은 마치 팡뤄란의 심경을 꿰뚫어 보기라도 한 듯이 입술을 오므리고 웃다가 당장 웃음을 거두더니 팡뤄란의 어깨를 한 차례 치며 아주 진지하게 말했다. "전요, 기쁘지도 않고 화가 나지도 않았어요. 하지만 뤄란, 당신의 부인은 참 좋은 여자예요. 당신이 아내를 화나게 해선 안 되죠⋯⋯."

팡뤄란이 숨을 한차례 내쉬고 막 입을 열어 변명을 하려는데 쑨우양이 다시 팡의 말문을 막으며 말했다.

"제 말 들으세요! 저도 당신이 의도적으로 아내의 마음을 아프게 한 건 아니라고 어쩌면 그녀의 잘못일지도 모른다는 거 잘 알아요. 하지만 당신은 어쨌든 그녀를 행복하게 해 줄 방법을 찾아내야죠. 당신에게는 그녀를 행복하게 해 줄 책임이 있잖아요."

"아!" 팡뤄란이 한숨을 내쉬며 다시 입을 열려 했지만 이번에도 쑨우양에 의해 제지당했다.

"저를 위해서라도 당신은 아내를 행복하게 해 줄 방법을 생각해 내야 해요!"

광은 쑨의 말투가 너무나 다정하고 또 너무나 깊은 의미를 담고 있는 것에 감동하지 않을 수 없었다. 그는 손을 뻗어 쑨우양의 가는 허리를 끌어안았다. 열정적인 말이 한차례 그의 입가까지 올라왔지만 쑨우양은 미소를 지으며 그를 한 번 쳐다보고는 가볍게 밀어내면서 마치 큰누나가 꼬마 동생에게 타이르듯이 말했다.

"당신들은 이혼하면 안 돼요. 전 당신들의 이혼에 찬성하지 않아요. 당신이 나를 가장 존중해 줄 수 있고 어쩌면 저를 가장 잘 이해해 줄 수도 있는 사람이라는 건 물론 너무나 감사하게 생각해요. 하지만……" 쑨우양은 입술을 깨물며 웃었다. "하지만 전 당신을 사랑할 수 없어요!"

광뤄란의 안색이 다시 변했고 엉겁결에 뒤로 한 발 물러선 채 두 눈으로 쑨우양을 똑바로 쳐다보았다. 그 눈빛에는 상심과 실망 그리고 믿지 못하겠다는 듯한 의미가 담겨 있었다.

"전 당신을 사랑할 수 없어요!" 쑨우양은 다시 한번 말했다. "할 수"라는 말을 할 때 쑨은 잠시 멈추더니 깊은 애정을 담아 광뤄란을 한번 바라보고 난 뒤 무척이나 부드럽게 마치 위로하듯이 다시 말했다.

"마음 아파하실 필요 없어요. 제가 당신을 사랑할 수 없다는 게 제게 다른 애인이 있다는 말은 절대 아니니까요. 제 주변에 있는 사람들은 모두 제게 달라붙거나 매달리는 사람들뿐이고 저 역시 그들과 한데 엉켜 지내는 걸 겁내지 않아요. 저도 피와 살로 만들어진 인간이고 제게도 본능적인 충동이 있으니까 어떨 땐 저도 그걸 피할 수 없는 거죠. 하지만 그렇다고 그런 성욕의 충동이 절 구속할 순 없어요. 그래서 누구도 제게 사랑을 받은 적이 없죠, 제가 그냥 가지고 논 것일 뿐."

지금 팡뤄란의 안색은 더욱 보기 흉하게 변했고, 쑨우양을 뚫어지게 쳐다보는 팡의 입술은 조금 떨렸지만 쑨우양은 태연하게 다시 말을 이었다.

"뤄란, 당신은 저란 사람이 두려운 존재라고 생각하나요? 제가 너무 나쁜 사람이라고 생각하죠? 그럴지도 모르고 아닐지도 모르지만 전 둘 다 아니라고 생각해요. 하지만 전 절대로 저 때문에 다른 사람을 고통스럽게 하지는 않아요. 게다가 나로 인해 고통 받는 게 같은 여자라는 건 더더욱 원치 않죠. 남자들이 나 때문에 고통 받을 순 있지만 나를 존중하지 않는 남자가 설령 나 때문에 조금 고통을 당한다고 해도 그를 불쌍하게 여기진 않아요. 이게 저의 인생관이고, 저의 처세 철학이에요."

이 말은 마치 천둥이 치고 번개가 치듯이, 팡뤄란으로 하여금 갑자기 눈살을 찌푸리게 했다가 또 쓴웃음을 짓게 했다가 결국은 고개를 숙이게 했다. 마음속이 너무나 어지러워 순간 몸을 돌려 달아나고 싶기도 했고 다시 앞으로 나아가 이 사랑스럽기도 하고 두렵기도 한 여인을 끌어안고 싶기도 했다. 쑨우양은 팡뤄란의 이런 내심의 갈등을 꿰뚫어 보기라도 하듯이 너무나 애교스럽게 웃더니 다시 앞으로 나와 식은땀으로 범벅이 된 팡뤄란의 두 손을 꼭 잡고 팡뤄란과 거의 볼을 맞댄 채 아주 다정하지만 또한 팡뤄란의 용기 없음을 비웃는 듯한, 마치 아이를 달래는 듯한 말투로 조그맣게 말했다.

"뤼란, 전 당신을 믿지만 사랑할 순 없어요. 당신은 너무나 좋은 사람이고 전 당신이 저를 사랑해서 고통을 자초하게 되는 건 원치 않아요. 게다가 당신의 아내까지 고통스럽게 만들게 되니까요. 어서 가서 이혼을 취소한다는 뜻을 밝히고 메이리와 다정하게 저를 만나러 와 주세요. 그렇지 않으면 전 지금부터 당신을 아는 체도 하지 않을 거예요. 뤼란, 당신이 제게 미련이 있다는 거 알아요. 지금 당신에게 몇 분간의 만족을 드리죠."

그녀는 머리가 온통 식은땀 투성이인 팡뤄란을 끌어안았다. 얇은 비단 한 겹만을 사이에 둔 채 따뜻하고 부드러운 그녀의 가슴이 팡뤄란의 격렬하게 뛰는 심장에 닿았고 그녀의 화끈거리는 입술이 팡뤄란의 마비된 입에 닿았다. 그러고 난 뒤 그녀는 손을 놓고 멍하니 서 있는 팡뤄란만을 거기에 남겨 놓고는 사뿐히 가 버렸다.

십 분쯤 후 팡뤄란은 고민을 잔뜩 짊어진 채 집으로 돌아왔다. 그는 마음속으로 쑨우양이 했던 말을 한 차례 또 한 차례 새기고 있었다. 평소에 보았던 쑨우양의 모든 행동과 이야기, 태도 등을 처음부터 하나하나 다시 곰곰이 생각해 보고 싶었다. 하지만 마음이 너무나 어지러워서 생각을 집중할 수도 없고 생각의 가닥이 잡히지도 않았다. 오직 쑨우양이 했던 말만 머릿속에서 이리저리 굴러다니고 있었다. 그는 이미 사고력과 이해력을 상실한 채 활활 타오르는, 뭐라 말할 수 없는 감정의 지배에 내맡겨져 있었다. 쑨우양이 그를 믿는다고 하면서 그를 위로하고 또 그를 안아 주었던 것을 생각할 때 그 맛은 쓰리기도 하지만 그 안엔 달콤함도 있었다.

저녁이 되자 머리가 좀 맑아지는 것 같아서 팡뤄란은 이 문제에 대해 다시 한번 깊이 생각해 보았다. 사랑스러운 쑨우양의 온몸이 다시 그의 눈앞에 떠올랐다. 가슴이 따스한 게 마치 아직도 그녀의 풍만한 몸을 끌어안고 있는 듯한 느낌이었다. 비록 그렇긴 해도 그는 쑨우양의 권고에 따르기로 결심했다. 아내가 이해해 주지 않으면 또 어떻게 하나? 처음부터 팡뤄란이 이혼하려고 한 게 아니라 부인이 하려고 한 것이었다. 쑨우양은 이 사정을 잘 알지 못하는 것처럼 보였다. 아내가 말하지 않았던가? 쑨우양이 죽거나 아니면 다른 사람에게 시집을 가야만 자신의 의심이 사라질 수 있다고. 죽음이라는 게 본래 뭐라고 말하기 어려운 거지만 그렇다고 쑨우양이 갑자기 죽을 것 같진 않았다. 그녀는 절대로 자살을 하지 않을 것이며 성 안에 무슨 전염병이 돈다는 이야기도 없다. 시집을 가는 거야 지극히 바람직하지만 지금은 아무런 가능성이 없는 일이다. 그녀는 절대로 다른 사람에게 시집가지 않을 것이다. 처음에 팡뤄란은 부인의 말이 한때 홧김에 내뱉은 것에 불과하며 그걸 가지고는 싸울 이유도 없다고 생각했지만 요 며칠 동안 그는 아내가 정말로 이런 이유도 없는 결심을 하고 있다는 것을 알게 되었다. 그러니 쑨우양의 호의는 그녀가 자살을 하는 것 말고는 달리 실행할 방법이 없었다.

지금 팡뤄란은 생각할수록 마음이 답답해져서 아내를 원망하기 시작했다. 쑨우양도 좀 이상한 것 같다는 생각이 들었다. 마치 아내와 결탁해서 고의로 그를 가지고 노는 것 같았다. 팡은 아내랑 정식으로 이혼을 하고 쑨우양도 다시는 보지 않겠다고 결심하려고 했지만 본래 우유부단한 사람이라 그런 결정을 내리지는 못하고 결국 우스운 방법 하나만을 생각해 내었다. 쑨우양에게 직접 와서 아내의 문제를 해결해 달라고 하는 것이다.

그렇게 결정하고 난 뒤 팡뤄란은 마치 아무 일도 없었던 사람처럼 아주 평온하게 하룻밤을 보냈다.

다음 날 아침 팡뤄란이 여성협회에 도착했을 때 쑨우양은 막 잠자리에서 일어났다. 팡뤄란은 초등학생이 책을 외우듯이 쑨 앞에서 자신과 아내 사이의 분규에 대해 처음부터 상세하게 늘어놓았다. 지금 그는 쑨우양이 마치 자신의 한 부분이나 되는 것처럼 생각하고 있었기 때문에 무슨 말이든 다 털어놓은 것이다. 팡은 자신이 아내를 포옹했을 때 아내의 그 냉담했던 상황까지도 세세하게 설명했다. 그리고 "난 이미 방법이 없으니 당신이 가서 좀 처리해 달라"고 결론을 말했다.

"뭐라고요? 내가 가서 당신 부인에게 해결을 권하라고요? 그러면 상황은 더욱 악화될 뿐이에요."

"그렇다면 우리의 이혼 문제에 관여하지 말아 주시오. 우리 셋은 이대로 현상을 유지해 나갑시다."

쑨우양은 팡뤄란을 한번 보더니 말이 없었다. 그녀는 아직도 잠옷용의 긴 가운만 입은 채 맨발이었다. 젊은 여성에게 늘 있는 육체의 뜨거운 향기가 평소보다도 더 진하게 느껴졌다. 이런 상황은 확실히 남자의 마음을 흔들어 놓을 만한 것이었지만 오늘 팡뤄란은 전혀 그런 생각을 할 겨를이 없었다. 어제의 대화 이후 그는 이 여성을 갑자기 사랑하다 갑자기 원망하다 갑자기 두려워하다 대체 몇 번이나 감정이 바뀌었는지 모른다. 지금 팡은 감히 그녀에게 다가갈 엄두가 나지 않았다. 두려운 건 가까워질수록 더욱 더 그녀에게 멸시를 받게 된다는 사실이었다. 그래서 지금 쑨우양은 여전히 부드러운 눈빛으로 그를 쳐다보고 있었지만 팡뤄란은 오히려 자신이 그녀의 눈빛에 압도당하는 느낌을 받았다. 그녀는 용감하고 해탈한 초인처럼 느껴졌고 자신은 위축되고 뭔가에 구애받고 동요하는 왜소한 범인처럼 느껴졌다.

팡뤄란은 한숨을 내쉬며 방금 내뱉은 말 역시 타당하지 않다고 생각했다. 그 말은 연약하고 우유부단하며 안일한 자신의 약점을 드러내 주기에 충분했다. 현상을 유지하는 것도 고통스러운데 앞으로 쑨우양이 그를 모른 척하기까지 한다면 그건 더더욱 고통스러운 일이 될 것이다.

"하지만 현상을 유지하는 것도 좋은 방법은 아니니 어쨌든 빨리 해결을 해야죠." 그는 말을 바꾸어 다시 말했다. "어쩌면 메이리는 나더러 빨리 해결하라고 — 정식으로 이혼하는 걸 재촉할지도 몰라요. 만약 메이리가 끝까지 상황을 올바로 이해하지 못한다면 그럼 우양, 당신은 나를 용서해 줄 수 있겠소?"

"내 말은 만약 내가 온 힘을 다해 메이리에게 해명을 해도 그녀가 끝까지 고집을 부려서 결국 이혼할 수밖에 없다면 말이오." 팡뤄란은 설명을 보태지 않을 수 없었다. "난 이미 메이리에게 더 이상 설명할 방법이 없소. 그러니 당신이 가 주면 좋겠는데, 당신 역시 안 된다면 마지막으로 장 양에게 한번 부탁해 보는 수밖에 없을 것 같소."

"장 양은 안 돼요. 장 양은 당신들의 이혼에 찬성이에요. 차라리 류 양에게 부탁하는 게 낫죠. 하지만 어째서 당신은 다른 사람들한테만 기대를 하고 자신은 오히려 잊어버린 거죠? 당신의 아내가 먼저 당신에게 화해를 청하도록 할 순 없나요! 됐어요, 전 또 다른 일이 있어서, 당신이 서둘러서 그렇게 하길 바랄게요."

쑨우양은 말을 마친 뒤 곧 양말을 신고 옷을 갈아입고는 노래를 흥얼거렸다. 그녀는 아직까지 근심에 싸인 채 거기 앉아 있는 팡뤄란은 이미 안중에도 없는 것 같았다. 쑨이 알몸의 가슴을 내놓았을 때 팡뤄란은 갑자기 그녀의 뒤로 가서 그녀의 어깨 위에 가볍게 손을 놓고는 떨리는 목소리로 말했다.

"난 당신과 결혼하기로 결심했소. 당신을 사랑하오. 난 모든 걸 희생해서라도 당신을 사랑하고 싶소."

하지만 쑨우양은 한쪽 소매를 끼우고 아주 침착하게 대답했다.

"뤄란, 모든 걸 희생하지 마세요. 당신에 대한 저의 생각은 어제 이미 다 말씀드렸으니 어서 가서 당신 일하셔야죠."

쑨은 청회색의 홑셔츠를 반쯤 어깨에 걸친 채 몸을 반쯤 팡뤄란에게로 돌리고는 그의 오른팔을 붙잡고 조용히 그를 방문 쪽으로 밀어냈다.

팡뤄란은 지금까지 경험한 적이 없는 고민스러운 하루를 보냈다. 도대체 이 하루 동안 몇 번이나 생각이 바뀌었는지 모른다.

'어떻게 하면 아내와 다시 화해를 할까' 하는 것 때문에 가슴을 졸이기도 했고 또 '아내와 다시 화해를 해야 하나' 하는 생각에 망설이기도 했다. 하지만 쑨우양의 태도에 대해서는 다른 해석을 했다. 쑨우양의 거동은 어쩌면 그가 정말 이혼할 결심이 있는지 알아보기 위한 것일지 모른다. 그녀는 이미 자신을 포용한 적이 있지 않은가? 태연하게 그의 앞에서 사람을 유혹하는 몸을 드러내 보이지 않았던가? 이건 정말로 그를 애인으로 간주한 것이다! 하지만 그녀는 뜻밖에도 그를 다른 여인의 품으로 밀어냈다. 이런 이상한 사람, 이런 이상한 일은 정말 없을 것이다. 여성에 대한 경험으로 보면 팡뤄란은 아마 거의 경험이 없다고 해도 과언이 아니다. 그는 세상에 자기 아내 같은 여자 말고 쑨우양 같은 여자도 있다는 건 전혀 생각해 본 적이 없었다. 그는 정말로 당혹스러웠고 어찌해야 할 바를 몰랐다. 쑨우양은 류 양에게 도움을 청하라고 했지만 그에게는 그럴 용기도 없었고 너무나 우직한 데다 본래 말솜씨도 없는 류 양이 아내를 설득해서 마음을 바꾸어 놓을 수 있으리라는 생각도 들지 않았다.

하지만 오후 6시가량 되었을 때 팡뤄란은 결국 류 양을 찾아가서 그녀에게 도움을 청했다. 류 양은 허락을 했고 이미 그렇게 권고한 적도 있다고 하며 내일 다시 시간을 좀 길게 내서 설득을 해 보겠다고 말했다.

류 양을 만난 후 팡뤄란은 곧바로 집으로 돌아왔다. 마음이 많이 편해졌다. 그건, 하나는 그의 책임이 이미 완전히 류 양에게 넘어갔기 때문이고 다른 하나는 만약 류 양의 노력이 다시 헛수고가 된다고 해도 쑨우양에 대해서 자신은 할 말이 있을 것이기 때문이다.

"천중 선생이 방금 다녀가셨어요. 이건 그분이 가져오신 거구요."

팡 부인이 저녁을 준비하느라 바쁜 중에 특별히 나와서 이렇게 말하며 쪽지 하나를 건네주었다.

현 당부에서 특별 회의를 열어 가렴잡세(苛斂雜稅)의 폐지를 요구하는 농협 안에 대해 토의를 하겠다는 통지였다. 팡뤄란은 본래 사방의 시골 농민들이 최근에 종종 세금에 대해 항의하면서 관리가 세금을 징수하러 마을에 내려가면 함부로 길을 막고 "가렴잡세를 왜 폐지하지 않냐? 뭘 또 걷으러 왔냐?"며 소동을 피운다는 소식을 듣고 있었다. 지금 농협에서 정식으로 이런 요청을 한 걸 보니 시골에서의 소요가 더 심해진 모양이었다.

팡뤄란은 갑자기 부끄러운 생각이 들었다. 요즘 그는 이상한 연애 때문에 자기도 모르는 사이에 국가 대사의 상당 부분을 포기하고 있었던 것이다. 현 당부의 대권은 모두 그가 처음부터 믿을 수 없는 인물이라고 생각했던 후귀광에게 장악된 것 같았다. 생각이 여기까지 미치자 아내와의 분규를 조속하게 매듭짓고 마음을 잡아 나라를 위해 노력할 수 있기를 바라는 마음이 간절해졌다.

"천 선생이 당신과 직접 해야 할 이야기가 있다고 반나절이나 기다리신 걸 보니 사안이 중대한 것 같네요."

팡 부인이 깊은 생각에 빠진 팡뤄란의 얼굴을 보면서 다시 말했다.

"아마도 먼저 나와 의견을 좀 교환하려는 것이었겠지. 하지만 메이리, 당신 늘 너무 수고가 많구려. 당신의 이 두 손이 얼마나 상했나 한번 봐요!"

팡뤄란은 깊은 연민을 담아 아내의 손을 꼭 잡았다. 지난번 둘의 사이가 벌어지고 난 뒤 그는 아내의 손을 잡은 적이 없었다. 아내의 뜻을 존중하는 마음에서이기도 했고 스스로 좀 어색한 마음이 들기도 했기 때문이다.

팡 부인은 손을 잡힌 채 일 분가량 있더니 그제야 깨달은 듯이 손을 빼고 자리를 뜨면서 말했다.

"호의는 고맙지만 제 일에는 더 이상 신경 쓰지 마세요."

팡뤄란의 마음속에서 갑자기 흥분된 통쾌함이 일었다. 아내의 말에는 나무람 속에 원망이 담겨 있었고, 아내의 거동에는 거절 속에 미련이 담겨 있었다. 그건 어떤 남자의 마음이라도 움직이지 않을 수 없는 것인데 팡뤄란이라고 어찌 예외일 수 있으랴? 마음이 동요하는 가운데 그는 저녁을 먹으며 특별히 이런저런 이야기들을 찾아내 아내와 격의 없는 대화를 나누었다. 아내가 내일 해야 할 일에 대해 하나하나 하녀에게 지시를 하고 침실 쪽으로 가는 소리가 들렸다. 팡은 갑자기 방황을 뚫고 나와 큰 용기를 내어 열흘이 넘도록 각방을 썼던 아내의 침실로 서둘러 들어갔다. 팡은 아내를 품안에 낚아채고는 열렬한 입맞춤으로 아내의 분노를 막으며 다급하게 말했다.

"메이리, 메이리, 날 용서해 주오! 난 고통스러워서 죽을 것만 같소!"

팡 부인은 울음을 참지 못했지만 마치 격렬하게 뛰는 심장을 팡뤄란의 가슴속으로 밀어 넣기라도 하려는 듯이 자기도 모르게 더욱 힘껏 팡뤄란을 가슴에 끌어안았다.

10

천중이 팡뤄란과 이야기를 하려고 했던 건 현 당부의 임시 회의 말고도 한 가지 중요한 안건이 더 있었다. 그건 최근에 들은 소식으로 성의 정책에 다시 변동이 있다는 것이다. 연초에 점원 소요가 있은 후 점주들의 저항 방법은 적극적인 데서 소극적인 데로 바뀌었다. 점주들은 암암리에 속속 본전을 거두어들이고 사람도 없는 빈 진열대만 남은 가게를 남겨 놓았다. 그러면 점원노조가 그걸 접수하고 소위 위원회라는 걸 조직해서 관리하는데 현재 이런 식으로 관리하는 점포들이 벌써 열 몇 개나 되었다. 현에서는 이 일을 그다지 대수롭지 않게 여기고 있었지만 성에서는 최근 이 문제를 새롭게 주목하고 있었다. 게다가 비첩들의 '해방'에 관한 소문이 원근으로 떠들썩하게 전해지면서 공처(公妻)가 점점 늘어나고 있다는 말이 공공연하게 나돌자 성에서는 현장에게 비밀 전보를 쳤고 그에게 일괄적으로 조사해 보고하도록 지시를 해 놓은 상태였다.

저우스다는 현 사무실에서 일을 하다가 이 소식을 먼저 얻어듣고는 곧바로 천중에게 알려 주며, 말이 난 김에 해방여성보관소의 내막에 대해서도 이야기를 했다.

"내가 점원 소요 문제를 그런 식으로 해결하면 안 된다고 처음부터 반대하지 않았나, 그게 다 나중에 결정이 다시 뒤집어지는 걸 막으려고 했던 건데, 지금이 바로 그렇게 된 거지. 비첩들을 다 거둬들이는 안이 대체 어떻게 통과가 된 건지 알다가도 모르겠네! 그때 난 이미 당부를 떠나 있어서 내막은 똑똑히 모르지만 이일이 사리에 맞지 않는다는 것만큼은 명약관화한 거 아닌가. 부자들 중에 첩을 네댓씩 안 두고 있는 사람이 누가 있나, 하려는 더더욱 말할 필요도 없는 거구. 그런데 어째서 자네들은 거꾸로 비첩을 폐지하고 비첩을 몰수하겠다는 거지? 그 무슨 해방여성보관손가 하는 건 정말이지 더 황당해서, 아주 음란여성보관소가 되었더구먼. 자네가 가서 물어보면 알 걸세!"

천중의 시선은 저우스다의 흔들리는 어깨를 따라 흔들거리고 있었다. 천중은 입을 크게 벌린 채 한마디도 하지 않았다.

"첫째는 그쪽 간사인 첸쑤전이 바로 정부(情夫)를 두세 명이나 데리고 있다는 거야." 저우스다가 다시 말을 이었다. "다른 여성들은 처음에는 그래도 괜찮았는지 모르겠는데 지금은 가서 물어보게, 매일 밤 사내랑 자지 않는 여성이 있는지! 이게 말이 되나? 이게 음란여성보관소가 아니고 뭐란 말인가?"

"죽어도 싸지, 우린 전혀 모르고 있지 않았나. 대체 그런 사내녀석들은 또 어떤 녀석들이야? 조사해서 처리를 해야지!"

"처리를 한다고? 흥!" 저우스다는 어깨를 힘껏 왼쪽으로 흔들더니 잠깐 동안 움직이지 않았다. "무슨 방법이 있겠어! 그자들이 바로 대부분 당부(黨部)의 요인이고 현의 요인들인데, 무슨 방법이 있겠냐구?"

"누구? 누군데?"

"'고월(古月)' 말고 또 누가 있겠어!"

저우스다가 몸의 균형을 바로잡고 작은 목소리지만 분을 담아 말했다. 천중은 등골이 서늘했다. 그는 그게 바로 '후(胡)귀광'이라는 걸 알았다. 그로서는 정말 후귀광을 처리할 방법을 생각해낼 수가 없었다. 그래서 당장 팡뤄란을 찾아갔던 것인데 생각지도 않게 두 시간이나 기다리다 허탕을 치고 돌아온 것이다.

지금 천중은 팡뤄란의 집에서 돌아온 뒤 또다시 무수히 많은 놀라운 소문을 들었다. 현장이 밀령(密令)을 받아 당부와 노동조합과 농민조합을 해산하려고 이미 경비대를 시골에 파견해서 농민협회 집행위원을 체포하도록 했는데 지금 그게 다시 뒤집어지려고 한다는 것이었다. 정월부터 미루어 온 장부는 어쨌든 몽땅 다 계산을 해야 하는 것이다.*

이런 소문을 다른 사람들은 믿지 않을 수 있겠지만, 성의 조사 명령이 있었던 걸 일찍부터 알고 있던 천중은 믿지 않을 수가 없었다. 하지만 보라! 한 무리의 사람들이 맞은편에서 걸어오고 있다. 남색은 규찰대고 황색은 소년단이다. 덜덜 떨며 붙잡혀 가는 사람의 목에는 '반동 점주'라는 종이 깃발이 비스듬히 꽂혀 있다. 점원노조에서는 여전히 사람을 체포하면서 아직도 성 전체를 벌벌 떨게 만드는 기세를 부리고 있어서 당장 해산될 것 같지가 않았다. 천중은 뭐가 뭔지 알 수 없는 심정으로 돌아왔다. 들려오는 소식과 사실이 어떻게 이렇게도 서로 모순될 수 있는지 이해할 수가 없었다.

다음 날 뜻밖에도 '5·9' 기념 대회에서 가렴잡세 폐지 결의안이 정식으로 통과되었고, 같은 날 오후에 다시 현 당부의 임시 회의에서도 '성 당부에 가렴잡세 폐지를 적극 요청하자'는 의안이 통과되었다. 천중은 대체 어찌된 상황인지 도무지 알 수가 없어서 부득이 회의가 끝난 뒤 팡뤄란을 붙잡고 이야기를 하게 된 것이다.

"현장이 성에서 밀령을 받고 당부와 사회단체들을 해산하려고 한다네!" 천중은 작은 소리로 바깥에서의 소문을 들어 말했다. "이유는 물론 봄철 점원 소요가 너무 과격하게 처리되었고 또 최근 비첩 몰수 사건이 온당하게 처리되지 않았다는 거지. 오늘 가렴잡세 폐지 요청안은 통과되지 말았어야 하는 건데. 뤄란, 어째서 자네도 적극 찬성을 한 건가? 어제 자네 집에 간 것도 본래 이 일을 상의하려고 했던 건데 안타깝게도 만나질 못해 이야길 못했네."

"가렴잡세 폐지는 당 강령에도 적혀 있는 건데, 어떻게 통과시키지 않을 수가 있나!"

천중의 진지한 태도에 자못 신경이 쓰였지만 팡뤄란은 여전히 아주 단호하게 말했다.

"하지만 성에서는 확실히 이미 정책을 바꾸었네. 현장이 받은 비밀 전보를 저우스다가 보고 왔어."

"당부를 해산시킬 권리는 현장에게 없네! 저우스다가 분명 잘못 본 걸 거야."

팡뤄란이 잠시 깊이 생각하더니 다시 결연한 태도로 말했다.

"잘못 본 게 아니야! 자네가 몰라서 그렇지, 해방여성보관소가 후귀광에 의해 난장판이 됐다고."

천중은 거의 고함을 지르다시피 하며 이렇게 말하고는 이어서 저우스다가 일러 준 일을 처음부터 다 쭉 늘어놓았다.

팡뤄란의 짙은 두 눈썹이 갑자기 꼿꼿하게 서더니 벌떡 일어나며 고함을 질렀다.

"뭐, 뭐라고! 그럼 우린 지금까지 꿈을 꾸고 있었던 건가! 하지만 후귀광은 후귀광이고 현 당부는 현 당부지, 개인의 행동에 기관을 연루시켜서는 안 되는 거지. 후귀광은 마땅히 조사를 받아야 하는 거고 현 당부는 절대로 침범당해서는 안 되는 거고."

"하지만 후귀광은 여전히 상무위원이 아닌가. 사람들이 보기에는 어쨌든 당부에 속한 사람인데 어떻게 상관이 없다고 할 수 있겠나."

천중이 웃으며 냉랭하게 말했다.

"먼저 고발을 하고 탄핵안을 제출해야 하네. 다만 후귀광은 너무나 수단이 많은 작자라 점원노조도 완전히 그에게 이용을 당하고 있는 형편이니 조심해서 일을 처리해야지. 천중, 자네가 먼저 가서 몰래 증거를 좀 모아 온 뒤 그 증거를 가지고 다시 기회를 보아서 일을 처리하도록 하세."

천중은 한참을 망설이다가 결국 그렇게 하겠다고 대답했다. 팡뤄란은 다시 쑨우양을 찾아갔다. 그는 쑨에게 해방여성보관소에 관해 물어보려고 했다. 게다가 팡은 류 양 때문에도 마음이 다급했다. 류는 소장이니 일이 이 지경이 되도록 감독을 소홀히 해서는 안 되는 것이었다.

하루가 아주 분주하고 답답한 가운데 지나갔다.

수심의 구름이 현을 에워싸고 점점 더 압박해 들어왔다. 소문은 오히려 좀 줄어든 것 같았지만 실상은 더 환히 드러났다. 현장이 마을로 파견한 경비대가 서교(西郊) 농협 집행위원을 세 사람이나 붙잡아 왔다. 죄상은 세리를 쫓아내고 국고에 손해를 입혔다는 것이다. 현 농협에서는 하루 동안 세 번이나 현 사무소에 이들에 대한 보석을 요청했지만 전혀 효과가 없었다. 이어서 곧 서교 농협에서 현장이 농민 운동을 파괴하려 한다며 현장을 공격하는 전단이 거리에서 발견되었다. 그리고 다시 현 농협, 현 노조, 점원노조의 연석회의에서 현장의 조치가 부당하다고 선포하고 성으로 전보를 쳐서 호소하는 일이 이어졌다. 근교의 각 농협에서는 연합 선언을 내어 체포된 세 사람의 석방과 현장의 교체를 요구했다.

작열하는 한여름의 숨이 턱턱 막히는 이런 답답함과 번민은 사실상 봄이 오기 직전의 혹독한 삭풍보다 덜하지 않았다!

선언과 전보의 쟁투가 하루를 끌었다. 민중 단체와 관청의 입장은 이미 접근 가능성이 없어 보여 사람들은 당부에서 나온 제삼자의 중재로 이 상황이 아무 일 없이 해결되기를 간절히 바랐다. 현 당부는 이것 때문에 토론회를 열었고 꽝뤄란과 후궈광 두 사람을 선출해서 우선 서교 농협 위원 세 사람을 석방해 줄 것을 현장과 교섭하도록 했지만 현장은 단호하게 거절했다. 후궈광이 현장에게 이 세 사람을 구류하는 목적이 대체 무엇이냐고 묻자 현장은 담담하게 대답했다.

"그들은 세리를 욕보이고 국세를 파괴한 현행범이기 때문에 임시로 현 사무소에 구류했다가 성 정부의 지시를 기다려 처리할 것이며 절대로 부당하게 대우하지는 않을 것이다."

"하지만 그들이 맡고 있는 농민 운동 사업이 너무나 중요하기 때문에 현장의 이번 조치는 농민 운동의 발전에 지장을 초래하지 않을 수 없습니다."

팡뤄란이 법률 문제는 제쳐 놓고 혁명 전략이라는 큰 주제를 들어 다시 질문을 했지만 대답은 "해당 농협이 여전히 존재하므로 사업은 계속 진행할 수 있다"는 것이었다. 현장의 조치도 전혀 이유가 없는 것은 아니어서 팡과 후는 더 이상 말을 계속할 수가 없었다.

현 당부의 주선 노력이 실패로 끝나자 상황을 돌이킬 수 있을 거라는 희망도 끊기게 되고 이 행정적인 문제는 점차 전 사회적인 소요로 확산될 조짐을 보였다. 농협과 노조 모두 한 걸음 더 나아간 행동으로 자신들의 의사를 표출할 준비가 되어 있었다. 하지만 현 당부 안에서는 양파 간에 상호 비난이 일어났다. 후궈광파는 팡뤄란파가 나약하고 무능해서 민중의 이익을 희생시킨다고 공격했고, 팡뤄란파는 후궈광파가 이 기회를 이용해서 상황을 악화시키면서 그 속에서 이익을 챙기려 한다고 공격했다.

온 성 안이 시기와 의심, 상호 공방과 헛소문, 두려움으로 가득 차 있었다. 사람들은 이게 폭풍우가 쏟아지기 직전의 어두움이라는 걸 예감하고 있었다.

현 농협, 근교의 각 농협, 현 노조 등의 사회 단체가 연석으로 추진한 회의에서 후궈광은 현 당부가 본 안건을 중재한 경과를 보고하고 아주 선동적인 결론으로 발언을 마무리했다.

"현장은 본 안건을 너무 가볍게 보고 고작 농사꾼 세 사람을 구금한 것에 불과하며 응당 법으로 해결해야 한다고 우기면서 우선 보석 조치를 해 달라는 민중 단체와 당부의 요청을 거절했는데 이게 바로 민중을 무시하는 처사입니다! 여러분, 민중을 무시하는 건 곧 반혁명입니다. 반혁명적인 관리는 오직 혁명적인 방법으로만 처리해야 합니다! 민중은 일치되어 있습니다. 기이한 건 당부 안에도 본 안건이 법률 문제나 행정 사무라고 생각하면서 사회 단체나 당부가 관여하지 않는 게 분규 발생을 막는 것이라고 생각하는 작자들이 제법 있다는 것입니다. 이런 주장은 근본적으로 잘못된 것이며 자신의 책임을 망각하고 관청에 아부하면서 민중의 이익을 희생시키는 비열한 행위입니다. 민중은 그들에 대해서도 마땅히 혁명적인 수단으로 타도해야 합니다!"

마치 어둠 속에서 전등 빛이 번쩍하듯이 모두 다음에는 어떤 일이 이어질 거라는 걸 훤히 알고 있었다. 사람들은 후궈광이 말하는 소위 '혁명적인 수단'이라는 게 무얼 의미하는지, 후궈광이 말하는 당부 안에서 그런 생각을 하고 있는 작자들이 누구인지, 또한 농협과 점원노조가 급히 준비하고 있는 게 무엇인지 다 알고 있었다. 비록 성 안의 거리에서는 잡다한 소문이 조금 늘어난 것뿐이지만 사람들은 모두 전운(戰雲)이 근교를 포위하고 있다는 걸 느끼고 있었다. 게다가 전운이 단지 현성을 포위만하고 있는 게 아니라, 이미 하늘에서 번개가 번쩍이는 게 보이고 또 조그맣게 천둥 치는 소리도 들리기 시작했다.

그러나 현장도 포고문을 발표했다.

서교의 농협 위원 모모 등 3인은 향민을 선동하여 세리를 내쫓고 국가의 세금 체계를 파괴하였기에…… 본 현장은 정부의 명을 받들어 이 같은 탈선 행위를 금한 것이다……. 지금 모모 등 3인은 현 사무소의 관리 감독 하에 심히 좋은 대우를 받고 있다……. 마땅히 성 정부의 지시를 조용히 기다려 일을 처리해야 하며…… 감히 이 기회를 이용해 일을 벌이고 관청과 인민 사이의 악감을 부추기는 자는 마땅히 엄중하게 조사하여 처벌할 것이다……. 사람들을 모아 협박하고 난리를 조장하는 자가 있다면, 그에 대해서는 이곳을 지켜야 할 책임이 있는 현장으로서 좌시할 수 없으며 무력으로 저지하는 수밖에 없다…….

이 포고는 현 당부와 인민 단체에 속해 있는 후귀광파에게 더욱더 맹렬하게 활동을 전개하도록 부추겼다. 각 단체들이 연달아 선언을 발표해서 현장을 반혁명 분자로 규탄하는 노골적인 공격을 퍼부었고 군중 대회를 소집해야 한다는 이야기도 나왔다. 현 당부에서도 후귀광이 극력 주장하는 바람에 화급하게 성으로 전보를 띄웠다.

다음 날 새벽 저우스다는 팡뤄란의 집으로 달려와서 팡을 거의 침상에서 끌어내리다시피 하며 몹시 다급하게 말했다.

"오늘 아마도 폭동이 있을 것 같네. 현장은 이미 비밀리에 경비대를 시내로 이동시켰어. 자네는 아무래도 몸을 숨기는 게 낫겠네."

"내가 왜 숨어야 하나?"

팡뤄란은 여전히 태연한 기색으로 천천히 물었다.

"후궈광파가 자네한테 생트집을 잡아 시비를 걸려고 한다는 거 모르나? 어젯밤에 난 루무유 입에서 그런 기미를 알아차렸네. 무유는 요즘 완전히 후궈광에게 놀아나고 있어. 그 부잣집 도련님이야 아무 쓸모도 없고 또 무슨 나쁜 심보가 있어서 그러는 것도 아니지만 무서운 건 린부핑 일당이네."

"그들이 기껏해야 전단이나 뿌려서 나를 욕할 수 있을 뿐이지, 감히 내 인신의 안전을 위협할 수는 없을 걸세. 스다, 후의(厚意)와 관심에는 감사하지만 안심하게. 난 피하지 않겠네."

"자네 이 일을 너무 가볍게 생각해선 안 되네. 후궈광은 야심이 있어. 이 기회에 폭동을 부추겨서 현장을 내쫓고 자기가 민선 현장이 되려고 한다고. 그는 이미 자네하고 틀어져서 벌써 자네가 관청에 아부한다고 떠들고 다니고 있네, 자넨 지금 아주 위험해."

너무나 진지하게 이야기를 하는 바람에 저우스다의 어깨가 더욱 더 힘겹게 흔들렸다. 팡뤄란도 망설이지 않을 수 없었다. 소위 경비대의 역량이라는 게 본래 너무나 미약하고 경찰은 더 말할 게 없으니 후궈광파가 만약 확실히 이런 계획을 가지고 있다면 아마도 실현하기가 어렵지 않을 것이다.

"천중이 자네에게 일찌감치 후궈광을 처리해야 한다고 했을 때 왜 그걸 실행하지 않았나? 지금은 호랑이를 키워서 후환을 만든 셈이야." 저우스다가 무척 안타까워하며 다시 말을 이었다.

"현 사무소에서 농협 위원을 체포하는 일이 생기는 바람에 그런 이야기들이 한쪽으로 밀려난 거지."

서둘러 몸을 피하라는 당부만 거듭 남기고 저우스다는 총총히 자리를 떴다. 후반부의 말만 흘려들은 팡 부인은 자초지종을 모르는 채 두려움에 빠져 있었다. 팡뤄란은 대강의 상황을 아내에게 알려 주고 저우스다가 본래 신경이 과민하고 담이 작은 사람이라 그렇지 실제 상황은 그가 말한 것처럼 그렇게 험악하지는 않을 거라고 일러 주었다.

"전 그가 계속해서 서둘러 몸을 피하라고 하는 말만 들리기에." 팡 부인이 웃으며 말했다. "그렇게 다급해하는 게 상유군(上遊軍)* 이 들이닥쳐서인 줄 알았더니, 그게 아니라 후궈광의 일이었군요. 제가 듣기엔 별로 그럴 것 같지 않는데."

"상유군이 어떻다고요?"

"어제 장 양이 말한 건데, 장 양의 사촌 오빠가 방금 내려왔는데 저쪽에서는 이미 전쟁이 났대요. 하지만 여기까진 그래도 물길이 오륙백 리나 되니!"

목전의 일이 이렇게 다급한데 누가 오륙백 리 밖의 일에 대해 신경을 쓰겠는가. 팡뤄란도 그 일은 담담하게 듣고 곧 내려놓았다. 우선 서둘러 후궈광파의 거동을 정탐해야 했다. 팡이 몇 군데를 뛰어다녔지만 사람들은 모두 저우스다가 지나치게 신경이 예민한 거고 후궈광이 절대로 그렇게 대담하게 굴지는 못할 거라고 했다. 하지만 나중에 쑨우양을 통해 농민들이 분명히 대규모 시위를 준비하고 있고 현장에게 체포한 세 사람을 석방하도록 압력을 넣고 있다는 사실을 알게 되었다. 아마도 현장은 이미 이 소문을 듣고서 몰래 경비대를 이동시켜 방위를 맡게 한 것 같았다.

하지만 쑨우양은 이렇게 말했다.

"후궈광, 이 인간은 아주 음흉하고 사악해서, 전 처음 봤을 때부터 아주 싫어했어요. 이게 다 지난번 성에서 파견 온 특파원 스췬이 그를 추켜 주면서 세력을 키워 놓은 탓이라고요. 내가 보기엔 완전히 기회주의잔데, 스췬이 그를 그렇게 대단한 존재로 봤다는 건 생각할수록 우스운 일이에요. 성에서 보낸 특파원들은 현지 사정에 어두워서 종종 이런 우스꽝스러운 일을 저지르죠. 그런데도 당신들은 지금 또 성에다 사람을 파견해 달라고만 하고 있으니, 대체 얼마나 걸려야 도착하는 거죠?"

"전보는 그저께 보냈어요." 팡뤄란이 대답했다. "내일 아니면 모레면 사람이 도착할 거요. 그것도 후궈광이 전보를 치자고 강력하게 주장해서 그렇게 한 거예요."

쑨우양이 크게 웃음을 터뜨리며 말했다.

"후궈광이 아마 지난번 성에서 보낸 사람 덕을 톡톡히 보더니 또 두 번째 행운을 기대하고 있는 모양이네요. 하지만 이번에 오는 사람이 만약 또 스췬이라면 내가 당장 사람 잘못 썼다고 욕을 퍼부을 건데 그러면 후궈광은 아마 크게 재수 없는 일을 당하게 되겠군요!"

팡뤄란은 쑨우양과 헤어지고 난 뒤 아주 차분한 마음으로 바로 현 당부로 갔다. 공교롭게도 성에서 보낸 답신이 10분 전에 도착해 있었는데 답신에는 담담하게 그냥 몇 마디만 적혀 있었다. 이미 이웃 현의 시찰 명령을 받고 순행 중인 지도원 리커(李克)가 조만간 현으로 조사를 나오게 될 거라는 내용이었다. 팡뤄란은 불만스럽게 한숨을 토했다. 현의 사태가 이처럼 복잡하고 엄중한데 일개 순행 지도원이 대체 무엇을 할 수 있단 말인가?

그날 황혼 무렵에 현장이 은밀히 이동시킨 경비대 오십여 명이 시내로 들어와 현 사무소에 주둔을 했다.

하룻밤이 아무런 사고 없이 지나갔다. 하지만 다음 날 이른 아침에 누군가가 현 사무소 왼편 공터에서 누런 옷을 입은 시체를 발견했고, 이것은 곧 한 소년 단원이 날카로운 칼에 찔려 숨진 것으로 확인되었다. 규찰대는 당장 계엄을 선포했고 소년단도 모두 본부 앞으로 소집되었다. 오랫동안 선전해 왔던 시위가 오후에 열리게 되자 한동안 보이지 않았던 장창 부대도 다시 나타났다. 순찰견들은 그 모습이 낯설어 광포하게 짖어 댔다.

대회는 늘 하던 대로 성황묘 앞 공터에서 열렸다. 근교의 무장 농민들과 성 안의 점원들, 수공업자들, 떠들썩한 걸 구경하러 몰려든 사람들이 대여섯 묘나 되는 공터에 빽빽하게 들어서 있었다. 후귀광은 당연히 이 대회의 주인공이었다. 후가 첫째, 죽은 자의 복수를 위해 시내의 반동파를 엄중히 색출하라, 둘째, 현장은 당장 체포된 세 사람을 석방하라고 요구하자 이어 열렬한 박수 소리가 일기 시작했다. 그때 바로 회의장 한쪽 구석에서 갑자기 소동이 일어났다. "쳐라" 하고 먼저 몇몇 사람이 고함을 질렀고 곧이어 회의장 곳곳에서 거기에 호응하는 소리가 들려왔다. 고함을 지르고 떠들고 울어 대는 소리가 먼지에 섞여 바닥으로 가라앉았다가 다시 위로 휘말려 올라가자 태양도 놀라 달아난 듯했다. 두 개의 탁자를 쌓아 올려 만든 강대 위에 서 있던 후귀광도 조금 당황한 듯 린부핑에게 빨리 규찰대를 데리고 가서 사건을 진압하라고 다그쳤다. 강대 위에서 후는 모든 것을 똑똑히 보고 있었다. 회의장은 이미 열댓 구역으로 나뉘어 혼전을 치르면서 누가 이편이고 누가 적인지도 알 수 없는 채로 서로 치고받고 있었다.

빽빽하고 혼잡하게 모여 있는 사람들 사이로 장총 끝의 푸른빛이 번쩍이며 스쳤지만 이 긴 물건이 지금은 아무 소용이 없어 보였다. 고함을 지르며 치고받는 소리가 사방에서 점점 강대 쪽으로 다가오자 후귀광은 실제로도 조금 위험해졌다.

규찰대가 해산된 후 강대 앞에 몇몇 자리가 나자 몸을 숨길 데가 없었던 여성들 몇이 튀어나와 곧 이 빈자리를 메웠다. 갑자기 어디서 보낸 건지 알 수 없는, 대열을 이룬 열댓 명의 사람들이 미친 듯이 고함을 지르며 강대 쪽으로 몰려왔고 후귀광은 급히 강대에서 굴러 내려와 무리 속으로 달아났다. 너무 놀라서 비명을 지르는 여자들의 목소리가 날카롭게 솟구쳐 올랐고, 바닥에는 사람들이 쓰러져 있었다. 온통 아수라장이 되어 달아나는 사람들은 바닥에 쓰러진 사람들 몸을 밟고 지나갔다.

장창을 든 사람들이 당도해서 첩첩이 쌓인 사람들의 울타리를 간신히 뚫고 들어와 혼전을 치르고 있는 사람들 밖에서 그 긴 물건을 사용하려고 했을 때는 경찰과 경비대도 이미 도착했고 부랑배들도 대부분 다 달아났으며 규찰대와 군중이 서너 명의 범행자들만을 붙잡아 놓고 있었다. 군중은 열댓 명가량이 부상을 입었다. 강대 옆에 한 여자가 쓰러져 있었는데 사라사 셔츠와 바지가 이미 갈가리 찢겨져 있었고 몸에는 온통 붉은 손톱자국 투성이었다. 누군가가 그녀가 바로 해방여성 보관소의 첸쑤전이라고 했다.

난리가 끝나고 30분쯤 되었을 때, 가장 시끄러웠던 현 앞거리는 상민협회의 명령으로 철시(撤市)가 되었다. 시위에 참가했던 농민군은 모두 돌아가지 않고 각 사회 단체로 나누어져 주둔하며 방위를 맡았다. 이와 동시에 출처를 알 수 없는 두 가지 상반된 소문이 성 전체로 퍼져 나갔다. 하나는 농민이 곧 현 사무소를 포위 공격할 거라는 것이었고, 다른 하나는 경비대가 대학살을 준비하고 있으며 반동파가 회의장에서 난리를 피운 건 현장과 사전에 내통한 것으로 일이 다 끝나고 나서야 눈가림으로 경비대 몇 명이 온 거라는 것이었다.

온 현성으로 공포가 스며들었다. 저녁 어스름이 시작될 무렵이면 벌써 거리는 죽은 듯이 고요해졌고 돌아다니는 사람도 없었다. 주민들은 모두 대문을 꼭 걸어 잠그고 집 안에 숨어서 이 피할 수 없는 일이 하나하나 지나가기만을 기다렸다.

한밤중에 사람들은 소스라치듯 놀라며 꿈에서 깨어나 부엉새의 부엉 거리는 처량한 소리를 들었고 멀어졌다 가까워졌다 하면서 무리 지어 나는 까마귀들이 쉼 없이 까악까악 울어 대는 소리를 들었다. 그 소리는 마치 어떤 두려운 것을 보고 나무 꼭대기에서 잠을 이루지 못하는 것 같았다.

태양빛이 다시 현성의 모든 거리 안으로 비쳐 들어와 사람들이 대문을 열고 밖을 내다보게 될 무렵쯤 거리는 이미 사람들로 꽉 채워져 있었다. 근교의 무장 농민들이 우후죽순처럼 나타나 단숨에 이 작은 현성을 꽉 채워 버린 것이다. "현 사무소를 포위 공격한다"는 소문이 결국은 유언비어에서 현실이 되었다.

현 사무소의 대항 능력은 다 합쳐 봐야 고작 백 명이 안 되는 경비대뿐으로 간신히 현 사무소 하나를 지켜낼 수 있을 정도였다. 성 안의 집들 대부분처럼 현 사무소의 대문도 굳게 닫혀 있었다.

무장 농민들은 현 사무소를 포위한 뒤, 마침 긴급 임시 회의가 열리고 있는 현 당부에 두 가지 조건을 제시하며 현장에게 전하라고 요구했다. 첫째는 이미 체포된 지 오래된 세 사람을 당장 석방하라는 것이었고, 둘째는 현장의 잘못을 물어 사직시키고 지방의 공공단체가 잠시 그 직무를 대행하게 하라는 것이었다.

— 후귀광은 야심이 있네, 이 기회를 이용해서 자기가 현장이 되려고 한다고.

저우스다가 했던 이 몇 마디 말이 다시 팡뤄란의 뇌리를 스쳤다. 그는 후귀광을 한번 쳐다보았다. 누렇게 마른 얼굴의 후가 득의만면한 채 수염을 어루만지고 있는 게 보였다. 팡뤄란의 눈빛이 다시 린쯔충과 평강의 얼굴로 옮겨 갔다. 그들의 얼굴에서도 똑같이 기쁜 빛이 스쳤다. 대다수가 후귀광 쪽에 속한 게 분명했다.

"첫 번째 조항인 체포된 세 사람을 석방하는 건 처음부터 우리가 주장했던 거지만 두 번째 조항은 너무 지나칩니다. 게다가 정부의 권한을 침해하는 거라서 더더욱 타당하지 않습니다."

팡뤄란이 결국 천천히 말을 꺼냈다. 팡의 눈빛이 항상 졸고 있는 것 같은 평강의 얼굴로 향했다. 마치 평강이 좀 정신을 차려서 정신없이 다른 사람을 쫓아다니는 데만 힘을 쏟지 말았으면 하고 바라는 눈빛이었다.

"두 번째 요구 사항은 이유가 아주 충분합니다. 이게 너무 지나치다고 말하는 건 그게 바로 현장을 특수 계급으로 간주하는 악취를 풍기는 것이고 민주 사상에 부합되지 않는 겁니다. 게다가 현장은 지금까지 사람들의 기대를 충족시키지 못했어요. 어제 군중대회에서 소동이 발생한 것에 대해서도 반동파와 내통했다는 혐의가 있습니다. 그가 경비대를 시내로 이동시킨 게 살상을 준비한 것 아닙니까? 그러므로 농민의 요구는 정당한 것입니다."

린쯔충이 앞장서서 이렇게 반박을 했고 후궈광이 이를 받아서 보충 발언을 했다.

"사회 공공 단체들이 공동으로 치안을 유지하고 현장의 직권을 대행하는 건 물론 임시적인 것입니다. 결코 정부의 권한을 침범하지 않는다는 건 정부 쪽에서도 당연히 이해할 수 있을 테니 팡 동지는 마음 푹 놓으셔도 됩니다."

"두 분의 말씀이 일리가 없다고 할 순 없지만 그래도 현실을 생각해야 합니다. 현 사무소 안에는 백 명의 경비대가 있고 총과 탄알이 있어요. 만일 전투라도 붙게 되면 승부야 물론 어찌될지 알 수 없지만 현성은 온통 쑥대밭이 될 겁니다."

팡뤄란은 여전히 반대했다. 꼭 현장을 두둔하려는 건 아니었지만 기회주의자 후궈광이 이런 식으로 일을 몰아가려는 것에 대해서만은 절대로 동의할 수가 없었다. 잠시 침묵이 흘렀다. 현실적인 문제, 특히 무력이라는 현실적인 문제에 대해서는 확실히 모두

들 잠시 침묵하지 않을 수 없었다.

"현실에도 두 가지 측면이 있습니다." 후궈광이 말했다. "현장도 물론 반드시 적시에 조치를 취하지 않으려고 했던 건 아니겠지만, 농민들도 어디 좋아서 파업을 하고 휴업을 하는 겁니까? 우리 당부는 어쨌든 대다수의 민중을 떠나서 현장 한 사람 편에 서서는 안 됩니다."

린쯔충은 박수를 치며 찬성했고 팡뤄란은 미소만 지었을 뿐 대답이 없었다. 농민 대표가 다시 나와서 현장과의 교섭을 서두를 것을 촉구했다. 떠들썩한 소리가 먼 곳에서 울려오는 천둥처럼 한 차례씩 바람을 타고 전해져 왔다. 팡뤄란은 갑자기 이미 껍질 벗긴 삼대처럼 빽빽하게 늘어선 장창들을 보았다. 불이, 피가 보였다.

"현장이 그렇게 하려고 할지 여부는 별도의 문제고, 우선 교섭은 반드시 해야 합니다." 천중이 처음으로 발언을 했다. "전 후궈광 동지가 당부를 대표해서 현 사무소에 들어가 교섭할 것을 추천합니다."

졸린 눈의 펑강도 눈을 크게 뜨고 찬성의 뜻을 표시했다.

팡뤄란도 천중을 한번 보더니 손을 들었다. 팡은 후궈광이 혹 현장에게 구류될까 봐 분명히 들어갈 엄두를 내지 못할 걸 잘 알고 있었다. 모두의 눈이 후궈광에게로 집중되었다. 과연 후궈광은 가지 않으려고 하면서 얼굴을 붉히며 그 일을 팡뤄란에게 미뤘다.

"제가 맡을 순 없습니다." 팡뤄란은 고개를 가로저으며 간단하게 대답했다.

누가 대표로 가서 현장과 담판을 지을 것인가가 두 번째 현실적인 문제로 대두되었다. 서로 미루느라 많은 시간이 지연되었다. 회의 탁자 위에서 춤을 추던 태양은 기다리다 지친 듯이 지금은 방 밖으로 물러나 게으르게 창 앞에 비스듬히 기대어 있었다.

"다섯 명이 모두 갑시다!"

평강이 큰 비밀이라도 발견한 듯이 소리쳤다. 그의 조는 듯한 눈에서 갑자기 전에 없이 환한 기운이 번득였다. 세 사람 모두 고개를 끄덕이며 찬성했지만 후귀광은 반응이 없었다. 그는 여전히 가는 것을 꺼렸다.

농민 대표가 다섯 차례나 와서 재촉을 했고 후는 이미 써먹을 만한 핑계들을 다 찾아 썼는데 지금 다시 여섯 번째로 대표가 왔다. 다섯 사람은 모두 빚쟁이들처럼 고민스러운 표정을 짓고 있었다.

후귀광은 다섯 번이나 왔던 그 사람의 등 뒤로 자그마한 체격에 중산복을 입은 사람이 따라 들어오는 것을 힐끗 보았다. 이건 분명 밖에 있는 농민들이 더 이상 기다릴 수 없어서 재촉을 하기 위해 사람 하나를 더 보낸 것일 것이다. 상황은 너무나 긴박한 것 같은데 어떻게 해야 하나? 후는 생각했다. 다섯 사람이 함께 가는 게 거의 확정되어 더 이상은 발을 뺄 수도 없었다. 하지만 이건 바로 후가 가장 꺼리던 것이었다. 다른 사람들이야 다 별일 없겠지만 자신은 무척 위험했다. 그는 공개적으로 현장을 욕했고 오늘 일을 주동했다. 그가 현 사무소로 간다면 그게 어찌 제 발로 호랑이 굴에 머리를 들이미는 격이 아니겠는가? 하지만 이런 난처한 상황을 공공연하게 말하는 것도 불편한 일이었다.

"이 분은 성에서 파견되어 온 분입니다. 상무위원들을 뵈려고요."

다섯 번이나 들어왔던 사람이 자기 뒤에 있는 체구가 작은 청년을 가리키며 말했다. 다섯 사람 모두 깜짝 놀랐다. 응? 성에서 파견되어 온 사람이라고? 그는 바로 리커가 아닌가, 특파원 리커 — 아니, 특파원으로 바뀐 순행 지도원 리커? 그들 모두 어깨의 긴장이 벌써 풀어지는 걸 느꼈다. 이 중대한 일을 이제는 마땅히 책임져야 할 사람이 와서 책임을 지게 된 것이다. 비록 그게 저렇게 작고 연약해 보이는 리커일지라도. 그들 다섯 사람은 저마다 활기를 되찾기 시작했는데 후귀광이 특히 그랬다.

10분 후 리커는 이 다섯 사람이 처한 곤경을 완전히 이해하게 되었고 아주 시원스럽게 현 사무소에 들어가 교섭하는 일을 수락했다. 하지만 그에 앞서 먼저 농협의 책임자와 한차례 협상을 해야만 했다. 물론 후귀광이 스스로 나서서 리커를 모시고 농협 위원을 찾아갔다. 후는 리커가 너무 차갑고 말이 없어서 종전의 스쿼처럼 그렇게 시원시원하지는 않다고 생각했지만 그래도 성에서 온 특파원이니 당연히 전처럼 스스로 모시기를 자원한 것이다.

남아 있는 넷은 리커의 자그마한 뒷모습을 바라보다가 약속이나 한 듯이 동시에 한숨을 내쉬었다. 그들은 조금은 편안해진 마음이 되었다가, 다시 막연하게 저 작은 체구에 전혀 특별한 데가 없는 청년이 이 막중한 일을 감당할 수 있을까 하는 우려를 품기도 했다. 하지만 어떻든 간에 그가 책임을 져야만 한다는 건 명료한 일이었고, 이제 남은 넷은 아주 즐겁게 좋은 소식이 오기만 기다리면 되었다.

11

　이미 오래전에 체포되었던 세 사람은 석방되었고 현장은 여전히 직무를 수행했다. 이건 모두 리커의 뜻이었다. 후궈광은 처음부터 불만이었지만 리커가 농협 위원의 지휘권을 가지고 있었기 때문에 그저 그를 미워하는 것 외에는 달리 방도가 없었다. 농민들이 현 사무소의 포위를 풀고 난 뒤 후궈광은 점원노조 측 사람에게 리커가 너무 나약하고 타협적이어서 이번에는 민중이 억울하게 실패하게 되었다고 전했다.

　하지만 만약 후궈광이 이번에 리커가 "후궈광을 처리하라"는 명령서를 주머니 속에 가지고 왔다는 사실을 알았더라면 분명 리커를 나약하고 타협적일 뿐만 아니라 반혁명적이라고 비난했을 것이다.

　그날 저녁 팡뤄란과 천중이 후궈광의 죄상을 보고했을 때야 비로소 리커는 앞으로 조사해서 처리할 일을 공개했다. 리커는 "후궈광은 본래 귀 현의 삼등(三等) 토호열신이었습니다. 반달 전에 누군가가 성에서 그를 고발하면서 그의 이전 악행과 최근 비첩 해방과 관련된 흑막들을 폭로했습니다. 성 당부에서 이미 조사를 해본 결과 그러한 것들이 사실임을 확인하고 체포를 결정했으며 현재 저에게 집행을 위임했습니다. 방금 전에 이미 현장을 통해 공안국장에게 명령을 전해 후를 체포하도록 요청했습니다. 내일 현 당부에서 회의가 열릴 때 제가 다시 출석해서 설명할 것입니다."

　팡뤄란과 천중은 놀라움으로 고개를 끄덕이면서도 얼마간의 부끄러움을 느끼지 않을 수 없었다.

"그가 당부에 섞여 들어온 이후의 행위에 대해 논하자면," 리커가 다시 말을 이었다.

"모두 혁명의 가면을 쓰고 실제로는 사리사욕만을 도모하며 온갖 나쁜 짓거리를 함부로 자행하는 토호열신의 낡은 수법이었습니다. 게다가 가증스러운 건 그런데도 그가 여전히 노동조합과 농민협회의 세력을 장악하고 그것을 악행의 근거지로 삼고 있다는 겁니다. 후라는 인간은 지극히 교활하고 자기를 감추는 데 능하기 때문에 여러분이 다 그에게 속아 넘어간 것도 당연합니다."

"후는 자기를 감추는 데 능할 뿐만 아니라 기회를 이용하는 데도 아주 능합니다. 올봄 점원 소요 때 후가 과격한 주장을 하고 그 기회를 틈타서 교묘하게 당부 안으로 끼어 들어왔던 걸 모두 기억하실 겁니다. 지금 돌아보면 당시 점원 문제에 대한 우리의 태도는 너무 유화적이어서 오히려 후에게 그런 틈을 주게 된 거라고도 할 수 있습니다."

팡뤄란은 전날의 일을 되돌아보면서 개탄과 후회를 금치 못하겠다는 듯이 말했다.

"너무 유화적이어서도 물론 안 되지만 너무 강경해도 일을 그르치게 됩니다. 후궈광이 교묘하게 기회를 이용해 온 건 물론 다른 경우지만, 린부펑 같은 경우는 아마 너무 강경해서 문제가 생긴 것 같습니다." 천중이 다른 의견을 개진했다.

리커는 미소를 지었다. 그의 냉담한 표정에서 자신은 그렇게 생각하지 않는다는 기색이 역력히 드러났다. 리커는 팡뤄란이 아직

할 말이 더 남아 있는지를 묻듯이 팡을 쳐다보았다.

"유화적인 것과 강경한 것도 고정불변일 수는 없고, 어떤 때는 모두 써야 합니다." 팡뤄란이 살짝 고개를 끄덕여 동의의 뜻을 표하는 것을 보고 난 후 리커가 다시 말했다.

"이곳에서 과거에 일어났던 모든 사건의 가장 큰 문제점은 상황에 대한 인식이 명료하지 못했다는 겁니다. 그래서 막상 일이 터졌는데도 머뭇거리기만 할 뿐 어떻게 대처해야 할지 결정을 내리지 못한 거죠. 유화적이어야 할 때와 강경해야 할 때를 제대로 판단하지 못한 겁니다. 어떤 때는 겉으로 보기엔 유화적인 것 같지만 사실은 명료한 인식이 없어서 감히 그렇게 해서는 안 되는 상황인데도 너무 약해 빠져서 그냥 그렇게 하기도 하고, 어떤 때는 또 겉으론 무척 강경해 보이지만 사실은 마찬가지로 명료한 인식이 없어서 줄곧 경거망동만 하기도 하구요. 모든 일이 그냥 닥쳐서 한 거지 제대로 생각을 해서 한 게 아닙니다. 앞으로 여러분들은 무엇보다도 먼저 분명한 인식을 가져야 합니다. 반드시 실행해야 하는 일인데 아직 때가 무르익지 않았다면 물론 일시적으로는 좀 온건하게 진행해도 무방하지만, 그러나 반드시 그 자리에서 해야 할 일을 잊어버려서는 안 됩니다."

리커가 냉랭하게 추상적으로 이야기를 하고 있는 모습이 아주 진지해 보였다. 하지만 이 재미없는 '인식론'과 '강온론'에 팡과 천 두 사람은 모두 흥이 가셨고 대화는 점차 활기를 잃어 갔다. 천중은 오랫동안 질문하려고 담아 두었던 성의 정책에 대해 묻는 것도 잊어버린 채 시간이 이미 많이 지난 걸 보고는 팡뤄란과 함께 그 작은 체구의 특파원을 떠나왔다. 도중에 천중은 팡뤄란에게 작은 소리로 말했다.

"이번에 성에서 온 사람은 지난번보다 훨씬 강성이네. 하지만 눈이 너무 높아. 우리가 일을 제대로 한 게 하나도 없다고 하고 또 우리의 인식이 명료하지 못해서 그렇다고 나무라는 게 마치 우리가 시골 촌놈들이라 혁명의 의미나 당의 주의(主義) 같은 것도 똑똑히 알지 못 한다고 하는 것 같더군!"

팡뤄란은 생각에 빠진 채 고개만 끄덕이면서 아무 대답도 하지 않았다.

그러나 인식의 불명료함을 드러내 주는 예가 당장 다시 나타났다.

후궈광이 뜻밖에 도망을 쳐서 다시 점원들을 선동해 리커에 대한 반대 운동을 전개한 것이다. 점원노조는 물론 선언을 발표하고 후궈광을 처벌하려는 이유에 대해 엄중하게 질의했다. 현 당부는 이 때문에 후궈광 문제에 대한 리커의 보고 내용을 공표했지만 점원노조는 여전히 회의를 열어 리커에게 보고서 중 의문점에 대해 해명할 것을 요구했다. 회의가 열리기 반 시간 전에 린쯔충은 좋지 않은 소식을 듣고 특별히 리커를 찾아와 그에게 회의에 참석하지 말 것을 권했다.

"그들이 오늘 와서 특파원님께 해명을 하라고 하는 건 필시 특파원님을 유인해서 무력으로 상대하려는 겁니다."

린쯔충은 무척이나 진지하게 이야기를 했고 목소리까지 달라져서 마치 엄청난 위험이 목전에 닥친 것 같은 느낌을 주었다.

하지만 리커는 냉정하게 고개를 가로저으며 여전히 그의 회색 중산복을 천천히 입고 있었다.

"이건 절대로 확실한 겁니다. 가시면 생명이 위험할지도 몰라요!"

"어디서 그런 터무니없는 이야기를 들었습니까?"

"쑨우양이 특별히 알려 준 거예요. 쑨도 믿을 만한 곳에서 들은 소식이고요. 쑨우양의 보고는 지금까지 항상 아주 정확했다는 걸 아셔야 합니다. 쑨이 그렇게 당황해하는 기색을 못 보셔서 그래요!"

"설령 위험이 있다고 해도 난 가야 됩니다."

"잠시 일이 있다고 변명을 하고 사람을 보내서 대신 참석하게 해도 되죠."

"안 돼요! 점원들이 이미 후궈광의 꼬임에 깊이 빠져 있기 때문에 더더욱 제가 가서 상황을 설명하고 그들이 정신을 차리도록 해야 합니다."

"오늘 안 가시고 이후에 날을 정해서 그쪽 책임자를 현 당부로 오도록 해도 됩니다."

리커는 아주 단호하게 고개를 가로젓고는 손목시계를 보더니 천천히 모자를 들어 머리에 썼다.

"굳이 가시려고 한다면," 린쯔충이 너무나 실망스러운 듯이 탄식을 하며 말했다. "몇 가지 대비책이라도 가지고 가셔야 합니다!"

"방위대라도 데리고 갈까요? 안심하세요."

리커는 이렇게 말하며 미소를 짓고는 곧 태연하게 자리를 떴다.

린쯔충은 몇 분 동안 멍하니 그곳에 서 있었다. 리커의 단호하고 침착한 얼굴이 눈앞에 또렷이 보였고 그것이 린쯔충의 마음을 차츰 안정시켜 주어 린은 오히려 쑨우양의 보고가 틀렸거나 아니면 자기가 잘못 들은 건지도 모른다는 생각을 했다. 린은 방금 전에 자기가 너무 서두르는 바람에 쑨우양이 "그들이 리커를 칠 거예요"라고 한 말만 듣고 그 뒤에 다시 "그러나"가 있다는 걸 못들은 건지도 모른다고 생각했다.

린쯔충은 웃음을 참지 못하며 어쨌든 지금 다른 일이 없으니 쑨우양에게 가서 다시 똑똑히 물어봐야겠다는 생각으로 여성협회로 향했다.

바람 한 점 없이 강하게 내리쪼이는 햇볕 속에서 길가는 마치 찜통처럼 달아올랐다. 린쯔충은 햇빛이 들지 않는 집의 처마 밑으로 해서 부지런히 걸어갔다. 가다가 마포 조각들을 못으로 박아 놓은 대문 앞을 지날 때 안에서 어떤 남자의 말소리가 들렸다. 무척이나 귀에 익은 게 문득 후궈광의 목소리 아닌가 하는 생각이 들어 곧 발걸음을 늦추고 가만히 들어 보았다. 하지만 소리는 이미 여인의 깔깔거리는 웃음으로 바뀌어 있었고 다시 들으려고 했을 때는 주위가 조용했다.

가까스로 여성협회까지 왔지만 뜻밖에도 쑨우양은 없었고 방문에는 평소처럼 종이쪽지 하나가 남겨져 있었다. "저는 현 당부로 갑니다." 린쯔충은 온몸이 땀에 흠뻑 젖어서 더 이상 돌아다니고 싶은 생각이 나지 않아 응접실에 앉아 지난 신문들을 뒤적이면서 쑨우양이 돌아오기를 기다리고 있었다. 그가 지난 신문을 서너 부쯤 뒤적거리고, 또 어디서 걸려 온 건지 모르지만 쑨우양을 찾는 전화를 두어 번 받고, 서쪽으로 지는 해를 바라보다가 막 집으로 돌아가려고 할 때 공교롭게도 쑨우양이 어깨를 축 늘어뜨린 채 돌아왔다.

"어라, 당신은 여기에서 땀을 식히고 있네! 리커는 흠씬 얻어맞았는데!"

쑨우양은 다짜고짜 이렇게 말했고, 린쯔충은 놀라서 거의 펄쩍 뛸 뻔했다.

"정말? 농담 말아요."

"농담이라고 해도 좋으니 직접 가 보시죠."

쑨우양의 표정이 너무 진지해서 린쯔충은 믿지 않을 수가 없었다. 그는 계속해서 어떻게 맞은 거냐, 어느 정도 부상이 심하냐, 지금 어디 있냐는 질문을 던졌지만, 쑨우양은 무척이나 성가시다는 듯이 대답했다.

"채 한마디도 꺼내기 전에 바로 치기 시작했어요. 아마 가벼운 부상이 아닐 거예요. 직접 가서 보시죠."

"그 사람은 어디 있죠?"

"지금은 거기 있지 않고 자기 방에 있어요. 미안해요, 실례 좀 할게요. 옷 갈아입고 좀 씻어야겠어요."

린쯔충은 쑨우양이 안으로 들어가는 걸 보고 기지개를 켰다. 린은 쑨우양의 태도가 의심스럽다고 생각했다. 왜 이렇게 서둘러서 달아나려고 하는 걸까? 아마도 '얻어맞은 이야기'는 처음부터 끝까지 다 그녀가 꾸며 내서 자기를 속이는 것인지도 모른다. 하지만 린이 다시 안으로 들어가서 쑨우양을 찾았을 때 그녀의 방문은 꽉 잠겨 있었고 쑨은 불러도 열어 주지 않았다.

현 당부로 돌아왔을 때 린쯔충은 쑨우양이 결코 그를 속인 게 아니라는 걸 알게 되었다. 리커의 부상은 열흘이 걸려도 회복이 안 될 만큼 중상이었다. 린쯔충은 자신의 권고가 받아들여지지 않고 이 지경이 된 게 너무나 안타까웠지만 부상당한 사람은 오히려 고개를 가로저으며 말했다.

"맞은 것도 잘된 일이에요. 이 일로 대다수 민중이 후궈광이 어떤 인간인지를 똑똑히 알게 되었으니까요. 게다가 때린 사람은 극소수에 불과해요. 난 많은 사람들이 나를 돕고 나를 보호하려고 하는 걸 보았어요. 안 그랬으면 아마 제 목숨이 벌써 날아갔을 걸요."

"한마디 하기도 전에 바로 치기 시작했다면서요? 그럼 결국 설명을 못하신 거네요!"

"아마 내가 동지 여러분이라는 말만 했을 때 바로 치기 시작한 것 같아요. 비록 내 입으로 설명은 못했지만 내가 부상을 당한 게 바로 가장 강력한 설명인 거죠."

리커의 말에도 일리가 있긴 했지만 사실 그가 매를 맞은 건 반동적인 음모의 연쇄 고리 가운데 첫 번째 고리에 불과했다. 린쯔충은 이 사건에 대해 현 당부에서 점원노조를 개편하고 흉악범들을 조사해서 처벌해야 한다는 의견을 제기했지만, 천중 등이 오히려 그것이 분규를 더욱 더 가중시키게 될까 두려워했기 때문에 결국은 경고장만으로 상황을 대충 마무리하는 것으로 결론이 내려졌다. 이날 현 안으로 갑자기 회색 군복 차림을 하고 가죽 띠를 비스듬히 맨, 행색이 엉망인 열댓 명의 젊은이가 나타나 하룻밤을 지내고는 총총히 성으로 가 버렸다. 그러고 나자 당장 현 앞거리에 있는 청풍각으로부터 무시무시한 소문들이 허다하게 퍼져 나가기 시작했다. 유명한 소식통 루무유의 종합적인 보고에 따르면 소문의 내용인즉 성 정부에 반대하는 군부대가 상유(上游)에서부터 내려와 사나흘 안으로 현에 도착하는데 그때 성에서 파견된 누구누구는 분명 잡혀서 총살을 당하게 될 거라는 거였다.

많은 사람들이 치밀하게 계산한 바에 따르면, 지금 현성 안에는 부상당한 리커 한 사람만 성에서 파견된 사람이었다. 하지만 또 다른 설은 이것과 완전히 달랐는데 그건 방금 성 밖 오성교(五星橋) 쪽에서 온 점쟁이의 보고였다. 그는 눈을 둥그렇게 뜨고 쌀쌀맞은 목소리로 말했다.

"흥! 죽어야 될 사람이 많구먼! 머리 자른 여자는 다 죽어야 되고, 푸른 옷, 누런 옷 입은 인간들도 다 죽어야 해, 장창 들고 다니는 인간들은 더더욱 죽어야 하구! 노조나 농민협회 명부에 이름이 오른 인간들도 물론 죽어야지! 내 눈으로 직접 봤다고. 죽여, 죽여! 강물이 피로 변하게 된다. 이런 걸 바로 청천백일만지홍(靑天白日滿地紅)이라고 하는 거지!"

점쟁이의 말은 다음 날 아침에 당장 작은 종이쪽지로 바뀌어 언제 누구에 의해서인지 모르게 온 마을 구석구석에 붙여졌다. 그중에는 제법 큰 네모 종이에 "당신들은…… 조만간…… 옥석이 함께 탈 것이다(玉石俱焚), 후회해도 늦다"는 등의 말이 가득 채워진 종이가 있었는데, 점심때는 같은 내용을 담은 네모 쪽지들이 전단으로 바뀌어 또 공공연하게 거리에 뿌려졌다.

저녁 무렵, 긴급회의 후에 현 노조와 농협은 규찰대에 근무를 명하고 급히 가도(街道)에 보초를 세워 공안국에 전단과 쪽지를 살포한 부랑자들을 체포하는 데 협조해 줄 것을 요청했다. 전반적인 형세는 조금 안정되는 것 같았다.

리커는 이러한 상황을 알고 팡뤄란과 천중에게 특별 대화를 요청했다.

"성 안이 혼란스러운 이유는," 리커가 말했다. "대체로 두 가지 때문입니다. 후궈광파와 토호열신들이 최근에 연합을 했으니 당연히 일을 벌이려고 하는 게 그 하나고, 상유군의 군사 행동에 관한 유언비어가 토호열신들의 기세를 보태준 게 그 두 번째 이유입니다. 지금 인민 단체들이 이미 반동파의 활동을 진압하는 일에 착수했으니 현 당부도 마땅히 실질적인 일들을 해야 합니다."

이 말을 듣고 팡뤄란은 생각에 잠겼고, 천중이 먼저 대답을 했다.

"현 당부는 아무런 힘도 용기도 없는데 정말 어떡하지?"

"내일 임시 회의를 열어서 방법을 토론해야지." 팡뤄란도 이야기를 했다.

"회의도 열어야 하지만 가장 중요한 건 당부가 단호한 방법으로 주도적인 위치에서 규찰대와 농민군의 역량을 통해 반동파를 진압해야 한다는 겁니다. 내일 회의가 열리면 몇 가지 사항을 처리해야 합니다. 하나는 당장 성 안에 잠복해 있는 토호열신과 혐의범들을 체포하는 거고, 또 하나는 건달과 불량배들을 단속하는 거고, 셋째로는 현장에게 경비대를 당부에 넘겨서 당부에서 지휘할 수 있게 해 달라고 요청하는 겁니다. 지금 경비대가 현장 한 사람의 호위대가 되어 있는 건 너무나 잘못된 것입니다."

리커는 말을 마치고 팡과 천 두 사람의 얼굴을 바라보았다. 두 사람은 잠시 묵묵히 말이 없었다.

"성 안의 반동파를 체포하는 건 아마 쉽지 않을 텐데요? 그들의 얼굴에 반동파라고 쓰여 있는 것도 아닐 테니 말입니다."

팡뤄란이 망설이다가 결국 회의적인 견해를 토로했다.

"현장이 경비대를 내놓지 않으면 어떡하죠?"

천중도 서둘러 말을 받았다.

"검거하기 시작하면 자연스레 보고하는 사람이 나오게 마련입니다." 리커가 먼저 팡뤄란의 질문에 대답을 하고 다시 얼굴을 천중에게로 돌리며 말했다. "현장이 경비대에 반동파 진압을 명하지 않을 이유가 없습니다. 만일 현장이 끝까지 거부한다면 경비대에 직접 선전을 해서 그들이 상황을 깨닫게 해야 하고, 그것도 안 되면 정말로 이백 명에게 강제로 무기를 반납하도록 해야 합니다."

팡과 천 두 사람의 얼굴이 파랗게 질렸다. 그들은 리커가 분명 상처에 염증이 생겨서 정신이 혼미해진 것이라고 생각했다. 계속해서 이야기를 하게 하면 더욱 더 기절초풍할 기이한 이야기이 쏟아져 나올 것 같아서 둘은 서로 쳐다보며 "내일 회의가 열리면 되겠죠"라고 계속 말했고, 리커에게도 걱정하지 말고 조용히 몸을 돌보고 속히 퇴원하도록 권고했다.

다음 날 오전에 회의가 열렸고, 리커의 의견도 제시되었다. 모두 서로 얼굴만 쳐다보며 말이 없었다. 벙어리 회의장이 된 지 거의 5분이 지나서야 의장을 맡은 팡뤄란이 어쩔 수 없이 말을 열었다.

"세 가지 방법 모두 이유는 충분합니다. 다만 어떻게 집행할 것인가에 대해서는 좀 더 상세한 토론이 필요하다고 생각합니다. 사안의 중요성을 고려할 때, 현 당부의 동지들만으로 전권을 가지고 결정할 수는 없을 것 같고, 본인의 생각으로는 각 단체의 연석회의를 소집하고 현장도 출석하도록 해서 방법을 구체적으로 논의하는 게 좋을 것 같습니다. 여러분들의 의견은 어떻습니까?"

자리에 있던 사람들이 막 거수로 찬성을 표시하려 할 때, 갑자기 한 여성이 얼굴이 벌개진 채로 숨을 헐떡거리며 뛰어왔다. 미색 마사 셔츠의 사각 깃이 찢겨져 어깨의 반이 드러나 있었다. 그녀의 첫마디는 "부랑배들이 여성협회를 덮쳤어요!"였다.

방 안에 있는 눈들이 모두 놀라 휘둥그레졌고 입들은 놀라서 비명을 질렀다.

팡뤄란은 그래도 침착한 태도로 오른 손등으로 이마에서 급히 흘러내리는 땀방울을 닦으며 말했다.

"우양, 앉아서 천천히 말하세요."

"제가 막 잠자리에서 일어나 방에서 편지 한 통을 쓰고 있는데 갑자기 밖에서 누군가가 고함을 지르기 시작했고, 유리창이 부서지는 소리가 들려서 방 밖으로 나가 보려 했더니 곧 공처(公妻) 타도를 외치는 남자들의 괴상한 목소리가 들려왔어요. 그 사이에 또 어떤 여자가 울며 고함을 지르는 소리도 들렸고요. 사태가 불길하다는 걸 알고 당장 옆문으로 갔는데 문 밖에는 뜻밖에도 이미 한 열여덟이나 열아홉 살가량 된 남자가 버티고 서 있는 거예요. 그가 나를 가로막았고…… 옷도 그가 찢었어요. 난 결국 발버둥을 쳐서 간신히 도망쳐 나왔고, 그 뒤의 일은 저도 몰라요."

쑨우양은 숨을 헐떡거리며 어지럽게 이야기를 늘어놓았다. 그녀의 새하얀 팔 위에도 몇 개의 붉은 상흔이 남아 있었다. 아마도 거기서 빠져나올 때 붙잡혔던 흔적인 것 같았다.

"대체 불량배들이 몇 명이나 되죠?"

"무슨 옷을 입었나요? 무기를 들고 있었죠?"

"여성협회 사람들은 모두 도망 나왔나요?"

"여자들이 살려 달라고 울부짖는 소리를 들었나요?"

놀랐던 정신들이 다소 진정되자 남자들은 앞다퉈 질문을 했지만 쑨우양은 고개만 가로저으며 손으로 가슴을 꽉 누르고 있을 뿐 더 이상 말이 없었다.

그러자 누군가가 사람을 파견해서 조사를 하자고 주장했고, 어떤 사람은 전화를 걸어서 상황을 알아보아야 한다고 말했다.

쑨우양은 가슴을 문지르면서 급히 말했다.

"빨리 공안국에 경찰을 파견해서 진압을 요청해요! 더 이상 이렇게 쓸데없는 말만 하다가 여성협회는 불량배들에 의해 완전히 쑥대밭이 되고 말 거라고요!"

이 말에 사람들은 비로소 정신을 차렸다. 여성협회는 아마도 불량배들에게 점거당할 것이다. 전화를 걸고 나자 사람들은 다시 앉아서 이러쿵저러쿵 이야기를 하며 불량배들이 여자들을 강간했는지 여부를 근거 없이 추측하고, 쑨우양이 대체 어떻게 빠져나왔는지, 쑨을 가로막았던 불량배는 대체 어떻게 생겼는지 등을 묻느라 오늘 회의의 본론은 아주 깡그리 잊어버렸다. 하지만 이때 전화벨이 다시 날카롭게 울렸다. 펑강은 분명 공안국에서 온 전화라고 생각하며 신이 나서 뛰어가 받았지만 "아, 아" 하는 두 마디만을 내뱉고는 당장 얼굴이 새파랗게 질려서 전화통을 떨어뜨리고 덜덜 떨리는 목소리로 말했다.

"불량배들이 우리를 치러 왔어요!"

"뭐라고! 공안국에서 온 전화 아냐? 자네가 잘못 들은 거지?"

펑뤄란은 그래도 침착하게 물었지만 이미 이마에서는 콩알만한 땀방울이 솟아 나왔다.

"공안국이 아니라…… 현 농협의 구두 통지에요……. 우리보고 지키래요."

펑강의 입술이 심하게 떨렸다.

이때 당부의 근무병이 당황하여 허둥대며 뛰어 들어왔고, 그 뒤에 마찬가지로 놀라 허둥거리는 수위가 따라 들어왔다. 근무병은 거리에서 한 무리의 강도가 발가벗겨진 여자들을 끌고 다니면서 고함을 지르고 욕설을 퍼부으며 "현 당부를 타도하러 가자!"고 외치고 다니는 걸 보았다고 했다. 수위는 전혀 아무것도 보지 못했지만, 근무병이 가져온 나쁜 소식을 먼저 들었기 때문에 곧장 안으로 달려온 것이었다.

이런데도 잘못 들은 것일 수 있을까? 근무병이 보았는데도? 게다가 들리지 않는가, 저 외쳐 대는 고함 소리가 마치 폭풍처럼 으스스하게 몰려오고 있는 것이. 아직 놀람이 가시지 않은 쑨우양의 아름다운 두 눈도 어쩔 수 없이 좀 멍한 모습이 되지 않을 수 없었다. 온 방이 놀란 얼굴들로 가득 찼고 입들은 그 쓸모를 잃어버렸다. 린쯔충은 그래도 아직 대담한 것 같았다. 린은 근무병과 수위에게 빨리 가서 문을 닫으라고 고함을 지르고는 다시 쑨우양을 붙잡고 말했다.

"경비대의 부대장에게 전화를 걸어서, 파병해 달라고 해요."

고함 소리가 더 가까워졌고 그 속에는 징 소리도 끼어 있었다. 거기다 더 가까이 들리는 건 들개들이 미친 듯이 짖어 대는 소리였다. 천중은 고뇌에 찬 얼굴로 마치 숨을 곳을 찾는 것처럼 사방을 둘러보았다. 펑강은 이미 웃옷을 벗고 먹물을 가져다가 얼굴에 발랐다. 팡뤄란은 두 손등으로 번갈아가며 이마 위에서 흘러내리는 땀을 닦아 내면서 혼잣말을 되뇌었다.

"무력이 전혀 없어선 안 되지! 무력이 전혀 없어선 안 돼!"

갑자기 들개들이 짖는 소리가 멎고, 떠들썩한 고함 소리가 담 밖에서 들려왔다. 방 안에 있던 사람들의 마음이 모두 놀라 굳어 버렸다. 수위는 허둥대면서 발끝으로 뛰어 들어오더니 작은 소리로 말했다.

"왔어요, 왔어요. 지금 대문을 두드려 대고 있는데 어떻게 하죠?"

정말 북을 두드리듯이 문 두드리는 소리가 들려왔고 근무병이 나는 듯이 달려 들어왔다. 불량배들이 이미 대문으로 공격해 들어온 것 같았다. 죽이라는 고함 소리에 창문의 유리 조각도 흔들리며 요란한 소리를 냈다. 방 안의 낡은 바닥이 덜커덕거리며 떨리기 시작했다. 몇몇 사람들이 벌써부터 염치없이 부들부들 허벅지를 떨었기 때문이다.

"경비대가 곧 올 겁니다! 5분만 더 버티세요, 10분만 있으면 됩니다!"

쑨우양이 사람들 앞에 나타나서 급하게 말했다. 사람들은 그제야 쑨이 구원병을 요청하기 위해 전화를 걸러 갔다는 걸 기억해 냈다. '경비대'라는 세 글자에 정신이 번쩍 들어 사람들은 다시금 활기를 찾았다. 팡뤄란은 근무병과 수위에게 큰소리로 말했다.

"왜 뛰어 들어온 거야, 빨리 가서 문을 꽉 닫으라고!"

"탁자와 의자를 모두 가져다 문을 막아!" 린쯔충이 이어 말했다.

"5분만 있자! 곧 온다! 탁자로 문을 막아라!"

평강이 갑자기 고무되어 두 손으로 회의실의 긴 탁자를 잡아끌었고 한두 사람이 그를 도와 탁자를 어깨에 들쳐 메었다. 대문 밖에서 단조롭게 들려오던, 난폭하게 죽이라고 외쳐 대던 고함 소리가 혼잡스러운 욕설과 서로 치고받는 소리들로 바뀌었다. 긴 의자가 막 회의실 밖으로 들려 나왔을 때, 경비가 다시 뛰어 들어와서 여전히 작은 소리로 말했다.

"걱정 안 해도 돼요! 규찰대가 왔어요! 바로 대문 밖에 있어요."

다들 간신히 한숨을 돌렸다. 하지만 막 긴 의자를 대문 입구까지 끌어와서 제대로 잘 막았을 때 갑자기 펑, 펑 하는 소리가 들렸다. 막 들끓던 소리 속에서 날카로운 총성이 터져 나왔고 이어서 떠들썩하던 소리도 점점 멀어지고 작아졌다. 경비대도 왔고 불량배들은 이미 달아난 것 같았다.

반 시간쯤 후에는 모든 것이 분명해졌다. 대략 한 삼십 명가량의 불량배들이 도끼와 나무 몽둥이, 쇠자 등을 들고 여성협회를 습격한 뒤 사람들이 드문 거리로 돌아서 현 당부를 습격한 것이다. 불량배들은 여성협회에서 세 명의 단발한 여자와 하녀 한 명과 우연히 마주친 두 명의 여성 회원을 붙잡아 오다가 다시 대여섯 명의 소년단을 붙잡아서는 오는 길 내내 채찍으로 때려 현 당부 문 앞에 도착했을 때 그들은 이미 모두 반죽음이 되어 있었다. 나중에 현 당부 문 앞에서 불량배들은 규찰대에 의해 해산되었고 그 중 네댓 명이 붙잡혔다.

이 폭동은 물론 토호열신들의 책동으로 일어난 것으로 후귀광과의 관계는 의심의 여지가 없었다. 붙잡힌 불량배 가운데 열아홉 살짜리가 한 명 있었는데 사람들은 그가 후귀광의 아들 후빙이라는 걸 알아보았다. 그는 그 흉악무도한 행위를 그대로 시인했을 뿐만 아니라 여성협회 문 앞에서 어떤 미모의 여자를 강간했다는 것까지 말했다.

"홍! 내일모레 대군이 도착하면 단발한 여자들은 모두 강간하고 죽여 버릴 거야. 당부의 인간들도 다 총살당하게 될 거고. 오늘은 이 몸께서 좀 재수가 없었다고 치고 내일은 바로 네놈들이 그렇게 될 거다."

이 나이 어린 불량배는 너무나 대담하게 고함을 지르면서 공안국의 구치소 안으로 들어갔다.

그날 오후, 근교의 농민들이 천 명 남짓 성 안으로 들어와서는 성 안의 점원 노동자들을 다 모아서 다시 군중대회를 열었다. 점원노조의 린부핑은 후귀광파라는 혐의로 체포되었고, 오전에 붙잡힌 불량배들을 당장 총살해야 한다고 요구했다. 하지만 현 당부에서는 아무런 반응이 없었고 아무도 대회에 와서 연설하지 않았다. 린쯔충이 팡뤄란에게 이렇게 말했다.

"토호열신들이 얼마나 흉악한지! 여성협회에서 체포된 세 명의 단발한 여자들을 윤간만 한 게 아니라 옷까지 발가벗겨 가지고는 철사로 유방을 꿰어 여성협회에서 현 당부 앞까지 끌고 와서 나무 몽둥이로 음부를 쑤셔 죽게 했다네. 그 시신들은 자네도 직접 보지 않았나. 그런데도 저 대여섯 놈의 불량배들을 총살시키지 않고 되겠나? 당부는 마땅히 인민들의 주장을 받아들여서 공안국에 강력하게 이야기를 해야 하네."

하지만 팡뤄란은 고통스러운 얼굴로 고개만 내젓고 있었다. 마음이 너무나 혼란스러웠다. 피를 뚝뚝 흘리는 세 구의 나체 여성의 시신이 눈앞에 떠올라 그의 앞에 가로놓여 있었다. 원망으로 튀어나온 눈알들은 꼼짝도 않고 그를 쳐다보면서 마치 그의 대답을 기다리는 것 같았다. 그는 몸서리를 치며 눈을 감았다. 당장 죽이라고 외쳐 대는 불량배들의 고함 소리가 다시 두 귀를 가득 채웠고 작고 낮지만 단호한 목소리가 동시에 그의 마음속에서 울려왔다.

— 정월에 진 빚은 어쨌든 다 갚아야 하는 거지! 너희들이 다른 사람의 목숨을 빼앗고 사람들의 복수심을 부추겼으니 자업자득인 거야! 너희들이 사람을 막다른 골목으로 몰아서 죽을힘을 다해 반항할 수밖에 없게 만든 거라고. 궁지에 몰린 짐승은 발악한다는

걸 모르나? 너희들은 토호열신이라는 네 글자로 무수히 많은 적들을 새로 만들어 냈지. 구식의 토호열신은 내쫓았지만 혁명의 깃발을 꽂은 신식 불량배들로 그걸 대신한 거야. 너희들은 자유를 요구했지만 결과적으로 얻은 건 여전히 독재지. 더 엄중하게 진압을 하는 데 성공한다 해도 그건 다시 네가 통제할 수 없는 또 다른 독재를 만들어 내는 것에 불과하게 될 거라고. 관용하고 화합해야 해! 관용과 화합만이 저 가공할 복수의 살육을 소멸시킬 수 있어. 지금 대여섯 명을 총살하면 무슨 소용이 있나? 이건 도리어 더욱 더 심한 복수의 살육만을 유도하는 교량이 될 뿐 아닌가!

팡뭐란은 망연히 한숨을 내쉬며 마음속에 울리는 작은 소리를 꾹 누르며 눈을 부릅떴다. 린쯔충의 두 눈동자가 아직도 자기를 똑바로 응시하고 있는 게 보였다. 갑자기 린의 두 눈동자가 움직이기 시작하더니 검은 것은 위로 올라가고 하얀 것은 아래로 가라앉아 위는 검고 아래는 하얀, 이상한 모양의 작은 원으로 바뀌었다. 아! 이건 분명히 두 개의 머리다. 이건 분명히 피를 뚝뚝 흘리는 여자 시체의 목 위에 달려 있던 두 개의 단발한 머리다! "단발한 여자들은 모두 강간해서 죽여 버릴 거야"라는 말이 다시 그의 귓전에서 울렸다. 그는 이를 꽉 물었다. 자기도 모르게 입술 위로 쓴웃음이 떠올랐다.

갑자기 번쩍하더니 두 개의 얼굴은 사라져 버리고 흑백이 뚜렷하게 나뉜 작은 원만이 여전히 남아 있었다. 하지만 다시 흰 것과 검은 것이 빠르게 왔다 갔다 하더니 결국은 두 개의 바둑알처럼 흰 것과 검은 것으로 완전히 나뉘었다. 다시 바둑알 속에서 화살 같은 것이 무수하게 날아오르더니 팡뤄란의 눈앞에서 각각 구역을 나누어 쌓였는데 그 모습이 완연히 서로 대치하는 두 개의 작은 산 같았다. 곧이어 나타난 것은 무수한 눈들이 첩첩이 쌓여 만들어진 두 개의 작은 산이었다. 그 눈들은 모두 한가운데 가로놓여 있는 피가 홍건한 세 구의 여자 시체들을 주시하고 있었다. 한쪽의 눈 산에서는 원망과 비탄이 분출되어 나왔지만 다른 쪽 눈 산에서는 무관심과 냉담함, 어쩌면 뜻밖의 기쁨 같은 것이 발산되어 나왔다. 벽돌담 모양의 긴 띠가 두 개의 눈 산 주위를 빠르게 돌았고, 그러자 높이 쌓인 눈들이 갑자기 무너져 내리더니 평평하게 깔려 색이 다른 두 개의 판이 만들어졌다. 아! 두 개의 반쪽, 색이 다른 두 개의 반쪽 성이다! 마음속에서 일어난 속삭임이 갑자기 팡뤄란의 귀에 들릴 만큼 크게 울렸다.

— 너는 그걸 반동이라고 하고 잔혹하게 죽이지? 하지만 성에 있는 사람들의 반은 기뻐한다!

온몸의 살이 갑자기 떨렸고, "아~!" 하는 날카로운 소리가 팡뤄란의 입술에서 터져 나왔다. 환상은 모두 물러갔다. 그는 눈을 똑바로 뜨고 다시 보았다. 자기 혼자 멍하니 서 있었고 린쯔충은 이미 어디로 갔는지 알 수 없었다. 무겁게 가라앉은 마음으로 팡뤄란은 천천히 집으로 걸어 돌아왔다.

저녁에 팡 부인은 고개를 숙이고 한참을 수심에 잠겨 있다가 팡뤄란에게 말했다.

"뤄란, 내일 소문이 계속 안 좋으면 팡화를 우선 이모님 댁으로 보내는 수밖에 없겠어요."

하룻밤이 지나갔다. 팡뭐란은 아침 일찍 일어나 거리를 살피러 나갔다. 뜻밖에도 거리 전체는 이상하게 고요했고 단 한 명의 소년 단원이나 규찰대도 보이지 않았다. 몇몇 가게들은 여전히 문을 열어 놓고 있었다. 행인들이 거의 없는 건 물론 시간이 아직 일렀기 때문이겠지만 아침 장에 나오는 농민들도 제때 잠을 못자서인지 평소와는 다르게 한 사람도 보이지 않았다.

팡뭐란은 의아한 마음으로 현 당부 쪽으로 걸어갔다. 왕타이지 경화점을 지날 때 반쯤 닫힌 가게 문 위에 붉은 종이가 붙어 있는 게 눈에 띄었다. '환영'이라는 두 글자였는데 먹물이 아직 완전히 마르지 않았다.

팡뭐란은 어찌된 영문이지 모르는 채 고개를 숙이고 급히 걸어갔다. 현 앞거리 동쪽 모퉁이에 이르렀을 때 갑자기 그를 부르는 여인의 목소리가 들렸다.

"뭐란, 무슨 일로 그렇게 정신없이 가세요?"

알고 보니 쑨우양이었다. 그녀는 은회색의 서양 옷감으로 된 홑치파오를 입고 있었다. 가슴이 평평한 게 무엇으로 묶은 것 같았다.

"거리의 상황을 좀 보려고 나왔어요. 민심은 좀 안정이 된 것 같네요. 거리도 아주 조용하구요."

팡뭐란이 대답했다. 그의 놀란 눈빛이 평소와는 다른 차림을 한 쑨우양의 가슴 부분을 내내 주시하고 있었다.

"안정이라고요? 말도 안 돼요!" 쑨우양이 냉소적으로 말했다. 하지만 아마도 팡뭐란이 자신의 가슴을 의심스럽게 바라보는 걸 벌써 눈치챘는지 다시 웃으며 말문을 돌리며 물었다.

"뭐란, 제가 좀 이상해 보이나요? 오늘은 저도 가슴을 묶었어요. 사람들 눈에 너무 띄지 않으려고요!"

이 사랑스럽고 어여쁜 입술이 하는 농담이 팡뭐란에게도 웃음을 자아냈다. 하지만 쑨우양이 옷차림을 바꾼 게 팡뭐란에게는 새로운 불안을 야기했다. 팡은 다시 물었다.

"우양, 대체 어떻게 된 거죠? 내가 보니 거리가 아주 조용하던데."

"아직도 모르고 계세요?"

팡뭐란이 놀란 쑨우양의 얼굴을 바라보며 고개를 가로저었다.

"형세가 이미 만회할 수 없는 상황이 되었어요. 적군이 어젯밤 모처에 도착했으니, 오늘은 분명 시내로 진입해 들어올 거예요. 경찰도 적과 내통했다는 혐의를 받고 있고 경비대도 절반은 믿을 수가 없어서 성 안에는 힘을 쓸 만한 세력이 남아 있지 않아요. 지금 각 인민단체의 책임자들은 모두 남쪽으로 가고 소년단과 규찰대도 다 따라갔는데, 어떻게 당신만 모르고 있었죠?"

팡뭐란은 한참을 멍하니 서 있다가 말했다.

"남쪽으로 가서 뭘 하는데요?"

"그럼 시내에 남아서 죽기를 기다려요? 남쪽에는 농민군이 있어서 보호해 줄 수도 있어요. 경비대도 절반은 내려갈 거구요."

"그건 누구의 생각이죠?"

"리커의 생각이에요. 어젯밤 전선의 소식을 듣고 그렇게 결정을 내렸어요. 어젯밤 12시 이후 소년단과 규찰대의 보초들은 전부 거리에서 철수했고 오늘 새벽 4시에 각 기관 사람들이랑 함께 시내를 빠져나갔어요."

"현 당부는요? 우린 잘 모르는데."

"린쯔충이 알고 있지만 그도 떠나 버려서 제가 당신에게 알려주러 온 거예요."

"리커는요?"

"그도 빠져나갔어요. 부상이 아직 완전히 낫지 않아서 한발 먼저 갈 수밖에 없었죠."

"당신은요?"

"저도 남쪽으로 가려고 해요. 지금은 류 양에게 숨으라고 알려주러 가는 거구요."

팡뤄란은 마치 얼음 구덩이로 미끄러져 심장의 박동조차 멈춰 버릴 것 같은 심정이었다. 콩알만한 땀방울들이 쉴 새 없이 이마에서 솟아나왔다. 그는 쑨우양과 작별 인사를 하는 것도 잊고 몸을 돌려 가려고 했다.

"뤄란, 빨리 부인과 시내를 빠져나가세요! 부인도 단발을 했잖아요! 결단을 내려야 해요!"

쑨우양은 다시 그를 불러 세워 간곡하게 이야기를 하고는 여전히 침착하게 웃으며 자리를 떴다.

팡뤄란은 서둘러 집으로 돌아와 막 문으로 들어서다가 깜짝 놀랐다. 천중과 저우스다가 응접실의 긴 창가에 서서 걱정스러운 얼굴로 하늘을 올려다보고 있었고 팡 부인은 고개를 숙이고 등나무 의자에 기대어 있었다. 팡뤄란이 나타나자 응접실에 있던 사람들은 저마다 나서서 알아들을 수 없는 이런저런 말들을 그에게 쏟아부었지만 팡뤄란은 이마에 가득한 식은땀을 닦으며 자기 이야기만 늘어놓았다.

"무서운 일이야, 무서운 일! 무서운 소식을 들었네!"

"현장이 달아났다는 거 아닌가?" 천중이 다급하게 물었다.

"달아났다고? 난 전혀 모르는 소식인데." 팡의 눈이 휘둥그레졌다.

"달아났어. 방금 스다가 전해 줬네."

"뤄란, 어떻게 반나절이나 나가 있었어요! 우린 급해서 죽을 뻔했는데. 팡화는 방금 장 양이 우리 대신 이모님 댁으로 데려갔어요. 우린 어떡하죠? 들리는 소식들이 너무 안 좋아요!"

팡 부인의 음성이 조금 떨렸다. 팡뤄란은 부인에게 바로 대답하지 않고 우선 쑨우양의 말을 뒤죽박죽으로 죽 전달했다. 쑨우양의 가슴이 헝겊으로 묶여 있었다는 건 깜박 잊고 전하지 않았다.

"쑨우양은 어쨌든 참 친절하네요." 팡 부인이 가시 돋친 말을 먼저 했다. "뤄란, 빨리 남쪽으로 가세요. 전 안 가요."

천중과 저우스다가 고개를 가로저었다.

"메이리, 또 트집을 잡으려고 하는 거요." 팡뤄란이 화를 냈다.

"당신은 왜 안 간다는 거요!"

"팡 부인, 그래도 잠시 숨는 게 안전합니다. 그냥 남쪽으로 가기만 하는 것도 방법이 아니에요."

저우스다가 천천히 말했다. 말 한마디 할 때마다 거의 한 번씩은 어깨가 흔들렸다.

"남쪽으로 가는 것도 임시방편에 불과해요. 거기 가서 다시 상황을 봐야죠. 만약 남쪽의 사시(沙市)로 가게 되면, 거기엔 조계(租界)*가 있어요. 메이리의 오빠도 거기 있고."

두 남자가 모두 너무 좋다고 하니, 팡 부인도 결국은 그렇게 하기로 하였다.

"천중, 자네는?"

팡뤄란이 다소 마음을 가라앉히고 나서 마지막 한 방울의 식은 땀을 닦은 뒤 천중에게 말했다.

"난 급하지 않네." 저우스다가 대신 대답했다. "사실은 뤄란 형, 자네도 급하진 않아. 그렇지만 후궈광이 자넬 너무 미워하기 때문에 좀 조심을 하는 거지. 듣자 하니 후공(公)은 벌써 그쪽으로 떠났다고 하더군."

팡뤄란은 이른바 '그쪽'이 가리키는 게 상유에서 오는 반군이라는 걸 분명하게 알고는 만감이 교차하는 듯이 한숨을 내쉬었다.

저우스다가 고개를 들어 태양빛을 바라보면서 팡 부인에게 말했다.

"시간이 많이 되었네요! 서둘러 짐을 싸서 어서 떠나야겠어!"

말을 채 마치기도 전에 장 양이 뛰어 들어왔다. 그녀의 얼굴은 발갛게 달아올라 있었고, 두 갈래로 둥글게 말아 올린 검은 머리도 조금 흐트러져 있었다. 무척이나 급하게 뛰어온 게 분명했다.

"적군이 벌써 오성교(五星橋)에 도착했어요!"

장 양이 숨을 헐떡이며 말했다.

"아, 오성교라면 시내에서 고작 십 리밖에 안 떨어진 곳인데!"

천중이 놀라서 목청을 곧추세우고 소리를 질렀다.

"오는 길에 주민성을 만났는데 어떤 사람들은 벌써 피난을 갔다고 해요."

"우리 꽝화는요?"

꽝 부인이 장 양의 손을 잡고 거의 눈물이라도 떨어뜨릴 듯이 말했다.

"이모님 댁에 잘 있어요. 메이리, 안심하세요. 당신이랑 꽝 선생님은 어떡하죠?"

"십 리 길이라도 한 시간은 족히 걸어야 해요. 메이리, 당황하지 말아요."

꽝뤄란이 억지로 침착을 되찾고는 부인을 달랬다.

꽝 부인은 남쪽으로 가려고 한다는 말을 장 양에게 하면서 함께 가자고 했지만 장 양은 "전 처음부터 동문 밖에 있는 외고모님 댁으로 가려고 했고 단발을 하지 않아서 괜찮을 것 같아요. 하지만 두 분은 이왕 가려면 아무래도 빨리 가는 게 낫겠어요. 성문이 곧 닫힐 것 같거든요" 하고 말했다.

12

꽝뤄란과 부인은 마침내 암자 하나를 찾아내어 잠시 쉬었다.

이곳은 현성 남문에서 불과 오 리가량 떨어진 곳이었다. 점차 멎었던 총성이 다시 간간이 들려왔다. 꽝뤄란은 암자의 대문을 닫고 남색 적삼의 아래 자락을 걷어 올리고는 관음상 앞의 작은 나무 의자에 앉은 뒤 부인을 끌어 자기에게 기대게 했다. 두 사람은 근심스러운 얼굴을 마주한 채 말이 없었다. 서쪽 벽의 기둥 위에는 "농민자제학교 제(第)……"라고 쓰인 반쯤 남은 하얀 종잇조각이 아직 붙어 있었다. 비구니들이 강제로 시집을 간 뒤 이 비구니 절은 학교로 쓰였던 것 같다. 하지만 지금은 텅 빈 사면의 벽만 남아 있었다.

공포와 피곤 때문에 팡 부인의 얼굴은 너무나 창백했고 두 눈은 더욱 생기를 잃은 것처럼 보였다. 게다가 시골 아가씨 같은 복장, 작고 긴 소매에 감싸인 팔이 자못 불편한 것 같았다. 그녀는 힘겹게 숨을 내쉬었다. 귓가에는 아직도 퓽퓽 하며 쏟아지는 총성이 가득했고 아이마저 볼 수 없게 된 터라 비록 다행히 위험을 벗어나긴 했지만 마음은 너무나 무거웠다.

교외의 시원한 바람이 불단(佛壇) 뒤편에서 불어오고 나뭇잎들의 사각거리는 속삭임이 가련하고 애처롭게 들려왔다. 불단 뒤로는 별도의 문 없이 담에다 낸 문이 있었다. 그 바깥쪽에는 작은 정원이 있어서 꽃과 나무들이 보였지만 새소리는 전혀 들리지 않았다.

"메이리, 아직도 허리가 아프오? 방금 그 총소리는 정말 무서웠죠. 마치 바로 코앞에서 들리는 것 같았으니 당신이 발을 헛디딘 것도 당연해요, 정말 무시무시했소."

팡 부인은 손으로 가슴을 누르며 고개를 가로저었다.

"이젠 두려워할 거 없어요. 군대가 아마 이미 성 안으로 들어왔어도 적어도 오늘 중으론 남쪽으로 내려오지 못할 거요. 지금은 기껏해야 12시쯤 되었을 거고, 이제 십여 리만 더 걸으면 목적지에 도착할 수 있어요."

팡뤄란이 다시 아내를 위로하며 가볍게 한숨을 내쉬었다. 그는 부인의 작은 손을 잡아서 아주 부드럽게 자신의 손으로 꼭 쥐었다.

"팡화가 어떻게 되었는지 모르겠어요. 뤄란, 우린 그래도 아무 일이 없는 셈인데, 그 아인 안심이 안 되네요."

"괜찮을 거요. 이모님 댁보다 더 안전한 곳은 없으니."

"군부대가 약탈을 하면 이모님 댁만 무사하기도 어려울 텐데."

"아마 약탈을 하진 않을 거요. 그자들도 본성(本省) 사람들이니."

팡뤄란이 생각에 잠겨 있다가 대답을 했다. 그리고 어찌 병사들의 행동에 대해 자신이 있겠는가마는 다만 그렇게 되기를 바랄 뿐이었다. 팡 부인은 그래도 보장을 좀 받은 것처럼 마음이 많이 편안해진 것 같았다. 그녀는 사방을 둘러보며 말했다.

"장 양이 너무 서둘러서 갈아입을 속바지를 가져오는 걸 잊어버렸어요. 날씨도 이렇게 더운데."

"괜찮아요. 그쪽에 가면 어쨌든 방법이 있겠지."

"내일모레면 사시에 도착하게 될까요?"

"그건 내일모레 가서 봅시다." 팡뤄란은 자못 망설여지는 것 같았다. "난 그래도 당부(黨部) 사람이니, 그냥 떠날 순 없소. 사람들이 뭐라고들 할 거요. 하지만 당신은 메이리, 당신은 안전을 위해 먼저 가는 게 좋겠소."

팡 부인은 말이 없었다.

처마에서 작은 거미 하나가 내려와 공중에 매달려 있는 게 보였다. 바로 팡 부인의 머리 앞이었다. 이 작은 생물은 안간힘을 쓰며 처마 위로 다시 기어 올라가려 했지만 당분간은 효과 없이 그저 공중에서 흔들거리고만 있었다.

부부의 눈이 아무 생각 없이 거미가 공중에서 분투하는 모습을 바라보게 되었다. 가느다란 여섯 개의 다리가 마구 공중을 휘저으면서 갑자기 한 척(尺) 정도 움츠려 올라갔다가는 다시 갑자기 두 척도 더 넘게 아래로 떨어졌다. 그러다 어떻게 다시 거두어들였는지 또 몸을 움츠려서 팡 부인의 머리보다 반 척은 족히 더 높은 곳까지 올라가더니 다시 꼼짝도 않고 있다가 바람이 불자 갑자기 왼쪽으로 밀려갔다 다시 또 갑자기 오른쪽으로 밀려가곤 했다.

암자 밖에서 갑자기 가벼운 발자국 소리가 들려와 팡 부인과 팡 뤄란은 문득 보던 일을 멈추었다. 발자국 소리가 머뭇거리며 암자 입구의 돌계단을 건드리는 것 같더니 결국 문을 열고 들어온 건 행색이 너무나 남루한 어린 병사였다. 팡 부인은 갑자기 얼굴을 안쪽으로 돌렸다. 거의 질식할 듯이 가슴이 두근거렸다.

"뤄란, 당신들이군요?"

그 어린 병사는 거의 눈썹까지 뒤집어쓰고 있던 커다란 낡은 군모를 당장 벗어 던지고 아름다운 검은 머리를 드러내며 쾌활하게 말했다. 팡 부인이 고개를 돌려 보니 낯익은 얼굴인 것 같았다. 팡 뤄란은 벌써 일어서서 소리를 쳤다.

"우양, 당신 때문에 깜짝 놀랐어요! 당신일 거라고는 생각도 못했는데."

쑨우양이 아주 애교스럽게 웃으며 팡 부인의 옆으로 가서 앉았다. 바로 팡뤄란이 앉아 있던 자리였다.

"메이리, 제 분장 어때요? 정말 못 알아본 거죠?"

팡 부인은 쑨우양의 희고 부드러운 손이 길고 큰 더러운 옷소매 속으로 들어가 있는 모습과 너무나 퉁퉁한 헝겊 대님이 진흙 범벅이 되어 있는 모습, 그리고 그 아래로는 더 낡아 빠진 검은 양말이 짚신 속에 싸여 있는 모습을 보고 실소를 금치 못했다.

"모습은 정말 닮았는데 아쉽게도 얼굴이 너무 하야네요." 팡뤄란이 말했다.

"원래는 좀 더럽게 했던 건데 방금 깨끗하게 씻은 거예요. 이젠 아무리 하얘도 겁내지 않아도 되니까요."

쑨우양이 기지개를 켜더니 곧 낡은 군복을 벗어 버렸다. 안에 있는 건 뜻밖에도 소매가 짧고 넓은 분홍색 셔츠였다. 길이가 허리까지 오고 단추로 가운데 옷섶을 여미는 식의 아주 정교하고 육감적인 셔츠였다.

"쑨 양, 언제 성을 나섰나요?" 팡 부인이 물었다.

"군대가 성 안으로 들어온 지 반 시간쯤 후예요."

"총소리 들었어요?" 팡 부인의 이 물음에는 다소 놀람이 묻어 있었다.

"어떻게 못 들을 수가 있어요? 사람을 죽이는 것도 본 걸요."

"성 안에서 약탈이 있었나요?" 팡 부인이 황급히 물었다.

"약탈은 없었어요. 단지 몇 사람만 죽었을 뿐이죠. 봉변을 당한 여자도 있다고 하더군요."

"우양, 정말 위험했군요. 왜 일찍 떠나지 않았어요." 팡뤄란도 안도의 숨을 내쉬며 말했다.

"류 양이 날더러 가발 하나를 만들어 달라고 해서 늦어졌어요. 다행히도 난 미리 준비해 놓은 게 있어서 편하게 성을 나왔는데 류 양은 책벌레 티를 못 벗었던 거죠. 생각해 보세요. 병사들이 어떻게 단발한 여자들만 골라서 강간을 하겠어요? 단발한 여자들을 죽이겠다고 했지만 구(舊) 사회의 심리에 영합해서 그걸 구실로 자신들의 죄상을 덮어 버리려는 것뿐이죠. 메이리, 안 그래요?"

쑨우양은 날카롭게 의론을 전개하면서 오른손을 분홍 셔츠 안으로 넣어 잠시 무언가를 만지작거리더니 갑자기 옷 안에서 네모난 흰 천을 꺼내 땅바닥으로 내던지면서 웃으며 다시 말했다.

"빌어먹을 것, 거기 묶여 있으니 숨도 맘대로 못 쉬겠네. 이젠 필요 없어!"

팡뭐란은 쑨우양의 가슴이 마치 용수철이 풀려나오듯이 불룩하게 솟아 올라오는 걸 보았다. 윗옷의 옷섶을 연결한 단춧구멍 사이만큼의 길이가 하나하나의 작은 구멍으로 부풀어 올라 흰 비단 같은 피부가 보일 듯 말 듯했다. 그녀의 자유분방함과 영민하면서도 애교가 넘치는 모습, 언제나 낙관적이면서 또한 왕성한 생명력을 보여 주는 모습이 팡 부인과 뚜렷한 대조를 이루었다. 팡뭐란은 가슴이 뛰는 걸 억누를 수가 없었다. 하지만 암자의 경치는 다시 이전에 쑨우양과 만났던 장공 사당에서의 일을 떠올리게 했고, 그는 서둘러 몇 걸음을 뚜벅뚜벅 내딛으며 그 황당하고 무뢰한 잡념을 쫓아 버리려고 했다.

"장 양 봤어요?" 팡 부인이 다시 물었다.

"아니요. 아, 기억나요. 분명히 그녀였어요. 제가 어떤 여성을 보았는데 검고 긴 머리카락으로 얼굴을 가리고 있었고 옷은 완전히 발가벗겨져 있었어요⋯⋯."

"아!" 팡 부인이 놀라 소리를 질렀다. 팡뤄란은 갑자기 걸음을 멈추었다.

"유방의 한쪽이 잘려 나가 있었고요." 쑨우양은 여전히 태연하게 말을 이었다.

"어디서 봤죠?" 팡뤄란이 물었다. 목소리가 약간 달라져 있었다.

"동문 입구요. 이미 죽은 채 돌 위에 누워 있었어요."

팡뤄란은 한숨을 내쉬고는 더욱 더 초조하게 왔다 갔다 했다.

팡 부인은 낮은 신음소리를 내더니 두 손으로 얼굴을 받히고 머리를 숙여 무릎 위에 놓았다.

팡 부인이 다시 고개를 들었을 때 제일 먼저 눈에 들어온 건 좀 전에 보았던 공중에 매달린 작은 거미였다. 지금은 더 낮게 떨어져서 거의 그녀의 콧등에 닿을 지경이 되었다. 그녀가 보고 또 보고 있는 동안 이 작은 생물은 점점 더 확대되어 사람만큼 커졌다. 그 비대한 몸이 한 가닥 거미줄에 매달린 채 두려워 떨며 아무 소용도 없이 발버둥치고 있는 모습이 선명하게 보였다. 그리고 다시 주름지고 옹색한 거미의 얼굴이 고통스럽게 감각도 없이 헐떡이는 게 보였다. 그 얼굴은 곧 무수히 많은 얼굴들로 환화(幻化)되어 공중을 날아다녔다. 지하에서 갑자기 피 묻고 벌거벗겨지고 머리가 잘려 나간 비대한 유방을 단 시신들이 솟아 올라왔고 환화된 고통스러운 얼굴들이 피 흘리는 목 위로 날아올라 사람을 전율케 하는 낮은 탄식을 내뱉었다.

한차례 시원한 바람이 불어오자 팡 부인은 자기도 모르게 어깨를 움츠렸다. 환상은 모두 사라졌고 자신이 있는 곳은 여전히 황량한 암자였다. 그녀는 정신을 차리고 텅 빈 사면을 바라보다 그제야 팡뭐란과 쑨우양이 둘 다 보이지 않는다는 걸 알았다. 그녀가 머뭇거리며 일어나서 암자 뒤를 바라보았을 때 석류나무 옆 울금향이 무성한 나뭇잎 뒤쪽에서 팡뭐란과 쑨우양이 어깨를 나란히 하고 서서 낮은 소리로 이야기를 나누고 있는 게 보였다. 마치 무언가 상의하는 것 같기도 하고 다투는 것 같기도 했다. 한 줄기 역겨운 것이 팡 부인의 가슴속에서 코끝까지 치밀어 올라왔다. 그녀는 한 발 앞으로 나서다가 다시 물러나 힘없이 원래의 자리에 주저앉았다.

— 모욕! 끝없는 모욕! 일찌감치 장 양의 말을 들었다면 오늘의 모욕은 없었을 텐데!

팡 부인은 고통스럽게 생각하며 그때 자신의 생각이 동요했던 걸 깊이 후회했다. 머리가 지끈지끈하고 현기증이 나더니 몸이 공중으로 떠올라 흔들거리는 것이 느껴졌다. 그녀는 어느새 자신이 그 작은 거미로 변해서 끝없이 망망한 공중에 홀로 매달린 채 스스로 주체하지 못하고 흔들리고 있는 걸 알았다.

— 거미가 된 그녀의 눈은 보았다. 암자의 낮고 좁은 불당이 놀랍게도 낡고 오래된 크고 높은 건물이 되었다. 붉은 벽의 벌어진 틈에서 우두마면(牛頭馬面)의 무수한 괴물들이 얼굴을 내밀었고

기둥은 위태롭게 흔들거렸으며 담벼락을 지탱하고 있는 푸른 주춧돌은 무게를 이기지 못하는 듯 신음하고 있었다. 갑자기 하늘이 무너지고 땅이 꺼지는 것 같은 굉음이 울리더니 낡은 건물이 일제히 무너져 내렸다! 누런 먼지들이 공중으로 솟아오르고 쪼개진 벽돌, 부서진 기와, 끊어진 기둥, 깨진 서까래, 그리고 어지럽게 흩어져 있던 울긋불긋한 진흙이 사방으로 흩어져 날아다니다가 마침내 온 땅에 평평하게 깔리더니 우레와 같은 소리를 냈다. 하지만 그 소리는 죽어 가는 자들의 비명과 탄식에 가까웠다.

— 조금 있다가 부서져 내린 폐허 위에서 한 가닥 푸른 연기가 모락모락 피어올라 왔다. 연기는 하늘거리면서 점점 더 길고 넓게 퍼지더니 마침내 그 낡고 오래된 부패한 것들의 무더기를 뒤덮어 버렸다. 이끼 같은 작은 것들이 다시 폐허를 뚫고 갓 나온 푸른 연기 속에서 앞다퉈 터져 나왔는데 거기에는 여러 가지 색과 모양이 있었다. 다시 작은 것이 흔들거리며 점점 더 확대되더니 모두 하나씩 얼굴로 바뀌었다. 팡 부인은 그 속에서 분명 팡뤄란, 천중, 장 양 등…… 평소에 만났던 사람들을 모두 다 보았다.

— 갑자기 누워서 숨을 헐떡이던 낡은 건물의 잔재가 다시 공중을 날아다니기 시작했다. 그들은 안간힘으로 한 덩어리로 엉겨 붙더니 여름날 소나기처럼 전력을 다해 작은 것들의 무더기 위로 돌진했다.* 작은 것들은 달아나고 투항하면서 발버둥 치며 반항했다. 모든 것이 빠르고 어지럽게 돌면서 오색찬란한 한 덩어리가 되었다. 그 속에는 한 덩어리의 검은 연기가 있었고 그 검은 연기는 갑자기 확대되다가 다시 또 갑자기 축소되면서 마침내 빈 공간

을 가득 채웠다. 태양은 빛을 잃었다.

팡 부인은 으~ 하는 긴 신음을 내뱉으며 바닥으로 쓰러졌다.

추구(追求)

Hope rules a land forever green:
All powers that serve the bright-eyed Queen
Are confident and gay;
Clouds at her bidding disappear;
Points she to aught? — the bliss draws near,
And fancy smooths the way.
— W. Wordsworth

(희망은 늘 푸른 국토를 다스리고,
뭇 신들은 밝은 눈의 황후를 모시며
자신 있고 즐거워 보이네,
운무(雲霧)는 황후의 명에 순종하여 사라지고,
그녀가 진정 가리키는 것이 있는가? — 행복은 사뿐사뿐 천천히 오고
환상은 길을 평탄하게 만들어 놓았다네.
— 워즈워스*)

1

만칭(曼靑)의 말소리가 점점 느리고 가늘어지더니 결국은 웅얼거리는 혼잣말이 되어 객실 서쪽에 둘러앉은 대여섯 명 청년들의 광소(狂笑) 속으로 사라져 버렸다. 담배 끝에 달린 회백색의 긴 재

를 털고 털썩 의자 등에 기댄 채 만칭은 더 이상 말이 없었다. 마치 우울과 슬픔이 그의 혀를 꽉 누르고 있어서 인생을 자세히 들여다보는 데 지친 두 눈으로만 가슴속에 쌓인 무한한 수심(愁心)을 토로할 수 있는 것 같았다.

그러나 서쪽에 있는 일군의 청년들은 오히려 웃고 떠드는 소리로 응접실을 채우고 있었다. 닫힌 소리가 많은 광동어(粤語), 가볍고 빠르게 굴러가는 호남어(湘語), 낮고 넓게 퍼지는 웃음소리와 앞다퉈 내뱉는 '쾌판(快板)'*처럼 날카로운 여인들의 목소리가 서로 쫓고 쫓기듯이 이어지면서 담황색 페인트칠을 한 벽의 사면으로 부딪쳤다.

만칭은 마치 아무것도 들리지 않는 듯 멍한 눈빛으로 맞은편에 앉아 있는 중자오(仲昭)를 바라보았다. 오른손 중지와 식지 사이에 낀 담배에서는 옅은 푸른 연기가 모락모락 피어오르고 있었다. 중자오 역시 깊은 생각에 잠겨 지척에서 들려오는 소란을 그다지 의식하지 못하는 것 같았다. 비록 자신은 뚜렷한 입장이 있고 낙관에 차 있었지만, 만칭이 이렇게 고생 고생하며 인생의 의미를 추구하다 결국은 아무것도 얻은 게 없이 지친 신음만 내뱉고 있는 모습은 그에게도 뭐라 말할 수 없는 인생의 비애를 느끼게 했다. 그는 일 많았던 지난 한 해를 떠올렸다. 정말 인간사의 변화무쌍함이 남김없이 연출되었던 한 해였다. 갑자기 확 부상했던 사람들이 갑자기 또 확 몰락해 버리는 일들이 눈앞에서 펼쳐지고, 너무 기뻐서 춤을 춘 사건들도 있었지만 어떤 사건은 또 통곡하며 눈물을 흘려야 했고 어떤 사건들은 너무 기가 막혀서 자신의 눈과 귀조차 믿을 수 없기도 했다. 그러니 이런 대변혁의 시대에 일개 병졸(兵卒)로 살아온 만칭이 저렇게 억누를 수 없는 비탄에 빠진 것도 당연했다. 중자오는 무의식적으로 의자 받침에 괴고 있던 왼손을 마치 무언가를 던져 버리듯이 공중으로 휙 뿌리고는 만칭의 창백한 얼굴을 뚫어져라 쳐다보았다. 어떻게 이 친구를 위로해야 할지 알 수가 없었다.

서쪽 곁채에 있는 청년들이 지금은 마치 폭죽을 다 터뜨리고 난 뒤처럼 갑자기 조용해졌다. 응접실을 가득 채우고 있는 건 순환의 앞길을 여전히 아주 활기차게 달려가고 있는 대형 괘종시계의 뎅뎅거리는 소리뿐이었다.

중자오는 한숨을 내쉬었다. 뜻밖에 찾아온 한순간의 적막이 마치 한차례의 차가운 바람처럼 조금 부풀어 있던 그의 뇌막(腦膜)에서 어떤 것을 훅 불어 가 버린 듯했다. 그는 만칭의 눈을 바라보며 천천히 말했다.

"고작 일 년을 헤어져 있었는데, 만칭, 난 자네가 이렇게 비관적으로 변할 줄 몰랐네. 학창 시절에 자넨 이상으로 충만해 있었고 앞에 놓인 목표만을 바라보며 그 어떤 것에도 굴하지 않고 용감하게 그걸 추구해 나가지 않았나. 이삼 년 전의 그 장만칭(張曼靑)이 바로 오늘의 자네라고는 누구도 생각하지 못할 거야. 정말 일 년 남짓한 기간 동안의 정치적 삶이 자넬 이렇게 탈진시키게 될 거라곤 전혀 생각하지 못했네. 하지만 만칭, 이건 절대로 자네가 특별히 나약해서 그런 게 아니야, 세상일들이 정말 너무나도 실망스러워서 그런 거지. 자네도 들리지, 도처에서 터져 나오는 저 불만과 고민의 외침 말이야. 우리 동창들만 봐도 저쪽에 있는 저 친구들, 웃고 떠들고 무척이나 신이 나 있는 것 같지만 가서 속이야기를 나눠보면 자네도 당장 알게 될 걸세. 지금 시대에 이 시대의 고민을 공유하지 않는 사람은 딱 두 부류밖에 없어. 하나는 의식이 마비된 사람이고 다른 하나는 시대를 초월한 위대한 용사고. 만칭, 난 자네가 이전에 가졌던 그 용기가 결국은 돌아오게 될 거라고 믿네."

"용기야 돌아오겠지." 만칭이 탄식하듯이 말하며 담배꽁초를 재떨이 쪽으로 던졌다.

"하지만 난 이미 방향을 바꾸었네. 중자오, 비록 지난 일 년 동안의 삶이 내게 남겨 준 건 환멸뿐이지만 난 결코 후회하지 않아. 오히려 이 지난 일 년에 감사하네. 중자오, 자네 방금 내가 학창 시절엔 어떤 것도 돌아보지 않고 목표만 추구했다고 했지? 맞네. 우리 각자에게는 저마다의 목표가 있었고 분투할 대상이 있었지. 하지만 만약 그 목표가 단지 허황된 물거품에 불과한 것이었다면 자넨 차라리 환멸의 고통을 겪으면서라도 앞으로 나아가 그 물거품을 터뜨려 버리기를 원하겠나, 아니면 자신을 속이면서 그저 그 속에서 단꿈을 꾸고 있기를 바라겠나? 나라면 차라리 환멸의 비애를 받아들이겠네. 그래서 난 지난 일 년을 한편으론 원망하지만, 한편으론 눈물과 웃음이 뒤범벅이 된 채 노래도 하고 울 수도 있었던 지난 한 해에 감사하기도 해. 내가 지금 좀 비관적인 건 — 맞아, 나도 지금 내가 좀 비관적이라는 건 인정하네. 하지만 그건 목표가 없어져서 그런 게 아니라 내가 지금 바로 이 시대의 병폐가 무엇인지를 보게 되었기 때문이네. 지난 일 년의 경험이 남긴 거라곤 단지 이것뿐이지. 이것뿐……."

만칭의 목소리가 다시 점점 가늘어졌고, 만칭은 고개를 숙였다.

서쪽에 있는 무리는 지금 다시 떠들썩하게 무언가에 대한 토론을 시작한 것 같았다.

"우린 그런 건 달갑지 않아!", "우린 그래도 전진해야 돼!" 하는 고양된 목소리가 가끔씩 두 사람의 고막으로까지 전해져 왔다.

"중자오, 자넨 무엇이 이 시대의 병폐인지 알지!"

만칭이 갑자기 고개를 들더니 무척이나 흥분한 듯이 말했다. 목소리도 조금은 밝아져 있었다.

"다른 게 아니라 바로 우리가 늘 이야기하던 세기말적인 고민이야. 물론 이건 중국 특유의 세기말적인 고민이지. 작년에 난 여러 곳을 다니면서 — 이미 자네에게도 말한 적이 있지만, 도처에서 이 병을 목격했네. 우리 같은 — 누군가가 말한 것처럼, 떠도는 청년들에게는 고민이 있어도 대부분은 환멸의 비애나 아니면 뭔가 좀 제대로 된 일을 해야 되는데 하는 조바심이거나 퇴폐적인 충동 같은 거 아닌가. 하지만 내가 본 사람들의 고민은 다르네. 그들의 고민은 오늘, 바로 내일 일을 알 수 없어서 하루하루가 마치 바늘방석에 앉은 것처럼 불안하다는 거야. 자기 명(命)이 얼마나 오래 갈지 어느 누구도 감히 말할 수 없는 상황에서 그들은 단지 눈앞의 일만 생각하는 거지. 그래서 손에 돈을 움켜쥘 수 있으면 우선 움켜쥐고 보는 거고, 다른 사람을 짓밟고 올라탈 수 있으면 먼저 짓밟고 나서 한숨 한 번 내쉬면 그만인 거고. 저마다 자기 타산만

하면서 이해가 일치하면 합쳤다가도 또 이해가 충돌하면 다시 갈라지고. 이유도 목적도 없고 아무런 주의(主義)도 없는 거야. 그러면서도 그들은 하나같이 듣기 좋은 말들만 하지. 중자오, 이런데도 자넨 아직 무슨 방법이 있을 거라고 하겠나? 사람들을 실망시키지 않을 수 있겠어? 난 어떤 땐 정말 우리 민족의 운명과 능력에 대해 회의가 드네. 우리같이 연로한 민족도 신생(新生)의 정신을 가질 수 있을 거라고, 우리가 우리 자신의 문제, 이 수수께끼같은 중국의 문제를 스스로 해결할 수 있다고 그렇게 자기변명을 할 어떤 근거도 찾질 못하겠어. 난 심지어 우리 민족이 스스로의 목적을 가지고 있는 민족인지조차 믿을 수가 없네. 그리고 설령 목적이 있다 해도 그게 너무나 낙관적이고 공상적인 사람들이 말하는 그런 어떤 거라면 그거 역시 자기변호나 자기기만에 불과한 거고. 설령 기만까진 아니라고 해도 실현 가능성이 있을 거라는 생각은 들지 않아."

말을 중단하고 만칭은 두 번째 담배를 꺼내서 불을 붙였다. 고개를 돌려 서쪽에 있는 무리를 힐끗 보다가 만칭은 뜻밖에 저쪽에서 그를 쳐다보고 있다가 미소를 던지는 장추류(章秋柳)와 시선이 마주쳤다. 장의 곁에서 양장(洋裝)을 한 누군가가 고개를 숙이고 급히 무언가를 쓰는 모습도 보였다.

"자네의 관찰은 맞지만 자네 견해엔 동의하지 않네. 만칭, 왜 자넨 이런 것들이 본래 과도기에는 당연히 겪어야 하는 현상들이라고 생각하지 않나? 민심이 동요하는 건 본래 모든 대혁명 시기에 늘 따라오는 거라고. 불가피하게 거쳐야 하는 단계인 거지."

중자오는 여전히 매우 낙관적이었다.

"나도 한때는 그렇게 생각했었네. 하지만 그것 역시 무료한 자기 위안에 불과한 게 아닌가 하는 생각을 하게 됐어. 설령 이런 것들이 과도기에는 당연한 현상이라고 해도 이 과도기가 분명 아주 오래가거나 아니면 영원히 끝나지 않을지도 모르거든. 그래도 어쨌든 절망까지 가진 않겠지만 말이야."

만칭은 잠시 생각에 빠져 있다가 대답했다. 그는 한차례 기지개를 켜고 나서 기계적으로 응접실 안에 있는 진열품들을 둘러보았다. 그는 처음으로 이곳 동창회 모임에 나왔다. 만약 한 시간 전에 길에서 우연히 중자오를 만나지 않았더라면 그는 정말로 뤼하오(旅濠)의 옛 동창들이 뜻밖에 이런 고정된 장소에서 동창 모임을 가지고 있다는 걸 전혀 몰랐을 것이고, 또 모임 장소가 이렇게 넓고 화려한 곳일 거라고는 더더욱 생각하지 못했을 것이다. 응접실은 3층짜리 양옥의 2층이었는데 삼면에 창이 있는 제법 널찍한 공간이었고 가구도 퍽 화려했다. 만칭과 중자오는 동남쪽 창가 쪽의 소파에 앉아 있었고, 의자로 둘러싸인 큰 식탁을 사이에 두고 응접실 서쪽 창가에는 떠들썩하게 이야기를 나누는 무리가 앉아 있었다.

"이 장소는 매월 내는 비용이 적지 않겠는데?"

한참 동안의 침묵이 흐른 후 만칭이 중자오를 쳐다보며 말했다.

"어쨌든 250원 이상은 들지. 우리 모임이 생긴 지 3개월 남짓 되었는데 천 원 넘게 썼으니까. 하지만 우리 동창들이 지금은 대부분 부자라서 이런 소소한 돈을 마련하는 건 전혀 어렵지 않네.

그네들 돈 있는 사람들이 이런 좁은 구석에 직접 오려고 하진 않아도 우리 같은 가난뱅이들에게 편의는 제공해 주지."

중자오는 이렇게 대답하며 저쪽 무리들이 무슨 이야기들을 나누는지 들어 보려는 생각으로 일어나 응접실 서편으로 걸어갔다. 그가 막 큰 식탁 곁으로 갔을 때 무리 속에서 벌써 환영의 뜻을 표하는 날카로운 목소리 하나가 튀어나왔다.

"신문기자께서 오셨으니, 기삿거리를 좀 드려야지!"

말을 한 건 장추류였다. 그녀는 배시시 웃으며 몸을 쭉 펴더니 새하얀 두 손을 가슴 앞에서 올렸다 내렸다 하며 비벼 대고 있었다.

"천천히! 아직 발표할 시기가 안 됐다고!"

고개를 숙인 채 글을 쓰던 양장 차림의 청년이 급히 장의 말을 받더니 오른손을 빼서 장추류의 옷깃 앞섶을 거세게 낚아채어 힘껏 잡아당겼다. 장추류는 하마터면 쓰러질 뻔했고 모두 왁자지껄하게 웃었다.

중자오는 이 무리가 또 무슨 장난을 치려는 건지 알아차리고 손이 닿는 대로 둥근 의자 하나를 끌어당겨 앉으면서 웃으며 물었다.

"발표할 시기는 안 됐어도 방청은 가능하겠지?"

"물론이지. 자네가 토론에 끼는 것도 환영이고."

양장을 한 청년이 만년필을 가슴 앞의 작은 주머니에 꽂고는 고개를 들면서 말했다. 만칭은 그제야 비로소 그가 바로 차오즈팡(曹志方)이라는 걸 분명하게 알았다. 학창 시절 차오즈팡은 만칭보다 두 학년이나 어렸지만 늘 나서는 걸 좋아해서 전교생이 거의 다 그를 알고 있었다. 못 본 지 이 년이 넘게 지났지만 차오즈팡은 여전히 예전의 차오즈팡이었다. 물론 그 사이에 노쇠할 리도 없지만 어쨌든 여전히 그렇게 호쾌하고 떠들썩한 걸 좋아했다.

만칭은 자기도 모르게 이 일군의 사람들 곁으로 다가갔다. 거기에는 장추류와 차오즈팡 그리고 두 남자와 한 여자가 더 있었다. 만칭은 모두들 무척 안면이 익다고 생각했지만 이름은 생각나지 않았다.

만칭이 걸어 들어오는 걸 보더니 차오즈팡이 눈을 반쯤 감고 말했다.

"장 형, 듣자 하니 벼슬을 하셨다던데 어떻게 이런 누추한 곳까지 왕림을 하셨는지? 우리 동창 모임엔 지금까지 반쪽짜리 벼슬아치께서도 왕림하신 적이 없으신데. 이왕 이렇게 오셨으니 이 몸의 욕설도 한차례 드셔얍죠. 방금 장 형이랑 왕 기자께서 함께 들어오시는 걸 보면서, 관(官)에서 무슨 긴한 공무로 두 분이 협상을 하시느라 이리로 오기가 불편하신가 했는데. 자, 이왕 이렇게 왕림하셨으니 동창회에 기부금을 내는 건 피하실 수가 없게 됐습니다요."

"차오, 농담 그만두게. 만칭은 관청의 일을 하면서 너무 속상한 일들을 많이 겪었어. 지금은 그것도 이미 그만두었고."

중자오가 급히 끼어들어 설명을 했다.

"아, 관리 노릇하다 염증난 사람이 또 있는데. 그럼 장 형도 동지라고 할 수 있으니 같이 앉아서 이야기나 좀 하시지. 이분들 이름은 아마 기억하지 못 하실 테니 제가 소개를 드리도록 하고."

"미스 장은 죽 알고 지내 왔고, 나머지 세 분도 무척 안면이 익은데."

만칭이 말을 받으며 조금 부자연스럽게 웃었다.

차오즈팡은 이 말을 못 들었는지 여전히 한 사람씩 가리키면서 소개를 했다.

"장추류, 유명한 연애 전문가시고."

또 호박색 치파오를 입은 여성을 가리키며 말했다.

"왕스타오(王詩陶), 삼각연애의 명수시며⋯⋯."

"쓸데없는 소리하지 마!" 장추류가 왕스타오의 손을 들어 차오즈팡의 입을 막으려 했다.

"내가 소개하지. 저쪽은 쉬쯔차이(徐子材), 뛰어난 정치 공작원인데 안타깝게도 아직까지 무장대(武裝帶)*는 못 차고 그저 다 낡은 양복만 한 벌 걸치고 있고. 아마 마누라까지도 조만간 다른 사람한테 넘겨주게 되지 않을지!"

만칭과 중자오가 참지 못하고 웃음을 터뜨렸다.

"정말로 마누라도 곧 넘겨줄 생각인데!" 쉬쯔차이가 표정 없는 얼굴로 아주 진지하게 자기 이야기를 끌어들였다.

"다만 마누라가 별로 움직임이 없는 마누라라 그다지 판로가 좋지 않아서 좀 걱정일 따름이지."

"또 여성을 모욕하지!" 왕스타오와 장추류가 일제히 항의했다.

"또 한 사람은 룽페이(龍飛)로 언제나 연애의 비극을 연출하고." 차오즈팡이 장포(長袍)를 걸친 젊은이를 가리키며 말했다.

"저 왕, 룽, 장 세 분은 이곳의 유명한 연애 삼걸(三傑)이네. 황포(黃埔) 삼걸*보다도 더 유명하지!

"다들 오랜 친구들이네." 중자오도 끼어들며 말했다.

"생각해 보면 자네들도 다 장만칭이란 이름을 알 걸. 만칭은 그 저께 막 상하이에 왔어."

"알지. 지금은 우선 본론부터 이야기를 좀 하세. 반나절 동안의 토론을 거쳐서 방금 우린 한 가지 안을 생각해 냈네, 단체를 하나 만드는 거야."

차오즈팡이 무척이나 진지한 어투로 이야기하면서 모인 사람 들의 얼굴을 눈빛으로 하나하나 훑어 가다가 마지막으로 우선 만 칭의 의견을 좀 들어 보고 싶다는 듯이 만칭에게서 시선을 멈추 었다.

"맞아, 우린 단체를 결성할 거야." 장추류가 먼저 말했다. "우리 들은 다 뭔가 하고 싶어 하지, 가만히 있는 걸 좋아하지 않아. 하 지만 이 대변동의 시대에 우리가 할 수 있는 거라곤 아무것도 없 어. 이건 절대로 우리가 할 일을 못 찾아서 그런 게 아니야. 만약 우리가 염치 같은 걸 따지지 않는다면 그냥 그럭저럭 지낼 수도 있지. 문 닫고 들어앉아 책이나 읽을 수도 있고. 하지만 우린 그렇 게 초연할 수 있는 사람들이 아니야, 우리에겐 불같이 뜨거운 감 정이 있어. 그래서 불과 피로 포위된 채 온갖 도깨비들이 판을 치 는 이런 상황에서 가만히 앉아서 책만 읽고 있을 순 없는 거라고. 도처에서 비열하고 수치스러운 인간들을 보고, 또 웃을 일, 울 일 들을 시시각각 들으면서 우리의 뜨거운 피는 시시각각 끓어오르 지만 우리가 할 수 있는 일은 없는 거야. 우리한텐 대인 나리가 되 는 것도 어울리지 않고 그렇다고 토비나 강도 노릇을 할 수 있는 것도 아냐. 그렇기 때문에 이 대변동의 시대에 우린 무(無)와 같은 존재가 되어 버린 거지. 가끔은 우리가 아직 살아 있다는 것조차 믿을 수가 없어. 하루 종일 무료하고 답답하게 지내면서 여기 동 창회실에 와서 그럭저럭 반나절을 때우고 다시 저쪽 무도장으로 가서 황혼의 시간을 소비하고. 그러다가 고민이 극에 달하면 큰소 리로 웃고 고함 지르고 서로 부둥켜안고 입을 맞추지. 우린 눈물 을 머금은 채 방탕하고 퇴폐적인 삶을 살아가고 있어. 하지만 우 리가 언제 이렇게 우리의 인생을 낭비하고 싶어한 적 있었어! 그 렇기 때문에 우린 앞으로 나아가야만 하고, 이게 바로 우리가 단 체를 결성하려는 이유인 거지."

이 열렬한 비분강개조의 이야기를 들으며 만칭은 그저 고개만 끄덕이고 있었다. 그도 다소 비관적이었고 인생의 의미를 찾는 데 지쳐 있었지만 그 역시 언제 적막하게 무덤으로나 걸어가는 걸 달 가워한 적이 있었던가. 뜨거운 피가 여전히 그의 혈관 속에서 힘 차게 흐르고 있어서 그 또한 자신의 마지막 목표를 추구하려 하고 있었다. 그러나 단체를 만드는 그런 일이라면 그는 이미 훤히 알 고 있다. 지금까지 무수히 많은 단체들을 보아 왔지만 배후에 야 심가가 있어서 그런 단체들을 이용하려고 한 경우 말고는 대부분 다 막 창립식을 하자마자 곧 만가(輓歌)를 부르지 않았던가? 그는 더 이상 이런 무익한 수고를 하고 싶지 않았다. 그는 일찍부터 생 각을 정리해 놓았다. 이렇게 아무것도 할 수 있는 게 없는 시대에 는 오직 한 가지만이 그가 할 수 있고 해야만 하며 또한 반드시 필 요한 일이라고. 그리고 이것이 바로 그의 마지막 목표라고 그는 확신했다.

그 때문에 만칭은 뭔가 좀 캐내 보려는 것 같은 차오즈팡의 눈빛에도, 장추류의 열렬한 연설에도 그저 미소 띤 얼굴로 고개만 끄덕일 뿐 아무 말도 하지 않았다.

"연설 한번 통쾌하다. 추류, 하지만 그 말은 어쨌든 선언인 거고, 그럼 이 단체는 무슨 일을 하게 되는 거지?"

중자오가 아주 진지하고 열의 있는 태도로 물었다.

장추류가 다시 입을 열려고 하다가 룽페이에 의해 저지당했다.

"아름다운 아가씨, 더 이상의 연설은 안 됩니다. 시간은 소중한 거라고요. 중자오, 이 단체의 사업에 대해 물었지? 우린 그 문제에 대해 이미 상세하게 토론을 했고, 그 내용은 차오가 다 거기에 기록해 두었네."

"나도 머릿속에 다 기록해 두었지." 왕스타오가 말했다.

"첫째, 잡지를 출판해서 우리의 주장을 발표하고 시사적인 일에 대해 논평한다. 둘째, 사회운동을 한다……."

"셋째, 뜻을 같이하는 사람들을 모은다."

쉬쯔차이도 끼어들어 한마디 하고는 두 손으로 포옹하는 자세를 취하더니 장추류를 끌어안으려 했다.

"또 네 번째도 있지!" 차오즈팡이 주머니에서 종이 한 장을 찾아 꺼내 보며 말했다. "넷째는, 다시는 무도장에 가서는 안 되고 목숨 걸고 술을 마시거나 미친 듯이 연애에 빠지는 것도 금한다. 추류, 맞지? 더 이상 삼각연애로 난리를 피우면 안 되는 거, 스타오, 잘 기억해 두고. 룽페이도 더 이상 연애의 비극을 연출해선 안 돼. 하지만 연애의 희극을 연출하는 건 괜찮을 수도 있지. 그건 규정에 적혀 있지 않으니까. 하, 하!"

중자오와 만칭이 둘 다 참지 못하고 웃음을 터뜨렸다.

"차오, 또 농담이야, 맞아야 돼!" 장추류가 짐짓 화가 난 시늉을 했다.

"규정에 한 가지 조항이 더 있어야겠는걸. 농담을 허용하지 않는다." 룽페이가 웃으며 말했다.

"그것도 규정이 된 거야? 더 이상 농담 안 하면 그만이지. 자, 본론으로 들어가지. 장 형, 왕 형, 당신들 생각은 어때?"

차오즈팡은 이렇게 말하며 몸을 한번 쭉 펴고는 만칭과 중자오를 뚫어지게 쳐다보았다.

만칭의 마음속에 무수한 생각이 밀려왔다. 이들은 분명 초조한 마음으로 위를 향해 올라가려 하지만 그들의 낭만적인 습성은 결국 그들을 퇴폐의 나락으로 끌어내리게 될지 모른다. 만약 정치가 좀 더 투명하고 사회가 좀 더 건전하다면 물론 이들도 올바른 궤도에 들어설 수 있을 것이다. 그러나 이런 암흑과 혼란의 시대에 그들처럼 이렇게 격정적이면서도 나약한 청년들은 아마도 그저 자포자기적이고 퇴폐적인 인간이 될 수밖에 없을지 모른다. 만칭은 왕의 삼각연애나 룽페이의 연애의 비극에 대해서는 잘 모르지만 장추류가 연애에 능하다는 건 몸소 경험한 적이 있었다. 이런 생각을 하다가 학창 시절에 자신이 겪었던 소소한 파란을 떠올리며 만칭은 자기도 모르게 오싹해지는 걸 느꼈다. 그래도 지금은 어쨌든 퇴폐적인 상태를 벗어나게 되었으니 다행이다. 만칭은 다시 청년들은 그래도 어쨌든 여전히 순수하고 열정적이지 하는 생각을 하면서, 그 때문에 지금 자신이 추구하는 목표가 그나마 유일하게 의미 있는 출로라는 걸 다시 한번 확신했다. 중자오의 말소리에 놀라 깨어날 때까지 만칭은 어지러운 상념에 빠져 자신과 눈앞에 있는 사람들을 잊고 있었다.

"자네들 생각은 좋고 나도 물론 반대할 게 없네. 하지만 난 하루 종일 신문사 일로 바빠서 자네들에게 별 도움이 되지 못할 것 같아. 게다가 다시는 무도장에 가서는 안 된다면 난 절대로 그렇게 할 수가 없네. 내가 거길 좋아해서가 결코 아니고 이미 신문기자 노릇을 하고 있으니 어디라도 달려가지 않으면 안 돼서 말일세."

"자네가 무도장에 가는 건 특별히 허락해 주지."

차오즈팡이 중자오의 말이 끝나기도 전에 아주 시원스럽게 말했다.

룽페이가 왕스타오에게 이상한 표정을 지어 보이고 장추류가 쉬쯔차이의 귓가에 대고 작은 소리로 뭐라고 하자 쉬쯔차이가 "딕테이터(dictator)를 타도하자!"라고 경망스럽게 소리쳤다.

"쉬!" 차오즈팡이 급히 얼굴을 돌리며 말했다. "자네 또 그 정치 공작원 시절의 상투적인 문구들을 연습하려는 거야! 자네들이 왕형에게 가입을 권유한 거니 그가 무도장에 출입하는 건 당연히 허락해 줘야지. 농담은 금한다고 해 놓고 먼저 규칙을 어기네."

장추류가 얼굴을 손에 받쳐 들고 웃음을 참으면서 다시 고개를 들어 만칭의 얼굴을 보며 말했다.

"만칭 어째서 당신은 내내 말이 없는 거지?"

입가에 적막한 미소를 띤 채 만칭은 여전히 말이 없었다.

"만칭은 자네들보다 더 고민이 많고, 아주 부정적이야. 그래도 우리의 저 회의주의 철학자와는 어근버근할걸."

중자오가 다시 곁에서 설명을 덧붙였다. 동시에 그 회의주의 철학자의 배싹 마른 몸과 길게 자란 수염, 세모진 좁은 얼굴, 형형한 눈빛과 사람을 찌르는 듯한 냉기 어린 웃음, 짧지만 날카로운 말 등이 하나하나 중자오의 마음속에 떠올랐다. 그는 자기도 모르게 만칭과 자기 마음속의 영상을 비교하듯이 만칭을 바라보았다.

"하지만 아직 절망하진 않아." 만칭이 마침내 입을 열었다. "좀 지친다는 생각이 들 때는 있지만 아직 절망은 안 해. 인생에는 여러 가지 측면이 있는 거고 우리가 나아갈 수 있는 길도 하나만 있는 건 아니니까. 어두운 먼지의 포위 속에서는 한 줄기 빛을 바라보고, 길이 다 막혀 있을 땐 마지막 출로를 찾아내고, 현재에 대해 실망했을 땐 희망을 미래에 두어야지. 난 절대로 아직 절망하지 않아. 나의 용기는 돌아올 거야. 단지 방향을 바꾼 것일 뿐이지. 솔직히 말하면 단체를 조직하는 일 같은 건 이미 나의 열정을 일으키지 못해. 그런 일이 의미가 없다고 생각해서가 아니라 그냥 그런 일들에 지친 거지. 난 지금까지 여러 가지 목표들을 추구해 보았지만 남은 건 환멸뿐이고 단체 활동도 그 중 하나야. 지금 난 남은 용기와 정신으로 마지막 한 가지 목표를 추구해서 마지막 한 가지 길을 뚫어 보려고 하지. 내가 가려고 하는 방향이 과연 심혈을 쏟아부을 만한 가치가 있는 건지는 자네들도 한번 깊이 생각해 줬으면 좋겠어."

"됐어! 자넨 단체 설립에 반대하는군."

차오즈팡이 무척 불쾌한 듯이 만칭의 말을 잘랐다.

"만칭, 당신은 자기 생각에 대해서는 시종 아무런 설명도 안 했잖아! 당신의 그 마지막 길이라는 게 뭐지? 폭동을 조직하는 건가?* 아, 그거라면 안타깝지만 당신도 역시 안 될 텐데!'

장추류가 룽페이의 어깨에 비스듬히 기댄 채 아주 흥미롭다는 듯이 따져 물었다. 부드럽지만 가시 돋친 말투가 자리에 있던 사람들을 모두 웃게 만들었다.

"아니. 나의 마지막 목표, 마지막 출로는 교육이야!"

만칭은 무척이나 진지하게 대답했다.

교육? 이 참으로 가련한 명사가 지금 상황에서 다시 나타난 건 정말 의외였다. 게다가 또 얼마나 한심한 일인가! 교육, 교육 하고 사람들이 외쳐 댄 게 적어도 이삼십 년은 되었다. 하지만 남은 것이 무엇인가? 널려 있는 건 거대한 피난처뿐이다. 청대의 거인수재(擧人秀才)*들이나 서양 학당의 한림(翰林)*들, 청년회*의 위인들, 심지어는 실패한 정객(政客)들까지 모두 교육을 한다고 야단이다. 정계나 학계를 드나드는 사람들이 교육 사업을 한다고 하면 그건 외국에 나가서 무슨 조사를 한다는 거나 마찬가지로 이미 그가 별 볼일 없는 존재가 되었다는 걸 입증하는 말이 되었는데, 설마 만칭도 그 비결을 배웠단 말인가? 차오즈팡의 무리는 이런 생각을 하면서 너무 기가 막혀 눈물이 나올 지경이었다. 중자오조차도 조금 이상하다는 생각을 했다. 적어도 만칭이 점점 더 비현실적이 되어 가는 것 같았다.

"자네들은 내 말이 너무 이상하다고 생각하지?" 만칭이 천천히 아주 진지하게 말을 이었다. "하지만 사실은 아무것도 이상할 게 없네. 예를 들면, 사람이 노년이 되어 자기 삶이 이제 곧 끝나게 될 거라는 걸 알면서 과거를 돌아볼 때, 지금까지 저질렀던 여러 가지 잘못과 지금까지 놓쳤던 여러 가지 기회가 보이지만 정작 그걸 만회할 방법은 없다면 그때 자신의 아이만큼은 절대로 자기처럼 되지 않기를 바랄 것이고, 그러면 자신의 모든 웅지와 희망을 아이에게 걸게 되겠지. 난 지금 거의 그런 심정이네. 난 우리 세대는 돌이킬 방법이 없다고 생각해. 오직 다음 세대에 희망을 걸 수밖에 없는 거지. 하지만 내가 교육을 나의 마지막 목표로 정한 데는 더 근본적인 원인과 확실한 이유가 있네. 지난 일 년 동안의 경험은 내게 사회는 너무나 어둡고 정치는 너무나 혼탁하지만 청년들의 혁명적 열정은 결코 줄어들지 않았다는 걸 알려 주었네. 그래, 바로 청년! 나이가 적을수록 더 용감하고 더 열렬하고 더 혁명적이지. 중고등학생은 대학생보다 더 사랑스럽고 소학생은 또 그들보다 더 강하고. 어릴수록 용감하다! 이게 사실이네. 중화민족의 앞날은 그들의 손에 달려 있어. 지금 수많은 사람들이 청년의 스승을 자처하지만 사실은 다 몽상에 불과한 거지! 청년들은 결국 그들 자신의 역사의 길을 가야 할 뿐 누구도 그들을 다른 곳으로 유인할 수는 없는 거니까!"

만칭은 정말 무척 흥분해 있었다. 이마 위에 땀방울이 솟았고 창백한 얼굴에도 약간의 홍조가 감돌았다. 그는 잠시 멈추었다가 왼손을 들어 허공을 향해 한 번 휘두르더니 힘주어 한마디를 반복했다. "그들은 결국 그들 자신의 역사의 길을 걸어야만 하는 거지!"

"그러나 그들 자신의 역사의 길이란, 열일고여덟에는 사회를 개조하려고 하다가 스물일고여덟이 되면 사회와 함께 변해 가고, 서른일고여덟이 되면 사회의 뒤를 따라가다가 마흔일고여덟이 되면 뒤에서 사회를 잡아당기는 거지!"

응접실 쪽에서 갑자기 냉랭한 목소리가 울려 퍼졌다.

만칭의 마음이 갑자기 움츠러들었고, 나란히 들려 있던 왼손이 부지불식간에 아래로 떨어졌다. 모두의 눈빛이 문가 쪽으로 향했다. 만칭을 제외한 모두는 그 소리를 듣고 이미 누가 왔는지 다 알고 있었지만!

"우리의 회의주의 철학자께서 또 오셨군! 검은 그림자께서!

왕스타오가 흥이 가신 듯이 혼잣말로 중얼거렸다.

바싹 마른 사람의 형체가 문가에서 대형 식탁의 한쪽으로 이동했을 때, 만칭은 그제야 비로소 그가 바로 같은 반 친구였던 스쉰(史循)이라는 걸 알았다. 하지만 그의 모습이 얼마나 쇠약해져 있는지! 비록 등뼈는 아직 정정하고 걸음걸이도 민첩하고 이마에 주름도 그다지 없고 그저 어지럽게 자란 수염이 좀 더 무성해지고 몸이 조금 더 마른 것뿐이었지만, 그러나 거침없는 것이 차오즈팡 특유의 분위기인 것처럼 '쇠락'의 기운이 이미 스쉰 특유의 분위기를 형성하고 있었다.

스쉰은 장추류 곁에 있는 의자 하나를 골라 앉더니 가늘고 총기가 번쩍이는 눈으로 한 사람, 한 사람의 얼굴을 차례로 돌아보았다.

"아, 스쉰, 2년의 시간이 자네에겐 20년이나 된 것 같구먼. 자네라는 걸 거의 잘 알아보지도 못하겠어."

만칭이 뭔가 잊어버린 것처럼 멍하게 있다가 작은 소리로 말했다. 그는 이 비쩍 마른 사람과 풍만한 장추류가 나란히 앉아 만들어 내는 강렬한 대조를 보면서 다시금 인생무상의 비애를 느꼈다. 미래의 장추류도 결국은 지금의 스쉰처럼 되지 않겠는가, 아니 어쩌면 그보다 더 못할지도 모른다.

"그저 수염이 좀 자랐을 뿐, 전혀 늙진 않았네. 그런데 만칭, 자네 지금은 교육구국론(救國論)을 주장하게 되었군."

'교육구국론'이란 말을 듣고 왕스타오와 장추류가 다시 웃기 시작했다.

"결코 무슨 교육구국론 같은 건 아니네." 만칭이 변명을 하며 말했다. "차오즈팡 등이 단체를 설립하려 한다기에 내 생각은 그래도 교육 쪽에 우리의 출로가 있다고 한 거였지."

스쉰은 아주 싸늘하게 고개를 가로저으며 아무 대꾸도 하지 않았다.

"회의(懷疑)하고, 회의하고, 자네는 뭐든지 회의하지. 아마 당신 자신이 스쉰인지 아닌지도 회의할지 모르지!"

쉬쯔차이가 참지 못하고 소리를 질렀다.

"회의는 반혁명보다도 더 나쁜 거야. 반혁명의 흉흉한 불길은 혁명을 도울 수 있지만 회의는 단지 음침한 죽음의 분위기만 퍼뜨릴 뿐이니까."

차오즈팡도 아주 불만스럽게 말했다.

"회의보다는 그래도 방탕한 게 낫지! 방탕은 그래도 살아 있는 사람이 하는 거잖아."

룽페이가 왕스타오의 허리를 끌어안고 목소리를 높여 말했다.

장추류가 한 손으로 의자를 밀어내고 스쉰을 붙잡더니 곧 탱고를 추기 시작하며 말했다.

"철학자여, 회의의 성인이시여! 이것은 탱고라네. 야만적이고 정열적인 탱고, 구라파 대전이 폭발하기 전 고뇌에 쌓인 파리 사람들이 열광적으로 추어 대던 탱고! 당신은 이것도 회의하는가?"

잠시 조용하던 응접실에서 순간 웃음과 욕설과 광란이 동시에 터져 나왔다. 대상은 회의적인 스쉰이었다. 쉬쯔차이가 갑자기 일어나서 '바로 서' 자세를 취하더니 오른손으론 룽페이의 어깨를 누르고 왼손으론 왕스타오의 팔을 잡은 채 장추류를 향해 소리쳤다.

"자! 연애 무대의 삼걸이시여! 우리가 저 회의의 검은 그림자를 부숴 버리자! 우리의 회오리바람 같은 열정으로 저 회의의 검은 그림자를 쓸어버리자!"

다섯 사람이 스쉰을 가운데에 놓고 둘러싼 채 웃고 떠들고 뛰면서 한 덩어리를 이루었다.

만칭은 놀란 눈을 크게 뜨고 멍하니 바라보았다. 그는 저 다섯 사람이 스쉰을 대하는 행동이 악의적인 것인지 아니면 장난인지 분별할 수가 없었다. 그러나 곧 아주 오래된 한 가지 영상이 떠올랐다. 어렸을 적에 어둠과 공포가 엄습해 올 때면 바로 이렇게 큰 소리로 고함을 지르며 자신을 북돋우곤 했었다. 그는 장추류와 친구들이 이 회의적인 스쉰에 대해 느끼는 두려움의 심리를 너무나 잘 이해할 수 있을 것 같았다. 만칭이 답답한 듯이 한숨을 내뱉고 있는데 뜻밖에도 중자오가 마치 자기에게 말하는 것처럼 자상한 목소리로 말했다.

"또 회의철학자에 대한 공격이 시작됐군. 만날 때마다 치르는 의식이지."

스쉰은 이미 포위를 빠져나와 조금 멀찍이 떨어져 있는 의자에 앉아서 여전히 냉랭하게 그 가늘고 정기 어린 눈으로 사람들의 얼굴을 죽 둘러보고 있었다.

"회의주의자, 당신은 아마도 벌써 방금 있었던 소동이 사실인지 아닌지도 회의하고 있겠지?"

장추류가 한쪽 다리로 공중에서 반원을 그리며 춤추는 자세를 취하더니 크게 웃으며 말했다.

"난 다른 문제를 생각하고 있어." 스쉰이 대답했다. "난 자살을 생각해. 다만 그게 총알이 입속으로 들어갔다가 다시 코코아 사탕처럼 튀어나오는 코미디 영화처럼 될까 봐 걱정이지만."

이 말에 메아리처럼 되돌아온 것은 한바탕의 시끌벅적한 폭소였다.

"됐다. 영화 보러 가자. '바이싱(百星)'에서 「당원의 혼(黨人魂)」 아직 상영하잖아. 가서 다시 보자."

차오즈팡의 이 말이 웃음소리를 뚫고 나왔다.

"영화가 언제 시작인데?" 왕스타오가 물었다.

"2회 상영은 5시 30분이야."

"20분밖에 안 남았잖아. 당장 가자." 장추류가 시계를 보며 말했다.

룽페이와 쉬쯔차이도 연달아 "빨리 가자"고 말하며 바람처럼 두 여인을 말아 데리고 나가 버렸다. 장추류는 문가에서 고개 돌려 만칭을 쳐다보고는 미소 띤 얼굴로 아주 애교스럽게 말했다.

"만칭, 난 여기 3층에 살아, 내일 오전에 이야기나 좀 하러 놀러 와."

"그리고 단체 설립 문제도 내일 다시 이야기하고."

차오즈팡이 이어서 말했지만 어지럽게 계단 위로 떨어지는 발자국 소리들이 일찌감치 그의 말을 납작하게 눌러 버렸다. 응접실 안에는 왕중자오랑 셋만 남겨졌다. 그들은 아무 말도 하지 않았다. 대형 괘종시계는 여전히 전혀 지친 기색 없이 자신의 순환로를 돌고 있었고 서쪽으로 기우는 태양은 퍽 아쉬운 듯 벽난로 위에 걸린 그림에 입을 맞추고 있었다.

만칭은 장추류가 떠나면서 지었던 미소를 음미하고 있었다. 그 자신만 이 담담한 미소 속에 담긴 무한한 옛정의 의미를 알 수 있을 것이다. 그는 일 년 전쯤 우연히 만났던 황혼 녘을 떠올리며 그때 장추류가 했던 한 마디 한 마디의 말과 사람의 마음을 끌어당기던 몸짓들 하나하나 그리고 그런 것에 심취해 있던 자신의 심정을 떠올렸다. 그때 그의 눈은 희망으로 가득 차 있었고 그의 몸은 힘으로 가득 차 있었다. 장추류도 지금처럼 이렇게 방탕하지 않았다. 그들은 혁명의 발전과 민중의 각성과 미래의 희망에 대해 이야기했고 마지막에는 사랑에 대해 이야기했다. 수은처럼 빛나는 달빛 아래서 감정을 듬뿍 담은 장추류의 눈빛은 시종 만칭의 얼굴을 떠나지 않았다. 그녀의 가슴은 가볍게 떨렸고 그녀의 말은 부드러우면서도 너무나 많은 암시를 담고 있었다. 이런 정경 속에서는 어느 누구도 스스로를 통제할 수가 없는 것이다! 장이 낮은 소리로 말했다. 비록 그녀와 친하게 지내는 많은 남자들이 있지만, 애인은 없다고. 만칭은 그녀의 따뜻하고 부드러운 몸을 끌어안고 그녀의 선홍빛 입술에 입 맞추지 않을 수 없었다. 그러나 그뿐이었다. 단지 그뿐이었다. 다음 날 만칭은 당(黨)의 중대한 일로 학교를 떠나게 되었고 그렇게 훌쩍 장추류를 떠난 뒤 오늘에 이른 것이다. 피차 소식도 전하지 못한 채 달빛 아래에서의 한 장면은 그저 꿈과 같은, 감히 회상할 수도 없는 꿈과 같은 것이 되어 버렸다. 지금 갑자기 다시 만나게 된 장추류는 비록 여전히 그때의 장추류고, 그녀가 보낸 두 차례의 미소에는 여전히 무한히 깊은 정이 담겨 있었지만 오히려 만칭은 이미 이전의 만칭이 아니었다. 인생에는 정말로 얼마나 많은 변화가 있는 것인가! 순간의 기억들 속에서 만칭에게 다시 떠오른 것은 부드럽고 향기로운 옛사랑이 아니라 쓰라린 감상이었다. 그는 자기도 모르게 한숨을 내쉬면서 중자오와 스쉰에게로 고개를 돌리며 말했다.

"아, 고작 일 년이라는 짧은 기간인데, 고작 일 년인데도 우리 친구들은 다 벌써 다른 사람들이 되어 있는 것 같네. 장추류는 여전히 옛날처럼 아름답지만 그녀 역시 성격은 달라진 데가 있을 테지!"

중자오는 가타부타하지 않고 고개만 끄덕였다.

"방금 내가 나의 최종 목표를 교육으로 정했다고 했을 때 자네들은 내가 너무 비현실적이라고 생각하는 것 같더군. 중자오, 사실 자네에게 말하지만 최근 나의 생각은 여러 가지 면에서 모두 달라졌네. 과거에는 긴장되고 열렬한 생활을 원했지만 지금은 반대야. 지금 난 조용하면서, 당장은 그 효과가 드러나지 않지만 열심히 노력하는 그런 삶을 살고 싶네. 이게 지금 내 삶의 방향성이라고 할 수 있지. 그래서 난 그들이 단체를 만드는 일에 찬성하지 않고, 교육에 투신하려고 하는 거야. 이런 새로운 생활 태도가 나의 여러 가지 생각을 모두 바꾸어 놓았다고 생각해. 연애 쪽에서는, 지금 나에게 이상적인 연인은 온유하고 침착하면서 빈말을 떠벌이지 않고 작은 일 하는 걸 부끄러워하지 않는 그런 여성이야. 우리 여자 친구들처럼 그런 지사적인 기개와 정치적인 분위기로 가득 차서 입만 열면 구국(救國), 구민(救民)을 외치는 이른바 활동적이고 정치적인 여성은 난 그다지 좋아하지 않게 되었네."

만칭은 마치 억제할 수 없는 것처럼 계속 이야기를 하느라, 스쉰이 가슴을 섬뜩하게 하는 쓴웃음을 지은 채 저쪽에서 묵묵히 앉아 쳐다보고 있다는 걸 전혀 눈치채지 못한 것 같았다.

중자오가 오히려 그걸 알아채고는 스쉰을 보며 말했다.

"우리 철학자께선 어떤 생각이신지?"

"내가 보기엔 단지 순환일 뿐이야. 사람의 성품에도 순환이 있지, 일동일정(一動一靜), 한 번 움직이면 한 번은 고요한." 스쉰이 간단하고 날카롭게 대답했다.

"또 자네의 순환론을 끌어들이는군." 중자오가 웃으며 말했다.

"하지만 스 형, 당신의 말은 만칭을 너무 곡해하고 있어. 그는 동(動)이 극에 달해서 정(靜)을 생각하게 된 게 아냐. 그는 너무나 많은 불만스러운 것들을 보고 분격해서 그러는 거지."

"자네가 불만스러운 것들을 너무나 많이 보았다고? 만칭! 아마 자네가 들은 것도 표면적인 것에 불과할 거야. 그렇지 않다면 자네가 교육을 새로운 목표로 삼을 리가 없지."

"정말로, 만칭, 나도 자네가 교육계에 들어가는 건 찬성하지 않네. 자네 신문사 일이나 해 보지 그래?"

"만약 교육에서도 할 만한 게 없다면 신문사 일이라고 설마 더 나을 게 있겠나? 붓끝은 일찌감치 총자루에 자리를 내주었는 걸." 만칭이 불복하듯이 반박했다.

"중자오가 주장하는 건, 처음부터 신문구국론이었지."

스쉰이 다시 냉랭하게 한마디를 던졌다.

"아, 하! 자네 이젠 내게도 새 이름을 달아 주는군. 뭐 꼭 구국이라는 큰 문제까지 끌어들일 필요가 있겠나. 만칭, 지금은 정말 무슨 여론의 존엄성이니, 언론의 자유니 하는 건 말할 수도 없네! 하지만 난 개인의 입신을 위해 직업을 택한다면 그래도 신문업계가 상대적으로는 좀 의미가 있을 거라고 생각해. 그렇다고 해도 단지 개인적인 선택일 뿐 무슨 구국이니, 구민이니 하는 거창한 문제들을 말할 순 없는 거지만. 최근에 난 그런 큰 감투 쓴 말들을 혐오하게 됐네. 모자가 클수록 속은 텅 비어 있어. 난 실질적으로 우선 자신을 구해야만 한다고 생각해. 자신을 고민과 방황 속에서 구해 내고, 공허(空疎)와 경박함 속에서 구해 내야만 하지. 한 사람의

386

온전한 인간이 되려면 최소한 고급 상식과 냉정한 두뇌, 예리한 관찰력과 인내의 정신이 있어야 하네. 내가 신문업계를 좋아하는 이유도 바로 신문기자 생활이 나 자신을 그런 사람으로 만들어 줄 수 있기 때문이지."

"그렇다면 중자오," 만칭이 말했다. "자넨 신문업계를 사람을 만드는 학교로 간주하는 건데, 그게 또 자네 삶의 목표는 아니라니. 목표가 없는 삶이란 공허한 거고, 자네도 어쨌든 나름대로의 목표는 있어야 하지 않나?"

중자오는 가볍게 웃기만 할 뿐 당장 대답을 하지 않았다. 허공을 응시하던 그의 눈앞에 아리따운 몸매의 여인이 떠올랐다. 희고 가는 손가락엔 하얀 분필 가루가 조금 묻어 있고, 신문을 들고 꼼꼼하게 읽는 입가엔 흐뭇한 미소가 머물러 있었다.

"난 지금 거창한 이야기를 할 처지가 못 되네." 중자오는 시선을 만칭에게로 옮겨 차분하게 말했다. "난 잠시 모든 원대한 목표들을 내려놓고 환멸을 피하려고 해. 그리고 지금 난 사람 대부분이 보기에는 그렇게 애써 추구할 필요가 없는 대상을 내 삶의 목표로 정했네, 신문사 일은 바로 그런 목표에 도달하기 위한 과정이고."

만칭은 잘 이해가 가지 않는 듯이 고개를 갸우뚱했지만 더 이상은 묻지 않았다.

"하지만 이건 물론 당장의 일이고. 인생이 추구할 대상이야 분명히 많지. 난 다만 우선 내게 가장 가까이에 있으면서 또 내게는 가장 신성하기도 한 한 가지를 선택해서 지금 노력해야 할 목표로 삼은 거지."

중자오는 신이 나서 말을 계속했다. 자신의 볼이 약간 달아오르고 즐거운 희망이 온몸의 혈관 속에서 힘차게 달리는 게 느껴졌다. 날씬하고 아리따운 형상이 다시 그의 눈앞에 우뚝 서서 모든 걸 가려 버리고, 그의 온 우주가 되고 온 삶이 되는 것이 보였다.

짧은 침묵이 흘렀고, 마침내 스쉰의 목소리가 한밤중 멀리서 들려오는 종소리처럼 만칭과 중자오의 고막을 울렸다.

"장(張) 씨는 교육이라는 새로운 목표를 추구하고, 왕(王) 씨는 신성하게 여기는 대상을 위해 애를 쓰고, 차오(曹)와 장(章) 씨 등은 적막을 이기지 못해 단체를 세우려 하는데, 스(史) 씨는 오히려 어떻게 자살을 할 것인가만 생각하고 있구나. 그러나 회의하는 자가 보기에는 이 모두 다 회의적인 것일 뿐!"

2

동창회실에서 나와 중자오는 곧장 신문사로 향했다. 샤페이로(霞飛路)를 걸을 때 그의 마음은 아주 상쾌했다. 차오즈팡 등의 고민이나 장만칭의 환멸, 스쉰의 회의 모두 중자오가 보기에는 뉴스거리에 불과한 것들일 뿐 그의 마음에 어떤 번민도 불러일으키지 못했다. 늘 추악한 현실과 접촉해야 하는 신문기자 생활이 일찌감치 그의 머리를 지극히 냉정하게, 거의 굳어 있다고 할 만한 그런 상태로 만들어 놓았다. 어떤 때는 감정의 일렁임도 있지만 기껏해야 수면 위에 기름이 한 층 뜬 것처럼 잠시 흔들리다가는 곧 사라져 버렸다. 하지만 그렇다고 그가 아무 의식 없이 살아가고 있는 건 결코 아니었다. 아니, 그는 자신의 일상적인 업무를 확실히 계획적으로 수행해 나가고 있으며 자기가 하는 일에 대해 누구보다도 강한 자의식을 가지고 있었다. 그는 세 번 생각한 후에 행동하는 게 습관이 된 사람이다. 학창 시절 친구 대부분이 국가의 대사에 푹 빠져 있을 때도 그는 시종 "일을 너무 쉽게 생각해선 안 된다", "이상을 너무 높게 잡아서는 안 된다"는 입장을 견지했다. 자기 능력을 헤아리지 않고 너무 원대한 것만 좋아하다가 실망해서 결국 아무것도 할 수 없게 되는 것보다는 차라리 목표를 낮게 잡고 그것이 실현될 때까지 끝까지 지치지 않고 추구하는 것이 더 낫다. 그는 이렇게 지극히 실제적인 인간이었다. 그래서 그가 어떤 하나의 목표를 추구하기 시작하면 그건 곧 그에게 세상의 전부요, 인생의 전부가 되며 그는 그것을 향해 전심전력으로 달려 나갈 뿐 다른 것은 묻지 않았다.

지금 중자오의 목표는 시시각각 그의 마음을 사로잡는 한 여인이었다. 한 달쯤 전 어떤 오락 모임에서 중자오는 그녀를 처음 만났다. 성(省)의 중등학교 이상 여학교들이 모두 참가하는 연합 오락회라서 구름처럼 많은 여성들이 있었지만 그중 키가 크고 허리가 늘씬하며 흰 치마를 입고 눈썹 끝을 조금 찌푸리는 한 여성만이 중자오의 마음속으로 들어왔다. 그 후 중자오는 그 여성을 영영 마음속에서 몰아낼 수 없게 되었다. 처음에 중자오는 그 여성의 이름조차 몰랐다. 만약 끝까지 몰랐다면 그건 또 그만이었을 것이다. 그런데 공교롭게도 다음 날 한 동료가 그녀의 이름이 루쥔칭(陸俊卿)이라는 걸 알려 주었는데, 신기한 건 그 동료가 마침 그녀와 동향인 자싱(嘉興) 사람이고 한 차례의 안면도 있다는 것이다. 하지만 무엇보다도 신기한 건 그 동료가 너무나 남의 일에 참견하기를 좋아해서 결국은 그들 둘을 소개시켜 준 것이다. 이로 인해 고요했던 중자오의 마음에 다시 파란이 일기 시작했다. 마치 하늘이 이 여인을 내려보내 중자오의 능력을 시험하고, 그가 이 첫 번째 목표를 추구할 기백이 있는지 없는지를 시험하려는 것 같았다.

하지만 점점 시간이 지나면서 그들의 교제에도 어려움이 많이 드러나게 되었다. 루 양에게는 자식을 너무나 염려하는 연로한 아버지가 있었는데 그 아버지는 자기 사위가 대단한 사람이어야 한다는 생각을 가지고 있었고 루 양 본인도 그런 아버지의 딸로서 큰 뜻과 효심을 지니고 있었다. 이 때문에 그들이 사귄 지 얼마 되지 않아 중자오는 자신이 겁 많고 나약하다는 걸 인정하고 이 목표를 포기하든가 아니면 그가 보통 사람과는 다른 사람이 되지 않으면 안 된다는 걸 깨달았다. 그래서 중자오는 전에 루 양이 신문업이 가장 의미 있는 사회적 봉사라는 생각을 밝힌 적이 있었기 때문에 신문업계에서 두각을 드러내 보이기로 결심을 했다. 그가 신문사에 들어간 지는 아직 삼 개월이 채 안 되었다. 처음엔 그저 하나의 직업으로만, 기껏해야 심신 단련이나 좀 하려고 생각한 것이었지만 지금은 신문업이 자신의 목표에 도달하기 위한 수단이 되었다. 그는 신문업계에서 유명한 기자가 되지 않으면 안 되었다. 그는 자신의 이런 동기가 이름을 위한 것도 아니고 이익을 위한 것도 아닌 사랑을 위한 순수한 것이라고 생각했다. 그는 또한 이것이 환상이 아니라는 것도 알았다. 그는 자신이 있었다.

아름다움으로 가득 찬 사랑의 목표를 실현하기 위해서 중자오는 지금 가벼운 마음으로 샤페이로를 걸어 그의 일터로 달려가고 있었다. 태양의 잔광이 그의 그림자를 길게 늘여 놓고 인도 위 느릅나무 사이에서 반짝였다. 도로 중앙의 전선에 걸려 있는 가로등도 벌써 빛을 발하고 있었다.*

"석간이요, 석간! 「강남석간」이요!"

석간신문을 파는 아이의 외침이 중자오를 가로막았다. 그는 한 부 사서 제4면을 펼치고는 걸어가면서 보았다. "또 유괴 사건"이라는 다섯 글자의 표제가 중자오의 시선을 끌었다. 중자오는 그걸 보면서 자기 신문과 자기 신문의 제4면, 그리고 그가 편집장에게 올린 의견서를 떠올렸다. 일주일 전에 그는 자기 신문 제4면의 개혁에 관한 상세한 계획안을 정식으로 제출했지만 지금까지 편집장으로부터 아무런 회신도 얻지 못하고 있었다.

"아마도 그 노인네가 잊어버린 거지!" 중자오는 초조한 마음으로 생각했다. 그는 편집장이 그의 일에 너무나 마음 쓰지 않는다고 생각했다. 4면 뉴스라는 게 본래 사회에서 일어나는 자질구레한 일들에 불과하니 편집장이 보기에는 어쩌면 신문에 있는 썩은 고기 덩어리 같을지도 모른다. 다른 신문에도 있으니까 일단 그냥 남겨 두긴 해도 굳이 그걸 정돈하거나 확충하려고 하는 건 분명 쓸데없이 일만 벌이는 거라고 생각할지도 모른다. 편집장이 신경 쓰지 않고 내버려 두는 게 어쩌면 이런 의미인가? 중자오는 이런 추악하고 자질구레한 사건의 몸값을 한껏 올려서 그것이 사회 전체의 건강 상태를 측정하는 '시(市)의 맥박'이 되게 하려는 계획을 가지고 있었지만 편집장은 어쩌면 바로 그 자리에서 그의 이런 과대망상을 몰래 비웃고 있는 것은 아닐까? '썩은 고기'도 좋고 '맥박'도 좋다. 중자오는 본래 신문사의 충신이 될 생각을 한 게 아니니 얼마든지 세상이 하는 대로 따르면서 쓸데없는 분쟁을 만들지 않을 수 있다. 하지만 사랑 때문에 신문업계에서 반드시 두각을 드러내야 한다면 자신이 편집을 맡고 있는 난을 조금은 특색 있게 만들지 않으면 안 되는데 사정을 모르는 편집장이 고의로 일을 어렵게 만드는 것 같았다.

중자오는 자기도 모르게 화가 났다. 당장 신문사로 달려가 편집장에게 똑똑히 물어보고 싶은 마음이 간절해져서 그는 당장 인력거에 올라타고는 '왕핑가(望平街)'라는 석 자만 말한 뒤 줄곧 빨리 가자고 다그쳤다.

신문사로 들어서자마자 중자오는 곧장 편집실로 달려가 아직 모자도 벗지 않은 채 뚱보 사환이 신발을 끌며 앞에 나타날 때까지 계속 손가락으로 벨을 눌렀다.

"편집장님 오셨나?"

"안 오셨구먼요. 아직 너무 이르지 않남요!"

사환의 말투도 이 4면 편집 담당을 그다지 존중하는 것 같지 않았다. 적어도 중자오가 이렇게 일찍부터 편집장이 왔는지 안 왔는지를 물어보는 건 큰 실례라고 생각하는 것 같았다.

중자오는 답답한 듯이 한숨을 내쉬며 편집실 안을 들여다보았다. 안에는 몇 개의 탁자만 뎅그러니 놓여 있었고 대형 시계는 정각 6시 10분을 가리키고 있었다. 벽 건너 교정실 안에서는 신문사에서 저녁을 먹으려고 기다리는 교정 담당 몇이 들릴락 말락 한 소리로 잡담을 늘어놓고 있었다. 사실 너무 일렀다. 그의 동료 펑(影) 선생이 늘 말하는 것처럼 "아직은 장기를 두 판이나 더 두고 나서 붓을 들면 될" 시간이었다.

　그러나 각각의 책상 위에는 이미 많은 편지들이 쌓여 있었다. 중자오는 자기 책상 위에 쌓인 한 무더기의 편지를 집어 들고 도장이 찍힌 속달 공문 몇 통을 뜯어본 뒤 앉아서 "본 구역 뉴스 편집 담당 귀하"라고 쓰인 네댓 통의 편지를 열어 보았다. 첫 번째 편지는 모 회사에서 보낸 지극히 간단한 내용으로 그들 회사의 경리가 납치된 사건을 다시는 보도하지 말아 달라는 요구를 담은 것이었고, 두 번째 편지는 모 공장에서 사전 예방 조치로 보낸 것인데 한바탕 이유를 늘어놓고 나서는 마지막에 "본 공장 노동자들의 파업에 관한 모든 기사는 절대로 게재하지 말고 공적인 신의를 지킬 것"을 요구하고 있었다. 세 번째 편지는 모 거리에 있는 모 공관에서 온 것인데 "일전에 신문에 우리 집에서 강도 사건이 나서 현금 2천 원의 손실을 입고 열여덟 살짜리 하녀가 납치되었다는 등의 기사가 실렸는데 이는 모두 허위이며, 만약 앞으로 다시 이런 소문이 들려와도 그것들을 내치고 절대 싣지 말기를 바란다"는 내용이었다. 중자오는 미간을 찌푸리고 콧방귀를 뀌면서 손 닿는 대로 그 세 통의 편지를 한쪽으로 제쳐 두고는 고개를 들어 천장을 바라보며 답답함을 삭였다. 남아 있는 두 통의 편지는 더 이상 보고 싶지 않았다. 그것들도 "뭐뭐 하지 말아 달라"는 상투적인 내용일 게 틀림없었다. 매일같이 이런 편지들이 몇 통씩이나 들어와 이것도 폭로하지 말아 달라 저것도 물리쳐 달라고 하니 대체 어떤 좋은 뉴스거리가 4면에 남겠는가? 강도, 납치, 파업이라면 그래도 중요한 뉴스거리 아닌가? 이런 것 속에 사회의 근본적인 문제가 숨어 있는 것이고, 그러니 이것이 바로 '시 전체의 맥박'인 것이다. 사회적인 의미에서 보면 이런 사건이 모 요인이 자동차를 타고 가다 부딪쳐 코를 다쳤다든가 하는 것들보다 정말 훨씬 더 중요한 것들이 아닌가? 그러나 전자의 사건은 당사자들이 큰소리 나는 걸 원하지 않고 후자의 사건들은 오히려 장황하게 써서 "코 부딪쳤다"는 소식을 보내오니, 신문기자란 게 사실은 '접수나 발송'만 할 뿐이지 생각했던 것과는 달리 아무런 기사 선택의 자유가 없었다. 이게 바로 신문사 일이고 기자생활이라니! 중자오는 갑자기 자신의 직업에 대해 회의가 이는 걸 어쩔 수 없었다.

중자오는 다시 모 공관에서 있었던 강도 사건을 생각해 냈다. 백주 대낮에 네 시간씩이나 강도질을 하고 게다가 사람까지 납치해 갔으니 정말 강도 사건의 신기록이라 할 만했다. 그래서 사건 발생 직후 직접 가서 조사도 하고 사고 당사자의 가족들로부터 강도의 수와 복장, 그들의 여유만만하고 대담무쌍한 약탈 행위 등에 대해 직접 상세한 이야기까지 들었는데 지금 편지들에서는 그것이 '모두 허위'고 '소문'일 뿐이라니! 사안이 심각하고 피해 당사자들이 너무나 겁을 먹고 있는 게 다 강도 사건의 배후에 어떤 중대한 문제가 있음을 암시해 주는 건데, 설마 이것도 그냥 가볍게 내치고 소문으로만 돌리려는 것인가?

중자오는 생각할수록 답답했다. 회의의 검은 파도가 그의 마음속에서 일어났다. 억울한 일을 당한 아이처럼 그는 당장 누구 친한 사람이 있어서 가슴속에 있는 답답한 것들을 다 하소연할 수 있기를 원했지만 그런 사람은 없었다. 편집실 안에는 단지 회백색의 사면 벽과 말 못하는 가구들만 놓여 있을 뿐이었다. 그는 붓을 들고 사랑하는 루 양에게 자신의 회한을 털어놓으려 했다. 그러나 두세 줄 쓰다 말고 갑자기 생각이 달라져 편지를 갈가리 찢어 버렸다. 그는 마음속으로 비통하게 자책하며 말했다. 왜 이렇게 나약한가? 이런 모든 난관과 장애는 진작부터 생각하였던 것이 아닌가, 왜 회의하고 실망하는가? 이런 나약한 추태를 루 양에게 보인다면 어찌 자신의 희망에 사형 선고를 내리는 게 아니겠는가! 아, 인생의 길이란 본래 상상했던 것처럼 그렇게 평탄한 게 아니다. 나약한 겁쟁이들만이 돌멩이 하나만 떨어져도 기겁을 해서 그만둘 생각을 하는 것이다. 그런 사람은 희망을 가질 자격이 없다. 보라, 루 양의 아름다운 그림자가 앞에서 손짓하고 있지 않는가? 그녀는 삶의 등대다!

중자오는 더 이상 어리석은 생각을 그만두고 편집장이 오면 잘 교섭해 봐야겠다고 결심을 하고는 다시 밝은 마음으로 교정실로 달려가 안에 있는 교정 담당들과 한담을 나누었다.

저녁 식사가 끝나자 편집실은 점점 더 떠들썩해지기 시작했다.

1면 편집주임 말고는 이미 거의 다 모인 것 같았다. 괘종시계가 여덟 번을 치자 식자실에서도 원고를 독촉하기 시작했다. 그러나 편집 담당들은 담배를 물고 다리를 꼬고 앉은 채 최근의 경마 복권에 관해 열심히 이야기를 나누고 있었다. 중자오는 이미 통신사 원고를 다 보내고 몇 건의 특약 인터뷰 기사만 기다리고 있었다. 3면 편집 담당은 한편으론 바쁘게 '경마 복권' 이야기를 하면서 다른 한편으론 가위를 들고 외지에서 온 속보에서 뉴스거리들을 잘라 내고 있었다. 그에겐 그런 습관, 아니 업무 스타일이라고 하는 게 더 나을 그런 일상적인 습관이 있었다. 8시가 넘으면 외지에서 온 신문들을 잘라 내기 시작해서 9시 이전에 다 끝내고 9시 이후에는 어디론가 가 버렸다가 11시 반쯤 되면 다시 돌아와서 마지막으로 온 속달 우편에 3면의 뉴스거리가 있나 없나를 살펴본다. 그러면 그의 하루는 그걸로 끝나는 것이다.

11시가 넘어서야 비로소 편집장이 왔다는 소리가 들렸다. 중자오가 편집장실로 달려가서 편집장과 얼굴을 마주쳤을 때 그가 맨 처음 한 말은 이것이었다.

"중 군, 자네의 계획서는 이미 보았네. 감탄스럽더군. 하지만 그걸 실행하려면 좀 더 시간을 가지고 신중하게 토론을 해야 할 것 같네. 시간을 가지고 신중하게 토론을 해야지. 그건 신문사의 경제적인 상황과도 관련이 있는 거라서 말이야. 그렇지? 중 군, 경제적인 문제가 첫 번째로 고려되어야 하네, 첫 번째로 고려되어야 해."

편집장은 중자오를 보면서 빙그레 미소를 지으며 말했다. 그는 왼손 두 손가락 사이에 담배를 끼운 채, 오른손으로 쌓여 있는 묵은 편지들 속에서 종이 한 장을 끄집어내더니 가볍게 흔들었다. 그건 중자오가 낸 계획서였다.

"외근 기자 두 명을 늘리는 건 비용도 그리 많이 들지 않을 텐데요?"

중자오가 의논하듯이 대답을 하면서 곁에 있는 의자에 앉았다.

"맞아. 가령 한 사람에게 매달 50원의 보수를 준다면 모두 합해 봐야 백 원이 안 되지. 하지만, 하지만 중 군, 4면은 사람들이 대충, 그냥 대충 보는 거라서 말이야. 우리가 이렇게 큰 돈 들이고 많은 신경을 쓴다고 독자들이 꼭 그걸 더 좋게 보는 것도 아니잖나, 안 그런가? 요전에 누가 정치부 탐방 기자 하나를 소개했는데 내 그것도 경제적인 이유로 사절했네."

가슴속을 가득 채우고 있던 중자오의 희망이 당장 반으로 줄었다. 과연 그의 예상은 빗나가지 않았다. 편집장은 4면을 대수롭지 않게 여겨서 돈을 더 들일 필요가 없다고 생각하는 것이다. 중자오는 정말 돈이 없다는 사실보다도 그런 심리가 더 두려웠다. 그는 먼저 그런 불합리한 편견과 싸워 이겨야 했다.

"편집장님이 언제 틀린 말씀하신 적 있습니까?" 중자오는 진지하게 말했다. "사람들이 4면을 대수롭지 않게 보는 건 사실입니다. 하지만 그건 잘못된 현실이고 우리는 그걸 힘써 바로잡아야 하는 거죠. 저의 개혁안도 바로 그 점을 겨냥한 것입니다. 우리 신문은 현재 새로운 편집 방법을 적용해서 그날의 중요한 사건을 모두 1면과 2면에 게재하고, 4면에 남는 건 기껏해야 이 지역사회의 자질구레한 사건뿐입니다. 그 때문에 4면이 사람들의 주의를 끌기가 더 어렵게 됐지만, 그러나 바로 그것 때문에 또 4면이 개혁되지 않으면 안 되는 겁니다. 제 계획안에서도 이미 상세하게 말씀드린 것처럼 4면의 중심적인 뉴스거리는, 하나는 사회에서 일어나는 납치나 강도, 강간치사, 파업, 이혼 같은 사건이고, 다른 하나는 영화나 연극, 무도장(舞蹈場)처럼 사회의 오락과 관련된 것입니다. 이 상반된 양면이 모두 현대의 삶의 혼란과 광기를 드러내면서 사회의 건강 여부를 진단하는 맥박인 것입니다. 하지만 지금 있는 이런 자료는 모두 다 우리가 특별히 수집한 게 아닙니다. 그냥 주는 걸 수동적으로 받은 것일 뿐 주도적으로 찾아낸 것들이 아니죠. 그래서 역겨운 쓰레기 더미로만 여겨질 뿐 별다른 뉴스 가치도 없고 더욱이 사회적인 의미는 반 푼어치도 없는 것입니다. 물론 이것도 이상할 게 없어요. 이 지역의 탐방 기자들은 대부분 다 어떤 사회학적 지식이 있는 것도 아니고 무슨 예리한 안목을 갖춘 것도 아니니까요. 그들은 사건의 배후를 보지 못하고 사건의 핵심을 찾아내지 못합니다. 그래서 우린 지금 이런 쓰레기 더미가 빛을 발하도록 하려는 것이고, 그렇기 때문에 바로 오래된 기자들 몇 명에게만 의존하지 않고 외근 기자를 기용하지 않으면 안 되는 거죠. 적어도 네 명의 외근 기자를 기용해서 그들을 네 방면으로 나누어 체계적이고 계획적으로 뉴스거리를 수집해야 합니다. 그렇게 해서 한 달 만 지나면 우리 신문의 4면은 현실 사회의 가장 의미 있는 기록이 될 겁니다."

"아, 아, 계획은 좋아요, 좋다고. 이미 말했다시피. 하지만 당장 곤란한 문제는 경제적인 능력이라니까. 그건 어떻게 할 수 없는 현실이지, 안 그런가?"

편집장은 눈을 반쯤 감은 채 말했다. 중자오의 연설이 그를 고무시키지 못한 게 분명했다.

"그렇다면 4면 개혁 문제는 다시 거론할 필요가 없는 건가요?"

중자오가 불쾌한 기색을 짙게 드러내며 다그쳐 물었다.

"그건, 조만간 우수한 인재가 오는 걸 기다려야지. 개혁할 수 있다면 물론 그래도 개혁을 하는 게 좋겠지만, 그건 조만간 우수한 인재가 오길 기다려서 해야지. 우리 천천히 계획을 세워 나갑시다. 지금은 우선 현상을 유지해 나가면서, 그렇지?"

편집장은 대충 얼버무리듯이 말하며 손가락으로 전화 다이얼을 눌렀다.

"만약 단지 경제적인 문제만이라면 4면의 편집 보조를 없애고 그 돈을 남겨서 외근 기자를 청빙하면 됩니다. 제 업무량이 조금 더 느는 건 상관없습니다."

중자오는 크게 양보할 뜻을 나타냈다.

"그럴 필요 없네." 편집장은 잠시 말이 없다가 대답했다. "그럴 필요 없어, 그것 때문에 한 사람 밥그릇을 깬다면 그것도 너무 가련하잖나. 천천히 다른 방법을 생각해 보지."

이제 중자오는 알아차렸다. 문제의 근본은 편집장이 4면의 개혁을 원치 않거나 아니면 적어도 개혁하는 게 번거로운 일이라고 생각하는 데 있었다. 소위 "천천히 방법을 강구해 보자"는 건 단지 입막음에 불과했다. 중자오는 정말로 좀 화가 났다.

"1면 편집 담당 왕 선생 좀 오라고 해!"

편집장이 고개를 돌려 들어온 사환에게 말했다.

"최근에 외부로부터 받은 편지들은 모두, 어떤 어떤 기사들은 게재하지 말아 달라고 요구하는 것들뿐입니다. 오늘 다섯 통의 편지가 왔는데 모두 납치, 강도, 파업 소식이에요. 어떻게 해야 할까요?"

중자오는 어떤 대답이 나올지 짐작은 하면서도 이야기의 방향을 바꾸어 다시 물었다.

"물론 싣지 말아야 귀찮은 일들이 안 생기지. 안 그런가?"

"그러면 뉴스거리는 더더욱 부족해지겠군요."

"그건 괜찮네, 괜찮아. 어쨌든 다른 신문들도 다 안 실을 테니까. 실으면 오히려 더 일만 귀찮아지지."

편집장은 이렇게 이야기하며 엷게 미소를 지었다. 마치 자기 신문이 다른 신문하고 같기만 하면 그게 곧 대단한 성공이고, 그게 바로 신문 사업의 비결이기라도 한 것 같았다.

중자오가 쓴웃음을 지으며 자리에서 일어나려는데 편집장이 다시 말을 이었다.

"파업 기사는 특히 신중하게 게재 여부를 결정해야 하네. 너무 많이 실으면 빨갱이 혐의를 받게 되니까. 빨갱이 혐의. 공장 쪽에서 스스로 게재를 원하지 않는 기사는 물론 더더욱 폭로해선 안 되고."

중자오는 단지 고개만 끄덕이며 걸어 나왔다. 그는 오늘에서야 편집장의 편집 방침이 '오직 무사안일만을 추구하는 것', 기껏해야 다른 신문사들보다 더 못하지만 않으면 되는 거라는 걸 알았다. 그뿐만 아니라 그가 대상으로 삼는 건 사회의 독자들이 아니라 신문업계의 동업자들이고, 그가 생각하는 신문의 사명은 사회에 소식을 전하는 게 아니라 다른 신문사와 경쟁을 하는 것이었다. 다른 신문에 뉴스가 많이 실리니까 어쩔 수 없이 자기도 싣는 거지, 만약 신문사들끼리 그냥 백지로 내보내기로 협정이라도 맺을 수 있다면 그는 분명 기뻐서 펄쩍 뛰지 않겠는가? 중자오는 화가 나서 이렇게 생각하며 다리를 질질 끌고 내키지 않는 걸음으로 편집실로 향했다.

자신의 사무용 책상 앞에 앉아 중자오는 고개를 받치고 조용히 생각했다. 그러나 귓속의 혈관들이 쿵쿵 뛰면서 온갖 소리들이 들려와 제대로 생각을 할 수가 없었다. 그 소리들 속에는 등골이 서늘한 스쉰의 풍자도 있고, 차오즈팡 무리가 질러 대는 초조와 번민의 고함도 있고, 장만칭의 지친 신음소리도 있었다. 이 모든 것이 잔인하게 그의 머릿속에서 종횡으로 각축을 벌이면서, 하나하나가 너무나도 탐욕스럽게 그를 완전히 점유하려고 안간힘을 썼다. 마치 그의 두개골 밑에서 레코드판이 나는 듯이 빠르게 돌면서 스스스 하며 여러 사람들의 목소리를 방출해 내는 것 같았다. 레코드판은 점점 더 빠르게 돌아 결국 무슨 말인지 알아들을 수 없게 되었고 나중에는 틱틱 하는 잡음만 남았다. 그러다가 순간 다시 레코드판이 확 벗겨져 나온 것처럼 모든 소리가 다 사라져 버리고 오직 스쉰의 목소리만이 냉랭하게 울려왔다. 인생이란 1막의 비극이며, 이상이란 공허한 것이고, 희망이란 거짓이다. 너의 앞길에는 단지 어둠만이 있다. 어둠만이. 너의 추구도 결국은 헛수고가 되었는데 그래도 넌 아직 자신의 나약함을 인정하지 않는가? 네가 아직 실패를 겪지 않았을 때 넌 마치 용사 같았다. 그러나 보라, 지금 너는 어떤가? 과거에 넌 항상 실제적인 사람이라고, 너무 사치스러운 목표는 감히 가지지 않는다고 자부했지. 그러나 지금 봐라. 네가 말한 실제라는 것도 단지 무(無)에 불과한 게 아니냐, 너의 최소한의 희망조차도 한낱 꿈이 될 수밖에 없지 않더냐!

중자오는 고개를 들고 입술을 깨물며 한숨을 내뱉고는, 그런 비관과 회의의 검은 그림자를 털어 버리려는 듯이 몸을 부르르 떨었다. 그는 스스로를 독려했다. 우리의 생명선(生命線) 안에는 본래 빛의 선도 있고 어둠의 선도 있다. 인생길이란 본래 가시덤불로 가득 차 있는 것이다. 성공하는 사람은 희망의 빛으로 길을 비추고, 인내의 불로 가시덤불을 말끔히 태워 버릴 수 있다. 다시 환각 속에서 나타난 스승의 말에 반박하듯이 그는 이렇게 생각했다. 세상에 어찌 날 때부터 용사인 사람이 있겠는가. 모두 단련을 통해 이루어지는 것이다. 눈앞에 있는 작은 시련들은 환영해야만 한다. 모든 것이 다 뜻대로 된다면 그게 바로 평범한 삶이다. 너무 쉽게 얻어지는 건 소중한 게 아니다. 한 걸음씩 걸어 나갈 수 없다면 우선은 반 걸음씩이라도 걸어가는 게 낫다. 반 걸음이라도 어쨌든 걷지 않는 것보다는 나은 것이다. 그는 다시 자신을 질책했다. 모든 게 다 처음부터 예상했던 것인데 왜 이렇게 과민한가? 넌 이미 세상사의 소란함에 대해서는 냉정하게 처신하면서 비관에 빠지지 않을 수 있는 수준에 이르지 않았는가? 그런데 왜 자기 신상의 소소한 장애 앞에서는 인내심을 발휘하지 못하는 것인가?

이렇게 반성을 하면서 중자오는 혼자 미소 짓지 않을 수 없었다. 그는 방금 전의 번민이 정말로 이유가 없는 것이라는 생각이 들었다. 그는 좀 더 실제적이 되어야 했고 좀 더 이상을 낮추어야 했다. 4면 개혁안은 좀 더 축소해야만 한다. 우선 이렇게 반 걸음만 내딛고 다시 생각하자. 편집장도 완전히 거부한 건 아니니 우선 반보만 걷는 건 꼭 희망이 없는 것도 아니다. 본래의 안을 견지하려다가 아무 일도 못하는 것보다야 최소한의 계획이라도 별도로 세워 추진하는 게 낫다. 어떤 일을 개혁하는 건 크고 작고 간에 성급하게 할 수가 없는 거다. 조금 소극적이 되어서 조금씩 바꾸어 가는 수밖에 없다. 그렇지 않은가?

신문사를 나서면서 중자오는 다시 밝은 마음을 회복했다. 그는 상쾌한 밤공기 속에서 집으로 돌아오는 길에 내내 4면 개혁안을 어떻게 축소해야 편집장이 한번 그렇게 해 보자고 하지 않을 수 없을까 하는 궁리만 했다. 집에 돌아와서 그는 당장 새로운 계획의 초안을 작성하고 밤 2시가 되어서야 잠자리에 들었다.

다음 날 중자오는 루 양으로부터 한 통의 편지를 받았는데 그 속에는 다음과 같은 구절이 적혀 있었다.

……17일의 편지를 받고 나서 전 매일 신문지상에 새로운 계획안이 반영되기를 기대하면서 신문을 손에 쥐면 먼저 4면부터 봅니다. 그러나 매번 텅 빈 기대가 되어 버리네요. 4면이 아직도 개혁되지 않는 건 중자오, 어떤 연고인지요? 설마 당신이 그 계획안

을 취소한 건 아니겠죠? 전 절대 아닐 거라고 생각해요. 아마도 진행에 어떤 어려움이 있나 보죠? 제가 보기에 당신의 주장과 방법은 다 옳아서 누구도 반대하지 않을 텐데요? 설령 어떤 장애가 있더라도 전 당신의 정신과 의지가 그걸 이겨 내리라 믿어요. 아마도 최소한 열흘간은 당신 이 일 때문에 바빴겠죠! 당신의 계획안이 조속히 실현되길 바라요. 당신이 말했듯이 미래의 행복이 모두 당신 일의 성패에 달려 있으니까요. 당신은 몇 번씩이나 그 말을 했었죠? 지난번 편지에서도 그 말을 했고요? 전 당신 말의 의미를 이해해요! 당신이 그렇게 아버지의 뜻을 이해해 주는 것에 전 정말 감격했어요. 하지만 아버지도 완고한 분은 아니세요. 아버지의 생각은 노인들이 젊은이들에게 응당 가질 만한 기대일 뿐이죠. 중자오, 난 당신도 이해하리라 믿어요. 아버지는 그저께 집으로 돌아가셨어요. 전 당신이 우리 식구들을 한번 만나 보고 아버지도 한번 뵐 수 있었으면 해요. 토요일에는 승리 경축 모임이 있어서 학교가 하루 쉬어요. 신문사도 아마 쉴 걸로 생각하는데, 그날 혹시 와 주실 수 있을는지요……?

중자오는 편지를 두 번이나 읽고 나서 입술로 가져가 입을 맞추었다. 얼마나 달콤한 말인가, 그에게 희망을 주고 힘을 주는 편지다. 비록 자신의 신문 계획안이 지금 당장 전부 실현될 수는 없어서 사랑하는 사람의 기대를 저버려야 하는 게 슬프고 또 낙심되는 일이 아닐 수 없지만, 그러나 사랑하는 사람이 얼마나 자신의 능력을 신뢰하는지를 생각하니 자신감에 찬 웃음이 마음으로부터 터져 나왔다. 편집장의 냉담한 낯은 견디기 쉽지 않지만, 일단 자신의 연인이 그 어려움을 환히 알아준다는 생각을 하면 그것만으로도 벌써 커다란 위안이 되었다. 지금 중자오는 자신이 세상에서 가장 행복한 사람이라고 생각하며, 봄옷 차림을 한 루 양이 얼마나 더 산뜻하고 아름다울지를 즐거운 마음으로 상상해 보았다. 그렇게 늘씬하고 아름다운 몸매에 얇은 비단 옷을 걸치고 바람에 옷깃을 휘날리며 다니는 모습은 얼마나 사람을 도취시킬 것인가! 그는 또 루 양의 아버지에 대해서도 생각해 보았다. 어떤 노인일까? 온화한 분일까, 엄격한 분일까? 그는 급히 일력(日曆)을 뒤적이며 한 장 한 장 세어 보았다. 일, 이, 삼…… 루 양과 약속한 날이 아직도 나흘이나 남았다! 신문사가 하루 쉬든 말든 그는 무조건 가기로 정했다. 그는 이 나흘이 하루처럼 후딱 가 버렸으면 하는 생각을 하다가 다시 이 나흘이 4년처럼 길어져서 그가 신문 4면의 개혁을 완성한 뒤에 새로운 성공을 선물로 가지고 갈 수 있었으면 하는 희망을 가져 보기도 했다.

그는 이 소중한 나흘 동안 가능한 한 최대한으로 신문 4면의 면모를 쇄신해야겠다고 결심했다. 이런 생각을 하다 보니 도저히 저녁 11시가 될 때까지 참고 기다릴 수가 없었다. 오후 2시가 되었을 때 그는 편집장의 집으로 찾아갔다. 지난밤에 완성한 새 계획안을 건넨 후 중자오는 침착하게 말했다.

"이번 새 계획안의 목적은 신문사의 경제 능력이 허용하는 범위 내에서 4면에 좀 더 활기를 불어넣자는 것입니다. 이 계획대로라면 외근 기자는 일단 더 이상 늘이지 않아도 됩니다. 사회적인 혼란과 관련되는 기사들, 예를 들면 납치나 파업 같은 것을 싣는 게 불편하다면 그것도 그냥 현상대로 가면서 우선은 사회 오락 쪽의 자료들을 한번 힘닿는 대로 정리해 보는 겁니다. 지금 무도장 바람이 구름처럼 일고 있는데 찬성하는 사람들은 상하이가 갈수록 서구화되어 가는 거라고 하고, 반대하는 사람들은 난세라 사람들의 마음이 음탕해져서 그런 거라고 합니다만 사실 이건 단지 번민하는 현대인들이 강렬한 자극을 추구한다는 걸 말해 주는 것이기 때문에 무도장에 관한 뉴스에 더 주의를 기울이는 겁니다.”

“맞네, 맞아. 하지만 무도장들을 너무 봐주고, 그들에게 무료로 광고 서비스를 해 주는 게 되는 거라서.”

편집장은 고개를 끄덕이면서 천천히 담배 연기를 내뿜으며 웃는 얼굴로 말했다.

“그리고 요즘 이혼 사건이 특별히 많은 것도 중대한 사회 현상으로 주목할 가치가 있는데, 소송이 제기된 이혼 사건은 그나마 기록이 남아 있지만 다른 것들은 이혼을 알리는 광고 한 줄 외에는 다른 신문상의 기록은 전혀 없기 때문에, 이런 것에 대해서도 그런 광고를 근거로 탐방해서 그 내용들을 상세하게 신문에 게재해야 합니다.”

“그건…… 안 된다고 할 순 없지만, 신중하게 해야 돼, 신중하게. 사람들의 의심을 사지 않도록.”

“편집상의 세세한 사항들, 예를 들어 자료 배분이나 배열 방식 변환이나 자체(字體) 변경 같은 것들도 다 계획서 안에 써 놓았는데, 뭐 안 될 건 없겠죠?"

"아마 되겠지. 하지만." 편집장은 계획서를 보며 말했다. "자네가 제목에 쓰려고 하는 송조체(宋朝體)와 고딕체 건은 어려움이 좀 있네. 송조체는 사려면 가격이 만만치 않고, 고딕체는 거기다 새겨 넣어야 하는 건데, 일이 너무 많아지면 신문사 안에는 글자 새길 사람이 한 명밖에 없어서 다 감당이 안 될 걸세. 그리고 자체는 아무래도 나중에 바꾸는 게 나을 것 같고."

중자오는 이런 것에서까지 문제가 생길 거라고는 생각하지 못했지만 현명하게도 더 이상 고집을 부리지 않았다. 이미 양보 정책을 취하기로 해서 한 걸음이 반 걸음이 된 이상 지금 다시 더 양보해도 아까울 게 없었다.

"또 한 가지는" 편집장이 다시 중자오의 계획안을 보며 천천히 말했다. "중 군, 자넨 무도장의 상황을 그날그날 실을 생각 아닌가? 그래야 쓸모 있는 통계자료가 되기도 하고, 아주 좋지. 하지만 특정인에게 부탁해서 투고를 받으려는 거라면 그건 전혀 그럴 필요가 없다고 보네. 신문사에서 무도장마다 편지 한 통씩 보내서 직접 좀 써 달라고 하면 더 편하지 않겠어? 자기들을 위해 북 치고 장구 치는 일인데 그자들이 설마 안 할라고? 만약 다른 사람들한테 쓰게 하면 또 기사가 현실과 맞지 않다는 등 하면서 편지를 써서 정정을 요구하고 할 텐데 그러면 일이 아주 번거로워지지, 번거로워져."

중자오는 눈을 크게 떴다. 편집장이 어째서 일이 생기는 걸 이렇게까지 꺼리는지 이해할 수가 없었다. 중자오는 결국 한마디 하지 않을 수 없었다.

"저도 그들에게 써 달라고 하는 게 편하고 쉬운 일이라는 건 압니다. 하지만 걱정스러운 건 그들이 써 보내는 건 모두 판에 박힌 상투적인 내용들이라서 재미도 없고 가치도 없을 거라는 거죠."

"상투적인 글이 차라리 낫지. 투고에다 특약(特約)이라는 두 글자까지 달아 놓으면, 그자들은 또 다들 자기가 무슨 대단한 작가라도 되는 줄 알 걸세. 결국은 그것도 그저 평범한 내용에 불과할 건데도 말이야."

편집장은 이렇게 말하면서 마치 그런 투고자들을 내치기라도 하듯이 담배꽁초를 재떨이 쪽으로 내던졌다. 중자오는 담배꽁초가 잿더미 속에 파묻히는 걸 보면서 그의 반보 정책이 또 다시 몇 분의 일로 축소되는 걸 느꼈다. 그는 눈을 들어 기름이 번지르르한 편집장의 얼굴을 보았다. 마치 그 얼굴 위에 '절약!' 이라는 두 글자가 크게 써 붙여 있는 것 같았다. 중자오는 자신이 특별 기고를 부탁한 사람이 정말로 '불난 김에 도둑질하려는' 사람인가를 판단해 보려고 했다. 그때 편집장이 다시 말을 이었다.

"자네의 계획서에서는 각 상점에서 보내오는 '새로 온 물건' 소식은 뉴스 가치가 없으니 싣지 않는 걸로 되어 있는데 말이야, 말이야 뭐 틀린 데가 있겠나만 그들이 다 우리 신문에 광고를 내는 사람들이라 우리가 좀 대접을 하지 않을 수 없어서 그런 거니까, 일단은 지금까지 해 온 것처럼 4면으로 밀어 넣고 앞으로 우리가 반 장짜리 '본지 소식 증간' 면을 확충하게 되면 그때 그리로 옮기도록 하세."

중자오는 등골이 오싹해졌다. 편집장의 잠식주의가 그의 개혁안을 뿌리까지 물어뜯어 버리려는 것처럼 느껴졌다. 이미 반보 반보씩 양보해서 이젠 더 이상 물러설 수도 없었다. 그는 부득불 마지막 고집을 부리지 않을 수 없었다.

"그렇다면 4면의 자리가 부족해집니다. 만약 정 싣지 않을 수 없는 거라면 신문의 여백난으로 옮기죠. 그런 것들은 본래 신문 여백감이니까요."

"그럴 순 없네. 신문 여백에는 지금까지 기사를 실은 적이 없고 그 사람들도 그걸 원친 않을 걸세. 전처럼 4면에 싣되, 그것들을 맨 나중 순위에 두면 되지. 어쨌든 매일 있는 것도 아니니 다른 기삿거리들을 밀어낼 정도는 아닐 걸세."

중자오는 다시 이건 서로 다른 성격의 기삿거리들을 섞느냐 마느냐의 문제지, 밀어내고 안 내고의 문제가 아니라고 말하고 싶었지만 편집장은 벌써 기지개를 켜고 일어나 웃으면서 말했다.

"종합하면, 자네의 지금 계획은 비교적 실행 가능성이 있다는 거야. 내 생각은 대충 방금 말한 몇 가지고…… . 지금 당장 생각나는 건 이 몇 가지뿐이네. 아마 계속해서 의논해야 할 부분이 더 생각날지 모르지만 그건 저녁에 다시 이야기하세."

더 이상의 논쟁은 의미가 없는 것 같아 중자오는 어물어물하며 대충 몇 마디 둘러대고는 곧 뛰어나왔다. 원래는 편집장을 만나고 나서 서너 군데에 들러 투고 건을 교섭하려 했지만 지금은 맥이 빠져서 아무 할 일이 없어진 것 같은 느낌이었다. 특별 기고를 부탁하는 방식이 허락되지 않는다면 또 여기저기 찾아다니며 원고를 끌어와야 하는 건가? 그는 길가에서 한참을 망설였다. 동창회로 갈까, 아니면 다시 만칭을 찾아가서 이야기를 할까 하다가 결국은 집으로 가서 루 양에게 편지를 쓰기로 했다.

그는 자신이 겪고 있는 어려움에 대해서는 루 양에게 일체 이야기하지 않았다. 그는 만나기로 한 약속을 붙잡아 두어야만 한다. 게다가 일이 아직 성공하지 못한 상태에서 다른 사람에게 어려움을 호소한다는 건 비겁하지 않은가? 루 양 앞에서 중자오는 결코 이런 식으로 체면을 잃고 싶지 않았다. 그는 신문 4면의 개혁이 어느 정도 모양을 갖추게 된 후에 그가 겪었던 어려움들을 처음부터 하나하나 세세하게 밝힐 셈이었다. 그건 마치 장군이 개선가를 울리고 난 후에야 비로소 그가 전투 중에 겪었던 위급한 사정을 사람들에게 밝히면서 적들이 얼마나 무시무시했는지를 부풀려서 말함으로써 자신의 용맹무쌍한 선전(善戰)을 부각시키려는 것과 같았다. 게다가 "이상은 너무 높아서는 안 된다"는 철학을 마음에 품고 있어서인지 두 번째 좌절에 대해서는 오히려 전혀 분개하는 마음이 생기지 않았다. 비록 자신이 생각했던 최저한도의 계획이 편집장에 의해 다시 더 낮춰지고 자신의 반보 정책은 이미 다시 반의 반보 정책으로 추락했지만, 그의 혈관 속에 잠복해 있는 용인(容忍)의 본능이 두 번째 실패로 인한 타격을 확실히 첫 번째만큼 그렇게 민감하게 느끼지 않을 수 있게 해 주었다. 그는 이미 실패에 익숙해졌다고 할 수 있고, 실패 속에서 점점 더 용기를 다져가고 있는 게 분명하다고도 할 수 있었다. 그가 지금 스스로 믿고 있는 건 실패 더미를 딛고 반 걸음씩, 반의 반 걸음씩이라도 가다

보면 결국은 완전히 이루게 될 날이 있으리라는 것이다. 다만 나흘 후 루 양을 만날 때 아무런 성과도 없이 가게 될까 봐 그게 걱정이었지만 방법이 전혀 없는 건 아니었다. 그가 있는 힘을 다한다면 나흘이라는 짧은 시간 안에도 제4면에 어떤 특색을 부여할 수 있을 것이다. 그가 무도장마다 찾아다니면서 비평 반, 보고 반식의 '인상기', 가령 '상하이 무도회 인상기' 같은 걸 쓴다고 가정해 보자. 그는 자신의 예리한 관찰력과 치밀한 분석, 섬세하고 날카로운 필력으로 사회의 시선을 끌 수 있을 것이다. 그건 돈이 드는 것도 아니고, 또 사람들이 문의 같은 걸로 귀찮게 하는 일도 없을 테니 편집장 쪽에서도 더 이상 그것을 못하게 할 구실은 없을 것이다.

지금 중자오는 신이 나서 우선 자신에게 남은 시간부터 계산해 보았다. 저녁 8시부터 쳐서, 8시부터 10시까지는 신문사에서 4면을 편집하고, 10시부터 다음 날 새벽 3시까지는 각 무도장을 돌고 난 뒤 잠을 자고, 그렇게 하면 '인상기'를 쓰는 건 다음 날 오후에 할 수밖에 없다. "좋다, 그렇게 하자." 중자오는 스스로에게 이렇게 말하면서 새로 정한 시간표를 품 안에 있는 기자 수첩에 기록했다.

저녁 8시 신문사에 도착해서, 동료들이 불이 나게 뛰어다니며 큰소리로 떠들어 대는 가운데서 중자오는 원고 속에 고개를 파묻고 급히 삭제와 수정 작업을 했다. 원고 하나를 보내고 나서 벽 위의 괘종시계를 한번 보고 손가락으로는 붉은 펜을 움직이면서 마음속으로는 무도장을 순례할 가장 경제적인 노선을 짜고 있었다.

시간은 천천히 흘러갔고 그의 탁자 위 원고도 천천히 줄어들어 마침내 폐기한 서너 장의 원고만 남았다. 9시 50분에 그는 이미 뉴스 순서표를 보내고, 유쾌하게 기지개를 켜며 다시 미리 정해 놓은 노선을 한번 더 검토하고 나서 자리에서 일어나 가벼운 마음으로 편집실을 나왔다.

"왕 선생님! 잠깐만요, 저, 드릴 말씀이 좀 있구먼요!"

아주 낮게 가라앉은 목소리가 중자오를 계단 앞에서 멈추게 했다. 고개를 돌려 보니 자신의 편집 보조인 뚱보 이 씨였다. 중자오는 원고에 또 무슨 문제가 있는가 하고 생각했지만 뚱보 이 씨는 씩씩거리며 그를 응접실로 끌고 가서는 작은 소리로 반복해서 말했다.

"왕 선생님, 몇 가지 사적인 문제로 좀 드릴 말씀이 있어서 말입니다요."

응접실에 자리를 잡고 앉은 후에 뚱보 이 씨는 몸을 중자오 가까이로 옮기더니 만면에 웃음을 띠고 중자오가 절대 입을 열지 못하도록 하면서 낮은 소리로 천천히 정중하게 말했다.

"왕 선생님, 다 아시겠지만 전 북방 사람입니다요. 예, 북방 사람입죠. 지금은 상하이에 와서 그럭저럭 밥이나 벌어먹고 있습니다만, 청대에는 이래 봬도 제가 성시(省試)에 합격한 공생(貢生)*이었구먼요. 절대 거짓말 아니고 정말 공생이었구먼요. 하지만 민국(民國) 세상이 되어 한림진사(翰林進士)*도 다 소용없게 되니, 저 같은 공생은 말할 것도 없게 된 것입죠. 가련하게도 지금 전 여기서 겨우 겨우 밥이나 벌어먹고 살고 있을 뿐입니다요. 왕 선생님, 다 아시겠지만, 저희 집엔 식구도 많고, 에……,"

뚱보 이 씨는 책을 외우듯이 자기 집안의 궁색한 형편을 밑도 끝도 없이 줄줄이 하소연하면서 중자오에게는 전혀 말할 여지를 주지 않았다. 중자오는 안절부절못하면서 그 이야기를 듣자 마음이 답답해져서 뚱보 이 씨가 정신병에 걸렸거나 아니면 돈을 빌려 달래려는 것이라고 생각했다. 시계를 보니 이미 10시 20분이었다. 그는 딱딱한 어조로 뚱보 이 씨의 말을 자르며 물었다.

"도대체 무슨 일인지 빨리 단도직입적으로 말해 보세요!"

뚱보 이 씨가 깜짝 놀라더니 살진 얼굴로 멍한 표정을 짓고는 이상하다는 듯이 중자오를 바라보았다. 그렇게 족히 3분은 지나고 나서야 그는 우물거리며 말했다.

"왕 선생님, 선생님도 다 알고 계시겠지만, 먹고 산다는 게 정말 어렵습니다요! 선생님께선 너무나 마음이 선량하신 분이시니, 이복 없는 사람을 너그러이 대해 주신다면 저는 평생 그 은혜를 잊지 않을 것입니다요!"

"아, 그런 말들은 필요 없고, 대체 무슨 일이죠? 아직도 난 똑똑히 모르겠어요."

"왕 선생님, 물론 다 아시고 계실 겁니다만. 선생님은 마음이 너무나 좋으신 분이시니……."

"정말로 난 당신이 뭐 때문에 이러는지 모른다고요!"

"왕 선생님, 아직도 절 원망하시는군요! 히히!"

"대체 무슨 일인지 빨리 말해요, 난 다른 일이 있어요!"

"들리는 소리로는 왕 선생님이 이제 편집 보조는 필요 없고 외근 기자가 필요하다고 하셨다기에······."

"그런 일 없어요!"

중자오는 단호하게 부인했다. 그는 이제야 뚱보 이 씨가 하소연하는 원인을 알게 되었다.

"있습니다요, 있구먼요, 왕 선생님, 절 원망하지 마십쇼. 저도 여기 상하이에 온 지 오륙 년이나 되었기 때문에 상하이 말도 알아들을 수 있고, '큰 세상'이니, '작은 세상'이니, '화류계'니 하는 곳에도 다 가 봤습니다요. 왕 선생님, 그러니 저를 외근 기자로 좀 바꿔서 써 주십쇼."

중자오가 참다못해 웃음을 터뜨렸다. 어떻게 뚱보 이 씨가 그 일을 알게 되었는지 이상하다는 생각이 들었다.

"그건 정말 뜬소문인데, 누가 당신한테 일러 줬죠?"

"1면 편집 담당인 왕 선생이 말했으니, 뜬소문은 아닐 거구먼요. 어쨌든 절 외근 기자로 좀 바꿔 써 주시지요, 선생님이 허락해 주시지 않으면 전 이제 끝장입니다요!"

시간은 이미 10시 50분이 되었지만 뚱보 이 씨는 절절하게 매달리며 중자오가 자리를 뜰 수 없게 했다. 중자오는 그가 우습기도 하고 불쌍하기도 하다는 생각이 들었다. 다시 자기는 잘 모른다고 시치미를 뗐지만 결국은 사실대로 말하는 수밖에 없었다.

"처음엔 그러려고 했었지만 지금은 이미 다 끝난 이야깁니다. 그러니 안심해도 돼요. 당신 자리는 절대로 없어지진 않을 테니! 오늘은 또 정말 중요한 일이 있으니 내일 다시 이야기합시다."

그러나 응접실 밖에서는 또 배자공이 그를 기다리고 있었다. 4

면의 원고가 조금 부족해서 보충을 해야 한다고 했다. 중자오는 눈살을 찌푸리며 편집실로 뛰어 들어가 가까스로 원고 한 편을 더 찾아내서 막 교정을 보고 있었다. 그때 다시 사환이 들어와서 "편집장님이 이야기 좀 하시재요" 하고 말했다. 중자오는 다시 손목시계를 보았다. 더도 덜도 아니고 정각 11시 30분이었다. 마음속에서 원망이 일어났다. 하필이면 오늘 이렇게 생각지도 않았던 일들이 많이 생기다니!

다행히도 편집장은 그렇게 많은 말을 하지 않았다. 관(官)에서 다시 명령이 있었으니 파업 기사는 신중하게 실으라는 말뿐이었다.

중자오는 신문사 문을 나오며 하늘을 보고 한숨을 내쉬면서 생각했다.

— 정말 뜻대로 안 되는 게 십중팔구라더니, 미리 계획한 일은, 그게 설령 10시에 출발하겠다는 그런 사소한 일이라도 제대로 되기가 어렵구나. 인생의 길에는 이렇게 잘못되는 일들이 많은 것인가?

그 후 중자오가 집으로 돌아와 잠자리에 들 때까지는 별다른 곡절이 없었다. 기분 좋은 피곤함 속에서 중자오의 유일한 희망은 달콤한 여섯 시간의 휴식 후에 맑은 정신을 회복해서 '인상기'의 첫 회를 쓰는 것이었다. 그러나 새벽 5시경 좍좍 쏟아지는 빗소리에 놀라 갑자기 잠자리에서 깨어났을 때 중자오는 방 안의 불빛이 너무 흐린 걸 보고는 날씨가 흐려서 그런가 하고 생각하다가, 시계를 보고 난 뒤 시간이 아직 너무 이르다는 걸 확인하고는 다시 잠자리에 들었다. 그러나 이번 잠으로 그는 오전을 몽땅 소모하고 말았다.

결국 중자오가 '인상기'의 첫 회를 쓰기 시작한 건 이미 오후 3시가 다 되어서였다. 처마 밑으로 똑똑 떨어지는 낙숫물 소리가 아직도 들려왔다. 공기는 몹시 축축하고 답답했다. 중자오는 이런 날을 가장 싫어했다. 그는 연필 자루를 양 손가락 사이에 끼우고 돌리면서 지난밤 무도회에서 보고 들은 것들을 기억해 내었다. 그러나 어찌된 일인지 생각이 왔다 갔다 하면서 좀처럼 집중이 되지 않았다. 지난밤 그는 무도장을 몇 군데나 들렀고, 본 것도 많고 들은 것도 많았지만 지금은 막막하기만 할 뿐 어떤 강렬한 기억도 떠오르지 않았다. 지금 그의 뇌리에서 털어 버리지 못하고 있는 건 오직 장추류뿐이었다! 그녀의 요염한 자태와 날카로운 말들. 어젯밤에 그는 '한락궁(閑樂宮)'에서 우연히 그녀를 만났다. 따라다니던 룽페이도 없었고, 마부처럼 곁을 떠나지 않던 쉬쯔차이도 없었다. 그녀는 중자오에게 많은 말을 했다. 그녀의 이야기 속에는 열정, 분개, 낙심, 정치, 연애, 모든 것들이 다 들어 있었다. 지금 그 이야기들만이 중자오의 머릿속을 꽉 채우고 있었다. 이런 이야기들을 써? 그건 안 되지. '인상기' 같지도 않을 거고, 게다가 사람들은 장추류를 알지도 못하는데? 그녀는 무희도 아니고 그렇다고 무슨 위인도 아닌데 그녀의 이야기를 '인상기'의 시작으로 삼는 건 글의 성격에 맞지 않을 것 같았다. 중자오는 본래 무도장에서의 어떤 독특한 분위기들을 찾아보려고 했다. 눈물 머금은 광소(狂笑)와 퇴폐적인 고민, 자극 속에서 살아 있음을 느껴 보려는 격앙된 몸짓들, 회색의 현실을 돌파하려는 절규 같은 것. 그는 상하이에서 무도장이 성행하게 된 현상을, 세계대전 후 패배한 베를린 사람들을 사로잡았던 표현주의*의 사나운 회오리바람 같은 것으로 해석했다. 그것은 환멸을 겪고 동요하게 된 사람들의 마음이, 침체되고 마비된 울타리 안에서 보여 주는 본능의 폭발 같은 것이었다. 그는 매번 무도장에 갈 때마다 그런 느낌을 받았다. 그런데 어젯밤 일부러 그런 것을 찾아 나섰을 때는 오히려 그런 분위기는 전혀 느껴지지 않고, 비열한 색욕과, 금전과 육욕의 추악한 교환만 보였다. 이런 것들은 확실히 그의 '인상기'의 재료가 아니었으며 오직 장추류만이 그의 목표를 상징적으로 드러내 주고 있었지만 그녀의 이야기로 모든 걸 대변하는 것 또한 맞지 않는 게 아닌가?

마치 공중에 매달려 무력하게 발버둥을 치듯이, 중자오는 몇 번이나 붓끝을 종이 위에 대었지만 끝내 한 자도 쓰지 못했다. 그는 몇 번이나 붓을 내던지고 화를 내면서 생각했다. 이런 소소한 일 속에도 이상과 현실의 모순이 감추어져 있단 말인가? 평소 무도장에서 보았던 그 특유의 분위기는 기껏해야 자신의 환각에 불과한 것이었던가? 어쩌면 정말로 환각이었을 뿐인가?*

그러자 스쉰이라는 회의의 그림자가 다시 슬그머니 그에게 덮쳐 왔다. 중자오는 일격이라도 당한 것처럼 갑자기 온몸을 움츠렸다. 그는 붓을 놓고 방 안을 왔다 갔다 하면서 걷잡을 수 없는 생각들을 통제해 보려고 애썼지만 더 이상 생각할 수가 없었다. 더 이상 생각하다가는 정말로 회의의 깊은 구렁텅이 속으로 빠져 들어가 버리게 될 것만 같았다.

— 그럼 '인상기'를 완성할 수는 없단 말인가? 그렇지 않다. 아직 세 시간이 남아 있다. 자료는? 없는 것이라도 짜내어 찾아봐야지. 자료가 부적당하면 또 어떤다? 약간의 왜곡을 보태서? 일단 장추류를 익명으로 해서 써 본다?

뿌옇게 일어나는 감정의 안개가 걷힌 후에 중자오는 다시 이렇게 무료하게 자문자답을 했다. 물론 그는 여기에서 붓을 꺾고 '인상기'를 그만둘 수 없었다. 그것은 미래의 행복과 관련된 일이다. 루 양의 아리따운 모습이 보이지 않는 가운데 그를 재촉하고 있지 않은가! 그는 다시 앉아서 붓을 들고 우선 엄숙하게 백지 위에 제목을 쓰고는 고개를 숙인 채 다시 몇 분간 생각에 잠겨 있다가 결국 천천히 써 내려가기 시작했다. "포화의 포위 속에서 우리는 아득히 들려오는 피아노 소리를 듣는다……" 갑자기 그는 붓을 멈추고 고개를 돌렸다. 뭐지! 누군가가 들어온 것이다. 차오즈팡의 굵직한 목소리가 이미 방 안 축축한 공기를 온통 흔들어 놓고 있었다.

"중자오, 집 안에 틀어박혀서 대체 뭘 하는 거야? 이 전대인 집 하녀는 정말 돼먹지가 않았더구먼. 자네가 집에 없다는 거야!"

차오즈팡이 시끄럽게 떠들면서 뛰어 들어왔다. 손에 들고 있는, 자루가 긴 우산에선 후드득하며 아직도 콩알만한 물방울들이 떨어지고 있었다. 그는 곧장 중자오의 맞은편으로 와 앉더니 탁자 위에 놓인 원고지를 한번 보고는 입을 삐쭉 내밀며 말했다.

"이런 쓸데없는 글은 써서 뭐하나? 정식으로 할 중요한 이야기가 있으니 그 이야기나 좀 하세. 어제 오후에 동창회실에서 자넬 기다렸는데 날이 어둡도록 자넨 그림자도 보이지 않더군. 정말 바쁘신 몸이야! 오늘은 비가 내려서, 장추류가 자네 성격을 알더군. 비가 오면 밖에 나가지 않는다고 하데. 봐, 이렇게 큰비가 내리는데도 내가 특별 정성으로 이렇게 자네를 찾아왔는데, 글쎄 전대인 집 하녀가 날 속이려고 하다니 말이야, 어떻게 화가 안 나겠나! 왕 형, 자넨 정말 팔자 한번 편안하구만, 집에 앉아서 이런 놀이나 하고 있으니 말이야!"

"정식으로 할 말이 있다고 했으니, 어쨌든 우선 그것부터 이야기해야지!"

"그 할 말이란 게 바로 일전에 우리가 말했던 단체를 결성하는 일이네. 어제 우린 좀 더 세부적인 논의를 했는데 우선 연락망이 있어야 한다는 거야. 그런데 모두 자네가 이 일을 맡아야 한다고 해서 내가 자네랑 의논을 하러 온 거지."

중자오는 고개를 끄덕여 수락의 뜻을 표했지만 그래도 조금 더 물어보지 않을 수 없었다.

"연락망은 아마 소식을 돌릴 때 쓰려는 거겠지?"

"대체로는 그렇겠지만 또 다른 일이 생길지도 모르지. 지금 딱히 말할 수 있는 건 아니지만."

"그럼 자네가 우선 몇 가지만이라도 이야기를 좀 해 주게, 그럼 내가 맡을 수 있을지 없을지 생각을 좀 해 보게."

"중자오, 자네 말 한번 정말 이상하게 하는군! 아니 내가 점도 안 쳐 보고 앞으로 무슨 일이 생길지 어떻게 아나!"

중자오는 웃지 않을 수 없었다. 차오즈팡은 열심은 있어도 항상 흐리멍덩해서 정작 무슨 일을 해야 되는지는 제대로 알고 있는 때가 없었다. 지금도 그는 아무 생각도 없고 어떤 방법도 없는 것이다.

"지금 첫 번째로 할 일은 사람을 찾는 건데." 차오즈팡이 진지하게 말을 이었다. "그게 또 쉽지가 않아서 말이야. 찾을 수 있는 사람은 우리랑 의견이 꼭 일치하질 않고, 장만칭 같은 경우는 또 우리가 별로 찾을 생각이 없고."

"자네들 나중에 만칭 또 만났었나?" 중자오가 무척이나 궁금해하는 투로 물었다.

"아니. 장(章)만 만칭이랑 이야기를 좀 했는데. 벌써 무슨 중학교에서, 아, 괴상한 이름이었는데 기억이 안 나네. 어쨌든 중학교 교원이 되었다던데. 그는 우리 방법에 동의하지 않아, 장에게도 이 일을 하지 말라고 권하고 있고! 그래서 어제 오후엔 장도 좀 태도가 달라졌더군. 중자오, 그러니 우리가 불쾌하지 않겠어! 그렇지 않겠냐고?"

차오즈팡은 말을 하느라 볼이 탱탱하게 부풀어 올랐다. 책상머리에 있는 찻주전자를 들어 올리더니 주둥이에 바로 입을 대고는 마치 그렇게라도 하지 않으면 뱃속에서 부글부글 끓는 이유 없는 분을 가라앉힐 수 없다는 듯이 벌컥벌컥 들이부어 댔다. 중자오는 다시 지난밤 무도장에서 보았던 장추류의 모습을 떠올렸다. 그녀는 엷은 자색의 짧은 소매 윗옷을 입고 입안 가득히 술 냄새를 풍기고 있었다. 그런 모습은 분명 각고의 노력으로 제대로 된 일을 하려는 자세는 아니었다.

"하지만 장은 여자라서 마음이 좀 쉽게 움직여서 그런 거지," 차오즈팡이 찻주전자를 내려놓으며 말했다. "열성이 없는 건 아닌데 말이야, 내가 가장 기분 나쁜 건 룽페이라고. 그 자식은 진짜 같기도 하고 가짜 같기도 해서 말이야. 에이, 이 인간은 보니까 연애의 비극만 연출할 줄 알지. 중자오, 자네 아나? 그저께 룽페이가 또 한 편의 연애의 비극을 연출했다고. 아무튼 그 자식은 구제불능이라니까!"

룽페이의 연애 비극 이야기가 나오자 중자오는 웃음이 나오는 걸 참을 수 없었다. 룽페이가 몇 번의 연애 비극을 경험했는지는 모르지만, 지금까지 들은 것만 해도 벌써 다섯 번짼가 여섯 번째가 된다는 건 기억하고 있었다. 중자오는 웃으며 물었다.

"그저께라고? 그저께 언제?"

"바로 우리가 영화 보러 갔던 날이지. 룽은 장과 같이 앉고, 왕은 그 앞줄에 앉았는데, 휴식 시간 10분 동안 그 작자가 왕이랑 떠들어 대다가 나중에 전등이 꺼지니까 손을 뻗쳐 왕의 허벅지를 꼬집으려고 한 거야 — 에이, 그 자식은 구제불능이라니까. 그 손이 왕의 옆자리에 앉았던 어떤 여자 손님에게 닿을 거라곤 생각도 못 했겠지. 공교롭게도 그 여자 손님은 또 자기 남자 친구랑 같이 와서 그게 자기 남자 친구 손인 줄 안 거야. 그랬다가 나중에 발각이 나자 난리가 난 거구! 장이 잘 처리하지 못했으면 룽페이는 정말로 아니올시다였을걸! 에이, 그 자식!"

둘은 하하대며 큰소리로 웃다가 차오즈팡이 갑자기 웃음을 거두고 이야기를 계속했다.

"그자들은 이렇게 방탕하다고! 난 방탕한 걸 제일 싫어하기 때문에 연애 같은 거 한 적 없어. 그런데도 그자들은 오히려 내가 고집불통이라고 한다니까. 내가 모든 걸 독단적으로 처리한다나. 중자오, 생각해 봐. 책임감이 없으면 어떻게 내가 이렇게 큰비가 쏟아지는데도 기꺼이 자넬 찾으러 왔겠어?"

중자오는 미소를 지은 채 고개를 끄덕였다. 차오즈팡의 열심과 뭔가 해 보려는 의지에 대해서는 중자오도 평소부터 탄복을 하고 있던 바지만, 뭐가 뭔지도 모르면서 무조건 있는 대로 힘을 쓰는 것 역시 그가 본래부터 탄복하고 있던 것이었다.

"차오, 난 아직도 잘 모르겠네. 일을 하려고 하면 왜 꼭 단체를 세워야 하는 거지? 내가 보고 들은 바로는 무슨 단체가 없어서 성과가 없는 것도 아닌데 말이야. 일이 안 되니까 사람들이 괜한 트집부터 잡는 거지."

"단체를 만들자는 건 역량을 좀 더 크게 결집시켜 보자는 거야. 혼자서 사회적인 대사(大事)를 감당할 수는 없는 거니까, 이건 처음부터 해 왔던 이야기고. 샤오 왕은 다른 생각인데 집단의 힘을 빌리면 개인의 퇴폐와 타락을 막을 수 있을 거라나. 쉬의 생각은 또 시국이 시시각각 변하니까 우선 준비부터 하지 않으면 안 된다는 거고. 중자오, 그런데 이런 말들이 어쨌든 다 말이 되는 소리들인가?"

중자오는 묵묵히 고개만 끄덕였다.

"난, 지금까지 열심히 일해 왔어." 차오즈팡이 다시 말을 이었다. "성질대로라면 난 이렇게 시원스럽지 않은 방법은 그다지 좋아하지 않아. 중자오, 자네는 지금 내 속이 얼마나 답답한지 모르지! 내가 가장 못 견디겠는 게 바로 이도 저도 아닌 이런 상황이라고! 정말 답답해 죽을 지경이야. 꼭 오늘 아침 날씨처럼 말이야. 금방 한차례 큰비가 쏟아졌으니 거기다 번개 치고 태풍까지 분다면 그야말로 통쾌할 텐데. 난 통쾌한 걸 좋아하지. 난 말이야 돈이 다 떨어지면 차라리 굶어 죽지 누구한테 돈을 꾸러 다니진 않을 거야. 아니면 차라리 강도질을 하던가 하지! 이런 세상에서야 돈 뺏을 줄 아는 게 영웅호한이니, 저마다 각양각색의 간판을 내걸고 돈을 빼앗지만, 나 차오는 그런 구질구질한 약탈은 좋아하지 않아. 내가 약탈을 한다면 그땐 아예 토비가 되는 거야! 그날 샤오 장은 '우린 강도나 토비가 될 수도 없다고' 했는데. 흥, 그렇지. 샤오 장은 할 수 없지만 난 잘할 수 있다고. 지금은 내가 그냥 성질 죽이고 잠시 어정쩡하게 지내고 있지만 답답해서 더 이상은 못 참겠다 싶으면 중자오, 난 정말 뭔가 저지를 거야!"

차오즈팡은 눈을 부릅뜨고 갑자기 탁자를 내리치며 일어나더니 손에 든 우산을 공중에 휘둘렀다. 물방울이 후두둑 떨어졌고 중자오의 머리에도 뿌려졌다.

"자네 생각엔 찬성이야. 하지만 자넨 아직 토비가 안 됐는데, 난 벌써 희생을 당했는걸."

중자오는 억지웃음을 지으며 좀 우스꽝스럽게 말하려고 애를 썼다. 딱히 뭐라고 할 수 없는 스산함이 그의 마음에 엄습해 왔다. 요 며칠 동안 겪은 수난이 갑자기 일제히 약속이나 한 듯이 끓어오르기 시작했다.

차오즈팡은 중자오의 말에 아랑곳하지 않고, 창밖을 한번 내다보더니 벌컥 화를 내며 말했다.

"누가 아니래나. 큰비도 지나갔고, 갈수록 더 답답해지는구먼. 중자오, 이제 볼일 다 봤으니, 그럼 내일 보세."

우산을 거꾸로 들고 큰 걸음으로 방문을 나서는 차오즈팡을 눈길로 전송한 뒤, 중자오는 답답한 듯이 한숨을 내쉬며 팔짱을 끼고 방 안을 왔다 갔다 하다가 창 앞에 서서 하늘을 바라보았다. 비는 그쳤고 바람도 없었다. 무겁고 답답한 회색이 온 하늘을 점령한 채 낮게 깔려 머리를 짓누르고 있었다. 어지러운 생각이 그의 마음속에서 맴돌았다. 차오즈팡의 무리는 다들 개성이 그렇게 다른데도 어떻게 같이 일을 한다는 거지? 만칭은 이미 교사가 되었다는데 무슨 과목을 맡은 걸까? 장추류는 오늘 밤에도 또 무도장에 나갔을까? 나의 '인상기'가 결국은 성공을 할 것인가? 오늘 밤엔 또 마땅한 기삿거리가 있을지? 제4면의 개혁은 언제나 실현될 것인가? 루 양과의 연애는 대체 자신이 있는 건가……?

이런 일련의 의문 가운데서 중자오는 오직 한 가지 결론만을 얻을 수 있었다. 그것은 그의 '인상기'가 오늘은 분명히 완성될 수 없으리라는 것이다. 내일에 희망을 거는 수밖에 없지. 희망이 있으면 결국은 성공한다! 중자오는 신문 제4면의 개혁과 루 양과의 연애라는 목표에 대해서는 끝까지 중단하지 않는, 절대로 희망을 포기하지 않는 정신을 품고 나갈 것을 다짐했다. 그 순간 한마디 말이 다시 그의 마음에 떠올랐다.

"정말 뜻대로 되지 않는 일이 십중팔구라더니, 예정했던 계획은 언제나 제대로 실현되는 법이 없고, 인생의 길은 이렇게 또 뭔가 잘못되는 일들로 가득한 것인가?"

그러나 끝까지 희망을 미래에 둘 수 있는 사람은 어쨌든 복이 있는 사람이다. 오늘 밤은 중자오의 계획대로 모든 것이 순조롭게 진행되었다. 9시에 신문사 문을 나섰고, 다음 날은 '인상기' 제1회를 확실하게 완성했다. 그가 처음에 상상했던 것에 비하면 다소 손색이 있긴 하지만 어쨌든 그의 힘겨운 발버둥이 모두 무로 돌아가지는 않은 것이다.

3

연 삼 일간 지독히도 나쁜 날씨가 계속되었다. 태양은 대지를 비추는 일을 잊어버렸고 하늘은 우중충하게 가라앉은 납빛이었다. 후텁지근한 남풍이 수시로 불어와 노인네들의 관절을 쑤시게 했고, 젊은이들의 핏속에 나태함과 의기소침함을 퍼뜨려 놓았다. 사람들은 한차례 통쾌하게 비가 내리기를 갈망했다. 그러나 비는 오지 않았다. 그들은 꿈결에 창밖에서 주룩주룩 내리는 빗소리를 들을 수 있었지만 다음 날 일어나 보면 여전히 낮게 드리워진 회색의 마비된 하늘뿐이었다.

중자오가 루 양의 집에 가던 날은 날씨가 더욱 좋지 않았다. 공기도 무척 후텁지근했고 새벽부터 또 가랑비가 내려서 온 도시가 마치 안개 속에 잠겨 버린 것 같았다. 모든 것이 다 축축하게 젖어서 손가락에서 미끈거렸다. 더러운 작은 골목 안에는 온갖 낡은 가구들과 더러운 벌레들이 우글거리는 판자벽과 일찌감치 쓰레기통 속으로 들어갔어야 될 폐기물들이 수년 동안 쌓여 있으면서 이것들이 한데 섞여 사람의 속을 울렁거리게 하는, 비릿하기도 하고 썩은 것 같기도 한 악취를 뿜어내고 있었다. 스쉰이 살고 있는 곳이 바로 여기였다. 동창회에서 돌아온 그날부터 그는 이 구석에만 틀어박힌 채 밖으로 나간 적이 없었다. 요 며칠 동안 그는 그에게 밥을 가져다주는 전대인 집 여자아이 말고는 다른 사람의 얼굴을 보거나 말 한마디 나눈 적이 없었다. 그는 침대에 누워 깊은 생각에 빠져 있었다. 과거와 미래의 일에 대해서는 그도 여러 가지 생각을 다해 봤고, 그것들에 대해 결론까지 내려놓았다. 그러나 현재에 대해서만큼은 감히 생각할 수도 없었고, 거듭 생각해 봐도 결국 아무런 해결책을 얻을 수도 없었다. 자살이라는 당면한 문제가 바로 그것이었다. 자살 자체에 대해서는 아무런 회의가 없지만 지금도 망설이지 않을 수 없는 건 그 방법이다. 목을 매는 것, 물에 빠지는 것, 총으로 쏘는 것, 독약을 먹는 것 심지어는 대동맥을 끊어 피가 다 흘러나오도록 하는 퇴폐파의 전통적인 자살 방법까지, 요컨대 인간이 일찍이 써 본 적이 있는 방법들은 빠짐없이 다 생각해 보았지만 그 어떤 것도 신통치가 않았다. 그 이유는 절반은 이런 자살 방법이 믿을 만한 것인지 의심스러웠기 때문이고, 절반은 어쨌든 고통을 면할 수는 없을 것 같았기 때문이다. 그는 늘, 자기 같은 사람은 이미 인생의 고통을 남김없이 다 맛보았기 때문에 만약 세상을 떠나는 그 순간조차도 마지막으로 쓴맛을 보아야 한다면 그런 건 하지 않겠다고 생각해 왔다. 게다가 목을 매는 건 혹 우연히 구제될지도 모르고, 물에 빠지는 건 더더욱 누군가가 건져낼 가능성이 있고, 총으로 쏘아 죽는 건 단지 부상만 입을 위험이 큰데다 그는 총도 가지고 있지 않았다. 자살은 못하고 오히려 고통만 더 겪게 된다면 그건 정말 계산이 맞지 않는 일이다. 독약을 먹는 건 당연히 더 고통스러울 것이고, 공산당 표어를 몇 장 써서 큰길에 내다 붙이다가 붙잡혀서 총살당해 죽는 게 차라리 낫지 않을까 하는 생각도 해 보았지만 다시 생각해 보니 그것도 마땅치 않을 것 같았다. 어쩌면 사람들은 그가 직접 폭동에 가담한 건 아니기 때문에 죽이지 않고 감옥에만 가두어 둘지도 모르는데 그렇게 된다면 그건 더 견디기 힘든 일이 될 것이다.

지금 스쉰은 얼굴을 들고 누워서 시선을 시커먼 천장 위에 고정시킨 채, 그가 최근에 발견한 자살 방법에 대해 생각하고 있었다. 그건 어젯밤 꿈에서 깨어난 후 문득 떠오른 것이었다. 지금처럼 이렇게 소극적이지 않았던 3개월 전에 그는 모처에서 일을 하고 있었다. 그것이 그가 세상과 맺은 마지막 인연이었다. 그때 군위관인 친구에게서 클로로포름 한 병을 얻어 두었었다. 마취제로 자살을 한다면 어찌 가장 철학적이고도 예술적인 자살이 아니겠는가? 전에 수술 때문에 의사가 스쉰에게 클로로포름을 쓴 적이 있었는데, 클로로포름을 따를 때의 그 냄새를 스쉰은 영원히 잊을 수가 없었다. 막 마취가 되는 순간 온몸의 관절들이 이완되는 것 같은 기이한 느낌은 실제로 그 어떤 것보다도 더 편안했다. 그는 다시 그런 심취의 기분을 맛보고 싶어서 군의관인 친구에게서 약간의 클로로포름을 얻어 두고는 때때로 코를 병의 주둥이에 갖다 대고 몸이 붕 떠오르는 것 같은 느낌이 들 때까지 심호흡을 하고, 그러고 나서는 고개를 들고 의자 등에 기대어 그 이삼 분 동안 마치 날아오르는 듯한 취기를 만끽하곤 했다. 이렇게 자주 사용하다 보니 작은 병에 들어 있던 클로로포름도 거의 다 날아가 버렸지만, 그래도 아마 아직 한 사람이 자살할 수 있을 만큼은 남아 있겠지? 그는 이런 생각을 하며 천천히 일어나 침대 밑에서 휴대용 상자를 꺼내어 생각했던 그 작은 병을 찾아냈다. 아직 찻숟가락 하나 정도의 무색투명한 액체가 병 속에서 흔들거리고 있었다. 병을 열어 냄새를 맡아 보니 여전히 너무나 맑은 향이 났다.

작은 병을 손안에 들고 그는 다시 침대 위에 누웠다. 정교하게 만들어진, 1원짜리 동전만한 크기의 납작한 원형 유리병을 망연히 바라보고 있다가 그는 갑자기 이 작은 병의 내력을 떠올렸다. 본래는 향수를 담는 병이었다. 처음 사 왔을 때는 장미 빛의 고운 양가죽 겉감과 꿀 빛의 부드러운 비단 안감을 댄 작은 상자도 함께 있었지? 상품(上品)의 프랑스 향수! 그가 숭배하던 저우(周) 양에게 보내려 했던 게 아닌가? 하지만 선물을 전하기도 전에 저우 양은 이미 다른 세상 사람이 되었다. 그는 더 이상 이 가슴 아픈 과거에 대해 생각할 수가 없었다! 그것은 그의 생명이 입은 가장 커다란 타격이었다!

스쉰은 차갑게 한숨을 내뱉고는 이 작은 병을 힘껏 쥐었다. 또 다른 과거의 한 장면이 의식 위로 떠올랐다.

자신이 어떤 여관의 일급 룸에 있는 모습이 보였다. 대여섯 명

428

의 요염한 여자들, 스물이 넘은 여자부터 열네댓 살 된 여자까지, 전족을 한 여자에서 천족(天足)인 여자까지 모두 그의 앞에 나란히 앉아서 그에게 애교스러운 눈짓을 보내고 있었다. 그가 "모두 다 좋아"라고 하자 여자들은 깔깔대며 웃다가 다시 자기들끼리 몰래 마치 무슨 논쟁 같기도 하고 서로 책임을 떠넘기는 것 같기도 한 쑥덕공론을 한참 하더니 결국은 다른 여자들은 다 방 밖의 베란다로 뛰쳐나가고 네모난 얼굴에 짙은 눈썹을 한 스무 살가량의 여자만 혼자 남았다. 여자는 아주 경망스럽게 웃으며 그에게로 걸어와 그의 품에 기대고 그의 목을 끌어안았다…….

스쉰이 눈꺼풀을 깜박거리자 일순간 환상이 사라졌다. 그의 입가에 쓴웃음이 떠올랐다. 무절제한 방종! 미친 것 같은 육감의 추구! 그것은 모두 저우 양을 알기 전 일이었다. 그러나 저우 양을 잃고 난 후에는 이런 퇴폐적인 마음조차 일어나지 않았다. 이때부터 그는 극도의 회의와 비관 속으로 빠져들었다. 지금 그는 다시 이 비통한 일들을 기념해 주는, 향수로 채워져 있던 작은 병 안에 든 독약으로 자신을 영원한 휴식처로 보내려 하고 있다.

"영원히 이별이다! 꿈처럼 떠도는 인생, 수수께끼 같은 인생이여! 나는 영원히 너희를 무인(無人)의 경지에 내버려 둘 것이다! 너의 이런 수수께끼를 푸는 일에 나는 이제 더 이상 흥미가 없다!"

이렇게 혼잣말을 중얼거리다가 비틀거리면서 그는 방을 나왔다.

대략 30분쯤 후에 스쉰은 병원으로 들어갔다. 본래는 여관에 있을 생각이었지만 생각을 바꿔 병원으로 장소를 정했다. 자신의 거처에서 자살하지 않는 건 그가 일찌감치 정해 놓은 원칙이었다.

그는 차마 전대인까지 연루시키고 싶지가 않았고, 하루에 세 번씩 그에게 밥을 날라다 주는 어린 소녀에게 평생 지워지지 않을 끔찍한 인상을 남기는 일은 더더욱 할 수 없었다. 이미 오후 3시가 되었기 때문에 의사들은 모두 병원에 없었다. 스쉰은 맹장염을 치료하러 왔다고 말하여 병실을 얻었다. 간호사는 그에게 병력 카드에 성명을 적으라고 했고 그는 가명을 적었다. 왜 자신의 진짜 이름을 적지 않았는가? 그는 무슨 비분강개한 우국지사를 사칭하고 싶지도 않았고, 친구들이 그의 최후를 알게 되기를 원하지도 않았다. 단지 실종된 사람처럼 사람들에게 영원히 알려지지 않은 채 조용히 세상을 떠나고 싶을 뿐이었다.

간호사가 나간 뒤 스쉰은 문을 걸어 잠그고 침대 위에 누웠다. 손수건 한 장을 꺼내서 네 겹으로 접고는 작은 병 안에 든 클로로포름을 다 그 위에 쏟아붓고 나서 그 손수건으로 자신의 코와 입을 단단히 덮고는 두 손으로 손수건을 누르며 동시에 힘껏 숨을 들이마셨다. 한 줄기 서늘한 기운을 동반한 달콤한 향이 목구멍을 통과해서 폐부로 흘러 들어가더니 당장 온몸으로 퍼지면서 뭐라 말할 수 없는 쾌감이 느껴졌다. 이건 그가 이미 누차 경험했던 것이다. 그런데 곧 이상한 상황이 벌어졌다. 자신의 몸이 이미 침대를 떠나서 조금씩 위로 떠오르는 것 같았다. 천장이 천천히 저절로 빙글빙글 도는 게 보였고 고막을 꽉 채우고 있는 무수한 소리들도 들렸다. 그 소리는 아주 가까이서 울리는 것 같다가 또 아주 멀리서 희미하게 들리는 것 같기도 했다. 그는 다시 힘껏 숨을 들이마셨다. 몸이 다시 더 높이 떠올라 벌써 천장에 닿은 것 같았다.

이제 빠르게 도는 형광등만 보였고 귓속에서 나던 무수한 소리들도 웅웅 거리는 단조로운 소리로 바뀌었다. 신체의 각 부분이 막 와해되고, 또 흉곽 사이가 답답하게 팽창되는 것이 느껴졌다. 그러고 난 뒤 시간은 기록을 잃어버리고 공간은 존재를 잃어버렸다. 그는 더 이상 볼 수도 들을 수도 없었다. 몸은 이미 다 흩어져 버리고 머리만 남아 있는 것 같았다. 의식은 아직 남아 있었다. 지금 자신의 몸은 점점 더 가속도로 가라앉고 있다! 갑자기 몸이 뒤집히는 것 같더니 곧 모든 것이 사라졌다. 의식조차 완전히 소멸되어 버렸다.

깊은 정적이 병실을 채우고 있었다. 뼈만 앙상한 스쉰의 몸이 마치 깊은 잠에 빠진 듯이 누워 있었고 코와 입에 대었던 손수건은 이미 한쪽으로 떨어져 있었다. 얼굴은 아주 붉었다. 눈은 여전히 크게 뜨여 있었지만 이미 죽어 정신의 빛이 사라진 눈이었다. 병실 밖에서 간호사의 발소리가 때론 멀리서 때론 가까이서 딸각거리며 또렷이 들려왔다. 창밖은 온통 회색의 하늘이었다. 파리 한 마리가 스쉰의 코 위로 날아와 혀로 한참을 핥고 나서는 만족한 듯이 두 뒷다리를 들어 천천히 비벼 대고 있었다…….

한 줄기 강한 암모니아 기체가 스쉰의 의식 위에 일침을 놓는 것 같았다. 스쉰은 갑자기 지각을 회복했다. 얼룩덜룩한 색들이 눈앞으로 다가오는 게 보였고 떠들썩한 소리들이 귓가에서 울렸다. 흉곽 사이에 마치 어떤 덩어리 하나가 있어서 그것이 맹렬하게 부딪치며 밖으로 나오려 하는 것 같았다. 다시 한 줄기 강렬한 암모니아 기체가 그의 콧속으로 들이부어져 그는 온몸을 떨었다.

저도 모르게 손을 올려 얼굴을 어루만졌지만 아주 부드러운 다른 손이 그것을 살며시 눌렀다. 비로소 그는 어떤 소리를 들을 수 있었다. "됐다! 깨어났어!" 그는 그제야 여러 사람이 자기를 둘러싸고 있는 걸 보았다. 그러나 그는 눈을 감았다. 보고 싶지 않았다. 아주 익숙한 소리가 다시 그의 귓전에서 소리쳤다.

"스쉰, 스쉰! 좀 괜찮아? 날 알아보겠어?"

따뜻하고 향기로운 여인의 입에서 나온, 친절과 연민이 담긴 이 몇 마디에 스쉰은 눈을 뜨지 않을 수 없었다. 그건 다름 아닌 장추류였다! 그녀는 침대 곁에 앉아 있었고 스쉰의 한 손은 그녀의 손 안에 있었다. 그녀 곁에 서 있는 건 앞서 스쉰에게 성명을 적으라고 했던 간호사였다. 그녀는 호기심 어린 눈으로 장추류의 얼굴을 바라보았다.

"추류! 당신이 어떻게…… 왔지?"

스쉰은 간신히 이 한마디를 했다. 아직도 마치 커다란 돌덩어리가 내리누르고 있는 것처럼 가슴이 무척이나 답답하게 부풀어 있었다.

"우리가 이분을 찾아냈어요. 아마 당신이 가장 보고 싶어 하는 사람이겠죠!"

스쉰은 그제야 장추류 말고도 의사 한 사람이 침대 곁에 서 있다는 것을 알았다.

"지금 깨어나긴 했지만, 장 여사님, 당신은 이 스 선생이 왜 자살을 하려고 했는지 분명하게 알아내야 합니다. 만약 그의 주머니에서 당신들 동창회 명함이 나오지 않았거나 또 만약 그가 깨어나지 않았거나 했다면 이 황당한 사건 때문에 우린 정말 완전히 곤경에 빠지게 되었을 거라고요! 이건 우리 병원의 명예에 막대한 지장을 주는 일입니다!"

의사는 분이 가득 난 채로 말을 계속했다. 그는 분명 장추류가 스쉰과 특별한 관계가 있거나 아니면 스쉰이 자살하려 한 원인쯤으로 간주하는 것 같았다.

"이 친구는 신경과민 증세가 있다고 방금 제가 이미 말씀드리지 않았던가요? 약간의 정신 질환이 있다고요."

장추류는 억지로 웃으며 대답했다.

"흥, 정신 질환이요! 그가 우리한테 가명을 댄 것도 정신 질환인가요? 다량의 클로로포름을 썼기 때문에 만약 그 손수건이 일찌감치 바닥으로 떨어지지 않았다면 분명히 가망이 없었을 겁니다. 방문을 잠그고 있어서 간호사는 그가 잠이 든 걸로 생각했어요. 다행히 내가 조금 일찍 병원으로 돌아왔으니 망정이지 안 그랬으면 아마 몇 시간이 더 지나서도 발견하지 못했을 거라고요."

스쉰은 속으로 자신의 처사가 얼마나 허술했던가를 한탄하며 묵묵히 듣고 있었다. 손수건을 끈으로 입에 묶었더라면 얼마나 좋았을까?

"이제 더 많은 말 하지 않겠습니다. 다행히 사람도 이미 깨어났고. 만약 정신 질환이라면 우리 병원에선 정신 나간 사람은 받지 않으니, 장 여사 당신이 다른 방법을 강구해 보세요. 저 사람은 당신에게 넘길 테니까요!"

의사는 힐난을 거두고 간호사를 부르며 큰 걸음으로 걸어 나갔다. 장추류는 미간을 찌푸리고 쓴웃음을 지은 채 아무 말도 하지 않았다.

"추류, 당신이 웬일이야?" 스쉰이 다시 이 문제를 꺼냈다.

"저자들이 당신 주머니에서 동창회 명함을 발견하고는 뤼반로(呂班路)로 찾아왔어. 마침 내가 동창회실에 있었는데, 그들이 누가 자살을 했다고 하기에 당장 당신 아닌가 했더니 정말 당신이더군!"

장추류는 일어나서 두어 걸음 걸어가서 병실 문 바깥쪽을 한번 내다보더니 다시 말을 이었다.

"이 병원에 있는 인간들은 정말 혐오스러워. 저자들은 당신이 자기들을 해코지했다고 하면서 당신을 원수로 여긴다고! 자살을 하려고 했던 사람에 대한 일말의 동정심도 없이 말이야. 저자들이 당신을 구한 건 오로지 자기들의 책임을 벗기 위해서야!"

스쉰의 대답은 담담한 미소였다. 장추류는 다시 침대맡에 앉아 스쉰의 얼굴을 보며 말했다.

"그날 자살할 거라고 하더니 진짜 자살을 했네! 하지만 스쉰, 아무리 삶을 회의하고 비관해도 생명은 어쨌든 미련을 가질 만한 거 아냐? 우리도 물론 한 번 죽는 걸 아쉬워하는 건 아니지만 그렇다고 자살까지 할 필요가 어디 있어?"

스쉰은 고개를 가로저으며 낮게 한숨을 내뱉었다. 장추류의 따뜻하고 애절한 말투가 그를 무척이나 감동시켰다. 게다가 그녀의 웃는 얼굴, 그녀의 눈과 살진 엉덩이는 자꾸만 저우 양을 떠올리게 했다.

"여전히 삶의 즐거움을 누릴 수 있는 사람이라면," 스쉰이 다시 한숨을 내쉬면서 천천히 말했다. "당연히 생명이란 어떤 일이 있어도 미련을 가질 만한 거라고 생각하겠지. 하지만 난 기껏해야 일이 년밖에 더 살지 못해. 세상사에 대한 비관 때문에 낙심하고 의기소침해지긴 했지만 그게 나를 자살로 몰고 간 건 아니야. 만약 몸이 건강했다면 마음이 낙심될 땐 의기소침해지더라도, 다시 마음이 고무되면 혁명을 원하고, 참을 수 없는 분노가 일면 그땐 암살단이 될 수도 있겠지. 하지만 병마가 나의 생명력을 모두 앗아가 버려서 난 그저 살아 있는 시체에 불과한데, 추류 그래도 이런 삶이 미련을 가질 만한 가치가 있을까?"

스쉰은 말을 멈추고 힘겨운 듯이 숨을 헐떡였다. 땀방울이 그의 이마에서 배어 나왔다. 하지만 장추류의 눈에 벌써 눈물이 그렁그렁하게 고인 걸 보고는 마치 전류에 감전이라도 된 듯이 안간힘으로 상반신을 일으켜 장추류의 손을 잡고는 다시 한 마디씩 천천히 말을 이었다.

"추류, 전에 난 당신 같은 사람과 사랑을 한 적이 있었어. 그 사랑을 위해서 난 모든 방탕한 생활을 끊어 버렸지. 난 그때 빛을 보았어. 하지만 지금은 모든 게 다…… 끝났어, 끝났지!"

스쉰은 손을 놓고 힘없이 베개 위로 쓰러진 채 눈을 감았다. 장추류의 가슴이 두근거렸다. 장추류가 손으로 그의 머리를 부축하자 그는 눈을 뜨고 안간힘으로 다시 한마디를 보냈다.

"지금은, 나의 병이, 나에게 더 이상 반 조각의 희망도 허용하지 않아!"

그의 눈꺼풀이 천천히 감겼고 호흡은 점점 가늘어졌다. 코끝에서 땀방울이 배어 나왔다.

장추류는 깜짝 놀라서 어쩔 줄 몰라 하며 스쉰의 얼굴을 받쳐 든 채 고함만 질러 댔다. 장의 목소리가 떨렸다.

"왜 그래? 스쉰, 왜, 왜 그래!"

하지만 스쉰은 미미하게 고개만 한 번 가로저었을 뿐 아무런 말이 없었고, 눈도 뜨지 못했다.

장추류는 사태가 심상치 않다는 생각에 급히 병실을 나와 의사를 찾으러 갔다. 하지만 계단 곁에서 한 사람이 길을 가로막으며 종이 한 장을 건네주었다. 장추류는 급히 그것을 훑어보았다. 종이 위에 쓰여 있는 건 "……응급처치비, 은화 50원. 일등 입원실 하루 비용, 은화 6원……"이었다. 장은 화를 내며 종이를 낚아채고는 날카롭게 고함을 질렀다.

"의사 어디 있어요? 환자가 안 좋아요!"

간호사 한 사람이 옆에서 나타났다. 장추류는 그녀에게 빨리 의사를 찾아 달라고 부탁을 하고는 곧장 병실로 돌아갔다. 다급하기도 하고 화가 나기도 한 장추류의 발걸음이 바닥을 무겁게 치는 소리에 병상에 누워 있던 스쉰이 놀라 깨어났다. 그는 눈을 뜨고 장추류를 쳐다보더니 무척이나 감동한 듯이 미소를 지었다.

장추류도 그제야 한숨을 돌렸다. 잠시 후 의사가 왔지만 표정이 영 좋지 않았다. 그는 스쉰의 얼굴을 쓱 한번 보고 스쉰의 팔목을 잡고 맥박을 재어 보더니 귀찮다는 듯이 말했다.

"별일 없다니까요! 지쳐서 그런 거니까 한숨 푹 자면 된다고요."

436

의사가 나가고 나서 장추류는 고개를 숙인 채 묵묵히 손에 든 종이 뭉치 문제에 대해 생각했다. 스쉰에게 알려야 할지 말아야 할지 결정을 내릴 수가 없었다. 그에게 알리지 않는다면 어떤 방법이 있을까? 마지막에 그녀는 한 가지 방법을 생각해 냈다. 우선 왕중자오를 찾아가서 한번 의논해 보자. 그녀는 스쉰을 보며 말했다.

"의사가 당신이 지쳐 있다고 하니까, 우선 한숨 자. 오늘 밤은 어쨌든 여기서 보내야 할 테니까. 나중에 다시 보러 올게."

스쉰은 고개를 끄덕였다. 마취제가 가져온 생리적인 피곤함 때문에 지금 그에게 필요한 건 오직 수면뿐이었다.

장추류가 거리로 나왔을 때 갑자기 한바탕 소나기가 쏟아져 내렸다. 하늘은 오히려 조금 맑아진 것 같았다. 시원한 빗방울이 얼굴을 때리자 부풀어 오르고 무거웠던 머릿속이 마치 청량제를 먹은 것처럼 갑자기 한결 개운해졌다. 그녀는 문득 전날 밤 무도장에서 중자오를 만났을 때 그가 오늘 자싱(嘉興)에 갈 거라고 했던 말이 생각났다. 손목시계는 정각 5시 25분을 가리키고 있었다. 중자오는 아직 돌아오지 않았을 것이다. 그러면 어떻게 한다? 아마 그는 밤차를 타고 돌아올 거고 그러면 밤 11시 반 이전에는 도착할 수 없을 텐데. 어쩌면 내일이나 돼야 돌아올지도 모른다. 아무튼 너무 늦으면 안 되는데. 장추류는 초조한 마음으로 소나기 속을 배회하느라 얇은 비단 윗옷이 이미 반쯤 젖어서 가슴에 달라붙어 양 가슴이 높게 드러나 있는 것도 전혀 눈치채지 못하였다. 그녀는 다만 길 가는 행인들이 눈을 둥그렇게 뜨고 이상하게 자신을 쳐다보는 것만 느꼈다. 여러 가지 생각이 들었다. 스쉰에게 스스로 이 문제를 해결하라고 할까, 보아하니 스쉰에게는 그럴 능력이 없는 것 같은데, 자신은 가진 걸 다 털어도 부족하고, 다른 친구에게 도움을 청한다면. 친구들의 이름이 하나하나 머릿속을 스쳐 갔지만 그녀는 고개만 저었다. 마지막으로 그녀는 장만칭을 생각해 냈다. "어쩌면 만칭에게는 방법이 있을지도 몰라." 그녀는 자신을 위로하듯이 말하며 곧 인력거 안으로 뛰어 들어갔다.

인력거 안에 앉고 난 뒤에야 비로소 장추류는 자기 옷이 완전히 젖었다는 걸 깨달았다. 바깥 공기가 그녀의 연한 피부 속으로 엄습해 오자 추워서 덜덜 떨 지경이 되었다. 우선 돌아가서 옷부터 갈아입는 수밖에 없었다. 인력거부에게 길을 돌려 뤼반로로 가자고 했다. 동창회실의 대문으로 들어서자마자 그녀는 곧 2층으로 뛰어 올라갔다. 뜻밖에도 2층 응접실 문가에서 누군가가 소파에 앉아 신문을 보고 있는 모습이 보였다. 그녀는 쾌활하게 소리쳤다.

"아, 만칭! 여기 있었네!"

만칭은 고개를 돌려 장추류의 그런 낭패한 모습을 보고는 웃음을 터뜨렸다.

"일이 있어서 지금 바로 당신을 찾고 있던 중인데. 스쉰이 자살을 기도했어!"

이 말만 하고 장은 영문을 모르는 장만칭을 그곳에 남겨 둔 채한 줄기 연기처럼 3층으로 뛰어 올라가 버렸다. 만칭은 반신반의하며 한동안 망설이다가 천천히 위층으로 올라갔다. 그가 장추류의 침실 문을 밀고 막 몸을 반쯤 들이밀려는데 갑자기 눈앞이 번쩍했다. 그의 앞에 나타난 건 장추류의 눈같이 하얀 피부였다. 만칭은 무의식적으로 몸을 움츠렸지만 안에서 웃으며 말하는 소리가 들려왔다.

"미안, 잠깐만 기다려."

가슴이 뛰었다. 만칭은 뛰는 가슴을 진정시키기 위해 애를 쓰면서 도대체 스쉰은 왜 자살을 하려고 한 걸까, 장추류는 왜 또 저렇게 낭패한 모습이 되었을까, 게다가 자기를 찾은 건 또 무슨 일 때문일까 하는 것들에 대해 생각했다. 그가 막 어지러운 생각 속으로 빠져 들어갈 무렵 장추류가 문을 열고 안으로 들어오라고 했다. 그녀는 이미 연푸른색에 작은 자줏빛 꽃무늬가 섞인 네덜란드 천 셔츠로 갈아입었다.

자살 사건의 경위를 대충 이야기하고 난 뒤 장추류는 그 꼬깃꼬깃해진 종이 뭉치를 꺼내 만칭에게 건네주었다.

"그 병원은 정말 혐오스러워. 그냥 이런 계산서 내밀 줄만 안다니까. 아직 스쉰에게는 말 안 했어. 보아하니 돈도 없는 것 같고 해서 우리가 대신 방법을 찾아야 할 것 같은데. 만칭, 당신이 얼마쯤 맡아 줄 수 있어?"

"내가 지금 가지고 있는 것만으론 모자라는데."

만칭이 종이쪽지를 보며 말했다.

"내가 20원은 낼 수 있는데, 그럼 나머지는 당신이 부담할 수 있겠어?"

장추류가 이렇게 말하며 두 장의 지폐를 만칭의 손에 놓았다.

만칭은 무척 감동한 듯이 고개를 끄덕이며 장추류의 돈을 받아

들고는 자리에서 일어섰다.

"내가 곧 병원으로 가서 이 문제를 해결하지. 추류, 당신도 다시 갈 건가?"

장추류는 고개를 저으며 피곤하다는 듯이 침대 위에 기댔다. 따뜻하고 윤기가 흐르는 눈빛이 만칭의 얼굴을 스치며 "하지만 당신도 다시 돌아와야 하잖아!"라고 말하는 것 같았다. 만칭은 이해했다는 듯이 웃고는 서둘러 자리를 떴다.

비는 벌써 그쳤지만 하늘은 오히려 완전히 캄캄해져 있었다. 창밖의 나무 위에서 참새들이 지지배배 지저귀고 있었다. 장추류는 침대맡에 늘어지게 기대어 왼손으로 턱을 받치고 오른손으로는 옷자락을 만지작거리면서 스쉰이 한 말을 되새겨 보았다. 스쉰에게도 그렇게 방탕했던 시절이 있었고 그런 연애의 비극을 연출한 적이 있었을 줄은 정말 생각지도 못했었다. 그는 '산전수전 다 겪은' 사람이었다. 그러나 힘겨운 삶의 과정은 그를 강인한 사람으로 단련시키는 대신 오히려 그의 청춘의 뜨거운 피를 모두 말려 버렸다. 그를 소극적인 존재로, 회의주의자로 만들어 놓은 것이다. 어쩌면 그 주된 원인은 병 때문인지도 모른다. 육체적인 고통이 그를 정신적으로 의기소침하게 만드는 데 영향을 주었겠지? 대단한 용기를 가진 초인이 아닌 다음에야 누구라도 육체적인 고통이 정신을 의기소침하게 만들지 않겠는가? 이런 생각을 하면서 장추류는 자신의 풍만하고 윤기 나는 육체를 보며 감사의 마음을 느끼지 않을 수 없었다. 어떤 목소리가 그녀의 마음속에서 말하고 있는 것 같았다.

— 장추류, 너는 행복하다! 네게는 건강한 육체와 발랄한 정신이 있으니까. 너는 그런 몸으로 반드시 잘 살아야지 의기소침해져서는 안 된다! 의기소침해져서 술과 색(色)으로 몸을 소진시켜 버리면 너도 스쉰처럼 뼈만 앙상하게 남은 채 침체 속으로 가라앉게 될 것이다. 그래서 마치 못쓰게 된 기구처럼 숨만 헐떡일 뿐 아무 일도 할 수 없게 되면 그땐 너도 회색 안경을 쓰고 인생을 무가치한 것으로 여기게 될 것이다. 장추류, 두 갈래 길이 네 앞에서 너의 선택을 요구하고 있다! 한 길은 너를 광명으로 이끌지만 힘겹고 거기에는 무수한 가시밭과 함정들이 있으며 다른 길은 너를 타락으로 이끌지만 편안하고 거기에는 물질적인 향락과 육체의 환락이 있다!

결정을 내릴 수가 없었다. 둘 다 필요했다. 그녀는 모험과 분투를 좋아했지만 당장 누리는 감각의 향유도 포기할 수 없을 것 같았다. 이성은 그녀에게 그 둘을 함께 가질 수 없다고 말하지만 감정적으로는 끝까지 후자를 희생시킬 수가 없었다. 스쉰에게 "우린 물론 한 번 죽는 것을 애석해하지 않는다"고 말했던 것처럼 그녀는 죽음에 대해서는 두려움이 없었다. 하지만 만약 인생의 쾌락을 두루 맛보지 못한 채 죽어야 한다면 그건 절대로 그녀가 원하는 게 아니다. 전에는 세상에서 환락의 열매를 다 맛보고 난 뒤에 비장하고 열렬한 일을 하겠다고 생각했다. 그러나 지금 스쉰의 처지를 보니 향락의 열매를 다 맛보고 난 뒤에는 그녀의 생명력도 다 소진되어 버릴지 모른다는 두려운 마음이 들었다.

장추류는 무척이나 낙심이 되는 듯이 두 손으로 머리를 받쳐 든

채 다시 고통스럽게 자신을 책망했다. 왜 이렇게 선을 향해 나아
갈 용기도 없고 한번 타락해 볼 배짱도 없을 만큼 나약해진 것일
까? 왜 이렇게 자기모순적인가? 이건 부모님이 물려준 건가, 자
신의 잘못인가? 아니면 둘 다 아니고 단지 혼란한 사회 탓인가?
지금은 광명과 암흑의 양대 세력이 격렬하게 투쟁을 벌이고 있는
시대라서 내 마음에도 신(神)과 악마(魔)의 충돌이 반영되어 나타
나는 것인가? 아니면 나 자신이 바로 이른바 소자산 계급 지식인
이라서 유전과 환경과 교육으로 만들어진 나약함 때문에 선을 행
할 용기도 없고 타락할 배짱도 없는 것인가? 아니면 아직 제대로
훈련을 받은 적이 없어서 겉으론 단단해 보여도 속은 무른 무쇠에
불과한 것인가?

　하지만 다시 생각해 보니, 장추류는 이런 혹독한 자기비판을 도
무지 받아들일 수가 없었다. 그녀에겐 자신감을 가질 만한 이유가
있었다. 그녀는 우유부단하거나 변덕스럽거나 나약한 사람이 아
니다. 친구들 모두 그녀가 몸은 여자지만 성격은 남자라고 말한
다. 여러 가지 일을 통해서 그녀 또한 자신이 정말로 거리낌 없이
과감하게 행동하는 사람임을 입증해 왔다. 그녀는 아주 강한 개성
을 가지고 있어서 때로 그것은 이기주의나 개인주의처럼 보인다.
어쩌면 그런 개성이 아마 그녀가 어떤 게 광명한 길이라는 걸 분
명하게 알면서도, 다른 사람의 행복을 위해 스스로 고생을 무릅쓰
며 희생하는 건 그다지 원하지 않는 이유인지도 모른다. 하지만
그녀에게는 또한 타고난 열렬한 혁명적 정서가 있고 반항과 파괴
의 색소가 혈액 속에 농후하게 채워져 있어서, 적막하고 무료하게

한평생을 마치게 되는 것 역시 기꺼이 받아들일 수 없었다.

이렇게 아무런 결론이 없는 생각을 하는 가운데 그녀의 눈꺼풀은 아주 무겁게 천천히 감겼다. 하지만 일련의 문제들은 여전히 그녀의 혼미한 머릿속을 맴돌았다. 이렇게 아무 희망도 없는 것인가? 이런 타락은 끝내 구제될 수 없는 것인가? 이렇게 웃고 즐길 때 잠시 웃고 즐기다가 고귀한 생명을 다 보내 버리게 되는 것인가……? 그녀는 입을 크게 벌리고 하품을 했다. 눈동자가 좀 축축해졌다. 그때 갑자기 한 가지 생각이 떠올라 그녀의 마음을 바꾸어 놓았다. 그날 단체 설립 문제로 의논을 할 때 왕스타오가 몇 마디 경책의 말을 하지 않았던가? "우리 모두는 마음속으로까지 자포자기한 사람들이 아니다. 우리는 일신의 향락을 희생하고, 대다수의 행복을 추구해야 한다는 걸 결코 잊지 않을 것이다. 다만 상황이 끊임없이 우리를 침체에 빠져들도록 유혹하고, 우리 또한 용기가 부족해서 지금의 처지가 된 것일 뿐이다. 환경의 힘은 너무나 커서 나약한 개인은 어떻게 해도 저항할 수가 없기 때문에 우리는 반드시 연합해서 투쟁을 해야만 한다. 무리의 힘으로 자신에게 구속을 가하고 자신을 밀고 나가야 한다." 이것은 왕스타오의 고백이요, 또한 우리 각자의 고백이며, 왕스타오의 희망이요, 또한 우리 한 사람 한 사람의 희망이다. 맞다, 무리의 힘으로 자신을 구속하고 자신을 밀고 나가는 거다!

장추류는 침대에서 뛰어내려 책상 곁으로 가서는 펜을 들고 종이 위에 썼다.

이전의 모든 것들은 어제처럼 죽었고, 이후의 모든 것들은 오늘부터 시작이다. 각고의 노력과 침착함, 쉼 없는 정진. 추류, 추류, 넌 이미 스물여섯 살이라는 걸 잊지 말아라. 방탕의 시대는 이미 지나갔다. 오늘부터는 정말로 사람이 되는 거다.

이 마지막 한마디까지 쓰고 장은 펜을 멈추었다. 발소리가 그녀의 문 앞에서 멈추었고, 문이 살짝 반쯤 열리더니 미소 띤 만칭의 얼굴이 나타났다.

만칭은 물론 스쉰의 일이 이미 해결되었다는 걸 알리러 온 것이지만 30분 전 그가 장추류의 곁을 떠날 때 느꼈던 어떤 알 수 없는 힘이 그를 빨리 돌아오도록 재촉하기도 했다. 돌아와서 뭘 하려고? 물론 스쉰을 방문하고 온 결과를 알려 주려고. 만칭은 스스로에게 변명하듯이 말했다. 그는 병원에 가서 의료비를 지불하고 스쉰이 아직 깊은 수면 상태에 있다는 걸 확인하고는 바로 돌아왔다. 게다가 오가는 길에 인력거에 앉아서 아무것도 하지 않은 게 아니다. 복잡한 생각들이 그의 마음속에서 인력거 바퀴보다 더 빠르게 구르며 떠올랐다 가라앉았다 했다. 옛 인상과 새로운 느낌이 한데 섞인 채 수레바퀴처럼 굴렀고, 이렇게 마구 구르는 생각들은 하나의 축을 가지고 있었는데 그것은 바로 장추류였다.

"이 일은 일단 마무리가 된 셈이지만 스쉰은 다시 제2의 자살을 하려고 하겠지."

만칭의 지극히 간략한 보고를 듣고 난 후 장추류는 확신에 차서 이렇게 말했다.

"어……, 글쎄."

모호하게 응수를 하면서 만칭의 눈길은 장추류가 방금 적어 놓은 종이 위로 쏠렸다. 장추류의 이 몇 마디 비통한 참회는, 그녀가 분노하며 주머니를 털어 스쉰의 일을 처리하려 했던 일과 마찬가지로 만칭을 감동시켰다. 그는 묵묵히 장추류의 아름다운 눈을 바라보았다. 무수히 많은 말들이 목구멍을 밀고 올라왔지만 아무 말도 하지 못했다. 장추류도 말없이 눈썹을 가볍게 찌푸린 채 깊은 생각에 빠져든 것 같았다.

"추류……"

짧은 정적 후에 만칭이 입을 열었다. 목소리가 평소 같지 않았다.

장추류의 마음이 가볍게 뛰었다. 그녀는 눈을 크게 뜨고 만칭의 다음 말을 기다렸지만 만칭은 아무 말도 없이 그녀를 그저 멍하니 바라보고만 있었다. 그의 눈빛이 그의 마음속에서 일어나고 있는 복잡한 감정들을 드러내 주고 있어서 그의 침묵은 수백 마디 말보다도 더 강력한 힘을 가지고 있었다. 장추류는 무슨 뜻인지 이해하겠다는 듯이 미소를 지었다. 눈가에는 엷은 붉은 기운이 감돌았다.

경험을 통해서 장추류는 이런 때의 남자의 심경을 잘 알고 있었다. 뿐만 아니라 경험은 그녀에게 이런 경우에 익숙하게 대처하는 법도 알려 주었다. 이렇게 열렬하지만 머뭇거리며 결단을 내리지 못하는 남자의 눈빛을 그녀가 처음 느꼈을 때는 그녀의 마음도 확실히 무척이나 동요했었다. 두렵기도 하고 은밀하게 기쁘기도 한 감정이 온몸을 감싸서, 갑자기 심장이 몇 차례 심하게 뛰다가는 곧 멈추어 버리는 것 같았고 어떤 무거운 물건이 가슴을 내리누르는 것 같아서 자유롭게 숨을 쉴 수 없거나 감히 숨을 쉬지도 못했다. 그런 상황은 그녀에게 거의 기절할 것 같은 기이한 느낌을 주었다. 그러나 이런 상황이 두 번, 세 번 되풀이되면서 그런 신비한 느낌은 조금씩 답답한 느낌으로 바뀌었고 그녀는 더 이상 어떤 혼란스러운 감정도 없이 그저 태연하고 덤덤하게 남자 쪽에서의 감정이 저절로 발전되기만을 기다리게 되었다. 장추류의 기억 속에서 그렇게 점점 평범해져 가던 경험이 그래도 다시 한번 마치 첫번째 경험처럼 너무나 야릇한 느낌을 불러일으켰던 사건이 있었는데, 바로 장만칭이 학교를 떠나기 전날 밤 그녀와 단 둘이 마주앉아 있던 30분의 시간이었다. 그런데 지금 바로 그 남자가 자기 앞에 있고, 지금은 또 바로 사람을 혼곤하게 만드는 그 황혼 녘인 것이다!

장추류는 얼굴이 화끈 달아오르는 걸 느꼈다. 손바닥에서도 온통 땀이 배어 나왔다. 수만 마리의 개미들이 가슴 위로 기어 올라오는 것 같았다. 만칭을 곁눈으로 힐끗 본 뒤 장추류는 다시 부끄러운 듯이 두 손으로 얼굴을 가리고 고개를 약간 쳐들어 의자 등쪽에 기대었다.

만칭의 마음에도 같은 동요가 일었지만 방향은 달랐다. 옛 인상은 그에게 이미 희미해져 있었다. 지금 그가 보고 있는 장추류는 이미 옛날의 장추류가 아니었다. 그것은 열심히 스승을 돕고 과거의 장추류를 통절하게 참회하는 완전히 새로운 장추류였다. 옛날의 장추류는 일찌감치 그에게 더 이상 환상을 불러일으킬 수 없는 존재가 되었지만, 새로운 장추류는 다시 그의 열정에 불을 붙였다. 지금 '각고의 노력'과 '침착함'과 '정말로 사람이 될 것'을 스스로 맹세한 장추류야말로 바로 그가 최근에 그리게 된 이상적인 여성이었다. 그러나 대체 상대방에게도 그런 마음이 있는 건지를 알 수가 없었기 때문에 아직은 좀 꺼리는 바가 있었다. 만칭 자신은 방탕한 사람이 아니다. 능청스럽게 속임수를 쓰는 일이라면 하고 싶지도 않았고 그렇게 하지도 않을 것이다. 물론 그와 장추류 사이에 일찍이 소소한 추억이 있긴 했지만 이성간의 행동이 자유로워진 지금 그런 게 무슨 대수란 말인가! 그건 이미 아주 오래된 일이다. 지금 만약 그런 걸 꼬투리로 그녀를 희롱하려 한다면 그 어찌 한심한 짓거리가 아니겠는가?

"만칭, 스쉔도 애인이 있었대!"

결국 장추류가 먼저 입을 열었다. 그녀는 몸을 바로 하고 그윽하게 애정이 담긴 눈빛으로 만칭의 얼굴을 쳐다보았다. 만칭에게 이 말은 그 이면에 "만칭, 당신도 애인이 있어"라는 의미를 담은 것처럼 들렸다.

"난 아직 없는데!"

만칭은 자기도 모르게 이렇게 말했다.

장추류는 의아해했지만 곧 입을 오므리고 웃으면서 작은 소리로 말했다.

"정말? 난 안 믿어! 만칭, 일 년이나 바깥에서 일을 하면서 설마 마음에 드는 여자 한 사람 못 만났다는 거야? 지금은 어딜 가도 여직원들이 그렇게 많은데!"

"정말 없는데." 만칭은 아주 궁색하게 대답했다. "왜 안 믿는 거지?"

"믿을게. 하지만, 만칭, 여자의 몸을 가까이 해 본 적은 있지?"

만칭의 마음이 뛰었다. 그는 이 질문이 의도적인 건지 아닌지, 호의적인 건지 악의적인 건지 분간할 수가 없었다. 하지만 장추류는 웃음을 함빡 머금은 채로 계속해서 말했다.

"지금 같은 이런 황혼이거나 아니면 조금 더 늦은 시간일 수도 있겠지. 달빛이 선명하게 비칠 때, 만칭, 그런 때 당신 어떤 여인의 새하얀 몸을 안아 본 적이 있을 텐데. 그건 마치 꿈결 같은 거라서 꿈에서 깨어나면 그 여인도 없어지고 당신도 없어지는 그런 거 말이야!"

만칭은 자기도 모르게 식은땀을 죽 흘렸다. 장추류의 말속에 원망의 뜻이 담겨 있는 것 같았다. 그때 당시 완전히 사기꾼 같았던 자신의 행동을, 속임수로 여자의 붉은 입술을 훔치고는 이내 그녀를 버렸던 일을 떠올리며 마치 중죄라도 지은 듯이 슬그머니 추류를 바라보았다. 그러나 어둠이 엷게 깔려 있어서 안색을 살필 수가 없었다. 단지 입술 위에 아직도 부드러운 미소가 남아 있는 것만 보였다.

그는 어떻게 대답해야 할지 알 수 없었다. 그녀를 끌어안고 자신의 과거를 용서해 달라고, 지금 자신의 열정을 받아 달라고 부탁하고 싶은 마음이 간절했지만 감히 그럴 수가 없었다. 지금 그녀에게는 단지 원망만 있을 뿐 사랑은 전혀 없을지도 모른다는 생각이 들어 무척 두려웠다. 하지만 장이 계속해서 말하는 소리가 들렸다.

"당신은 망망한 사람들의 바다 속으로 사라졌지. 하지만 갑자기 다시 나타났어. 당신이 갑자기 다시 나타난 거야!"

장추류는 이 마지막 말을 반복해서 되뇌며 일어나더니 손으로 만칭의 어깨를 어루만졌다. 그녀의 눈빛은 여전히 부드러웠지만 목소리는 조금 떨리는 것 같았다. 그녀의 손바닥이 다시 이렇게 불타오르다니, 만칭은 더 이상 머뭇거릴 여유가 없었다. 그는 장추류의 손을 꼭 잡고는 가볍게 문지르며 두 심장의 박동이 하나로 합쳐질 때까지 그녀를 가까이 끌어당겼다. 장추류는 미소를 지은 채 눈을 감고 온 영혼이 전율하게 될 한순간을 기다렸다. 그러나 그런 일은 없었다. 그녀의 입술 위에 다른 입술이 닿았지만 그건 얼마나 평범한 입술이던가, 그것은 마치 사교장에서 악수 한 번 나눈 것과 같은 느낌이었다. 옛날의 그 느낌은 되돌아올 수 없었다. 과거는 영원히 과거가 되어 버린 것이다!

그러나 만칭은 오히려 온몸의 세포가 약동하고 온몸의 피가 빠르게 흐르는 걸 느꼈다.

장추류는 마치 한숨을 쉬듯이 이상하게 웃더니 천천히 만칭의 포옹에서 벗어나 원래 있던 자리로 돌아가 앉더니 고개를 숙이고 자기 발끝을 쳐다보고 있었다. 얼굴에 어렸던 붉은 기운은 이미 사라졌고, 가슴의 파동도 가라앉았다. 그녀는 너무나 사랑스러운 모습으로 깊은 생각에 잠긴 듯이 묵묵히 앉아 있다가 고개를 들었다. 입가에는 여전히 엷은 미소를 띤 채로, 흥분되고 미혹되었던 만칭을 바라보았다. 만칭은 그 일별 속에 무수한 감정이 담겨 있다고 생각했다. 수치도, 원망도, 그리고 감상도 있었다.

"만칭, 당신은 왜 교사가 되려고 했지?"

다시 장추류가 먼저 말을 꺼냈다. 목소리에는 마치 억지로 이 말을 꺼내서 견디기 힘든 침묵을 깨뜨려 보려는 것 같은 다소 부자연스러운 느낌이 섞여 있었다.

"교육 말고는 할 만한 일이 없어서."

만칭은 기계적으로 대답했다. 그는 무척이나 다른 말을 하고 싶었다. "나는 당신을 사랑해" 같은. 그러나 어찌된 영문인지 그런 말들은 격에 맞지 않는 것 같아 내내 말이 나오지 않았다.

"난 반댄데!" 장추류가 가볍게 웃으며 말했다. "만칭, 난 당신이 교사가 되는 거 찬성 안 하는데. 왜 좀 더 열렬하고 통쾌한 일을 찾지 않는 거지?"

"언제 안 그랬나." 만칭은 무척이나 감동한 듯이 대답하면서 좀 더 가까이 다가갔다. "하지만, 추류, 어떤 일이 통쾌하고 열렬한 거지? 지금은 온통 회색밖에 없는데! 회색! 온통 회색뿐인데 소위 통쾌하고 열렬한 일이 어디 있다고!"

장추류는 천진하게 웃으면서 만칭의 손을 가져다가 자기 손바닥에 합치고는 아주 쾌활하게 말을 이었다.

"만칭, 또 큰 문제를 끌어들이는군. 이제 우리 그런 얘기 그만하고, 자 봐, 어슴푸레한 저녁 빛을 뚫고 도시의 불빛이 밝아져 오는 거. 얼마나 시적인 분위기야."

만칭은 창밖을 바라보았다. 정말로 벌써 한 다발 한 다발의 불빛들이 비온 뒤의 엷은 안개처럼 공기 속에서 반짝이고 있었다.

창밖의 느릅나무는 말없이 선 채 가끔씩 작고 가는 물방울들을 떨어뜨리고 있었다.

"내가 보기에" 장추류가 말을 이었다. "세상에는 도처에 통쾌하고 열렬한 일들이 있는 것 같은데. 만칭, 방금 나를 껴안고 가슴과 가슴을 맞대고 나의 입술에 입 맞추었을 때 통쾌하고 열렬한 느낌 안 들었어?"

이 말을 할 때 장추류는 무척 진지한 표정이었지만, 만칭이 놀라서 아무 대답도 못하는 모습을 보더니 다시 깔깔거리며 요염하게 웃기 시작했다. 만칭은 가슴이 뛰었다. 장추류의 웃음은 놀리는 것이었지만 그 속에 가시가 들어 있지는 않았다.

만칭의 대답을 기다리지도 않은 채 장추류는 다시 거침없이 말을 계속해 나갔다.

"난 시시각각 열렬하고 통쾌한 걸 추구해. 무도장으로, 영화관으로, 여관으로, 술집으로, 심지어는 지옥이나 피바다 속으로까지 가고 싶어! 그렇게 해야만 난 비로소 내가 살아 있다는 걸 조금이나마 느낄 수 있지. 하지만, 만칭, 마치 아편에 중독되듯이 신기함과 자극에 대한 요구도 하루하루 더 커져 가서, 과거에는 나의 영혼을 흔들어 놓았던 무수히 많은 일들이 그냥 돌이켜 보면 여운이라도 느껴지지만 막상 진짜 현실이 되면 당장 평범한 것들로 바뀌어 버려. 이게 내가 발전한 건지 퇴보한 건지 알 수 없지만 어떤 땐 정말 피바다를 밟고 지옥으로라도 내려가고 싶은 심정이야!"

장추류가 갑자기 일어나 만칭의 얼굴을 받쳐 들고 분노한 듯이 그의 입술에 입을 맞추더니, 만칭의 놀란 눈빛이 공포로 변하자 그제야 손을 놓고 미친 듯이 웃으며 물었다.

"만칭, 이런 건 당신한테 평범한 거야, 아니면 신기한 거야?"

장추류는 이렇게 묻고는 털썩 의자에 주저앉은 채 두 손으로 얼굴을 가리고 고개를 숙이고는 꼼짝도 하지 않고 아무 소리도 내지 않았다.

만칭은 눈을 크게 뜨고 멍하니 장추류를 바라보았다. 방 안은 이미 무척 어두워졌다. 다행히 창밖에서 비쳐 오는 가로등 불빛이 있어서 사물의 어렴풋한 윤곽은 알아볼 수 있었다. 장추류가 저쪽에 웅크리고 앉아 있는 모습이 마치 한 무더기의 연기처럼 희뿌옇게 보였다. 너무나 고요한 가운데 창밖에서 나뭇잎 사각거리는 소리만이 작고 여리게 들려왔다. 만칭은 고심하며 생각해 보았지만 장추류의 갑작스러운 태도 변화가 대체 무엇 때문인지 알 수가 없었다. 여러 가지 해석이 그의 머리를 스치고 지나갔지만 결국 아무런 결론도 내리지 못하다가 나중에야 만칭은 간신히 그나마 가장 그럴듯하게 생각되는 이유를 찾아내었다. 그건 스쉰의 자살 사건이 장추류의 마음을 심하게 흔들어 놓았기 때문이라는 거였다. 이렇게 생각하자 만칭이 장추류에게 품은 연민은 한층 더 깊어졌다.

그는 장추류의 의자 뒤로 가서 가볍게 그녀의 어깨를 흔들며 낮은 목소리로 불렀다.

"추류, 당신 좀 누워서 쉬지 그래. 충격을 받아서 너무 흥분한 것 같은데!"

장추류는 고개를 들고 아름다운 두 눈동자를 반짝거리며 굴렸다.

"신기한 거야, 아니면 평범한 거야?"

장은 자신에게만 들리도록 하려는 것처럼 작은 소리로 말하면서 창 앞으로 가서 창살에 기대어 하늘을 바라보았다.

만칭은 장추류가 분명 정신적인 착란을 일으킨 거라고 단정하고는 자기도 따라서 창 앞으로 다가가 장의 손목을 잡고 부드럽게 다시 말했다.

"추류, 당신 병난 것 같네, 일시적으로 착란을 일으킨 거라고! 누워서 좀 쉬지."

만칭에 대한 장의 대답은 사람의 마음을 흔드는 부드러운 웃음이었다. 만칭은 방법이 없다는 듯이 초조하게 장추류의 얼굴을 주시했지만 장의 기색은 오히려 평온해 보였다. 장은 평소처럼 아름다웠고 이상한 데라곤 전혀 없었다.

"만칭, 당신이 오히려 신경과민이지." 장추류는 웃음을 거두고 대답했다. "난 병 안 났어. 단지 뱃속이 텅 비었다는 느낌이 들 뿐. 우리 밥 먹으러 나가자, 어때?"

만칭은 잠시 망설이다가 곧 응낙했다.

8시가 좀 넘어서 장추류와 헤어질 때까지 만칭은 다시 정신이상 같은 행동을 불러오게 될까 봐 감정이 섞인 말은 어떤 말이라도 피하려고 애를 썼다. 그러나 장추류는 이미 모든 걸 다 잊은 듯이 평소처럼 먹고 떠들며 웃어 댔기 때문에 만칭도 마음을 놓았다. 만칭은 숙소로 돌아와서 잠시 조용히 혼자 앉아 있게 되자 다시 오늘 있었던 일들을 떠올려 보지 않을 수 없었다. 그는 장추류가 했던 말을 하나하나 생각하면서 곰곰이 되새겨 보고, 장추류의 태도에 대해서도 다시 생각해 보았다. 스스로 묻고 스스로 대답하고 다시 스스로 반박했다. 잠깐 동안 그는 장추류가 감수성이 예민하고 신경질적인 여자라고 생각했지만, 곧 다른 생각이 슬그머니 그의 마음을 덮어 장추류는 육체의 향락만을 좇는 자기중심주의자로 바뀌기도 했다. 만칭은 갑자기 거칠게 온 방 안을 뚜벅뚜벅 걷다가 갑자기 몸을 꼿꼿이 펴고 앉았다. 머릿속이 혼미하고 등허리에도 피로가 느껴졌지만 끝내 명료하고 확정된 생각을 얻을 수가 없었다. 다만 그가 이상적으로 생각했던 여성의 영상 ─ 각고의 노력과 침착과 정말로 사람이 되려고 했던 이상적인 여성의 형상은 점점 더 희미해져 갔다.

4

자싱에서 돌아온 후 중자오는 '희망'이란 절대로 고심하며 애쓰는 사람을 저버리지 않는다는 생각을 더욱 확고히 하게 되었다. 자싱의 루 양 집에서 그는 단지 네 시간을 머물렀을 뿐이지만 이 짧은 네 시간을 설령 누가 40년과 바꾸어 준다고 해도, 단호히 거절할 것이다. 이 네 시간 동안 그와 루 양은 서로를 한층 더 깊이 이해하게 되었고, 루 양의 아버지에게 그는 아주 만족스러운 인상을 남겼다. 네 시간 동안 그가 얻은 건 정말 많았다! 그는 기운이 충만해져서 돌아왔고, 루 양의 작은 사진까지 가져 왔다. 지금 그 사진은 그의 책상 위 높은 곳에 모셔져 있다.

게다가 자싱에 다녀온 일은 중자오의 의지를 더욱 더 굳게 해 주었다. 목표란 너무 높아서는 안 되며 오직 반보씩만 인내심을 가지고 나아가면서 포기하지 않으면 된다는 확신이 더욱 깊어졌다. 그의 재기(才氣)는 전보다 더욱 빛났고 신문 개혁에 관해서도 그는 많은 새로운 계획들을 세웠다. 기회만 있으면 그는 이런 새로운 계획을 편집장과 상의해서 다시 사업을 반보 더 밀고 나갈 것이다. 그의 '인상기'는 결국 8회에서 붓을 꺾어야 했지만 중단되어도 괜찮다. 이건 처음부터 자신 행을 멋지게 하기 위해 준비했던 것이고, 또 할 말은 거의 다 했으니 이젠 칼을 거두어 칼집에 간직해도 괜찮았다. 지금 그는 편집장이 동의한 두 번째 수정안만으로 제4면의 반의 반 보 개혁안을 우선적으로 실현하기 위해 아주 신중하게 안을 검토하고 있었다. 4면에 게재될 뉴스는 남녀 관계에서 일어나는 모든 추악한 소식이다. 그가 이 뉴스를 게재해야 한다고 생각한 이론적인 근거는, 이혼 사건이 점점 늘고 화간과 간통 사건 '보도가 끊이지 않는' 것 자체가 바로 구 예교와 봉건사상이 안으로부터 붕괴하고 있음을 나타내 주는 표지이며, 또한 아주 의미 있는 사회사적 자료기 때문이라는 것이다. 따라서 지금까지는 외설스럽다 하여 이런 것들을 소보(小報)에만 실었지만 왕 중자오는 이것들을 당당하고 단호하게 신문 제4면에 모두 싣기로 한 것이다.

덕분에 그의 제4면은 정말 특색을 띠게 되었고, 그의 노력은 수포로 돌아가지 않았다.

그러나 제4면이 점점 색깔을 바꾸어 가고 있을 무렵 마침 산둥(山東)반도에서 커다란 사건이 터져서 사회의 시선은 일제히 지난

(濟南) 사건* 쪽으로 옮겨졌다. 하지만 중자오는 오히려 평소처럼 태연하게 국민당 당국의 차분한 훈령(訓令)을 따랐다. 그날 중자오는 집에서 나와 평소처럼 동창회실로 갔다. 아주 맑은 날씨였다. 중자오가 성큼성큼 걸어서 뤼반로로 돌아서는데 장추류가 물뱀처럼 간들거리며 맞은편에서 걸어오는 게 보였다. 그 모습이 돌연 그로 하여금 루 양을 떠올리게 했다. 두 사람의 걷는 자태가 실상 너무나 닮았다. 그는 속으로 이런 생각을 하면서 걸음을 늦추었다. 장추류도 벌써 그를 알아보고는 아리따운 웃음을 던졌다.

"추류, 요즘 만칭 본 적 있어?"

함께 걸으면서 중자오는 생각나는 대로 물었다. 장추류는 깜짝 놀랐는지 눈썹을 움찔했지만 곧 태연하게 대답했다.

"그저께 만났는데. 왜, 당신은 요즘 만난 적 없어?"

"응. 한 일주일쯤 되는 것 같은데." 중자오는 눈을 굴리며 날짜를 계산해 보더니, "정말 일주일이 넘었네. 자싱에서 돌아온 후엔 본 적이 없으니" 하고 말했다.

장추류는 가볍게 고개를 끄덕이면서 입술을 살짝 물고 웃었다. 중자오가 자싱에 다녀온 일을 말하는 게 이번으로 벌써 다섯 번째다. 요즘 중자오가 날짜를 셀 때는 으레 '자싱에 다녀온 후'라는 구절이 따라다녔다. 마치 고대인들이 어떤 큰 사건을 기점으로 시간을 기록하던 방식을 그도 채택하기로 한 것처럼. 장추류는 자싱이 중자오와 어떤 관계인지는 잘 알지 못했지만 이런 상황을 보면서 대충은 짐작하고 있었다.

"몇 번 만나 보고 싶었는데 좀처럼 시간을 낼 수가 없고, 거리도

456

너무 멀어서."

중자오가 말을 이었다. 그는 장추류의 아리따운 미소 속에 조금 야릇한 의미가 담겨 있다는 건 전혀 눈치채지 못한 채, 장추류의 웃는 모습이 루 양과 닮았다는 생각만 다시 했다.

"동창회에 가려고? 거긴 아무도 없는데." 장추류가 몸을 반쯤 돌린 채 작별의 눈짓을 보내다가, 중자오가 자못 주저하는 기색을 보더니 다시 말을 이었다. "난 프랑스 공원 쪽으로 가는데 다른 일 없으면 같이 좀 걷지."

중자오는 처음부터 이래도 되고 저래도 되는 형편이었기 때문에 장추류가 왼팔을 붙잡고 이끄는 대로 화룽로(花龍路) 쪽으로 걸어갔다.

공원 안에는 놀러 온 사람이 거의 없었다. 그들 둘은 큰 나무들이 늘어선 벽돌 길을 천천히 걸으며 이것저것 생각나는 대로 이야기를 나누었다. 나중에 장추류는 스쉰의 이야기를 꺼냈다.

"중자오, 내가 스쉰 자살에 대해서 이야기했지?"

"했어. 아마 내가 자싱에서 돌아온 지 사흘째 되던 날 밤이었을 걸. 우리가 '도화궁(桃花宮)'에서 만났을 때 당신이 말했지. 나도 무척 가 보고 싶었는데 어디에 있는 건지 알 수가 없어서."

"또 자싱에서 돌아온 지네!" 장추류는 웃음을 터뜨렸다. 장은 중자오를 힐끗 보며 물었다.

"중자오, 자싱이 당신하고 무슨 상관이 있는지 좀 말해 줄 수 있어?"

중자오는 미소를 지으며 고개를 저었다.

"아마도 연애랑 관련이 있겠지?" 장추류는 마치 누나가 어린 동생의 비밀을 추궁하는 것 같은 말투로 물었다.

"추류, 우선 스쉰 일부터 이야기해 봐! 그날은 그저 간단하게 한마디만 했잖아."

"아, 왕 대기자님! 내가 당신에게 뉴스거리를 제공하면 당신은 내게 어떤 보상을 해 줄 건데?"

중자오는 피식 웃으면서 장추류를 쳐다보기만 할 뿐 아무런 대답도 하지 않았다.

"당신의 자성 비밀을 교환 조건으로 하면 되겠지?" 장은 퍽 유쾌한 듯이 깔깔 웃으며 말했다. "스쉰의 자살은 동기나 방법이 다 너무나 특이하기 때문에 이 교환은 당신만 덕 보는 거라고."

중자오는 어쩔 수 없이 고개를 끄덕였다. 하지만 장추류는 당장 이야기를 꺼내지 않고, 자기를 위해 큰 나무 아래 있는 등나무 의자를 고르고 중자오에게는 곁에 있는 긴 나무 의자에 앉도록 하고 난 뒤에야 스쉰의 이야기를 시작했다. 그녀가 얼마나 감동적으로 이야기를 했는지 중자오의 마음은 무겁게 가라앉았고, 태양도 차마 끝까지 듣지 못하겠다는 듯이 갑자기 한 조각 구름 뒤로 숨어버렸다. 나뭇잎들도 모두 조용히 탄식을 하는 듯 온 정원이 침울한 공기를 내뿜었다.

"스쉰이 당신 같은 여자랑 연애를 한 적이 있다고 하던가?"

고개를 숙이고 잠시 생각에 잠겨 있던 중자오가 작은 소리로 물었다.

장추류는 아주 진지하게 고개를 끄덕였다.

중자오는 하늘을 바라보다가, 다시 장추류를 한번 보더니 갑자기 웃음을 터뜨렸다. 그는 아주 빠르게 말했다.

"추류, 스원이 당신을 좋아하는 것 같지 않아?"

장추류는 덤덤 표정으로 그렇지 않다는 듯이 웃었지만, 갑자기 어떤 생각이 마음속에서 떠올라 희한한 생각을 하게 되었다. 스원에게 다가가 보면 어떨까? 만약 이 고집스러운 비관적 회의주의자를 근본적으로 바꾸어 놓을 수만 있다면 그게 어찌 신나는 일이 아니겠는가?

"추류, 신경 쓰지 마. 그냥 우스갯소리로 해 본 거니까. 그런데 대체 스원은 어디 사는 거지? 진짜 보러 가고 싶은데."

중자오는 장추류가 말없이 깊은 생각에 빠져 있는 걸 보고 장이 화가 났다고 생각하며 곧 화제의 방향을 바꾸었다.

장추류는 되는대로 스원의 주소를 가르쳐 주고는 다시 말이 없었다. 마치 땅 위의 모래알이 대체 얼마나 많은지 똑똑하게 세어 보기라도 하려는 것처럼 그녀의 눈길은 땅 위에 고정되어 있었다. 방금 전의 그 새로운 생각이 완전히 그녀를 포위해 버렸다. 여러 가지 생각이 들었다. 이건 내가 스원을 사랑해서가 아니라 정말로 그를 가지고 놀거나 적어도 그를 속이는 건데 꼭 그렇게 해야만 하나? 처음에는 그렇게 해서는 안 된다고 스스로에게 대답했다. 하지만 곧 생각을 바꾸어 다시 하나의 가정을 해 보았다. 만약 자신이 정말로 스원이 가진 지금까지의 결핍을 채워 줄 수만 있다면, 자신의 기만적인 행위가 정말로 스원에게 잠시의 위로라도 될 수 있다면, 어쩌면 그건 그의 짧은 여생에서 그 어느 것보다 큰 위안이 될지도 모르는데 그래도 그렇게 하면 안 될까? "속이는 건 괜찮아. 다른 사람에게 피해만 주지 않으면!" 장추류의 마음속에서 하나의 목소리가 결연하게 말했고 그녀는 그 속에서 자신의 시나리오를 위한 도덕적 근거를 얻었다. 그러나 장만칭의 얼굴이 갑자기 그녀의 눈앞에 나타났다. "어쩌면 만칭은 이것 때문에 고통스러워할지도 모르는데!" 그녀는 최근 며칠 동안의 만칭의 태도를 떠올려 보면서 만칭이 '이것 때문에 고통스러워하지 않을지' 가늠해 보았다. 그녀에게 만칭을 '고통스럽지 않게 해서는 안 될' 어떤 책임이 있는 건 전혀 아니었고 그저 호기심으로 이것저것 추측해 본 것이지만, 결론을 내리지는 못했다. 최근 만칭의 표정이 좀 이상했다. 종종 그녀를 따라다니면서 가끔은 마치 무슨 중요한 고백이라도 있는 것처럼 기회를 찾는 듯하다가도 정작 만나면 그냥 평범하고 무료한 이야기만 잠시 늘어놓았다. 그는 갈수록 장추류를 더 두려워하고 낯설어하는 것 같았다.

"듣자 하니 쉬쯔차이가 요즘 생활이 곤란하다던데, 그런가?"

중자오가 이야깃거리를 찾아냈다. 장추류의 뜻밖의 침묵이 그를 불안하게 만들었기 때문이다.

"나도 무슨 까닭인지는 모르지만 무척이나 궁해."

장추류는 기계적으로 대답하고는 여전히 멍하니 하늘만 바라보았다. 한 조각 구름이 비켜서자 햇빛이 나뭇잎 사이로 쏟아져 내려와 장추류의 얼굴 위로 반짝이며 떨어졌다. 그녀는 그 빛살 속에서 장만칭의 침울한 눈과 스쉰의 어지럽게 흩어진 수염을 보았다.

"내가 방법을 좀 생각해 볼게." 중자오가 분위기를 띄우며 말을 이었다. "몇 군데 투고할 데를 소개해 주었는데, 어떻게 된 건지 그가 글에서 이러쿵저러쿵하는 말이 다 그 말이 그 말이고, 앞뒤만 바꾼 표어나 구호 같은 게 돼 놔서 사람들이 원고를 다 되돌려 와. 추류, 당신이 보기엔 정치 공작이 쉬의 머리를 좀 망가뜨려 놓은 것 같지 않아? 그는 단지 답안지 쓰듯이 선전 문구를 만들어서 사람들에게 알리는, 그런 식의 글밖에는 못 쓰게 된 것 같더라고. 그런 표어나 구호가 머릿속을 꽉 채우고 다른 사상이나 이론들은 모두 말끔히 씻어내 버린 것 같다니까. 정말 이상한 일이지!"

중자오는 마지막 말을 하고 기지개를 켜면서 장추류의 눈길을 좇아 자기도 하늘을 바라보았다. 그녀가 그렇게 몰두해서 응시하고 있는 게 대체 무엇인지 알아내기라도 하려는 것 같았다. 하지만 반쯤 가려진 태양과 몇 조각의 흰 구름 말고는 달리 특별한 게 없었다. 몇 마리 작은 새들이 나무 위에서 지지배배 지저귀다가 푸드득하며 날갯짓을 했다.

"아, 아, 표어나 구호…… 정말 이상해!"

장추류가 갑자기 날카로운 목소리로 말했다. 마치 중자오의 다른 말은 반쯤은 귀로 들어왔지만 모두 자신의 복잡한 생각 속에 섞여 사라져 버리고, 마지막 말만 머릿속에 또렷하게 남아 있다가 갑자기 장의 입에서 힘차게 반사되어 나온 것 같았다. 하지만 이 날카로운 소리에 그녀 자신도 정신이 번쩍 들었는지, 마치 무슨 감전이라도 된 것처럼 중자오를 한번 쳐다보고는 그의 놀란 표정을 보더니 감정을 감추고 웃으며 말했다.

"그러게. 이상한 일이지? 이 세상은 본래 이상한 일들로 가득 차 있잖아!"

중자오도 참지 못하고 웃음을 터뜨렸다. 장추류는 속으로 움찔했지만 이 웃음소리가 오히려 그녀의 어지러운 생각에 한 줄기 새 길을 내어 주었다. 그녀는 생각했다. 나는 당연히 완전한 자주권을 가져야 한다. 내 몸에 대해서는 당연히 내가 하고 싶은 대로 할 자유가 있다. 만칭이 어떻든 그건 문제 삼지 않아도 된다. 어쨌든 나의 행동이 결코 그를 해치지는 않을 거고, 다른 누구도 해치지 않을 테니. 자신의 이런 생각에 찬성이나 하듯이 장추류는 큰소리로 웃었다.

그들 둘이 각자 서로 다른 의미로 웃고 있을 때 갑자기 제3의 웃음소리가 나무 뒤에서 들려왔다. 중자오와 장추류가 둘 다 놀라서 동시에 고개를 돌리자 그림자 두 개가 그들 등 뒤에서 튀어나왔다. 중자오는 얼굴이 화끈거리지 않을 수 없었다. 그 중 하나가 바로 그가 방금 이런저런 이야기를 했던 쉬쯔차이였기 때문이다.

"룽페이, 너 이 나쁜 녀석!"

장추류가 웃으면서 소리를 지르며 몸을 돌려, 뒤쪽에서 그녀의 가슴을 끌어안고 있던 룽페이의 두 손을 떨어뜨렸다.

"자네들은 정말 삶을 즐길 줄 아는구먼!"

쉬쯔차이가 작은 소리로 한마디 중얼거리면서 중자오가 앉은 긴 나무 의자의 한쪽 끝에 몸을 던졌다. 그의 어두운 낯빛이 중자오의 부끄러움과 불안을 가중시켰다. 미안한 듯이 쉬쯔차이의 얼굴을 주시하면서 어떻게 변명해야 할지 생각하고 있는데 쉬가 먼저 말문을 열었다.

"중자오, 생각해 봐, 내가 화가 나겠나 안 나겠나, 차오는 너무 독단적이라고, 정말 독재를 한다니까!"

"우린 내일 그 작자 본 척도 안 할 거야!" 룽페이가 장추류 등 뒤에 있는 나무에 기댄 채 말했다.

"무슨 일 때문에?" 중자오는 속으로 쉬쯔차이가 다른 이유로 화가 난 걸 다행스럽게 생각하며 물었다.

"난 알 것 같아. 우리더러 내일 오후에 동창회에서 이야기하자고 했던 그 쪽지 때문이지?"

장추류가 미소를 띤 채 이렇게 말하며 우선 쉬쯔차이를 한번 흘겨보고는 다시 시선을 룽페이 쪽으로 돌렸다.

"차오가 당신하고 먼저 상의했어?" 쉬쯔차이가 물었다.

"당연히 안 했지." 장추류가 고개를 가로젓는 걸 보고는 룽페이가 말을 가로챘다.

"왕스타오도 모른다고 하던데."

"당신들도 차오 탓만 해선 안 돼. 다들 신경을 안 쓰니까 자연히 혼자서 독단적으로 처리할 수밖에 없는 거지. 차오가 사람이야 열심이잖아. 너무 경솔하고 덤벙대서 그렇지. 룽페이, 당신은 더욱 말할 자격 없어. 그저 영화관에서 사고나 치고, 연애의 비극이나 연출하고 다니고, 발바리처럼 왕스타오 뒤꽁무니나 쫓아다닐 줄 알면서. 대체 왕이 자기한테 뭐 대단한 걸 해 줬다고! 차오가 당신을 '너무 모자란다'고 나무라는 것도 탓할 게 못 된다고. 생각하면 정말 창피하다니까."

장추류가 이렇게 말하며 고개를 들어 룽페이를 곁눈질하면서 창피하다는 듯이 손가락으로 자기 볼을 두어 차례 문질렀다. 중자오와 쉬쯔차이도 웃음을 터뜨렸다. 그러나 룽페이는 웃지도 않고 얼굴을 붉히지도 않은 채 그저 덤덤하게 이야기했다.

"그래, 마음대로 나무라시지. 훌륭한 아가씨, 더 나무라 보시라고! 난 당신이 날 나무라는 게 좋아. 물론 당신이 나에게 주는 좋은 것들이 너무나 많기 때문이지."

쉬쯔차이가 큰소리로 미친 듯이 웃어 댔고, 장추류는 양 볼을 씰룩이며 몹시 화가 난 표정을 지었지만 입가에는 여전히 웃음이 남아 있었다. 중자오는 더 불미스러운 일이 생겨 남의 이목을 사게 될까 봐 그들이 더 이상 말을 꺼내기 전에 끼어들어 진지하게 물었다.

"대체 내일 무슨 일이 있는데?"

"무슨 일이 있는지 알 게 뭐야!" 쉬쯔차이가 이렇게 대답하고는 냉소적으로 한마디를 보탰다. "차오 자신이 그렇게 엉망인데, 그에게 무슨 일이 있고, 또 무슨 방법이 있겠어?"

"내 생각엔 어쨌든 당신들이 우선 일을 나누어서 맡고 각자가 책임을 지면, 갑은 을이 방탕하고 일에는 신경 안 쓴다고 나무랄 일 없을 거고, 을은 또 갑이 독재를 한다고 원망하지도 않을 거야. 얼마 전에 차오가 내게 통신 주소를 내밀었는데, 지금 같은 상황에서는 만약 편지가 와도 누구에게 건네줘야 할지 모르겠네."

"장 샤오제(小姐)에게 주시지." 룽페이는 농담 반 진담 반으로 이야기하면서 특별히 "小姐"라는 두 글자를 힘주어 말했다.

"자네도 아무 생각이나 막 내놓는군!" 쉬쯔차이가 지극히 불만스러운 듯이 고함을 질렀다.

"그러면 내일 다 같이 이야기할 필요가 있겠는데." 중자오가 말을 이었다. "내일 오후 몇 시지?"

"3시 같은데." 장추류가 귀찮다는 듯이 대답했다. "이 일에 대해선 난 솔직히 싫증도 났고 흥미도 없어. 어떤 때 생각하면 그래도 무척 신도 나고 또 할 일 없는데 이 일이라도 해야지 싶다가도 일이 이렇게 맺고 끊는 게 없이 질질 끄는 걸 보면 정말 지긋지긋하고 답답하다는 생각이 들어. 2주일이나 지났지만 아무런 가닥도 잡힌 게 없잖아!"

어두운 그림자가 그들의 마음을 뒤덮었고 그들은 모두 말이 없었다.

"아 참 깜박할 뻔했네!" 장추류가 갑자기 큰소리로 말했다. "중자오, 아까 그 조건 아직 안 지켰잖아!"

"당신이 이미 알아맞혔는데, 또 말할 필요 없잖아."

중자오는 능청스럽게 대답했다. 자기도 모르게 만족스러운 미소가 다시 그의 입가에 어렸다.

"자세한 사정은?"

"앞으로 자연히 알게 될 거야."

호기심에 찬 쉬쯔차이와 룽페이의 눈길이 중자오에게서 장추류 쪽으로 옮겨 갔다가 다시 급히 중자오 쪽으로 돌아왔다. 룽페이가 막 입을 열려고 하는데 중자오가 벌써 자리에서 일어나 장추류에게 뭔가 말하고 있는 게 보였다.

"내일모레, 당신한테 사진 한 장 보여 줄게. 지금은 가고."

중자오는 다시 가볍게 웃고는 몸을 돌려 자리를 떴다. 길모퉁이를 돌 때 장추류의 웃음소리와 룽페이가 연달아 급하게 묻는 소리가 들렸다. "연애지? 연애하는 거지?"

중자오는 공원을 벗어나자 다시 무료하다는 생각이 들었다. 태양빛이 이미 자못 위력을 발하고 미풍에도 숨 막히는 열기가 섞여 있었다. 널찍한 대로도 어질어질할 정도로 희게 빛났다. 중자오는 조금 초조한 느낌이 들었다. 그는 공원 입구 앞길에 서 있는 가로등 곁에 서서 사방을 돌아보았다. 방향을 분별하려는 것 같기도 하고 갈 길을 정하려는 것 같기도 했다. 전차가 질주하는 소리가 저편 샤페이로 쪽에서 들려오더니 부릉거리는 소리가 점점 끌듯이 가늘게 들리다가는 사라졌다. 자동차가 헐떡거리며 빠르게 지나가면서 담회색의 엷은 연기를 아스팔트 길 위로 푹, 푹 뿜어 댔다. 연기는 초여름의 열기와 섞여 사람을 어질하게 하는 이상한 냄새를 만들어 냈다. 이것 말고는 모든 것이 다 잠자는 듯 고요했다. 공원 문 앞의 순포(巡捕)*는 경찰 곤봉을 겨드랑이에 찬 채 고개를 숙이고 나른한 듯이 나무기둥 위에 기대 있었다. 만약 이 모습을 만화가가 보았다면 무척이나 기뻐하며 붓을 꺼내 들었을 것이다.

중자오는 내리누르는 답답함을 쫓아 버리기라도 하려는 듯이 천천히 한숨을 내쉬고는 화룽로 쪽으로 천천히 걸어갔다. 이곳은 보리수의 녹음이 열기를 막아 주어 호흡이 한층 가벼워지는 느낌이 들었다. 마음속에서 온갖 잡념이 뜬구름처럼 왔다 갔다

했다. 먼저 장추류가 말했던 스쉰의 실연 이야기가 떠올랐다. "아, 실연 때문에 그렇게 부정적이고 비관적이 되어서 자살하려고 했던 건가?"

중자오는 기계적으로 '무릇 세상 여자들이란 다 크림 같아서 멀리서 보면 근사하고 단단해 보여도 손가락으로 살짝 건드리기만 하면 곧 흐물흐물 녹아 버리는 거지' 하는 생각을 했다. 하지만 갑자기 움찔하며 방금했던 생각이 루 양에게 너무 무례하고 모욕적이라는 생각이 들었다. 그녀도 여성이 아닌가? "하지만 물론 예외는 있는 거니까." 그는 반박하듯이 자신을 위로했다. 그러나 다시 누군가가 했던 말이 떠올랐다. "여자들이란 대부분 예외 없이 매일 보는 남자를 사랑하게 마련이다. 설령 그 남자의 인품이 전혀 고매하지 않더라도. 여자란 또 대부분 예외 없이 작은 기회라도 대담하게 이용해서 자신을 안을 수 있는 남자에게 몸을 맡기게 마련이다. 설령 그녀의 의중에 다른 이상적인 남편감이 있다고 해도." 갑자기 한 편의 환상이 그의 눈앞에 나타났다. 마치 루 양이 앞에서 나긋나긋한 걸음으로 천천히 걸어오고 있는데 어떤 남자가 시시덕거리며 그 뒤를 따라오는 게 보이는 것 같았다. "앗!" 중자오는 작은 소리로 고함을 지르며 갑자기 멈춰 섰다. 네모난 작은 벽돌로 된 인도는 이미 다 끝났고 앞에는 한길이 가로놓여 있었다. 그는 조금 망설이다가 오른쪽으로 돌아 다시 기계적으로 다리를 움직였다. 생각하면 생각할수록 점점 더 머리가 어지러워졌다. 루 양을 분명 누군가에게 빼앗길 것 같은 위기감이 느껴졌다. 그날 자싱에서 루 양과 옌위루(煙雨樓)에서 노닐 때가 절호의 기회였는데 왜 좀 더 대담하게 먼저 연애의 '계약금'을 지불하지 못했던가 하는 후회가 들기도 했다. 그는 다시 그날 루 양 집에서 보았던 어떤 남자를 떠올렸다. 얼굴도 그렇게 못생긴 편은 아니었고 루 양과 같은 학교의 교사라고 했는데, 그 남자가 필시 탐욕에 찬 파리처럼 졸졸 따라다니면서 루 양을 내버려 두지 않을 것이다.

중자오는 조바심이 나서 미칠 지경이었다. 그는 눈앞에 인력거 한 대가 보이자 당장 올라타고서 자기도 모르는 이야기를 기계적으로 몇 마디 던지고는 곧 눈을 감고 고개를 인력거의 등받이 뒤로 기댔다.

얼굴로 스쳐 오는 시원한 바람이 비단 넥타이를 휙휙 불어, 넥타이가 춤추며 그의 귓가를 때리게 했다. 감고 있던 눈을 떴을 때 중자오는 자기가 빠르게 달리는 인력거 안에 있고 지금은 양쪽에 황금빛 채소밭이 있는 탁 트인 돌길 위를 달리고 있는 걸 발견했다. 중자오는 자기도 모르게 괴성을 질렀다.

"여기가 어디요?" 중자오가 놀라 물었다.

"야오주자오로(姚主教路)입니다! 기차 정거장으로 가신다고 하지 않았나요? 쉬자후이(徐家滙) 정거장이요."

중자오는 그제야 자기가 인력거를 탈 때 희미하게 자싱 생각을 하고 있던 기억이 났다. 아마도 '정거장'이라는 세 글자가 툭 튀어나와 이런 오해를 일으킨 것 같았다. 그는 혼자서 웃기 시작했다.

"잘못 왔어요. 돌아갑시다! 난 대영조계(大英租界)의 왕핑가(望平街)로 갈 거요."

"통행증[照會]*이 없는데요." 인력거부가 인력거를 내려놓고 숨을 헉헉거리면서 고개를 가로저으며 말했다.

중자오는 은화 두 냥을 인력거 바닥에 던져 놓고는 아무 말없이 발걸음을 돌려 길 북쪽의 붉은 기둥 아래까지 가서는 북쪽으로 가는 전차를 기다렸다. 말없이 하늘을 바라보면서 중자오는 속으로 자신이 지나치게 격정적이어서 거의 신경과민까지 갔던 것에 대해 자책했다. 방금 전의 생각과 행동들을 냉정하게 돌아보니 더더욱 스스로 한심스럽다는 생각이 들었다. 그는 고통스럽게 자책했다. 어떤 일이 있어도 루 양은 절대로 그런 경박한 여자가 아니다. 자신이 지나치게 과민한 거고, 만약 불행히 우려했던 것대로 된다고 해도 그것 역시 하나의 교훈이 되어 경험을 증진시키고 기백을 단련시켜 주게 될 텐데 왜 이렇게까지 당황해하며 걱정을 하는 건가!*

이렇게 통절하게 반성을 하다 보니 중자오는 다시 자신이 제법 위대해 보이고, 방금 전의 그 우스꽝스럽던 소란도 인격이 발전해 가는 과정에서 필요한 것이었다는 생각이 들었다.

갑자기 땡땡하는 종소리가 깊은 생각에 잠겨 있던 그를 깨웠다. 한 줄의 전차가 길 중앙에 섰다. 중자오는 무의식적으로 발걸음을 옮겼지만 전차는 벌써 다시 떠나가 버렸다. 그는 잠시 머뭇거리다가 천천히 전차 뒤를 따라 서쪽으로 반쯤 기운 태양빛을 받으며 걸어서 집으로 갔다.

숙소에는 두 통의 편지가 그를 기다리고 있었다. 하나는 차오즈팡이 보낸 것으로 내일 회의에 나오라는 것이었고, 또 하나는 장만칭이 보낸 것으로 다음 주 화요일에 그의 학교에서 학생 토론회가 있으니 와서 참관해 달라는 것이었다. 중자오는 손이 닿는 대로 편지들을 한편으로 제쳐 놓고 방 안을 몇 걸음 거닐다가『구궐재일기(求闕齋日記)』*를 집어 들고는 등나무 의자에 누워서 읽었다. 이 책은 루 양의 부친이 선물로 준 것인데 처음에는 별 내용이 없다고 생각했지만 지금은 도리어 아주 재미있다는 생각이 들어 전등이 들어올 때까지 그 책을 읽었다.

신문사에 도착해서 중자오는 탁자 위에 편집장이 남긴 쪽지를 보았다. "신문 발간이 끝난 후 조금 기다려 달라, 할 말이 있다"는 내용이었다. 중자오는 이미 무슨 일인지 짐작이 간다는 듯이 만족스럽게 미소를 지었다. 맞은편에 앉아 있는 편집 보조원 뚱보 이 씨도 이미 이 쪽지를 보고는 무엇 때문인지까지 다 짐작을 했는지 이따금씩 반쯤 뜬 눈으로 몰래 중자오의 안색을 곁눈질하곤 했다.

중자오는 원고 편집에만 전념하면서 뚱보 이 씨의 괴상한 표정에는 신경 쓰지 않았다. 하지만 11시가 넘어서 편집장을 만났을 때 중자오는 갑자기 뚱보 이 씨의 그 괴상한 표정이 다 이유가 있었다는 걸 깨닫게 되었다. 편집장의 "조금 기다려 달라, 만나서 할 말이 있다"는 결코 중자오가 상상했던 좋은 소식, 즉 제4면 개혁에 관한 게 아니라 중자오의 최근 편집 방침에 관한 불만이었다. 지금 편집장은 격식은 갖추었지만 무척 단호한 어조로 말했다.

"요즘 4면 뉴스가 아주 재미있어요, 아주 재미있어. 하지만, 중 군, 그게 좀 그런 것 같아서 말이야 좀…… 아, 태도에서 진지함이 결여되었다고나 할까, 그렇지? 신문이란 어디까지나 신문이지, 소설이 아니거든. 중앙지라면 현지 소식란도 역시 어디까지나

중앙지인 거지 잡지가 아니고, 중 군, 안 그런가? 듣자 하니 바깥에서는 의론이 분분한 것 같던데. 중 군, 그런 말들, 자넨 물론 못 들었겠지. 밖에서 떠도는 유언비어는 물론 질투 때문이지, 질투 때문. 하지만 요즘 외국인들과 중국 관청이 모두 『성(性)의 역사』 같은 음서들을 엄중하게 금하고 있어서 말이야. 몇몇 잡지들도 그 타격을 받고 있으니 우리도 특별히 근신해서 미리미리 점검을 해야지, 안 그런가?"

"외부 여론이라는 게 어떤 겁니까? 전 전혀 모르겠는데요."

중자오는 바깥에서 만약 정말로 어떤 의견이 있다면 그건 아마도 어떠어떠한 것일 거라고 대략 짐작은 하면서도 짐짓 모르는 체하며 질문을 던졌다.

"그들은 물론 질투하는 거지, 질투." 편집장은 살진 눈을 가늘게 뜨고서 아래턱을 당기고는 마른 웃음을 지으며 대답했다. "그래도 말은 맞는 말을 하니 우린 마땅히 가려듣고 따를 건 따라야 하는 거고. 안 그런가? 그 사람들이 우리 신문의 4면이 성욕판이 되었다고 하네. 어떤 사람이 통계까지 내 봤는데, 최근 사오 일 동안 4면에 실린 기사가 모두 63항인데, 63항, 성욕이 차지하는 게 64항이라고, 64항. 하, 64항이 된 건, 듣자 하니 어느 날 신문 사이에 광고지가 끼어 있었는데 그것도 성욕에 관한 것이었다나, 하, 하. 중 군, 자네도 한번 신경 써서 계산해 보지."

"그건 정말로 명예훼손입니다!" 중자오는 흥분해서 말했다. "매일 다른 뉴스가 실리는데, 어떻게 그게 다 성욕에 관한 겁니까! 게다가 뉴스는 뉴스지, 우리가 거짓으로 꾸며 낸 게 아니잖아요."

"물론 바깥사람들의 말은 지나친 데가 있네. 하지만 아니 땐 굴뚝에 연기 나겠나, 중 군, 자네도 너무 많이 실은 거지, 앞으론 주의해야 하네."

중자오는 말이 없었다. 편집장은 담배 하나를 꺼내 불을 붙이고 고개를 약간 쳐들고는 하얀 연기의 고리를 뿜어 댔다. 그 담배 연기의 고리 하나하나 속에서 뚱보 이 씨의 둥근 얼굴이, 무능하고 비루하지만 자족하여 희희낙락하면서 남이 못되는 걸 고소해하는 두 눈이 이렇게 말하는 것 같았다. "아, 당신같이 유능한 사람도 이렇게 곤두박질 칠 때가 있구먼요!"

"너무 많이 실린 건 사실이지만" 중자오는 천천히 말했다. "하지만 그냥 되는대로 많이 실은 게 아니라, 다 뜻이 있어서 그런 건데, 사람들이 그걸 이해하지 못하는 것 같으니 제가 글을 써서 좀 설명을 하도록 하겠습니다."

"그건 안 돼!" 편집장이 거의 펄쩍 뛰듯이 말했다. "글로 쓰는 건 더더욱 일을 어렵게 만드는 거야, 어투가 조금 무거우면 바깥사람들하고 맞서서 반박하는 거 같고, 또 조금 가벼우면 자기 잘못을 시인하는 것같이 된다고. 중 군, 이런 일에 대해서 제일 좋은 방법은 그저 가만히 있는 거야. 그러면서 오늘부터 성욕에 관한 뉴스를 적게 실으면 되는 거지."

중자오는 재삼 글을 쓸 필요를 설명했지만 편집장은 어쨌든 동의하지 않았다.

이번에는 중자오도 무척 고민스러웠다. 그는 혁신을 하려고 애를 쓰는데, 편집장은 기존의 것을 고수하려고 애를 쓰고 있다. 무감각하게 그저 대충 때우려는 분위기가 신문사 전체에 만연되어 있다. 이런 환경 속에서 무엇을 위해 분투한다는 건 단지 헛수고에 불과하다. 애초의 이상은 이미 반보 반보씩 축소되어 이제 남은 건 거의 영(零)에 가까운데. 지금까지의 노력이 단 하나의 성과라도 얻은 게 있는가? 너무 공상적인 건 이루어질 수 없다고 해도, 아주 실제적인 것도 언제 채택된 적이 있던가! 중자오는 답답한 마음으로 숙소로 돌아와 침대에 누워서 다시 『구궐재일기』를 꺼내 들고 읽었다. 분명히 한 자 한 자, 한 구절 한 구절, 한 줄 한 줄이 눈 안으로 들어왔지만 뇌막에 이르면 곧 다른 것으로 바뀌어 졌다. 혁신, 보수, 반보 반보씩의 축소, 너무 공상적인 것, 너무 실제적인 것……, 이런 단어들이 아무 결론도 없이 되풀이되면서 그의 마음속에서 서로 쫓아다녔다. 그는 『구궐재일기』를 던져두고 전등을 끄고 잠을 청하려 했지만 단어들은 쉬지 않고 그를 압박해 들어왔고, 서로 충돌하는 한 무더기의 생각이 어지럽게 얽혀 다시 그를 포위했다. 중자오는 오른쪽으로 누운 게 편치 않은 것 같아 다시 왼쪽으로 돌아누우며 생각했다. '신문 쪽에서는 할 수 있는 게 없는 것 같군. 만약 이 수고를 다른 데 쏟았더라면 어떻게 이렇게 하나도 이룬 게 없을 수가 있겠는가? 어쩌면 벌써 루 양의 부친을 탄복하도록 만들었을지도 모른다.' 그는 신문사 일을 그만두는 쪽으로 거의 결심을 굳히고 있었다. 하지만 앞으로의 직업 문제가 다시 그를 망설이게 했다. 교사 노릇을 해? 출판사 편집 일을 해? 생각해 보니 그런 것도 다 그다지 썩 내키지 않았다.

왼쪽으로 누워 있는 것도 마찬가지로 편하지가 않아 그는 다시 오른쪽으로 돌아누웠다.

"하지만 신문사에 사직서를 내는 건 스스로의 실패를 드러내 보일 뿐이다!" 그는 계속해서 생각했다. "게다가 루 양의 부친이나, 심지어 루 양이 보기에도 그건 생각 없는 행동으로 비칠 것이다. 어쩌면 젊은 사람이 경솔하고 조급한데다 확고한 생각이나 의지가 부족하다고 생각할지도 모른다. 그러고도 다시 그들을 볼 면목이 있을까!" 이 마지막 한마디를 중자오는 거의 고함을 지르듯이 말했다. 중자오는 누런 불꽃이 눈앞에서 어지럽게 튀어나올 때까지 이를 악물었다.

날이 밝아 올 때까지 그는 수백 번도 더 몸을 뒤척였지만 아무리 뒤척여도 몇 마디 말이 계속 그를 따라다니면서 격분시키고 야유했다. 나중에는 의지까지 없는 여인이 땅바닥을 구르며 발버둥을 치듯이, 그는 자신이 비겁하고 무용한 인간이며, 스스로 보기에도 분명히 겉은 강한 것 같지만 속은 무르고, 아름다운 목표를 추구할 자격이 없는 인간이라는 걸 인정했다. 자기 자신을 거의 무로 만들어 버리는 이런 자기 부인은 한편으로는 앞서 그를 쫓아다니며 괴롭히던 단어들을 모두 쫓아내 주었지만 다른 한편으로는 그를 더욱 고통스럽게 했다. 결국 간단한 한마디 말만이 피로의 극에 이른 그를 고민에서 끄집어내어 잠의 고향으로 보내 주었다. "쳇! 공연히 걱정을 사서 하는 거지, 이게 뭐람!"

잠에서 깨어났을 때는 벌써 오후였다. 중자오는 몸을 일으키면서 간밤의 문제를 다시 수습해서 생각해 보았다. 그는 우선 루 양에게 편지를 써 자신의 어려움을 호소하고 신문사를 사직할 뜻을 넌지시 비쳐 보아야겠다고 생각했다. 하지만 다시 생각해 보니 아무래도 적절하지 않은 것 같았다. 반보 후퇴 정책이 다시 그의 마음속에서 꿈틀거리기 시작했다. 사직 문제에서 반보 물러나 우선 휴가를 얻어 편집장에게 '사직할 뜻을 넌지시 전하는' 거다. 그렇게 하면 너무 서두르는 것도 아니고 또 전혀 무심한 것도 아니니 그게 가장 적당하고 실제적인 방법이다. 하지만 휴가를 얻으려면 대리로 일할 사람을 구해야 하는데. 그는 쉬쯔차이를 떠올리면서 다시 오늘 오후에 모임이 있다는 걸 기억해 내었다.

물에 빠진 사람이 지푸라기라도 잡는 격으로 중자오는 쉬쯔차이를 찾으러 서둘러 동창회로 달려갔다. 뜻밖에도 동창회의 응접실은 텅 빈 채 아무도 없었다. 괘종시계는 3시 40분을 가리키고 있었다. 중자오는 잠시 망설이다가 곧 장추류를 찾으러 3층으로 올라갔다. 계단 끝에 이르렀을 때 장추류의 방에서 작은 웃음소리가 들려왔다. 걸음을 멈칫하였는데, 장추류가 먼저 문을 열고 나오면서 그를 보았다.

"회의에 온 거야? 너무 늦게 왔네!"

장추류는 웃으면서 말했다. 그녀의 눈자위가 평소보다 조금 더 붉은 것 같았다. 한 남자가 그녀의 등 뒤에서 머리를 내밀고 나타났다. 뜻밖에 룽페이였다.

중자오는 미소를 띠고 고개를 끄덕이며 방 안으로 걸어 들어갔다. 무척 난처해하는 듯한 룽페이의 표정을 보면서 중자오는 곧 너무나 귀에 익은 '연애의 비극'이란 말을 다시 떠올렸다. 하지만 장추류의 볼에 어린 붉은 기운을 보건대 지금 룽페이가 연출한 건 어쩌면 '연애의 희극'인지도 몰랐다.

"회의는 벌써 열렸어. 아니 제대로 열리지 못했다고도 할 수 있고. 한바탕 소란을 피우고는 곧 파장했지. 차오와 쉬가 부딪쳐서 둘 다 피를 흘렸거든! 뜻밖이라고 할 수도 있고, 예상했던 대로라고 할 수도 있지. 생각해 봐, 그들 둘 다 괴팍한 성질에다 자기 생각만 하고 남 생각은 할 줄 모르니 싸우지 않고 끝이 나겠어?"

룽페이가 덤덤하게 말하며 '우리 일에 상관하지 말라'는 기색을 만면에 드러냈다.

"잘잘못을 논하자면, 쉬의 잘못이 더 많지. 차오는 독단적이고 제멋대로라고는 해도 마음은 착하잖아. 우직한 열성파지. 쉬는 그가 다른 야심이 있다고 하지만 그건 차오를 억울하게 하는 거라고."

장추류가 말을 이으며 마치 동의를 구하듯이 시선을 중자오에게로 돌렸다.

"결국 한바탕 소동이 벌어질 수밖에 없었군!" 중자오가 조그맣게 중얼거렸다.

"단체 설립 건은 여기서 끝난 거네. 잘됐다."

"단체 설립 건은 절대 끝나지 않았어! 싸운 건 괜찮아. 다만 쉬의 손목이 비틀려 탈구된 건 아마 한 일주일은 휴식이 필요하겠지."

룽페이는 여전히 아무 일도 없는 것처럼 덤덤하게 말하며 장추류 곁으로 가서 팔짱을 끼고는 장추류가 앉아 있는 의자에 기댔다. 그러자 장추류는 벌떡 일어나 룽페이를 흘겨보며 귀찮다는 듯이 침대맡으로 가서는 몸을 비스듬히 기울여 왼손으로 머리를 받치고 누웠다가 곧 다시 일어나 앉으며 냉랭하게 말했다.

"안 끝났다고? 마치 자기가 단체 설립에 열심이었던 것 같네! 평소엔 단체 일에 대해 묻지도 않더니. 그런데도 방금 전엔 또 쉬쯔차이 편을 들며 차오를 공격했지. 마치 자기도 그 일을 무척 하고 싶어 하는데 차오에게 권한을 빼앗기기라도 한 것처럼 말이야. 지금 한바탕 난리를 치고 헤어져서, 단체니 뭐니 하는 게 다 일장춘몽이 되어 버린 걸 보고도 단체 문제는 아직 안 끝났다고 하다니, 아주 용감하고 의지가 무척이나 강한 분인 것 같네. 내가 당신이라면 정말 부끄러워서도 그렇게는 못할 텐데!"

"잘도 나무라네! 자긴 어떻고?" 룽페이가 조금도 부끄럽지 않다는 듯이 태연하게 말했다.

"나? 난 벌써 말했잖아, 난 이 일에 신물이 났다고. 한다, 안 한다 하는 말은 그래도 시원시원한 거고. 가장 혐오스러운 건 안 하겠다고도 하지 않으면서 실제로는 하지 않는 거라고. 회의가 열리면 제일 말을 많이 하다가도 회의만 끝나면 다시는 듣지도 묻지도 않는 거. 그저 다른 사람이 전권을 휘두른다는 말만 하지, 자기는 한 가지도 하는 게 없는 거, 룽페이 바로 당신 태도 말이야!"

이 마지막 말은 마치 칼이라도 던지듯이 너무 날카로워서 중자오는 자기도 모르게 가슴이 두근거렸지만 룽페이는 여전히 아무 일도 없다는 듯이 시시덕거리며 거짓 웃음을 지었고 장추류도 귀찮다는 듯이 다시 누웠다.

중자오는 장추류가 사방으로 쏘아 대는 말의 칼날이 무고한 자신에게까지 미치게 될지도 모른다는 생각에 조금 불안해졌다. 게

다가 그가 여기에 온 목적도 없어졌다. 보아하니 쉬쯔차이도 사고가 나서 신문 편집을 대신할 수 없는 형편인 것 같았다. 하지만 그래도 좀 더 똑똑히 물어는 봐야겠다는 생각이 들었다.

"쉬의 팔이 비틀려 탈구가 되었다고? 별 큰 지장은 없는 거겠지?"

"큰 지장이 있을 게 없지." 룽페이가 재빨리 대답했다. "다만 그저께 어떤 사람에게 조그만 간행물 하나를 편집해 주기로 했었는데, 그래서 그래도 몇 푼의 돈이라도 받아 궁한 형편을 좀 면할 수 있을까 했는데 뜻밖에 이런 일이 났으니 붓을 들 수가 없게 된 거지."

"갑이나 을이나 다 간행물을 내니 우리 단체에서 간행물을 낸다는 게 더더욱 의미 없게 된 거지!"

장추류가 끼어들었다. 그녀는 침대에서 일어나 창 앞으로 걸어가 하늘을 바라보았다.

"무의미하기만 한 건 아니고, 어쨌든 분위기를 고무시키는 데는 조금 도움이 되겠지."

룽페이가 부드럽게 반박하면서 창가로 가 장추류의 등 뒤에 섰다. 장추류는 몸을 돌려 피식하고 웃더니 룽페이의 얼굴을 보며 말했다.

"당신은 또 적극적인 사람이 된 것 같네! 하지만 당신은 간행물이라곤 본 적도 없고 글 한 편 쓴 적도 없잖아!"

"아가씨, 어째서 저하고만 맞장을 뜨시나요? 방금 너무 손해를 봤다고 생각하는 건 아니신지?"

룽페이가 의기양양하게 말하며 이상한 표정을 지었다.

"쳇! 뭐라고!" 장추류는 약간 노기를 띠고 말했다. 장은 뭔가 할 말이 있는 것처럼 중자오 곁으로 걸어갔다가는 다시 몸을 돌려 곧바로 침대 앞으로 가서 침대에 몸을 던졌다.

모두 말이 없었다. 중자오는 고개를 숙인 채 생각에 잠겨 있었고, 룽페이는 창 앞에 기댄 채 혼자 교활하게 웃고 있었다.

"중자오, 오랫동안 무도장에 오는 걸 못 봤는데. 당신의 '인상기'는 거기서 끝난 거야?"

장추류가 침대 위에서 몸을 뒤척이며 짐짓 무척이나 즐거운 체하며 묻더니, 중자오가 대답하기도 전에 먼저 자기가 요 며칠 무도장 안에서 보고 들은 것들에 대해 이야기를 늘어놓기 시작했다.

중자오는 그냥 입에서 나오는 대로 몇 마디 답변을 했다. 그들의 대화는 마치 대화거리를 일부러 찾고 있는 것 같았다. 룽페이가 곁에서 듣고 있다가 가끔씩 끼어들면서 우스갯소리로 장추류의 비위를 건드렸지만 장은 모른 체하고 외면했다.

조금 더 있다가 중자오가 먼저 자리를 떴다.

방문이 닫히자, 룽페이는 장추류 앞으로 다가가 그녀를 끌어당기려 했지만, 장추류는 손을 뿌리치며 화가 난 듯이 침대의 다른 쪽 모서리로 몸을 굴렸다. 룽페이는 고집스럽게 웃으며 한 발 다가가 그녀의 몸 위로 엎드릴 자세를 취하더니 말했다. "거드름 피우지 마시지." 하지만 장추류는 힘껏 그를 밀쳐 내고는 벌떡 일어나 창 앞으로 달려가 엄숙하게 섰다. 얼굴엔 전혀 웃음기가 없었다. 룽페이는 흥이 가신 듯이 일어나서 이상하다는 듯이 그녀를 쳐다보았다.

둘은 몇 분 동안 마주보며 말이 없었다.

룽페이가 머뭇거리며 장추류에게로 다가가 두 자쯤 떨어진 곳까지 가서는 말했다.

"내가 뭘 잘못한 거지? 갑자기 나를 미워하는군!"

"왜 내가 당신을 미워하냐고? 당신은 미움 받을 자격도 없어! 당신은 정말 지긋지긋한 인간이라고!"

쌀쌀맞은 대답이었다.

"하지만 금방 당신은 결코 나를 싫어하지 않았는데. 방금 당신은 나를 사랑했다고!"

"흥! 그걸, 사랑했다고 하는 거야? 당신이 다른 사람의 사랑을 받을 자격이나 있어?" 장추류는 날카롭게 고함을 지르듯이 말했다. 안색도 변했다.

"사랑하지 않는다면 왜 내게 입을 맞췄지?"

"그건 단지 내가 순간적으로 그렇게 하고 싶었던 것일 뿐이지, 손을 벌려서 발바리한테 핥으라고 내주는 거나 같은 거라고."

룽페이는 마음속으로 찬바람이 지나가는 것 같았다. 결코 화가 난 건 아니었고, 단지 더욱 두려워진 마음으로 장추류의 작은 입을 바라보았다.

"하지만 당신은 오히려 자기가 승리했다고 생각하고 있네." 장추류가 말을 이었다.

"당신이 나를 옆에 끼고 수시로 지분거릴 수 있다고 생각한다면 그건 정말 꿈을 꾸는 거야! 정말 혐오스러워!"

"연애는 — 어쨌든 — 신성한 거잖아." 룽페이는 울상을 한 채 말했다.

"당신 혼자서 얼마든지 신성하시지! 내겐 사랑 같은 건 없어, 오직 순간의 즐거움만이 있을 뿐이지. 게다가 당신처럼 그렇게 계집애 같고 용렬한 남자라면 그 한순간의 즐거움조차도 당장 식어 버리고 말지."

룽페이는 무척이나 난감한 듯이 멍하니 서 있더니 눈길은 바닥을 향한 채 혼자 중얼거렸다.

"난 언제까지나 이렇게 연애의 비극만 연출하는군, 언제까지나 연애의 비극만 말이야!"

장추류는 그를 거들떠보지도 않은 채 천천히 탁자 앞으로 가 앉아서는 정전둬(鄭振鐸)가 번역한 『창백한 말(灰色馬)』*을 읽었다.

5

장만칭이 가르치는 학교에서 세 번째 토론회가 열리게 되었다. 제목은 만칭이 결정했다. 지난 한 주 동안 만칭은 이 일로 무척 신이 났다. 갑, 을 두 조의 학생들에게 자료 수집하는 법을 가르쳐 주고 학생들의 연습에도 참여하느라 며칠을 정신없이 보냈다. 학생들은 무척 의욕적이었고 또 기꺼이 고생을 감수하며 준비하려는 자세를 보였기 때문에 만칭은 이번 토론회의 성과가 이전 두 번보다도 분명히 더 나을 거라고 생각했다.

토론회 당일 이른 아침부터 정오까지 만칭은 마치 무용 선생님이라도 된 것처럼 발을 쉰 적이 없었다. 방금 갑조의 학생에게 갔었는데 을조의 학생이 또 그를 찾으러 왔다. 만칭은 내정된 심사 위원들에게 전화를 걸어 조금 일찍 와 달라고 부탁하고 토론회장 내 교원들의 좌석 배치에 대해서도 지시를 했다. 점심 식사 후에는 모든 준비가 끝나서 이제 3시에 열리는 토론회만 기다리면 되어 만칭은 그제야 자기 방으로 돌아와 다리를 뻗고 한숨 돌릴 수 있었다. 하지만 곧 또 사환이 "손님이 오셨다"는 전갈을 가지고 와 만칭은 다시 서둘러 밖으로 달려 나가야 했다.

손님은 왕중자오라서 만칭을 특별히 기쁘게 해 주었다. 만칭은 빙그레 웃으며 중자오를 자기 방으로 데려가서는 아주 유쾌한 듯이 말했다.

"중자오, 못 본 지가 족히 두 주는 되는 것 같네. 사실 너무 바빴어. 반년 만에 처음으로 이렇게 바빴고 또 반년 만에 처음으로 이렇게 마음이 기쁘다네. 청년들은 정말 사랑스럽고 그들의 정신은 정말 훌륭해. 조금 있다가 학생들이 하는 토론을 들어 보면 자네도 알게 될 거야. 그래서 중자오, 난 아직도 자네에게 교육 일을 하라고 권하고 싶네."

중자오는 미소를 띤 채 책들이 잔뜩 쌓인 탁자 앞의 등나무 의자로 가서 앉았다. 책상 위에는 중국어로 된 책도 있고 영어로 된 책도 있었는데 모두 역사서 같았다. 영어로 된 책 한 권이 펼쳐져 있었고 책머리에는 남색 연필로 기호들이 적혀 있었다. 중자오가 뒤적여 보니 책의 제목은 『Primitive Culture(원시 문화)』로 원시인들의 생활을 연구한 저서였다.

"자네가 가르치는 게 무슨 과목이지? 어쩌다가 이런 골동품을 가지고 놀게 되었나."

중자오는 책을 원래대로 놓으면서 만칭을 쳐다보고 말했다.

"담당 과목이 세계사야." 만칭은 중자오에게 차를 따라 주고 자기는 담배에 불을 붙여 한 모금 힘껏 들이마시고 나서 대답했다. "그래서 때로는 이런 책을 보면서 자료를 좀 찾아보지." 그는 다시 한 모금을 빨고는 말을 이었다. "본래 나보고 가르치라고 한 건 '삼민주의(三民主義)*였는데, 개인적으로 그걸 가르치는 게 무척 난처하다고 생각하다가 마침 학생들이 전임 역사 선생에게 불만을 가지게 되어 내가 그와 교체된 거지."

"역사를 가르치는 건 괜찮아?"

"역사도 역사 나름대로의 어려움이 있지만 어쨌든 간에 사실을 말하는 거지, 눈 뜨고 거짓말을 하는 건 아니잖나. 게다가 세계사는 참고할 것들을 찾기가 비교적 용이하고 말하기도 자유로워서. 만약 중국 근대사 같은 거라면 난 안 할 거야. 첫째 자료를 구하기가 어려워서. 이치대로라면 현대사의 자료는 신문이 되겠지만, 중국의 신문은 정확한 사료적 가치가 없잖아. 중자오, 자넨 신문기자니 물론 신문업계의 내막을 잘 알겠지. 아, 요즘 자네의 그 4면 뉴스 무척 재미있던걸."

"자넨 재미있다고 하는군. 하지만 편집장은 불만이야."

중자오가 불평하듯이 말했다. 만칭은 중자오의 이런 모습을 처음 보는 거라서 매우 이상하다는 생각이 들었다.

"난 본래 사직할 생각이었네." 중자오가 개탄스러운 듯이 말을 이었다. "하지만 사직하는 게 오히려 굴복이고 실패라는 생각이 들어서, 그 생각은 취소했지. 지금은 아직 버티면서 조금씩 하고 있네만, 요 며칠 동안 제4면의 편집 방침은 어쨌든 간에 좀 양보한 셈이야."

만칭은 무척 공감을 한다는 듯이 고개를 끄덕였다. 늘 하던 "그래도 교육계가 좀 낫지"란 말이 벌써 혀끝까지 올라왔지만 애써 다시 저지했다. 지금 중자오에게 그런 말을 하는 건 그의 실의를 비웃는 것처럼 느껴질 수 있을 것 같았다. 만칭은 갑자기 무슨 다른 일 하나가 생각났는지 서둘러 바깥으로 뛰어나가며 말했다.

"중자오, 잠깐만 앉아 있게. 소개해 줄 사람이 있어."

"다른 일 있으면 편한 대로 자네 볼일 보게."

중자오는 되는대로 대답하며 자리에서 일어나 방 모퉁이에 놓인 책꽂이 앞에 서서 책 제목들을 훑어보았다. 여기 있는 책들은 대부분이 사회과학 서적이라서 중자오에게도 익숙했다. 새로 제본된 『Whether China?(중국은 어디로 가는가?)』가 그의 주의를 끌었다. 그는 책을 뽑아 목차를 뒤적여 보면서 속으로 기계적으로 생각했다. 중국, 중국은 대체 어디에 있는가? 오른쪽인가, 왼쪽인가? 중간 길이 있는가? 중자오가 목차를 넘기고 손이 가는 대로 책 말미를 펼쳐 마지막 장의 결론을 좀 찾아보려고 할 때 문가에서 다시 만칭의 소리가 들려왔다. 무의식적으로 고개를 돌렸을 때 중자오는 자기도 모르게 온몸을 떨었다. 만칭 곁에 한 여성이 서 있었는데 그건 완연한 루 양이었다!

"주진루(朱近如) 양이네. 역시 이곳의 교사시고." 만칭이 미소를 지으며 소개했다.

중자오는 눈을 크게 뜨고 자신의 귀에 이상이 생겼는지 의심했다. 분명히 루 양인데 어째서 성이 주일 수 있을까? 하지만 그의 의심은 곧 깨졌다. 이 여성의 목소리를 듣고 그는 그녀가 확실히 루 양이 아니라는 걸 알 수 있었다.

"왕중자오 선생님이시지요? 말씀 많이 들었습니다!" 주 양이 웃음을 띠고 말했다.

중자오는 마음을 진정시키고 예의를 갖추어 몇 마디 둘러대면서 이 주 양의 풍만한 자태를 꼼꼼히 살펴보았다. 살펴보니 그녀가 루 양과 아주 닮은 것 같아도 실은 닮지 않은 데가 많다는 걸 하나하나 알게 되었다. 두 사람 모두 키가 훤칠하지만 루 양의 자태가 좀 더 아름답고, 둘 다 계란형의 얼굴이지만 주 양의 콧날이 확실히 조금 더 날카로웠다. 또 주 양의 입가에는 루 양과 같은 보조개가 없었다. 부드러운 눈썹과 약간 큰 눈은 두 사람이 가장 닮은 부분이지만 미간의 표정은 전혀 같지가 않았다. 주 양에겐 부드러움이 있고 루 양에겐 빼어남이 있었다. 눈썹을 가볍게 찌푸릴 때면 둘의 차이가 더 커져서 루 양이 이럴 때 보여 주는, 사람을 미혹하는 그윽한 분위기가 주 양에게는 전혀 없었다. 주 양은 단지 아무 변화가 없는 걱정스러운 얼굴뿐이었다. 그러나 가장 큰 차이는 목소리에 있었다. 중자오는 어떻게 주 양의 목소리가 그녀의 용모와 이토록 어울리지 않는지 이해할 수가 없었다. 그녀의 그 납작하게 퍼지면서 약간 쉰 듯한 목소리는 부드럽게 속삭이는 말을 할 때도 무겁고 답답한 불쾌감을 일으킬 것 같았다.

주 양은 중자오의 맞은편에, 한쪽 면이 만칭을 향하도록 앉아 있었다. 그녀는 아주 예절에 밝은 것처럼 중자오의 근황을 묻고 그가 편집하는 지면에 대해 칭찬하면서 가끔씩 만족스러워하는 만칭의 얼굴 쪽으로 시선을 보냈다. 중자오는 이들 사이에 이미 상당한 정도의 교분이 있다는 걸 알아차렸다.

이야기가 점점 토론회 쪽으로 이어졌다. 중자오는 굳이 누구에 대해서라고 할 것도 없이 자유롭게 물었다.

"그런데 정말, 난 아직까지 오늘 토론회 제목이 뭔지도 모르고 있었네?"

"오늘 건 '세계 제2차 대전은 어디에서 폭발할 것인가?' 라는 정치사적인 것이네." 만칭이 무척 즐거운 듯이 대답했다. "갑조는 근동, 세계의 화약고인 발칸반도라고 주장하고 을조는 원동에 있는 수수께끼 같은 중국이라고 주장하지. 여기에는 최근 지난 사건이 국제 정치에 미친 영향도 포함되어 있네."

"좋은 제목이군. 이건 분명히 자네가 정한 것 같은데?"

중자오는 이렇게 말하면서 눈길을 먼저 예의 바르게 웃고 있는 주 양의 얼굴 쪽으로 돌려 힐끗 보고는 다시 만칭의 얼굴 위로 돌렸다.

만칭은 아주 예의 바르게 그러나 아주 만족스러운 듯이 고개를 끄덕이며 미소를 지었다.

"학생들도 모두 이 제목을 좋아하죠. 참고 자료가 풍부하고 범위가 넓어서 갑을 양 조 모두 주장을 펼치기가 용이하거든요. 그들은 지난번 제목이었던 '공산주의자를 소탕하는 근본적인 방법'

은 좋아하지 않았어요. 그건 아무리 생각해도 신문에서 늘 보던 몇 마디 말밖에는 할 말이 없기 때문에 토론할 가치가 없다고 생각한 거죠."

주 양이 아주 부드럽게 말했지만 그녀의 곱지 않은 성대가 그 사교적인 언사의 빛을 적지 않게 깎아내리고 있었다.

"지난번 제목은 전임 역사 선생이 낸 거였어." 만칭이 중자오를 보면서 이야기하고는 다시 주 양을 향해 미소를 던진 후 한마디를 덧붙였다. "이번 제목에 대해서 그는 여전히 반대라네!"

"무슨 이유로 반대하는 거지?"

"그건 고의로 만칭과 대립각을 세우려는 거죠. 학생들이 그를 싫어하고 만칭을 좋아하니까요." 주 양이 작은 소리로 설명을 덧붙였다.

"하지만 그가 표면적으로 내세우는 이유는 주제가 너무 허황하다는 거야! 중자오, 전 세계 사람들이 관심을 가지고 있는 이런 문제에 대해서도 여전히 허황하다고 하다니, 참!"

주 양도 만칭의 말에 동조하며 개탄의 뜻을 표했다.

"그런 사람들은 지금도 아주 많아. 원대한 비전이라곤 전혀 없는 사람들이지!"

말을 잇는 중자오의 마음속에서 갑자기 약간의 질투가 일었다. 결국 만칭의 운이 더 좋은 것인가, 환경의 어려움을 당장 싸워 이겨 낼 수 있었고, 게다가 주 양은 인품은 비록 루 양만 못해 보여도, 어쨌든 그는 연애 쪽에서도 조만간 성공을 하게 될 테니. 중자오는 조금 낙심이 되어 마치 열심히 내용을 이해해 보겠다는 듯이 아직 손안에 들고 있는 영어책을 뒤적거렸다.

창밖에 몇 사람의 그림자가 어른거렸고, 들릴락 말락 한 소리가 들려왔다. 아마도 이 학교 학생들인 것 같았다. 방 안에 있는 두 남자는 신경 쓰지 않았지만, 주 양은 오히려 마치 도망한 여인이 정탐이라도 당한 것처럼 안절부절 했다. 그녀의 망설이며 당황해 하는 눈빛이 만칭의 얼굴 위로 쏟아졌다. 마치 "들려요? 우릴 염 탐하러 온 거라고요"라고 말하는 것 같았다.

이때 만칭과 중자오는 다시 동창회 쪽 일을 이야기 나누고 있었 다. 만칭은 차오즈팡 무리가 나뉘게 된 건 당연한 일이라고 생각 했다. 그들이 모두 적막감을 느끼고 있다는 점에서는 통하는 바가 있었지만, 그것 말고는 서로 간에 온통 갈등할 것뿐이어서, 함께 단결해서 무슨 단체를 세운다는 건 정말 몽상에 불과한 것 같았 다. 중자오는 다시 장추류 문제를 꺼냈다. 이 여성의 이름은 무척 이나 주 양의 주의를 끌었다.

"아, 아, 장도 참 별난 사람이지." 만칭은 뭔가 깊이 생각을 한 것처럼 대답하고는, 장에 대한 이야기가 좀 꺼려지는지 말머리를 다른 쪽으로 돌렸다. 스쉰의 자살 사건이 있던 날 만칭은 장추류 에 대해 한차례 환상을 품었었다. 하지만 그 후 그의 마음속에서 '그녀는 별난 사람'이 되었다. 처음엔 그래도 그녀를 이해하려고 애써 보았지만 나중엔 그녀를 이해한다는 게 완전히 불가능한 것 처럼 느껴졌고, 곧 그녀에 대해 생각하는 일조차 꺼리게 되었다. 지금은 그 스스로 더 이상은 그녀에 대해 생각하면 안 된다는 결 론을 내려 두고 있었다. 그가 이상으로 여기는 여성의 형상은 이미 장추류에게서는 점점 퇴색되고, 주 양에게서 점점 더 뚜렷해지고 있었다.

자신의 상념에 대한 인증이라도 얻으려는 듯이 만칭은 무의식적으로 주 양 쪽을 한번 쳐다보았다. 하지만 공교롭게도 그녀의 의심 어린 응시의 눈길과 마주치게 되자 곧 부끄럽고 당혹스러운 느낌이 밀려왔다. 그건 이유를 알 수 없는 혼란이었다. 만칭 자신도 왜 그런지 분명하게 알 수 없었지만, 이 키가 크고 미끈하게 생긴 여성 앞에서 본능적으로 다시 장 양을 생각하게 된 것이다. 이건 있어서는 안 될 모욕에 가까운 일이었다.

세 사람은 뜻밖에도 이미 할 말을 다한 것처럼 침묵을 지키고 있었다.

창밖에 있던 사람들도 벌써 가 버린 것 같았다. 대강당 쪽에서 떠들썩한 소리와 박수 소리가 전해져 왔다. 손목시계를 보니 1시 40분이었다. 만칭은 기지개를 켜고 일어나면서 말했다.

"이제 한 시간가량 남았네. 우리 먼저 토론회장으로 가 보세."

그들이 족히 이백 명은 수용할 수 있을 것 같은 대강당에 도착했을 때, 학생들은 이미 자리를 가득 메웠고 도착한 내빈들도 적지 않았다. 그들 셋은 강대 곁에 특별히 한 줄로 마련된 의자에 앉았고, 그러자 곧 두세 사람이 만칭에게로 다가와 만칭은 그들과 한담을 나누었다. 모두 지난 사건이 어떻다, 오늘 날씨는 그래도 괜찮다는 등의 말이었다. 다시 마흔 살가량 된 양복 입은 신사가 만칭에게로 다가와서 큰소리로 비판 반 아첨 반의 말들을 만칭의 면전에서 잔뜩 늘어놓더니 곧 만칭과 함께 이야기를 나누며 강당 중앙 쪽으로 걸어갔다. 중자오는 주 양과는 딱히 나눌 만한 이야기가 없는 것 같아 고개를 들어 토론회장 안에 붙어 있는 표어들을 둘러보다가 조금 후에는 다시 토론회장 안에서 몰려다니는 사람들을 쳐다보았다. 한 여인의 아리따운 뒷모습이 의자 열 사이에서 왔다 갔다 하는 게 눈길을 끌었다. '이상하다! 어째서 오늘은 보이는 여자마다 모두 루쥔칭을 조금씩 닮은 거지!' 중자오는 자기도 모르게 이런 생각을 했다. 하지만 그 여인이 몸을 돌렸을 때 보니 바로 장추류였다.

장추류는 이미 중자오를 발견하고 곁에 있는 주 양도 한번 보고는 미소를 지으며 걸어왔다. 발끝으로 사뿐사뿐 걸으며 춤추듯이 걸어오는 자태에다 가는 허리를 비비 꼬면서 유방까지 가볍게 흔들리는 모습이 많은 사람들의 주목을 끌었다. 그녀는 마치 사람들의 갈채를 기다리는 영웅처럼 득의양양하게 특별석 앞으로 다가왔다.

"미스 루, 언제 오셨죠?"

장추류는 중자오에게 아리따운 미소를 던지며 자리를 내어 준 그의 호의에 답례하면서 주 양의 손을 꼭 잡고 아주 다정하게, 마치 오랜 친구를 만난 것처럼 인사를 건넸다. 주 양은 깜짝 놀랐다.

"추류, 사람을 잘못 봤어!" 중자오가 다급하게 끼어들며 말했다. "이분은 주 양이야, 이곳의 교원이시고 만칭의 동료지!"

"정말? 어쩌면 당신이 그날 내게 보여 준 사진 속의 루 양과 이렇게 똑같은 모습이지, 이렇게 닮은 사람이 있다니! 하지만 미스 주, 당신은 정말 사랑스러우시군요. 제 실수를 용서해 주세요. 난 당신과 친구가 되고 싶어요, 루 양과 마찬가지로."

주 양은 별 생각이 없는 듯이 웃었다. 방금 전에 그녀는 만칭과 중자오가 '추류'에 대해 이야기하는 걸 들었는데 지금 '추류'라고 불리는 이 여자를 만나게 되자 너무나 이상하다는 생각이 들어 몰래 만칭 쪽을 쳐다보았다. 하지만 만칭은 양복 차림을 한 어떤 신사와 작은 소리로 은밀히 이야기를 나누느라 이쪽에 손님이 한 분 더 왔다는 것조차도 모르고 있었다.

중자오는 주 양에게 장추류를 소개하면서 분위기를 돋우었다. 그러나 주 양은 마치 장추류의 호탕한 기개 앞에 주눅이라도 든 것처럼, 현숙하게 예의를 차리던 평소의 자태를 잃고 그저 질문이 있으면 꼭 필요한 대답만 하는 식으로 응대를 하였다. 게다가 의심의 구름이 한 무더기씩 그녀의 마음속에서 피어오르기 시작했다. 그녀는 물론 장추류와 중자오의 관계에 대해서는 잘 모르지만 장추류가 너무나 다정하게 만칭의 이름을 부르는 게 무척이나 귀에 거슬렸다. 뭐라 설명할 수 없는 질투의 감정이 그녀의 마음속에서 점점 짙어졌다.

하지만 장추류는 오히려 여유만만하게 담소를 나누고 있었다. 오늘 그녀는 유난히 더 아름답고 발랄해 보였다. 그녀의 말은 시원시원하면서도 부드럽고 또한 풍부한 암시를 담고 있었다. 다정하게 돌아보는 검은 눈동자와, 사랑과 연민의 감정을 불러일으키는 데 능숙한 눈썹이 모두 음악 같은 목소리에 장단을 맞추는 것 같았다. 그녀가 가볍게 옷깃을 들어 올리는 손동작을 할 때마다 하얗게 살진 팔이 드러났고 그 야릇하고 달콤한 육체의 향기가 은

은하게 풍겨 왔다. 주 양은 토론회장에 모인 남자들의 눈빛이 온통 이 요염한 여성에게 집중되어 있다는 걸 느꼈다. 본능적으로 일어나는 여성 특유의 질투가 초조함으로 바뀌어 그녀의 온몸으로 타고 올라왔다. 특히 그녀를 불쾌하게 만든 건 자신이 장추류 곁에 앉아 있는 게 장의 빼어난 미모를 더 돋보이게 하는 것 같다는 점이었다. 주 양도 결코 아름답지 않은 건 아니었지만 그녀는 본래 육체의 아름다움 같은 것을 자랑해 본 적이 없었고, 심지어는 종종 육체의 아름다움을 비하하면서 자기에게는 더 고귀한 품성의 아름다움이 있다는 걸 과시해 왔었다. 하지만 지금 그녀는 자신과 아무 관련이 없는 상황에서 아무 관련이 없는 다른 여자와 미모를 다툴 만큼 비속해져 있었다! 이런 생각이 들자 주 양의 분노는 가중되었다. 마치 그녀가 이토록 비속해진 게 다 장추류 때문인 것 같았다. 그녀는 의자 위로 이유 없이 무수한 가시들이 솟아나는 것 같아서 더 이상 잠시도 참고 있을 수가 없었다. 하지만 그녀가 막 자리를 뜨려고 할 때 만칭이 그녀 앞으로 돌아왔고, 양복 차림의 신사는 무척이나 위엄 있게 그 뒤에 서 있었다.

"중자오, 이분은 진(金) 박사시네, 사회심리학 전문가시지. 오늘 토론회에 특별히 심사위원장으로 초청되어 오셨네."

만칭은 정중하게 소개를 하면서 몸을 반쯤 비켜서서 진 박사의 큰 체격이 드러나도록 하고는 웃음 가득한 얼굴을 천천히 중자오 쪽에서 진 박사에게로 돌렸다. 마지막 말을 할 때 만칭은 진 박사와 가볍게 목례를 나누었는데 바로 그때 웃음을 머금고 주 양 곁에 앉아 있는 장추류를 발견하고는, 자기도 모르게 가슴이 두근거려 심사위원장의 '장' 자 발음이 조금 이상하게 되었다.

진 박사는 교수로서의 말재주를 한껏 과시하면서 자기 이야기를 화제로 끌어들였다. 그는 중자오에게 "직접 뵙지는 못했지만, 마음으로는 이미 오랫동안 앙모해 왔다"고 인사를 하고, 이어 중자오가 신문기사에서 보여 준 안목이 사회심리학자들의 이론에 딱 부합되는 것이라고 치켜세우며 중자오가 애를 쓰면서 신문 제4면을 꾸려 나가는 것에 대해 특별히 칭찬의 말을 했다.

"만칭, 왜 내가 여기에 있는지 이상해? 당신이 토론회 개최한다는 걸 알고 특별히 보러 온 건데, 좋은 친구를 새로 사귀었네, 당신의 미스 주."

장추류가 만칭에게 이렇게 말하면서 눈길을 주 양에게로 돌리며 웃었다.

"아, 아, 와 줘서 고마워. 당신을 초청하는 걸 깜빡했군."

만칭이 머뭇거리며 대답하고는 짐짓 진 박사의 고담준론을 경청하는 척했다. 주 양도 정말로 이야기를 경청하는 것 같았다. 주 양은 때때로 장추류에게 냉소적인 눈초리를 한두 차례 던졌는데, 그건 마치 "당신은 물론 진 박사의 고담준론을 이해하지 못하겠지"라고 말하는 것 같았다.

진 박사는 지금 중자오의 '인상기'에 관한 이야기를 하고 있었다.

"정말 좋은 글이었어요. 이론의 정확함이나 관찰의 치밀함이 모두 요즘 보기 드문, 아주 돋보이는 글입니다. 게다가 특히 문장이 빼어나서 보는 사람을 황홀하게 할 정도였어요. 제가 이 대작을 보고 난 후, 이 문제에 대해서 쓴 게 있는데 물론 순전히 이론적인 것이긴 하지만 같은 이야기를 좀 다르게 한 거라고 할 수 있을 겁니다. 『사회과학월간』 다음 기(期)에 아마 실리게 될 거예요. 다만 중자오 형의 '인상기'가 어째서 다시 중도에 중단됐는지 무척 안타깝습니다!"

"진 박사님 칭찬이 과하십니다." 중자오는 아주 유쾌하고도 겸손하게 말했다. "그저 붓 가는 대로 쓴 잡감으로 신문의 공백이나 메우려고 한 것인데 어찌 감히 정식으로 쓰신 대작에 비견될 수 있겠습니까! 중도에 중단된 건 방금 말씀드린 대로 제4면에 성욕에 관한 뉴스를 더 이상 실을 수 없게 된 것과 같은 이유에서입니다."

진 박사가 무척이나 애석하다는 듯이 웃으며 가볍게 고개를 끄덕였다. 만칭은 이 기회에 진 박사가 학술적인 면에서 중자오의 신문 편집을 좀 도와주었으면 한다는 뜻을 내비쳤고, 진 박사는 미소를 지으며 손을 비비고 있었는데 그때 갑자기 장추류가 끼어들었다.

"중자오의 글이 물론 뛰어나긴 하지만 그래도 좀 주관적으로 흘러간 점이 없다고 할 순 없겠죠? 무도장에서 춤을 추는 일이라면 난 거의 매일 밤 가서 하는 일인데, 내 경우에는 정말로 중자오가 말한 것처럼 자극을 원하고 또 자극 속에서 생존의 의미를 조금이라도 느껴 보려는 동기를 가지고 있지만, 일반적으로 무도장에 오는 다른 사람들은 반드시 그렇다고 할 수 없거든요! 그들은 춤추는 걸 단지 유행하는 소일거리 정도로만 생각하죠."

진 박사는 급히 얼굴을 장추류 쪽으로 돌리더니 짙은 눈썹을 곧추세우며 놀라는 기색을 드러냈다.

"학자들이 가지는 이상이야 물론 값진 거지만," 장추류는 태연하게 말을 이었다. "그들은 평범한 사실들 위에 이상의 금색을 덧칠하는 걸 너무 좋아해요. 그것 역시 그다지 과학적인 태도는 아니겠죠?"

진 박사는 눈썹을 찌푸리며 억지웃음을 지었다. 신사의 품위를 유지하기 위해 무척 애쓰고 있었지만 불끈 화가 나는 것 같은 기색을 감출 수는 없었다. 주 양은 눈을 둥그렇게 뜨고 진 박사가 분노하게 될 걸 우려했지만 내심으로는 장추류가 궁지에 몰리게 될 것을 기뻐하는 마음이 없지 않았다.

"추류, 당신 농담을 즐기는군. 진 박사께서 페어플레이의 도량을 가지고 계셔서 다행이지만."

만칭은 애써 웃으며 짐짓 주인으로서 조정자 역할을 하려는 듯이 장추류의 옷자락을 살짝 잡아당기면서 말을 조심하라는 경고의 신호를 보냈다. 하지만 이 모든 게 주의 눈에 띄었고, 그러자 그녀의 얼굴에서는 곧 분노와 질투의 붉은 빛이 타올랐다. 주는 만칭과 장추류의 관계를 가장 나쁜 쪽으로 추측했다.

"진 박사님 부디 비웃지 말아 주세요, 전 그저 생각나는 대로 말해 본 것뿐이고, 그것도 그저 어떤 대학자의 말을 제 멋대로 인용했을 뿐이랍니다. 지금 우리에게 남겨진 언론의 자유란 오로지 정치와는 무관한 학문 분야에만 제한되어 있으니 우린 마땅히 이 소소한 자유라도 마음껏 누려야겠죠. 당신도 그런 생각이신 걸로 아는데요?"

장추류가 무척이나 애교스럽게 웃으며 말했다. 그녀의 대범하고도 매혹적인 목소리가 진 박사의 얼굴 위로 떨어지자 효과적으로 이 학자의 얼굴에서 노기를 싹 가시게 했고, 이제는 그도 웃음을 참지 못했다.

"장 여사는 무도장의 실험주의자죠." 중자오가 화해의 분위기를 좀 더 농후하게 하려고 애를 쓰면서 진 박사에게 말했다. "그래서 제가 감히 그녀를 대신해서, 그녀의 의견을 고려해 주시기를 요청합니다. 하지만 장 양은 세상에 대한 분노와 질시의 색안경을 끼고 있기 때문에, 저는 또 감히 그녀를 대신해서 그녀의 의견이 다소 병적인 색채를 띠고 있음을 말씀드리지 않을 수 없네요. 요컨대, 장 양의 견해는 사회심리학자이신 진 박사님에게 좋은 연구 자료가 될 수 있을 것입니다. 저는 또한 감히 진 박사님께서도 반드시 그것을 환영하시리라고 장담하는 바입니다. 하, 하."

"환영합니다, 하, 하. 만약 실험주의자이신 장 양께서 저를 그 실험실로 데려가 주신다면 그건 물론 더더욱 환영이고요."

장추류는 생긋 웃었지만 대답은 하지 않았다. 주 양의 몹시 흥해진 낯빛이 이미 그녀의 주의를 끌고 있었다. 그녀는 주 양의 눈빛에서 자신에 대한 적의와 만칭에 대한 원망과 의심을 감지했다. 이런 종류의 일에 대해 그녀가 가지고 있는 여성 특유의 예민한 감각으로 장은 만칭과 주 양이 이미 어떤 관계에 들어섰다는 걸 짐작했다. 그녀는 그것이 만칭을 위해서는 다행이라고 생각했지만, 주 양의 이유 없는 강짜에 대해서는 너무나 가소롭다는 생각이 들어 주 양을 한번 놀려 주고 싶은 마음이 생겼다.

"만칭, 당신이 관찰한 건 어떤지?" 장추류는 일부러 무척이나 다정하게 말했다.

"내가 전에 당신을 실험실로 데리고 간 적 있었죠. 그때, 당신 거기에 심취해 있을 때 어떤 느낌이 들었죠? 가는 허리를 끌어안고 귀밑머리를 부비는 것이 당신에게 육체적인 황홀감을 주었나요, 아니면 영혼의 전율을 느끼게 했나요? 어, 어째서 당신 안색이 그렇게 변하는 거죠? 어째서 마치 규방 아가씨처럼 부끄럼을 타는 거예요! 무도장에 가서 노는 게 뭐 그리 대단한 거라고? 왕대기자님과 진 박사님께서도 모두 그게 하류의 성적 충동 같은 게 아니라 살아 있음의 느낌을 추구하는 신성한 자극이라고 인정하셨잖아요. 우린 바야흐로 청춘이고 여러 가지 종류의 자극을 필요로 하죠, 안 그래요? 자극이란 우리에게는 신성하고 도덕적이고 합리적인 것이잖아요!"

진 박사는 찬성한다는 듯이 고개를 끄덕였고 중자오도 미소를 지었지만 만칭은 수치스러운 듯이 토론회장 안의 사람들을 둘러보았다. 마치 어떤 사건이라도 좀 일어나서 이 끔찍한 이야기를 중단시켜 주기를 바라는 것 같았다. 그는 대답을 할 수도, 하지 않을 수도 없었다. 훔쳐보듯이, 번개가 스치듯이 주 양을 한번 쳐다보고 난 뒤 만칭은 놀라서 거의 소리를 지를 뻔했다. 주 양의 잿빛 얼굴에서 분노의 푸른빛이 발산되어 나오고 있었다!

"추류, 당신 또 나를 놀리는군. 지나친 농담은 때론 생각지 못했던 나쁜 결과를 가져올 수도 있다고."

만칭은 피식 웃으며 주 양의 의심을 해소하려고 애를 썼고, 동시에 장추류에게는 계속해서 더 이상 그런 말을 하지 말아 달라고 애원하는 눈길을 던졌다. 그는 당장 이 자리를 빠져나가고 싶었지만 그렇게 되면 오히려 도둑이 제 발 저린다는 걸 입증이라도 하게 될 것 같았고, 게다가 장추류가 계속해서 불온한 말을 하는데 자기는 변명할 기회조차 가지지 못하면 그건 분명 주 양의 의심을 한층 더 가중시키게 될 것 같아 그렇게 할 수가 없었다. 그는 대담하게 몸을 똑바로 세우고, 단두대에 올라선 혁명가의 정신으로 버티면서 오늘 토론회의 주제를 꺼내서 고의로 진 박사와 열렬하지만 아무런 의미도 없는 토론을 벌였다.

장추류는 승리한 듯이 미소를 지었다. 주 양같이 그렇게 편협하고 오만한 인간을 한번 가지고 노는 일이 그녀에게는 가장 통쾌한 일이었다. 하지만 만칭이 안절부절해하는 모습을 보자 조금은 미안한 마음이 들었다. 만칭에게는 전혀 악의가 없었다. 과거 낭만적인 순간의 잔잔한 파도가 다시 그녀의 마음속에서 일었다. 그녀는 스쉰의 자살 사건이 있던 날 밤 그와 만칭 사이에 있었던 일과 그 후 대엿새 동안 만칭이 그녀에 대해 가졌던 사랑과 두려움과 실망이 섞인 복잡하고 모순된 심정을 돌이켜 보았다. 그때 몇 차례의 대화 속에서 장추류는 만칭의 생각을 알 수 있었고, 그가 경모하는 이상적인 여성이 어떤 사람이라는 것도 알게 되었다. 지금 그녀는 자기도 모르게 주 양을 세심하게 몇 번 바라보았지만, 키도 크고 외모도 그런대로 잘생긴 이 여인에게서 느껴지는 건 오히려 천박함과 용렬함과 편협함뿐이었다. 마치 큰 누나가 어린 동생의 행복을 걱정이라도 하듯이 장추류는 갑자기 만칭이 가련하다는 생각이 들어 그에게 충고라도 해 주고 싶었다.

그때 토론회장의 한 구석에서 누군가가 진 박사를 불렀고 그 때문에 그와 만칭의 대화는 중단되었다. 이 기회를 타서 장추류가 조그맣게 만칭에게 말했다.

"만칭, 이리 와 봐, 당신에게 할 말 있어."

그녀는 주 양을 다시 한번 쳐다보고는 천천히 강대 뒤편으로 걸어갔다. 만칭은 조금 주저하다가 따라갔다.

"추류, 방금 당신이 말을 너무 함부로 해서 하마터면 사고 칠 뻔했다고."

만칭이 먼저 입을 열며 장추류의 눈을 응시했다.

"안심해. 미스 주는 아주 도량이 있는 분이라 절대로 사람들 앞에서 당신을 웃음거리로 만들진 않을 테니까."

"어, 어, 그거? 그것도 날 난처하게 했지만, 내가 말하는 건 당신과 진 박사 사이의 충돌 말이야. 진 박사도 성질이 대단하거든. 오늘은 특별히 심사위원장으로 청해서 온 건데 그래 놓고 우리가 잘못 대하면 미안하잖아. 당신이 우리가 무도장에 갔던 걸 말한 건 별거 아니지만 학생들이 들으면 그걸 빌미로 헛소문을 만들어낼 거라고."

"그럼, 주 양이 들은 건 아무 문제없고?"

장추류는 이렇게 말하며 피식 웃고는 곁눈으로 주 양을 바라보았다. 주 양은 중자오와 이야기를 나누고 있었지만, 그녀의 불안해하는 기색은 그녀의 마음이 이쪽을 향해 있으며 분이 나서 정탐을 하고 있다는 걸 입증해 주기에 충분했다.

만칭도 장을 따라 재빨리 한번 보았지만 그는 주 양의 내심에서 일고 있는 질투의 불꽃은 알아차리지 못한 채 평온한 것처럼 보이는 태도가 진짜라고 생각했기 때문에 마음이 한결 가벼워졌다. 만칭은 단호하게 대답했다.

"추류, 나와 주 양과의 관계는 아직 어떤 수준 밑이야."

장추류는 입을 오므리고 웃으며 '나를 속일 필요가 뭐 있냐'는 듯한 기색을 드러냈다.

"정말이야, 난 그녀에게 사랑한다는 말을 한 적이 없어. 한 번도 없다고. 내가 왜 당신에게 거짓말을 하겠어? 내가 다른 면에서는 당신을 잘 이해하지 못하는지 모르지만 이점에 있어서만큼은 난 당신을 이해하고 있다고 믿어. 그렇기 때문에 만약 나와 그녀가 어떤 애정 관계라면 절대로 당신을 속이진 않을 거야."

"하지만 당신의 무의식적인 행동은 오히려 주 양을 사랑하는 기색으로 가득 차 있는 걸."

그러자 만칭은 말없이 미소를 지었다. "그건, 나도 솔직히 인정해"라고 말하는 것 같았다.

"하지만 주 양이 당신을 사랑하는 건 이미 무의식의 범위를 넘어섰어. 그리고 그녀는 아주 분명하게 그걸 자각하고 있다고. 그녀는 어떤 여자를 보든 질투를 느껴. 그녀는 이미 당신을 자신의 소유물로 생각하고 있다니까."

"아닐걸? 당신이 또 색안경을 끼고 보는 거지."

만칭은 머뭇거리며 이렇게 대답하고는 주 양을 다시 한번 바라보았다.

"내 관찰은 아주 정확해. 만칭, 당신은 정서 표현에 문제가 있다고, 당신은 여자의 열정이 처음 움직이는 때를 포착해서 당신의 사랑을 표현할 줄 몰라. 당신은 부끄러움을 많이 타는 편이라 당신이 사랑을 말할 수 있다고 스스로 인정할 때쯤 되면 주 양 같은 여자는 이미 당신의 품 안에 엎어질 정도로 열렬한 상태가 되어 있는 거지."

만칭의 얼굴 위로 홍조가 감돌았다. 그가 오히려 부끄러워했다.

"하지만 내가 지금 특별히 당신에게 말하려고 하는 건 다른 거야." 장추류가 말을 이었다. "당신, 당신이 생각하는 이상적인 여자에 대해 말한 적 있지. 지금은 물론 주 양이 그 이상에 맞는다고 생각하겠지만 내가 보기에는 전혀 그렇지가 않아. 당신의 연애가 어쩌면 당신에게 커다란 고통을 가져다줄지도 모른다고. 내 말 뜻을 당신이 이해할 수 있을지 모르지만 그래도 말하지 않을 수 없어. 왜냐하면 난 당신이 성실하고 바른 사람이라는 걸 알기 때문에 당신이 곤란을 겪게 되는 건 차마 볼 수가 없거든."

만칭은 갈피를 못 잡겠다는 듯이 장추류를 쳐다보았다. 어떻게 대답해야 할지 알 수가 없었다. 두 사람은 말없이 몇 초간 서로를 바라보았다. 나중에 장추류는 아주 부드럽게 웃으며 "내 말을 기억해"라고 말하는 것처럼 가볍게 고개를 끄덕이고는 사뿐히 사라져 버렸다.

갑자기 무척이나 귀에 익은 냉소가 만칭을 놀라 깨어나게 했다. 만칭은 누구인지 찾으려는 듯이 회의장 안을 둘러보았다. 주 양의 옆모습이 회의장 왼쪽 문 입구에서 언뜻 스치더니, 마치 분노를 어쩌지 못하는 그녀의 얼굴빛과 가볍게 떨리는 입술이 눈에 보이는 것 같았다. 만칭의 마음이 쿵쿵 뛰었다. 본능적으로 그는 더 이상 아무것도 생각하지 않은 채 당장 주 양이 지나간 문 쪽으로 뒤따라갔다.

주 양은 뒤돌아보지 않았지만 뒤따라오는 게 누구라는 걸 짐작한 듯이 더 빨리 뛰어갔다. 짧은 복도를 통과하고 나니 바로 그녀의 침실이었다. 지금은 고요하고 아무도 없었다. 그녀는 자기 방으로 뛰어 들어가서 문을 쾅 닫으려 했지만 만칭의 한쪽 다리가 이미 끼어 들어와 있었다. 그녀는 곧 책상 곁으로 가서 만칭에게 등을 돌린 채 가늘게 숨을 헐떡였다.

만칭은 방문을 가만히 닫고는 멍하니 서 있었다. 어떻게 이야기를 시작해야 할지 생각이 나지 않았다.

"당신이 이렇게 나를 쫓아오는 걸 다른 사람이 보면 뭐라고 생각하겠어요?"

주 양이 숨을 헐떡이며 몸을 돌리지 않은 채로 말했다.

"진루, 내가 순간적으로 다급해서 정신이 없었어요. 다행히 아무도 본 사람은 없어요."

만칭이 한 발 앞으로 다가서면서 죄라도 지은 것처럼 작은 소리로 대답했다. 잠깐의 침묵이 흘렀다. 강당에서 떠들썩한 소리가 조그맣게 전해져 왔지만 누구도 주의를 기울이지 않았다. 주 양은 천천히 몸을 돌리더니 갑자기 고개를 들고는 마치 만칭의 마음을 읽기라도 하려는 듯이 그의 얼굴을 뚫어지게 쳐다보았다. 지금 그녀의 얼굴은 조금 안정을 되찾은 것 같았고, 눈썹에서만 여전히 짙은 원망이 배어 나오고 있었다. 만칭은 방금 장추류가 했던 말을 기억해 내고는 무척이나 대담하게 자신의 마음을 표현하고 싶었지만 본능의 속박을 풀지 못해 결국 다시 주 양이 먼저 질문을 던졌다.

"무슨 일이죠? 빨리 이야기하세요. 당신이 여기에서 오래 지체하면 사람들의 구설수에 오르내리기 쉬워요. 당신이야 물론 별거 아니겠지만 전 다른 사람들의 이야깃거리가 되는 건 원치 않으니까요."

"당신에게 장 양에 관한 일을 좀 해명하려고요."

"아, 저와는 상관없는 일이에요. 오히려 그녀에게 가서 저에 관한 일을 해명하셔야죠."

"난 그녀와 아무 관계가 없어요."

"당신들이 관계가 있건 없건 저와는 상관없는 일이에요!"

주 양은 아주 차분하게 말하고는 다시 만칭에게 등을 돌리며 무척이나 화가 난 표시를 했다.

"하지만 난 나의 인격을 위해서도 당신에게 분명하게 해명을 해야겠어요."

"됐어요! 난 당신의 인격을 의심하지 않아요. 게다가 내가 당신의 인격에 대해 관심을 가질 필요도 없고요. 나중에 봐요."

본래 조금 답답하게 막힌 것 같은 주 양의 목소리가 지금은 정말로 듣기 거북한, 거칠고 사나운 쇳소리로 변해 있었다. 그녀는 처음에 만칭이 지금 온 건 분명 그녀의 발아래 엎드려서 그녀의 용서와 사랑을 구하기 위해서라고 생각했지, 고작 이렇게 평범한 몇 마디 말만 할 거라고는 생각하지 않았다! 실망과 질투의 감정이 한데 뒤섞여 그녀를 비통하게 하고 분노하게 했다. 그녀는 왜 처녀인 자신의 평온한 마음을 흔들어 놓아, 정신적인 혼란만 일으키고는 결국 포기해야 하는 비극을 만들어 내는 것이냐고 펄펄 뛰면서 만칭에게 욕설을 퍼붓고 싶은 심정이었다. 그러나 만칭 쪽에서는 오히려 주 양의 목소리가 너무나 거칠고 사나워져서 두려움을 느끼고 있었다. 그는 자신의 무모함을 깊이 뉘우쳤다. 그는 지금까지 비교적 친밀한 우정의 관계를 가져왔을 뿐 서로 사랑하는 정도까지 갔다고는 할 수 없었기 때문에 오늘 자신의 이런 행동은 주 양의 여성으로서의 존엄성을 지나치게 모욕하는 것이 아닐 수 없다고 생각했다. 그는 완전히 말을 잃었다. 더 이상 한마디도 할 수가 없었고 게다가 어떤 말을 해야 할지도 알 수 없었다.

"빨리 나가 주세요! 당신은 왜 꼭 다른 사람 눈에 띄게 해서 저를 웃음거리로 만들고 제 명예를 망치려는 거죠!"

주 양이 사납게 말했다. 그 야멸치게 쏘아붙이는 목소리에 만칭은 모골이 송연해졌다.

"우리 사인 이걸로 끝난 건가요?"

만칭이 비통한 듯이 물었다. 처음으로 목소리가 떨렸고, 게다가 한 발 앞으로 나아가다가 하마터면 주 양의 몸과 부딪칠 뻔했다. 그의 빨라진 호흡이 주 양의 목 사이로 불어와 그녀의 짧은 머리를 흔들었다. 그러나 주 양은 부동의 자세를 견지한 채 대답이 없었다.

"하지만 당신에게 다시 말하는데 나와 장추류는 동창이고 친구이긴 하지만 아무런 관계도 없어요."

만칭이 낮은 목소리로 한마디를 덧붙이고 자리를 뜨려 할 때, 갑자기 주 양이 몸을 돌려 만칭의 품 안으로 거의 뛰어들다시피 하며 안겼다. '장추류'라는 석 자가 불러일으킨 질투의 불꽃이 이제 펄펄 끓어오르는 상태에 이르러 주 양으로 하여금 어쨌든 만칭을 자기 손에 넣고 분을 풀어야겠다는 결심을 하게 만든 것 같았다. 그녀는 여성의 긍지인 우아함의 가면을 벗어던지고 솔직하게 물었다.

"당신 대체 나를 사랑하는 건가요?"

만칭은 이런 말이 나올 줄은 전혀 생각지 못했던 터라 눈을 크게 뜨고는 잠시 아무 대답도 하지 못했다. 그러나 순간 주 양이 농담을 하는 것 아닌가 하는 생각이 들어 담담하게 반문을 던졌다.

"당신이 나를 사랑하는지를 먼저 물어야겠는데요?"

"온 학교 사람들이 이미 비밀스럽게 이야기를 하고 있으니, 전 당신을 사랑하지 않을 수 없게 된 거죠!"

주 양이 낮은 목소리로 말하며 무척이나 억울하다는 듯이 만칭을 흘겨보았다. 엷은 홍조가 그녀의 두 눈가에서 천천히 배어 나왔다. 그녀는 마치 만칭의 포옹을 기다리는 것처럼 허리를 반쯤 제치고 두 팔을 벌렸다.

"난 도덕적으로도 당신을 사랑하지 않을 수 없어요!"

만칭이 단호하게 말했다. 그러나 갑자기 장추류가 방금 그에게 권고했던 말이 갑자기 마음속을 스쳐가는 바람에 주 양을 포옹하려던 용기가 사라져 버렸다. 그는 단지 그녀의 손을 받쳐 들고 입을 맞추기만 했다. 이때 멀리서 종소리가 땡땡 울리며 토론회가 곧 시작될 것이며 다들 사회를 맡은 만칭을 기다리고 있음을 알려왔다.

만칭은 다시 주 양의 손을 들어 입을 맞추고는 곧 그녀의 팔을 붙잡고 방을 나섰다. 그러나 그 짧은 복도에 이르렀을 때 주 양은 가볍게 손을 뿌리치며 만칭에게 먼저 몇 걸음 앞서 가도록 했고, 둘은 앞서거니 뒤서거니 하며 대강당으로 들어섰다.

6

토론회가 반쯤 진행되었을 때 장추류는 먼저 자리를 떴다. 그녀는 그런 무료한 토론에는 신물이 났고, 게다가 주 양의 태도에 마음이 좀 언짢아지기도 했다. 지금 그녀는 라오시먼(老西門)을 지나 샤프살로(Rue Chapsal路)*로 가서 왕스타오의 병세를 알아볼 생각이다. 날씨는 무척 뜨거웠고, 더러운 먼지와 쓰레기들로 가득 찬 라오시먼 일대의 거리는 떠들썩한 차량과 행인들까지 합쳐져서 신경이 쇠약한 사람이라면 기절할 조건을 완벽하게 갖추고 있었다. 장추류는 비록 신경쇠약은 아니었지만 마음의 상태가 특별히 안 좋았기 때문에 이런 회색빛 환경을 보는 일이 무척이나 힘들었다. 특별히 혐오스러운 건 길모퉁이 골목에서 나오는 선전대와 고만고만하게 무리 지어 있는 청중들이었다. 이 열성적인 애국자들이 교통을 차단시켜서 차들이 지나갈 수가 없었다. 장추류는 화가 나서 차에서 내려 사람들의 무리 속으로 비집고 들어갔다.

하지만 소용이 없었다. 그녀는 온몸이 땀에 흠뻑 젖고서도 열 몇 채의 집 문 앞만을 겨우 지날 수 있었다.

한 무리의 사람들이 앞을 막고 있어서 전혀 지나갈 수가 없었다. 장추류는 잠시 다리를 쉬며 손수건을 꺼내 이마 위의 땀을 닦았다. 그 자리에서 누군가가 강연을 하고 있었지만 장추류는 전혀 관심을 기울이지 않았고, 오히려 주 양에 대한 생각을 하고 있었다. 그렇게 외모가 잘난 사람이 그렇게 입을 열 수가 없는 사람이라는 걸 누가 알까? 그녀의 목소리만 들으면 너무나 귀에 거슬려서 사람들은 그녀가 입만 열면 혐오감을 느낄 것이다.

갑자기 앞의 무리 속에서 박수갈채가 터져 나왔고, 연설자는 이런 격려에 고무되어 특별히 더욱 신이 났는지 한층 더 카랑카랑한 목소리로 연설을 했다. 장추류는 문득 이 목소리가 아주 귀에 익다는 생각이 들어 고개를 들고 쳐다보았다. 뜻밖에도 차오즈팡이 저기 높은 곳에 서서 연설을 하고 있었다. 차오즈팡도 이미 그녀를 알아보고는 다시 힘껏 몇 마디를 더 외친 뒤 곧 떠들썩한 박수 속에서 무대를 내려왔다.

"장, 어디 가는 거야? 한동안 안 보이던데!"

차오즈팡은 아직도 기운이 남은 듯이 소리를 지르며 무리 속에서 억지로 밀고 나와 곧장 장추류 곁으로 달려와서는, 두 손등을 바쁘게 번갈아 가며 이마 위의 땀방울을 닦았다.

"왕스타오한테 가는 거야. 차오, 선전대가 된 거야?"

"아, 왕이 병이 났다고 하던데, 나도 보러 가야지. 아, 나? 난 즉석 연설원이야."

차오즈팡은 큰소리로 웃으며 팔로 길을 헤치면서 장추류를 무리 속에서 끄집어내었다.

"오늘 지난 사건에 대한 가두연설이 있다는 걸 알았거든." 차오즈팡이 걸으면서 말했다. "떠들썩한 것 좀 구경하려고 일부러 나왔는데 그네들이 하도 재미없게 놀기에! 그래서 내가 체면 안 차리고 즉석 연설원 노릇 한번 한 거지. 봐! 이런 더운 날 그들을 위해 헛수고를 하고 있다니, 나 차오도 정말 답답한 인간이지!"

장추류는 그를 향해 아주 애교스럽게 웃기만 할 뿐 대답을 하지 않았다.

저쪽 길모퉁이에서 작은 흰 깃발을 어깨에 멘 두 사람이 무리 속에서 비집고 나와 곧 길 쪽으로 내려갔다. 하지만 청중의 무리는 여전히 흩어지지 않았고, 열 명 남짓한 머리들이 꿈틀거리면서 웅얼웅얼 뭔가 의논을 하는 것 같았다. 차오즈팡은 장추류의 팔을 붙잡고 득의양양하게 말했다.

"샤오 장, 5분 만 기다려. 내가 다시 즉석 연설원 노릇 하는 거 보라고."

차오는 고양이처럼 무리 속으로 뛰어 들어가더니 그의 그 선동적인 이야기보따리를 풀어놓았다. 장은 사람들의 울타리 밖에 서서 참을성 있게 기다렸다. 그녀는 지금 차오즈팡의 연설은 전혀 듣고 있지 않았다. 다른 많은 복잡한 일이 아무런 연관도 없이 밀려와 그녀의 생각을 점령해 버렸다. 주 양과 루 양은 너무 닮았어. 만칭이 추구하는 이상(理想)은 아마도 물거품이 되겠지만 중자오의 이상은 어떻게 될까? 왕스타오가 병이 난 지 벌써 2주일이 다

508

되어 가는데, 듣자 하니 임신이라던데 그거야말로 생고생이 아닌가? 장은 다시 왕스타오의 얽히고설킨 연애와 진흙탕에서 발버둥치는 것 같은 자신의 생활을 떠올렸다. 감상적인 아가씨의 마음에 적막감과 황량함이 가득 차올랐다. '인생이란 게 즐거움만 추구하면 되는 거지.' 그녀는 고민스럽게 생각했다. "나의 이 생활은 도대체 즐거운 것인가, 아니면 무료한 것인가?" 그녀는 자신의 행동을 부정하고 싶지 않았지만 이른바 즐거움이란 것도 지나가고 나서 생각해 보면 그저 슬픔뿐이라는 걸 인정하지 않을 수 없었다. 그녀는 복잡하고 모순된 생각 속으로 완전히 빠져들어 차오즈팡이 거기에 있다는 것도 잊고 십자로의 떠들썩함도 잊고 있었다.

"크, 정말 대담한 공산당 놈이지!" 감히 후방의 질서를 교란시키려 하다니?"

장추류가 귓가에서 들려오는 고함 소리에 놀라 정신을 차렸을 때는 무수한 어깨들과 팔다리들이 이미 그녀에게 부딪쳐 왔다. 물러나는 사람들의 물결에 휩쓸려 열댓 채의 집 문 앞을 지나는 동안 그녀는 뒤를 돌아볼 틈조차 없었다. 무슨 일이 일어난 건지 알 수 없었지만 그녀는 차오즈팡이 분명 사고를 쳤다는 걸 직감적으로 알았다. 그녀는 본능적으로 급히 몇 걸음을 달려 판자교 근처까지 온 뒤에야 비로소 멈춰 서서 아까 차오즈팡이 즉석 연설원 노릇을 하던 쪽을 바라보았다. 단지 두서너 명만 썰렁하게 남아, 아무 할 일 없는 듯 멍하니 서 있는 게 보였다. 그녀는 달려가서 어찌된 사정인지 알아보고 싶은 마음이 굴뚝같았지만 결국 발걸음을 시먼로 쪽으로 돌리고, 차오즈팡의 행방에 대해서는 신경 쓰지 않기로 했다.

그러나 시먼로와 샤프살로가 만나는 지점에 이르렀을 때 차오즈팡은 갑자기 다시 눈앞에 나타나서 장추류에게 혀를 내밀며 작은 소리로 말했다.

"샤오 장, 즉석 연설원 노릇도 이제 막혀서 할 수 없게 되었으니 왕스타오에게나 가자!"

장추류는 얼굴이 확 달아오르는 걸 느끼면서 나긋나긋한 미소로만 답했을 뿐 아무 말도 하지 않았다.

"집 안에만 있자니 답답해 죽을 지경이라 나와서 좀 걸어 다니기라도 하려고 했는데 그것도 벽에 부딪쳐 못 하게 되었으니. 샤오 장, 이런 세월은 정말 살기가 힘드네! 자기들이 반일(反日)을 해야 한다고 해서, 나도 솔직하게 몇 마디 하니까 당장 오냐 네놈이 바로 공산당이로구나,* 후방을 교란시켜! 하니 말이야. 샤오 장, 내가 그래도 손발은 아직 멀쩡하잖아, 그래서 한 놈 때려눕히고 빠져나왔지. 그런 멍청한 놈들 혼내 주니 진짜 재미있네!"

차오즈팡은 신이 나서 계속 이야기했지만 장추류는 미소를 지으며 고개만 끄덕일 뿐 여전히 아무 대답도 하지 않았다. 그들은 이미 어떤 집 문 앞에 도착했다. 장추류는 문을 밀면서 열고 차오즈팡에게 먼저 들어가도록 했다.

"샤오 장, 난 아무래도 아까 거기 시끄러운 곳에 다시 좀 가 봐야겠어. 내 대신 샤오 왕에게 안부 좀 전해 줘. 샤오 왕이 억울한 일을 당했다던데, 정말이야? 내가 대신 복수해 주지. 정말 답답해 죽겠어. 어떤 일이라도 좀 하면서 소일을 하면 좋겠구먼."

차오즈팡은 갑자기 다시 생각을 바꾸고는 장추류의 대답을 기다릴 것도 없이 곧장 몸을 돌려 달아나 버렸다. 차오즈팡의 뒷모습을 응시하던 장추류의 눈자위가 조금 축축해졌다. 그녀 자신도 무엇 때문에 마음이 이렇게 스산한지 알 수가 없었다. 하지만 이런 감정은 잠깐 스쳤다가는 이내 사라져 버렸다. 왕스타오의 병든 얼굴과 영락해서 궁색해진 형편을 보자 장의 감정은 곧 다시 분노로 바뀌었다.

본래는 너무나 발랄하고 아리따운 모습이었는데, 지금 장추류의 눈에 비친 왕스타오는 완전히 딴 사람이 되어 있었다. 그녀의 보드레한 볼에서는 전날의 복숭아 빛이 사라져 버렸고, 눈가에는 새로 많은 잔주름이 생겨나 있었다. 눈빛에도 이전의 매혹적이던 아름다움은 사라져 버렸고, 머뭇거리며 뭔가 불안해 보이는데다 자못 칙칙한 기운마저 감돌고 있었다. 이런 놀랄 만한 아름다움의 쇠락은 장추류를 비통하게 만들기는커녕, 오히려 분노만 더해 주었다. 그녀는 수많은 벗들의 생명이 회색 환경 속에서 그 청춘의 활기를 잠식당하고 오직 재만 남게 된 것을 생각했다. 왕스타오는 단지 그 무수한 사람들 중 하나에 불과했다.

왕스타오의 병은 반은 임신 때문이고 반은 애인 둥팡밍의 죽음으로 인한 슬픔 때문이었다. 그녀는 애인에 관한 나쁜 소식을 대충 이야기하고 난 뒤, 다시 한숨을 쉬며 말했다.

"지금 내가 가장 후회스러운 건, 한 달 전 우리가 마지막으로 만났을 때, 그때도 그 사람의 마음을 아프게 했다는 거야. 결코 자기변명을 할 생각은 없지만 이 점에 대해서는 룽페이가 절반은 책임

저야 한다고 말할 수밖에 없어. 그 인간은 정말 혐오스러워. 네가 그에게 한 번만 온정을 베풀면 그는 내내 너에게 달라붙는다고. 네 처지가 어떻게 되던지는 상관하지 않고 말이야. 나와 그의 일은 벌써 일 년이 지난 거고, 게다가 당시에 난 그에게 비록 당신을 사랑하지만 차마 둥팡밍에게 실연을 겪게 할 수는 없다고 분명하게 말했거든. 그때 난 감정을 억누르고 삼각연애의 족쇄를 끊기로 한 거지. 추류, 난 결코 룽페이에게 몸을 허락하지 않았고 그는 나를 완전히 잊어야만 했어. 그런데 이번에 내가 둥팡밍과 다시 상하이로 왔을 때 공교롭게도 다시 그를 만난 거야. 그는 할 일 없이 매일같이 나를 찾아와서 귀찮게 굴었고, 그러고 난 뒤 둥팡밍은 시골로 내려가라는 명령을 받게 되었지. 작별을 할 때 그가 내게 이러는 거야. '본래는 갈 필요 없었지만 내가 자원을 했다, 만약 내가 희생되면 그 뒤에 당신이 다시 다른 사람과 연애하는 건 반대하지 않는다. 하지만 아직 태어나지 않은 우리의 아기만은 잘 길러 달라' 고. 추류, 그러면서 그가 눈물을 흘리는 거야! 이제 난 다시는 그를 만날 수 없게 됐어!"

왕스타오는 얼굴을 장추류의 무릎에 파묻고는 어깨를 들썩거렸다. 흐느끼고 있는 것 같았다.

"정말 죽은 거야? 아!" 장추류도 쓰린 마음을 억누를 수 없었다. 하지만 곧 분노의 감정이 솟구쳐 날카로운 소리로 물었다. "그래서 이제 어쩔 셈이지? 아이까지 생겼잖아!"

"이제?" 왕스타오는 고개를 들고 빠른 소리로 말했다. "지난주까진 여전히 비통과 회한과 낙심에 빠져 있었어. 내가 얼마나 가련하고 초췌하게 되었는지 봐! 하지만 그저께부터 난 비관도 낙심도 하지 않게 됐지. 적극적인 쪽으로 바뀌었다고!"

장추류도 무척 흥분해서 고개를 끄덕이며 왕스타오의 손을 꼭 잡았다. 방금 차오즈팡이 했던 말이 다시 그녀의 마음속에 떠올랐다. 핏기는 없지만 결연한 왕스타오의 얼굴을 보며 그녀는 작은 소리로 물었다.

"그런데 넌 아이까지 가졌잖아. 이제 어떻게 하려고?"

"그게 난처한 문제야. 아직 형체도 생기지 않은 이 작은 생명을 떼어 버리고 싶지만, 이게 그가 세상에 유일하게 남겨 놓은 것이고 또 그와 나 사이에 유일한 기념으로 남겨진 거라는 걸 생각하면 독한 짓을 할 용기가 없어져. 몇몇 친구들도 그런 방법에는 반대하고. 추류, 이 격렬한 투쟁의 시대에 가장 고통을 겪는 건 우리 여성들이야, 아이를 가진 여성은 특히 더 고통을 겪게 되지. 하지만 난 늘 아이는 있어야 한다고 생각했어. 그 아이들이 장래의 희망이잖아. 우리의 생명은 유한하지만 우리의 투쟁은 계속될 테니 아이들이 우리의 햇불을 이어 가야지."

"하지만 당장은 어떻게 하고? 이건 한두 주일 만 지나면 끝나는 일이 아니잖아, 오륙 년 동안은 매어 있어야 할 텐데. 그 오륙 년 동안 어떻게 하려고?"

장추류는 아주 차분하게 말했다. 그녀는 속으로 왕스타오가 너무 철저하지 못하다고 생각했다. 아직까지 임신의 신비한 계시를 받아 본 적이 없는 여성이 장차 어머니가 될 사람의 마음을 이해할 수는 없었다.

"장래의 일은 누구도 알 수 없는 거지만 우린 늘 낙관적으로 생각해 왔잖아. 어쩌면 오륙 년 내에는 상황이 더 나아질지도 모르고, 만약 상황이 더 나빠진다면, 게다가 내가 더 이상 어떻게 끌고 나갈 수 없도록 나빠진다면 나의 책임을 대신할 이 아이가 또 있고."

"그런 말 역시 자기 위안에 불과한 거지. 난 미래에 대해서는 절대로 생각 안 해. 지금 어떻게 해야 하는지만 묻지. 망설이지 말고 지금 하고 싶은 대로 우선 하고 보는 거야. 난 네가 결단을 내려서 아직 형체가 생기지 않은 그 작은 생명을 떼어 버렸으면 좋겠어!"

장추류가 무척 흥분한 목소리로 말했다. 그녀의 눈빛 속에 사람을 두렵게 하는 사나운 기운이 감돌았다.

왕스타오는 고개를 숙인 채 대답이 없었다. 왕도 아무 희망 없는 이런저런 생각들을 떠올려 보았다. 누구한테든지 시집을 가서 그의 경제적인 도움을 받아 아이를 키운다. 물론 이건 너무 쉽게 생각하는 거지만 그녀의 경제적인 요구를 들어줄 수 있는 남자라면 분명 그녀의 가난한 친구들 같은 그런 부류에 속하는 사람은 아닐 테니, 그러면 사상적으로 갈등이 생길 건 자명할 테지, 그녀의 의견과 이상이 존중되지 않을 건 당연하고……. 이런 생각을 하다 보니 그래도 아이를 떼어 버리고 저 광활한 세계로 나가서 투쟁의 삶을 사는 게 차라리 낫지 하는 생각이 들었다. 그녀는 한숨을 내쉬며 넋이 나간 듯이 말했다.

"둘 다 만족시킬 방법은 없어. 이리저리 생각을 해 본 결론은 어쩌면 한 걸음도 더 걸어 나갈 수 없을지도 모른다는 거야."

장추류가 미소를 지으며 일어나 기지개를 켰다. 잠시 침묵이 흘렀다.

"추류, 요즘 넌 뭘 하지? 이것 때문에 너랑 못 만난 게 열흘도 더 되잖아."

왕스타오가 애써 기분을 띄우면서 말했다.

"하, 바로 소위 '이 몸은 대충 평안하시고, 특별히 아뢸 만큼 좋은 일은 없습니다' 올시다. 넌 그래도 고원(高遠)한 이상도 있고 장래 희망도 있지만 난 아무것도 원하지 않고 또 아무것도 없어. 이상적인 사회, 이상적인 인생, 심지어는 이상적인 연애까지도 모두 남을 속이고 자신을 속이는 구실일 뿐인 거지. 인생이란 오직 즐거움만 추구하면 되는 거야. 난 내키는 대로 자극을 추구하며 살기로 했어! 마치 마귀가 쫓아오기라도 하듯이 있는 힘을 다해 찰나의 쾌락만을 추구하는 거지. 난 세상의 모든 삶을 다 경험해 보고 싶어. 어느 날 밤인가 팔선교(八仙橋)를 지나다가 우연히 큰길에서 손님을 잡아끄는 창녀를 봤는데 속으로 어째서 나라고 못하겠는가? 어째서 나도 한번 창녀가 되어서 세상의 모든 여자들을 노리개로 아는 멍청이 같은 남자들을 데리고 놀아 보지 않는가 하는 생각이 들더라고. 스타오, 여자가 가장 쾌락을 느끼는 일은 교만한 남자를 자기 발밑에 엎드리도록 유혹한 뒤 죽을힘을 다해 그를 차 버리는 거야."

이 마지막 말을 할 때 장추류는 오른발을 공중으로 차올려 원을 그리면서 자신의 늘씬한 허리와 풍만하고 팽팽하게 조인 가슴을 아주 자신만만하게 바라보았다. 그러다가 갑자기 장은 왕이 거의 숨을 쉴 수가 없을 정도로 꼭 끌어안더니 마치 분노한 듯이, 왕스타오의 얼굴이 하얗게 되도록 그녀의 입술에 입을 맞추었다.

"스타오, 말해 봐!" 장추류가 날카롭게 불렀다. "우리 둘이 연합하면 어떤 남자들이라도 쓰러뜨릴 수 있겠지!"

장은 이제 왕을 끌어안았던 팔을 풀고 왕의 침대에 몸을 던지고는 두 팔을 벌린 채 아무 말도 하지 않았다.

왕스타오는 그저 그 자리에 멍하니 앉아 있다가, 장추류의 말을 듣고 갑자기 무슨 생각이 났는지 침대 앞으로 다가가 곁에 앉아서 아주 진지하게 말했다.

"추류, 너 자오츠주(趙赤珠) 일 알아?"

장추류는 눈을 감은 채 고개를 가로저었다.

"네가 방금 말한 거, 자오가 이미 실행에 옮겼다고, 자오는─창녀 노릇을 한 적이 있어."

"뭐라고! 동지 생겼네!" 장추류가 벌떡 일어나며 흥분해서 소리쳤다.

"하지만 이유와 동기는 달라. 자오는 가난 때문에 할 수 없이 한 거야."

장추류는 무척 실망했다는 듯이 웃으며 다시 자리에 누웠다. 그녀는 이렇게 좋은 주제가 오히려 그렇게 평범한 내용밖에 가지지 못할 거라고는 생각하지 못했다. 하지만 왕스타오는 분명 장의 이런 생각을 알아차리지 못한 듯 계속해서 말했다.

"자오와 자오 애인이 동전 한 푼 없는 가난한 처지가 되었는데, 직업도 못 구하게 되자* 츠주가 지극히 자연스러운 방법으로 그런 걸 생각해 낸 거지. 그녀 말론 자신의 주장은 어쨌든 변하지 않았고, 사상의 독립을 지키면서 그들 둘이 다시 투쟁할 수 있도록 몸을 보존하기 위해서라면 한두 번 매춘부 노릇을 하는 것도 별건 아니라고 하더라고."

"별거 아니지!"

장추류는 벌떡 일어나 왕스타오의 손을 잡고는 그 견해에 적극 찬성한다는 듯이 말했다.

"난 그 애가 말하는 걸 듣고 거의 울 뻔했어. 그 애의 그런 태도는 존경스럽지만 어쨌든 너무 비참하잖아. 그 애의 행동이, 이성적으로는 위로가 되겠지만 어떻게 감정적으로도 고통스럽지 않을 수 있을지는 이해가 안 가. 하지만 난 그 애가 자기주장에 충실하고 또 그런 희생정신이 있는 것에는 처음부터 탄복했었어."

뒤의 몇 마디 말을 할 때 왕스타오의 목소리는 무척 작아졌다. 왕은 볼을 장추류의 어깨에 살며시 기댔다. 그녀의 몸이 가볍게 떨렸다.

"왜 고통스러워해야 하지?" 장추류가 분연히 말했다. "그 애는 너무나 떳떳한 이유로 자기 행동의 방패를 삼고 있고, 아주 확고한 도덕적 자신감이 있으니 결코 고통스럽다고 생각하지 않을 거야. 방황하고 동요하는 사람, 갈등과 회한 속에서 살아가는 사람만 고통을 느끼는 거지."

"그럼, 너도…… 그런 일 할 수 있어?"

왕스타오가 고개를 들고 장추류의 얼굴을 자세히 살피면서 머뭇거리며 말했다.

"난 성격이 달라. 내가 만약 그런 처지가 되었다면, 난 원수 몇 놈을 때려죽이고 자살을 했을 거야!"

"그럼, 네가 보기엔, 정당한 목적을 위해선 그리고 자신의 독립과 자유를 위해서라면, 설령 잠깐 동안 매춘을 해도 그건 괜찮은 거고 합리적인 거고 도덕적인 거라는 거야?"

"그래! 확고한 자신만 있다면!"

왕스타오는 가볍게 한마디를 내뱉고는 풀썩 침대 위로 쓰러져 더 이상 말이 없었다. 왕은 속으로 장추류의 말이 맞다는 걸 고통스럽게 인정했다.

초여름 저녁 어스름의 산들바람이 창밖에서 불어와 벽의 달력을 뒤척였다. 왕스타오가 사는 곳은 다른 집 정자(亭子) 사이에 있었는데, 집이 작고 낮아서 제법 크고 넓은 나무 침대 하나만으로도 이미 자리의 반을 차지했다. 장추류는 창 앞에 놓인 작은 탁자 쪽을 한번 보더니 곧 일어서며 말했다.

"내일모레 다시 보러 올게. 그리고 무슨 어려운 일 있으면 꼭 도와줄 거고."

숙소로 돌아오자 장추류는 마음이 답답했던 건 좀 나아졌지만 여전히 이유 없이 뭔가가 밉고 좌불안석인 느낌이었다. 온 세계가, 심지어는 온 우주가 그녀의 적이 된 것 같았다. 아까는 태양빛이 눈을 어지럽게 하는 게 혐오스럽더니 지금은 엷은 저녁 어둠이 차츰차츰 밀려오자 다시 처량한 느낌이 들었다. 장은 신경질적으로 홑겹의 치파오를 벗어 던지고 창 앞에 앉아 바람을 쐬었지만 그래도 여전히 온몸이 후끈거렸다. 방 안을 한 바퀴 빙 돌고 나서 눈빛을 번쩍이며 방 안에 있는 물건들을 하나하나 둘러보면서 장은 그것들이 유난히 혐오스럽다는 생각이 들었다. 가구들은 마치 그녀에게 조소를 퍼붓는 것처럼 보였다. 장은 마치 뭔가를 막 물어뜯으려고 하는 괴물처럼 눈살을 잔뜩 찌푸린 채 서 있었다. 마음속은 뭔가 부숴 버리고 싶다는 생각으로 가득 차 있었다. 장은 갑자기 번개처럼 찻잔을 낚아채 힘껏 마루판 위에 내던졌다. 찻잔은 세 조각이 났다. 그녀는 한 걸음 내딛어 그것을 발로 으깨고 다시 가죽 구두의 발 뒷굽으로 있는 힘을 다해 문질러 댔다. 이런 행동은 마치 이미 원수라도 무찌른 것처럼 마음을 조금은 가볍게 해 주었다. 하지만 번민과 초조가 곧 다시 반격을 가해 왔다. 그녀는 천천히 세면대 곁으로 걸어가 달걀형의 구리로 된 비눗갑을 집어 들고는 멍하니 생각했다. '이게 폭탄이라면 얼마나 좋을까! 휙 던지기만 하면 모든 가증스러운 것들을 먼지로 만들어 버릴 수 있을 텐데!' 이렇게 생각하면서 장은 오른손으로 그 비눗갑을 받쳐 들고 왼손은 옆으로 나란히 들어 올리고 허리를 틀어 운동선수가 철환 던지는 자세를 흉내 내었다. 이 상상 속의 폭탄을 어딘가로 막 던지려 할 때 장은 갑자기 고개를 돌려 벽에 붙어 있는 유리창에 또렷하게 비친 자신의 이 우스꽝스러운 모습을 보았고, 자기도 모르게 마음이 떨려 부지불식간에 두 손을 떨어뜨렸다.

— 흥, 무슨 추한 연극이람!

손에 들고 있던 비눗갑을 마룻바닥에 떨어뜨리고, 장추류는 힘없이 풀썩 침대 위로 쓰러져 두 손으로 얼굴을 가렸다. 두 줄기 맑은 눈물이 그녀의 손가락 사이에서 천천히 흘러내렸다. 장은 갑자기 몸을 꼿꼿이 세우더니 벌떡 일어났다. 조그만 눈동자에선 붉은 빛이 반사되어 나오고 입가에는 냉소가 어렸다. 그녀는 매몰차게 자신에게 말했다.

"그래! 네가 울었다. 누구를 위해서 운 거지? 왕스타오는 애인의 비참한 죽음을 위해서 울고, 뱃속에 든 아이의 장래 때문에 울었지. 하지만 너, 장추류, 넌 혼자뿐이잖아. 넌 자신 말고는 소위 사랑도, 국가도, 사회도 아랑곳하지 않았지. 넌 언제나 자신만만하고 지나간 일들을 후회한 적이 없는데 왜 우는 거지? 넌 큰소리로 웃어야만 하고 분노하고 파괴하고 복수해야만 해 — 어떤 누군가에 대한 복수가 아니라 모든 사람들에 대한 복수! 부채를 던져 버리고 총을 들어야 한다고."

그러고 나서 그녀는 아래턱을 쳐들고 멍하니 이런 생각 저런 생각을 했다. 잡념이 물거품처럼 하나하나 떠올랐다가는 다시 사라지고 사라졌다가는 다시 떠올랐다. 격앙된 감정이 조금씩 비관과 의기소침으로 바뀌었다가 갑자기 다시 흥분과 격앙으로 되돌아왔다. 결국 그녀는 굴복한 듯이 한숨을 내쉬며 고통스럽게 생각했다. "끝났어. 난 더 이상 자신의 삶을 조직의 규범 속에 맞춰 넣을 수가 없다고. 난 단지 나의 열렬한 충동에 따라서, 악마를 따라서 달려갈 수밖에 없는 거야."

그러나 뭐라고 말할 수 없는 증오와 회한이 여전히 그녀를 지배하였고, 초조와 번민이 여전히 그녀의 마음을 물어뜯고 있었다. 이유 없이 화풀이를 하듯이 윗옷을 벗어 버리고 그녀는 몸을 뒤집어 벽 쪽을 향해 누웠다. 그때 마침 누군가가 숨을 씩씩거리며 뛰어 들어오면서 소리쳤다.

"정말, 그런 멍청한 놈들 같으니라고, 멍청한 놈들!"

장추류는 목소리를 듣고 그가 바로 차오즈팡이라는 걸 알았다. 여성의 본능적인 감각이 그녀의 가슴을 두근거리게 했다. 장은 손 닿는 대로 면 담요 한 자락을 끌어당겨 상체를 가렸다. 방 안은 빛이 무척 어두워서 차오는 장추류의 상황을 전혀 알아차리지 못한 것 같았다. 앉자마자 차오는 불만을 한보따리 쏟아 놓았다. 분명 시끄러운 곳으로 다시 달려가서 즉석 연설원 노릇을 하려고 했던 게 아마도 제대로 안 된 모양이었다.

"이게 대체 뭐람! 모두가 다 복장 터지는 일뿐이니! 아, 샤오 왕의 병은 좀 어때?"

차오즈팡이 말끝에 뭔가 이상한 느낌이 들었는지 침대에 누워 있는 장추류 쪽을 뚫어지게 바라보았다.

"그냥 아이가 생긴 거지, 무슨 병이 난 건 아냐." 장추류는 꼼짝도 않은 채 대답했다.

"흥, 아이, 또 아이야! 만날 들리는 게 당신들은 아이가 생겼다는 거군!"

차오즈팡은 아무 이유도 없이 욕을 해 대면서 침대 곁으로 다가왔다.

장추류는 그저 냉소로만 답했다. 그녀는 다시 왕스타오가 말했던 자오츠주의 일을 떠올렸다. 자오츠주의 방법을 칭찬하긴 했지만 생각해 보면 속에선 오히려 썩은 생선 냄새 같은 게 나는 걸 어쩔 수 없었다. 그녀는 강인한 여성이고, 낡은 도덕관념은 아주 희박하고 정조 관념 같은 건 더더욱 없었지만 그래도 딱히 뭐라고 설명할 수는 없는 자존심 같은 것과 지극히 확고한 개인주의적인 생각을 가지고 있어서인지 어쨌든 자오츠주의 방법은 스스로를 너무 해치는 일이라는 생각이 들었다.

갑자기 차오즈팡이 이상하게 웃으면서 조금의 망설임도 없이 앞으로 한 발 다가서더니 장추류의 몸을 덮고 있던 면 담요를 확 벗겨 냈다. 장추류는 소스라치듯이 놀라 소리치며 본능적으로 재빨리 몸을 뒤집어 침대 위에 납작하게 엎드렸다. 그녀의 심장이 갑자기 얼어붙는 것처럼 정지했다가 갑자기 다시 통증이 느껴질 정도로 격렬하게 뛰었다. 하지만 잠시 후 차오즈팡의 경멸에 찬 방종한 웃음소리를 듣게 되자 이제는 공포가 아니라 분노 때문에 가슴이 뛰었다.

"하, 샤오 장, 당신 두려워하네! 당신같이 해방된 여성이 말이야!"

너무나 모욕적인 어조로 떠들어 대고 난 뒤 차오즈팡은 마치 아무 일도 없었다는 듯이 한 발 물러나서는 다시 하하대며 함부로 웃어 댔다. 그 태도가 마치 고양이라도 가지고 노는 것 같았다.

그것에 응답이라도 하듯이 장추류는 벌떡 일어나 아무렇지도 않은 듯이 몸을 꼿꼿이 세우고는 차오즈팡과 얼굴을 맞대고 그를 이삼 초가량 노려보았다. 눈에서는 활활 타오르는 분노의 불꽃이 쏟아져 나왔다. 장은 힘껏 "흥" 하는 소리를 내뱉고는 몸을 돌려 손 닿는 대로 침대 가에 있던 홑겹의 치파오를 집어 들어 몸에 걸쳤다. 어슴푸레한 빛 속에서 차오즈팡은 희미하게 두 개의 앵두 같은 유두와 하얀 원추형의 자리를 보았고 그것이 몸의 움직임을 따라 가볍게 떨리는 걸 보았다. 그는 마음이 갑자기 화끈 달아오르는 걸 억누를 수 없었지만 이내 엄숙한 태도로 바꾸었다. 순수한 애모의 감정 같은 것이 그의 눈 속에서 흘러나왔다. 차오는 명령하듯이 말했다.

"샤오 장, 당신은 날 사랑해야 돼!"

이번에는 장추류가 경멸하듯이 웃으며 얼굴을 돌리더니 다소 익살스럽게 물었다.

"왜 내가 당신을 사랑해야 되지?"

"왜냐면…… 왜냐면, 영문은 모르겠지만 내가 갑자기 당신을 사랑하게 됐거든."

"하지만 애석하게도 난 갑자기 당신을 너무나 싫어하게 된걸."

"당신이 사랑하지 않는 건 중요하지 않아. 그러나 그래도 우린 결합해야만 해."

"왜지?"

"다른 게 아니라, 바로 당신은 배짱과 결단력이 있고 전혀 망설이는 게 없는 강하고 호쾌한 여자고, 나 차오는 바로 그런 남자니까."

장추류는 웃음을 참을 수가 없었다. 이 질박한 아첨의 말이 아주 효과가 있다는 생각이 들었다. 그녀에게 구애한 남자들 중에 이렇게 그녀의 마음에 딱 맞는 말을 한 사람은 아무도 없었다. 그러나 그렇다고 결코 이것 때문에 차오즈팡에 대한 사랑이 생기지는 않았다. 그녀는 줄곧 차오즈팡에게는 누군가가 좋아할 만한 분위기가 결핍되어 있다고 생각해 왔고 지금도 그 생각은 여전했다.

하지만 호기심에서 장은 다시 물었다.

"당신이 그런 남자라는 걸 뭘로 증명하지?"

"무슨 증명이 필요한데! 내가 이렇게 확신하면 그만이지!"

차오즈팡의 그런 의연한 태도가 오히려 장추류를 쑥스럽게 만들었다. 장은 웃으며 별로 신경 쓰지 않는다는 듯이 가볍게 고개를 끄덕이고는 아무 대답도 하지 않았다.

"요즘 나에게 좋은 생각이 하나 났는데, 그건 두 사람이 같이하면 혼자서 하는 것보다는 당연히 훨씬 나을 거야. 하지만 짝을 얻는 게 쉽지가 않은데, 그래도 이렇게 난 당신이 마음에 들고 당신은 또 여자니 당연히 우린 부부가 돼야 하는 거지."

차오즈팡은 무척 신비하다는 듯이 말했다. 눈을 게슴츠레하게 반쯤만 뜬 게 아주 만족스러운 모습이었다.

"무슨 좋은 생각?"

"당신이 먼저 내 요구를 들어주면 당연히 알려 주지."

장추류는 코웃음을 치며 생각했다. '차오즈팡은 여전히 또 짓궂은 장난을 칠 거야.' 그러나 장은 차오즈팡이 말한 대로 배짱이 있고 조금도 거리낌이 없는 여성이라서 시원시원하게 대답했다.

"당신 마누라가 되는 건 대단한 게 아니니까, 빨리 말해 봐!"

"말을 하면 오히려 평범해지는데, 나 토비가 되려고."

장추류는 차오즈팡의 기름이 번지르르한 얼굴을 말없이 바라보며 아무런 반응도 보이지 않았다.

"생각해 봐, 샤오 장," 차오즈팡이 말을 이었다. "토비가 되는 것 말고 더 신나는 일이 어디 있겠어? 중국에서 토비는 나쁜 거라고 할 수 없지! 토비 두목이면 들판의 벼슬아치인데! 내 고향에선 백성이랑 토비를 구별하지 않는다고, 토비랑 관리도 구별하지 않고. 하지만 난 결코 토비가 되는 이 길로 가서 무슨 벼슬아치가 되려는 건 아니고, 그저 답답한 마음이나 좀 확 풀어 보려는 거야, 통쾌하게 한번 해 보고 싶은 거지."

"언제 그 결심한 거지?"

"바로 지금."

장추류는 담담하게 웃으며 아무 말없이 방문 근처로 가서 전등을 돌려 켰다.

"어때? 더 보충할 거 없어?"

"없어."

"당신은 물론 전부 다 찬성이겠지?"

"전부 다 찬성이야. 나를 포함시키는 것 말고는. 난 토비가 되고 싶지 않아. 아직 때가 안 됐거든. 더 정확하게 말하자면, 난 아직 그런 생각 충분히 해 보지 않았어. 차오, 미안하지만 잠시 실례해야겠는데."

차오즈팡은 급히 문가로 달려가더니 왼팔을 거칠게 휘두르며 장추류를 방 중앙으로 밀쳐 넣고는 얼굴이 벌겋게 부푼 채로 고함을 질렀다.

"안 돼, 도망갈 생각하지 마! 당신을 잡아먹진 않을 테니까!"

장추류는 태연하게 웃으며 창 앞으로 걸어가 아주 부드럽게 말했다.

"당신은 내 생각을 오해했어, 난 당신이 토비가 될 때 잠시 실례

해야겠다는 거였는데."

"무슨 이유지?"

차오즈팡은 분이 나서 물으며 장추류 앞으로 다가와 눈을 둥그렇게 뜨고 바라보았다.

"이유는 없어, 무슨 큰 이유를 말할 필요도 없고. 간단하게 말해서, 지금 난 안 해."

"홍, 간단히 말해서, 당신은 두려운 거로구만!"

"더 간단히 말하면, 당신도 신나게 떠들어 대기만 할 뿐이야. 어떻게 토비가 될 건지 생각해 봤어?"

이 말은 뜻밖에도 차오즈팡을 조용하게 만들었다. 다른 일에서처럼 그는 지금의 이 일에 대해서도 생각만 있을 뿐 방법은 없었다. 그는 고심하듯이 방 안을 몇 번 더 왔다 갔다 하더니 장추류 앞으로 돌아와 그녀의 손을 잡고는 정식으로 물었다.

"만약 방법이 있다면 당신 날 따라올 거야?"

장추류는 고개를 가로저었지만 다시 말을 이었다.

"따라간다고? 난 본래 남을 따라다니는 건 싫어해. 이 일에 대해서는 내 스스로 생각해서, 현재의 삶이 전혀 흥미가 없다고 생각되면 혹 갈지도 모르지. 하지만 지금은 내겐 바야흐로 진행 중인 일이 있어서, 완전히 호기심과 충동으로 하는 일이지만, 난 그일에 아주 관심이 많거든."

"쳇! 당신은 다른 사람에게 희롱이나 당해야지, 큰일 치를 자격은 없구먼!"

차오즈팡이 분이 나서 고함을 지르며 장의 손가락을 힘껏 조였다. 마치 펜치로 조이는 듯 장추류의 희고 부드러운 손이 으깨질 것만 같았다. 장추류의 입술에서 핏기가 가시고 그녀의 오른손은 펜치로 조이는 것 같은 왼손을 무기력하게 돕고 있었다. 장은 신음을 하면서 허리를 비틀고 온몸을 흔들다가 결국 차츰 주저앉았다. 너무 아파서 장이 기절을 할 지경이 되었을 때야 차오즈팡은 비로소 만족한 듯이 손을 풀고 장추류를 다시 거들떠보지도 않은 채 한마디 말도 없이 성큼성큼 혼자 걸어 나가 버렸다.

장추류는 온통 벌겋게 된 손을 쳐들고 다시 침대 위에 누웠다. 화가 치밀어 올랐다. 비록 육체적으로 어떤 손해를 입은 건 아니었지만 정신적으로는 완전히 패배한 느낌이었다. 그녀는 항상 남자들의 아첨을 받는 데만 익숙해 있었지, 차오즈팡처럼 저렇게 잘난 척을 하면서 구애하는 인간은 본 적이 없었다. 차오즈팡이 대체 무슨 마음을 먹고 왔던 건지는 똑똑히 알 수 없지만 어쨌든 그녀의 아름다운 육체가 결코 차오즈팡을 넘어뜨리지 못한 것만큼은 부인할 수 없는 사실이었다. 모든 남자의 마음을 가지고 놀 수 있다고 생각했던 자신감이 흔들리자 장은 마치 바늘방석에 앉은 것 같은 고통과 초조함이 느껴졌다.

게다가 그녀는 또 차오에게 오해를 받았다. 그 거침없고 시끄러운 차오즈팡의 입이 앞으로 온 사방에 그녀를 겁쟁이라고 떠들고 다닐 생각을 하니, 장추류는 더더욱 화를 참기가 어려웠다. 자신이 결코 겁 많은 여자가 아니라는 건 스스로 완전히 자신하는 일이었다. 그녀는 늘 과감하게 행동했다. 그녀가 차오즈팡에게 "지금 내겐 진행 중인 일이 있다"고 말한 건 사실이었다. 그건 바로 회의주의자인 스쉰을 개조하는 일이었다. 사나흘 전에 그녀는 그 일에 착수했지만 다소 어려움을 느끼고 있었다. 환멸이 너무 깊은 스쉰을 짧은 시간 안에 다시 살아나도록 하기는 어려웠다. 하지만 이런 어려움이 오히려 장추류의 결심을 더욱 굳게 해 주었다.

'앞으로 모든 사람이 나 장추류가 어떤 사람이라는 걸 알게 될 날이 있을 거야!'

장추류는 분을 내며 이렇게 생각했다. 너무나 자신만만한 모습이었다.

7

새벽 7시경 중자오는 괴상한 꿈을 꾸다가 벌떡 깨어 일어났다. 피곤한 눈을 비비면서 창문 쪽을 보니 아직 시간은 이른 것 같았다. 평소 같으면 몸을 한번 뒤척이고는 다시 잠자리에 들었다가 9시가 넘어서야 다시 일어났겠지만 오늘은 유난히 신경이 흥분되어 평소와는 달리 일찍 일어났다. 요 며칠 동안 중자오는 마음이 퍽 유쾌했다. 진 박사가 그의 4면 편집 방향을 옹호하는 입장의 논문을 발표하고 난 뒤 편집장도 괄목상대하게 변해서 종전의 고집을 꺾고 중자오가 하자는 대로 내버려 두는 상황이 되었다. 오랫동안 파란을 겪었던 신문 개혁 계획도 결국은 실현될 수 있을 것 같았다. 그렇게 대단한 일은 아닐지 몰라도 요즘 중자오의 마음은 마치 혁명이 성공한 것만큼이나 기뻤다. 하지만 오늘의 이 이상한 흥분에는 또 다른 이유가 있었다. 어젯밤 그는 루 양의 편지를 받고 루 양의 부친이 그들의 연애에 대해 이미 동의했으며 2주일 후에 우선 약혼식을 올리라고 했다는 걸 알았다.

지금 서둘러 침대에서 일어난 중자오는 혼자 웃음이 나오는 걸 억누를 수 없었다. 삶은 그에게 아름다움으로 가득 찬 것이 되었고 운명은 그에게 너무나 특별한 대우를 해 주고 있었다. 희망이 실현되리라고는 꿈에도 생각지 못했었는데, 뜻밖에도 이렇게 빨리 이루어지다니! 자신은 이제 행복 속으로 미끄러져 들어가게 된 것이다. 스스로도 이 모두가 사실이라는 게 조금은 믿기지 않았다. 그는 옷을 입으면서 베개맡에서 루 양이 보낸 편지를 더듬어 꺼내서는 정신을 가다듬고 다시 한번 읽어 보았다. 아니나 다를까, 거기에는 분명히 이렇게 쓰여 있었다.

……어제 이모가 집에 오셔서 부친과 제 일에 대해 이야기를 하셨는데, 이모가 "쥔얼(俊兒)도 혼사를 치를 때가 됐죠. 그래야 둘째 언니도 지하에서 안심하실 수 있고요"라고 하셨어요. 중자오, 돌아가신 어머님 말씀을 꺼내면 부친은 슬퍼하지 않으실 때가 없어요. 전 그분의 노안(老眼)에 눈물이 고이는 걸 보았죠. 나중에 부친께서 제 의견을 물으셨어요. 중자오, 제가 뭐라고 말할 수 있겠어요? 제가 또 무슨 말을 할 필요가 있겠어요? 부친께서 누구보다 더 분명하게 알고 계신 걸요. 부친께선 제가 말이 없는 걸 보시더니 미소를 지으시며 생각하시다가, "왕중자오도 실력이 있는 청년이니, 네가 마음에 든다면 그걸로 내가 바라던 것도 다 충족

이 된 셈이다"라고 하셨어요. 그러니 우리 일은 결정이 된 거죠. 부친께선 또 2주일 후에 우선 약혼식부터 올리라고 하셨어요, 그 땐 물론 당신이 한번 오셔야겠죠, 그리고 학교가 여름방학을 하면 그때 결혼을……

　　중자오는 다시 한번 눈을 비비고 교정을 보듯이 마지막 두 줄을 한 자 한 자 읽으면서 다시 어젯밤의 우스운 꿈을 떠올려 보았다. 정말 말도 안 되는 꿈이었다! 꿈속에서 그는 루 양의 이 편지가 알고 보니 장추류가 장난으로 꾸며 낸 것이라는 걸 '발견' 하게 되었다. 꿈속에서 그는 걱정스럽게 '제발 꿈이었으면' 하고 바랐는데, 지금 정말로 그게 단지 꿈이라는 게 입증된 것이다! 중자오는 세 번째로 다시 한번 눈을 비비고 지나칠 만큼 신중하게 다시 편지의 필체를 살펴보았다. 설마 지금도 뭐가 잘못될 수 있을까? 중자오 는 그것이 루 양의 그 특이한 필체가 틀림없다는 걸 다시 한번 확인하고는, 그제야 참지 못하고 하하 소리를 내며 큰소리로 웃음을 터뜨렸다. 까닭 없이 몇 방울의 눈물이 떨어져 내렸다.

　　극도의 흥분 속에서 세수를 하고 그는 책상 앞에 엎드려 답장을 썼다. 처음으로 사용해 보는 "쥔칭 내 사랑"이라는 다섯 글자를 쓸 때 자기도 모르게 다시 웃음이 터져 나왔다. 손 닿는 대로 책상 머리에서 루 양의 작은 사진을 꺼내 입을 맞추고, 사진 속의 루 양 을 무심히 보다가 중자오는 갑자기 만칭의 애인인 주 양을 떠올렸 고 다시 만칭이 그저께 흥분한 채 일부러 달려와서 주 양과 결혼 하게 될 거라는 기쁜 소식을 알려 주었던 상황을 떠올렸다. 그때 중자오는 확실히 몰래 질투하는 마음이 일었었다. 그러나 이제는 마땅히 만칭이 그를 질투해야 할 것이다. 이상하게 서로 너무나 닮은 두 여성 중에서 중자오가 더 나은 한 사람을 얻게 되었으니 마땅히 부러움을 사야 하지 않겠는가? 게다가 또 그토록 어렵게 얻은 것이기에, 그 의미와 기쁨 역시 더욱 컸다! 중자오는 자신의 행운을 친구들에게 과시할 필요가 있다고 생각하면서 우선 만칭에게 이 소식을 알리기 위해 편지지 한 장을 더 꺼냈다. 그러나 한 줄도 채 못 쓰고 다시 혼자서 웃기 시작했다. 그는 자신이 너무 유치하다는 생각이 들었다. 중자오는 막 쓰고 있던 편지를 급히 치워 버리고 다시 이미 "쥔칭 내 사랑"이라고 써 놓은 편지지를 집어 들어 마음을 가라앉히고 천천히 공손하게 써 내려갔다.

결국 두 통을 다 완성해서 중자오는 직접 가지고 나가 속달로 부쳤다. 그러고 나자 마치 모든 적들을 쳐부수고 난 영웅처럼 오히려 다시 적막하고 무료한 느낌이 들었다. 이른 새벽 한길 위에 서서 그는 장차 어떤 것들을 하려고 하는지 또 해야만 하는지에 대해 가늠해 보았다. 하지만 그의 머릿속은 중요한 큰 사건으로 예정된 날로만 꽉 차 있었다. '내 약혼식은 2주일 후고,' 그는 생각했다. '만칭의 결혼은 또 모레고, 그러면, 오늘, 내일은 무슨 일을 하지?' 그는 정말로 눈앞에 다가온 자신의 대사를 떠나서 자유롭게 생각할 수가 없었다. 생각의 실마리가 막 발동되면 당장 자연스럽게 약혼, 결혼 등으로 옮겨 갔다. 전에 유명한 정치 공작원이었던 쉬쯔차이가 표어나 구호를 벗어나지 못했던 것과 똑같이 지금 중자오도 루 양이라는 이 노선을 따르지 않고는 어떤 것도 생각하거나 행동할 수가 없었다. 그래서 반나절을 망설이다가 그는 장추류를 찾아가 이야기를 좀 하면서 자신의 이 행복한 사건을 알리기로 결심했다.

그러나 동창회실에 도착했을 때 중자오는 다시 후회가 되었다. 시간이 사실상 너무 일렀다. 잠시 머뭇거리다가 어쨌든 3층으로 걸어 올라갔고, 만약 방문이 열려 있으면 들어가고 그렇지 않으면 2층의 응접실로 돌아와 신문이나 보고 있기로 마음속으로 최종적인 결정을 내렸다.

다행히도 장추류의 방문은 열려 있었다. 그녀는 잠옷을 입은 채 창틀 위에 높이 걸터앉아서 먼 곳을 바라보고 있었다.

"당신 오는 거 봤는데. 어쩐 일이야, 이렇게 일찍?"

장추류는 눈을 돌려 중자오를 한번 쳐다보더니 인사말을 하듯이 이렇게 말하고는 다시 하던 대로 창밖의 먼 곳을 바라보았다.

"너무 이른가? 당신한테 알려 줄 게 있어서."

중자오는 정중하게 말하면서 장추류의 책상 앞에 놓인 의자에 앉았다.

"왕스타오의 처량한 소식 아냐? 한밤중에 큰길에서 왕을 보았다는 거?"

중자오는 경악하며 장추류의 입에 시선을 고정시킨 채 그녀가 말을 계속하기를 기다렸다. 그러나 장은 뜻밖에 말을 그만두고 뭔가 망설이는 것 같은 눈빛으로 그를 쳐다보았다. 그녀의 눈빛에 이상한 색채가 감돌았다. 분노 같기도 하고 슬픔 같기도 한.

"아니, 한밤중에 큰길에서, 뭐? 설마 또 자살이야?"

중자오는 잠시 기다려도 대답이 없자 다시 물을 수밖에 없었다.

"아, 그러고 보니 당신은 왕스타오를 만난 적이 없구나?"

중자오는 힘껏 고개를 내저었다.

"그러면 더 이상 이야기할 필요 없네. 우선 당신 일부터 얘기해 봐."

장추류는 나른한 듯이 이렇게 말하고는 고개를 돌려 다시 하늘을 응시했다. 중자오는 장추류가 뭔가를 바라보고 있는 게 아니라 다만 깊은 생각에 빠져 있을 뿐이라는 걸 알았다. 멀리 바라보는 걸 빙자해서 자기 마음속에 있는 번민을 가리고 있을 따름이다.

"난 정말 왕스타오 소식은 몰라, 전혀 모르는데."

"몰라도 돼. 하지만 당신은 그녀에 대해 어떻게 생각하지?"

중자오가 미소를 띤 채 머뭇거리며 어떻게 답변해야 할지 생각해 보고 있는데 장추류가 먼저 말을 이었다.

"당신이 평소에 왕에 대해 가지고 있던 생각은 좋아도 그만 나빠도 그만이지만, 최근에 그녀에게 일어난 일은 분명히 당신에게 어떤 입장의 선택을 요구해. 욕을 해도 좋고 칭찬을 해도 좋지만, 욕도 하지 않고 칭찬도 하지 않는 건 불가능하지."

"대체 무슨 일이 일어난 건데?"

중자오는 무척이나 초조하게 물었다. 마음속에 뭔가 집히는 바가 있어서 직감적으로 아마도 연애에 관한 일인가 보다 하는 생각을 했지만 다시 생각해 보니 또 꼭 그런 것 같지도 않았다. 만약 연애 쪽의 일이었다면 장추류의 말투가 이렇게까지 뭔가 숨기는 것 같지는 않을 것이다.

"어차피 당신하고는 전혀 상관이 없는 일이니까, 꼬치꼬치 캐묻지 않는 게 나아." 장추류는 여전히 머뭇거리며 이야기를 꺼내지 않으려 했다. 장은 잠시 멈추었다가 다시 말을 이었다. "그 일은 분노를 자아내면서도 연민을 느끼게 하지! 난 오히려 답답하다는 생각이 들어! 아니, 더 정확하게 묘사하자면 숨이 막힌다고나 할까, 시체의 썩은 냄새를 맡을 때 같은 그런 지독한 숨 막힘."

장추류가 갑자기 창틀에서 내려오더니 실내화를 끌면서 방 안을 왔다 갔다 했다.

중자오는 눈길로는 장추류의 발걸음을 기계적으로 좇으면서, 마음으로는 또 왕스타오의 비밀에 대해 이런저런 추측을 하다 보니 자신도 뭐라 말할 수 없는 우울한 기분에 사로잡히게 되어 마치 자신이 여기에 온 목적조차 완전히 잊은 것 같았다.

"만칭 곧 결혼한데, 청첩장 받았지?"

장추류가 뜻밖의 말을 꺼내더니 왼쪽 발꿈치를 원의 중심으로 삼아 한 바퀴 빙글 돌고 난 뒤 다시 중자오 앞에 섰다.

중자오는 고개를 끄덕여 알고 있다는 표시를 했다. 갑자기 처량한 느낌이 들었다.

"중자오, 당신은 주 양이 어떤 사람인 것 같아?"

"그녀도 사랑스러운 사람이지."

대답을 하면서도 중자오는 슬그머니 의아한 생각이 드는 걸 피할 수 없었다. 왜 오늘 장추류는 이렇게 다른 사람의 잘잘못을 따지기를 좋아하는 걸까.

"보기에는 그래도 사랑스럽지." 장추류가 미소를 지으며 그의 말을 수정했다. "중자오, 당신 만칭이 자신이 이상으로 생각하는 여성에 대해 말하는 거 들어 봤어? 기억 잘 안 나지? 난 똑똑히 기억하거든. 만칭의 이상이 옳은지 그른지는 별개의 문제지만 지금의 주 양은 어쨌든 그의 이상에 맞지 않아. 난 만칭에게 공개적으로도 그 이야기를 한 적이 있어. 전혀 그의 관심을 끌지는 못했지만 말이야. 그는 어쨌든 이 사이비 주 양을 그의 진정한 이상이라고 생각하고 있어. 중자오, 당신 알아? 만칭은 지나칠 정도로 신중한 사람이라는 거. 주 양에 대해서 그는 분명 많은 생각을 했을 거야. 하지만 결국은 사이비에게 기만을 당하게 된 거지. 운명은 이렇게 사람을 가지고 노는 걸 좋아하지!"

중자오는 입가에 웃음을 띠며 동의의 뜻을 표했다. 주 양과 루 양의 모습이 너무 닮았기 때문에, 중자오는 매번 주 양이 비판을 받을 때마다 대부분 무조건 찬성했다. 그가 이렇게 자기도 의식하지 못하는 사이에 남이 잘못되는 걸 보고 좋아하는, 이런 명예롭지 못한 심리를 가지게 된 건 아마도 처음 주 양을 만났을 때 시작된 것 같았다. 그 후 그와 루 양 사이의 애정이 진전되어 감에 따라 동시에 그것도 거의 정비례로 성장해 왔다.

"운명은 바로 이렇게 사람을 가지고 노는 걸 좋아하지." 장추류는 한 번 더 반복하면서 말을 이었다. "생각해 보면 정말 이상해, 주 양이 당신의 루 양과 그렇게도 닮을 수 있다니. 한 집안 자매보다 더 닮았잖아. 중자오, 당신은 당신이 생각하는 이상적인 여성상에 대해 말한 적 없는데. 아마도 당신의 루 양은 사이비가 아니겠지. 난 당신에게는 더 나은 행운이 있길 바라."

장추류가 키득거리며 어여쁘게 웃었다. 그녀는 사뿐히 몸을 돌려 반원을 그리며 돌고 나서는 다시 편한 자세로 창틀에 올라앉아 하늘을 응시했다. 그녀는 중자오의 얼굴빛에 이미 약간의 변화가 일어났다는 걸 전혀 감지하지 못하고 있었다.

중자오는 장추류의 말이 갑자기 자신을 향하게 되리라고는 전혀 생각지 못했기 때문에, 무방비 상태로 있다가 갑자기 얼음 채찍을 맞은 것처럼 거의 숨도 쉴 수 없을 지경이 되었다. 하지만 곧 다시 어떤 화끈거리는 것이 마음속에서 맹렬하게 반격을 가해 와 그의 얼굴은 귀뿌리까지 벌겋게 되었다. 중자오는 용기를 내서 일어나며 말했다.

"결코 그럴 리 없어! 난 나의 애인은 결코 그럴 리가 없다는 걸 믿어."

그러고 나서 그는 다시 목소리를 낮추어 자신에게 하듯이 말했다.

"어떤 사람이 이상적인 기준을 정해 놓고 그것을 추구한다면, 그건 어쩌면 단지 사이비 목적을 달성할 수밖에 없을지 모르지. 왜냐하면 그의 눈이 자신의 이상에 미혹되어 끝까지 냉정한 관찰을 할 수 없을 테니까. 하지만 난 먼저 어떤 기준을 세워 놓은 게 아니야. 난 완전 무구한 이상 세계 속에서 살아가는 야심가나 공상가가 아니라고. 난 단지 나의 이성이 보기에 아름다운 것만을 추구하려고 하지. 먼저 냉정한 눈으로 여기저기에 있는 아름다움을 찾아내고 그런 후에 있는 힘을 다해 그것을 얻으려고 노력하는 거지. 그렇기 때문에 나에게는 실패는 있어도 실망은 없어. 하지만 지금은 승리가 확실하다고."

중자오는 장추류에게로 한 걸음 더 다가가 그녀의 얼굴을 응시했다. 마치 그녀가 자신의 이론을 인정해 줄 것을 요구하듯이.

"난 당신의 승리에 대해서는 회의적이지 않지만, 승리 후에도 여전히 실망은 있을 수 있는 거라고!"

장추류는 웃으면서 다소 강변하듯이 말했다.

중자오는 고개를 내저으며 더 이상 불필요한 말은 하고 싶지 않다는 기색을 드러냈다. 그는 한 걸음 물러나 원래의 자리로 돌아가 앉더니 작은 소리로 자신에게 하듯이 중얼거렸다.

"회의적이라고! 어째서 스쉰파가 된 거지? 이상한 일이네!"

장추류는 무척 온화한 눈빛으로 중자오를 바라보더니 갑자기 웃기 시작했다. 스쉰이라는 이름이 그녀에게 재미있는 생각을 불러일으켰다.

"모레, 우리 우쑹(吳淞)으로 피크닉 가는데 당신도 꼭 와야 돼. 내가 당신이 만나 보면 재미있어 할 사람을 하나 소개해 줄 테니."
장이 말했다.

"모레? 모레는 장만칭의 결혼식 날이잖아?"

"장만칭의 결혼은 오후 3시고 우린 오전에 우쑹에 갈 거야. 이번 피크닉은 특별히 그 새 친구를 위해 마련한 거니까. 중자오, 당신 안 오면 안 돼."

"또 누구누구 오는데?"

"다들 잘 아는 사람들이야. 그 중 서너 명은 쉬쯔차이나 룽페이처럼 늘 보던 친구들이고."

"그 새로운 친구는 당신의 새 친구인가? 아, 생각해 보니 결혼식 같은 거군."

"때가 되면 자연히 알게 돼. 하지만 그 새 친구도 당신이 잘 아는 사람이야."

중자오는 호기심 어린 눈으로 장추류의 반짝거리는 자신만만한 눈을 바라보면서 이 여인이 오늘은 뭔가 감추고 있는 것 같다는 생각을 했다. 하지만 본래 많이 물어보는 걸 좋아하지 않는 성격인데다 뱃속도 텅 빈 것 같아서 몇 마디 말만을 더하고는 곧 자리에서 일어나려고 했다.

"모레 오전 7시 반 열차 타고 바오타이만(炮臺灣)으로 와. 우리가 거기서 기다릴 테니. 포트와인 한 병 가져오는 거 잊지 말고. 두 병이면 더 좋고."

장추류는 방문까지 따라와 당부를 하고는 다시 뭔가 숨기는 게 있는 것처럼 웃더니 아까처럼 창틀 위로 올라앉아 멍하니 하늘을 바라다보았다.

한 조각구름이 비켜서자 금빛 태양이 장추류의 온몸에 내리쪼였다. 얇은 비단 잠옷이 투명해져서 장의 가슴이 통통 뛰며 움직이는 게 보일락 말락 하는 것 같았다. 두려운 느낌이 지금 다시 그녀를 포위해 왔다. 그저께 밤 그녀는 거리에서 한 쌍의 남녀가 허리를 끌어안고 걸어오는 걸 봤는데 그 여자의 자태가 무척이나 왕스타오를 닮은 것 같았다. 그런 것 자체가 그리 이상하게 여길 만한 건 아니지만 그때 장추류는 갑자기 왕스타오가 이야기했던 자오츠주 사건과 이어 곧 아무 연고도 없는 연상을 떠올렸다. 다음 날 그녀는 일부러 왕스타오를 찾아가 전날 밤에 본 일을 이야기했더니 뜻밖에도 왕스타오는 당장 인정을 하면서, 자기가 이렇게 자신을 짓밟는 일도 마다하지 않는 건 순전히 뱃속의 아이 때문이라고 말했다. 게다가 이 미래의 아이 때문에 일찌감치 이렇게 할 수밖에 없다고, 앞으로 달수가 더 많아지면 쉬면서 요양을 해야 할테니라고 한 것이다. 말투는 씩씩했지만 왕의 목소리엔 오열이 감추어져 있었다. 장추류는 그때 자신이 무슨 말을 했는지 지금은 전혀 기억할 수가 없었다. 다만 왕스타오를 떠나온 후 오늘 새벽까지 자신이 분노와 슬픔이라는 두 가지 감정에 계속 쫓기고 있었다는 것만 기억이 났다. 그녀는 '다 돈 때문이야!'라고 생각했지만 지금 그녀에겐 이 문제를 해결할 능력이 없었다. 공부한다는 명목으로 상하이에 머물면서 반년 동안 수천 리 밖에 있는 노모에게 이미 두 차례나 돈을 요구했고 지금은 갈수록 더 궁색해져서 그녀 자신도 앞으로 삼사 개월을 어떻게 살아야 할지 알 수 없는 처지니, 다른 사람을 돕는다는 건 더더욱 말도 꺼낼 수 없는 일이었다.

장추류는 답답한 듯이 한숨을 내쉬고는 눈을 크게 뜨고 구름 속에서 막 얼굴을 드러낸 태양을 망연히 바라보았다. 차츰차츰 머리가 좀 어질어질해지는 걸 느끼면서 장은 창틀에서 뛰어내려 급히 몇 걸음 물러나서는 침대 위에 쓰러져 몸을 동그랗게 웅크렸다. 얇은 솜이불의 비단 면에 얼굴을 대고 마치 구원을 요청하는 듯한 마음으로 이 직물 특유의 매끄러운 차가움을 느껴 보기도 했지만 마음은 여전히 너무나 답답했다. 그녀는 다시 벌떡 일어나서 맨발로 방 안을 왔다 갔다 했다.

"쳇, 정말 이상하네! 여태까지 난 어떤 일에 이렇게 집착한 적이 없었는데."

그녀는 준엄하게 자문했다. "이게 바로 내 속에 숨어 있던 나약한 근성이 드러난 건가?" 하지만 그렇게 볼 이유는 없었다. 그러나 왕스타오가 처해 있는 상황이 비참한 건 부인할 수 없는 사실이다. 이 비참한 사실이 극도의 동정심을 불러일으켜 스스로도 이렇게 평상심을 잃게 된 것인가?

이런 생각을 하자 장추류는 마치 자기 행위에 대한 이론적인 근거라도 찾아낸 것 같아 차츰 진정이 되었다. 그러나 왕스타오가 남긴 흔적은 여전히 지울 수 없었다.

손목시계가 이미 10시 가까이를 가리키는 걸 보면서 장은 벌떡 일어나 옷을 갈아입고 서둘러 밖으로 나갔다.

그녀는 스쉰을 찾아갔다. 자살 사건이 실패로 끝난 뒤 스쉰은 비교적 괜찮은 곳으로 거처를 옮겼다. 마치 은둔이라도 하듯이 바깥 출입은 전보다 더 적어졌지만 비관과 회의의 색채는 나날이 엷어져 갔다. 그는 스스로 지금을 사상적인 공백기라고 말했다. 그는 매일 자기 방에 앉아 있거나 누워 있거나 혹은 방 안을 거닐면서 아무 일도 하지 않았고, 아무 생각도 하지 않았다. 그저 어떤 단순한 삶의 의지가 있어서 그로 하여금 거기에서 잠자고 일어나고 먹고 마시게 하는 것 같았다. 그러나 이 단순한 삶의 의지도 그 자신의 마음속에서 우러나온 것이라고는 할 수 없었다. 그것은 장추류의 열렬한 삶의 의욕이 반영된 것이었다. 이런 것들이 누적되면서 갈수록 더 농후해져, 최근 며칠 동안에 스쉰은 종전에 있던 호방함이 크게 되살아나는 것 같은 기색을 보였다. 지금 그는 마침 오랫동안 방치해 두었던 보안 면도칼을 찾아내서 어지럽게 자란 수염을 자르고 있는 중이었는데, 마침 장추류가 찾아온 것이다.

장추류는 미소를 지으면서 맞은편에 앉아 스쉰이 민첩하게 수염을 잘라 내는 솜씨를 감상하였다. 유명한 프랑스산 면도용 비누 한 장이 탁자 끝에 똑바로 서 있는 폼이 마치 경계 중인 보초 같았다. 장추류는 예술가가 자신의 만족스러운 걸작을 감상하는 듯한 태도로 스쉰의 새로 면도한 얼굴을 유심히 바라보았다. 스쉰의 얼굴은 본래 그렇게 평범한 얼굴이 아니었다. 비록 조금 마르긴 했지만 빼어난 기개로 충만했고 약간 꼬리가 올라간 입가는 특히 여자들의 환상을 불러일으킬 만했다. 지금 이 두 줄의 부드러운 곡선이 자못 날카롭게 느껴지는 위쪽 눈과 대조를 이루면서 스쉰의 얼굴에 말할 수 없는 사랑스러움을 더해 주고 있었다.

장추류는 그윽한 눈으로 이 새롭게 발견한 것들을 음미하느라 말을 잊고 있었다.

"옛날 풍채가 아직은 그래도 좀 남아 있군!"

스쉰은 면도칼을 쥐고 거울을 보며 흥얼거리듯이 말했다.

장추류는 키득거리며 웃고는 고개를 조금 들어 창밖을 바라볼 뿐 여전히 말이 없었다.

"하지만 옛날의 그 호방한 기상이 완전히 되살아날지는 알 수 없지."

스쉰은 한마디를 더 보태고는 입가에 쓴웃음을 지으며 천천히 면도날을 깨끗이 닦아 상자 속에 집어넣었다.

"어째서 당신은 내내 지난날의 이런저런 것들에 연연해하는 거지?" 장추류가 말문을 열었다. "지나간 것은 일찌감치 죽어 버렸고 또 일찌감치 죽어야만 해. 과거의 스쉰은 일찌감치 병원에서 자살을 했고 지금 눈앞에 있는 건 새로 태어난 스쉰이라고, 과거하고는 아무런 관련이 없지. 그래야만, 스쉰, 당신도 비로소 삶의 즐거움을 충분하게 누릴 수 있게 되는 거고."

"당신은 늘 그렇게 말하지만 당신이 뭐라고 하던 내 몸은 어쨌든 여전히 과거의 내 몸이니까. 이 속에는 지나간 삶의 투쟁들이 만들어 놓은 크고 작은 상처 자국들이 남아 있는 거지."

스쉰은 손가락으로 자신의 왼쪽 어깨 밑을 가리키며 그곳에선 여전히 수시로 통증이 느껴진다고 말했다. 그러나 이야기가 너무 침체된 분위기로 빠져 들어간다는 생각이 들었는지 다시 애써 웃음을 지으며 침대 곁으로 가서 술병을 집어 들고는 흥을 내어 소리쳤다.

"브랜디가 있어! 한 잔 하지."

장추류가 웃으며 고개를 끄덕이고는 일어나서 병마개 따는 일을 도왔다. 방금 스쉰의 말은 어떤 부인할 수 없는 사실을 들추어내서 그녀의 마음을 잠시 흔들어 놓았지만 지금은 다시 완전히 사라져 버렸다. 그들은 병마개를 꺼내고 찻잔을 가져다가 두 잔 가득히 따랐다. 스쉰이 크게 한 모금 마시고 나서 혀끝을 살짝 깨물며 말했다.

"벌써 거의 반년이 넘도록 브랜디를 마신 적이 없네. 작년에 마지막으로 폭음했던 때가 지금도 생각나, 주장(九江)의 구영국조계(舊英租界)에서였지. 삼성 브랜디 한 병을 2원 2전에 샀는데, 소비세를 한 2원 5, 6전쯤 냈고, 중앙표(中央票)로 40프로를 할인해서……."

"또 옛날 얘기!" 장추류가 그의 말을 잘랐다. "어떻게 해도 잊을 수가 없나 봐?"

스쉰은 잔을 들어 다시 한 모금을 마시고는 담담하게 웃으며 대답했다.

"잊지 않는 건 자연스럽게 되는데, 잊으려고 하면 그건 오히려 계속 신경 쓰면서 늘 의식을 해야 하거든. '잊자! 잊자!' 하면 물론 입으론 '잊어지지' 만 마음속으론 오히려 더 '잊히지 않아!' 인걸."

장추류는 스쉰을 힐끗 바라보더니 고개를 숙이고 입술을 잔 언저리에 갖다 댔다. 술잔 속의 술이 위축된 듯 수면을 조금 낮추는 것 같았다. 그녀는 천천히 고개를 들면서 말했다.

"우리 잊느니 마느니 하는 그런 이야기 그만해. 모레는 당신 일찍 일어나야 돼. 우리 우쑹으로 피크닉 갈 거니까."

"우리 둘뿐인가?"

"다른 사람들도 있어. 내가 이미 다 약속을 해 놨으니까 당신은 신경 쓸 것 없고. 그 사람들은 당신이 온다는 거 몰라."

"목적은 그냥 가볍게 즐기자는 건가?" 스쉰이 다시 물으며 세 번째 모금을 마셨다.

"아니, 사람들에게 새로 태어난 스쉰을 선보이려는 거지."

스쉰의 대답은 호탕한 웃음이었다. 그러나 곧 칼로 자르듯이 웃음을 거두고 스쉰은 그의 긴 머리를 뒤로 젖히면서 냉랭하게 말했다.

"그러나 새로 태어난 스쉰이 장성할 수 있을지는 여전히 의문이지!"

장추류의 눈꺼풀이 움직였다. 이 냉랭한 어조와 말투 심지어는 거기에 포함되어 있는 의미까지 모두 옛날의 스쉰을 환기시키는 것들이었다. 과거가 결코 완전히 과거가 되지 않으려 하는 것이다. '과거'의 검은 그림자가 그 꼬리를 어떻게든 '현재'의 몸체 위에 투사해서 한 자리를 차지하려 하는 것 같았다. 눈앞에 새로 태어난 이 스쉰은 비록 자못 달라진 것처럼 보였지만 그의 온몸 세포 하나하나 속에는 '과거'의 뿌리가 남아 있었다. 그것은 마치 그의 턱에 달린 수염이 지금은 물론 깨끗하게 깎였어도, 어딘지 알 수 없는 곳에 감추어져 있는 무궁무진한 수염의 뿌리는 끝내 다 깎아 버릴 수 없는, 어떤 날카로운 칼로도 그것을 다 제거할 수 없는 것과 같았다. 생각이 여기에 이르자 장추류는 마치 예술가가 갑자기 자신의 걸작 속에서 고질적인 중대한 결함이라도 발견해 낸 것처럼 우울한 마음이 되었다. 장은 점점 붉은 기운이 퍼져 가는 스쉰의 얼굴을 환멸이 섞인 비애 속에서 응시하였다. 스쉰 쪽에서는 장의 이런 느낌을 전혀 알아차리지 못한 채 미소를 지으며 한 모금 한 모금씩 연거푸 브랜디를 들이키고 있었다. 마치 그에게 암시라도 받은 듯이 장추류도 자기도 모르는 사이에 잔을 들고는 몇 모금을 연달아 마셨다.

"그들도 모레 가나?"

스쉰이 갑자기 이상하다는 듯이 묻고는 다시 두 번째 잔을 가득 따랐다.

장추류는 잘 못 알아들은 것 같은 표정으로 스쉰의 얼굴을 바라보았지만 스쉰이 벌써 다시 말을 시작했다.

"피크닉은 모레 거행된다고 해도 우린 오늘 가도 괜찮겠지. 내 기억으로 바오타이만에 여관이 하나 있었는데, 아마 하이빈(海濱) 여관이었을 거야, 거기가 괜찮았는데. 우리 먼저 거기 가서 묵다가 모레 지나고 돌아오지. 마음껏 한번 놀아 봐야 그래도 새로 태어난 스쉰이란 이름이 허명이 안 될 것 같은데……. 아, 어째서 당신 마음껏 마시지 않는 거지?"

대답이라도 하듯이 장추류는 즉각 잔을 물고 한 모금 마셨다. 스쉰의 제의가 그녀를 고무시킨 것 같았다. 그녀는 신이 나서 일어났다. 하지만 곧 어떤 일이 마음속에 떠올랐는지 다시 풀썩 주저앉더니 고개를 숙인 채 술을 마셨다.

"오늘 꼭 가지! 내게 이것도 있으니." 스쉰은 장추류의 마음을 벌써 알아차리기나 한 것처럼 주머니 속에서 지폐 한 장을 민첩하게 꺼내 날려 보였다. "이 종이를 써 버릴 방법도 생각해야지." 그는 지폐를 다시 주머니 속에 넣고는 말을 이었다. "원래는 작년에 친구에게 빌려 줬던 건데 도로 받을 생각 안 하고 있다가 그저께 생각해 보니 그래도 이왕 며칠 더 살 거면 그거라도 있는 게 낫겠다 싶어서 가서 찾아왔지."

사람들이 술을 마시면 말하기를 좋아하는 것처럼 스쉰도 지금은 말이 많아져 온 방 안에 그의 목소리가 메아리치고 있었다. 장추류는 오히려 그다지 입을 열지 않았다. 어떤 이유 때문인지 모르지만 창망(悵惘)한 느낌이 마음을 가로막고 있었고 그건 독한 브랜디로도 녹아 없어지지 않는 것 같았다. 하지만 이 창망함의 성격을 설명하기는 어려웠다. 게다가 알콜의 힘이 그녀의 태양혈을 붕붕 뛰게 해서 지금은 조용하고 침착하게 생각하는 일조차 불가능했다.

스쉰은 장추류의 마음이 슬그머니 어두워져 가고 있다는 걸 전혀 눈치채지 못하고 있었다. 두 번째 잔을 반쯤 마셨을 때 그는 몸을 털며 일어나서 탁자를 사이에 두고 장추류의 손을 잡아끌어 자기의 가슴에 대었다. 거기에서 고집스럽게 격렬하게 뛰고 있는 것은 그의 심장이었다. 장추류는 미소를 지었다.

"이게 왜 이렇게 요동치고 있는지 당신 알아?"

스쉰이 조용하게 말하며 장추류의 손을 내려놓고는 의자 위에 풀썩 주저앉았다.

장추류는 여전히 미소를 지은 채 속으로 생각했다. '연애의 상투적인 수법이 시작되는군.'

어떤 다른 이유에서 그녀는 일찍부터 이런 식의 연애 수법이 너무나 가소롭다고 생각해 왔지만 그것이 지금 다시 태어난 스쉰의 입에서 나오는 건 그래도 의미가 있다는 생각이 들었다. 그 때문에 그녀는 스쉰의 용기를 북돋우는 아리따운 미소를 유지한 채 그의 다음 이야기를 기다리고 있었다.

"이유는 아주 평범한 거지. 당신을 사랑한다는 거. 하지만 감히 당신을 사랑하진 못해. 사랑하길 바라지도 않고."

장추류는 전혀 놀라는 기색을 드러내지 않았다.

"감정과 이성의 충돌이지. 2주일 동안 매번 당신이 내 눈앞에 나타날 때마다 이런 충돌이 뒤따라오곤 했어. 그러다 당신이 떠나가고 나면 그것도 사라졌지. 만약 내가 당신을 미친 듯이 사랑할 수만 있다면 아무 문제없겠지. 하지만 생각해 보면 내게 그런 활력이 남아 있는 것도 아니니까."

다시 술 한 모금을 더 마시고 스쉰은 장추류 앞으로 걸어 나와 왼팔로 그녀의 가는 허리를 끌어안고 붉게 달아오른 마른 얼굴을 그녀의 어깨에 기대었다. 장추류는 가볍게 그의 머리카락을 어루만졌다. 적당한 답이 떠오르지 않았지만 이런 순간에는 말보다 침묵이 더 힘이 있다는 걸 알고 있었기 때문에 그녀는 더 이상 생각하지 않고 스쉰에게 입을 맞추려는 것처럼 얼굴을 돌린 채 그의 옆얼굴을 주시하였다.

"하지만 어쨌든 우쑹에는 오늘 꼭 가도록 하지!"

갑자기 스쉰이 단호하게 말하며 침대 곁으로 달려가더니 모자를 집어 들어 머리 위에 덮어씌웠다.

그들이 바오타이만에 도착했을 때 스쉰은 술기운이 완전히 가셔 늘 그렇듯이 많은 말을 하지 않았다. 그들은 강변에 한참을 앉아 있으면서 바쁘게 들어오고 나가는 외국 군함과 상선들을 바라보았다. 저녁이 되어 반달의 은빛이 바오타이만으로 비쳐 들어올 때까지 그들은 여관 복도 앞에 앉아 있었다. 우쑹 강과 황푸(黃浦) 강을 오가는 기차의 덜컹거리는 소리가 다가왔다 가는 사라져 갔다. 강 쪽에서는 구성지게 울려 퍼지는 기적의 애절한 울부짖음이 전해져 왔다. 부근의 한길에서 육군 보초들이 가끔씩 한두 마디 고함을 질러 대는 소리가 들렸고, 이것 말고는 모두 사람을 잠 속으로 끌어들이는 정적뿐이었다. 그들 둘은 이따금씩 짧막하고 연관 없는 몇 마디 말만을 나누었을 뿐 열띤 대화는 없었다. 침묵이 빚어내는 긴장 같은 것이 그들 사이에서 확산되고 있었다. 장추류는 둘 중 상대적으로 진정되어 있는 편이었다. 그녀는 단지 약간의 호기심으로 '그가 어떻게 하는지 살펴보겠다'는 태도를 견지하면서 조금은 불안한 기분을 느끼며 기대하고 있는 입장이었고, 스쉰은 자못 안절부절 못하고 있었다. 그건 아직 경험이 없는 사람이 공연히 느끼게 되는 그런 두려움이 아니라, 일찍이 겪을 거다 겪어 본 사람이 다시 자신이 제때에 연기를 잘 해낼 수 없을까봐 두려워하는 그런 종류의 지나친 부담에서 오는 초조함이라는 걸 그 스스로 잘 알고 있었다.

여관 부근의 학교에서 취침을 알리는 종소리가 울렸고 우쑹-황푸 간 마지막 열차가 도착했다. 짧고 급하게 들리던 시끄러운 소리가 차츰 사라져 버리고 난 후 곧 배분된 정적이 감돌았다. 피부에 와 닿는 바람의 감촉도 제법 차가왔다. 스쉰과 장추류가 더 이상 여관 복도에 머물러 있으면 다른 사람들의 놀림을 사게 될 시간이었다. 그들은 서로 쳐다보다가 비밀스러운 미소를 지은 채 천천히 방으로 돌아갔다.

"우리가 갑자기 여기에 있게 되다니, 생각하면 좀 우스워."

방문을 닫고 나서 장추류가 부드럽게 웃으며 말했다.

스쉰은 장추류의 손을 잡아 자기의 입술 위에 지그시 댄 채 반응이 없었다.

"이제, 당신의 문제가 해결됐나?"

장추류가 또 놀리듯이 물으며 몸의 반을 스쉰에게 기대고는 아주 총기 있게 식지로 그의 가슴을 한 번 찔렀다.

"이미 해결되었다고 할 수 있겠는데."

스쉰은 조그만 소리로 대답하면서 장추류를 품안으로 끌어당기고 그녀의 목에 입을 맞추었다. 마음속에서 불덩이 하나가 폭발하는 것 같았다. 그는 즉각 온몸이 달아오르는 걸 느꼈고, 그의 용기는 최고도로 부풀어 올랐다. 스쉰은 좀 특이한 웃음을 지어 보이더니 재빠르게 장추류를 놓아주고 자신은 방구석의 낮은 병풍 뒤로 달려가 거기에다 겉옷을 벗고는 다시 걸어 나왔다. 이미 창문옆의 옷장 앞에서 하얗게 빛나는 몸을 자랑스럽게 드러내 놓고 서있는 장추류의 뒷모습이 보였다. 스쉰이 빠른 걸음으로 앞으로 걸어 나왔다. 둘 사이의 거리가 두 자쯤 되었을 때 장추류는 몸을 돌렸고 그때 스쉰은 돌연 멈칫하더니 그의 얼굴색이 완전히 변했다. 그는 장추류의 풍만하고 건강한 육체를 보았고 동시에 역시 옷장문의 거울을 통해서 자신의 해골같이 뼈대만 앙상한 몸을 보게 되었다! 이 두려운 대조가 갑자기 그를 실망의 심연으로 던져 넣었고 그는 두 걸음 물러나서 가까운 소파 위에 쓰러지더니 낙심한 듯이 두 손으로 얼굴을 가렸다.

"왜 그래? 갑자기 아픈 거야?"

장추류는 스쉰의 어깨를 흔들며 초조하게 물었다.

스쉰은 고개를 저으며 두 손으로는 여전히 얼굴을 가리고 있었다.

그는 갑자기 일어나서 장추류를 똑바로 보며 쓴웃음을 짓고는 오히려 진정된 듯이 말했다.

"적당한 데서 그만두는 게 좋겠어. 아, 추류, 난 과거엔 적당한 데서 그만두는 걸 극력 반대했지. 늘 흥을 다해 통쾌하게 지내기를 원했어. 하지만 결과는 늘 열기가 극에 달하면 냉기가 되고, 결국은 회의와 비관의 깊은 구덩이로 떨어지는 것이었어. 하지만 지금은 당신의 그 왕성한 활력이 나를 깊은 구덩이에서 걸어 나오게 한 거지. 추류, 우리 적당한 데서 그만두는 게 낫겠지? 쾌락의 잔은 남겨 두었다가 천천히 한 모금씩 마십시다!"

스쉰은 말을 마치고 장추류의 손을 잡고 가볍게 입을 맞추더니 곧 몸을 돌려 뛰어나갔다.

장추류는 한참을 망연히 서 있다가 옷을 걸치고 방을 나섰다.

그녀는 우선 복도로 갔다.

청량한 달빛이 그들이 앉아 있던 두 개의 의자를 비추고 있었다. 만물이 고요한 가운데 섬돌 아래 어지럽게 자란 풀 더미 속에서 이따금씩 찌르르거리는 벌레 소리만이 전해져 왔다.

"스쉰!" 장이 조그만 소리로 불렀지만 대답이 없었다.

그녀는 복도 위를 배회하면서 스쉰이 방금 했던 말을 되씹어 보았다. "적당한 데서 그만두는 게 낫겠지." 그녀는 마음속으로 이 말을 생각하고 있었다. 그러나 왜 스쉰의 감정이 단 몇 분 사이에 그런 변화를 일으키게 되었는지에 대해서는 분명하게 이해할 수가 없었다.

"스쉰!" 그녀는 다시 한번 작은 소리로 불렀지만 여전히 대답이 없었다.

그녀는 내키지 않는 듯이 다시 방으로 돌아와서 탁자 위에 쪽지 한 장이 놓여 있는 것을 발견했다.

추류, 난 벌써 아래층에 있는 방 하나를 따로 빌렸어. 내일 만나. 편안한 밤 되길!

장추류는 쪽지를 구겨서 재떨이에 던져 버리고는 옷을 입은 채 침대 위에 쓰러져 잠이 들었다.

다음 날 아침에 스쉰은 왼쪽 어깨 부분에 갑자기 참을 수 없을 정도의 격렬한 통증을 느꼈다. 물론 이건 고질적인 거라서 스쉰 자신은 전혀 중시하지 않았고 장추류도 제법 담담했지만 어쨌든 당장 상하이로 돌아와야 했다. 스쉰이 늘 먹던 약을 바오타이만에 서는 살 수 없었기 때문이다.

약을 먹고 나자 스쉰의 어깨 통증은 훨씬 줄었고 다음 날은 완전히 나았다. 장추류는 그래도 약간의 불안이 남아서 친구들에게 바오타이만에서의 야유회 날짜를 변경한다고 통지하려고 했지만 스쉰이 동의하지 않아 그들 둘은 예정된 시간대로 약속 장소로 갔다.

열차가 정거장에 도착하자 단지 몇 명의 여행객들만이 내렸다. 처음에는 가죽 띠를 비스듬히 걸친 낯선 서너 명의 '무장한 친구들'이 내렸고, 그 뒤를 룽페이가 쥐새끼처럼 뚫고 나와 목을 잡아

빼고는 먼 데만 바라보고 있었다. 쉬쯔차이도 따라 내려서 룽페이의 행동을 흉내 내고 있었다. 마지막은 왕중자오였다. 그는 다른 열차 칸의 문가에서 소리 없이 웃고 있는 장추류를 발견했다.

"추류, 여기야!" 중자오는 장추류를 부르다가 등 뒤에 서 있는 참신해진 스쉰을 발견하고는 자기도 모르게 놀라서 소리를 질렀다. "아, 자네잖아? 스쉰! 몰라보게 변했네, 하, 하!"

룽페이와 쉬쯔차이가 몸을 돌리더니 둘 다 웃었다. 룽페이는 장추류에게 이상한 표정을 지어 보이고는 아무 말도 하지 않았다. 그들 다섯 명은 서로 의견을 조율하듯이 한번 쳐다보더니 쉬쯔차이가 앞장서서 정거장을 빠져나와 강가의 풀밭 위로 갔다.

"장 양, 우리를 그 먼 데서부터 달려오게 해 놓고, 설마 다과도 준비하지 않은 건 아니겠지?"

룽페이가 더 이상 참지 못하고 말을 했다.

"서두르지 마, 물론 있지. 하지만 당신 건 어디 있는데? 중자오, 당신 손에 있는 거 룽페이 거 아니지?"

장추류는 날카롭게 말하더니 다른 사람의 대답은 기다리지도 않고 사뿐히 뛰어갔다.

중자오는 손안에 든 물건을 풀었다. 거기에는 두 병의 술과 연잎으로 싼 빵 몇 개가 들어 있었다. 쉬쯔차이도 낡은 양복 주머니에서 종이봉투 두 개를 꺼냈다. 그들 넷은 잔디밭에 편한 대로 앉았다. 쉬쯔차이와 룽페이가 스쉰에게로 다가가서 질문을 건넸다. 중자오는 그날 장추류의 그 신비한 말을 기억하면서 곧 모든 세세한 사정을 이해하게 된 것 같았다. 마음속으로는 '연애의 마력이

정말 크구나. 회의주의자 스쉰을 저렇게 바꿔놓다니' 하고 생각
했다.

쉬쯔차이는 스쉰이 자살을 기도했을 때 느낌이 어땠는지를 지
치지도 않고 세세하게 물으면서 몇 번이나 목구멍까지 올라왔던
룽페이의 말을 다시 들어가게 했다.

"자살 경험은 그냥 그런 거니까, 우리 지나간 얘기 하지 말고 지
금 이야기나 좀 하지."

나중에 스쉰이 덤덤하게 말했다. 그는 이 무료한 심문을 끝내고
싶었다.

"누가 아니래! 쉬, 다른 사람도 말 좀 하자. 스쉰, 지금은 회의파
아니지? 아니면 샤오 장이 회의파가 된 건가? 무슨 파든 상관없
이 당신과 샤오 장은 결합하게 된 거고. 오늘이 바로 당신들의 결
혼식이고 그런 거지?"

룽페이가 가까스로 발언할 기회를 얻게 되자 서둘러 한 무더기
의 말을 쏟아 놓았다.

"난 조금은 짐작하고 있었어. 그래서 축하해 주려고 술을 가져
왔지."

입을 연 적이 없는 중자오가 끼어들며 말했다.

"정말이야? 스쉰과 샤오 장이 결혼한다니 그거야말로 기적 중
의 기적이네!"

쉬쯔차이는 믿어지지 않는다는 듯이 이렇게 말하며 스쉰의 말
끔하게 깎인 턱을 응시했다.

그러나 스쉰은 어떻든 개의치 않는다는 듯이 웃으며, 손 가는

대로 술병을 하나 집어 들더니 교묘한 솜씨로 곁에 있는 뾰족 돌 위에 병목을 두드려 마개를 따고는 곧 입속으로 한 모금 부어 댔다. 그의 태도가 너무나 노련하면서도 우스워서 다들 보며 웃음을 터뜨렸다.

저쪽에서 장추류가 다시 왔고 그 뒤로 가득 찬 쟁반을 받쳐 든 한 사람이 따라왔다. 술, 사이다, 과자, 잔, 모든 게 다 있었다. 풀밭 위는 갑자기 한층 더 떠들썩해졌다. 그러나 사람들은 모두 먹고 마시기에 바빠서 잠시 동안 말이 없었다. 스쉰은 열심히 술을 마셨다. 그의 병목 두드리는 솜씨는 모두들 주목하는 묘기가 되었다. 쉬쯔차이가 사이다 한 병을 가져다가 스쉰에게 배운 방법으로 뾰족 돌 위에서 병목을 두드리다 쨍그랑 하며 병의 한가운데가 깨져 사이다가 쉬쯔차이의 얼굴 위로 치솟았다.

"자네는 안 된다니까. 적어도 오백 병 이상 마시지 않으면 내 이 묘기는 배울 수가 없다고!"

스쉰의 날카로운 목소리가 사람들의 광소 속에서 들려왔다.

"자네가 아직도 낭만파의 동지라는 걸 미처 생각 못했는데."

쉬쯔차이가 손수건으로 얼굴을 닦으면서 마른 웃음을 웃으며 대답했다.

"하지만 최근에야 비로소 낭만파의 당적을 회복했지. 장 양, 당신들 두 사람의 연합 전선이 어떻게 성공한 건지 우리들 앞에서 공개해야지. 안 할 거야? 그러면……."

"그러면…… 뭐, 말해 봐!" 장추류가 부질없이 위협을 가하고 있는 룽페이의 말을 날카롭게 가로막고는 룽페이의 얼굴을 쳐다보면서 천천히 말을 이었다. "난 누구 앞에서도 말할 수 있지만 당신의 면전에서는 말하기 싫어."

"말하지 않아도 괜찮아. 난 전처럼 다 듣는 수가 있으니까."

"들은 걸 어떻게 꼭 믿을 수가 있나, 사람들이 자넬 속이는 건지도 모르는데. 제일 좋은 방법은 자기가 상상해서 사실을 만들어 내는 거지."

스쉰이 크게 웃으며 말을 잇고는 또 병목을 두드렸다.

룽페이도 담담하게 웃으며 '하필이면 나를 가지고 논담' 하는 기색을 드러냈다.

"그게 절대 우스갯소리가 아냐!" 중자오가 아주 진지하게 끼어들었다. "연애에 관한 일은 영원히 정확한 자서전이 있을 수 없는 거라고. 상상만이 오히려 진상을 짚어 낼 수 있는 거지. 내 친구 팡(方) 선생이 소설을 썼는데, 어떤 친구들은 그 속의 인물과 사건들이 완전히 다 상상해 낸 거라서 현실 속에는 전혀 그런 사람이 없다고 하는데, 다른 친구들은 오히려 그가 자신들의 비밀을 공개했다고 뭐라고 하더라는 거야. 윈(雲) 도령이라는 사람은 작품 속에 있는 어떤 여성이 바로 그들이 늘 이야기하던 윈 아가씨의 화신이라고 억지를 부리고, 또 어떤 친구는 책 속의 어떤 인물이 바로 어떤 사람인지를 하나하나 지적하면서 팡 선생의 소설 속 인물들에 대해 한 편의 색인을 만들겠다고 했다니. 만약 정말로 그걸 만들어서 발표했다면 정말 큰일이 났겠지!"

"난 그런 우연이 있을 수 있다고는 안 믿는데." 쉬쯔차이가 고개를 가로저으며 말했다.

"자, 각자 한 잔씩 마시자. 연합 전선 얘긴 그만하고! 그 말도 이제 유행 지났어."

장추류가 일어서서 이렇게 말하며 단숨에 손에 든 잔을 비웠다. 꿀럭거리는 소리와 술잔과 술병 부딪치는 소리가 계속해서 이어졌다. 두서없는 이야기들이 다시 시작되었고 다섯 사람은 모두 목청 높여 웃고 떠들었다. 그러다가 갑자기 현악기의 줄이 뚝 끊어지듯이 벌어져 있던 다섯 개의 입이 일제히 잠잠해졌다. 정거장에 방금 도착한 열차의 기관차에서 탈진한 듯한 헐떡거림이 전해졌다. 태양이 회색의 구름 병풍 속으로 숨어 버려서 얼굴 위로 불어오는 바람이 한결 시원하게 느껴졌다. 쉬쯔차이가 다리를 뻗고 풀밭 위에 눕더니 흥얼거리며 경극의 한 대목인 '상점주인(店主東)'*을 부르기 시작했다.

"쉬가 바로 영락한 영웅이로군, 당대의 진경(秦瓊)* 못지않겠는걸!"

룽페이가 놀리는 것 같기도 하고 감탄하는 것 같기도 한 말투로 목청 높여 말하면서, 실의한 영웅이나 성숙한 부인 같은 태도를 짐짓 연출하며 장추류의 손목을 잡고 이상한 폭소를 터뜨렸다. 술기운이 그의 얼굴을 온통 붉게 만들었고 웃는 눈은 겹쳐져 두 줄의 실선이 되었다. 다시 또 한 편의 연애의 비극을 연출할 기색이 농후했지만, 장추류도 지금은 뜻밖에 부드러워져서 한 손을 돌려 다시 룽페이의 팔을 잡고는 명령하듯이 말했다.

"일어나! 당신 같은 얼빠진 영웅이 노래는 부를 줄 모를 테고, 그래도 춤은 출 줄 알겠지!"

룽페이는 정말로 일어나서 아지랑이처럼 이리저리 어지럽게 뛰어다녔다. 스쉰과 중자오는 웃음을 참지 못해 눈물이 다 날 지경이었다. 스쉰은 한 모금에 술 반 병을 부어 대고는 빈 병을 강 속으로 던져 버리고 고개를 흔들며 뛰기 시작했다. 그러나 갑자기 발밑이 물컹해져서 그는 다시 주저앉았고 그대로 풀밭 위에 누웠다. 그는 흉곽 사이에서 무언가가 팔딱거리고 목구멍이 이상하게 부풀어 오르는 걸 느꼈다. 눈을 감고 힘껏 숨을 들이키며 흉곽 사이에 있는 뭔가를 토해 내고 싶었는데, 갑자기 무슨 향내 같기도 하고 아닌 것 같기도 한 냄새가 났다. 다시 눈을 크게 떠 보니 장추류가 그의 머리맡에 서서 빈 술병을 공중으로 던지고 있는 게 보였다. 그의 눈썹이 장추류의 옷깃에 스쳐 가볍게 떨리자 그 원통형의 페티코트 속에서 바로 그 이상한 향기가 날아 왔다. 하얀 두 다리가 이 비단 재질의 둥근 담 속에서 민첩하게 움직이고 있는 게 보였다. 마음이 동하여 팔을 뻗어 사람을 유혹하는 이 발목을 끌어안고 싶었지만 갑자기 한 차례의 현기증이 그를 내리쳐 마치 몸 밑의 땅바닥이 갈라지는 것 같았다. 스쉰은 몸을 뒤집으려고 애를 썼지만 그렇게 할 수가 없었다. 비릿한 피가 이미 그의 입에서 쏟아져 나왔다.

중자오가 먼저 이 뜻밖의 사건을 발견했지만 놀라서 소리만 질렀을 뿐 아무 말도 하지 못하고 있었다. 장추류는 이때 막 세 번째 빈 술병을 던지고 온 신경을 동작에 집중하고 있어서 발 근처에서 무슨 일이 일어났는지 전혀 알아차리지 못하였다. 놀란 중자오의 두 번째 외침에 고개를 숙이고 한번 보고 난 뒤에야 비로소 장은 격렬한 타격을 입은 것처럼 땅바닥 위로 엎어졌다.

쉬쯔차이와 룽페이도 달려와서 중자오를 도와 난리법석을 떨며 스쉰을 부축해서 일으켰다. 장추류는 멍하니 땅바닥에 앉아 두 눈을 크게 뜬 채 생각에 잠긴 것 같더니, 갑자기 또 뭐가 뭔지 다 알겠다는 듯이 큰소리로 독살스럽게 웃었다. 스쉰의 얼굴은 창백했지만 그래도 차분했다. 핏발 선 눈동자가 사방을 두리번거리고 있었다.

"추류, 여기 병원 있어?"

중자오가 다급하게 물었다.

장추류는 고개를 내젓다가 갑자기 벌떡 일어나더니 정거장 쪽으로 달려가며 말했다.

"내가 가서 자동차 한 대 불러올게!"

장추류가 여관에서 자동차를 몰고 왔을 때 스쉰은 얼굴색이 조금 나아져 있었다. 스쉰은 시종 말이 없었고 신음소리도 내지 않았다. 자동차가 그들 다섯 명을 싣고 상하이로 돌아갈 때 스쉰의 입술이 몇 번 움찔거리며 무슨 말을 하는 것 같았지만 자동차 소리가 너무 커서 사람들은 아무도 똑똑하게 알아듣지 못했다.

그들 다섯은 나는 듯이 달리는 자동차 속에 끼어 앉은 채 단지 몇 번 의문의 눈길을 교환했을 뿐 한마디도 하지 않았다. 중자오는 멍하니 앉아서 오후에 장만칭의 결혼식이 있다는 생각을 하다가 자기도 모르게 마음속에서 의문이 일었다. '그들에게는 뜻밖의 상황이 생기지 않겠지? 그러나 무상(無常)한 운명이 너의 좌우에서 염탐하고 있는데 절대로 그럴 리 없다고 감히 말할 수 있을까?'

중자오의 마음이 이상하게 어두워지기 시작했다.

8

스쉰이 갑작스레 발병했다는 놀라운 소식이 중자오 등에 의해 장만칭의 결혼식장까지 전해지긴 했지만, 이 성대한 결혼식은 어쨌든 시종 유쾌하고 행복한 가운데 치러졌다. 신혼부부의 즐거운 마음은 마치 한 무더기의 타오르는 불꽃 같아서 어떤 어두운 그림자라도 던져지는 즉시 소멸되어 버리고 말았다. 비록 사흘 후에 장만칭은 다시 중자오를 통해 스쉰의 사망 소식을 들었지만 몇 번 애석하다는 말을 하고는 곧 이 사건을 잊어버렸다. 그의 마음은 연애 생활의 달콤함으로 가득 차 있어서 그것과 다른 맛은 완전히 다 배척해 버렸다.

물론 파란이 전혀 없다고 말할 수는 없었다. 그러나 너무나 아름답던 삶이 점차 평범한 것으로 바뀌어 갈 때는 소소한 파란도 때로 필요한 것이다. 만칭이 결혼한 지 일주일쯤 되었을 때 바로 이러한 변화가 나타났다. 닷새째 되던 날 이른 아침 이 신혼의 한 쌍 사이에 소소한 다툼이 일어났다. 아니 다툼이라기보다는 오해라고 해야 할 것이다. 만칭이 무의식중에 스쉰이 죽은 뒤 장추류에 대한 이야기를 꺼내면서 다소 걱정하는 기색을 드러냈다. 그러자 주 양은 차갑게 비웃었고 당장 밑도 끝도 없는 질투가 그녀의 눈초리와 눈가로 몰려들었다. 만칭도 그것을 느끼고는 매우 미안한 듯이 웃으며 이야기의 방향을 돌리려 했지만 주 양은 그냥 지나치지 않고, 고개를 돌려 만칭의 눈빛을 피하며 냉랭하게 말했다.

"이제 그녀가 혈혈단신이 되었으니, 당신이 가서 그녀의 적막을 달래 줘야겠네요."

만칭은 멍해졌다. 부인이 궁지에 몰린 쥐를 끝까지 몰아붙이는 그런 사람이라고는 생각해 보지 않았다. 더구나 그 말뜻은 그의 인격을 너무나 이해하지 못하는 것이었다! 토론회가 열린 날 이후로도 주 양은 한두 번 장추류에 대해 물은 적이 있었지만 지금처럼 이렇게 발끈해하는 행동은 전에는 없었다. '질투는 여인의 미덕'이라는 걸 인정하면서도 주 양의 직권 남용은 여전히 그를 우울하게 만들었다.

"진루, 당신 너무 신경을 쓰는군요." 만칭이 부득이하게 몇 마디 해명을 했지만 그 말투는 너무나 부드러웠다. "두 사람은 모두 오랜 동창이고, 죽은 사람을 생각하다 보면 산 사람에게까지 생각이 미치는 건 인지상정인데 설마 당신 아직도 내 마음을 모르는 거요!"

"물론 옛 동창이죠, 그러니 그녀를 위로하러 가는 게 마땅한 거구요. 하지만 만칭, 당신이 아직도 내게 말 못할 사건이 있는지 없는지 자신에게 양심적으로 한번 물어보시죠."

주 양은 이제 만칭의 얼굴을 똑똑히 바라보았다. 비록 그녀의 말이 완곡하지 않은 건 아니었지만 그녀의 괴상한 목소리를 들을 때 만칭은 도리어 이빨이 시큰거리는 것 같았다. 게다가 그녀의 이 말에 대답을 한다는 건 확실히 난처한 일이었다. 그는 항상 거짓말을 준비해 놓는 사람이 아니었고, 양심상으로도 부인에게 거짓말하기를 원하지 않았다. 그렇다면 그 자신과 장추류의 과거를 솔직하게 말해 버린다. 그러나 그것도 감히 그럴 수 있을 것 같지 않았다. 그 때문에 그는 결국 부끄러워하고 머뭇거리면서 이러지도 저러지도 못하는 기색을 드러내고 있었다.

"아, 유탄이 적의 급소에 명중했군요!"

주 양은 널찍하게 퍼지는 목소리로 말하면서 득의만만하게 웃었다.

만칭은 마음속에서 악감이 일어나는 걸 참을 수 없었다. 그것이 아내의 목소리 때문인지 아니면 그 가증스러운 내용 때문인지 분명하게 알 수는 없지만 그의 과거의 비밀을 추궁하는 부인의 행동이, 사랑이 질투로 바뀐 그런 심리에서 비롯된 게 아니라 항상적으로 그를 꼼짝 못하게 할 무기를 얻고 싶어 하는 그런 마음에서 비롯된 것 같다는 게 직감적으로 느껴졌다.

생각이 여기에 이르자 만칭은 상황을 해명하려는 생각은 잊은 채 오히려 무척 마음이 상해 한숨을 내쉬며 말했다.

"걱정할 필요가 뭐 있어요! 내가 전혀 뭘 몰라서 우스꽝스러운 일을 저질러 사람 난처하게 만들 사람도 아니고. 시간도 많이 지났으니 학교에 가죠."

주는 다시 그를 다독이듯이 말했지만 자신이 바라던 대로 된 것을 몰래 만족스러워하는 기색이 미간과 목소리에 역력했다.

만칭은 멍한 채로 황색 표지의 서류를 들고 아내를 따라 기계적으로 걸어갔다. 다행히 두려워했던 문제가 한편으로 젖혀져 등의

짐이 좀 홀가분해진 것 같았지만, 그 대신 뭐라 설명할 수 없는 새로운 불쾌감이 점점 더 만칭의 마음을 강하게 내리눌렀다. 나중에 만칭은 강의실에서 시사적인 주제를 빌어 한바탕 울분을 쏟아 내고 난 후에야 비로소 얹혀 있던 것들이 말끔하게 씻겨 내려간 것처럼 마음이 후련해졌다. 주 여사는 며칠 전의 일을 벌써 잊어버린 것 같았고, 친근하고 부드러운 생활은 다시 회복되었다. 그러나 만칭은 이때부터 그가 장추류와 전에 약간의 친분이 있었다는 사실을 더더욱 인정할 수가 없게 되었다. 만칭은 그녀가 비록 세상살이에 단련되어 표면적으로는 온화하고 관대하다고 해도 사실은 정말 의심이 많고 화를 잘 내는 날카로운 사람이라고 단정하게 되었다.

차츰차츰 또 주 여사가 정치에 대해 무지하다는 사실이 드러났다. 만칭은 지금 정치에 빠져 있는 여자를 좋아하지 않았지만, 정치 쪽에 대해 완전히 무지한 여자도 그다지 좋아하지 않았다. 주 여사가 매일같이 관심을 갖는 건 돈과 옷이었고, 매일같이 이야기하는 건 이 집의 흰 고양이가 저 집에 가서 밥을 훔쳐 먹었는데 저 집 여자가 한차례 두들겨 팼다는 것이나, 모 교원이 교장과 충돌해서 밥그릇 보존하기가 어렵게 됐다는 것, 어떤 여자 친구는 벌써 국장 부인이 되었다는 것 등 모두가 다 너저분한 한담이었다. 그녀가 매일같이 고민하는 건 재봉사가 자기 옷감을 15센티가량 더 잘라 냈다는 것이나 어떤 부인이 그녀에게 무심코 던진, 마음속에까지 담아둘 것도 없는 그런 말 한마디 등에 관한 것이었다. 그녀와 만칭의 생각 사이에는 전혀 공명되는 바가 없었다. 그들은 완전히 다른 두 세계에 나뉘어 살고 있었다.

이 모든 것에 대해서 만칭은 의아해할 수밖에 없었다. 지금까지는 자기 눈이 멀어서 이런 결함을 발견할 수 없었던 것인가? 그러나 다시 생각해 보니 오히려 모든 게 자신의 탓이었다. 그는 조용하고 과묵한 여자를 원했지만 주 여사의 조용함과 과묵함은 오히려 그녀의 천박함과 비속함을 가리는 호신부 노릇을 했던 것이다.

만칭은 그가 이상으로 생각했던 여성의 모습이 주 여사의 몸에서 점점 더 엷어져 가는 걸 느꼈다. 그러나 주 여사는 이미 그의 '신성한 평생의 반려'가 되어 있었고 사회의 관습과 도덕적인 신념 모두가 그로 하여금 궤를 벗어나는 어떤 생각도 허용하지 않았기 때문에, 그는 그저 이 무거운 짐을 감내하는 수밖에 없었다. 이런 생각을 하자 '자기 위안'이라는 만병통치약이 다시 만칭의 마음속에서 작동하기 시작했다. 그는 주 여사의 약점을 더 이상 보고 싶지 않았다. 그는 또한 환경이 개인에게 미치는 영향으로까지 생각을 밀고 나가, 주 여사의 천박함과 자질구레함이 모두 과거의 환경 때문이며 이제 그의 곁에서 아침저녁으로 훈도를 받으면 그걸 바꾸는 건 어렵지 않을 거라고 생각했다.

그러나 주 여사 쪽에서는 '미안해하는' 마음이 전혀 없었고, 만칭도 물론 그걸 느끼고 있었다. 그래서 만칭은 차츰차츰 다시 자신이 '완전한 걸 요구하면서 뭐라고 해서는' 안 된다는 생각을 하면서 일부러 자신은 만족한다고 생각하기 시작했다. 그 후 두 주일은 무척 빠르게 지나갔고, 그동안 그들이 함께 지낸 시간이 유쾌했다고 하지 않을 수 없었다.

그런데 셋째 주일 세 번째 날 학교에서 일이 터졌다.

전임 역사 선생은 만칭과 과목을 바꾸고 난 후에도 여전히 학생들의 호감을 얻지 못했다. 그날 그 전임 역사 선생이 제목을 내주고 임시 시험을 치렀는데 뜻밖에도 반 학생 중의 절반 이상이 백지를 냈고, 절반이 좀 안되는 수는 원래의 제목에서 벗어나 선생을 질타하는 글을 쓴 것이다. 이 선생은 화가 극도로 치밀어서 교장에게 반 학생 전체의 제적을 요구했고, 이 때문에 교장은 교사 회의를 소집해서 사건 처리에 관해 논의하기로 했다. 그 교사는 논리적이고 당당한 기세로 자신의 요구에 대해 세 가지 이유를 들어 설명했다. 첫째는 학생들이 당(黨)의 강령을 배우는 교과목을 멸시하는 건 그 죄가 반혁명과 같다는 것이며, 둘째는 학생들이 스승을 모욕하고 이처럼 오만방자한 것은 비록 지금은 그들이 '공산주의 청년당'에 가입해 있지 않더라도 앞으로는 반드시 '공산주의 청년당'이 될 가능성이 있다는 것이며, 셋째는 학생들이 답안을 써내지 않은 건 곧 그들이 계속해서 교육을 받을 자격이 없다는 것이므로 마땅히 제적시켜야 하며, 이것이 바로 학교를 깨끗하게 하는 일이라는 것이다. 세 번째 이유는 조금 납득하기 어렵다고 생각해서인지 특별히 더 자세한 설명을 덧붙였다.

"당이 깨끗해야 한다면 학교도 깨끗해야 하며, 반혁명 분자를 출당시켜야 한다면 학업 능력이 없는 학생들도 당연히 제적되어야 합니다. 만약 학업 능력이 없는 학생들을 학교에 그대로 남겨둔다면 그건 본교의 앞날에 중대한 위협이 될 것입니다. 이것은 저 한 사람의 일이 아니고 여러분 모두의 일이며 본교의 생사가 달린 중대한 문제니 엄중히 판단해 주시기 바랍니다."

아무도 이야기를 하는 사람이 없었지만 반대를 하는 사람도 없었기 때문에 상황은 충분히 모두가 '묵인' 하는 것으로 해석될 수 있었다.

하지만 만칭은 징계 방법이 부적절하다고 생각하여 몇 가지 문제 제기를 했다. 첫째는 학생들의 행동이 어떤 점에서는 정말 '동맹태업' 처럼 학교의 규칙을 파괴하려고 한 혐의가 있지만, 반 학생 전체를 제적시키는 처분은 너무 가혹하다는 것이었다. 두 번째는 '반드시 그런 것도 아닌' 죄명을 덮어씌우는 건 청년들을 아끼고 보호한다는 취지에도 벗어난다는 점이었다. 마지막으로 그는 또 '교육받을 자격이 없다' 는 문제에 대해서도 이의를 제기했다.

"학교에서 성적이 지나치게 나쁜 학생에 대해서는 본래 유급 처분을 내릴 수 있는 규정이 있지만 한 과목 성적이 나쁘다고 유급을 내릴 수 있는 건 아닌데, 어떻게 '교육받을 자격이 없다' 는 식으로 그들의 한평생에 대해 단정을 내릴 수 있습니까? 더구나 학생의 성적이 나쁜 건 교사 쪽에서도 양심적으로 교수 방법의 실패를 자인하는 책임 의식이 있어야 하는 것이지 반 학생 전체를 제적시킨다고 해결될 문제는 아닙니다!"

만칭의 말이 끝나기도 전에 그 교사는 이미 "흥" 하고 힘을 주어 콧방귀를 뀌었고 당장 지극히 방자한 내용의 반박을 했다. 그 속에는 만칭 개인에 대해 비아냥거리는 말도 들어 있었지만 만칭은 물러서지 않았다. 나머지 다른 교사들이 묵묵히 '수수방관' 만하고 있는 것도 만칭의 불만을 가중시켰다. 그는 곁에 앉아 있는 주 여사가 당황한 기색을 하고 몇 번씩이나 발을 차며 암시를 주는 것도 알아차리지 못한 채 고집스럽게 전임 교사에게 대항했다. 회의의 질서가 그들 둘에 의해 어지러워지자 의장인 교장은 중재 수완을 발휘해서 본 문제를 표결에 부치는 수밖에 없었다. 당연히 '반 학생 전체를 제적시킨다'는 원안이 대다수의 찬성으로 통과되었다.

만칭은 적수들의 조소와 같은 박수 소리를 듣고 부들부들 떨릴 정도로 화가 났다. 특히 그를 답답하게 만든 건 주 여사가 두 번 다 손을 들지 않으면서 어느 편도 들지 않는 태도를 취한 점이다. 그는 화가 난 채로 부인과 집으로 돌아왔다. 도중에 그는 부인을 질책할 말들을 준비하면서 왔지만, 집에 도착한 후 뜻밖에도 아내는 먼저 입을 열어 그가 '굳이 나서서 한' 일을 나무랐다. 그녀는 상관도 없는 다른 반 학생들을 위해 대다수의 동료들에게 악감을 살 필요가 어디 있냐고 말했다.

"그럼, 당신은 그들의 방법이 옳다는 거요?"

만칭이 성이 나서 아내에게 말했다.

"저도 그들의 방법이 조금 지나치다고는 생각해요."

"그렇다면 당신은 왜 내 방법에 찬성하지 않았죠?"

"아, 당신은 어째서 뱃속 가득한 분을 내게 다 쏟아 놓으려고 하는 거죠! 내가 손을 들지 않은 건 다 당신을 위해서라고요. 당신이 이미 그들하고 악감이 생겼는데 거기다 나까지 더 보태면 상황이 나아질 거라고 생각해요? 지금 내가 중립을 지켜야 앞으로 당신이 그래도 그들과 다시 원만하게 지낼 수 있는 실마리라도 남겨 놓는 거죠. 매사를 좀 대충대충 살아요. 뭐하러 그렇게 열심히 하면서 고생을 해요!"

만칭은 고개를 숙인 채 잠시 반응이 없었다. 그를 아끼고 지키려는 부인의 숨겨진 뜻에 어떤 달콤한 느낌이 들지 않는 건 아니었지만 그래도 부인의 생각과 태도가 정당하다고는 인정할 수 없었다. 그는 부드러운 말투로 천천히 말했다.

"진루, 당신에겐 그런 사람들의 호감이 그렇게도 중요하오! 이제 난 그들 모두가 한심한 사람들이고, 진심으로 교육을 하려는 게 아니라 그냥 이걸로 밥이나 벌어먹고 살려는 사람들이라는 걸 불을 보듯이 환하게 알게 되었소. 우리가 그들과 좋은 감정을 유지하려고 하면 우리 자신도 가장 한심한 사람이 되는 거요! 난 그런 사람들과 타협하는 건 정말로 원치 않아요."

"하지만 이왕 여기에서 교사 노릇을 하려면 다른 사람에게 너무 미움을 사서 고립되는 건 안 좋은 거죠."

주 여사가 주장을 굽히지 않고 세상 물정을 모르는 만칭이 가엽다는 듯한 기색을 하고 말했다.

"난 정말 교사 노릇을 하고 싶지 않소, 지금 난 내가 교육계에 들어온 게 잘못된 계획이었다는 걸 알게 되었소! 나의 이상은 완전히 실패한 거요. 대다수가 이렇게 한심하니 개혁이라는 것도 아무 희망이 없는 일이오."

"다른 일을 해 보는 것도 좋죠." 주 여사는 뜻밖에도 만칭의 생각에 동의했다. "본래 교사라는 게 굶어 죽진 않아도 배부르진 않은 밥그릇이니, 아무것도 안 하는 것보다 조금 나은 그런 거잖아요. 만칭, 당신은 본래 정계(政界)에서 일을 했었으니 아무래도 전처럼 다시 정계로 돌아가는 게 나을 거예요."

만칭은 눈을 둥그렇게 뜨고 부인을 처다보았다. 그는 부인의 말이 특별히 더 기분 나쁘게 들렸지만 '무슨 일을 해야 좋을까' 하는 문제는 지금 바로 그의 머릿속을 맴돌고 있는 문제였기 때문에 다소 불쾌한 기분은 일단 어물쩍 넘겨 버리고 말을 계속했다.

"당신은 정계가 더 낫다고 생각하오?"

"물론 조금 화나는 일이야 있겠죠. 밖에 나가서 일을 하면 어디라도 공연히 화가 나는 일이 있는 거잖아요. 그래도 어쨌든 간에 교사 노릇하며 모욕이나 당하는 것보다야 좀 가치가 있죠. 사람들에게 가서 한번 물어보세요. 누가 평생 이 시커먼 칠판에 분필 가루나 날리면서 살기를 원하는지. 틈만 있으면 누구라도 관계(官界)로 뚫고 들어가고 싶어 하죠!"

주 여사는 지금 미소를 짓고 있었다. 그녀는 이 돋보이는 몇 마디 말이 그녀의 반평생 경험의 결정이라고 생각하는 것 같았다.

하지만 만칭은 오히려 안색이 변하기 시작했다. 그는 아내가 말을 하면 할수록 더 말이 안 되는 말만 한다는 생각이 들었다. 이렇게 천박하고 한심한 이야기가 이 사랑스러운 입에서 나올 수 있으리라고는 정말 생각하지 못했다. 그러나 그는 다시 자신을 위로하며 이건 부인이 그가 모욕당한 게 안타까워서 홧김에 하는 말이라고 생각해 보았다. 하지만 그래도 도무지 마음이 가라앉지 않아 다시 정중하게 물었다.

"진루, 설마 우리가 일하는 게 단지 먹고 살기 위해서만이라는 건 아니겠죠?"

"생활 때문이 아니라면 또 뭘 위해서죠? 세상이 혼란스러운 것도 다 배 부르게 먹자고 그러는 거 아니에요!"

주 여사가 이렇게 거침없이 대답을 하리라곤 생각하지 못했기 때문에 만칭은 더 이상 할 말이 없었다. 그는 실망해서 고개를 숙였다. 눈앞이 온통 황량했다. 자위라는 보검도 파산을 선고했다. 만칭은 그가 얻은 이상적인 여성이 알고 보니 사이비 가짜에 불과했다는 걸 이제야 분명하게 알았다.

그는 말없이 뚜벅뚜벅 몇 걸음을 걸었다. 인간에게 천성적으로 있는 또 하나의 걱정 해결 능력이 다시 그의 마음에서 작동하기 시작했다. 그것은 한 걸음 물러서는 달관의 정신이다. 실망했지만 다시 어떤 걸 추구하기에 지쳐 버린 사람들은 종종 달관으로 방향을 바꾸게 마련이다. 지금 만칭은 달관과 철학자들이 인생 문제를 연구하듯이 완전히 제3자의 입장에서 자신이 실패한 원인에 대해 생각해 보았다. 그는 실의에 빠져 생각했다. '지금 일과 연애, 두 방면에서 추구했던 이상이 모두 무너져 버린 것은 나 자신의 능력이 부족해서인가, 아니면 이상 그 자체에 본래 결함이 있었던 것인가?' 그는 결론을 내릴 수가 없었다. 일에 관해서는 왕중자오와 다른 친구들이 그가 교육계에 들어가는 걸 반대했던 생각이 났고, 연애에 관해서는 토론회가 있던 날 장추류가 주 양은 진짜 이상적인 여성이 아니라고 말했던 생각이 났다. 자신의 분별력이 정말 그들만 못했던 것일까? 그는 조금은 인정하고 싶지 않았다. 그러다 마침내 뭔가 깨달은 것처럼 미국의 역사가 반룬(H. W. Van Loon)의 유명한 『인류 이야기』*의 마지막 장 제목인 "바로 '언제나 이러했다'"라는 구절을 떠올렸다. 그렇지 않은가? 바로 언제나 이런 것이다!

"만칭, 그래도 다시 관료가 되는 게 나아요. 지금은 북벌이 승리했기 때문에 작년 이맘때하고는 사정이 달라졌어요."

주 여사는 생각에 빠진 만칭을 보며 작은 소리로 말했다.

만칭은 억지로 웃으며 아무런 의사 표현도 하지 않은 채 다시 몇 걸음을 더 내딛고는 책상 앞에 앉아서 펜을 들어 편지를 쓰기 시작했다. 그러나 한 줄 남짓 써 내려가다가, 그저께 도착한 왕중자오와 루쥔칭의 약혼 청첩장이 장미 빛 미소를 띠고 조용히 책더미 위에 누워 있는 것을 얼핏 보게 되었다. 갑자기 왕중자오가 했던 말이 생각났다. 루쥔칭과 주 양의 생김새가 아주 닮았다고 했던. 이상한 생각이 그의 마음에 부딪쳐 왔다. '서로 닮은 두 사람 중 하나는 진짜고, 하나는 가짜인가? 여기에 있는 한 사람이 이미 가짜라는 게 밝혀졌으니, 그렇다면 다른 한 사람은 마땅히 진짜여야 한다!' 그는 자기도 모르게 펜을 놓고 마치 당장 가서 똑똑히 봐야겠다는 듯이 몸을 일으켰다. 그러나 주 여사의 목소리가 그의 생각을 중단시켰다.

"당신 사표 내러 가려고요? 그렇게 서두를 게 뭐 있어요!"

주 여사가 만칭의 곁에 서서 아주 부드럽게 말했다. 그녀는 만칭이 사직할 생각을 하는 것으로 오해하고 있는 게 분명했다.

만칭은 기계적으로 웃으며 즉시 편지를 구겨서 휴지통에 던졌다. 앉아서 방금 하던 생각을 다시 한번 음미하면서 그는 중자오를 찾아가 이야기를 해 보기로 결심했다.

대략 3시쯤 되었다. 희뿌연 구름 덩어리가 태양을 체로 쳐서 태양빛을 뜨거운 열기의 위엄이 가신 뿌연 금빛으로 만들어 놓았다. 가끔씩 한층 더 두터운 회색 구름들이 지나가면서 이 뿌연 금빛 광선조차도 가려 버려 당장 지상을 어두컴컴하게 만들어 놓기도 했다. 만칭은 우선 동창회실로 향했다. 동창회실에서는 쉬쯔차이와 룽페이 둘만이 만사가 귀찮은 듯한 태도로 응접실에서 신문을 보고 있었다. 만칭은 이들 둘과는 본래 교제가 깊지 않은 사이였고 별로 할 말도 없어서, 장추류를 생각하며 막 3층으로 올라가려고 하는데 룽페이가 그를 불러 세웠다.

"샤오 장은 이미 이사 갔어. 그것도 아주 비밀리에 가서 어디 있는지 몰라."

만칭은 기운이 쭉 빠지는 걸 느끼며 동창회실을 나와 중자오가 사는 곳으로 찾아갔다. 중자오는 옷을 입고 모자를 쓰고 막 나가려다가 만칭이 들어오는 걸 보고는 곧 모자를 벗고 또 개버던 외투를 벗으며 아주 흥겨운 듯이 말했다.

"별일은 아니고, 장추류에게나 가 보려고 한 건데 먼저 우리끼리 이야기 좀 하지."

"자넨 장이 사는 곳을 아나?"

만칭이 별 생각 없이 물으며 피곤한 듯이 의자에 털썩 주저앉았다.

"원래는 몰랐는데 방금 장에게서 편지가 왔어. 날더러 한번 와 달래. 병원에 있다고."

"병이 났나 보군."

"그런데 병이라고 말하진 않던데. 좀 이상해. 이 여인이 뭘 하는
건 이렇게 종잡을 수가 없다니까!"

만칭이 가볍게 고개를 끄덕였다. 꿈결 같은 옛일들이 "종잡을
수가 없다"는 말을 따라 다시 떠올랐다. 그의 얼굴에 낙망한 기색
이 점점 짙어지기 시작했다. 중자오는 그를 처음 만났을 때의 인
상을 떠올렸다.

"부인이 함께 오지 않았나?"

중자오가 미소를 머금고 다시 물으면서 책상머리에 있는 루 양
의 사진을 다시 한번 보았다.

만칭의 대답은 뜻밖에도 중자오를 자못 의아하게 만드는 쓴웃
음이었다. 그는 아내에 대한 자신의 생각을 솔직하게 다 털어놓을
생각이었다. 그가 여기에 온 목적이 본래 그것이었다. 그러나 무
슨 이유에서인지 지금 그는 다시 말을 꺼내는 게 어렵게 느껴졌
다. 조금 주저하다가 만칭은 어쨌든 학교에서 한 반 학생 전체를
제적시키기로 한 문제에 대해서만 이야기를 했다.

"과거에 우리가 학생이던 시절에는 그래도 머지않은 장래에 우
리의 어린 형제들은 분명히 우리보다는 행복하게 살 것이라고 생
각했지. 하지만 지금 그들은 분명 우리 시대가 그래도 비교적 자
유로웠다고 다시 부러워하겠군. 인생이란 이렇게 모순되고 앞뒤
가 뒤바뀐 것인가!"

만칭의 말을 다 듣고 나서 중자오가 탄식을 하며 말했다.

"가장 가슴 아픈 건 과거에는 청년들의 권리를 주장하던 우리가 오늘에 와서는 결국 청년들을 억압하는 행동에 가담한다는 거야! 중자오, 난 그 죄명을 같이 쓰고 싶지가 않네. 난 사직할 거야! 내 마지막 추구도 이제는 물거품이 되었어. 너무나 빨리 물거품이 되었지. 장추류가 항상 말하지 않았나? 열렬하고 통쾌한 것을 원한다고! 지금 그녀도 병원에 있으니 병이 난 게 아니라면 시끄러운 걸 피해서 조용히 좀 쉬려는 생각이겠지. 병원 안에서 통쾌하고 열렬한 일을 찾는 게 가능할 리 없잖나? 과단성 있고 자신감에 차 있던 장추류도 결국은 운명 앞에서 백기를 들지 않을 수 없게 된 거지. 중자오, 난 정말로 생각할수록 점점 더 회의가 들고 기운이 빠지네!"

만칭이 마치 중단할 수 없는 것처럼 한바탕 이야기를 늘어놓았다. 그래도 "그러니까, 중자오, 자네도 어쩌면 결국은 예외가 아닐지도 모르지"라는 한마디 말만은 목에서 억누르고 있었다. 그는 아직까지 장미 빛 안경을 쓰고 있는 사람 앞에서 그런 상서롭지 못한 말을 해서는 안 된다고 생각했다. 하지만 목이 간질간질해서 참을 수가 없었다. 그는 잠시 멈추었다가 반대의 입장에서 말을 이었다.

"우리 이 몇몇 친구들의 운명은 이미 다 드러났는데. 중자오, 난 자네의 운명만큼은 이렇게 암담하고 황량한 지경에 이르게 되지 않기를 바라네!"

중자오는 웃으며 '도리상 사양할 수가 없다'는 듯한 표정을 지었다. 그는 만칭의 우울함이 모두 학교 일 때문이라고 생각했다.

그는 정말로 만칭이 신혼의 아내에 대해서도 마찬가지로 실망에 빠져 있다는 생각은 전혀 하지 못했다. 루 양의 영상이 자연스럽게, 무척이나 눈부시게 떠올랐다. 비취색 치파오로 늘씬한 몸을 감싸고 있던 게 바로 사흘 전에 보았을 때의 모습이었다. 그때 그녀의 음악 같은 이야기 속에서 언뜻언뜻 비치던 고결함과 용감함의 빛줄기는 정말로 나약한 자라도 벌떡 떨쳐 일어날 수 있게 하는 것이었다. 그때 중자오는 그녀를 북구의 용감한 운명의 여신이라고 장난으로 부르지 않았던가.* 이렇게 축복된 운명의 여신이 그를 포옹하고 있는데 설마 그의 앞날이 암담하고 황량할 수 있겠는가?

중자오는 여신의 아리따운 모습이 조금이라도 더 오래 남아 있기를 간절히 바라면서 깊은 생각에 잠긴 듯이 눈을 감았다. 그러고 나서 눈을 크게 뜨고 만칭에 대해 아주 겸손하지만 자신 있게 말했다.

"만칭, 난 아주 현실적인 사람이야. 난 너무 커서 나한테는 공중에 붕 뜬 사치스러운 희망은 가지지 않아. 내 경험에 의하면 오직 발로 실제 땅을 밟고 반보씩 반보씩 걸어가야만 비로소 실망하지 않을 수 있어. 우리가 하는 일에 장애물이 없을 순 없어서, 단번에 이 장애물을 뛰어넘기를 기대할 수도 없는 거지. 뛰어넘는 순간에 걸려 넘어질지도 모르는 거고. 그러니 가장 실제적인 방법은 이 장애물을 밀면서 전진하는 거야. 자네가 그걸 뒤로 물러나게 하는 만큼 자네 자신에겐 진전이 있는 거고. 난 장애를 제거해 버린다는 식의 그런 영웅적인 이야기는 믿지 않네. 자네에 의해 정말로 제거될 수 있는 장애란 없어. 만칭, 자네 일에 대해서 말인데, 난 자네가 사직하는 것엔 찬성하지 않아. 자네가 교육은 이미 자네의 목표가 아니고, 심지어는 다른 목표에 도달하는 수단조차도 아니라고 확신하는 게 아니라면 말일세."

만칭은 생각에 잠긴 채 대답이 없었다. 중자오의 현실주의 반보 정책은 이미 무수히 들었지만 지금은 오히려 그에게 새로운 느낌을 불러일으켰다. 사직하기로 했던 결정이 다시 그의 마음속에서 동요하기 시작했다. 그가 생각하기에도 사직한다는 건 확실히 나약함을 드러내는 것이고, 게다가 이후의 생활도 문제였다. 하지만 전처럼 그냥 계속해 나간다고 정말로 중자오가 말한 것처럼 결국 성공을 하게 될까?

"우리 같이 장추류 좀 보러 가지, 어떤가?"

중자오가 만칭의 어두운 심경을 알아채고는 화제를 바꾸며 말했다.

만칭은 눈을 굴리며 조금 망설이는 것 같더니 당장 생각을 정했다.

"자네가 내 대신 좀 가 봐주게. 난 다른 일이 있어서 못 갈 것 같네."

이렇게 말하면서 그는 사직 문제에 대해서도 마음속으로 결정을 내렸다. 그는 일단 중자오의 권고를 듣고 다시 한번 해 보기로 결심했다. 하지만 이건 허울 좋은 표면적인 이유였고, 사실은 삼 개월 전 갓 정계를 떠날 때처럼 그는 지금 너무나 지쳐 있어서 다시 정신을 부추겨 또 다른 최후의 목표를 추구해 나갈 수가 없을 것 같다는 게 실제적인 이유였다. 그리고 이런 심정은 그의 아내에 대한 불만 또한 천천히 무마시켜 주었다.

만칭은 텅 빈 위로를 안고 자기 갈 길로 갔고, 중자오는 곧 장추류가 있는 병원으로 향했다.

장추류는 건강했고 병색이라곤 전혀 없었다. 단지 안색이 좀 칙칙한 게 마치 어떤 불길한 조짐이 그녀의 영혼을 위협하고 있는 것 같았다. 그래도 그녀는 아주 발랄하게 중자오를 보고 웃으면서 부드러운 목소리로 말했다.

"무슨 특별한 일은 없고. 그냥 너무 적적해서 불러서 이야기나 하면서 답답한 거나 좀 풀려고 한 거야."

중자오는 믿기지 않는다는 듯이 미소를 지으며 창 앞에 앉아 생각나는 대로 대답했다.

"스스로 피정(避靜)을 하려고 병원에 와 놓고 이제는 또 너무 적적하다고!"

장추류는 중자오를 한번 쳐다보더니 정말 유쾌한 것처럼 참지 못하고 큰소리로 웃었다.

"피정? 당신 어떻게 이렇게 재미있는 말을 생각해 냈지?"

웃음을 멈추고 장추류는 일부러 진지한 어투로 말했다. 안간힘으로 꾸며 낸 그런 여유 있는 태도가 세심한 사람이라면 오히려 그녀의 마음속에 정말 몹시 답답하고 고민스러운 어떤 일이 있다는 걸 쉽게 알아차릴 수 있게 했다.

"그건 만칭의 발명품이야. 당신이 빚이나 지고 도망하듯이 병원으로 숨어 버리고 아무한테도 행방을 알리지 않으니까 그런 상황이 바로 피정이랑 비슷하다는 거지. 아무튼 특이한 사람이라니까."

"아, 만칭이 그랬구나! 그는 요즘 어떻게 지내지?"

장추류가 왼손으로 턱을 받치고 베개맡에 기대고는 소리를 길게 뽑으면서 계속 연기하는 듯한 태도로 말했다. 중자오도 이제야 뭔가 알아차렸는지 장추류의 얼굴을 한참 동안이나 쳐다보고 난 뒤에야 대답을 했다.

"만칭은 별로 즐겁지 않은 일을 겪고 있어. 하지만, 추류. 당신 일부터 우선 솔직하게 말해 봐. 말을 빙빙 돌릴 필요가 뭐 있어. 당신이 몰래 숨어 있는 곳을 누설하면서까지 날 부른 데는 반드시 사정이 있을 텐데!"

장추류가 한차례 웃었다. 그러나 그건 그녀에게 항상 있던 그런 아리따운 웃음이 아니라 씁쓸함이 섞인, 탄식 같은 그런 웃음이었다. 그녀는 침대에서 벌떡 일어나 몇 걸음 걷더니 담담하게 말했다.

"다른 게 아니라 당신이 잘 아는 믿을 만한 산부인과 의사가 있는지 좀 물어보려고."

중자오는 참을성 있게 기다리는 듯한 자세로 그녀의 얼굴을 바라보았다.

"그럼 처음부터 다 말할게." 장추류는 빠르게 말을 이었다. "스쉰이 임종 때 자기가 전에 매독을 앓은 적이 있으니 날더러 주의하라고 했거든. 그런데 며칠 전에 좀 이상한 느낌이 들어서 이 병원에 왔는데, 첫날부터 난 그 의사가 마음에 들지 않았어, 그런데 그 의사가 날 협박하는 거야. 이제 입원한 지 거의 일주일이 다 되어 가는데 매일같이 찾아와서 귀찮게 굴고, 그런데 보아하니 이 못된 물건이 병은 치료할 줄 모르는 거 같더라고. 그래서 오늘 당신을 불러서 믿을 만한 의사를 하나 소개해 달라고 하려는 거야."

중자오는 있다는 말도 없다는 말도 하지 않고, 그저 멍하니 고개만 끄덕였다.

"단지 내 느낌일 뿐이지만 난 매독에 걸리지 않은 것 같거든, 그런데도 이 의사는 온갖 말로 날 협박하지."

장추류가 다시 말을 덧붙이며 침대로 돌아가 기댔다.

"다른 의사의 진찰을 더 받아 보는 거야 물론 좋겠지. 잘 아는 의사가 있긴 한데 안타깝게도 성병 전문이 아니라서. 어쩌면 그에게 사람을 좀 소개해 달라고 해도 되겠지?"

중자오는 장추류 때문에 걱정스러운 듯이 작은 소리로 말했다. 그는 이 호기심 많고 낭만적인 여자의 앞날도 이미 온통 암흑뿐이라는 생각이 들었다. 가장 비참한 환상이 물거품처럼 그의 의식 속에서 줄줄이 떠올랐다. 하지만 장추류는 오히려 여전히 태연한 것 같았다. 마치 남 이야기하듯이 의사의 공갈 협박으로 화제를 전환하더니 나중에는 흥분해서 말했다.

"의사 중에서 가장 혐오스러운 게 바로 이렇게 줄곧 사람을 겁주면서 진실은 끝까지 말하지 않는 인간이야. 난 진실을 알게 되는 건 두렵지 않아. 내 생명이 조만간 끝나게 된다고 해도 절대 비통해하지 않을 거고. 설령 내게 단 하루의 생명밖에 남지 않았다고 해도 난 두렵지 않을 거야, 그 말이 진실이기만 하다면. 만약 내게 정말로 단 하루밖에 생명이 안 남았다면 난 가장 신나게, 가장 효과적으로 이 마지막 날을 보낼 거고. 만약 내가 이틀이나 2주일, 2개월, 심지어는 2년을 더 살게 된다면, 그럼 난 또 그 시간을 보낼 여러 가지 다른 방법들을 알고 있지. 그래서 난 문제가 되는 매독이 내 몸에 있는지 그 진실을 빨리 알고 싶은 거야. 당신이 듣기에는 우스울지 모르지만 요 며칠 동안 난 많은 생각을 했어. 내 미래의 삶에 대해서도 각각의 경우마다 여러 가지 다른 계획들을 세워 놓았지, 내가 이틀을 더 살지, 아니면 2주일, 2개월, 2년을 더 살지에 맞추어서 말이야! 중자오, 난 2년이라고 했어! 난 결코 10년이나 20년은 생각해 본 적 없어. 너무 많은 시간은 내겐 의미가 없거든. 10년이나 20년을 산다고 한들 무슨 의미가 있겠어? 그땐 내 몸도 노쇠해지고 머리도 둔해져서 산다는 게 지긋지긋하기만 할 텐데! 난 오만한 청년들 앞에 나의 노쇠해진 모습을 드러내고 싶지 않아. 중자오, 내 말이 좀 이상해? 당신은 분명 장추류가 요새 또 생각이 달라졌구나 하겠지. 맞아, 최근 한 달 동안 생각이 좀 변했어. 한 달 전엔 그래도 5년, 6년 심지어는 10년 이후의 나에 대해서도 생각했었지, 보통 사람들이 하는 것처럼 더 오래오래 잘 살고 싶다는 정상적인 생각도 있었고, 하지만 지금은 없어. 난 짧은 시간 동안의 열렬한 삶이 오랜 시간 동안의 평범한 삶보다 훨씬 더 의미 있다고 생각해! 내가 가장 강하게 믿는 신념은 내 삶이 다른 사람들의 회색빛 삶 위에 하나의 흔적을 남기게 하자는 거야. 무얼 하든지 좋아. 나의 구호는 평범하지 말라니까. 이 구호에 근거해서 요 며칠 동안 난 장단기 생활 계획을 세워 놓았지."

장추류가 길게 웃으며 주머니 속에서 종이 한 뭉치를 꺼내 가볍게 흔들더니 다시 한마디를 보탰다.

"그래서 이 매독의 위협 속에서, 내가 살날이 대체 얼마나 더 남은 건지를 알아보려는 거야!"

이 말을 하고 나서 장은 늘어난 용수철처럼 침대 위로 길게 늘어져서는 아무 말도 없었다.

"그렇게 말하면, 내가 추천하는 의사의 책임이 막중하겠는데."

짧은 침묵 후 중자오가 약간 농담이 섞인 말투로 말했다. 바야흐로 인생의 행운기에 놓여 있는 그에게 장추류의 생각은 괴상하게만 비쳤다. 그는 '요원한 미래'를 모든 일의 대전제로 생각했고, 사람들이 미래에 대해 희망을 가지고 있어야만 비로소 용기를 내서 현실에 매달릴 수 있는 것이라고 믿었다. 그래서 미래에 대한 희망이 없으면서도 현재를 가볍게 놓아주지 않으려는 장추류의 태도는 이해가 잘 가지 않았다.

"예언을 하거나 보장을 해 줘야 하는 부담을 질 필요는 없지만 좀 성실해야 돼."

장추류는 웃으며 이렇게 대답을 하고는 침대 위에서 벌떡 일어나 찰스턴 춤식으로 반원을 그리며 방 안을 돌았다. 이 갑작스러운 동작으로, 가운데로 똑바로 가른 그녀의 단발머리 몇 가닥이 흘러내려 눈썹 끝을 가렸고, 그것은 그녀의 아름다운 얼굴에 약간의 앳된 기운을 더해 주어 낭만적이고 환상적인 색채가 순간 반짝하고 발산되었다. 그녀는 애교스럽게 중자오 앞으로 걸어와 그의 어깨를 두드리며 진지하게 물었다.

"중자오, 나의 이런 생활 태도에 대해 당신은 별로 동의하지 않지?"

"특별히 동의하지 않을 건 없지만, 나 자신이라면 그렇게 할 수 없겠지."

장추류는 머리를 뒤로 제쳐 앞머리를 뒤로 넘긴 후 중자오에게서 조금 떨어져서 춤동작으로 몇 걸음을 더 걷다가 다시 몸을 돌리며 말했다.

"저 가련하고도 용감했던 왕스타오도 내 생각에 찬성하지 않았어. 왕도 죽어라 하고 미래에 매달렸지. 마치 그 수표가 정말 현금으로 바뀔 수 있기나 한 것처럼. 나와 생각이 같았던 건 스쉰이었어. 뜻밖에도 갑자기 죽어 버렸지만, 그의 죽음은 그의 모든 생명력이 단 한 번의 폭발에 집약된 것 같은 비범한 죽음이었지!"

갑자기 일진광풍이 창밖에서 몰아치더니 반쯤 열려 있던 유리창을 한차례 무겁게 때리면서 장추류의 마지막 몇 마디를 지워 버렸다. 창문이 다시 재빠르게 저절로 열렸고, 바람이 장추류 위로 불어와 그녀의 옷깃이 팔랑거리는 소리를 내며 뒤척였다. 반나절 동안 숨었다 나타났다 하던 태양이 이제는 완전히 보이지 않았고 시커먼 회색의 두터운 구름이 하늘을 떠다녔다. 굵은 빗방울 몇 알이 아무런 예고도 없이, 5월 3일에 지난성 밖에서 퍼부어지던 총탄처럼 쏟아져 내리기 시작했다.

중자오는 비가 쏟아지는 게 무척이나 두려운 듯이 장추류에게 내일 다시 와서 회답을 주어도 좋다는 허락을 받고는 총총히 자리를 떴다.

빗방울은 이미 빗줄기로 바뀌었다가 다시 한 필의 흰 비단처럼 쏟아져 내렸다.

중자오는 인력거의 방수포 속으로 숨었다. 집으로 돌아가는 길에 한 방울 한 방울씩 물방울이 방수포의 이마에서 앞쪽 차단포 위로 아주 고르고 꾸준하게 떨어졌다. 중자오는 이 단조로운 동작을 망연히 바라보고 있었다. 끝도 없는 상념들이 그의 마음속에서 천천히 떨어져 내렸다. 처음에 나타난 건 장추류였다. 언제나 자신감에 차 있던 이 여인의, 언제나 오만한 기색을 과시하던 그 둥근 얼굴이 바로 이 밝게 빛나는 물방울과 완전히 하나가 되었다. 그러나 곧 바뀌었다. 방수포의 흠뻑 젖은 이마에서 이제는 중자오가 알고 있는 모든 사람들의 얼굴이 번갈아 가며 떨어져 내렸다. 중자오는 그것을 재미있게 바라보면서 기계적으로 생각했다. '그들 모두 어떤 것들을 추구하려고 노력했다. 그들 각각에겐 모두 목표가 있었다. 그러나 그들 모두가 낙심에 빠지게 되었다. 그들의 개성과 사상은 모두 달랐지만 그들은 똑같이 다 실망했다! 운명의 위력 ― 이것이 바로 운명의 위력인가? 이 시대의 비애를 결국은 피할 수 없는 것인가?' 이런 생각을 하자 자신도 조금씩 암울해졌다. 이때 맞은편에서 자동차 한 대가 달려왔고 차의 바퀴가 노면에 얇게 깔린 물기를 치면서 승리에 찬 푸시시 소리를 내며 위협적으로 빠르게 지나갔다. 중자오는 생각을 계속했다. '하지만 지금은 인간의 지력(智力)이 운명을 이기고 자연을 이기는 시대다. 성공한 사람에겐 확고부동한 이유가 있고 실패하는 사람에겐 또 메울 수 없는 결함이 있다. 실패한 사람은 항상 너무 공상적이고 너무 머리를 높게 들고 하늘에 있는 아름다운 무지개만 보면서 오히려 발 옆에 있는 함정에는 주의를 기울이지 않은 것이다.'

이런 생각을 하면서 중자오는 실패한 그들을 밀쳐 버리고 자신의 만족스러운 일에 대해 생각했다. 그의 생각은 여름휴가가 얼마나 남았는지를 계산하던 데서 다시 점점 더 먼 시간 속으로까지 흘러가 결국은 즐거운 작은 가정과 사랑스러운 아이들까지 그려 보게 되었다. 이렇게 이미 손안에 들어온 믿을 만한 행복에 도취되어 있는 바람에 중자오는 차가 이미 숙소 문 앞에까지 도착해 차에서 내려야 한다는 것도 한동안 잊고 있었다.

마침내 차에서 내린 중자오가 즐거움으로 부풀려진 자신의 몸을 막 방문 안으로 밀어 넣으려 할 때 전대인 집 하녀가 편지 한 통을 건네주었다. 신문사에서 온 편지였다. 중자오는 이 편지를 책상 위에 손 닿는 대로 던져두고는 우선 비를 흠뻑 맞은 겉옷과 모자를 벗고 늘 하듯이 책상맡에 놓인 루 양의 사진을 마치 밖에 나갔다 돌아온 어머니가 자기의 어린 보배가 잘 자고 있는지 바라보듯이 한번 바라보았다. 루 양은 조금의 차질도 없이 도금된 테 안에서, 언제나처럼 너무나 사랑스럽게 미소를 지은 채 서 있었다. 중자오는 참을 수가 없어서 사진을 가져다가 입을 맞추고는 공손하게 제자리에 놓았다. 그러고 나서 비로소 개운한 마음으로 신문사에서 보내온 편지를 들고 천천히 뜯어보았다. 알고 보니 한 통의 전보였는데 고맙게도 신문사에서 그에게로 온 것을 한 무더기의 신문 더미 속에서 찾아 보내 준 것이었다.

순간 전보가 중자오의 손에서 떨어졌다. 중자오의 마음이 마치 당장 폭발할 것처럼 격렬하게 뛰다가 갑자기 작동이 완전히 멈춘 것처럼 멎었다. 눈앞에 있는 벽이 빙글빙글 돌기 시작했고 가구들은 어지럽게 춤을 추기 시작했다. 끔찍한 삼사 초가 지나고 난 뒤 중자오는 비로소 한숨을 돌리고 손가락을 부들부들 떨며 전보를 다시 주워 들었다. 눈을 똑바로 뜨고 다시 한번 보았다. 아니나 다를까, 거기에는 똑똑히 쓰여 있었다.

쥔칭, 사고로 안면 부상, 위급, 속히 오시오.

중자오는 안간힘을 다해 고개를 돌려 루 양의 사진을 한번 바라보더니 고개를 젖히고 휘청거리며 의자 위로 풀썩 주저앉았다. 피와 살이 한데 엉겨 형체를 알아볼 수 없게 된 얼굴이 그의 눈앞에 떠올랐고 이어서 웅웅 거리는 소리가 그의 고막을 채웠다. 그 웅웅 거리는 소리 위로 다시 날카로운 소리 하나가 이렇게 말하는 게 들렸다. 이건 최후의 치명적인 타격이다! 너는 추구했던 목표를 손에 넣었지만 손에 넣은 그 순간 그것은 다른 얼굴로 변해버렸다!

9   **굴원** 屈原, 기원전 340?~278?. 전국시대 후기 초나라 시인. 「이소
     (離騷)」는 그가 지은 유명한 시다. 시구 속의 '희화'는 신화 속에서
     태양의 수레를 모는 신이고, '엄자'는 산 이름으로 신화 속에서 태양
     이 머무는 곳이다.

76   **남북전쟁** 당시 중국 내에서 진행되던 혁명군과 군벌의 전쟁을 가리
     킨다.

77   **쌍십절 날** 신해혁명(辛亥革命) 기념일로, 1911년 10월 10일 우창(武
     昌)에서 최초로 일어난 것을 기념하며 1912년 중화민국정부가 '국경
     일'로 정한 날이다.

84   **청천백일의 세계** 청천백일은 청천백일만지홍(靑天白日滿地紅)기의
     국민당 국기를 지칭하며, 여기에서는 국민당의 통치 지역이 되었음
     을 말한다.

86   **청천백일만지홍기** 청천백일만지홍기는 청색, 백색, 홍색의 삼색으로
     이루어진 중화민국 국기를 지칭한다. 이 국기는 중화민국의 국부로
     추앙받는 쑨원(孫文)이 홍콩에서 소집했던(1895) 홍중회(興中會)에
     서 혁명군기로 사용했던 청천백일(靑天白日)기에서 유래하며, 청색
     과 백색에 홍색이 추가된 시기는 1906년 동맹회 시절로 알려져 있

다. 중화민국 성립 당시와 위안스카이(袁世凱) 총통 시절에는 오색기가 청천백일만지홍기를 대신하여 국기로 쓰였으나 1921년 쑨원이 광주에서 비상대 총통으로 취임하면서 다시 청천백일만지홍기를 정식 중화민국 국기로 선포하였다.

90 **교회파** '교회파'란 당시 외국인 선교사나 중국인 크리스천을 지칭하는 말이다. 이 작품의 무대가 되는 상하이는 초기에 기독교에 개방된 조계(租界) 중 하나다. 기독교의 중국 내 포교권은 아편전쟁(鴉片戰爭)과 이어진 일련의 불평등조약 속에서 확보된 것이어서 중국 내의 크리스천들은 종종 서구 제국주의 침략 세력과 동일시되어 경멸과 비난의 대상이 되었다. '교회파'라는 호칭과 그에 대한 작가의 묘사 속에 이러한 당시의 반기독교적 정서와 당시 중국인들이 가지고 있었던 기독교인의 이미지가 반영되어 있다.

92 **무솔리니** 1883~1945. 이탈리아의 독재자, 파시스트당의 괴수, 제2차 세계대전의 주요 전범 중 한 사람이다.

당국 여기서 당국(黨國)은 중화민국(中華民國)을 가리킨다. '黨國'이란 '당국가'를 뜻하며, 당과 국가의 일체성을 강조하는 용어로 중국 국민당이나 중국공산당처럼 특정한 당(黨)이 독점으로 국가를 통치할 때 주로 사용된다.

지노비예프 1883~1936. 소련공산당(볼셰비키) 중앙위원과 정치국 위원 등 역임, 1927년에 출당 숙청되었다.

알렌 F. A. Aglen. 영국인으로, 1911년에서 1927년까지 중국 해관 총세무사를 역임하였다.

95 **강호결** 여기에서 '결(訣)'이란 '구결(口訣)' 혹은 '가결(歌訣)'을 뜻하는 것으로 어떤 내용의 요점을 기억이나 낭송하기 편하게 정연한 구절로 만들어 놓은 것을 말한다. '강호'란 일반적으로 자연이나 세상 혹은 무협소설에서 협객들의 무대가 되던 곳을 말하는데 여기에서 '강호결'이라고 한 것은 약장수들이 약을 팔러 여기저기를 돌아다닐 때 외쳐 부르던 짤막한 구호를 말한다.

99 백대음반 백대음반(百代唱片)은 세계 5대 음반 회사 중 하나로 가장 역사가 오래된 EMI를 말한다.

100 중앙표 중앙표(中央票)는 국민당 정부의 중앙은행에서 발행한 지폐를 가리킨다.

103 쿵밍둔 '孔明墩'의 '墩'은 돈대(墩臺)를 말하며, 명·청 시기에 세워졌던 경비초소[報警臺]를 가리킨다.

118 볜저우 지금의 하남(河南) 개봉시(開封市)다.

137 아나톨 프랑스 Anatole France, 1844~1924. 프랑스 작가, 문예평론가. 『에피쿠르의 정원』은 그가 지은 수필집이다.

139 현 중국 행정 구역 단위의 하나로 대체로 지구(地區), 자치구(自治區), 직할시(直轄市) 밑에 속한다.

신군기의 성 안에서 일어난 신군기의란 1911년 10월 10일 밤, 우창(武昌)에 주둔해 있던 신군 제8사단 공병대대에 속해 있던 혁명당원들이 먼저 기의를 일으키자 후광 총독 루이청과 신군 제8사단 사단장 장뱌오(張彪)가 성을 버리고 도주하고, 기의를 일으킨 군대가 우창을 점령한 사건을 가리킨다. 역사에서는 이 사건을 '우창기의'라고 부른다.

루이청 瑞澂, 1863~1912. 청대의 만주족 관료로 후광 총독(湖廣總督)을 지낸 바 있으며, 1911년 신해혁명 발발 후 도주하다 상하이에서 죽은 것으로 알려져 있다.

성 중국의 행정 구역 단위로 우리나라의 도(道)에 해당한다.

141 문 옛날에 사용하던 동전의 단위다.

165 번대 '번대'란 청대(淸代)에 한 성(省)의 재무와 인사(人事)를 전담하던 행정 관리를 말한다.

지현 '지부'와 '지현'은 각각 청대의 지방 행정 구역인 '부(府)'와 '현(縣)'의 최고 관리를 지칭한다.

168 무술정변 무술정변(戊戌政變)은 1898년 청나라의 통치 집단 내부에서 발생한 사건으로, 서태후(西太后)를 중심으로 한 수구파가 광서제

(光緒帝)를 중심으로 한 개량파 세력을 무력으로 진압한 정변을 가리킨다. 정변의 결과로 백여 일 동안 지속되었던 무술변법(戊戌變法)은 실패로 끝나고 광서제는 유폐되었으며, 이 일에 주도적으로 참여했던 캉유웨이(康有爲)와 량치차오(梁啓超) 등은 국외로 망명했다.

175 장즈둥 장즈둥(1837~1909)은 한족(漢族)으로 청대 양무파(洋務派)의 대표적인 인물 중 하나다. 그가 제기한 "중국의 학문을 근본으로 하고, 서양의 학문을 쓰임으로 삼는다(中學爲體, 西學爲用)"는 '중체서용'의 구호는 중화사상을 포기하지 않으면서 서양의 군사 과학 기술을 적극적으로 수용하는 것을 합리화하는 명분을 제공하여 양무파와 초기 개량파의 기본적인 강령이 되었다.

180 동맹회 동맹회(同盟會)는 청말 쑨원(孫文)의 지도 아래 있던 전국적인 혁명 조직인 중국혁명동맹회(中國革命同盟會)를 말한다. 1912년 청 제국의 멸망과 중국 역사상 최초의 공화 정권인 중화민국이 탄생되는 일에 중심적인 역할을 담당했다.

193 영접하고 중국의 풍속에 따르면, 음력 정월 초닷새는 재물신의 생일이라서, 각 상점에서는 가게를 열고 이른 아침부터 징을 울리고 폭죽을 터뜨리면서 제물과 술을 진설하여 재물신을 영접한다.

노동소년단 노동소년단은 중국 최초의 아동 혁명 조직으로 제1차 국내 혁명 전쟁 시기 상하이, 광저우, 우한, 톈진, 탕산 등의 도시에서 만들어지기 시작했다. 구성원은 주로 노동자와 농민의 자제, 공장의 아동노동자, 상점의 학생들이었고, 초등학생이나 도시의 빈곤 아동들도 있었다. 그들의 임무는 문화와 정치를 학습하고 신체를 단련하는 것이었는데 목에 붉은 수건을 표시로 둘렀다. 1925년 5월 30일 당의 지시로 상하이의 노동자들이 파업을 진행할 때 노동소년단은 거리로 나와 모금을 하면서 파업 투쟁을 지지했다.

236 나사모 비단으로 만든 중절모자이다.

237 Neolides-H.B 피임약의 한 종류로 당시 신식 여성들이 즐겨 썼던 것이다.

252 **차려 먹고 나서** 원문은 "吃了排家飯后"인데, 여기서 '배가판(排家飯)'이란 묘족(苗族)의 풍습으로 혼인 잔치에서 신랑 집과 종형제들이 돌아가며 손님들에게 식사를 대접하던 관습이나 혹은 신랑 쪽 친족들이 손님들을 더 묵게 하며 대접하던 관습을 가리킨다. 여기에서는 송가촌을 습격한 뒤 승리를 자축하는 잔치를 벌인 것을 말한다.

254 **천족** 전족을 하지 않은 자연 상태의 발을 말한다.

288 **5·7 기념회** '5·5'는 1921년 5월 5일로 쑨중산(孫中山)이 광저우(廣州)에서 비상대총통으로 취임한 것을 기념하는 날이며, '5·7'은 1915년 5월 7일로, 일본 제국주의가 위안스카이(袁世凱) 정부에게 48시간 이내에 국권을 빼앗는 국치(國恥)의 '21개조'를 수락하도록 최후통첩을 한 날이다. 후에 이날을 '국치기념일'로 정했다. 같은 해 5월 9일은 위안스카이가 '21개조'를 승인하여 이로 인해 전 국민의 반일운동이 격발되었던 날로, 후에 이 날을 '5·9' 국치기념일로 삼았다.

306 **계산을 해야 하는 것이다** 원문은 "正月來的賬, 要打總算一算呢!"로 "어떤 일이든 그 대가를 다 치르지 않고 넘어갈 수는 없다" 혹은 "심은 대로 거둔다"는 의미로 인과응보나 자업자득과도 통하는 말이다.

314 **상유군** 상유군(上遊軍)은 당시 반혁명군이었던 샤더우인(夏斗寅)의 군대를 말한다.

348 **조계** 아편전쟁 이후 영국 등 제국주의 국가들이 중국과의 불평등조약을 통해 광저우, 상하이 등의 해안 도시에 강제적으로 치외법권 지역을 설정하여 통상 업무 수행을 위한 거점 및 외국인들을 위한 배타적 주거 공간으로 점유 사용했던 지역이다.

357 **돌진했다** 초판본은 이렇다. "온몸이 그 갓 태어난 작은 것들 위로 기울어 쓰러졌다. 그것들은 발버둥치고 달아나고 투항했다! 모든 게 빠르고 어지럽게 돌면서 오색찬란한 한 덩어리로 바뀌었고, 그 속에는 하나의 검은 중심이 있었다. 갑자기 확대되었다, 갑자기 축소되었다 했지만 결국 쉬지 않고 툭툭 튀었다. 튈 때마다 검은 울타리를 만

들어 내고 확대시키고 하면서 여전히 다시 툭툭 튀었다. 검은 울타리
는 한 층 한 층 바깥으로 확대되면서 더 빨리 튀었고, 더 빨리 확대되
더니 모든 걸 삼켜 버리고 모든 걸 훼멸시켜 버리고, 온 공간에 온 우
주에 가득 채워졌다!"

361 워즈워스 W. Wordsworth, 1770~1850. 영국 시인. 이 시구는 작가
가 1828년에 지은 「소망의 문(The Wishing Gate)」에서 인용한 것이
다. 『추구』 초판본에는 원문을 인용하여 '제사(題辭)'를 삼았다. 번역
문은 이번 '전집' 판에 새로 실은 것이다. 워즈워스 본인의 주에 따르
면 이렇다. "그래스미어 협곡에서 앰블사이드로 통하는 오래된 큰길
가에 옛날에는 문이 하나 있었는데, 그것을 소망의 문이라고 불렀다.
사람들은 거기에서 새로 생겼거나 간절히 바라는 소망이 모두 아름
다운 결과를 맺게 된다고 믿었다." – 원주

362 쾌판 비교적 빠른 박자로 박판(拍板)과 죽판(竹板)을 치며 7자구의
압운된 구어 가사를 간혹 대사를 섞어 노래하는 중국 민간 기예의 하
나다.

370 무장대 장교가 권총과 지휘도를 차는 요대(腰帶)다.
　　삼걸 황포(黃埔) 삼걸이란 쑨원 당시에 세워진 신식 군대 양성 기관인
황포군관학교(黃埔軍校)의 제1기 학생 중 가장 실력이 뛰어나 유명했
던 장셴윈(蔣先雲), 천경(陳賡), 허충한(賀衷寒) 세 명을 가리킨다.

377 폭동을 조직하는 건가 초판에는 "토비(土匪)가 되는 거죠"라고 되어
있다.
　　거인수재 거인(擧人)은 본래 추천받은 사람을 가리키는 말이지만,
명청대에 이르면 향시(鄕試)에 급제한 사람을 가리키는 말로 쓰인다.
수재(秀才)는 일반적으로 독서인(讀書人)을 가리키는 말인데, 명청대
에는 부(府)나 현(縣)의 생원(生員)을 가리키는 말로 쓰였으며, 사서
오경(四書五經)을 읽고 그보다 더 공부한 사람들을 가리킨다.
　　한림 한림(翰林)은 본래 황제(皇帝)의 문학시종관(文學侍從官)을 말
하며, 명청 시기에는 진사(進士) 중에서 선발하였다. 여기에서 서양

학당의 한림이라고 한 것은 서양 학당에서 공부한 지식인들을 지칭하는 것으로 보인다.

청년회 중국기독교청년회(中國基督敎靑年會)의 약칭이다.

391 **빛을 발하고 있었다** 초판본은 이렇다. "벌써 일찌감치 빛을 발하면서 태양이 남기고 간 자리를 접수할 준비를 하고 있었다. 한 무리의 까마귀들이 서쪽으로 날아가며 대낮의 태양이 이미 사라져 가는 것을 애석해하는 울음을 까악까악 운다. 부엉이의 차차대는 소리는 그의 시대가 이미 도래했음을 선언하고 있었다. 이 휘황한 낙일의 잔광(落照) 속에서 대자연 속의 모든 것들도 혼란과 모순을 충분히 드러내고 있는 것이다."

412 **공생** 과거를 치던 시기에 부(府), 주(州), 현(縣)의 생원(生員 : 秀才) 중 성적이 우수하거나 자격이 뛰어난 자를 선발하여 경사국자감(京師國子監)에서 공부하도록 했는데 이들을 공생(貢生)이라고 불렀다. 그 의미는 인재를 황제에게 바친다는 것이다.

한림진사 황제의 문학시종관(文學侍從官), 한림원(翰林院)은 본래 당대(唐代)에 설립되어 초기에는 예능을 갖춘 인재를 선발하는 기관이었으나 당 현종(玄宗) 이후 전문적으로 기밀 조서를 기초하는 중요한 기관으로 바뀌었다. 이 한림원에서 근무하는 관리를 한림학사(翰林學士)라고 불렀다. 명청 시기에는 한림학사를 진사(進士) 중에서 선발했다. 진사는 과거시험에서 가장 높은 단계인 전시(殿試)에 합격한 자를 지칭하는 것으로, 관직을 수여할 수 있는 사람을 의미한다.

417 **표현주의** 20세기 초, 30년대까지 서양의 몇몇 나라들에서 성행했던 부르주아 문예 사조다. 가장 먼저 회화(미술)계에서 출현했고, 나중에 음악, 희극, 문학, 영화 등의 영역으로 발전했으며 제2차 세계대전 후 독일과 오스트리아 등에서 광범위하게 유행했다.

환각이었을 뿐인가 초판본에서 첨가 부분은 이렇다. "노후한 중국 민족은 아마도 마비되고 오염된 채 살아갈 수 있을 뿐이다. 분노도 비애도 희망도 없이 살아가는 것이다. 독일 민족이 전쟁의 패배 후에 느꼈던 회의와 두려움과 고통 속에서 분출해 내었던, 초조하게 부활을 갈구하던 표현주의의 그런 불꽃같을 수가 있겠는가? 지금 상하이인들의 육감적인 가무의 광란은 고작 고대 로마인들의 마취적 광란 퇴폐에 비할 수 있을 뿐이다. 실망이다, 실망! 이 시대에는 큰일이든 작은 일이든 모두 다 실망뿐이다!"

456 지난 사건 지난(濟南) 사건은 1928년 5월 30일 일본 제국주의 군대가 지난을 침입해서 강간과 약탈을 자행하고 중국 군민 오천여 명을 도살한 '5 · 30' 사건을 가리킨다.

466 순포 월포(越捕)라고도 하며, 19세기 말 주로 조계에서 근무하던 경찰을 일컫는다.

468 통행증 당시 상하이에는 영국과 프랑스 조계가 설치되어 있었는데 전자를 속칭 '대영조계'라고 했다. 두 곳 모두 인력거 통행 허가증이 있어야만 지역의 경계를 넘어 운행을 할 수 있었다. 중자오는 지금 프랑스 조계에 있고, '왕핑가'는 영국 조계에 속한 곳인데 인력거부가 '통행증'이 없다고 한 것은 그가 프랑스 조계의 면허증만을 가지고 있음을 말한다.

469 걱정을 하는 건가 이 구절 뒤 초판본에는 다음과 같은 내용이 더 있다. "인생이란 본래 부단히 분투하는 것이며, 하나하나의 시련은 너의 조야한 인품을 다듬어서 그릇을 완성시켜 주는 것이다. 나약해서 풍파를 견디지 못하는 그런 사람은 끝까지 완성된 그릇이 될 수 없으며, 또한 인생의 참 의미를 이해할 수도 없다. 평생 풍랑을 만난 적이 없는 사람들은 가련한 존재며 이 우주 간에 버려진 존재들이며 조물주가 정련을 게을리하는 자들인 것이다."

470 구궐재일기 청대 증국번(曾國藩)의 저서로 자신의 정치 사상, 학술, 생활에 관한 견해를 적은 책이다.

481 창백한 말 러시아 작가 사빈코프(B. V. Savinkov, 1879~1925)의 장편소설로, 정전둬(鄭振鐸)의 번역본이 1924년 상해상무인서관(上海商無印書館)에서 출판되었다.

483 **삼민주의** 중국의 국부로 추앙받는 쑨원(孫文)의 핵심사상 중 하나로, 삼민은 민족(民族), 민권(民權), 민생(民生)을 말한다.

506 **샤프살로** 상하이 프랑스 조계에 있던 거리로, 현재의 단수이로(淡水路)를 말한다.

509 **공산당 놈이지** 초판본에는 "반동파들이 대담하기도 하지!"로 되어 있다. - 원주

510 **공산당이로구나** 초판본에는 "반동파로구나"로 되어 있다.

516 **못 구하게 되자** 초판본에는 이 뒤에 "그들이 혁명을 불허하자, 그 때문에 살길이 끊긴 거지"라는 문장이 추가로 있다.

556 **상점 주인** 「진경이 말을 팔다(秦瓊賣馬)」의 창사(唱詞) 첫 구절이다. 수(隋) 왕조 말기에 제남부(濟南府)에 파견된 산동호걸(山東豪傑) 진경(秦瓊)이 명을 받들고 노주(潞州)로 가던 중 불행히도 여관에서 잡병이 걸려서 가지고 간 여비를 다 써 버리게 되자 할 수 없이 자신이 애지중지하며 타던 황표마(黃驃馬)를 서문 밖의 이현장으로 데려가 팔았다는 이야기로, 여기에서는 몰락한 영웅의 예로 거론되고 있다.
진경 위의 주에서 소개한 경극 「진경이 말을 팔다」의 주인공 이름이다.

570 **인류 이야기** 반룬(H. W. Van Loon, 1882~1944)은 네덜란드 태생으로 미국의 역사학자요, 전기 작가다. 『인류 이야기』는 그가 지은 통속적인 세계 역사 이야기다.

574 **부르지 않았던가** 북유럽의 신화 속에는 세 자매인 운명의 여신이 나오는데 첫째 우드(Urd)는 '과거'의 화신이고, 둘째 베르단디(Verdandi)는 활발하고 용감하고 앞날을 직시하며 '현재'를 상징하고, 가장 어린 스쿨드(Skuld)는 알 수 없는 '미래'를 상징한다.

혁명에 뛰어든 지식 청년들이 겪게 된 환멸, 동요, 추구의 체험

심혜영(성결대학교 중어중문학과 부교수)

1. 작가에 관하여

마오둔(茅盾)은 1896년 7월 4일, 청(淸) 광서(光緒) 22년, 저쟝성(浙江省) 통상현(桐鄕縣) 우진(烏鎭)에서 태어났다. 마오둔의 본명은 선더홍(沈德鴻), 자는 옌빙(雁氷)이다. 4대가 함께 사는 집안의 장손으로 태어난 마오둔에게 증조부 선환(沈煥)은 항렬 자인 '덕(德)'에 '홍곡고비(鴻鵠高飛)'의 염원을 담은 '홍(鴻)' 자를 붙여 '더홍(德鴻)'이라는 이름을 지어 주었다. '마오둔'은 그가 첫 소설 『식(蝕) 3부작』을 발표할 때 처음으로 사용한 필명이다.

증조부 선환은 상하이(上海), 한커우(漢口), 우한(武漢) 등지를 떠돌면서 어느 정도의 경제적인 부를 축적한 이른바 신흥 자산 계급이었다. 아버지 선용시(沈永錫)는 16세의 어린 나이에 수재가 되었지만 전통 지식인의 길을 가는 대신 고향 우진의 소문난 명의였던 장인에게서 의술을 배웠고, 수(數), 리(理), 화학(化學)이나 탄스퉁(譚嗣同)의 『인학(仁學)』 같은 신서(新書)들을 머리맡에서 떼놓지 않았던 진보적이고 학구적인 개화파 지식인이었다. 어머니 천아이주(陳愛珠)는 결혼 전에 이미 읽고 쓰는 것은 물론이고 사서오경(四書五經)과 당시 삼백 수(唐詩三百首), 『고문관지(古文觀止)』 등의 고전을 두루 읽어 고문에 관한 적지 않은 소양을 갖추고 있었고, 결혼 후에는 남편의 권유로 역사서, 지리서 등 신학문에 관련된 책들도 읽어 더훙이 5세 되던 해부터 직접 천문, 지리, 역사 등을 가르치는 '몽학 선생(啓蒙老師)' 노릇을 하기도 했다. 마오둔의 아내 쿵더즈(孔德沚)가 결혼 당시에는 전혀 글을 몰랐고 이름조차 없었던 점을 고려하면 마오둔의 어머니가 갖추고 있었던 문화적 소양은 당시 여성으로서 극히 예외적인 것이었음을 알 수 있다. 마오둔의 아버지가 자연 과학 분야에 더 많은 관심을 가졌던 것 데 비해, 어머니는 문학에 더 관심이 많았고 특히 소설을 좋아해서 당시에는 일반적으로 음란한 소일거리[閑書]로만 간주하며 아이들이 읽는 것을 금했던 『서유기』, 『삼국연의』, 『수호전』, 『요재지이』, 『유림외사』 등의 소설을 마오둔의 어머니는 자유롭게 읽게 해 주었다.

비교적 안정된 물질적 환경과, 자식들의 교육에 각별한 관심을 가지고 있었던 개화된 부모 덕분에 마오둔은 일찍부터 좋은 환경에서 교육을 받으며 보냈다. 7세 때 잠시 친척이 하는 사숙(私塾)에 입학해서 공부를 하다가, 8세 때 우진에 최초로 설립된 초급 학교인 입지소학(立志小學) 제1기 학생으로 입학하여 국문, 수신과 함께 역사, 수학 등을 배웠다. 마오둔이 10세 되던 해에 아버지가 돌아가셨고, 마오둔은 입지소학을 우수한 성적으로 졸업했다. 11세 되던 해에는 다시 식재(植材)고등소학교에 입학하여 영문, 물리, 화학, 음악 등을 배웠는데 국문 성적이 특히 뛰어났다.

1909년 13세가 되던 해에 식재고등소학을 졸업하고, 이듬해에 저장 후주(湖州) 제삼중학당에 2학년으로 편입을 했다가, 1911년 다시 자싱(嘉興)중학당에 3학년으로 편입을 했다. 당시 자싱중학 당은 교장과 교사들이 대부분 혁명 당원이었는데 신해혁명(辛亥革命)이 일어나자 교장과 교사들이 모두 혁명에 참여하느라 학교를 떠나게 되었고, 새로 부임한 학감은 학교의 자유로운 학풍에 불만을 품고 기풍을 재조정하려고 했기 때문에 학생들의 반발을 샀다. 마오둔은 이때 새로 온 학감을 골탕 먹이는 일에 적극 가담했다가 제적을 당하여 다시 항주에 있는 안딩(安定)중학교로 전학하게 되었다. 안딩중학교는 교사들의 자질이 뛰어났는데, 국문 교사는 저장의 재자(才子)로 불리던 장시안즈(張獻之)였고, 물리, 화학 교사는 모두 일본 유학생들이었다. 마오둔은 중학 시절 영문과 국문 성적이 가장 우수했고 작문 실력이 뛰어나 각별한 인정을 받았지만, 왜소한 체구와 약한 체력 탓에 체육 시간에는 항상 성적이 부진하여 친구들의 웃음을 사기도 했다. 마오둔의 병약한 몸과 학문에 대한 열정, 치밀하고 예민한 기질 등은 아버지에게서, 소설에 대한 각별한 흥미와 발달된 감수성, 문장력 등은 그의 어머니에게서 이어받은 것으로 보인다.

1913년 만 17세가 되었을 때 마오둔은 베이징대(北京大) 예과(豫科)에 입학했다. 비록 아버지가 일찍 돌아가시기는 했지만 어머니가 실질적인 보호자 노릇을 할 수 있었고 경제적으로도 큰 어려움이 없었기 때문에 마오둔은 베이징대 예과를 마칠 때까지는 학업에만 전념할 수 있었다. 문(文), 법(法), 상(商)과 리(理), 공(工), 농(農)으로 분류되어 있는 베이징대 예과의 학업 체계 속에서 마오둔은 문, 법, 상 쪽을 택했다. 이것은 자연과학을 공부해서 국가의 물질적인 힘을 기르는 데 이바지할 것을 기대했던 아버지의 유지에는 반하는 것이었지만, 마오둔의 어머니는 자식의 뜻을 이해하고 이를 지지해 주었다.

1916년 20세의 나이로 베이징대 예과를 마친 뒤 마오둔은 경제적인 사정으로 학업을 중단하고 외숙 루쉐부(盧學溥)의 도움으로 상하이 상무인서관(商務印書館) 편집부에 취직했다. 처음에는 영문부에서 막 신설된 영문통신교육학교 담당 직원으로 일하면서 학생들이 부쳐 온 과제의 교정을 담당하다가 얼마 후에는 국문부로 옮겨『중국우언(中國寓言)』편저와『학생 잡지』편집 등을 맡았다.

1917년에 마오둔은 공개적으로 발표한 최초의 번역물인 SF 소설『3백 년 뒤에 부화된 알(三百年後孵化之卵)』을『학생 잡지』에 게재했고,『중국우언초편(中國寓言初編)』편찬을 시작하여 반 년 만에 완성하기도 했다.

22세가 되던 1918년에 마오둔은 양가의 조부들이 마오둔이 5세 때 약정해 놓은 것에 따라 콩더즈와 결혼했다. 콩더즈는 결혼 당시 전혀 글을 몰랐으며, 자신의 이름조차 없는 완전히 전통적인 가정의 여성이었다. 콩더즈는 결혼 이후에 마오둔 어머니의 책임

아래 신구 학문에 대한 교육을 받아 이후에는 마오둔과 함께 5.
30 시위에 직접 참여하기도 했다.

1920년 초반에 마오둔은 상무인서관에서 발행하던 문예지『소
설월보(小說月報)』의 '소설 신조(新調)'란 편집을 맡았고, 「소설
신조 선언」, 「신구 문학 비평에 대한 비평」과 「현대 문학가의 책임
은 무엇인가」 등의 글을 발표했으며, 11월 『소설월보』 편집장을
맡게 되자 『소설월보』의 전면적인 혁신을 시도했다. 본래 『소설월
보』는 '유희와 소일거리의 문학'을 표방한 원앙호접파(鴛鴦胡蝶
派)의 주요 활동 무대였는데, 마오둔이 편집을 주관하게 된 뒤로
는 사실주의 문학을 제창하면서 그들을 비판했기 때문에 원앙호
접파에게서 강한 반발을 샀다. 한편 상무인서관 내에서도 『소설
월보』의 전면적인 혁신에 반대하는 움직임이 적지 않아 마오둔은
1923년 1월로 『소설월보』 편집장을 사임했다.

『소설월보』 개혁을 한창 추진하던 1920년 12월 마오둔은 당시
베이징대 교수였던 저우쭤런(周作人)과 아직 학생이던 정전둬(鄭
振鐸), 왕통자오(王統照), 예사오쥔(葉紹鈞) 등과 함께 상하이에서
'인생을 위한 문학'을 말하는 '문학연구회(文學研究會)' 창립 발
기 대회를 열었다. 마오둔은 상하이에 있었기 때문에 1921년 1월
베이징에서 열린 문학연구회 창립 대회에는 참석하지 못했지만,
전면적인 개혁 후 첫 번째로 발행한 『소설월보』 제12권 제1호에
문학연구회 창립 선언과 발기인 명단을 게재했다. 첫 호는 5천 부
를 발행했는데, 발행 직후 모두 매진되는 열렬한 호응을 받았다.
같은 해 7월 마오둔은 상하이에서 창립한 제1회 중국공산당전국

대표대회에 참석하여 중국 공산당 초기 당원이 되었고, 이후 당 중앙과의 비밀 연락원 임무를 수행했다. 1923년에는 중국 공산당에서 운영하는 상하이 대학 중문과에서 소설 연구를, 영문과에서 그리스 신화를 강의하기도 했다.

1923년부터 1925년까지는 일반적으로 마오둔이 대부분의 시간과 정력을 정치 활동에 쏟았던 시기로 알려져 있다. 『소설월보』개혁 시도가 무산된 뒤 상무인서관의 편집 일은 점차 부차적인 것으로 밀려나게 되었고, 상하이 공산당원 전체 대회에서 상하이겸구(兼區) 집행 위원으로 선출되자 마오둔의 활동의 중심은 서서히 문학에서 점차 사회 운동과 군중 운동 쪽으로 옮겨 갔다. 1925년 상하이 대학생들과 아내 콩더즈, 취츄바이(瞿秋伯)의 아내 양지화(楊之華)와 함께 참가했던 5·30 사건에서 마오둔은 강렬한 인상을 받았고, 같은 해 8월에 발생한 상무인서관 노동조합의 파업 투쟁을 성공으로 이끌었다. 이 두 가지 사건을 계기로 마오둔은 한동안 문학과의 공식적인 관계를 끊고 혁명 운동에 전념하게 되었다.

1925년 마오둔은 중공 중앙의 명령을 따라 윈다이잉(惲代英)과 함께 상하이에서 국민당 상하이특별시당부(市黨部)를 설립한 뒤 선전부장으로 선출되었다. 1926년 1월 광저우(廣州)에서 열리는 국민당 제2차 전국대표대회에 참석하고, 대회 폐막 후 마오둔은 광저우에 남아 당시 국민당 중앙선전부장 대리를 맡고 있던 마오쩌둥의 비서 일을 맡았다가, 1926년 3월 중산함(中山艦) 사건을 계기로 마오쩌둥이 선전부장 대리직을 그만두자 따라서 비서직을 사임하고 상하이로 돌아왔다. 돌아온 마오둔은 당시 『소설월보』

편집장을 맡고 있던 정전뒤로부터 자신이 국민당 정부의 지명 수배 대상이라는 소식을 듣고 상무인서관 일을 완전히 정리한 뒤 숨어 지냈다. 이 시기에 마오둔은 낮에는 몰래 정치 활동을 하고 밤에는 그리스 신화나 북유럽 신화, 중국 고전 시사를 읽으며 지냈다. 1927년 마오둔은 다시 당 중앙의 명에 따라 우한으로 가게 되었다. 이때는 광저우에 있던 국민정부가 이미 우한으로 옮겨 간 상태라서 우한이 국민 혁명의 새로운 근거지가 되어 있었다. 마오둔은 우한에서 신설된 중앙정치군사학교의 교관으로 있다가 얼마 후 다시 장제스(蔣介石)의 4·12 쿠데타 소식을 듣게 되고 장제스의 백색 테러를 피해 살아남은 공산당원들과 함께 비밀리에 상하이를 빠져나왔다.

마오둔이 우연한 계기 속에서 당과의 연계를 상실하게 된 이 사건은 다른 한편으로는 마오둔이 다시 문학 활동을 재개하고 이후 작가로서 왕성한 창작 활동을 해 나가는 전환점이 되었다. 1927년 마오둔은 상하이에 숨어 지내는 동안 최초의 소설 「환멸(幻滅)」을 발표했고, 이어 1928년 「동요(動搖)」와 「추구(追求)」를 발표하여 『식(蝕) 3부작』을 완성했다. 같은 해 7월에는 일본으로 가서 장편소설 『무지개(虹)』(미완)와 일련의 단편 소설 등을 창작했고, 『신화 잡론』 『서양 문학 통론』 『북유럽 신화 ABC』 『중국 신화 ABC』 등의 저작과 「구링(牯嶺)에서 동경으로」, 「『예환지』를 읽고(讀倪煥之)」 등의 비평을 남겼다.

1927년에서 1937년까지는 일반적으로 마오둔 창작의 성숙기요 수확기로 평가받는다. 이 시기에 완성된 중편으로 위의 작품들 외에 「길(路)」, 「삼인행(三人行)」과 장편 『깊은 밤(子夜)』이 있다. 『깊은 밤』은 1930년대 중국 상황을 탁월하게 재현해 낸 리얼리즘 소설로, 5. 4 이래 신문학 발전 역사에서 새로운 이정표를 세운 작품으로 평가받는다. 취츄바이는 이 작품을 "중국 최초의 성공한 사실주의 장편 소설"이라고 평가했다. 이 외에 「임씨네 가게(林家鋪子)」, 「봄 누에(春蠶)」, 「수확(收穫)」, 「잔동(殘冬)」 등의 우수 단편 소설도 모두 이 기간에 발표했다. 창작 외에도 러시아 극작가 등 외국 작가의 작품을 번역하거나 문예 단평이나 작가 연구 등의 문학 활동도 활발하게 전개했다.

1930년 4월 일본에서 상하이로 돌아온 마오둔은 2월에 이미 결성된 '중국좌익작가연맹'에 가입하고, 1931년에는 루쉰(魯迅)과 함께 국민당의 좌파 작가 살해에 항의하는 「국민당의 혁명 작가 살해에 대한 선언(中國左翼作家聯盟爲國民黨屠殺大批革命作家宣言)」을 발표했다. 1932년 장편 소설 『깊은 밤』을 완성하여 1933년 개명서점(開明書店)에서 단행본으로 출판했다. 마오둔은 이 시기 또한 정전둬와 대형 문예 간행물 『문학』을 발간하고, 1934년에는 루쉰과 함께 진보적인 문학 작품들을 번역 수록하는 잡지 『역문(譯文)』을 창간했다. 1936년에는 궈모뤄(郭沫若) 등 111명의 문인이 서명한 '중국문예가협회' 결성에 주도적으로 참여했고 루쉰, 바진(巴金) 등 77인이 연명한 「중국문예공작자선언」을 발표했다.

1937년에 마오둔은 「구망(救亡)일보」를 창간했고, 『외침[吶喊]』(후에는 『봉화(烽火)』로 개명) 편집을 담당하다가 상하이가 함락된 뒤에는 창사(長沙), 우한, 샹강, 광저우 등을 전전하며 지냈다.

1938년 3월 중화전국문예계항적(抗敵)협회가 한커우에서 성립되었을 때 마오둔은 이사로 피선되었고, 4월에는 광저우에서『문예진지(文藝陣地)』편집을, 이후에는 샹강에서 소형 신문「입보(立報)」부간(副刊)인『언림(言林)』편집을 맡았다. 이 시기에 장편 소설『일 단계 이야기(第一段階的故事)』도 썼다.

1938년 12월에는 신장(新疆)으로 가서 교사 생활과 신장문화협회 위원장을 지내다가 1940년에는 란저우(蘭州), 시안(西安)을 거쳐 옌안(延安)으로 가서 루쉰예술학원에서 학생들을 가르치는 일을 했다. 반 년 후에는 다시 충칭(重慶)으로 가서 궈모뤄가 주관하는 문화사업[文化工作]위원회의 상임위원을 맡았다. 이 시기에 마오둔은 또한 산문「풍경담(風景談)」,「백양예찬(白楊禮讚)」등을 썼다. 1941년 환난(皖南) 사변이 일어나자 마오둔은 일군의 진보적인 문화 인사들과 함께 충칭을 떠나 샹강으로 갔다. 5월 샹강에서 발행하는『대중 생활』주간(週刊)의 편집위원이 되자 이 간행물에 장편 소설『부식(腐蝕)』을 연재했다. 9월에는『필담(筆談)』반월간의 주편을 맡았다가, 12월 태평양전쟁의 발발로 샹강이 점령당하자 곧 중국 공산당이 이끄는 동강 유격대의 도움으로 구이린(桂林)으로 옮겼다. 구이린에서 지내는 9개월 동안 마오둔은 다시 장편『상엽은 2월의 꽃처럼 붉다(霜葉紅似二月花)』를 완성했다. 1942년 마오둔은 다시 충칭으로 돌아와서 1945년 첫 번째 희곡「청명 전후(淸明前後)」를 완성했다. 같은 해 6월 진보적인 문인들이 대거 모여 마오둔의 50세 생일과 창작 생애 25주년을 기념하는 경축 대회를 거행했다.

항전이 승리로 끝난 후 마오둔은 1946년 3월 충칭을 떠나 광저우, 샹강을 거쳐 상하이로 돌아와 잡지 『문련(文聯)』 편집을 맡았다. 12월에는 소련대외문화협회의 초청으로 소련을 참관하고, 1947년 1월부터 소련에서 쓴 '소련 유람 일기(遊蘇日記)'를 「시대일보(時代日報)」에 연재했다. 1947년 4월 상하이로 돌아와서 9월 『소련 견문록(蘇聯見聞錄)』을 탈고했고, 1947년 말 샹강으로 가서 『문회보(文匯報)』 편집을 담당하면서 1948년 『소련 견문록』을 개명서점에서 출판하고, 『문회보』에 장편 소설 『단련(鍛鍊)』을 연재했다. 1949년 마오둔은 베이핑(北平)에서 열린 중국인민정치협상회의 주비공작에 참여했고, 중국문학예술공작가대표대회에 참석하여, 중국문학예술계연합회 부주석과 중국문학공작가협회(후에 중국작가협회로 개칭) 주석으로 선출되었다.

1949년 10월 1일 중화인민공화국 성립 후 마오둔은 1964년까지 중앙인민정부의 문화부장직을 맡았고, 잡지 『인민 문학』의 편집장과 전국인민대표대회 대표, 정협(政協)전국위원회 상무위원, 정협전국위원회 부주석 등을 역임했다. 문화대혁명이 끝난 뒤 1979년에는 중국문학예술공작자 제4차 대표대회에서 다시 전국문련(文聯)의 명예 주석과 중국작가협회 주석으로 선출되었다.

1981년 마오둔은 85세의 나이로 베이징병원(北京醫院)에서 사망했다. 임종 직전에 간절하게 당에게 "영광스러운 중국 공산당원으로 추인해 준다면 이것은 내 인생 최대의 영광이 될 것"이라는 청원을 했고 중국 공산당은 마오둔의 청원을 받아들여 그의 당적을 회복시키고 당적의 경력을 1921년부터 산정하기로 결정했다. 8월에는 마오둔이 만년에 병고에 시달리면서도 끝까지 집필에 온 힘을 기울였던 회고록 『내가 걸어온 길(我走過的道路)(상)』이 홍콩 삼련서점(生活·讀書·新知三聯書店)에서 출간되었고, 장편 소설의 발전을 위해 마오둔이 자신의 원고료 25만 위안을 중국작가협회에 기부하여 시작된 마오둔 문학상이 제정되었다. 마오둔 문학상은 우수한 장편 소설 작품에 수여하는 상으로, 현재 중국에서 가장 권위 있는 문학상 중의 하나다.

2. 『식(蝕) 3부작』에 관하여

『식(蝕) 3부작』은 「환멸」, 「동요」, 「추구」라는 제목의 중편 소설들로 구성된 마오둔의 3부작 소설이다. 세 작품은 1920년대 중반 혁명 운동에 뛰어든 지식 청년들이 겪게 된 환멸, 동요, 추구의 체험을 순서대로 엮은 것으로, 각각 자기 완결적인 구조를 갖춘 독립된 작품으로 읽을 수도 있지만 전체를 한 편의 이야기로 연결지어 읽을 수도 있다.

『식 3부작』은 당시 중국 공산당원이었던 마오둔이 1927년 난창으로 가라는 중국 공산당의 지시를 몇 가지 우연한 계기로 인해 따르지 못하게 되면서 일시적으로 당과의 관계를 상실하게 된 상황에서 마오둔이 우연히 맞이하게 된 정치 활동의 공백기에 창작되었다. 흥미로운 것은 마오둔이 이때 지난 시절의 정치 활동 경험을 주로 "한바탕의 소용돌이"나 "거대한 모순", "혼돈" 등으로 표현하고 있으며, 이러한 경험 뒤에 남은 자신의 느낌을 "환멸의 비애"나 "인생의 모순" 등으로 토로하고 있다는 점이다. 마오둔은 만년에 마지막 남은 힘을 다 기울여 집필한 자신의 회고록『내가 걸어 온 길(我走過的道路)』에서『식 3부작』창작과 관련된 당시의 심경을 "그때 나는 대혁명 실패 후의 형세에 대해 막막함을 느꼈다. 내게 는 생각하고 관찰하고 분석할 시간이 필요했다……. 이런 격랑의 생활을 거치고 난 뒤 나는 멈춰 서서 혼자 한번 생각해 보는 것이 필요했다"고 고백했다. 이 시기 마오둔은 쉽게 해석되지 않는 복 잡한 현실 체험과 그 결과로 남겨진 "환멸의 비애", "모순 투성이 인 인생"에 대한 절망감, 지명 수배자의 처지에서 경험하게 된 "침 체된 심정과 고독한 생활" 속에서 지금까지 정신없이 달려오던 삶 에서 잠시 벗어나 "멈춰 서서 홀로 생각해 보는" 일을 절실히 필요 로 하게 되었고, 그 산물이『식 3부작』이라고 해석할 수 있다.『식 3부작』은 작가의 이러한 특수한 정신적 상황에서 탄생했기 때문 에 마오둔의 작품 중에서 가장 자기 고백적인 성격이 강하다.

첫 번째 작품인 「환멸」은 S대 학생인 징(靜)이 상하이와 우한과 구링을 배경으로 연애와 혁명을 오가면서 겪게 되는 몇 가지 경험 을 이야기의 골격으로 삼고 있다. 징은 21세가량의 순진무구한 여대생이지만, 여중 동창생인 후이(慧)를 통해 세상의 추하고 타 락한 모습을 엿보게 되고, 바람둥이이자 정치적 신분이 불확실한 바오쑤(抱素)와의 연애를 통해 결국 세상에 대한 환멸을 겪는다. 환멸에 빠진 징은 병원으로 도피하지만 그곳에서 다시 옛 학우들을 만나 혁명의 근거지인 우한으로 가게 되고 거기에서 직접 혁명 운동에 참여하게 된다. 그러나 우한에서 징은 혁명의 실상에 대한 환멸을 다시 한 번 경험하게 되고, 혁명의 장엄한 이미지와 그러한 실망스러운 혁명의 실상 사이의 모순 속에서 갈등과 고뇌를 겪는다. 후에 다시 징은 친구들의 소개로 후방병원으로 일자리를 옮기고, 그곳에서 뜻하지 않게 부상당한 젊은 중대장 창멍(强猛)을 만나 사랑에 빠진다. 창멍과 함께 구링에서 보낸 '밀월 같은 시간'은 징에게 난생 처음 맛보는 "광환(狂歡)"의 기쁨을 안겨 주지만 곧 다시 창멍이 입대해야 하는 상황이 되면서 그러한 기쁨의 시간도 막을 내린다.

「환멸」에서 작가는 주인공 징의 서로 다른 경험을 통해 몇 번씩이나 맛보게 되는 환멸을 그려 내는 데 초점을 두었다. 순수한 연민의 감정 속에서 순간적으로 사랑을 나누게 된 바우쑤가 국민당의 첩자라는 것을 알게 되면서 징은 극도의 환멸을 경험하고, 그러한 환멸의 경험을 피해 숨어 지내던 병원에서 우연히 다시 대학 동창들을 만나 그들의 부추김 속에서 용기를 내어 뛰어들어 본 혁명의 현장에서 너무나 누추하고 역겨운 혁명의 실상을 발견하고는 다시 한 번 깊은 환멸 속으로 빠져든다. 그러나 흥미롭게도 작품의 마지막 에피소드는 작품의 제목과는 달리 완전한 환멸로 끝나지 않는다. 징과 창의 연애 사건에는 '환멸'의 고비가 있지만 결국은 징이 자신에 대한 치앙의 변함없는 사랑을 확인하고 서로 미래의 만남을 다짐하면서 기꺼이 서로의 갈 길을 격려하며 헤어지는 비교적 낙관적인 결말로 끝난다. 「환멸」의 이야기는 완전히

'환멸'로만 채워져 있지는 않다. 결국 「환멸」은 1920년대 중반의 혼란한 상황 속에서 젊은이들이 겪는 무수한 환멸을 드러내 주지만 결론에서는 작품의 제목과는 달리 『식 3부작』 중에서 가장 낙관적인 작품이 된 셈이다.

마오둔은 「환멸」을 완성하고 난 직후 곧 이어 「동요」를 집필했다. 「동요」는 대혁명 시기 우한 부근의 한 작은 현에서 일어난 크고 작은 사건을 통해 1920년대 중반 중국 혁명의 실제 상황을 사실적으로 그려 냈다. 「동요」의 중심 인물 중 한 사람인 후궈광은 본래는 토호열신이었지만 시국이 혼란한 틈을 이용해 "신사(紳士)"가 되었다가, 다시 한 번 시국이 뒤집어지자 이번에는 "위원"이 되려고 온갖 술수를 부리다가 우연한 기회에 갑자기 "새로 발견한 혁명 영웅"이 되어 온갖 기만적인 일을 벌이며 동네 전체를 극심한 혼란 속으로 빠뜨린다. 「동요」의 또 다른 중심 인물인 팡뤄란은 신식 교육을 받은 교양 있고 유능한, 현(縣)의 상무위원(商務委員)으로 적극적으로 사태를 파악하고 대응책을 모색해야 할 책임자 중의 한 사람이지만, 정작 후궈광의 계략 속에서 마을이 걷잡을 수 없는 혼란과 파괴, 공포와 살육의 소용돌이 속에 휘말려드는 상황 속에서도 정체를 알 수 없는 환영에 사로잡힌 채 방향을 잃고, 결국은 점점 더 증폭되어 가는 폭력과 죽음의 악순환 속에서 공포에 사로잡힌 채 끊임없이 동요한다.

「동요」는 「환멸」과 비교할 때 전체적으로 인물과 상황에 대한 객관적인 묘사와 사실성이 돋보이는 작품이다. 그러나 좀 더 세심하게 살펴보면 「동요」에는 서로 다른 성격을 갖는 두 가지 서사가 공존한다. 하나는 후궈광을 중심으로 구축되는 객관적이고 사실적인 공간에서 진행되는 이야기이고, 다른 하나는 팡뤄란이 중심이 되는 주관적이고 상징적인 공간에서 진행되는 묘사다. 팡뤄란은 한편으로는 '악의 구현자'인 후궈광이 주도적으로 만들어 나가는 카오스적인 공간의 일부이면서, 다른 한편으로는 '끊임없는 동요' 속에서 그 카오스적인 세계를 바라보는 시선이며 정신으로 그려져 있다. 「동요」는 팡뤄란이 서사의 중심이 되는 후반으로 갈수록 인물과 화자 사이의 거리가 사라지는 주관적이고 상징적인 성격이 강화된다. 객관적이고 구체적으로 묘사되던 정치적 혼돈의 상황이 점차 하나의 몽롱한 분위기로 전환되고, 팡뤄란이 환각 속에서 경험하는 불투명한 혼돈의 인상이 더 두드러지게 나타난다. 점증해 가던 상징성은 「동요」의 마지막 장에서 천장에 대롱대롱 매달린 거미의 눈을 통해 해석할 수 없는 혼돈과 방황의 정신적 경험 속에서 모든 것이 무너져 내리는 거대한 파괴의 환각 속에서 절정에 달한다. 「동요」는 결국 팡뤄란의 아내 팡메이리가 자신이 두렵게 지켜보던 거미로 바뀌어 어두운 환각 속에서 완전히 함몰되어 버리는 정신의 파국을 그려 내는 것으로 마무리된다.

「추구」는 『식 3부작』 중에서 고백적인 성격이 가장 강한 작품이다. 「추구」의 첫 장은 중자오(仲昭)와 만칭(曼靑), 스쉰(史循)과 장추류(章秋柳) 등 서로 다른 "추구"를 대변하는 네 명의 인물들이 지나간 시간의 경험 속에서 느낀 환멸과, 그럼에도 불구하고 마지막으로 다시 시도하는 "추구의 변"으로 시작된다. 그들은 모두 이미 "인생의 의미를 찾는 데 지쳐" 있지만 그럼에도 "적막하게 무

덤으로나 걸어가게 되는 것을 달가워 할 수는 없는" "뜨거운 피가
여전히 그들의 혈관 속에서 힘차게 흘러가고 있음"을 느끼는 존
재들이다. 이 때문에 그들은 저마다의 "마지막 추구[憧憬]"를 감행
하기로 결심한다.

그러나 이렇게 시작되는 인물들의 '마지막 추구'가 결국은 승
리의 "추구"가 되지 못할 것이라는 암시는 작품의 처음부터 강하
게 드러난다. 1장의 마지막에서 스쉰의 등장과 함께 그에게서 퍼
져 나오는 "음침한 죽음의 분위기"와 그가 드리우는 "회의의 검은
그림자", 그리고 그 어두운 암시를 "쓸어버리고" 자신들 내면의
깊은 두려움을 감추기 위해 스쉰을 둘러싸고 미친 듯이 추어 대
는 "광무"의 연출은 이후에 전개될 이들의 추구가 결국 어두운 결
말을 맞게 될 것이라는 강한 암시를 전해 준다.

「추구」에서 인물들은 결국 1장의 암시처럼 집요한 노력에도 불
구하고 그들의 희망이 막 실현될 듯한 바로 그 순간에 다시 실망
과 좌절의 구렁텅이로 떨어진다. 현실주의자 중자오는 '루 양'과
의 결혼이라는 목표를 실현하기 위해 편집장의 집요한 방해에도
불구하고 신문 제 사면의 개혁을 위해 혼신의 노력을 기울인다.
중자오는 완고한 현실의 장애 앞에서 몇 번씩이나 포기의 유혹을
받으면서도 무릎 꿇지 않고 거듭되는 "반보(半步) 정책"의 양보와
타협도 마다하지 않으며 목표를 향해 나아간다. 그러나 그러한 피
나는 노력의 결실로 "희망의 실현"이 눈앞에 다가온 순간 그의 목
표였던 루양의 교통 사고 소식으로 그의 꿈은 산산조각이 난다.
정치의 현장에서 심한 환멸을 느낀 뒤 마지막으로 다음 세대를 교

육하는 일에 미래의 모든 희망을 걸기로 결심하고 전심으로 교육에 헌신하던 만칭 역시 결국은 한때는 이상을 가지고 살았던 청년들이 이제 장년이 되어서는 자신들의 무지와 기득권 속에 갇혀 모든 교육적인 노력과 열정을 조롱하며 무산시키는 개혁의 장애가 되어 버린 것을 발견하면서 더 깊은 좌절을 경험하게 되고, 또한 자신이 이상형이라고 생각했던 여성이 결혼 직후 결국은 너무나 속물적인 "가짜"라는 것이 드러나게 되면서 완전한 절망으로 빠져든다. 인생의 모순을 오만하게 비웃으면서 관능적인 향락을 마음껏 추구하며 인생을 보란 듯이 통쾌하게 살아 보려고 했던 장치우류 역시 자신이 새로운 사람으로 다시 태어나게 하기 위해 온갖 노력을 기울였던 스쉰이 결국은 자신의 치마 밑에서 피를 토하며 쓰러져 죽고, 자신은 그 대가로 매독에 걸려 마치 날개가 부러진 새와 같은 신세가 된다.

결국 「추구」의 이야기는 벗어날 수 없는 운명의 손아귀 안에서 인물들의 모든 "추구"는 다 실패로 끝나고, "추구"의 끝에 선 인물들은 모두 처음보다 더 깊은 낙심과 절망 속에 잠기게 되는 것으로 마무리된다. 처음에는 너무나 명료하고 밝게만 보였던 이상은 현실 속에서 예외 없이 처참하게 조롱되거나 변질되거나 파괴된다. 그러나 그들은 정작 그러한 상황을 해석할 수도 그러한 상황에 대항할 수도 없다. 「추구」는 결국 모든 "추구" 뒤에 겪게 되는 더 깊은 절망만을 보여 준다.

이상에서 살펴본 세 편의 작품을 통해 볼 때, 『식 3부작』은 한편으로는 1920년대 중반 작가가 직접 겪었던 혁명 운동의 경험과 그 속에서 작가가 느꼈던 고민과 방향을 가장 솔직하게 드러내 주는 작품이면서 동시에 1920년대 지식 청년들의 정신적 상황과 혁명 운동의 구체적인 모습을 가장 생생하게 그려낸 작품이라고 할 수 있다.

판본 소개

1930년 5월 상하이 개명서점(開明書店)에서 초판본 『식(蝕) 3부작』이 출간되었다. 이후 1958년 3월 인민문학출판사(人民文學出版社)(베이징)에서 『마오둔 전집(茅盾文集)』 제1권으로 다시 출간되었다. 1980년 4월 인민문학출판사에서 『식 3부작』 제7쇄를 발간했다. 1984년 인민문학출판사에서 『마오둔 전집』(전 40권) 발간 작업을 추진하여 2006년에 완간했다. 본 번역은 1984년 인민문학출판사에서 간행된 『마오둔 전집(茅盾全集)』의 제1권을 대본으로 했다.

마오둔 연보

1896	7월 4일 저장성(浙江省) 통상현(桐鄉縣) 우진(烏鎭)에서 출생.
1900	4세 동생 선저민(沈澤民) 출생. 증조부 사망.
1901	5세 모친에게 천문, 지리, 역사 등을 공부하기 시작.
1903	7세 부친에게 신학문을 배우다가 증조모의 조카 왕옌신(王彦新)의 사숙에 입학.
1904	8세 우진 최초의 초급 학교인 입지소학(立志小學)에 입학.
1906	10세 부친 질병으로 사망. 마오둔 입지소학 졸업.
1907	11세 새로 생긴 식재(植材)고등소학에 입학. 국문 성적이 전교에서 가장 으뜸.
1909	13세 식재고등소학 졸업.
1910	14세 저장 후주(湖州) 제삼중학당에 2학년으로 편입. 영문, 국문, 지리, 체육 등을 배움.
1911	15세 저장성립(浙江省省立) 자싱(嘉興)중학에 3학년으로 편입.
1912	16세 항저우(杭州) 안딩(安定)중학에 4학년으로 편입.
1913	17세 안딩중학에서 5학년을 마치고 졸업. 하순에 상하이로 가서 베이징대 문(文), 법(法), 상(商) 계열의 예과 입학 시험을 치르고 입학.

1916	**20세** 베이징대 졸업. 상하이 상무인서관(商務印書館) 편집부에 취직.
1917	**21세** SF 소설『3백 년 뒤에 부화된 알(三百年後孵化之卵)』을 번역해서『학생 잡지』에 게재.『중국우언초편(中國寓言初編)』편찬.
1918	**22세** 콩더즈(孔德沚)와 결혼.
1920	**24세** 천두슈(陳獨秀) 등과 상하이에서『신청년(新靑年)』을 출판하는 문제에 관해 상의. 상무인서관에서 발행하는 문예지『소설월보(小說月報)』의 '소설신조(新調)'란 편집 담당.「소설 신조 선언(小說新潮宣言)」,「신구 문학 비평에 대한 비평(新舊文學平議的評議)」,「현대 문학가의 책임은 무엇인가(現代文學家的責任是什麼)」등을 발표. 12월 상하이에서 저우쭤런(周作人), 정전둬(鄭振鐸), 왕통자오(王統照), 예사오쥔(葉紹鈞) 등과 함께 문학연구회(文學硏究會) 창립 정식 발기 모임.
1921	**25세** 베이징에서 문학연구회(文學硏究會) 창립. 마오둔은 상하이에 있어 불참.『소설월보』편집장직 정식 수락 후 전면적인 혁신 시도. 개혁 후 발행한 첫 호(제12권 제1호)에 문학연구회 선언과 발기인 명단 게재. 7월 상하이에서 열린 중국 공산당 제1차 전국대표대회 참석. 초기 당원으로 당 중앙과의 비밀 연락원 임무 담당.
1923	**27세**『소설월보』편집장직 사임. 중국 공산당에서 운영하는 상하이 대학 중문과에서 소설 연구와 영문과에서 그리스 신화를 강의.
1925	**29세** 상하이대 학생들과 5.30 사건에 참가. 8월 상무인서관 전체 직원 파업에 주도적으로 참가. 12월 상하이특별시당부(市黨部) 설립 후 선전부장으로 선출됨.
1926	**30세** 원다이잉 등과 광저우(廣州)에서 열리는 국민당 제2차 전국대표대회에 참석. 대회 폐막 후 광저우에 남아 중앙선전부장 대리 마오쩌둥의 비서 담당. 3월 중산함(中山艦) 사건 이후 다시 상하이로 돌아옴. 4월 정전둬로부터 자신이 국민당 정부의 지명 수배자임을 알고 상무인서관 정식 사직. 상하이에 숨어 지내면서 낮에는

정치 활동을, 밤에는 주로 그리스 신화나 북유럽 신화, 중국 고전 시가 등을 읽으며 지냄.

1927 **31세** 우한으로 가서 중앙정치군사학교의 교관이 됨. 장제스(蔣介石)의 4. 12 쿠데타 이후 한커우(漢口) 『민국일보(民國日報)』편집장직 사임. 공산당의 지시에 따라 난창으로 가려던 계획이 실패하고 중도에 구링(牯嶺)에서 머물다가 상하이로 돌아와 숨어 지냄. 최초의 소설 「환멸(幻滅)」 발표.

1928 **32세** 「동요(動搖)」와 「추구(追求)」 완성, 『소설월보』에 발표 후 상무인서관에서 단행본으로 간행. 도일(渡日) 후 장편 소설 『무지개(虹)』(미완)와 『신화 잡론』, 『서양 문학 통론』, 『북유럽 신화 ABC』, 『중국 신화 ABC』 등을 저술. 「구링(牯嶺)에서 동경으로」, 「『예환지』를 읽고(讀倪煥之)」 등의 비평도 저술.

1930 **34세** 일본에서 상하이로 돌아옴. 2월에 창립된 중국좌익작가연맹에 가입. 『식 3부작』과 단행본 『추구』를 각각 상하이 개명(開明)서점에서 출판.

1931 **35세** 루쉰(魯迅)과 함께 국민당의 좌파 작가 살해에 항의하는 「국민당의 혁명 작가 살해에 대한 선언(中國左翼作家聯盟爲國民黨屠殺大批革命作家宣言)」 발표. 중편 소설 「길(路)」, 「삼인행(三人行)」 완성.

1932 **36세** 장편 소설 『깊은 밤(子夜)』 완성.

1933 **37세** 『깊은 밤』을 개명서점에서 출판. 정전둬와 대형 문예 간행물 『문학』 발간. 『마오둔 산문집』을 상하이 천마(天馬)서점에서 출판.

1934 **38세** 루쉰 주편(主編)의 『역문(譯文)』 잡지 창간.

1936 **40세** 궈모뤄(郭沫若) 등 111명의 문인이 서명한 '중국문예가협회' 결성. 루쉰, 바진(巴金) 등 77인이 연명한 「중국문예공작자선언」 발표.

1937 **41세** 「구망(救亡)일보」 창간. 『외침[吶喊]』(후에는 『봉화(烽火)』로 개명) 편집 담당.

1938   **42세** 한커우에서 "중화전국문예계항적(抗敵)협회" 결성, 마오둔은
        미출석 상황에서 이사로 피선. 「입보(立報)」 부간(副刊)인 『언림(言
        林)』 창간 후 편집 담당. 장편 소설 『일 단계 이야기(第一段階的故
        事)』를 『언림』에 연재. 겨울, 신장(新疆)으로 가서 신장학원(新疆學
        院)에서 학생들을 가르침.

1939   **43세** 신장문화협회(新疆文化協會) 결성. 위원장으로 추대됨.

1940   **44세** 신장을 떠나 란저우(蘭州), 시안(西安)을 거쳐 옌안(延安)으로
        가서 루쉰예술문학원에서 학생들을 가르침. 반 년 후 충칭(重慶)으
        로 가서 궈모뤄가 주관하는 문화사업[文化工作]위원회의 상임위원
        을 맡음. 산문 「풍경담(風景談)」, 「백양 예찬(白楊禮讚)」 등 집필.

1941   **45세** 환남(皖南) 사변 발발 후 진보적인 문화 인사들과 함께 샹강
        으로 가서 『대중 생활』 편집 위원. 장편 소설 『부식(腐蝕)』 연재. 9
        월에는 『필담(筆談)』 반월간의 주편을 맡고, 12월 일본군의 샹강
        점령 후에는 구이린(桂林)으로 옮겨 장편 소설 『상엽은 2월의 꽃처
        럼 붉다(霜葉紅似二月花)』 완성.

1942   **46세** 충칭으로 돌아옴.

1945   **49세** 첫 번째 희곡 『청명 전후(淸明前後)』 완성.

1946   **50세** 상하이로 돌아와 잡지 『문련(文聯)』의 편집 담당. 12월 소련
        대외문화협회의 초청으로 소련 참관.

1947   **51세** 「소련 유람 일기(遊蘇日記)」를 「시대일보(時代日報)」에 연재.
        4월 상하이로 돌아와 9월 『소련 견문록(蘇聯見聞錄)』 탈고. 연말에
        샹강으로 가서 『문회보(文匯報)』 편집 담당. 1948년 『소련 견문록』
        을 개명서점에서 출판. 『문회보』에 장편 소설 『단련(鍛鍊)』 연재.

1949   **53세** 베이핑(北平)에서 열린 중국인민정치협상회의 주비공작에
        참여. 제1차 중국문학예술공작자대표대회에 참석. 중국문학예술
        계연합회 부주석과 중국문학공작자협회(후에 중국작가협회로 개
        칭) 주석으로 피선. 이후 1964년까지 중앙인민정부의 문화부장직,
        잡지 『인민문학』의 편집장과 전국인민대표대회 대표, 정협(政協)

전국위원회 상무위원, 정협전국위원회 부주석 등 역임.

1979 **83세** 중국문학예술공작자 제4차 대표대회에서 다시 전국 문련(文聯)의 명예 주석과 중국작가협회 주석으로 선출.

1981 **85세 3월 27일** 베이징병원(北京醫院)에서 사망, 임종 직전 당에 올린 청원이 받아들여져 당적 회복. 8월에 회고록 『내가 걸어 온 길(我走過的道路)(상)』이 홍콩 삼련서점(生活·讀書·新知三聯書店)에서 출간. 장편 소설의 발전을 위해 자신의 원고료 25만 위안을 중국작가협회에 기부하여 마오둔문학상 제정.

새롭게 을유세계문학전집을 펴내며

을유문화사는 이미 지난 1959년부터 국내 최초로 세계문학전집을 출간한 바 있습니다. 이번에 을유세계문학전집을 완전히 새롭게 마련하게 된 것은 우리가 직면한 문화적 상황에 적극적으로 대응하기 위해서입니다. 새로운 을유세계문학전집은 세계문학의 역할이 그 어느 때보다 중요해졌다는 인식에서 출발했습니다. 오늘날 세계에서 타자에 대한 이해는 우리의 안전과 행복에 직결되고 있습니다. 세계문학은 지구상의 다양한 문화들이 평등하게 소통하고, 이질적인 구성원들이 평화롭게 공존할 수 있는 문화적인 힘을 길러 줍니다.

을유세계문학전집은 세계문학을 통해 우리가 이런 힘을 길러 나가야 한다는 믿음으로 만들어졌습니다. 지난 5년간 이를 준비하기 위해 많은 노력을 기울였습니다. 세계 각국의 다양한 삶의 방식과 문화적 성취가 살아 있는 작품들, 새로운 번역이 필요한 고전들과 새롭게 소개해야 할 우리 시대의 작품들을 선정했습니다. 우리나라 최고의 역자들이 이들 작품 속 한 문장 한 문장의 숨결을 생생히 전하기 위해 심혈을 기울였습니다. 또한 역자들은 단순히 번역만 한 것이 아니라 다른 작품의 번역을 꼼꼼히 검토해 주었습니다. 을유세계문학전집은 번역된 작품 하나하나가 정본(定本)으로 인정받고 대우받을 수 있도록 최선을 다했습니다. 세계문학이 여러 경계를 넘어 우리 사회 안에서 주어진 소임을 하게 되기를 바라며 을유세계문학전집을 내놓습니다.

을유세계문학전집 편집위원단
최윤영 (서울대 독문과 교수)
박종소 (서울대 노문과 교수)
김월회 (서울대 중문과 교수)
신광현 (서울대 영문과 교수)
신정환 (한국외대 스페인어통번역학과 교수)

을유세계문학전집

새로운 을유세계문학전집은 구 을유세계문학전집
(1959~1975, 전100권)에서 단 한 권도 재수록하지
않았습니다. 을유세계문학전집은 계속 출간됩니다.